KB120415

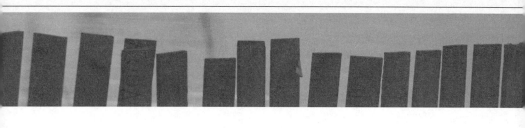

반공주의와 한국문학의 근대적 동학 II

이 도서의 국립중앙도서관 출판시도서목록(CIP)은 e-CIP홈페이지(http://www.nl.go.kr/ecip)에서 이용하실 수 있습니다. (CIP제어번호: CIP2009002544)

반공주의와 한국문학의 근대적 동학 Ⅱ

김진기 외 지음

한울
아카데미

책머리에

· ·

    반공주의는 우리 사회를 작동시키는 근원적인 힘 가운데 하나다. 그 힘은 우리 주변 곳곳에 작용하고 있다. 반공주의의 핵심은 중심화 원리와 동원 논리다. 중심을 세워놓고 그 중심에 동원하고자 하는 힘은 전체의 일부인 우리 개개인을 지배하는 거대한 힘이다. 이 힘은 진보진영에도 예외일 수는 없었다. 그렇기에 우리는 동질성을 확보하고 보편성을 추출하며 그 속에 안주해 왔다. 전쟁을 겪었기에 그 힘은 결코 관념적인 형태가 아니었다. 외줄타기 같은 실제 삶의 연속이었다.

    그러나 동질성과 보편성 그리고 안주적 삶은 우리를 편안하게 해주는 관습이 되기도 했고 우리의 개체성을 억압하는 전체가 되기도 했다는 점에서 동전의 양면과 같다고 할 수 있다. 1980년대까지는 방점이 전자에 찍혀 있었다. 동질성과 보편성이 우리를 억압한다는 의식은 철저하게 은폐되었다. 그렇지만 세월은 흘러 21세기를 살아가는 우리는 그러한 동질성과 보편성이 가진 억압에 방점을 찍을 수밖에 없었다. 왜냐하면 이제 우리는 공동체적 삶 보다는 개체적 삶이 훨씬 더 중요해진 시대에 살고 있기 때문이다.

    그렇지만 우리는 반성한다. 우리의 연구들이 우리의 의도와는 무관하게 과거의 삶에 대한 네거티브한 분석을 결과했음을. 그리하여 우리는 또다시 다짐한다. 앞으로의 우리의 연구는 더욱 포지티브한 분석을 지향하게 될 것임을. 사회뿐만 아니라 우리의 삶까지 포괄할 수 있는 더욱 미래지향적인 비전을 가지고자 우리는 노력할 것이다.

이 책에 실린 글들은 구체적인 문학적 표상들을 연구한 것이다. 『반공주의와 한국 문학의 근대적 동학 1』에 비해 텍스트 분석에 더 주력했다고 할 수 있다. 지난 수년 동안 연구한 결과물을 최종적으로 제출할 수 있게 되어 기쁘게 생각한다. 이 책에 참여한 전체 연구자와 함께 이 기쁨을 나누고 싶다. 이 책은 한국학술진흥재단의 지원이 없었다면 세상에 쉽게 내놓을 수 없었을 것이다. 고맙게 생각한다. 잘 팔리지 않는 연구서를 선뜻 발간해준 도서출판 한울의 김종수 사장님과 편집자 여러분께도 심심한 감사의 말씀을 드린다.

2009년 8월
짐을 내려놓은 홀가분함으로
김진기 씀

차례

반공주의의 내면화와 문학적 표상

강웅식 | 고려대학교 국문학과 |

1.

해방 이후 한국 현대 사회정치사와 한국 문학의 특수성을 보여주는 핵심 지표인 '반공주의'와 연관된 문제들에 주목해온 공동의 작업은 『반공주의와 한국 문학의 근대적 동학 1』(2008)로 그 결실을 본 바 있다. 지난번 공동저작에서는 국가 이데올로기의 차원에서 반공주의가 어떤 제도를 구축했으며 그렇게 구축된 사회제도와 규율의 체계는 문학 장에 어떤 영향을 끼쳤는지 검토하고자 했다. 그 결과 우리의 작업은 문학을 둘러싼 법적·제도적 장치를 포함한 정치·사회적 환경을 논의하는 한편 문학과 정치 이념과의 영향관계, 법률적 근거와 검열 장치, 문단의 형성과정, 교과과정과 문학교육, 정전과 문학전집의 유통을 밝혀보고자 하는 모습으로 나타났다.

그러나 2년 차 작업을 통해서는 문학과 문화 전반에 작동하는 반공주의의 양상, 창작 주체인 시인과 작가의 창작심리에 형성된 금기로서의 반공주의 등 문학을 둘러싼 영향관계를 고려한 분석을 통해 한국 문학의 실체를 좀 더 세밀하게 확인하는 방식을 취하고자 했다. 이는 반공주의가 정치사회적 맥락에서 제도화되는 과정을 넘어 작가와 시인이 사회구조와 제도 속에서 반공주의를 내면화한 측면에 주목하고자 했음을 의미한다. 이 작업은 또한 문학 장 내에서 작동하는 반공주의의 미적 전유방식과 문학텍스트에 나타난 표상과 맥락, 작가들의 자기검열문제와 작품 개작 등을 살펴봄으로써 해방 이후 우리 문학의 정치적·미적 해석 지평을 개방하는 문제와 연계되어 있다.

반공주의는 단독정부 수립과 한국전쟁을 거치면서 작가들의 생존방식과 창작조건을 규정짓는 핵심적인 원리로 작동했다. 전향과 보도연맹 가입, 월북과 월남, 종군작가단 구성과 인공 치하의 서울이나 피난지에서의 체험, 부역자 심사 등을 거치면서 문단은 근본적으로 재편성되었고 이 과정에서 문학인들 또한 내면적 굴절을 거치게 되었다. 전쟁의 와중에 좌우 양쪽에 의해 자행된 살상과 파괴에서 비롯된 피해의식, 당대 사회에 대한 비판적인 발언, 정치적인 견해 표명은 정치권력의 필요에 따라 용공으로 몰려 처벌을 받을 수 있다는 상시적인 위협으로 다가왔다. 그에 따라 반공은 개인적인 원한, 이념에 대한 환멸, 자기보존욕구, 생존논리 등 다양한 형태로 문학종사자들의 내부에 금기를 만들어내는 원천이 되었다.

문학의 외연과 내포가 협소해지면서 반공주의는 사회의 구조적 모순이나 개인을 둘러싼 상황의 부조리함에 대한 근본적인 접근이라는 문학 본래의 속성을 근저에서부터 약화시키는 강력한 기제로 작동했다. 물론 여기에도 다양한 스펙트럼이 존재한다. 문학의 개념을 협소화시키는 이와 같은 조건에 대해 적극적으로 동조하면서 문단권력을 확대해나간 문학인이 한쪽 끝에 있다면, 다른 한쪽 끝에는 이를 거부하다가 체제 밖으로 추방된 문학인들이 있다. 또한 이 양 극단 사이에는 수많은 문인과 다양한 성격의 작품이 무수하게 존재한다. 그러나 스펙트럼의 양 날개 어느 편에 기울어 있건 금기와 작품 제작조건으로서의 반공주의라는 사회적 상황은 동일했다. 적어도 반공주가 한국 문학의 미적 기획에서 전반적인 방향 자체를 조정했던 핵심적인 작동원리였다는 것은 분명해 보인다.

2.

이 책의 논의는 '반공의 전유', '반공주의의 문학적 표상과 맥락', '작가의 자기검열과 작품의 개작'이라는 세 가지 층위로 나누어 살필 수 있다.

첫 번째 층위는 '반공의 전유'에 관한 부분이다. 이 부분은 반공주의라는 제도와 권력이 문학제도 전반에 어떤 영향을 미쳤는지에 관한 논의로 구성되어 있다. 여기에는 반공주의가 전일적으로 관철되었다고 판단되는 문학뿐만이 아니라 적극적인 비판을 담지한 문학까지 포괄해서 검토하는 작업이 포함될 수 있다. 두 번째 층위는 '반공주의의 문학적 표상과 맥락'으로, 여기서는 텍스트 속의 타자, 심상지리 등을 반공주의가 가한 규정력과 관련지어 글쓰기 주체의 공포와 불안이 텍스트에 어떤 형태로 드러나고 있는지, 반공규율사회에서 문학에 드러난 성의 의미는 무엇인지를 규명하고자 했다. 세 번째 층위는 '작가의 자기검열과 작품의 개작'에 관한 것으로, 반공주의에 순응하거나 회피하기 위한 작가의 자기검열이 어떻게 전개되었는지, 그리고 어떻게 개작되었는지, 그리고 그 함의는 무엇인지를 검토한 경우다.

먼저, 해방 직후 문단과 문학 내부에 반공주의가 관철되는 면모는 「'순수'의 이데올로기적 기반」(유임하)에서 확인해볼 수 있다. 이 글은 김동리의 순수문학론을 고려해 해방기 그의 소설에 나타나는 좌익 인물의 이미지에 대해 논의하고 있다. 이 논의는 먼저, 해방 직후 좌우 정파 간의 이념적 대립 구도를 놓고 김동리가 벌인 순수문학 논쟁의 특정한 맥락화에 주목한다. 이 글은 김동리가 박영희의 전향선언을 자신의 논리로 맥락화해 '정치와 문학의 대립각을 세워나간' 점에 주목한다. 김동리의 순수문학론은 박영희의 고해성사를 부각시켜 프로문학 일반이 표방했던 정치성, 더 나아가 좌파와 진보적인 문학 일체를 괄호치고 대타화하며 '사상 = 내용편중'이라는 도식을 지주 - 소작인의 계급적 대립, 알력과 폭력이라는 사상의 공식으로 탈바꿈시키는 일련의 논리화를 보여주는 것으로 판단된다. 또한 이 글은 김동리의 논리가 문학론 차원에 그치지 않고 「윤회설」, 「형제」, 「상철이」, 「유서방」 등의 해방기 작품에서 좌익 인물을 부정적으로 주조하는 과정으로 이어지는 것으로 보는 한편, 이들 사례를 다시 염상섭의 해방기 연작인 「해방의 아들」, 「이합」, 「삼팔선」, 「재회」, 채만식의 「도야지」, 「낙조」 등과 대조함으로써 사상적으로 적대적 타자인 '빨갱이'를 만들어내는 다양한 층위와 구별되거나 중첩되는 지점을 검토하고 있다.

「반공 내셔널리즘 그리고 대한민국 역사를 문학으로 번역하기」(남원진)에서는 반공의 텍스트가 어떻게 정전화의 과정을 밟아가는지에 대한 경로를 추적한다. 이 글은 오영진의 「살아있는 이중생각하」, 김동리의 「형제」, 김이석의 「광풍속에서」, 차범석의 「산불」 같은 텍스트가 교과서, 국민계몽서인 새국민문고, 『전쟁문학집』 등에 수록되면서 반공의 정당성과 국민 만들기 기획이 문화적 정전으로 유통되는 문화적 현실을 검토하고 있다. 필자는 "월남한 작가의 생존방식 가운데 하나가 '반공 = 애국'이라는 명제의 실천"이라고 주장하면서 이 텍스트들의 유통과정이 "'공산 = 폭력 = 비민족↔반공 = 애국 = 민족'이라는 등식의 논리로 귀속되는, 민얼굴의 반공 내셔널리즘의 원형"이라고 보았다. 또한 그 과정을 "대한민국의 목소리를 재생산하고" "빨갱이라는 비국민 배제를 통한 반공국민 만들기의 과정"이라고 정리한다. '반공의 국민 만들기'는 민족을 국민으로 재편하는 과정이자 사상적으로 적극 가담하고 순응하는 존재들을 선별하는 한편 이들을 적대적인 타자와 다른 균질적인 국민으로 승인하는 절대적인 척도를 구축하는 과정이었던 셈이다.

해방 직후 반공주의의 관철과 함께 일어난 문학과 문화의 장 전반의 구조
변동을 논의한 「단정수립 후 전향의 문화사」(이봉범)는 반공주의 전일화에
따른 전향과 그러한 전향이 문화계 전반에 미친 파문을 폭넓게 검토하고 있
다. 필자는 단정수립 후 한국문화의 구조적 변환을 추동했던 요인으로 "단정
수립에 따른 냉전 반공 체제의 구축, 디아스포라(월북 및 월남)에 의한 문화인
들의 이합집산, 국민보도연맹의 결성과 전향의 강제, 반공주의의 지배이데
올로기화와 위로부터의 (반공)국민 만들기, 사회문화 전반의 규율장치로 기
능 했던 검열제도의 본격적인 작동 등"을 꼽는다. 이 전제를 통해 필자는
1948~1950년의 시기 동안 이러한 요인들의 상호작용으로 조성된 문화인들
의 전향이 갖는 사상사적·문화사적 특수공간이 지닌 문화사를 고찰하고 있
다. 전향은 "이 시기 문화 전반의 지형이 새롭게 조형되는 과정에서 핵심적
인 매개 역할"을 수행함으로써 반공주의는 문화계 내부를 평정하는 효율적
인 기제로 작용했으며, 결과적으로는 다양한 이데올로기적 스펙트럼을 소유
한 문화인들에게 체제 선택 및 남한 체제로의 동화를 강요하고 문화 전반에
이념적 반목을 격화시키는 계기를 촉발했다. '전향을 통한 반공의 전일화 과
정'은 해방 직후 계급과 민족이라는 두 구심점을 축으로 한 문화 지형을 분
극화(polarization)했을 뿐 아니라 이들 이데올로기 진영의 대립을 더욱 첨예하
게 만들고 국가의 문화운동을 폭력적으로 재조정하는 결정적인 계기로 작용
했다. 이렇게 보면 반공주의는 국가 만들기 과정에서 전향이라는 기제를 활
용해 적으로 규정한 대상을 폭력적인 방식으로 선명하게 구획 지음으로써
해방 이후 문학과 문화 전반에 걸쳐 사상 검열의 기반을 마련했음을 확인할
수 있다.

「1950년대 아동잡지에 나타난 반공주의」(선안나)는 1950년대의 대표적인
아동잡지인 ≪소년세계≫(1952~1956), ≪새벗≫(1957~1959), 피난수도 부산

에서 발행한 ≪파랑새≫(1952~1953), 청소년잡지 ≪학원≫의 일부를 텍스트
로 삼아 아동문학의 장에 나타난 반공주의를 검토하고 있다. 이 글에 따르면
이 시기의 반공적인 성격을 가진 동화는 주로 월남작가들에 의해 창작되었
다고 한다. 전쟁 이전에는 아동문학에서 '반공'문학이라는 개념 자체가 없었
으나 전쟁의 직접적인 영향으로 '아동문학의 반공주의'가 생성되었으며 이
는 "세계 어느 나라의 문학과도 다른 한국 아동문학만의 특성"이기도 하다
는 것이다. 아동문학이라는 장은 전쟁 이후 전쟁의 체험이 반공주의와 결합
하며 구축한 문학의 장이 출현했다는 점에서 전쟁 이전과 확연한 차이를 보
인다. 이 변화는 또한 문학이라는 장이 월남작가들에 의해 주도된 특수한 조
건에 연원을 두고 있다는 점에서 흥미롭다.

한편 「반공의 내면화와 정체성의 구축」(김진기)은 손창섭 소설의 재독해
를 통해 그의 소설에 대한 새로운 해석의 가능성을 탐색한다. 필자는 반공주
의와 국가주의, 그리고 민족주의라는 키워드를 중심으로 손창섭의 소설에
등장하는 인물의 비정상성이나 작품의 문체보다는, 국가와 반공 등 지배이
데올로기에 주목하고 있다. 이를 통해 필자는 손창섭이 "1960년을 기점으로
해서 반공주의라는 이념을 확고히 가지게 되었다는 것"에 주목하며 「혈서」,
「잉여인간」의 인물 구도를 "공산주의에 대한 입장이 중심화"되고 반공주의
를 내면화한 "완벽한 거울상"이라고 본다. 공산주의에 대한 이러한 '오인'은
기존 논의들이 거울상에 대한 비판이나 부정 이전에 멈춘 지점에서 '반공을
내면화한' 징후인 셈이다. 이처럼 이 글은 해석되지 않은 전후 작가들의 텍
스트를 반공주의나 국가주의 같은 키워드 중심으로 새로이 해석할 가능성을
제시하고 있다.

「반공의 생산과 작가의 실천방식」(이명희)에서는 1950년대 작가들이 생산
한 반공 담론에 주목해 내적 원리를 찾아내고 그 의미를 살피고 있다. 여기에

서 논의된 전후소설은 오상원의 「유예」·「모반」, 선우휘의 「불꽃」·「오리와
계급장」·「테러리스트」, 장용학의 「현대의 야」, 곽학송의 「김과 리」, 송병수
의 「인간신뢰」, 이범선의 「학마을 사람들」, 하근찬의 「산울림」 등의 문제작
으로, 이 글에서는 이들 작품에서 나타난 '국군과 반공주의자들의 우위성'에
주목한다. 국군과 반공주의를 중심으로 한 인물 구성상의 우위는 "나와 우군
을 포용하고 긍정하면서 적과 비교해 우월성을 드러내는 방식으로 반공을 생
산"하는 메커니즘의 구조이기도 하다. 또한 이 구조는 "긍정적 인물의 행동을
어떻게 표현하면서 반공을 형성하고 있으며 이를 통해 어떤 우위의 지점을 점
령해갔는가를 살펴보는" 작업으로 이어진다. 필자는 "작가가 반공을 생산해
나간 경로"에서 작동하는 "배제의 논리"가 "좌익은 불순, 폭력, 북한, 공산 그
리고 악이라는 연속적인 등식"을 성립시켜 "구체적으로 작중화자가 공산주
의자를 바라보는 시선에 내재해 있는 부정적 시각이 노출되거나 작중 인물들
의 대화에서 보여주는 표현이 악의 분위기를 형성"한 것으로 본다.

이처럼 전후문학에 주목해 반공주의의 문학적 표상과 맥락에 대해 검토한
논의는 아동문학의 장을 비롯한 기존의 논의들과는 다른 텍스트 해석의 가
능성을 보여주고 있다. 월남작가라는 계층의 성향과 반공주의에 입각한 전
후 아동문학의 특징, 전후 문제작에 작동하는 반공 담론의 내적 구조, 다양한
키워드가 인물 구도 안에서 은밀하게 작동하는 방식에 대한 심리학적 논의
등이 시사적인 것은 전후문학 일반에 가해진 반공주의의 억압성과 내면화에
대한 새로운 안목을 제공하기 때문이다.

주지하듯이 공산주의자가 괴물이 아닌 내면성을 구비한 인간으로 그려진
것은 박경리의 『시장과 전장』(1964), 이호철의 『소시민』에 와서다. 『시장과
전장』의 기훈과 『소시민』의 정씨가 바로 그들이다. 그러나 『시장과 전장』의
기훈의 형상이 관념적이고 신비적인 색채 때문에 현실성을 결여하고 있다거

나 『소시민』에서는 정씨가 빨치산에서 소시민으로 변화하는 과정에 초점을 맞추어 이야기가 서술되고 있다는 것을 고려할 때 그 성과는 소중하지만 이 작품들 또한 반공주의의 영향력에서 얼마나 거리를 두고 있는지는 재검토될 여지가 많다.

반공규율사회에서는 국가에 의해 자행되는 폭력을 목도하면서도 이에 순응하거나 눈을 감았던 행위에 대한 집단적 죄의식에 침윤된 사람들이 많았다. 이는 작가들도 예외가 아니었다. 그들은 반공주의에 대한 적극적인 찬동이나 비판, 그 어느 지점으로부터도 비켜서 있었으나 집단적 죄의식에서는 벗어나지 못했던 것이다. 이러한 일단의 작가들에게 성은 일종의 사디즘적 자기 구원의 형태로 기능했다. 즉, 작가들은 반공규율사회가 강요했던 국가폭력에 대한 침묵과 순응에서 비롯된 죄의식을 타인에게 전치함으로써 스스로를 치유하기 위한 기제로 성을 사용했다고 볼 수 있다. 성을 주요 모티프로 삼는 작품의 상당수가 성을 매개로 이데올로기 또는 이념의 문제에 접근하고 있거나 성을 통해 현실비판적인 시각을 드러낸 것도 이 때문이다. 그중에서도 남정현은 대표적인 사례로 꼽을 만하다.

「남정현 소설의 성·여성과 윤리, 그리고 반공주의」(임경순)는 남정현을 「분지」 필화의 희생양으로만 보아온 통념을 넘어 그가 반공주의에 저항하는 방식으로 여성을 매개로 한 성(sexuality)을 활용했다는 문제적 가설을 논증한 경우다. 이 같은 문제의식은 '반공의 가부장적 권력과 성정치학'의 의미 있는 행보로서 성을 주요 모티프로 하는 작품을 대상으로 반공주의 규율이 작품 창작의 심급에서 이루어진 양상에 주목하려는 것이기도 하다. '성'은 양날을 가진 칼처럼 지배이데올로기를 재생산하는 장이면서 동시에 지배이데올로기의 모순과 균열을 폭로할 수 있는 주요한 매개고리이기도 하다. 이 때문에 문학작품에 드러난 성 모티프와 당대 지배이데올로기의 연관관계를 당대의 문학 장과 연계시켜 검토하는 일은 중요한 의미가 있다. 임경순에 따르면 「분지」의 서사는 민족주의적 정서를 매개로 결합될 가능성 때문에 당대의 문학 장에 수용될 수 있었다. 남정현의 여타 작품 또한 군사정부와 반공주의에 대한 비판이 예사로운 수위를 훨씬 넘어서고 있다. 그런 점에서 필자는 1960년대 초반에 자행된 공연물에 편중된 검열망 때문에 작가가 반공주의에 대한 비판적인 재능을 발휘할 수 있었으며 이는 무기력한 성 - 여성을 이념문제를 다루는 남성 지식인의 판타지에 투사하는 방식으로 나타났다고 본다. 필자는 남정현이 성 - 여성을 이념의 문제로 치환해 소설화했다는 점에서 전형적인 1960년대 작가이지만, 여성 - 성이라는 공간을 초월이 아닌 파괴의 처소로 구현했다는 점에서는 최인훈, 박경리, 이호철과 변별되는 특징을 지닌 것으로 파악한다.

「세태의 재현과 불온한 유령들의 소환」(류경동)은 바로 이 같은 문제의식에서 출발했다. 이 글에서는 이호철의 장편 『소시민』을 사례로 삼아 1960년대 한국 문학에 나타나는 4·19의 기억과 5·16 이후의 현실적 조건으로 촉발된 반공주의와의 긴장관계에 주목하고 있다. 필자는 "4·19라는 극적인 사건에 의해 촉발된 규율체계의 균열"을 경험하면서 문학의 의식과 응전력이 한층 성숙해졌다는 전제를 통해 『소시민』에 나타난 당대의 규율체계와의 긴장과 불화를 살펴보고 있다. 필자에 따르면 이 작품은 전쟁기 부산의 세태를 재현하는 가운데 1960년대 한국사회를 비판적으로 성찰하는데, 다양한 가치지향과 태도가 혼재하는 비동일적 구조를 보이는 화자를 통해 욕망의 갈등 구조를 반영하는 한편 이는 작가의 문제의식을 끊임없이 현재화하는 효과를 낳는 것으로 파악한다. 『소시민』이 이룩한 성과로는 '공산주의자 = 괴물'이라는 도식을 넘어 좌파의 인간적 면모를 형상화함으로써 "과거의 공산주의자를 '테제'로 소환하고 현재적 삶의 지평에서 변혁의 논리"로 거론했다는 점을 들 수 있다. 이를 통해 반공주의 규율체계를 의도적으로 위반하는 담론화에 성공했다는 것이다. 요컨대 작품은 공산주의자를 인간화했을 뿐만 아니라 공산주의라는 사상을 하나의 의제로 복원시켜 반공주의 규율체계에 대한 비판의 지평을 열어놓았다는 것이 필자의 주장이다.

한편 「민족문제의 재현과 냉전 반공주의의 역학」(양진오)은 1970년대 조정래의 초기소설을 '제도화된 혁명정치보다 더 혁명적인 문학으로서 근대문학의 가능성'을 보여준 사례로 본 경우로, 1980년대 이후 탈반공의 흐름에 앞서 1970년대 문학에서 자임한 민족문제의 의제화를 통한 반공주의와의 길항에 주목하고 있다. 필자는 조정래의 초기소설이 봉인된 기억으로서의 좌익 아버지, 그리고 냉전 반공주의 규율에 따라 비국민으로 분류·처벌된 좌익의 후예들을 호출하며 민족문제를 의제화한 점에 주목했다(「20년을 비가 내리는 땅」, 「어떤 전설」 등). 또한 그 상징 주체로 내세워진 '좌익 아버지'를 냉전 반공주의 국가권력이 은폐해온 민족 내전의 역사를 환기시키는 존재로 규정하면서 이를 조정래 문학의 출발점으로 명명하고 있다. 한편 필자는 조정래의 문학 가운데 전 지구적 차원에서 냉전 반공의 질서를 기획·구축한 미국의 제국권력을 비판하며 한미관계의 예속성을 비판하는 계열(「누명」, 「빙판」, 「타이거 메이저」 등)과 역사를 젠더화하며 남성 중심의 민족사가 지닌 폭력성을 비판하는 계열(「청산댁」, 「황토」 등)에 주목하고 있다. 필자는 이러한 면모가 이미 1970년대에 등장했다는 점에서 1970년대 한국 문학에 대한 재독해를 제안한다.

이 책에서 다룬 세 번째 층위는 '작가의 자기검열과 작품의 개작'에 대한 논의다. 반공주의와 창작의 심리과정을 연관시켜보면 작가 내면에 작동하는 자기검열의 지평이 나타난다. 반공주의는 작가의 창작과정에 이데올로기적 억압을 개입시키면서 이데올로기가 만들어낸 금기와 억압, 쓰려는 것과 쓸 수 없는 것과의 갈등 속에 검열의 권력을 작동시킨다. 작가는 자기보존을 위해 표현을 약화시키거나 암시적으로 처리하기도 하고, 핵심내용을 아예 다른 소재로 대체하는 전략을 구사하기도 한다. 암시와 생략, 희화화, 금기의 우회와 침묵 같은 자기검열의 글쓰기는 반공주의가 작동하는 작가 내면의 세계, 곧 미시권력과 공포의 효과를 감내해야 하는 주체가 벌이는 고투다. 이 글쓰기는 부당한 권력에 저항하는 지평이자 시민적 주체의 경로를 만들어내는 지점이기도 하다.

「사실의 의지와 이념의 불만」(김한식)은 김원일의 대표장편 『불의 제전』을 사례로 삼아 "역사를 기억해내는 방식과 이념에 거리를 두는 방식"에 주목한 경우다. 필자는 『불의 제전』의 자전적 요소가 「어둠의 혼」과 『노을』의 주제를 이어받은 점에 착안해 전쟁과 이념, '좌익 아버지'에 대한 서술방법의 변화를 살펴보고 있다. 이 글은 특히 '아버지 서술' 방식의 변화가 단순한 기술적 변화가 아니라 역사관과 직접 연관되어 있음을 밝힌다. 필자에 따르면 『불의 제전』에서는 기억과 회상을 통해 간접적으로 표현하던 역사를 구체적이고 직접적인 사건으로 다루는 방향으로 변화되었는데, 필자는 그 배경을 인식의 거리감각이 확보된 점, 제재를 제약해온 반공의 금기가 약화된 점에서 찾고 있다. 그러나 필자는 『불의 제전』이 1950년의 남한사회를 재현하려 노력했으나 여전히 대치 중인 남북의 정치적 현실 때문에 일정한 한계에 부딪혔다고 본다. 요컨대 필자는 『불의 제전』이 역사적 사실의 복원을 지향하며 기억을 재배치하는 성과를 거두었으나 분단의 제약을 넘어설 만큼 반공의 억압적 이념으로부터 해방되었다고 보기는 어렵다는 것이다.

「한 작가의 전쟁 진술방식 변화 연구」(조미숙)는 박완서의 소설에서 전쟁 체험 및 '오빠' 관련 소재들을 진술하는 방식의 변화를 추적하고 있다. 필자는 『나목』의 창작과정이 사실에 기초한 서사화를 가급적 지양하고 의도적인 허구화를 선택했다는 작가의 발언을 바탕으로 전쟁 체험 및 가족사와 관련한 자전적 요소들이 어떤 양상을 보이는지 검토하고 있다. 박완서 소설에서 '오빠'와 관련된 서술은 냉전 체제의 해체 이후에 와서야 그 전모를 드러내는데, 이는 오랜 기간 자기검열을 통해 은폐하거나 우회해온 내용이자 전쟁과 이데올로기의 비판을 거쳐 안착한 자전성의 한 지점이라는 측면에서 자기검열적 글쓰기의 일단을 보여준다는 것이 필자의 견해다.

작품 개작은 작가가 냉전 체제의 해체 이후 스스로 지난 판본의 미비점을 발견하고 이를 보완하기 위해 행한 일련의 창작 행위를 말한다. 개작한 작품에 주목하면 작가의 세계 인식에 대한 변화나 심화, 사회 분위기의 변화 등을 읽어낼 수 있다. 작가의 인식이나 사회분위기의 변화는 서로 독립적으로 작용하는 것이 아니라 밀접하게 연결되어 상호작용하면서 개작의 방향을 결정하는 요인으로 작용한다. 한편 개작 또는 제재의 확장을 통한 소설화가 반공주의와 관련해 반드시 선조적(線條的)인 진전만 보였던 것은 아니라는 점을 확인할 수 있다. 금기로 은폐했던 작가의 보호본능이 냉전 체제의 해체와 함께 자전적 요소의 복원으로 나타나는가 하면, 이데올로기적 속박에서 해방되지 못하는 경우도 엄연히 발견되기 때문이다. 이는 결국 반공주의가 쇠퇴했더라도 분단이 지속되는 현실에서는 내면화된 이데올로기의 강화나 약화가 작가의 세계 인식이나 표현을 제약하는 핵심적인 조건임을 반증하는 것이기도 하다.

그러나 반공주의의 내면화가 반드시 이데올로기에 대한 태도 자체를 쇄신하는 것만은 아니다. 「변경의 삶과 자기 정당화의 논리」(강진호)는 그런 점에서 유의미한 논의다. 이 글은 이문열의 대하장편 『변경』에 대한 작품론이지만 반공주의와 관련해 작가의 자기변명적 논리가 갖는 함의를 비판적으로 살핀 경우다. 이 글은 1950년대 후반~1970년대 초반을 시대적 배경으로 삼아 월북자 부친을 둔 일가의 인생유전을 다룬 이 작품이, '한 시대의 벽화'를 지향한 작가의 공언이 무색하게, '작가 자신의 보수적 이념과 가치에 대한 정당화'를 지향하고 있음을 확인하는 작업이다. 작품에서 내세운 사회현실을 보는 작가 특유의 '변경론'은 현실 변혁을 위한 일체의 행위를 패배주의적으로 바라본다는 점에서 허무주의적인 성격을 지니고 있다. 필자는 이 작품은 반공주의가 지배하는 현실을 운명적으로 용인함으로써 『영웅 시대』에서 보인 역사 현실에 대한 주관적 왜곡과 퇴영을 드러내고 있으며, 허무주의적 태도를 보임으로써 이 작품을 작가가 서술한 보수적 가치와 이념을 정당화한 '고백의 서사'로 규정하게 한다고 본다.

3.

수록된 글들을 통해 해방 이후 반공주의 때문에 문학이 많은 부침을 거듭해온 사실을 확인할 수 있을 것이다. 이 책이 기존 현대문학사에 대한 반성과 함께 새로운 문학사의 틀을 마련하는 계기가 되었으면 하는 바람이다. 반공주의 때문에 일방적으로 통제·관리·소비되면서 반공주의의 자장 안에서 주조되던 해방 이후 문학의 다채로운 국면이 이 저술을 통해 더욱 활발하게 논의될 수 있으리라 생각한다. 반공주의와 관련된 현대문학사의 전개과정이 통합과 순응, 우회와 성찰, 저항과 극복이라는 일련의 절차일지도 모른다는 인식에서 비롯된 이번 공동 작업은 반공주의와 길항해온 문학의 사적 전개에 대한 이해와 새로운 관점을 제시했다고 믿기 때문이다.

특히 반공주의가 사회의 맥락에서 제도화되는 과정, 사회구조와 제도 속에서 작가와 시인이 반공주의를 내면화하는 과정, 그리고 작가와 시인이 문단 활동과 창작 활동을 통해 내면화된 반공주의를 다시 외면화하는 과정에서 이루어진 구조의 재구성 과정을 면밀하게 고찰함으로써 문학과 법적·제도적·정치적 영향관계, 바꿔 말하면 문학을 둘러싼 영향 요소들을 총체적으로 분석하는 시선을 확보할 수 있게 되었다고 자평한다. 이 책의 출간을 통해 반공주의적 금기 때문에 보지 못했던 문학의 실상을 파악하고 문학에 대한 편향된 시각에서 벗어나 한국사회를 지배해온 흑백논리의 폭력을 넘어서는 노력으로 진전되기를 희망한다.

반공주의는 단일한 이데올로기의 강요와 가치 평가의 독점을 통해 사회를 전체주의적으로 규율하고 사회구성원의 의식구조를 전일적으로 지배한다는 점에서 중세적인 가치구조와 닮았다. 반공주의는 다양한 의미 추구와 해석 가능성을 봉쇄하는 억압적인 규율장치로서 문학적 근대성의 자발적 실천을 저해하는 현실을 낳았으며, 이러한 현실 탓에 해방 이후의 한국 현대문학사는 반공주의라는 자장에서 벗어나려는 저항과 극복의 역사로 정의되었다. 이 책은 바로 이런 문제의식을 바탕으로 반공주의라는 이데올로기적 규율장치와 길항해온 해방 이후 문학의 궤적을 살피고자 했다.

제1부 반공주의와 문학의 담론 장

제 1 장

'순수'의 이데올로기적 기반

해방기 김동리의 순수문학론과 그의 소설에 나타난 좌익 인물 이미지

· ·

유임하 | 한국체육대학교 교양과정부 |

1. 들어가는 말

이 글은 '반공주의가 해방 이후 한국 문학의 순수성 또는 순수지향성이라는 이념을 구성하는 제도적·정치적 조건의 하나였다'라는 문제의식에서 출발하려고 한다. 잘 알려져 있듯이 반공주의는 광복 이후 세계 냉전 구도에 따른 국가 설립과 사회 내부에 관철된 우익 정치의 가장 대표적인 헤게모니이자 제도적 장치였으며, 6·25전쟁 발발 이후에는 전시 동원 체제를 지속시키고 균질적인 국민을 만들어내기 위한 억압과 순응, 탄압과 검열을 자행하는 국가 규율장치로 작동했다. 광복 이후 우파 정치세력들은 미군정의 반공주의 정책에 편승해 동서 냉전 체제의 국제 역학을 내면화하면서 자신들의 취약한 대중성을 극복하기 위해 반공의 정치적 헤게모니를 관철하고자 했다(서중석, 2004: 90~93; 강준만·김환표, 2004).

특히 반공주의는 미군정하에서 분출된 좌우 진영의 분립과 갈등 탓에 남한만의 단정이 수립되는 상황에서 국가주의적 제도장치로 실정력을 구비하게 되었다. 이 과정에서 반공주의는 사회주의 진영과 진보세력을 민족의 영역에서 대타화하고 배제해 민족진영에서 축출하는 데 성공함으로써 남한의 주된 국가이데올로기로 자리 잡았다. 미군정기에 발생한 대구 10·1사태, 대한민국 정부 수립 전후로 일어난 1948년 제주 4·3사태, 여순사태 등은 좌파 정치세력을 축출하는 데 호기가 되었다. 이러한 일련의 사태를 거치면서 대한민국은 분단국가라는 태생적인 한계를 극복하며 사상적 규율과 감시를 위한 정교한 국가 장치를 구축했고 반공주의는 사회적 개인들의 사유까지 관장하는 가장 강력한 이데올로기로 자리 잡았다.[1]

그렇다면 광복 이후 근대 국민국가 설립을 둘러싸고 벌어진 좌우 이데올로기의 갈등과 대립 그리고 민족의 분열 속에서 문학 장은 어떤 이데올로기적 대립을 보여주었는가? 이런 문제의식에서 출발한 이 글은 문학의 좌우 진영 간에 벌어진 논쟁에서 제시된 문학의 순수성이 반공주의와 어떤 관련을 맺고 있었는지 김동리의 순수문학론을 중심으로 살펴보고자 한다. 이 같은 문제제기를 하는 이유는 무엇보다 해방기 현실에서 문학 장의 이데올로기 논쟁이 지닌 함의 때문이다. 이 글은 해방 직후 분열된 좌우 진영 간의 문학 헤게모니 인정투쟁이 격화된 양상으로 전개되었다는 점, 문학을 둘러싼 헤게모니 투쟁에서 이후 문학 장 형성에 가장 결정적인 영향을 미친 것이 좌우 논쟁이었다는 점, 이 논쟁을 통해 구체적인 모습을 드러낸 것이 김동리의

---

1) 대한민국 건국 수립을 전후로 발생한 제주 4·3사태 및 여순사태 이후 전개되는 일련의 조치들 ─ 좌익 단체 불법화 조치(1948. 12), 국민보도연맹 결성(1949. 4. 21) 등 ─ 은 반공주의의 이데올로기 아래 사상공동체로서 국민을 창출하는 근대 국민국가의 기획과 이를 실현하는 제도적 장치가 속속 마련되는 과정을 잘 보여준다. 국민보도연맹에 관해서는 김학재(2003)와 그의 석사논문(2004) 및 김기진(2002) 참조.

'순수문학론'이었다는 점에 착안하고 있다. 특히 '순수문학 논쟁'은 좌우 정파의 대립상황이 문학의 장 안에 반영된 사상 대리전의 성격을 보여줄 뿐만 아니라 순수문학론자인 김동리가 어떻게 문학을 이데올로기적으로 구성했으며 이 시기 그의 소설이 어떤 이데올로기적 사고를 반영하는지를 확인해 볼 수 있는 사건이다. 무엇보다 그의 순수문학론은 애초부터 확정된 판본이 아니라 좌익 진영과의 논전을 통해 구성된 문화정치적 산물이기 때문에 순수문학론과 창작에 반영된 좌익에 대한 냉전적 인식론을 엿볼 수도 있다.

이 글에서는 해방 직후 남한의 문학 장 내부에 관철된 냉전적인 이분법의 구도를 김동리가 어떤 방법으로 순수문학의 개념으로 구성해냈는지, 더 나아가 어떻게 반공이데올로기와 상동관계를 형성해냈는지 살펴보고자 한다. 또한 김동리는 자신의 해방기 소설에 등장하는 좌익 인물들을 통해 냉전적 사고와 순수성을 어떻게 자기화했는지, 그의 순수지향성은 어떤 문학이념적 가치로 발현되었는지를 살펴보고자 한다.

2. 이데올로기적 진영화와 순수문학론의 구성

해방기 근대국가의 수립과정에서는 좌우 문학 진영 간의 대결이 전개되었다. 그 과정에서 등장한 김동리의 순수문학론은 문학과 정치를 일치시킨 일원론과 맞서고자 문학과 정치를 분리하는 이원론의 관점에서 공세를 취하는 논리다. 그는 정치와의 거리 두기를 통해 좌파의 문학론을 허위의 사상으로 공박하며 문학의 자율성을 제고하는 한편 문학의 이념을 절대화하며 비정치적 순수성을 부각해나갔다. 문학이념을 두고 첨예하게 대립하는 과정에서 벌어진 순수문학 논쟁은 해방 이후 사회 전면에 등장한 국민국가의 수립과

정에서 각축했던 좌우 이데올로기의 분립과정을 닮았을 뿐만 아니라 홉스가
말하는 "전쟁상태" 및 "표상게임"(푸코, 1998: 114~116)과도 닮았다. 순수문
학 논쟁이 정치적 헤게모니를 놓고 벌였던 이데올로기적 쟁투의 연장선 또
는 축소판처럼 여겨지는 것도 이 때문이다. 해방 직후 김동리가 주창했던 순
수문학의 이념은 문학 및 현실과 관련된 문학이념 수립과정에서 반공주의를
토대로 강력한 제도적 실정력을 확보하며 그 위력을 발휘했다.2) 특히 김동
리는 해방 이후 김동석, 김병규와의 순수문학 논쟁을 통해 문학의 순수성을
이념으로 구체화해나갔다. 순수문학론은 애초 완성된 체계를 가진 문학론의
판본은 아니었다. 다만 좌파 진영의 문학론을 대타화하면서 성립된 문학적
구성물이었다.

　김동리는 「문학적 사상의 주체와 그 환경: 본격문학의 내용적 기반을 위하
여」(김동리, 1997)를 통해 순수문학의 이념 기반을 어떻게 마련했는지를 잘 보
여주고 있다. 그의 순수문학론은 해방 직후 좌우정파 간의 이념적 대립 속에서
박영희의 유명한 전향선언인 "얻은 것은 사상이요 잃은 것은 예술"이라는 발언
을 이끌어냈다. 그는 박영희가 했던 사상전향의 고해성사에서부터 출발해 정
치와 문학의 대립각을 세워나갔다. 그는 박영희의 고해성사를 "내용편중에서
형식이 경시되었다"며 프로문학 일반이 표방했던 정치성, 더 나아가서는 좌파
와 진보적인 문학 일체를 괄호치고 대타화해나가기 시작했다. 괄호로 묶은 '사
상 = 내용편중'이라는 김동리의 도식화는 '지주 - 소작인'의 계급적 대립을 알
력과 폭력이라는 사상 대립의 공식으로 탈바꿈시키는 과정이기도 했다.

---

2) 김동리의 순수문학론에 관해서는 김윤식의 '김동리와 그의 시대' 삼부작
　(1995; 1996; 1997), 신형기(1988; 1992), 권영민(1988) 등을 참조했으며, 최근
　파시즘과 연관시켜 그의 삶과 문학을 조명한 김철의 작업(2000)도 참조했다.
　김동리와 개인과 관련해서는 김명인(2004)도 유용한 논의다.

먼저 그는 정치적 재단으로 일관된 사상의 진보성이 문학의 전통에서 얼마나 저급한지를 문제 삼는다. 「윤회설」에서 김동리는 "조선서야 인텔리로 자처하는 친구들이라고 해도 모두 어느 대학에서 주워 모은 노트나 팸플릿"(김동리, 1995: 25) 수준에 지나지 않는다고 단언하며 사회주의자들의 인식수준을 깎아내린다. 이런 맥락에서 "세상에도 쉽고 싸구려로 흔해빠진 것이 '진보적'이요, '무게 있는' 그들의 '사상'이란 것"이라는 논조는 그다지 새롭지 않다. 김동리가 말하는 "문학에 있어서의 참다운 사상이란" "이따위 천편일률적의 공식과는 아무런 관계가 없다"(김동리, 1997: 63). 그의 관점에서 사상이란 팸플릿에 담긴 조악한 선전문구나 공식들로 환원될 수 없는 초월적인 위의(威儀)를 갖는다. 김동리의 관점에서 좌파들이 주장하는 도식적인 주장의 근거는 팸플릿에서 봄직한 소박한 논리에 지나지 않으며 세상물정 모르는 관념적이고 천편일률적인 공식에 불과하다. 김동리는 사상을 '참다운 사상'과 '참답지 못한 사상'으로 분할하며 문학과 사상의 관계를 재구성한다. 그는 사상 자체를 참과 거짓의 척도로 다시 나눈다. 참과 거짓이라는 척도로 사상을 재구획한 그의 논리는 빈곤한 내용을 가지고 있으나 천편일률적인 공식이 난무하는 사회주의 사상을 질타하는 일관된 방향성을 지니고 있다. 그는 거짓 사상의 결함이 프로문학의 빈곤한 문학 형식에서도 잘 드러난다고 지적한다. 이 '프로문학의 빈곤함'은 식민지 시대의 진보적인 문학운동에 대한 뼈아픈 결함을 들춘 것이기도 하다. 김동리가 문학의 미적 형식을 경시하고 경직된 사상성을 비판한 것은 좌파진영이 대중과 유리된 측면에 대해 정곡을 찌른 것이기도 했다. 현실성을 확보하지 못한 채 생경한 공식에 매몰되어버린 프로문학 일반의 수준을 평가하는 문제와 직결된 이 비판은, 사실 식민지 시기 이래의 사회주의에 대한 사상검열 및 식민 체제의 지배방식과 밀접하게 관련되어 있다.3) 프로문학의 정치적 재단에 대한 대중성 괴리, 그리고 문학적 성과의 빈곤함을 날카롭게 포착한 것은 당대의 문학적 현실이나 정치적 현실 모두에서 상당한 설득력을 구비한 주장이었던 셈이다.

그러나 다른 한편으로 김동리가 말하는 '참다운 사상'은 공식만능주의에 빠진 계급사상 및 좌파문학과 날카롭게 대치하면서 구성해낸 가치론적 범주에 가깝다. 김동리는 사회주의 사상이나 현실적 맥락을 같이하는 당대의 제반 주의·주장들을 '거짓된 사상'으로 포괄하면서 '참다운 사상'의 대립 항으로 구성해낸다. 그런 다음 그는 거짓된 사상 안에 "시대적 사회적 의의" "역사적 현실성"까지 모두 쓸어 담는다. 그리고 나서 이를 '유물변증법적 역사의식에 기초한 좌파의 문학적 사상성'이라고 규정한 뒤(김동리, 1997: 63~64) '참다운 사상'과 '허위의 사상'이라는 도식을 세운다. '허위의 사상'에서는 '당의문학'이나 '정책문학'같이 문학의 절대적 우위보다 공리성을 주장하는 문학론과 진보적인 문학사상 일체를 '사상'이라는 말에 쓸어 담고 있다. 그런 다음 그는 이들 '허위의 사상'이 모두 "오십보백보의 차이"(김동리, 1997: 65)라고 규정한다. 이렇게 대타화시킨 사상의 허위와 구별되는 참다운 사상은 공리성이나 사회성 그 자체가 아니라 공리주의적 목적성과 현실의 제약, 시간과 공간을 넘어서는 문학적 감동을 주는 것으로 규정된다(김동리, 1997: 65~67). 결국 그가 말하는 참다운 사상이란 유물변증법의 역사의식이나 일체의 당대적 현실성에 대한 비판적이고 실천적인 논조를 배제한 초월적이고 심미적인 추상적 관념을 가리키는 것이다. 따라서 이 초월성과 위의는 종교나 운명의 영역처럼 현실의 맥락을 벗어나 불가지론에 속하는 것이 될 수밖에 없다.

---

3) 해방 이후 사회주의의 기획 실패는, 식민 시대의 저항 활동이 지녔던 정당성이 무색하게, 식민 체제가 만들어낸 신문매체들의 부정적인 사회주의자상과 밀접하게 관련되었다. 이에 관해서는 박헌호(2005: 35~78) 참조.

「문학하는 것에 대한 사고(私考)」(김동리, 1997: 70~75)에서 김동리는 예술가의 직책을 언급하면서 '문학한다는 것'이 무엇인지를 말하고 있다. 그가 말하는 문학은 "높고 참된 의미"를 지닌다. 곧 "어떤 구경적인 생의 형식"이라는 것이다. 그는 문학이라는 행위를 출세나 매명(賣名)의 수단이 아닌 가장 숭고한 차원에 속한 것으로 규정함으로써 사상과 정치의 지평을 남루한 세속의 일로 치부하고 만다. 자고 나면 달라지는 격동의 세월 속에서 김동리는 시간이 지나도 변화하지 않는 그 무엇을 지향했던 것이다. 그의 표현을 따르면 문학의 참다운 의의는 생의 긍정과 생의 원칙을 부정하는 것까지도 망라한 "생의 구극적인 표현"에 있다. 그가 말하는 구경적(究竟的) 삶은 "무한무궁에의 의욕적인 결실인 신명"을 찾고 "자아 속에서 천지의 분신을 발견"하는 것이다. 여기에 어울리는 근사치의 비평적 개념은 아마도 '구체적 보편'일 것이다. 동리는 천지 삼라만상에 깃든 것들과 유기적 관련을 찾고 그 안에서 운명성을 발견해서 전개하는 것이야말로 문학을 통한 구경적 삶을 완수하는 것이라고 말하는데, 그 운명성에서는 지고한 가치의 형해만 있고 현실의 맥락은 누락되어 있다. 현실을 사상시켜 삶에 깃든 본질을 추출하는 작업을 두고 '생의 순수 형식과 이를 발견하는' '구경적 삶의 실현'이라고 할 때 이를 가장 잘 구현한 작품으로 「달」이나 「역마」, 「한내마을의 전설」을 들 수 있다. 구경적 삶을 실현하기 위한 창작의 소산은 철저하게 시간성이 소거된 세계, 곧 운명적인 것과 어울리는 설화성의 세계로 나타나는 것이다.4)

현실의 맥락에서 벗어나 근본적인 미적 인자를 추출하는 방식은 그 자체로 탈정치적이며 탈현실적 지향을 지닌 강력한 이데올로기다. 이 이데올로

---

4) 해방기에 쓰인 김동리 소설에 나타나는 운명성에 관해서는 김윤식(1997: 143~221) 참조.

기는 현실정치의 영역을 배제함으로써 당대 문학이 정치적 현실에 의해 위협당하고 있던 문학의 영토를 보존하는 토대를 형성한다. 이 문학적 이데올로기는 미적 자율성의 이상에 운명과 근본적인 가치라는 후광을 입히려는 야심 찬 기획이기 때문이다. '구경적 삶의 문학화'는 문학의 정치적 복속을 거부하고 자립적이고도 자기충족적인 신비화를 통해 문학적 창조 행위를 "가장 높고 참된 의미"로 규정함으로써 좌우 진영 간의 날카로운 대립의 장 안에서 우익 진영의 헤게모니로 부상했던 것이다.

사상성을 대타화하며 미적 이념을 수립해나가는 김동리의 논리는 해방기 좌우 정파의 이념적 대립이나 갈등과는 상동관계를 이룬다. '참된 문학'과 '참다운 문학적 사상'을 구성하는 일련의 논리화 과정에서 그는 일제하 좌파 문학운동이 초래한 편내용주의의 뼈아픈 오류를 대타화한다. 그가 대타화하는 것은 해방기에 분출되었던 좌파와 진보적인 문학사상 일체다. 그가 말하는 문학의 '참다움'이나 '문학적 사상의 참다움'이란 그 대타항을 모두 '참답지 않은 것'들로 규정함으로써 생겨나는 가치 개념이다. 이 같은 이항대립화는 비정치적 순수를 문학의 중심으로 삼는 인정투쟁의 절차였다. 그러나 이 절차는 문학과 정치, 역사와 사회현실에 걸쳐 있는 문학의 여러 층위를 선과 위선, 참과 거짓이라는 흑백논리의 이분법적 구획으로 정렬하는 과정이기도 했다.

이 과정에서 김동리는 식민지 시기 박영희의 사상전향을 호출해낸다. 그가 박영희의 사상전향에서 추출해내는 것은 사상의 무가치성에 입각한 전향의 재맥락화다. 그는 박영희의 사상전향을 근거로 삼아 좌우 진영으로 나누어진 해방기 문학의 지형도를 다시 그리면서 해방기 국가건설의 시대적 과제를 담은 문학과 현실의 다양한 관계망을 순수라는 가치의 절대화와 비순수의 폄하라는 이분화로 재배치한 것이다. 이 같은 양분화에 담긴 김동리의 정치적 의도는 비정치성을 전제로 삼아 괄호풀기와 괄호치기를 통해 '참다운 문학' 또는 '참다운 문학적 사상', '불순한 문학' 또는 '불순한 문학적 사상'을 분할 대립시키는 것이었다.[5] 그가 주장하는 사상과 문학의 순수함과 불순함이라는 이분법적 구도를 좌우가 치열하게 대치했던 해방공간의 담론장에 겹쳐보면 이 대립의 논리화는 좌우 정파의 전선과 결부시킨 또 하나의 진영화라고 말할 수 있다.

좌파 및 진보사상에 대한 부정적이고 이분법적인 김동리의 의미 규정은 김병규의 순수문학 비판에 대한 재반박으로 쓰인 「본격문학과 제3세계관의 전망」에서 좀 더 분명히 의도를 드러낸다. 이 글에서 김동리는 정치성과 공리성을 표방하는 좌파문학 또는 진보적 성향의 중간파 문학까지도 제2, 제3의 문학으로 서열화한 다음 순수문학의 자율성을 제1의적인 문학으로 옹립하는 한편 순수문학을 종교적 지위로 격상시켰다. 그는 자신의 문학 분류와 서열화를 근거로 휴머니즘에 바탕을 둔 '본령정계의 순수문학'(또는 본격문학. 여기에서 처음 본격문학이라는 말이 탄생했다: 인용자)만이 오직 "제1의적"이며 "문학가동맹의 정치주의 문학" 같은 다른 문학론은 제2의적, 제3의적 문학밖에 되지 못한다고 단언하고 있다(김동리: 1997: 85). 이처럼 김동리의 순수문학론은 해방 이후 전개된 냉전 구도를 내면화하며 일체의 사상성을 소거한다. 그 결과 그의 문학론은 좌파 진영을 제거하는 데 그치지 않고 문학의 사회적인 맥락을 폭력적으로 배제하고 사상의 초월성만 강조하며 "민족의 영속화"에 따른 일체의 다른 사상을 타자화하고 억압하는 반공의 이데올로기적 정치학과 상동적인 구조를 구비하기에 이른다.

---

5) 김동리의 순수 가치 절대화는 달리 보면 '순수 관념의 헤게모니화'에 가까울 만큼 대단히 정치적인 발상법이기도 하다. 문학에 대한 정의와 문학하는 것에 신성성을 부여하는 모습은 「문학하는 것에 대한 사고(私考)」(김동리, 1997)에 잘 드러나 있다.

3. 좌익 인물 이미지와 순수의 위치

해방 직후 전개된 순수문학 논쟁의 연장선에서 6·25전쟁 직전까지 창작
된 김동리 소설의 흐름을 살펴보면 그가 자신이 표방했던 순수문학이라는
관점에서 좌익 인물을 어떻게 그려내고 있는지를 살펴볼 수 있다.6)

해방기 소설에 등장하는 좌익 인물의 이미지는 따로 거론해도 좋을 만큼
다양한 스펙트럼으로 전개된다. 염상섭의 경우 「해방의 아들」, 「이합」, 「삼
팔선」, 「재회」 등에 이르는 일련의 연작을 통해 만주 신경에서 서울에 이르
는 답파의 과정에서 해방기 북한사회의 현실을 일제의 식민권력을 모방한
속류화된 세태로 바라본 바 있다. 염상섭은 「해방의 아들」에서 "보안대에나

---

6) 이 시기의 김동리 소설은 크게 사회현실을 다룬 경우와 비현실적이고 설화적
인 서사공간을 상정한 경우로 나뉜다. 사회현실을 소재로 취한 계열에는 「윤회
설」(≪서울신문≫, 1946. 6. 6~6. 26), 「지연기」(≪동아일보≫, 1946. 12.
1~12. 19), 「혈거부족」(≪백민≫, 1947. 3), 「상철이」(≪백민≫, 1947. 11), 「
절 한번」(≪평화신문≫, 1948. 8), 「형제」(≪백민≫, 1949. 3. 「광풍속에서」로
게재), 「유서방」(≪대조≫, 1949. 3), 장편 『해방』(≪동아일보≫, 1949. 9.
1~1950. 2. 16) 등이 있다[장편 『해방』에 대해서는 신형기(1992) 참조. 그는『
해방』을 순수문학 진영에서 반공의 관점을 보여주는 독보적인 작품으로 파악
하고 있다]. 현실의 맥락을 거세함으로써 드러나는 세계가 초시간적인 설화적
작품들로는 「달」(1947), 「어머니와 그 아들들」(『삼천리』, 1948. 8. 「아들 삼형
제」로 게재), 「역마」(1948), 「한내마을의 전설」(1950) 등이 있다. 작품들이 사
회현실과 설화적 서사공간으로 이분화되는 경향은 문학과 정치의 이원론을 그
대로 반영한 것으로 볼 여지가 충분하다. 6·25전쟁 이후 김동리 소설의 흐름은
성서를 소재로 한 작품군과 신라를 배경으로 한 작품군, 신변잡기에 가까운 사
소설 형식의 작품들로 분화되었다. 김동리의 전후소설이 보여주는 사소설 경
향에 관해서는 정종현(2002: 147~164) 참조.

들어가서 총대를 메고 나서야만 건국사업에 보탬이 되는 것일까?"하고 반문
하며 "실지 노동을 해보는 것"(염상섭, 1987: 26~27)에 무게를 두고 장작을 패
서 내다 파는 일에 나서는 주인공을 내세운다. 인물의 이 같은 내면은 건국사
업을 둘러싸고 벌어지는 열풍보다도 생존과 일상의 문제를 더 중시하는 일
면을 드러낸다. 일제에 협력했던 인물과 함께 장작장수 일을 하려는 모습은
과오를 범한 민족 성원을 받아들이는 포용의 관점과 함께 건국의 시대적 과
제만큼 일상의 회복과 생존도 중요하다는 염상섭 특유의 중간파적 감각이
돋보이는 대목이다. 그런데 신의주에서 배천을 거쳐 귀경길에 오르는 행로
에서 화자가 목격한 것은 전염병의 창궐과 토지개혁에 따른 흉흉한 소문들
이다.「삼팔선」에서는 북한사회의 세태에 대해 매우 비판적으로 그리고 있
다. 화자는 신막에서 만난 차장의 억양 높은 연설조의 선전을 "메누리가 늙
어서 시어미가 되는 것이지마는 안방 차지를 갖한 덜된 메누리의 시어미 행
세"(염상섭, 1987: 64)로 표현한다. "안방 차지를 갖한 덜된 메누리"라는 표현
에는 좌익 정파가 주도하는 북한사회 개혁이 마치 식민권력을 모방한 듯한
고압적인 태도를 지니고 있음을 비판하려는 의도가 담겨 있다. 그 연장선에
서「이합」은 입당 압력에 시달리는 교원생활에 대한 환멸감을 포착하고 있
다. 비정치적 교사인 주인공은 하루에도 몇 번씩 "훌쩍 이남으로 달아나고만
싶은 생각"(염상섭, 1987: 99)으로 고통스러워한다. 또한 그는 여맹사업에 골
몰하는 아내에게도 반감을 품는다. 급기야 아내와도 냉연히 결별하고 서울
로 길을 떠나는데, 뒤늦게 아내가 회심해 주인공을 따라 월남함으로써 가족
모두가 서울에서 재회하는 것으로 이야기는 마무리된다. 이러한 이야기 구
도에서 드러나듯이 해방기 연작에 담긴 내용은 주로 건국사업의 열기와 그
로 말미암아 발생한 가족 성원 간의 균열된 감정에 관한 착잡한 내면성이다.
고심하는 내면성은 염상섭의 해방기 연작에서 득세한 좌파의 고압적인 선전

선동의 속류적인 풍조에 대한 환멸의 흔적을 구체적으로 보여준다. 요컨대 "가정은 소국가"(염상섭, 1987:109)라는 관점에서 그는 해방기 현실을 두고 일상의 가치와 질서를 부인하며 횡행하는 이데올로기 열풍을 "식민지 시대의 권위를 흉내 낸 듯한 풋내 나는 어설픔"(유임하, 1998: 50)이라고 비판하고 있는 것이다.

염상섭이 일상의 시선으로 건국사업과 관련한 좌파의 득세를 식민권력의 조야한 모방으로 보았다면, 채만식은 「도야지」와 「낙조」(채만식, 1989)에서 볼 수 있듯이 풍자적 시선으로 해방기 현실의 부정성에 주목했는데, 특히 좌익분자로 내몰리는 양심적인 인물과 '빨갱이'를 증오하는 인물을 포착하는 비판적 시선을 보여주었다. 「도야지」는 부정관권선거에 나선 아버지를 비판적으로 바라보는 아들의 시선을 통해 정치적 입지를 위해 자신에게 도움이 되지 않는 아들을 빨갱이로 몰아세우는 모습을 제시한다. 또한 「낙조」는 일제 패망 직전 경무보에 올랐다가 해방과 함께 가산을 몰수당하고 서울에 내려온 아들의 처지를 한탄하면서 남한 정부의 북진통일을 오매불망 기대하며 살아가는 황주댁을 몰역사적인 인물로 내세우고 있다. "공산당, 좌익, 빨갱이, 그놈들 말만 들어두 난 치가 떨려요! 에이, 불공대천지 원수…. 그놈들은 내가 갈아먹어두 분이 아니 풀려"(「낙조」, 380쪽). 이렇게 채만식은 사회현실의 부정성에 맞선 양심적인 인물을 빨갱이로 매도하는 아버지의 모습에서 나타나는 부자 간 갈등과 감정적 앙금에 주목하는 한편, 친일과 매국의 행위를 반성하지 않은 채 일순간에 몰락해버린 모성을 통해 복수의 원념으로 가득한 맹목적 증오의 반공주의 탄생을 추출하는 데 성공했다. 채만식은 해방기 현실 묘사를 통해 좌익 인물만이 아니라 좌익과 진보적 인사까지 뭉뚱그려 '빨갱이'로 타자화하는 시대 현실의 흐름을 담아낸 것이다.[7]

염상섭의 중도적 관점이 가정의 유대를 파괴하는 열풍과도 같은 속류적 세태에 비판적이고 채만식의 풍자적 관점이 좌익 인물에 대해 고조되는 적의 － 빨갱이 － 를 다양한 층위에서 묘파했다면, 김동리는 좌익 인물을 냉전적인 관점에서 그려냈다. 그는 염상섭과 채만식보다 더 분명하게 좌익과 대척되는 관점을 취하면서 시류에 영합하는 좌익 인물상을 비판적으로 그려냈다. 이 글에서는 좌익 인물 이미지를 중심으로 순수문학론과 반공주의의 연관을 논의하기 위해 「윤회설」과 「형제」를 살펴보기로 한다(김동리, 1995)

「윤회설」은 김동리가 해방을 맞은 뒤 처음 발표한 작품이다. 이 작품은 이미 이원조에 의해 그 정치적 성격이 지적된 바 있다(이원조: 1946. 9. 1).[8] 이원조의 주장을 요약한 김윤식의 논지에 따르면 이 작품은 지식인 종우를 과대망상과 성격파산자의 형상으로 그리면서 현실을 정치적으로 왜곡하고 있다(김윤식, 1997: 44). 그러나 이 작품의 등장인물을 염상섭과 채만식 소설에 등장하는 좌익 인물의 이미지와 비교해보면 이 작품의 좌익 인물들은 시류에 휩쓸리는 피상적 존재들로 그려지고 있다. 이는 「혈거부족」, 「상철이」, 「형제」, 「유서방」 등에서도 마찬가지다. 요컨대 「윤회설」은 좌익 인물의 몰윤리성과 비인간적 면모를 부각시키는 면에서 기원을 이루는 작품이다. 「윤회설」에서 「유서방」에 이르는 해방 직후의 현실을 다룬 작품들에 등장하는 사회주의자들은 거개가 본질적인 사회주의 이념 분자는 아니다.

「윤회설」에 등장하는 사회주의자들이 시류에 휩쓸리는 지식인으로 그려지는 것은 결코 우연이 아니다. 정신적으로 염결성과 엄숙한 태도를 지닌 종우는 "천성이 고독을 좋아하"(「윤회설」, 13쪽)는 인물인 반면 동생 성란과 그

---

7) 채만식의 해방기 소설이 성취한 이러한 특징은 매카시즘에 바탕을 둔 '분단 현실의 이데올로기적 내면화 과정'이라고 말할 수 있다(유임하, 1998: 61).

8) 「윤회설」에 대한 이원조의 주장은 김윤식(1997: 43~47) 참조.

의 남편 윤 군은 좌익 단체에 휩쓸리며 종우를 경원시하거나 조롱하는 등 종우와 대립각을 세운다. 동생 성란은 남편 윤 군의 이론에 설복되어 종우에게 반감을 갖는다. 그녀는 친정에 올 때마다 오빠에게 선전하려 들곤 하지만 그렇다고 그녀가 남편의 사상 노선에 적극적으로 동의하는 것도 아니다. "그보다는 오히려 저희 내외끼리 보조를 맞추어가는 것을 다행으로 생각하는 편"(「윤회설」, 14쪽)으로 "남의 선동이나 주장에 쉽사리 변하고 움직여지는"(「윤회설」, 14쪽) 존재들이다. 종우와 성란 - 윤 군 부부 사이에는 종우의 애인이자 성란의 동창생인 혜련이 있다. 그녀는 종우의 정신적 사랑에 고통스러워하는 동시에 그에게 갈애를 느낀다. 그녀는 성란의 중개로 윤 군의 친구인 공산주의자 박을 따라 좌익 단체 사무실에 발을 들여놓고 그와 대화를 나누기도 한다. 종우는 "인간의 자존이 유지하는 날까지 이것과 겨루어보려는 것이 그의 유일한 보람이라면 보람이요 괴벽이라면 괴벽"(「윤회설」, 15쪽)이라고 스스로 느끼는 한편 혜련의 예술가동맹 출입을 자신에 대한 애정의 결핍과 반발이라고 단정하기도 한다.

> "진보적인 민족주의자뿐 아니라 진보적인 공산주의자도 필요하겠지…. 밤낮 진보적 진보적 떠들긴 해도 실제 이론에 있어서나 행동에 나타나는 걸 보면 수십 년 전의 케케묵은 팸플렛에서 별로 진전된 건 없으니, 그리고 보면 이른바 이 진보적이란 말도 이즘 무슨 민주주의니 하는 말들처럼 그저 일종의 선전 표어에 불과한 모양이지…. 그런데 혜련! 나는 대관절 이 진보적이니 퇴보적이니 무슨 주의니 하는 것들이 딱히 싫구려!"(「윤회설」, 21쪽)

종우의 발언에서 드러나는 것은 염상섭의 작품에서 표현된 바 있는 "어설픔"으로 치부되는 결벽성이다. 이 결벽성은 주의나 사상이라는 것에 대한 단호한 환멸감 그 이상도 이하도 아니다. 사상 일체를 괄호치는 종우의 의식에 담긴 문제적인 측면은 앞서 거론했던 '참사상/거짓사상'의 이항 대립 구도와 그리 다르지 않다. 성란 부부와 혜련의 좌익 단체 출입에 대한 종우의 판단에 는 현실 및 정치적 맥락과 관련해서 부정적인 태도가 엿보인다. 종우의 관점 은 그 어떠한 주의 주장보다도 인간성의 자유와 정신적 존엄을 확보하는 것 이 중요하다는 것이다. 종우의 발언을 듣고 있던 혜련이 주의와 사상에 대한 종우의 "분명한 적의와 분연한 어조"(「윤회설」, 21쪽)가 무엇을 뜻하는지를 곰곰이 생각하지만 종우는 혜련에게 "우리가 진보적이나 퇴보적이니 민족 주의니 공산주의니 하는 그런 문구를 가지고 다툴 필요가 어디 있단 말유?" (「윤회설」, 23쪽) 하며 강변한다. 그는 "근본 사상에 있어 가령 우리는 저 자본 주의의 경제적 계급적 죄악과 모순을 제거하는 동시에 공산주의의 기계적 공식론도 버려야 된"다는 것, "경제적 계급적으로 해방이 되는 동시 인간성 의 자유와 정신적 존엄 이것도 확보해야 한다는 것뿐"(「윤회설」, 23쪽)이라고 단언한다.[9]

　「윤회설」에서 설파된 종우의 논리가 좌익의 주의·주장과 부유하는 정치 적 혼란과 맞물려 더욱 첨예하게 대립하는 지점은 「형제」다. 「형제」는 6·25 전쟁 직전까지 발표된 그의 작품 중에서 가장 정치적인 소설일 것이다. 이 소 설에서는 좌익 인물을 희화화하고 저급한 인물로 묘사하는 수준을 훨씬 넘 어 격렬한 분노와 적의를 담아낸 반공 담론을 전유하고 순수의 입지를 더욱

---

9) 이원조가 「윤회설」을 '정치소설'이라고 비판한 것은 단순히 좌익사상에 대한 김동리의 태도에서만 비롯된 것이 아니다. 그 비판은 해방 직후 범람한 주의· 주장 전반에 대한 불신과 이 담론들의 무용성을 강조하며 '인간적 자유와 존 엄'이라는 문제를 부각시킨 김동리의 문학적 보수성을 겨냥하고 있다. 이원조 (1946) 참조.

부각시켰기 때문이다. 귀환 전재민으로 동굴에 기식하며 남편의 유골을 안고 살아가는 순녀를 겁탈하려는 몰염치한 얼치기 사회주의자를 그려낸 「혈거부족」, 친일파문제를 껴안고 미군에게서 강압적으로 DDT 세례를 당한 뒤 소리 높여 외세를 탓하는 좌익분자들을 바라보는 「지연기」, 교원의 궁핍한 일상과 달리 재빨리 사회 변화에 적응하는 동시에 술과 음식에 탐닉하고 우익 인사들과 우익 정당을 욕하는 얼치기 좌익분자를 관찰한 「유서방」 등에 담긴 냉연한 시선과 훈계적 어조에 비해 「형제」에 나타나는 좌익 인물에 대한 시선은 그 층위부터가 다르다.[10] 「형제」는 여순사태를 소재로 삼아 좌익 인물을 반란의 공간에 고정시키며 민족으로부터 배제하는 한편 순수문학의 위상을 반공의 담론과 결합시켜 재배치하고 있다.[11]

「형제」는 "1948년 10월 21일 오후, 여수의 거리 거리는 아직도, 반란군과 폭도들에 의하여 붉은 피로 물들고 있었다"라는 문장으로 시작된다. 이 소설은 반란군과 폭도가 점령한 경찰서에 사촌 동생들이 잡혀갔다는 소식을 들은 인봉을 중심으로 삼인칭 관찰자 시점으로 서술되고 있다. "붉은 피"로 상징되듯이 이 작품은 여순사태가 지나간 여수 거리에 자행된 좌익분자들과 반란군의 학살상을 통해 형제의 우의와 가족 윤리조차 저버린 좌익분자들의

---

10) 이들 텍스트의 인물 구도와 서술 문법에서 드러나는 공통적인 사실은 주요 인물이 대학교원이거나 교사로서 시류에 영합하는 지식인(「윤회설」, 「지연기」)이거나 부랑자(「혈거부족」, 「유서방」)로서 좌익분자들과는 거리를 두는 태도를 보인다는 점이다. 예외적으로 「상철이」에서는 대한독촉청년회 회원인 상철을 통해 '빨갱이 때문에 독립이 안 된다'는 직접적인 발언을 반복해서 들려주고 있다.

11) 주지하듯이 여순사태는 건국 수립 과정에서 분단국가로서의 한계를 보여주며 출발한 취약성을 극복하고 정교한 근대국민국가의 제도화를 낳는 근원임을 보여준다. 이에 관해서는 임종명(2003) 참조.

반인륜성과 동족학살을 고발하는 것을 표면 구조로 삼고 있으나 작품의 의
도는 단지 거기에만 머물지 않는다. 다른 한편으로 이 작품은 좌익의 천인공
노할 학살과 폭력에 대한 흉흉한 소문을 들은 우익 가족들의 분노를 통해 죽
음의 위기에 처한 조카를 구해내는 인봉의 인간애에 좀 더 주목하기 때문이
다. 삼인칭 서술자는 인봉을 따라가며 "인간도살장"(「형제」, 139쪽)이 되어버
린 경찰서에서 자행된 적색반란군의 고문과 학살을 풍문으로 제시한다. 서
술자는 국민학교 4학년인 인봉의 사촌 조카 성수의 시선을 빌려 좌익분자가
된 아버지 신봉의 큰아버지 인봉을 향한 적개심을 묘사한다. 신봉이 술에 취
하면 큰아버지인 인봉을 욕하며 "'인민공화국' 세상이 되면 죽여버릴 것이
라고 별러오는 것을 여러 번 들으면서"(「형제」, 140쪽) 성수가 품는 "언짢은
생각"(「형제」, 140쪽)을 통해 좌익 인물들을 간접적으로 비판했다. 좌익 활동
에 깊이 가담한 동생 신봉은 해방 전 일본에 건너갔다가 해방 후 귀향해서는
술과 노름을 일삼다 '농민조합' 일을 한답시고 다니던 중에 인봉이 '대동청
년단'에 가맹하자 인봉을 적대시하게 된 것이다. 그러나 인봉의 청년단 가입
은 농민조합의 공갈과 협박에 대항하기 위한 것으로 부언된다. 신봉의 행태
는 아들의 시선을 통해 좌익분자의 도덕적 일탈과 폭력성으로 부각된다. 한
편 손위 처남인 윤규 역시 "자네 같은 형이라도 만나서 다행이랑께"(「형제」,
142쪽)라며 신봉의 행태를 비판하고 있다. 이처럼 사람 좋은 인봉과 극악한
심성의 소유자인 신봉의 대비는 이 작품의 대표적인 대립 구도다. 사람 좋고
신망 있는 인봉에 비해 좌익분자인 신봉은 여순사태에 등장하는 '빨갱이'로
서 가족과 인류의 테두리를 넘어선 야만인, 타락자로 재현되고 있다.[12]

---

12) 유포된 소문 중에는 좌익 여학생이 치마 속에 숨긴 카빈총으로 경찰을 사살하
　　려다 체포되었다는 내용이 눈에 띈다(박종화, 1948). 이 소문은 내전의 상황 속

　　인봉은 신봉이 여순사태 발발 후 윤규의 뒤란 멱서리에 일주일간 은신해 있다가 처조카인 윤규의 두 아들(신봉에게는 조카)을 참살하고 나서 인봉까지도 찾아 죽이려 다닌다는 말을 윤규에게서 전해 듣는다. 그러나 인봉은 윤규의 태도를 경멸하며 "하잘것없는 소문을 함부로 믿는 모양이여"(「형제」, 144쪽)라며 거리로 나선다. 그는 경찰서 깃대 꼭대기에 펄럭이는 태극기를 바라보며 눈물을 흘리기도 한다. 그러다가 그는 경찰서 앞마당에서 아내와 당숙이 피투성이가 된 주검들 가운데 윤수와 정수 형제의 시신을 발견하고 애통해하는 모습을 보면서 "돌연히 꿈을 깨는 듯" "왜애…"(「형제」, 146쪽) 하고 "송아지 울음소리"(「형제」, 146쪽)를 내며 절규한다. 조카들의 주검을 들것에 실어 운반하던 인봉은 "―그렇다, 신봉이 놈을 찾아 죽이자!"(「형제」, 147쪽)라고 다짐한다. 그 와중에 그는 반란군의 앞잡이가 되어 경관과 학생과 양민을 학살하는 데 활약한, 신봉의 동료이자 남로당원인 이종석의 집으로 몰려가는 무리를 목격한다. 분노한 무리는 "그놈을 죽여라!" "빨갱이는 씨도 남기지 말고 죽여야 한당께…"(「형제」, 147쪽) 라고 외치며 이종석의 집에 몰려 들어가 열세 살 난 딸을 피투성이 만들고 나서 신봉의 집으로 향한다. 무리보다 앞장서서 "왜 애―"(「형제」, 146쪽) 하며 신봉의 집으로 뛰어들어간 인봉은 군중의 아우성을 뒤로 하고 뒤란에 숨은 신봉의 어린 아들 성수를 절체절명의 위기에서 구해낸다. 대청 동지들의 추격 소리를 들으며 인봉은 "흡사 꿈속에서 악마에게나 쫓기듯 숨이 끊어지도록 어두운 골목을 달음질"(「형제」, 149쪽)치면서 "지금 성수를 업고 달아나는 자기는 분명히 신봉이요, 자기의 뒤를 쫓아 따라오는 박 생원과 대청 동지들이 흡사 자신인 것"(「형제」, 150쪽)같이 느낀다.

에서 성의 유혹과 파멸에 대한 두려움이 만들어낸 무의식적인 공포를 보여준다. 김득중(2004: 171~184) 참조.

"그놈을 죽여라" "빨갱이는 씨도 남기지 말고 죽여야 한당께…"라는 분노
에 찬 희생자 가족들의 목소리와 폭력적인 장면이 이토록 여과 없이 드러난 사
례는 이 시기에 창작된 작품 중에서는 찾아보기 어렵다.[13) 그러나 조카 성수
를 구해내는 가운데 개재하는 죄인 됨의 심정은 좌익 인사의 자손을 구했다는
단순한 착잡함으로만 설명되지 않는 잉여의 부분을 담고 있다. 그것은 잠적한
신봉의 죄악과 성수를 구해낸 자신의 행위가 중첩되면서 일어나는 일종의 착
시현상이다. 이는 우익의 희생자 가족들에게 가한 신봉의 죄상을 연상하게 하
는 한편, 희생자 가족에 대한 죄의식과 함께 공분의 대상이 된 좌익분자들의
죄악에 자신이 가담했을지도 모른다는 정치적 무의식을 보여준다.

「형제」에 재현된 좌익 인물들은 조카들도 주저 없이 처형해버리는 '빨갱
이'들의 잔혹성으로 고정된다. 이들은 반인륜적인 범죄자이자 우익 희생자
가족들의 분노를 자아내는 적대적 타자인 셈이다. 그러나 김동리는 자신의
문학이념인 '인간의 자유와 존엄의 가치'를 실현하는 모습을 인봉이 조카 성
수를 구출하는 장면으로 나타냄으로써 좌우 사상을 막론하고 사상에 따른
온갖 정치적 쟁패가 헛된 꿈임을 묘사하고 있다. 인봉이 자주 갖는, 꿈에서
깨어난 듯한 느낌이나 송아지 울음처럼 폐부 깊은 데서 터져 나오는 절규는
여순사태의 현장에서 살해된 주검이나 가족들의 아비규환 같은 혼돈의 정치
적 현실을 넘어서는 생의 진면목, 곧 "생의 구경"을 담아내는 근원적인 몸의
언어다. 인봉의 내면에서 드러나는 가족애와 인간애에 초점을 맞추면서 좌
파의 사상이나 그들의 행태를 한낱 저급한 속류의 팸플릿 수준으로 규정해

---

13) 다만 전국문화단체총연합회가 여순사태를 답사한 문화인들과 이승만 대통령
    을 비롯한 내각수반의 글을 함께 수록해서 간행한 『반란과 민족의 각오』(문
    진문화사, 1949)에는 여순사태의 처형장을 처연하게 그려낸 김영랑의 시 두
    편이 게재되어 있다. 이에 관해서는 유임하(2006: 42~48) 참조.

버리는 김동리의 관점은 윤규에 대한 경멸의 태도에서도 얼마간 포착된다. 인봉이 조카 성수를 구원하는 행위는 형제애조차 부정해버린 좌익분자들의 범죄행각과 반인륜성을 넘어서는 것에 그치지 않는다. 인봉은 소문에 휩쓸리는 사회적 개인들과 달리 견고한 위치를 점유한다. 그 위치는 전쟁을 가동하면서도 그 심급조차 무색하게 만드는 구원자의 지점이며, 더 나아가 피비린내나는 동족 간의 다툼을 훌쩍 넘어선 인간애로 승화시키는 김동리 특유의 미적 형식을 만들어내는 지점이다. 현실의 온갖 상처와 상황을 시대의 어둠으로 규정하고 보존되어야 할 가족애(또는 인간애)를 한껏 부각시키는 '생의 구경적 형식'이 가진 ― 반공과 현실과 사상을 배제하고 나서 부여한 ― 문학의 종교적 지위라고 해도 무방하다.

4. 순수문학의 반공주의적 토대

지금까지의 논의에서도 드러난 바와 같이 김동리의 문학론과 그의 소설에서 주목해야 할 점은 선과 악, 진실과 허위라는 이분법에 기초한 이론적 기획이다. 이 기획은 해방공간의 뒤척이는 정치적 현실에서 정치성의 소거 또는 비정치성을 동원함으로써 문학적 후광을 만들어냈다. 이는 해방 직후의 이데올로기적 혼란 속에서 건국의 시대적 과제가 어떻게 이데올로기적으로 진영화되었는지, 그리고 김동리가 이 같은 현실에서 문학의 역할을 어떻게 차별화했는지를 짐작할 수 있게 해준다. 그는 좌파의 득세를 문학의 부정으로 간주하는 한편 시류에 영합하는 비주체적인 인식 행위로 보았다. 이 같은 인식논리가 문학과 인간 자유를 절대화하며 현실의 자장에서 초월적으로 존재하는 순수문학의 기획을 낳았던 것이다. 그는 이 같은 반공의 관점으로 사회현실적 맥락과 닿아 있는 주의·주장을 부정적으로 예단함으로써 좌익 인물의 이미지를 대단히 부정적으로 그려냈다. 특히 「형제」에서는 여순사태를 소재로 형제관계마저 정치적 입지에 따라 부정하는 반인륜적 존재로 좌익 인물의 의미망을 고정시켜놓았다.

「윤회설」에서는 좌익 인물들이 간접화된 방식으로 조롱되는 것과는 달리 「형제」에서는 좌익 인물들의 잔혹성과 범죄행각을 여순사태를 배경 삼아 더욱 구체적으로 재현했으며 이는 우익 인사들에 대한 면모를 강화하는 효과를 보여준다. 인봉의 인간됨, 곧 그의 인륜과 도덕심, 가족애는 적대적 타자로 삼은 좌익 인물의 형상을 더욱 선명하게 드러낸다. 여수라는 공간에서 벌어진 좌파의 행위와 맥락을 신봉이나 이종학 같은 좌익분자를 통해 비인간성과 잔혹성으로 구체화하는 과정에서는 인봉처럼 정신적 고결함과 엄격성을 갖춘, 인간을 구원하는 임무를 포기하지 않는 존재가 부각된다. 이 희미하지만 확고한 인물 이미지의 이데올로기적 전선은 김동리가 내세운 순수문학론의 '참사상/거짓사상'의 구획처럼 선명한 축도를 보여준다. 그러한 점에서 「윤회설」의 종우가 혜련을 거두어 그녀와의 결혼을 결심하는 것과 「형제」에서 인봉이 조카 성수를 구원하는 서사 구도는 서로 닮았다. 인봉은 좌익의 학살에도, 우익의 폭력적인 집단심리에도 동조하지 않는다. 인봉은 희생을 희생으로 되갚는 '증오의 정치학'을 벗어나 살해당할 위기에 빠진 조카를 등에 업고 역사의 밤 골목을 헤매는 혈연공동체의 대표자, 인류의 대행자가 된다. 이렇게 보면 김동리는 여수라는 공간에서 잔인한 야수와도 같은 존재, '빨갱이'를 재현하면서 폭력이 격앙된 군중심리의 불가피성을 부각시키는 동시에 좌익분자의 잔혹 행위에 대한 분노를 조절하며 적개심을 대치시킨 지점에서 '빨갱이'의 반인륜성을 고발하는 '공포의 효과'를 각인시켰던 것이다. 이런 맥락에서 「윤회설」과 「형제」는 좌우익의 냉전적 이데올로기 구도에 부정적인 좌익 인물을 포진시킴으로써 좌우 정파의 적개심조차 무화시키며 '인간의 참된 사상과 행동', '본령정계'를 재현해낸 텍스트라고 해도 좋을 것이다.

해방 이후 태동한 순수라는 문학이념은 건국 직후 전개된 반공주의의 이념 검증 속에서 문학사적 실재로서 가장 강력한 이데올로기로 작동했다. 그런 점에서 반공주의와 순수문학의 이념은 결코 상치되거나 회피하는 관계가 아니었으며 냉전적 사고와 논리를 적극적으로 활용해 구성된 것이었다. 다시 한 번 강조하면 순수문학, 문학의 순수성, '순수의 비정치적 정치성의 신화'는 반공의 이데올로기적 기반 위에서 그 위력을 발휘했던 역사적 실재였다고 할 수 있다.

참고문헌 ·····························

1. 기본자료

김동리. 1995. 『김동리전집 2권: 역마·밀다원 시대』. 민음사.

_____. 1997. 『김동리전집 7권: 문학과 인간』. 민음사.

박종화, 1947. "남행록 (4)". ≪동아일보≫, 1948년 11월 21일자.

염상섭. 1987. 『염상섭전집 7권』. 민음사.

이원조. 1946. "허구와 진실". ≪서울신문≫, 1946년 9월 1일자.

전국문화단체총연합회. 1949. 『반란과 민족의 각오』. 문진문화사.

채만식. 1989. 『채만식전집 9권』. 창작과비평사.

2. 논문·기타

강진호. 2000. 「우리 내부의 냉전이데올로기: 문학 - 탈분단을 위한 마음의 감옥
　　　열기」. ≪실천문학≫, 2000년 겨울호.

김득중. 2004. 「여순사건과 이승만 반공 체제의 구축」. 성균관대 사학과 박사학위
　　　논문.

김재용. 2001. 「반동이데올로기와 민중의 선택」. ≪역사문제연구≫, 6호(2001. 6).
　　　역사문제연구소.

김철. 2000. 「김동리와 파시즘」. 『국문학을 넘어서』. 국학자료원.

김학재. 2003. 「사상검열과 전향의 포로가 된 국민」. ≪당대비평≫, 27호.

_____. 2004. 「정부수립 후 국가 감시체계의 형성」. 서울대 언론정보학과 석사학위
　　　논문.

박헌호. 2005. 「1920년대 전반기 매일신보의 반-사회주의 담론 연구」, ≪한국문학연
　　　구≫, 29집. 동국대 한국문학연구소.

신형기. 1992. 「순수의 정체」. 『해방기 소설연구』. 태학사.

임종명. 2003. 「여순 '사건'의 재현과 대한민국의 형상화」. ≪역사비평≫, 2003년
　　여름호.
정종현. 2002. 「전후 김동리 소설의 변모양상」. 동국대 한국문학연구소 편. 『한국전후
　　문학연구』. 이회.

3. 단행본
강준만·김환표. 2004. 『희생양과 죄의식: 대한민국 반공의 역사』. 개마고원.
권영민. 1988. 『민족문학운동론연구』. 민음사.
김기진. 2002. 『국민보도연맹』. 역사비평사.
김명인. 2004. 『조연현, 비극적 세계관과 파시즘 사이』. 소명출판.
김윤식. 1995. 『김동리와 그의 시대』. 민음사.
＿＿＿. 1996. 『해방 공간의 내면 풍경』. 민음사
＿＿＿. 1997. 『사반과의 대화』. 민음사.
서중석. 2004. 『배반당한 한국 민족주의』. 성균관대 출판부.
신형기. 1988. 『해방 직후의 문학운동론』. 제3문학사.
역사문제연구소 편. 1995. 『한국정치의 지배이데올로기와 대항이데올로기』. 역사비
　　평사.
유임하. 1998. 『분단 현실과 서사적 상상력』. 태학사.
＿＿＿. 2006. 『한국소설의 분단이야기』. 책세상.
이동하. 1989. 『현대소설의 정신사적 연구』. 일지사.
푸코, 미셸(Michel Foucault). 1998. 『사회를 보호해야 한다』. 박정자 옮김. 동문선.

제 **2**장

반공 내셔널리즘 그리고 대한민국 역사를 문학으로 번역하기

● ●

남원진 | 건국대학교 국문학과 |

1. 반공, 민얼굴의 내셔널리즘

금번의 남침사건을 계기로 남국민이 체득한 바는, 더 말할 것도 없이, '볼 쉐비키'들의 무서운 야수성과 폭력성과 기만성일 것이다. 이리하여 우리가 말할 수 있는 것은, 공산주의는 가치판단의 동일한 평면에서 생각할 수 있는 수많은 정치사상 중의 한 가지가 아니고, 그것은 가치판단의 영역 외에 존재 하는 인류의 영원한 적이라고 할 수 있다(유진오 외, 1950: 115).[1]

우리가 이 땅 위에 진정한 민주주의를 확립하기 위해서는 모든 태세의 공 산주의 침략을 분쇄할 뿐만 아니라 공산주의 침략의 모든 요인을 제거하지 않으면 안 됩니다. (중략) 우리는 용공분자를 소탕하고 그들의 침투를 봉쇄하

---

1) 「폭력에 대한 항의」는 이데올로기적 성격을 은폐하면서 재현의 사실성을 높여 준다. 이는 대한민국이 유포한 반공 내셔널리즘을 강화시켜주는 것이다. 그런 데 이런 반공 지식인들의 체험은 국방부 정훈국을 통해 널리 유포되면서 공적 기억으로 자리 잡았고 대한민국의 역사가 되었다.

였으며 공산 침략의 계기가 되는 온갖 부정과 부패를 제거하고 빈곤과 기아
를 구축하는 데 주력을 다했던 것입니다. 입으로만 외쳤던 반공 태세는 국민
개개인의 생활을 통해서 확고히 정비되었고 국민 한 사람 한 사람이 반공 전
사로서의 무장을 갖추게 되었습니다(박정희, 1975: 240).[2]

반공은 민족과 도덕을 파괴하는 공산주의에 반해 민족의 안전과 사회의
질서를 유지하기 위한 것으로 설명된다. 그런데 반공은 이데올로기로서의
자기완결적 구조를 갖지 못한다. 그 자체로서 불완전한 반공은 내셔널리즘
과 결합해 나타나는데 이런 이념적 가변성을 고려하면 반공은 이차적 이데
올로기라고 정의할 수 있다. 이승만 정권은 '공산주의 = 야만 = 반민족'이
라는 등식으로 반공을 내셔널리즘과 결합시켰으며, 박정희 정권 또한 '공산
주의 = 서구사상 = 전통말살'이라는 의미 연쇄를 통해 반공과 내셔널리즘
을 결합시켰다. 위의 인용에 보듯 1950년대의 반공은 '공산주의 = 인류의
영원한 적'이라는 체험의 직접성을 드러낸 내셔널리즘인 반면, 1960년대의
반공은 국민('국민 = 반공전사')의 생활 논리로 내면화되기 시작한 체계화·제
도화된 내셔널리즘이다. 반공 내셔널리즘은 억압적인 권력 기제의 측면에서
만이 아니라 분열을 봉합하려는 권력 자체의 상투적인 수사로 재현되었다.[3]

---

2) 박정희는 「민족의 번영을 위한 정치 작업: 5·16 군사혁명 1주년 기념식 기념사」
(1962. 5. 16)에서 "용공분자를 소탕하고 그들의 침투를 봉쇄했다"라고 지적했
지만 사실은 5·16 이후 미국의 승인을 받기 위해 '없으면 만들어내는 마구잡이
사냥'으로 진보 인사 4,000여 명을 검거했던 것이다(강준만·김환표, 2004:
141~142). '투철한 반공의지를 미국에 천명하기 위한 조치'라는 정치적 함의
가 은폐된 채 '용공분자 소탕'은 '진정한 민주주의를 확립하기 위한 것'으로 설
명되고 유포되었다.
3) 반공 내셔널리즘의 구축과 문학적 양상을 다룬 연속적 논문은 ① 「반공국가의

그렇다면 왜 반공 내셔널리즘인가? 남한에서 반공과 같은 정언 명령이 국민의 존재 증명 조건으로 기능하던 시절에 문학으로 역사를 쓴다는 것은 무엇을 의미했는가? 문학은 대한민국의 '공식적인' 기억을 어떻게 반복·재생산했는가? 필자의 이러한 문제제기는 역사를 번역해내는 문학적 실천에 대한 질문과도 같다. 특히 '반공 = 애국'을 주장하는 반공 내셔널리즘의 논리는 순수한 세계의 이면에 감추어진 비참한 세계(단정수립 이후 반공으로 가려진 광기와 살육의 현장)를 가리고 은폐하는 매우 탁월한 반사경이다. 이런 측면은 본문에서 분석하겠지만, 여하튼 대한민국의 '공식적인' 역사에 대한 문학적 번역은 정치적으로 매우 위험하다.

반공에 대한 사회학이나 문학 연구는 산재해 있다. 그런데 여기서 문제 삼고자 하는 것은 반공으로 가려진 광기와 살육의 현장을 다룬 역사를 번역해내는 문학적 실천이다. '대한민국'이라는 반공국가의 구축에 결정적인 역할을 한 사건이 바로 '여순사태'와 '한국전쟁(6·25전쟁)'이다. 이 글은 해방 이후 반공국가의 역사에 대한 월남민(오영진, 김이석)과 비월남민(김동리, 차범석), 소설가(김동리, 김이석)와 극작가(오영진, 차범석)의 문제작들을 교차하면서 검토할 것이다.[4] 이에 대해 주목하는 이유는 이 작품들이 단독정부 수립

법적 장치와 '예술원' 성립 과정 연구」, ②「역사를 문학으로 번역하기 그리고 반공 내셔널리즘」, ③「반공(反共)의 국민화, 반반공(反反共)의 회로」였다. 'nation'은 '국민, 민족, 국가'로, 'nationalism'은 '국민주의, 민족주의, 국가주의'로 번역된다. 국민주의나 민족주의는 대부분 국가주의의 다른 이름이며, 전체주의가 관철되는 하나의 방식으로 작용한다. 광기와 살육의 기억으로 각인된 반공 내셔널리즘이 매우 위험하듯 반공 내셔널리즘을 비판하는 반동일화의 실천도 이들이 거부하려던 내셔널리즘의 사고체계에 갇히는 결과, 즉 대립하면서 닮아가기의 한 양상을 초래한다. '너희의 칼로 너희를 칠 수 없듯이' 내셔널리즘의 전략으로 내셔널리즘을 넘어설 수 없다는 것이다.

이후 대한민국 역사의 기억을 서서히 국가가 전유함으로써 나타난 문제성을 드러냈기 때문이다. 여기서 문제는 문학으로 역사를 쓰는 방식이 반공 내셔 널리즘의 탁월한 반사경의 역할을 한다는 것이다. 또한 이 작가들의 문제작 이 이데올로기적 성격이 은폐된 채 널리 유포되었다는 사실이 더 큰 문제다.

문학은 근대에 특별한 의미를 부여받았으며 그 때문에 특별한 중요성과 가치를 갖게 되었다. 근대문학은 '공감'의 공동체이자 '상상된' 공동체인 국 민의 기반이었다. 문학, 특히 서사 양식은 지식인과 대중 또는 다양한 사회적 계층의 공감(동질적이고 공허한 시간 안에서의 동질성의 경험)을 통해 이들을 하 나의 국민으로 형성한다(벤야민, 1983: 352~353; 앤더슨, 2002: 48; 가라타니 고 진, 2005: 51). 반공은 민족을 국민으로 재편하는 과정에서 사상적으로 순응하 는 주체들을 선별해 이들을 국민으로 승인하는 척도다. 여기서 국가는 대중 을 사상적으로 선별하고 통제하며 균질화된 국민을 창출한다(유임하, 2005: 67). 다시 말해 남한에서 반공 내셔널리즘은 혼종성을 동일성의 코드로 봉합

---

4) 이 글에서 선별된 문제작들은 공적인 가치나 규범을 창출할 수 있는 정전(正典, Canon)으로 어느 정도 인정되면서 유포된 작품들이다. 오영진의 「살아있는 이 중생각하」는 『국어』(6차) 교과서에, 김동리의 「형제」는 새국민문고 4권 『통일 의 길』(1969)에, 김이석의 「광풍속에서」는 『전쟁문학집』(1962)에, 차범석의 「산불」은 『문학』(7차) 교과서에 각각 실려 있다. 특히 『전쟁문학집』은 '5·16 의 정당성과 반공이념 강화'를 위해 국군(國軍)에 유포된 작품집이며, 새국민 문고 4권 『통일의 길』은 박정희 정권의 '새 국민 만들기' 기획을 위해 고등학 교용으로 유포된 문고판이다. 오영진과 차범석의 희곡은 극예술협의회(1949), 국립극단(1962)에서 각각 공연되었으며, 『국어』나 『문학』 교과서에 수록되면 서 정전화 과정을 거쳤다. 여기서 말하는 정전은 공적인 가치나 규범을 창출하 고 정통과 이단의 합법화된 기준을 제시하며 지배이데올로기의 재생산에 기여 하는 문헌을 의미한다(랜트리키아 외 엮음, 1994: 303~305). 그렇기에 필자는 이 텍스트들에 주목한 것이다.

하는 기제다. 반공 내셔널리즘이 작동할 때 남한 사회는 그것을 자연스럽고 자명한 것으로 받아들였다. 반면 반공 내셔널리즘이 역사적으로 굳어져 온 것임을 부인하는 남한 사회의 모습 또한 자명하다. 사실 반공과 관련된 역사의 기억을 국가가 전유하면서 반공 내셔널리즘은 지상 과제로 굳어진다.

이 과정에서 작가들이 문학으로 역사를 재현하는 작업은 반공 내셔널리즘을 창출하며 이는 반공국민의 동일성 코드를 확인할 수 있게 만든다. 작가들이 드러나는 역사를 문학으로 번역하는 문학적 실천은 역사가 사라지고 다시 역사가 만들어지는 과정으로 재현된다. 이는 과거의 역사를 수정하는 작업일 뿐만 아니라 특정한 사건에 대한 기억을 공적 기억 속에서 제거하는 작업이기도 하다. 이 지점이 바로 문제의 핵심이다. 어떤 번역이건 간에 개인은 그 번역을 통해 타자의 존재를 인식하고 주체를 구성한다.5) 이처럼 번역은 역사를 참조하면서 주체가 원하는 '역사'상을 만들어내는 과정이다. 이 글에서 문제 삼은 오영진, 김동리, 김이석, 차범석의 문제작들은 역사의 번역을 통해 주체가 원하는 '대한민국'의 형상을 상상해낸 산물이다. 그리고 이 작품들은 민족과 도덕으로 세탁·표백된 역사로 재구성되어 국민에게 널리 유포되었다. 따라서 이 글은 반공 내셔널리즘 그 자체보다는 반공 내셔널리즘으로 재구성된 역사에 주목한다.

---

5) 번역의 불투명성을 다룬 대표적 논의로는 벤야민의 「번역가의 과제」, 스피박의 *The Politics of Translation*, 나오키의 「문학의 구별과 번역이라는 일」, 스즈키의 「상상할 수 없는 과거: 역사소설의 지평」 등을 들 수 있다. 여기서 필자가 사용하는 '번역'이라는 개념은 '창조적 허구의 결과물을 산출하는 행위'에 국한되는 것이 아니라 '사실과는 다른 허구적 창조'를 포함한 '어떤 사실을 재구성하는 모든 글쓰기 행위'를 의미한다.

2. 국가의 역사를 문학으로 번역하기

1) 해방 이후 역사의 국가적 전유

남한에서 월남작가는 어떻게 존재할 수 있는가? 반공은 애국이다?[6] 오영진은 해방 후 평양에서 조만식, 부친인 오윤선 등과 함께 조선민주당 창당에 참여한다. 그는 1947년 월남해 반민족문학에 반대하는 강령을 내세운 월남작가회에 참가한다.[7] 월남 문인들이 월남작가회를 만든 것이나 전국문화단

---

6) 김귀옥은 이북5도위원회 산하 동화연구소의 기관지인 ≪월간 동화≫에 대한 분석을 통해 다음과 같은 사람들이 월남민이라 주장된다는 통념을 제시한다. ① 월남인은 대다수 북에서 중산층이거나 엘리트에 해당하던 사람이다. ② 월남시기에서 한국전쟁 이전의 월남인 수는 전쟁시기의 월남인 수보다 더 많다. ③ 그들의 월남동기는 반소·반공주의다. ④ 월남인 청·장년 인사들은 대부분 서북청년회 같은 반공단체에서 활동했거나 종군하여 반공을 수호하기 위한 역할을 했다. ⑤ 월남인들은 고향 북한으로 돌아가기 위한 권토중래(捲土重來)를 기하고 있다(김귀옥, 2004: 145~150).

7) 월남작가회는 어떤 단체인가? 이 단체는 김동명, 전영택 등 20여 명의 작가의 발기로 1949년 11월 30일 서울특별시청 회의실에서 반민족문학에 반대하는 강령을 내세우며 결성되었다. 결성식은 전영택의 개회사로 시작된다. 임시집행부 선거에서는 김동명이 위원장으로 선임되고 선언강령규약이 통과된다. 구성은 대표: 김동명, 부대표: 전영택, 지도위원: 염상섭·최독견·주요섭, 전문 위원: 안수길·박영준·최태응·오영진 등이다. 강령의 내용은 '① 우리는 민족문화의 행동부대로서 반민족적인 일체 문학행동과 대결함. ② 우리는 세계민주주의 작가와 대오하여 새로운 문학정신 탐구에 정진함. ③ 우리는 둘의 세계를 몸소 체험한 지성으로서 문학정신 탐구에 정진함' 등이다("월남작가회, 반민족문학 반대를 강령으로 내세우고 결성", ≪서울신문≫, 1949년 12월 4일자). ≪서울신문≫의 자료에 근거한다면 '1949년 12월 김동명이 대표로 결성된 월

체총연합회(문총)의 북한지부를 결성한 것은 단독정부 수립 이후 월남 문인
들만의 단결을 강화하고 자신들이 '반공문화전선'의 일원임을 주장함으로써
사회·문화적 발판을 얻기 위한 일련의 활동들이다. 따라서 월남작가회가 반
공단체임은 자명하다. 오영진은 피난지 부산에서 월남 문인들로 구성된 문
총 북한지부를 조직하고 반공예술제를 개최하는 한편, ≪주간문학예술≫,
≪문학예술≫을 발간하고 중앙문화사(출판사)를 설립해 국내외 반공서적을
출판하는 등의 문화 사업을 벌인다. 이런 사실을 통해 볼 때 오영진은 월남작
가로서 '반공은 애국이다'라는 명제를 실천한 인물임은 분명하다. 월남 이후
그의 반공 행적에서 알 수 있듯이 그의 반공 내셔널리즘은 이북 사회를 직접
체험한 데서 기인한 것이다.

> 하식 일본 놈들에게 끌려가 죽을 고생을 하다가 그것두 모잘라 우리나라
> 가 독립된 줄도 모르구 화태에서 십년이나 고역을 치르구 돌아온 하식이올
> 씨다. 화태에서는 아직두 아버지 같은 사람이 떠밀다시피 보낸 젊은이와 북
> 한에서 잡혀온 수만 동포가 무지막도한 쏘련 놈 밑에서 강제 노동을 하구 있
> 어요. (중략) 우리 앞엔 우리를 새로운 권력과 독재자에게 팔아먹으려는 원
> 수가 있어요. 지구상에는 독재와 폭력이 남아 있어요. 하루빈 장춘 흥남 그
> 러군 화태! 어, 몸서리가 칩니다. 형님 우리나라가 독립된 줄두 모르구 있는
> 동무들…(오영진, 1960: 487).[8]

남문학자클럽'이라는 지적은 잘못된 것이다.

8) 한옥근의 『오영진 연구』(1993: 97)의 설명과는 달리 『한국문학전집』에는
1949년 6월 극예술협의회에 초연된 「살아있는 이중생각하」가 「인생차압」이
라는 제목으로 개작되어 실려 있다. 물론 시나리오 「인생차압」의 대본과는 다
르다.

오영진이 절필 이후 최초로 쓴 3막 4장의 희곡 「살아있는 이중생각하」는 1949년 6월 극예술협의회에서 초연된 후 1958년 시나리오 「인생차압」으로 개작 발표된다.[9] 이 작품은 친일 반민족주의자로 그려지는 이중생의 행태를 통해 '해방 직후 혼란상의 사회상을 매우 리얼하게 묘파'(유민영, 1997: 497) 한 사회풍자극으로 평가되고 있다. 그런데 새로운 세대를 대표하는 메가폰적 인물로 설정된 하식의 입을 통해 작가는 "북한에서 잡혀온 수많은 동포가 무지막도한 쏘련 놈 밑에서 강제 노동"을 하는 현실과 "새로운 독재자에게 팔아먹으려는 원수"에 대한 경고를 하고 있다. 이를 통해 적대적 타자인 '공산당을 막고 민족을 수호해야 한다'는 단정수립 시기 반공 내셔널리즘의 가공되지 않은 민얼굴을 볼 수 있다. 개작된 「인생차압」에서도 "무서운 독재와 폭력" "6·25의 공산 침략"(오영진, 1989: 185)에 대한 공포 등을 통해 반공의 관념적 계몽주의를 읽을 수 있다. 따라서 그의 원작과 개작은 단정수립 이후 확산된 '공산주의 = 폭력 + 독재 ↔ 반공주의 = 애국'이라는 반공 내셔널리즘의 원형을 드러내는 작품이다. 더 나아가 1958년에 자유문학상을 수상한 「종이 울리는 새벽」이나 무용가 최승희를 모델로 한 「무희」에서도 이런 반공 내셔널리즘을 엿볼 수 있다.

---

9) 오영진의 「살아있는 이중생각하」에 대한 서연호의 해설(『오영진 전집』)은 이진순의 『한국연극사』(1977)를 참조해, 오영진이 1947년에 월남할 때 초고를 가져왔다고 기술했다. 그러나 이 작품이 '친일파가 아직도 득세하고 반민특위를 연상시키는 김 의원의 활동 등이 나타난 남한의 실상'을 그린 것으로 미루어 보아 실제로는 월남한 후 쓰인 작품으로 생각된다. 오영진은 자신이 작성한 연보에서 극단 신협이 5월에 공연했다고 기록했다. 그러나 극단 신협(신극협의회, 1950년 4월 30일 발족)은 1950년 국립극장이 개관하면서 전속극단으로 설립된 것이기 때문에 이 기록은 작가의 착오다(김성희, 1998: 253).

"그러나 '후건'이라는 미명으로 또는 국제노선의 기정방침이라는 거짓과
협박으로 한국을 노예화하려는 쏘비에트연방의 흉악한 음모를 민주주의 우
방 제국은 받아들일 수 없을 것이며 공산당의 테로가 제 아무리 잔학할지라
도 우리의 자주독립의 정신을 꺾을 수는 없을 것입니다."
또다시 일어나는 우뢰 같은 박수.
부라스뺀드가 애국가를 연주한다.
그 애국가가(오영진, 1958: 402).

오영진의 「종이 울리는 새벽」에서 인간적인 민족주의자로 그려지는 인물
이자 공산당의 박해로 월남한 ○○당 선전부장 이태승은 작가의 분신이다.
작가는 1943년부터 1946년 봄까지 이북 사회를 직접 체험했고, 1947년 11
월 7일에 해주를 경유해 서울에 도착했으며, 1948년 7월 10일에는 서울에
밀파된 공산당 테러리스트에 의해 권총으로 저격당하는 일을 겪었다. 이 작
품에는 이북에서 체험한 평남건국준비위원회 활동이나 소련군의 진주, 신탁
통치 찬반의 문제 등에 대한 그의 체험이 그대로 형상화되어 있다(오영진,
1983: 4~5, 157; 한옥근, 1993: 146~147). 특히 작가는 이태승의 '북한 실정 보
고' 연설을 통해 신탁통치문제를 다루는데, "쏘련 군정당국은 이날부터 신탁
을 반대하는 애국 청년과 지사들은 투옥, 학살, 유형하기 시작했읍니다. 또한
그들은 숨은 애국자를 체포하기 위하여 잔학한 암살단과 사냥개 같은 비밀
경찰을 방방곡곡으로 비밀리에 파견하였읍니다"(오영진, 1958: 402)라는 대목
으로 공산당의 테러와 잔학상을 고발한다. 작가는 한국을 노예화하려는 소
련의 흉악한 음모를 막아야 하며 자주독립의 정신을 가져야 한다고 강조한
다. 더 나아가 이태승을 저격한 총탄이 장차 있을 한국전쟁을 예견하는 것으
로 설정되어 있다. "공산당은 마침내 발사(發射)하기 시작했오. 오늘의 이 한

방이, 한번은 반드시 있을 그들의 집단적인 무력침략의 신호"(오영진, 1958: 404)로, 해방된 조선에 가장 중요한 과제는 자주독립이라는 것, 이를 방해하는 세력이 공산당이라는 것, 민족의 자주독립을 위해서는 공산주의를 일소해야 한다는 것이 신탁통치를 반대하는 이태승의 논리다. 이는 곧 작가의 주장이기도 하다. 작가는 이태승의 연설 이후 애국가 연주와 함께 모두 일어서서 우레와 같은 박수를 보내는 청중을 통해 자주독립이 민족의 소망이라는 사실을 구성한다. 이런 설정은 '반공 = 애국'이라는 선명한 구도를 연출하려는 의도다.

「종이 울리는 새벽」에서, 작가의 주장을 강화하기 위해 설정된 핵심적 구도는 스승(이태승)과 제자(최창호)의 관계다. 이 작품은 사제 관계라는 설정을 통해 민족과 도덕의 기준을 제시한다. 여기서 공산주의자는 나라를 팔아먹으려는 비민족적인 인물이자 사제 관계를 이용해 스승을 저격하는 비인간적인 인물로 그려진다. 이런 판단의 대척점에는 나라의 자주독립을 염원하고 자신을 저격한 제자를 살리려는 스승이 놓여 있다. 여기에는 공산주의자가 비민족적이고 비인간적이라는 설정을 통해 이들을 배제하려는 작가의 의도가 숨어 있다.

그런데 공산주의자와 달리 이태승 같은 반공 내셔널리스트가 인간적이라는 작가의 명제는 논리적 근거가 없을 뿐만 아니라 논증 불가능한 것이기도 하다. 또한 이 명제는 인간에 대한 사랑은 어떤 경우에도 포기해서는 안 된다는 자명한 도덕 이외는 아무것도 말해주지 않는다. 이태승의 말을 빌어 좌익과 달리 "선전이 아니구, '사실' 자체"(오영진, 1958: 402)라며 좌익이 '새빨간 거짓말'인 선전으로 '선량한' 민족을 유혹해 진실을 왜곡하고 있다고 주장하지만10) 이는 체험의 직접성에서 비롯된, 사실로 포장된 허구이자 작가의 의도과잉이다. 이 지점에서 개인적 체험이 역사의 기억으로 굳어짐으로써 '빨갱이'는 비민족적이고 비인간적인 것으로 재구성되고 이는 매체를 통해 유포된다.

　반공국민의 순수성이라는 신화가 반드시 역사적 사실만은 아니다. 공산주의는 비민족적이고 반공주의는 민족적이라는 계몽의 목소리를 사실로 주장하는 '허구'는 반공국가인 대한민국의 표상을 만든 중요한 동력의 하나다. 이런 허구는 반공으로 가공된 국민이 탄생하는 장면을 연출한다. 결국 오영진의 반공 내셔널리즘은 체험의 직접성에 대한 신념의 과잉 현상이라 할 수 있는 관념적 계몽주의의 한계를 직접적으로 드러낸다. 그의 신념이 문제가 아니라 신념 과잉이 빚은 결과가 문제다. 해방 직후 등장한 이중생 같은 반민족주의자에 대한 풍자나 공산주의자에 대한 신랄한 비판은 관념적 계몽주의의 전면화로 인해 억압적 체제에 동화되는 양상을 보여준다. 이는 국가의 목소리를 그대로 재생산한 것이기에 그러하다. 그런데 여순사태를 재현하면서 표출되는 김동리의 반공 내셔널리즘은 오영진에 비해 더 큰 문제를 드러낸다.

　"옥천 긴 언덕에 쓰러진 죽엄 떼죽엄 / 생혈은 솟고흘러 십리강물이 붉었나이다 / 싸늘한 가을바람 사흘 불어 피강물은 얼었나이다 / 이 무슨 악착한 죽엄이오니까 / 이 무슨 악착한 죽엄이오니까 / 이 무슨 전세에 못 본 참변이오니까"(김영랑, 1948) "오늘날 여수와 순천에서 이러난 이 현상은, 동족의 피

───────────

10) 이런 사실은 국군이나 민간인에게 유포된 김동리의 작품에 등장하는, 정훈 책임을 진 강 대위가 박철에게 "빨갱이 놈의 새끼들이 어떻게 선전을 해 놓았던지(왔던지) 시민들이 모주리 산중에 가 숨고 나오지 않습니다"라고 말하는 장면에서 쉽게 확인된다(김동리, 1962: 4; 김동리b, 1969: 79). 이 작품은 「흥남철수」(≪현대문학≫, 1955. 1; ≪문예≫, 1960. 4)에서 「눈발속의 부두」(『전쟁문학집』, 1962)로, 다시 「흥남철수」(『한국전쟁문학전집』, 1969; 『한국전쟁문제소설선』, 1976)로 게재된다.

를 보고 이리떼처럼 날치고 눈깔을 빼고 해골을 부시고 죽은 자의 시체 위에 총탄을 80여 방이나 놓은 이 잔인무도한 식인귀적 야만의 행동은 어데서 배워온 사상이냐, 어디서 감염된 악랄한 수단이냐!"[11]

김영랑의 「절망」이나 박종화의 「남행록」에서도 볼 수 있듯 '여순 반란'은 민족사의 흐름을 방해하는 '반민족적 범죄'로 규정된다. 이는 주체(대한민국)의 순수성과 타자(공산당)의 폭력성(비순수성)이 작용한 결과다. 여기서 여순사태는 김영랑, 박종화의 이데올로기적 성격이 은폐된 채 잔혹한 역사로 재현되어 유포된다.[12] '잔인무도한 식인귀'인 공산주의자를 민족에서 배제하면서 재현되는 대한민국의 역사는 단독정부 수립 이후 반공 내셔널리즘으로 가려진 광기와 살육의 현장을 은폐하는 매우 탁월한 반사경이다. "아랫턱이 떨어져 나가고 한쪽 눈이 빠져서 얼굴이 반밖에 남아 있지 않"(김동리, 1958: 74)은 어린애의 모습(순수성)을 통해 타자(공산주의자)의 폭력성을 그리는 역사 쓰기 작업은 역사가 사라지고 다시 역사가 만들어지는 과정으로 재구성된다. 왜 이렇게 재현된 것일까? 이에 대한 구체적 대답을 제시하는 작품 가운데 하나가 김동리의 「광풍속에서」다.

여기서 드러난 여순사태의 실상은 어떠한가? 해방 후 남한만의 단선단정이 추진되면서 1948년 4월 3일 제주도에서 단선단정에 반대하는 무장봉기가 일어나자 미군정은 각 도에서 경찰을 차출해 진압작전을 전개한다. 이 과정에서 일어난 사건이 여순사태이다. 이 과정에서 반란군은 경찰, 친일파 등을 처형했고 진압군은 반란군 및 그 부역자를 학살했다. 그런데 문제의 여순

---

11) 박종화, 「남행록(2): 이것이 누구의 죄 방타쌍행루(滂沱雙行淚)」(박종화, 1948)
12) 전국문화단체총연합회는 여순사태를 다룬 글들을 묶어 『반란과 민족의 각오』(문진문화사, 1949)라는 책으로 출간했다.

사태는 단순히 제주 '4·3폭동' 진압을 거부한 좌익 군인들의 '반란'으로만
알려졌을 뿐, 그 과정에서 발생한 진압군이나 민간인에 의한 대량 학살은 역
사 속에 완전히 묻혀 있다. 여순사태 당시 반란군의 처형 방법은 주로 총살이
었지만 진압군이나 경찰에 의한 학살은 총살, 참수, 타살, 수장 등으로 다양
하게 전개되었고, 무기를 가지지 않았던 민간인들의 보복은 주로 죽창, 삽,
곡괭이로 상대방을 공격하는 형태로 이루어졌다. 당시 학살자는 희생자들에
대해 동족의식은 물론 인간이라는 의식조차 갖고 있지 않았다. 남원의 학살
현장을 목격한 생존자들은 군인들을 '쥐약을 집어삼킨 미친 개'로 표현하기
도 했다. 여순사태의 학살은 인간의 존엄성이 얼마나 무참하게 파괴될 수 있
는지를 보여주는 단적인 예다(조현연, 2000: 53~64; 박정석, 2003: 338; 한국전
쟁후 민간인학살 진상규명 범국민위원회, 2006: 15~16; 김동춘, 2006: 320~322).
이런 민간인 집단 학살은 권력과 국민에 의한 비국민의 학살이자 민족 정화
의 비참한 사례 가운데 하나다. 여기서 대한민국의 역사는 국민의 확장과 비
국민 억압의 역사임이 반증된다(니시카와 나가오, 2002: 10).

  여수(麗水) 사건이 일어나 있던 1948년 10월 21일 오후.
  윤수(允洙)와 정수(正洙)가 경찰서로 붓잡혀 갔다는 소문을 듣자 인봉(仁
奉)이는 돌연히 간이 얼어붙는 듯 가슴이 찌르르 하며 머리가 쾡하였다(김동
리, 1949: 74).
  1948년 10월 21일 오후, 여수(麗水)의 거리 거리는 아직도, 반란군과 폭도
들에 의하여 붉은 피로 물들고 있었다.
  윤수(允洙)와 정수(正洙)가 '경찰서'로 끌려갔다는 소식을 윤수들의 四촌
동생되는, 성수(聖洙)에게서 전해들은 인봉(仁奉)이는 갑자기 온 몸의 피가
머리 위로 쫙 모여드는 듯했다. 지금의 '경찰서'라고 한다면 벌써 이틀이나

적색(赤色) 반란군에 의하여 점령되어 있는 몸서리 나는 '인간 도살장'을 가
리키는 말이었기 때문이었다(김동리, 1958: 64).[13]

김동리의 「형제」(1949)는 「광풍속에서」로 개작되면서 반란군의 경찰과
친일파에 의한 총살 및 진압군이나 민간인에 의한 대량 학살의 현장이 '적색
반란군'에 의한 '경관과 학생과 양민들'을 학살하는 '인간 도살장'으로 재현
된다. 그렇다면 이러한 재현의 구체적인 의도는 무엇인가? 이 소설에 등장하
는 두 형제의 이름을 보면 신념을 받드는 동생(농민조합)은 신봉(信奉)이고 인
을 실천하는 형(대동청년단)은 인봉(仁奉)이다. 그런데 신봉은 공산주의에 대
한 신념을 구현하는 인물이 아니라 일본에 갔다가 공산주의 바람이 들어 귀
국한 후 술과 노름에 탐닉하는, 온갖 부정적 모습을 대표하는 좌익으로 그려
진다. 이에 반해 인봉은 형제애를 구현하는 착실한 농사꾼으로 그려진다. 이
렇게 두 형제를 설정한 작가의 의도는 공산주의가 주장하는 신념과 다른 허
구성을 도덕의 이름으로 재단하려는 것이다. 또한 남한의 5·10 단독 선거에
대해 "제 맘대로 선거를 해방하지 못한 것이 유감이란 말이지. 홍, 그럴 것이
여. 그러나 조선 독립이 안 되는지 어디 두고 볼 것이여"라고 말하며 신봉을
비판하는 인봉의 태도에서 알 수 있듯이, 작가는 조선 독립을 방해하는 공산
주의에 대해 "커다란 태극기"(김동리, 1958: 73~74)로 상징되는 국가와 민족
의 이름으로 단죄하려 한다. 이런 인봉의 시선은 바로 작가의 시선이자 대한
민국의 시선이다. 즉, 작가는 민족과 도덕을 파괴하는 자는 공산주의자라고

---

13) 한국문인협회가 엮은 새국민문고 4권 『통일의 길』(휘문출판사, 1969)에서는
「형제」(1949)를 개작한 「광풍속에서」(1958)가 '통일의 길'이라는 문고판의
의도에 따라 「형제」(1969)라는 제목으로 실려 있다. 이는 '미친 바람'으로 표
상되는 여순사태의 의미보다는 인간애를 강조하기 위한 것으로 보인다.

결론지은 것이다.

부도덕성의 화신으로 그려지는 신봉과 달리 인자한 인물로 묘사되는 인봉이 조카 성수를 구출하는 장면은 어린 조카(윤수, 정수)까지 참살하는 민족의 적(도덕의 파괴자)에 대한 민족의 옹호자(인간애의 화신)의 모습으로 선명하게 부각된다. 한편 민간인에 의한 학살 행위는 민족의 적에 대한 정당한 보복 행위로 그려진다. 그뿐만 아니라 진압군(국군)에 의한 대량 학살은 아예 배제되어 있다.[14] 국군에 의한 학살은 공공연한 사실이지만 '공식적인' 역사에서는 단지 유언비어일 뿐이다. 그래서 개작된 작품에서는 '적색 반란군'에 의한 '인간 도살장'만이 선명한 이미지로 남는다. '여순 반란'이라는 역사를 '미친 바람〔狂風〕'으로 번역한 그의 작품은 반란군을 민족의 적으로 재현함으로써 대한민국을 형상화한다. 이 같은 작가의 여순사태 번역을 통해 대한민국은 민족과 도덕의 수호자로 표상된다(임종명, 2003. 가을: 307~313). 여순사태에 대한 김동리의 문제작에 드러나는 역사의 번역은 이데올로기적 성격은 은폐된 채 허구 ― 민족과 도덕을 파괴하는 자가 공산주의자라는 허구, 국가폭력의 화신이 국가 수호자라는 허구 ― 로서의 반공 내셔널리즘이 탄생하는 지점이다. 바로 이 지점에서 대한민국의 역사가 조작되어 민간인 학살의 역사는 승리의 역사로 재구성된다. 이로 말미암아 여순사태는 '여순 반란'으로 기억된다. 그리고 매체와 교육을 통해 이 사실이 각인된다.

2) 한국전쟁과 역사의 국가적 전유

해방 직후 월남한 오영진이 적극적으로 반공 내셔널리즘에 대한 주장을

---

14) "'대청원' 몇 사람이 국군에 협력하여 이번 학살사건에 활약한 악질들을 붙잡으려 동네로 나온 것이다"(김동리, 1958: 76).

펼친 것과 달리 1·4후퇴 시 월남한 김이석은 이데올로기의 허구성을 제시하는 정도의 소극적인 반공 내셔널리즘을 피력한다. 이는 한국전쟁 발발 전후 월남한 두 작가의 현실대응방식의 차이를 보여준다.[15] 김이석이 이런 대응을 한 이유는 전쟁 전 이북에서 문학 활동을 했던 자신의 행적 탓에 행동에 제약을 받았기 때문이다.[16] 또한 해방 직후 월남한 사람들과 달리 1·4후퇴 시 월남해 극심한 생활고에 시달리면서 남한사회에 순응하는 과정이었기 때문이기도 하다.

그렇다면 한국전쟁을 문학으로 번역한 그의 「광풍속에서」는 어떠한가? 이 작품은 '특이하게도' 한국전쟁에 대한 묘사를 1950년 6월 27일 오후 4시경 아홉 대의 편대로 된 UN군의 중폭격기가 평양 비행장을 폭격하는 장면으로 시작한다. '쏘베트 신문사'에서 문선 직공으로 일하는 경일은 모범 노동자로 표창을 받은 인물이지만 직장에서 받는 월급으로는 살아나갈 수조차 없는 적빈한 생활을 한다. 그는 평양 폭격의 와중에 실종된 아내와 아이들의 생사 확인을 위해 공포와 전율의 도시로 변한 평양을 미친 사람처럼 헤매며

---

15) 김이석의 「악수」(김이석, 1952)는 해방 직후 월남한 덕보와 1·4후퇴 때 월남한 성칠을 통해 월남민들의 현실대응방식의 차이를 보여준 작품이다.

16) 김이석은 1937년부터 모더니즘 계열의 ≪단층≫지를 중심으로 작품 활동을 시작하며, 1938년 ≪동아일보≫에 「부어」가 입선되어 문단에 등단한다. 그는 해방 직후 발족한 평양예술문화협회에 이어 1946년 10월 이기영(리기영)을 위원장으로 해서 결성된 북조선문학예술총동맹에도 참여한다. 1947년 1월 북조선문학예술총동맹은 1946년 겨울 원산문학동맹에서 발간된 시집인 『응향』에 대해 퇴폐적이고 반동적인 시집으로 규정한다. 여기서 김이석은 최명익, 김사량, 송영과 함께 검열원 자격으로 원산 현장을 방문한다(구상, 1975: 405). 이러한 사실에서 김이석이 초기 이북 문단에서 일정한 역할을 했음을 짐작할 수 있다.

죽음과 공포, 공허감을 느낀다. 경일은 자신의 아내와 아이를 삼켜버린 피비
린내 나는 전쟁을 향해 주먹을 쥐고 전신을 와르르 떨며 무서운 짐승의 울음
소리를 내면서 엉엉 울어댄다. 작가는 "싸움을 좋아하는 놈들 때문에 난 처
자를 다 죽였으니"(김이석, 1956: 47)라고 비통하게 말하는 경일을 통해 전쟁
의 비극성을 고발한다. 김동리에게는 미친 바람(狂風)이 여순사태지만 김이
석에게는 한국전쟁이다.

　　오늘 하루 호외(號外)가 두 번이나 돌고 신문은 큼직한 활자로 "괴뢰군(傀
儡軍)의 38전선(三八全線)에 긍(亘)한 불법남침"을 알리었다. (중략) 시시각각
으로 더해가는 주위의 혼란과 흥분과는 딴판으로 신문 보도는 자못 자신만
만하게 "적의 전면적 패주"라느니 "국군의 일부 해주시(海州市)에 돌입"이라
느니 "동해안 전선(戰線)에서 적의 2개 부대가 투항(投降)"이라느니 하는 낙
관적인 소식들을 전하여주고 있다. (중략) 라디오를 틀어놓으니 대한민국 공
보처 발표라 하고 아침에 수원(水原)으로 천도(遷都) 운운한 것은 오보(誤報)
이고, 정부는 대통령 이하 전원이 평상시와 같이 중앙청에서 집무하고 있고
국회도 수도 서울을 사수(死守)하기로 결정하였으며, 일선에서도 충용무쌍
(忠勇無雙)한 우리 국군이 한결같이 싸워서 오늘 아침 의정부를 탈환하고 물
러가는 적을 추격중이니 국민은 군과 정부를 신뢰하고 조금도 동요함이 없
이 직장을 사수하라고 거듭 외치었다(김성칠, 1993: 59, 63~64).

　　1950년 6월 27일 오후 네 시경이었다. 아홉 대의 편대로 된 UN군의 중폭
격기는 평양을 구경이나 하러 온 듯 유유히 상공을 스쳐 지나가며 평양 비행
장을 폭격했다. 처음으로 공습을 본 시민들은 가슴을 설레었고 처음으로 폭
격을 맞은 비행장은 삽시간에 불바다로 되고 말았다. 다음날 아침에도 UN군
은 평양 비행장을 폭격했다. '무스탕크'가 벌떼처럼 달려들어 왕왕 울어대는

소리에 평양시민들은 당황해서 눈을 부비며 뛰쳐나왔다. 그다음 날은 대동강 철교를 공습했다. (중략) 계속해서 평양 조차장을 폭격했고 평양 정거장을 폭격했다. 정거장은 마치도 성냥개비로 지었던 듯이 산산이 부서졌고, 역 광장에는 세일 수 없이 시체를 뿌려 놓았다. 그러나 평양 방송국에서는 공습에 대한 이야기는 한마디도 없었고, 다만 살기등등한 목소리로 ― 영웅적인 인민군대는 수원을 해방하고 계속 남진 중에 있다. 그 소리뿐이었다. 그리고는 쏘련의 '꼬르호즈'는 조기농작물의 수확고를 초과달성하기 위하여… 계집의 야릇한 억양이 태평스럽게도 계속될 뿐이었다(김이석, 1956: 34~35).

그런데 이 작품에서 문제가 되는 것은 한국전쟁이 이북의 '남침'이 아닌 남한의 '북침'으로 읽히는 발단 부분의 묘사다. 이는 한국전쟁을 인민군이 남침하는 장면으로 그려놓은 사학자 김성칠의 한국전쟁 당시의 일기와 비교해볼 때 많은 부분에서 서울의 상황과 '반대로' 겹쳐진다. 사실 평양에 대한 미군의 무차별 공습은 지상전의 수세를 만회하려는 방어적 수단이었다. 그런데 이런 역사의 재현을 통해 작가가 의도한 것은 무엇일까? 작품의 주인공 경일은 술 한 잔도 제대로 먹지 못하는 열악한 상황일 뿐만 아니라 친구들끼리 술을 먹을 때조차 마음 놓고 먹지 못한다. 작가는 이런 주인공의 생활을 통해 직장에 나가지 않으면 '태면죄(태만죄)'에 걸리고 태면죄에 걸리면 어떻게 되는지도 모르게 사라지고 마는 통제 사회의 모습을 제시한다. 이 작품의 전반적인 서술을 통해 볼 때 작가는 이 작품에서 한국전쟁이 남한의 '북침'으로 읽힌다는 사실을 간과한 채 전쟁의 폭력성과 공산주의 사회의 허구성을 서술하는 데 역점을 두고 있다.

작가는 해방 이후 '왜놈'의 신문을 발행하던 곳인 '평양매일신문사'가 '쏘베트 신문사'로 바뀌면서 '공산주의를 선전하는 신문'을 발행하는 곳으로 변한 것으로 설정하는 한편 술 공장이 화학공장이 되어 언제나 달걀 썩는 냄새를 풍기고 거리에는 석탄 연기가 내려 덮이는 것으로 그리면서 평양이 일제 강점기보다 더 나빠진 것으로 묘사한다. 또한 모범 노동자로 표창까지 받은 주인공은 붉은 깃발이 펄럭이는 쏘베트 신문사에서 주는 월급으로 살아갈 수 없어서 어린애를 둘러멘 아내가 광주리장수를 해야 하는 처지로 묘사한다. 이처럼 열악한 이북 사회의 모습을 제시하며 "북한괴뢰 간부들은 '낙원'이란 이름만 붙이면 즐거워지는 것이라고 생각"(김이석, 1956: 35)[17]한다고 조소하면서 공산주의의 허구성을 표출한다. 이에 반해 작가의 의식은 "넓은 광장을 독차지한 것이 한껏 즐겁기만 하다는 듯이" 나풀나풀 날고 있는 "흰 나비 한 마리"(김이석, 1956: 46)로 그려지는 반공의 다른 이름인 자유의 이미지를 지향하고 있다. 이처럼 이북에 대한 부정적 인식에서는 미군의 무차별 공습은 배제된 채 적대적 타자의 표상'만'을 역사화한다. 따라서 가족을 잃은 상황은 미군의 무차별 폭격 때문이 아니라 '싸움을 좋아하는 놈들'(인민군) 때문이며 자유가 없는 이북은 인간이 살 만한 곳이 못 된다고 각인된다.

더 나아가 「수색」에 등장하는 이북(성천) 출신의 일권은 "오랑캐들"이 점령한 지역을 수색하는 작전을 "온 인류의 정의와 평화를 대가하는 커다란 의의 속에 생명을 내걸고 적진에 뛰어 들어가는 것"(김이석, 1954: 6, 10)이라고 생각한다. 인민군을 오랑캐로 인식하거나 이북에서는 개(검둥이)까지도 굶주림에 허덕인다고 묘사하는 것에서 반공 내셔널리즘의 편린을 볼 수 있다. 대한민국만이 아닌 인류의 정의와 평화를 위해 타자(인민군)를 죽일 수 있으며 이를 위해서는 기꺼이 자신이 죽을 수도 있다는 것이 바로 애국이라는 이름

---

17) "'낙원'이란 이름을 붙였으니 공산괴뢰들은 '낙원'이란 이름만 붙이면 지옥도 '낙원'이 되는 것이라고 생각하는 모양이었다"(김이석, 1962: 70).

으로 상상되는 반공이다. 결국 김이석은 한국전쟁의 본질이나 사회적 맥락에 대한 성찰을 소거한 채 반공 내셔널리즘 틀 안에서 이데올로기의 폭력성을 고발하고 있다. 이는 오영진과 마찬가지로 남한에서 살아가는 월남민 작가가 느낀 체험의 과잉 현상이 빚은 결과다.

이 지점에서 개인의 이북 체험은 전쟁 이후 국민의 공적 기억으로 역사화되고 국가의 기억으로 공식화된다. 한편 남한에서 반공국가가 구축됨으로 인해 미군의 무차별 공습이나 국군이 살육한 기억은 당연히 부인되거나 망각되면서 국가의 기억에서 배제된다. 개인의 직접적 체험은 국가의 공식적인 해석의 과정에서 과장되거나 왜곡되면서 공적 기억이 된다. 따라서 남한에서는 '국군과 미국이 나쁜 짓을 많이 했다'는 공공연한 사실이 유언비어로 취급될 뿐이다. 김이석의 「광풍속에서」에서 드러나는 미군의 무차별 공습이 역사에서 제거되듯 차범석의 「산불」에서도 국군의 민간인 학살은 공적 기억에서 삭제된다.

병영댁 (위로하며) 그렇지만 또 알우? 죽었던 사람이 살아나오는 수도 있으니까! 글쎄 이런 일이 있었죠. 우리 먼 일가 되는 분인데 지난가을 빨갱이들이 후퇴하면서 마을 유지란 유지들을 굴비 두름 엮듯이 해서 끌고 가지 않았겠우? 그래 큰 구럭에다 몰아놓고서는 창으로 마구 쑤셔서 죽였는데 온몸에 열두 군데나 상처를 입고도 살아나왔지 뭐유 글쎄? 그래 집안에서는 선영께서 돌봐주셨다고 하면서 전에는 돌보지도 않던 선산을 고치고 다듬고 하며 그런 야단이 있었다우… 홋호….

점례 이 마을에도 그런 일이 있었죠. (쓰라린 과거를 더듬으며) 인민군이 처음으로 쳐들어오자, 하루는 집안의 남자들은 토끼바위 아래로 모이라지 않겠어요.

병영댁 왜? 죽일려고?

점례 처음부터 그럴 줄 알았다면 누가 따라나섰겠어요? 무슨 시국강연회인가 뭔가 있으니 한 사람 빠짐없이 나오라고 해서 집집마다 남자란 남자는 다 나갔죠. 그때가 석양 때여서 아낙들은 저녁을 짓느라고 한창 서두는 판인데… 얼마 후에 요란스런 총소리가 나지 않겠어요?

병영댁 저런… 가지 말 것이지….

점례 그렇지만 설마 그렇게 무참하게 죽일 줄이야 누가 알았겠어요. (지난일을 회상한다)

병영댁 그래 왜 죽였대?

점례 기가 막힌 일이죠. 토끼바위 아래에 모이자 난데없이 대한민국 국군이 총칼을 들이대면서 '공산주의를 반대하는 사람은 줄 밖에 나오너라!' 하더라나요. 그래 모두들 겁에 질려서 손을 들고 너나 할 것 없이 줄 밖으로 나가니까 금시 총을 쏘더래요.

병영댁 옳지! 그게 국군이 아니라 빨갱이들이 마음을 떠볼려고 꾸민 짓이었구면! 쯧쯧…(차범석, 1963: 226~227).

김동리의 「광풍속에서」에서 여순사태를 처리하는 방식과 마찬가지로 한국전쟁의 역사를 문학으로 번역해내는 작업에 있어 또 다른 문제작으로는 차범석의 장막극 「산불」을 들 수 있다. '해방 이후 리얼리즘 희곡의 최고봉'(유민영, 1997: 533)으로 평가되는 이 작품 역시 반공 내셔널리즘의 탁월한 반사경이다. 1961년에 탈고해 1962년 12월 명동의 국립극단에서 초연된 「산불」은 1951년 겨울부터 이듬해 봄까지 소백산맥 줄기(실제 배경은 영암 월출산)의 촌락에서 일어난 인민군의 점령과 국군의 공비 토벌 작전을 중심으로 전쟁의 폭압성과 이데올로기의 허구성을 파헤친 작품으로 평가된다. 그런데 여기서 주목되는 것은 이 작품이 한국전쟁 당시 민간인 집단 학살이라는 인간 도살의 현장을 재현하고 있다는 것이다. 전쟁 중 '뿌리 뽑고 씨 말리기'라는 민간인 학살극을 가장 철저하게 실천한 학살이 바로 인민복을 입은 나주경찰서 소속 경찰부대(나주부대)가 꾸민 함정학살사건인데, 이 작품은 바로 그 장면을 묘사했다.

> "우리 관리들 몇은 어젯밤부터 모두 집에 들어가지도 못하고 할 수 없이 각본대로 연극을 좀 해봤지 뭡니까. 저분들은 사실 ○시의 아군 부대 병사들이랍니다. 반란군 놈들의 옷으로 갈아입고 감쪽같이 그럴 듯하게 적군 행세를 한 거지요. 읍사무소에 주둔하고 있던 부대는 이웃 마을에 잠시 철수해 있다가 낮 열두 시 정각에 돌아오기로 약속이 돼 있었다는군요. 허허헛. 어떻습니까. 아주 기막힌 아이디어가 아닙니까. 힘 하나 안 들이고 놈들을 모조리 잡아들일 수 있는 거죠. 허허. 벌써 다른 마을에서도 이런 방법을 써 보았더니 그 효과가 썩 좋았다지 뭡니까"(임철우, 1984: 48).

과연 나주부대의 함정 학살극은 어떠했는가? '영광작전'이라고 불리던 군경의 전남 사수작전이 실패로 돌아간 1950년 7월 20일경, 남쪽으로 퇴각하던 나주경찰서 경찰관들(인솔책임자 김형동 경위)을 주축으로 결성된 100여 명 규모의 임시 부대가 일명 나주부대다. 이 부대는 전남 강진, 해남, 완도, 진도 등지로 후퇴하면서 항일운동에 앞장섰던 지식인들을 비롯해서 수많은 민간인을 총살, 수장, 생매장하는 함정 학살극을 저지른다. 당시 ≪남향시보≫는 나주부대가 저지른 만행에 대해 "흡사 짐승 사냥을 하듯 주민을 살해, 한마디 변명도 항변도 할 사이 없이 총질을 가했"고, "해남읍은 시체가 거리에 널리어 검붉은 피가 낭자했고 삽시간에 지옥으로 변했다"라고 적고 있다. 나주부대는 인민군 복장을 하는 것으로도 모자라 마을로 들어설 땐 오랏줄로 묶은 우익 인사들을 앞장세우는 청산도 학살 연극을 벌였다. 나주부대의 일부는 마을로 돌며 좌익 색출 작업을 벌였는데 인민군 행세를 하면서 사람들에게 '공산당을 좋아하느냐'라고 묻곤 '좋아한다'라고 하면 그 자리에서 사살하는 식이었다. 이들은 완도군 일대의 섬까지 일일이 찾아다니면서 처참한 학살을 저질렀다(김호균, 1993: 140~144; 강준만·김환표, 2004: 54~58; 한국전쟁후 민간인학살 진상규명 범국민위원회, 2006: 158~163). 임철우는 이런 나주부대의 함정 학살극을 「곡두 운동회」를 통해 재현하고 있다.

여기서는 "대한민국 국군이 총칼을 들이대면서 '공산주의를 반대하는 사람은 줄 밖에 나오너라!' 하더라나요. 그래 모두들 겁에 질려서 손을 들고 너나 할 것 없이 줄 밖으로 나가니까 금시 총을 쏘더래요" "옳지! 그게 국군이 아니라 빨갱이들이 마음을 떠볼려고 꾸민 짓이었구면!"이라는 점례와 병영댁의 대화에서 알 수 있듯 차범석의 「산불」은 한국전쟁 당시 나주부대 같은 함정학살사건을 인민군의 처참한 함정 학살극으로 왜곡하는 동시에 이를 역사, 사실이라는 허구로 재현한다. 그런데 「산불」은 작가의 목소리를 대변하는 인물로 설정된 부녀 갑을 통해 "경찰은 경찰대로 인민군은 인민군대로 해방 후부터 이날 이때까지 번갈아가면서 쓸어갔"(차범석, 1963: 110)다며 남북의 이데올로기를 동시에 비판하고 있다. 하지만 인민군의 함정 학살극을 재현한 것과는 달리 국군의 민간인 학살사건은 은폐되어 있다. 작가는 "대대적으로 공비를 소탕하기 위해서는 공비들이 숨을 수 없게"(차범석, 1963: 83) 해야 하므로 산에 불을 지른다고 설정하고 있지만 여기에는 한국전쟁 당시 국군의 실제 작전과는 다른 허구적 측면이 가미되어 있다.

단독정부 수립 이후 국군에 의한 민간인 학살은 잔류한 인민군 및 빨치산과 국군 간에 산발적인 전투가 전개되던 1950년 겨울에 주로 자행되었다. 당

시 경남과 전라도 지역은 한마디로 제11사단의 '인간 사냥터'였다. 1951년 2
월 초순 제11사단 9연대는 경남 산청, 거창, 함양 지역에 주둔하면서 인민군
이 춘계공세를 펼치기 전에 빨치산을 완전히 없애겠다는 작전을 계획했다.
이 토벌 작전은 '적성부락'으로 알려진 빨치산의 거점에 있는 모든 것을 불
사르고 없애버리는 작전이었다. 이 작전 과정에서 상당수의 노인과 어린이
를 포함한 민간인들이 학살되었다. 특히 문제인 것은 민간인 학살의 가해자
가 대부분 국가권력이었다는 사실이다. 학살이 애국으로 여겨지고 희생자는
침묵해야 하는 것이 당시 현실이었다(조현연, 2000: 55~56; 김득중, 2004:
38~49; 김동춘, 2006: 299~301). 이런 역사는 한때 남한사회가 요구했던 반공
내셔널리즘이 능동적 힘이 아닌 반동적 힘으로 더 강하게 작동했음을 반증
하는 좋은 본보기다.

　　두말할 나위도 없이 현실을 비추어주는 거울을 만들어야 한다. (중략) 이
　런 의미에서 나는 보다 절실하게, 그리고 보다 철저하게 리얼리즘을 신봉하
　고 싶고 그것을 구현하고 싶은 충격을 느낀 지 오래이다(차범석, 1966: 497).
　　나는 이 작품의 무대를 소백산맥의 산줄기 가운데 있는 산마을이라고 말
　했지만 사실은 영암 월출산을 상상하면서 쓴 작품이다. (중략) 나는 고향인
　목포에서 잠시 교편생활을 하며 가까운 사람들로부터 보고 듣고 했던 얘기
　를 영암 월출산에다가 작가적인 상상력으로 옮겨 심었을 뿐이다(차범석,
　1984: 45~46).

'리얼리즘을 신봉'하는 작가 차범석은 '현실을 비추어주는 거울' 같은 작
품 창작의 신념을 피력한다. 그런데 작가의 창작 원리는 역사를 번역하는 작
업이 가진 정치적·이데올로기적 성격을 은폐하면서 재현의 사실성을 강화해

준다. 이 작품에 대해 작가는 1950년 7월 이후 5년간 목포에서 중학교 교사로 근무하면서 "작가 자신이 직접 목격했거나 주변에서 있었던 사실에 그 근거"(차범석, 1999: 6)를 둔 이야기를 영암 월출산을 배경으로 창작한 것이라고 밝혔다. 작가가 지적하듯 사실과 체험에 근거를 둔 작품이지만 이는 역사적 사실과는 다른, 사실이라고 명명되는 허구다. 이런 측면은 1960년대 역사적 기억이 국가에 의해 전유됨을 반증한다. 반공의 국가적 전유, 이 때문에 작가는 허구를 사실로 인식해 재현한 것이다.

작가의 재현 작업은 이데올로기적 폭압성을 비판하지만 역설적으로 한국전쟁의 역사성을 탈각시키고 한국전쟁을 폭력 그 자체로 전환시킨다. 이 작품은 이데올로기에 대한 비판이라기보다는 작가의 이데올로기 혐오증을 반증했다고 하는 편이 맞을 것이다. 탈출 공비인 규복이 목숨을 구걸하는 장면에서 내뱉는 "난 빨갱이가 아니야! 나는 아무것도 몰라"(차범석, 1963: 126)라는 대사가 남기는 여운처럼 작가는 한국전쟁 당시를 회상하면서 "반공주의자도 찬공주의자도 모두 자기 생명을 보존"하기 위해 "입만 살아 있지 행동은 따르지 못하는 연약한 존재"로 인식하는 한편 좌우의 대립을 "정치적 이데올로기의 찌꺼기"(차범석, 1991: 16~17)로 인식한다. 이런 측면을 통해 작가의 정치 이데올로기에 대한 혐오증을 쉽게 파악할 수 있다. 또한 작가의 가부장적 이데올로기를 선명하게 드러내는 인물이자 욕망의 화신[18]인 사월의 최후가 자살인 점이나 규복의 주검 앞에서 점례가 무표정하게 "모든 것은 재로 돌아가버렸으니까"(차범석, 1963: 85)라고 말하는 장면을 통해 보자면 작품의 비극성은 부각되지만 전망은 부재한다. 전망이 부재하다는 것은 그가

---

18) "규복: 나를 의지한 게 아니라 이용했어! 2년 동안 굶주려온 당신네들의 욕망을 내게서 채워보려고 나를 짐승처럼 길렀어!"(차범석, 1963: 76)

고향에 대한 생각을 할 때 "어떤 절대적인 힘"이나 "숙명 같은 것"(차범석, 1984: 44)으로 상상하듯 전쟁의 폭력을 숙명으로 받아들이고 승인한 것이나 다름없음을 의미한다. 작가가 자신의 창작 방법인 현실 재현을 바탕으로 하는 리얼리즘을 강조할수록 「산불」은 한국전쟁 당시 나주부대의 함정 학살극처럼 '빨갱이는 죽여도 좋다'는 인식하에 자행된, '뿌리 뽑고 씨 말리기'라는 반공 내셔널리즘의 잔혹한 인간 도살극을 가리는 탁월한 반사경 역할을 하게 된다.

그런데 반공 내셔널리즘의 인식은 한국전쟁에 대해 '이북의 도발과 죄악'을 부각시킴으로써 한국전쟁이 식민지 시대 이후 지속되어온 국민국가 건설의 방향을 둘러싼 갈등과 대립의 연장이며 더 나아가 한반도에서 미·소 분할 점령으로 구체화된 세계적인 냉전구조의 귀결이자 미국의 공산진영에 대한 전진 기지 구축의 귀결이라는 사실을 은폐한다(김동춘, 2006: 87). 한국전쟁 당시 개인의 체험 가운데 미군과 국군에 의한 '피해'는 배제되고 인민군에 의한 '살육'은 국가의 기억으로 공식화된다. 개인의 체험은 국가의 공식적인 해석(반공 내셔널리즘)의 과정에서 과장되거나 왜곡되면서 공적 기억으로 역사화되는 과정을 밟는다. 따라서 한국전쟁의 본질이나 국가의 '조직적 폭력'은 은폐된다. 이런 점에서 차범석의 문제작은 반공이 강력한 제도 권력으로 정착되고 국가에 의해 역사의 기억이 전유됨으로써 작가들의 미적 자의식을 규정하는 핵심적인 원리로 작동한 사실을 반증하는 좋은 본보기다. 그래서 작가들은 대한민국의 역사에 대한 성찰은 소거한 채 이데올로기 혐오증으로 드러나는 이념 무용론을 펼쳤던 것이다.

3. 사실이라는 허구, 반공 내셔널리즘

반공 내셔널리즘은 외부의 허구적인 타자로 이북의 '공산 괴뢰'를 끊임없이 설정하는 위기 담론인 동시에 민족 내부의 실질적인 적인 억압적 지배 체제를 은폐하는 담론의 형태를 띤다. 이런 반공 내셔널리즘의 한계는 1930년대 중후반 '근대의 초극'을 주장한 일본 제국의 동양주의의 맥락과 겹친다. 다시 말해 일본이 서구를 타자화하고 동양을 동일화함으로써 동양 내부의 폭력과 지배가 문제되지 않았듯이 공산 괴뢰는 남한사회 내부의 모순과 폭력을 무화시켰다. 여기서는 반공 내셔널리즘 자체가 아니라 이런 모순과 폭력이 바로 문제의 핵심이 된다. 이러한 반공 내셔널리즘의 모순과 폭력의 실상은 해방 이후 역사를 번역한 오영진, 김동리, 김이석, 차범석 등의 문제작들을 통해 파악할 수 있다. 특히 여순사태와 한국전쟁을 번역한 문제작들은 사실이라고 말해지는 허구를 재현한 작품들이다. 이는 역사적 사실을 재현한 것 같지만 실제로는 허구 — 사실이라 말해지는 허구 — 에 가깝다.

월남한 작가의 생존방식 가운데 하나는 바로 '반공 = 애국'이라는 명제의 실천이다. 오영진의 작품은 '공산 = 폭력 = 비민족↔반공 = 애국 = 민족'이라는 등식의 논리로 말해지는, 민얼굴의 반공 내셔널리즘의 원형을 드러낸다. 그의 작품은 대한민국의 목소리를 재생산하고 있으며 빨갱이라는 비국민 배제를 통한 반공국민 만들기의 과정을 보여준다. 한편 김이석의 작품은 전쟁의 본질에 대한 성찰을 소거한 채 반공 내셔널리즘 틀 안에서 이데올로기의 폭력성을 고발해 '이북은 인간이 살 만한 곳이 못 된다'는 적대적 타자에 대한 부정적 인식을 보여준다. 이는 오영진과 마찬가지로 남한에서 살아가는 월남민 작가가 느낀 체험의 과잉 현상이다. 이들의 작품은 국가의 목소리를 재생산한다.

'여순 반란'이라고 명명된 역사를 번역한 김동리의 문학적 실천은 공산주의자를 민족의 적으로 재현함으로써 대한민국을 민족과 도덕의 옹호자로 형상화하는 데 기여한다. 특히 여순사태에 대한 그의 번역은 반공 내셔널리즘이 허구로 탄생하는 장면을 재현한다. 한국전쟁을 번역한 차범석의 문제작은 당시 '빨갱이는 죽여도 좋다'는 인식하에 학살이 곧 애국이며 '빨갱이'는 '뿌리를 뽑고 씨를 말려야' 한다는 민족 정화의 논리를 보여준다. 이 문제작들은 여순사태와 한국전쟁 당시 권력과 국민에 의해 자행된 민간인 집단 학살이라는 민족 정화의 비참한 사례를 번역한 것이다. 또한 대한민국의 역사가 국민 확장과 비국민 억압의 역사임을 반증하는 좋은 본보기다. 따라서 여순사태와 한국전쟁을 번역한 문제작들은 반공 내셔널리즘의 인간 도살극을 은폐하는 매우 탁월한 반사경이다.

그런데 오영진이나 김이석의 작품은 반공 내셔널리즘의 원형을 보여주는 반면, 김동리의 개작이나 차범석의 문제작은 1950년대 후반 이후 역사의 기억이 서서히 국가에 의해 전유됨으로써 발생한 왜곡된 기억의 문제성을 선명하게 보여준다. 여기서는 미군 또는 국군에 의한 학살 같은 특정한 기억은 공식적인 역사에서 제거되고 인민군의 학살만이 공식적인 역사로 남는다. 국가가 반공의 기억을 전유하기 시작하면서 반공이 내면화되는 시점은 1950년대 후반 이후라고 할 수 있다. 반공 내셔널리즘이 미적 자의식을 규정하는 핵심적인 원리로 작동하면서 반공의 우회나 순응, 내면화가 드러났으며 이에 대한 작가들의 반응은 이데올로기에 대한 혐오증으로 표출되는 이념 무용론이었다. 작가들은 공산주의자를 민족의 적, 곧 적대적 타자로 설정해 이데올로기에 순응하거나 아니면 우회의 한 방식으로 모든 이데올로기를 부정하는 이념 무용론을 펼쳤다. 차범석의 문제작은 김동리의 개작에 비해 반공 내셔널리즘이 좀 더 내면화된 형태이며 우회의 한 방식인 이념 무용론을 드러낸다. 결국 오영진, 김이석, 김동리, 차범석의 문제작들은 반공이라는 공적인 가치와 규범을 창출할 뿐만 아니라 반공 내셔널리즘이라는 지배이데올로기를 재생산하는 데 기여한다.

특히 여순사태와 한국전쟁을 문학으로 번역한 문제작들은 역사적 사실을 재현한 것 같지만 실제로 이는 사실이라고 명명되는 허구다. 역사적 사실과 역사적 허구의 경계는 모호하다. 그렇지만 '사실'을 창조할 수는 없다. 대한민국은 민간인을 학살했거나 민간인을 학살하지 않았거나 둘 중 하나다. 반면 허구의 효과는 대단하다. 국가는 특정한 역사를 상상적 풍경으로 구축한다. 국민은 국가에 의해 특별한 의미를 부여받은 시간과 공간을 다른 시간이나 공간보다 강하게 의식한다. 아울러 과거의 특정한 역사를 다른 역사보다 동일화하기 쉽다. 김동리나 차범석이 번역한 허구화된 과거는 개인이나 사회와 상상적인 연대를 맺으면서 사실로 받아들여지고 역사화된다. '우리'에게 여순사태는 '여순 반란'으로, 한국전쟁은 '6·25사변'이나 '6·25동란'으로 기억된다. 그리고 '반란', '사변', '동란'으로 기억된 이 사건들은 좌익이나 공산당이 일으켜 민족에게 엄청난 고통과 피해를 준 사건들로 재구성된다.[19] 그런데 당시 작가들은 체험과 신념에 충실했을 뿐이다. 그렇지만 작가들의 문제작들은 순수한 세계의 이면에 감추어진, 그리고 단정수립 이후 반공으로 가려진 광기와 살육의 현장을 가리고 은폐하는 매우 탁월한 반사경이다. 이런 측면에서 작가의 이데올로기가 위험하다기보다는 공적 기록물의

---

19) 여기서 '반란'은 '정부나 지도자 따위에 반대하여 내란을 일으킴'을, '사변'은 '한 나라가 상대국에 선전 포고도 없이 침입하는 일'을, '동란'은 '폭동·반란·전쟁 따위가 일어나 사회가 질서를 잃고 소란해지는 일'을 의미한다. 이런 용어에 숨어 있는 의도는 좌익이나 공산당의 '악마적인 시도'를 부각하며 그들의 죄악상(罪惡相)을 폭로하기 위한 것이다.

하나인 문학으로 역사를 번역하는 작업이 정치적으로 위험하다고 할 수 있다. 양귀비가 마약의 원료가 되듯이 번역된 역사는 반공 내셔널리즘의 원료가 된다. 만약 적당한 과거가 없다면 과거는 언제든지 발명될 수 있다.[20] 또한 재구성된 과거는 널리 유포되어 광기와 살육의 과거를 은폐시킨다. 이로 인해 국민들은 과거에 대한 '성찰'의 기회를 박탈당하는 것이다.

20) 홉스봄은 역사가 내셔널리즘, 인종주의, 근본주의의 재료가 되며 과거는 이런 이데올로기의 가장 본질적인 구성 요소라고 지적한다(홉스봄, 1997: 5~6).

참고문헌 ·····································

1. 기본자료

구상. 1975. 「시집 『응향』 필화사건 전말기」. 『구상문학선』. 성바오르출판사.

국사편찬위원회. 2001. 「월남작가회, 반민족문학 반대를 강령으로 내세우고 결성」.

　　『자료대한민국사 15(1949년 11~12월)』. 국사편찬위원회.

김동리. 1949. 「형제」. ≪백민≫, 5권 2·3호(3월).

_____. 1958. 「광풍속에서」. 『실존무』. 인간사.

_____. 1962. 「눈발속의 부두(埠頭)」. 육군본부. 『전쟁문학집』. 육군본부 정훈감실.

김동리. 1969a. 「형제」. 한국문인협회. 『통일의 길』. 휘문출판사.

김동리. 1969b. 「흥남철수」. 한국문인협회. 『한국전쟁문학전집 1』. 휘문출판사.

김영랑. 1948. "절망". ≪동아일보≫, 1948년 11월 16일자.

김이석. 1952. 「악수」. ≪전선문학≫, 창간호(4월).

_____. 1954. 「수색」. 국방부 정훈부. 『전시한국문학선』. 국방부 정훈부.

_____. 1956. 「광풍속에서」. ≪자유문학≫, 1권 6호(6월).

_____. 1962. 「광풍(狂風)속에서」. 육군본부. 『전쟁문학집』. 육군본부 정훈감실.

박정희. 1975. 「민족의 번영을 위한 정치 작업」. 『박정희대통령선집 3』(3판). 지문각.

박종화. 1948. "남행록". ≪동아일보≫(1948. 11. 14, 11. 17~11. 21).

오영진. 1958. 「종이 울리는 새벽」. ≪사상계≫, 65호(12월).

_____. 1960. 「인생차압」. 『한국문학전집 33』. 민중서관.

_____. 1969. 「운명과 기회」. ≪사상계≫, 70호(5월).

_____. 1983. 『소군정하의 북한』. 국토통일원 조사연구실.

_____. 1989. 「인생차압」, 이근삼·서연호 엮음. 『오영진전집 3』. 범한도서주식회사.

유진오 외. 1950. 『고난의 90일』. 수도문화사.

전국문화단체총연합회. 1949. 『반란과 민족의 각오』. 문진문화사.

차범석. 1963. 「산불」. ≪현대문학≫, 9권 5~7호(5~7월).

_____. 1966. 「무엇을 어떻게 쓸 것인가」. 『현대한국문학전집 9』. 신구문화사.

_____. 1984. 「나를 키워준 고향」. 『거부하는 몸짓으로 사랑했노라』. 범우사.

_____. 1991. 「6·25와 연극」. ≪예술세계≫, 9호(6월).

_____. 1999. 「이 책을 읽는 분에게」. 『산불(외)』. 범우사.

2. 논문·기타

김득중. 2004. 「한국전쟁 전후의 민간인 학살」. ≪내일을 여는 역사≫, 18호(겨울).

김호균. 1993. 「해남·완도의 '나주부대' 양민학살사건」. ≪말≫, 86호(8월).

남상권. 2002. 「전후 피난지 체험소설 연구: 김이석 소설을 중심으로」. ≪상허학보≫, 8집(2월).

남원진. 2007. 「반공국가의 법적 장치와 <예술원>의 성립 과정 연구」. ≪겨레어문학≫, 38호(6월).

_____. 2007. 「반공(反共)의 국민화, 반반공(反反共)의 회로: 반공 내셔널리즘을 묻는다」. ≪국제어문≫, 40호(8월).

박정석. 2003. 「전쟁과 고통」. ≪역사비평≫, 64호(가을).

유임하. 2005. 「이데올로기의 억압과 공포: 반공 텍스트의 기원과 유통, 1950년대 소설의 왜곡」. ≪현대소설연구≫, 25호(3월).

임종명. 2003. 「여순 '반란' 재현을 통한 대한민국의 형상화」. ≪역사비평≫, 64호(가을).

임지현. 2000. 「한반도 민족주의와 권력 담론」. ≪당대비평≫, 10호(봄).

정영태. 1992. 「일제말 미군정기 반공이데올로기의 형성」. ≪역사비평≫, 16호(봄).

3. 단행본

가라타니 고진(柄谷行人). 2005. 『근대문학의 종언』. 조영일 옮김. 도서출판b.

강준만·김환표. 2004. 『희생양과 죄의식』. 개마고원.

김귀옥. 2004. 『이산가족, '반공전사'도 '빨갱이'도 아닌…』. 역사비평사.

김동춘. 2006. 『전쟁과 사회』(개정판). 돌베개.

김성칠. 1993. 『역사 앞에서』. 창작과비평사.

김성희. 1998. 『한국 현대희곡 연구』. 태학사.

니시카와 나가오(西川長夫). 2002. 『국민이라는 괴물』. 윤대석 옮김. 소명.

랜트리키아, 프랭크(F. Lentricchia) 외 엮음. 1994. 『문학연구를 위한 비평용어』. 정정호 외 옮김. 한신문화사.

모리스 스즈키, 테사(T. Morris-Suzuki). 2006. 『우리 안의 과거』. 김경원 옮김. 휴머니스트.

범국민위원회. 2006. 『계속되는 학살. 그 눈물 닦일 날은…』. 한국전쟁후 민간인학살 진상규명 범국민위원회.

벤야민, 발터(W. Benjamin). 1983. 『발터 벤야민의 문예이론』. 반성완 옮김. 민음사.

사카이 나오키(酒井直樹). 2005. 『번역과 주체』. 후지이 다케시 옮김. 이산.

스피박, 가야트리(G. C. Spivak). 2006. 『교육기계 안의 바깥에서』. 태혜숙 옮김. 갈무리.

앤더슨, 베네딕트(B. Anderson). 2002. 『상상의 공동체』. 윤형숙 옮김. 나남.

유민영. 1997. 『한국현대희곡사』. 새미.

임철우. 1984. 『아버지의 땅』. 문학과지성사.

조현연. 2000. 『한국 현대정치의 악몽』. 책세상.

한옥근. 1993. 『오영진 연구』. 시인사.

홉스봄, 에릭(E. Hobsbawm). 2002. 『역사론』. 강성호 옮김. 민음사.

Hobsbawm, E. 1997. *On History*. The New Press.

제 **3** 장
단정수립 후 전향의 문화사

이봉범 ㅣ 동국대학교 문화학술원 ㅣ

1. 단정수립 후 전향공간의 특수성

단정수립 후 한국문화의 구조적 변환을 추동했던 요인으로는 단정수립에 따른 냉전 반공 체제의 구축, 디아스포라(월북 및 월남)에 의한 문화인들의 이합집산, 국민보도연맹의 결성과 전향의 강제, 반공주의의 지배이데올로기화와 위로부터의 (반공)국민 만들기, 사회문화 전반의 규율장치로 기능 했던 검열제도의 본격적인 작동 등을 들 수 있다. 이 글은 이러한 요인들의 상호작용으로 조성된 국민보도연맹 결성에서 한국전쟁 전까지의 사상사적·문화사적 특수공간이 지닌 문화사적 의미를 문화인의 전향을 통해 고찰하고자 한다.[1]

---

1) 김재경은 문화인에 대해 협의의 차원에서는 언론인, 교육자, 문필인의 개념으로, 광의의 차원에서는 이 부류 외에 예술가, 미술가, 음악가, 과학자를 포괄하는 개념으로 사용한 바 있는데, 이 글에서는 당시 저널리즘뿐 아니라 사회문화 영역에서 보편적이던 언론출판 및 문학예술에 관여한 인사들을 통칭하는 의미로 사용한다(김재경, 1948).

이는 무엇보다 전향문제가 이 시기 문화 전반의 지형이 새롭게 조형되는 과정에서 핵심적인 매개 역할을 했기 때문이다. 즉, 냉전 체제의 산물인 전향은 동시에 냉전을 체제 내화시켜 효율적인 내부 평정 작업의 기제로 활용되는 가운데 좌파 문화인은 물론이고 이데올로기적 중간지대에서 남북분단의 고착화 시도에 끝까지 저항했던 양심적인 상당수 중간파 문화인들에게도 체제 선택 및 남한 체제에의 동화를 강요함으로써 문화 영역에서의 이념적인 적대와 갈등을 확대 재생산하는 계기가 된다. 또 전향국면에 접어들어서는 비전향 좌파 문화인을 전향시키기 위한 통제수단으로 활용되었던 검열이 지리적 공간(남/북)의 선택문제로 그 기조가 전환되기에 이른다(이중연, 2005: 296). 더욱이 단정수립 전후 문화적 의제로 급부상했던 친일 반민족주의자 처단문제와 좌우합작 및 남북협상을 통한 민족통일 요구가 왜곡, 와해되는 맥락 또한 전향과 밀접하게 관련되어 있다. 이렇듯 전향문제는 단정수립 후 권력과 사상 및 문화와 관련된 복잡한 관계사를 집약하고 있다고 볼 수 있다.

　다른 한편으로 전향은 해방 후 문화의 제반세력이 '계급'과 '민족'의 두 구심점을 축으로 분극화(polarization)되어 첨예하게 대립하면서 전개되었던 민족문화운동이 급격하게 재조정되는 결정적인 계기로 작용한다. 그 과정은 문화주체의 변용을 포함해 문화 장 전반의 구조 변동을 통어할 만큼 광대하고 심원했다. 특히 문화주체의 변용과정은 탈식민 상황에서 다양하게 추진되었던 각종 진보적 문화기획이 좌절되었다는 것뿐만 아니라 문화제도권을 둘러싼 문화주체들 간의 헤게모니 투쟁을 야기했다는 점에서도 중요한 의미를 지닌다. 이 점을 문학예술 분야로 좁혀 살펴보면, 문학가동맹을 비롯해 조선문화단체총연맹(이하 문련) 산하 문화 관련 9개 하위조직에 소속된 좌파 문화인들은 남한에서의 활동 자체가 완전봉쇄되었으며, '108인 문화인성명'(1948. 4)과 '문화언론인 330명 선언문'(1948. 7)을 통해 통일민족국가 수

립을 끝까지 주창했던 중간파 문화인들 또한 막다른 상황에서 동요와 도태
의 과정을 밟게 된다. 반면에 청년문학가협회를 포함한 전국문화단체 총연
합회(이하 문총) 소속의 보수우익 문화인들에게 전향이 매체, 조직, 이념 등에
서 주도권을 확보하면서 문화제도권 전반을 장악할 호기로 작용했다. 따라
서 문화주체들에게 전향공간은 권력에 대한 굴복이라는 현상적 의미를 넘어
막다른 상황에서의 타개책, 환멸, 좌절, 성장이라는 모순적 의미를 내포한 가
운데 서로 다른 욕망이 분출, 경합하는 역동적 장이 되었다고 봐야 한다. 그
교차와 모순은 문화주체들의 해방 후 전력과 지배이데올로기로서의 반공주
의에 대한 동의 여부에 따른 필연적인 산물이지만 거시적으로 볼 때는 해방
후 문화운동의 분극화 현상, 즉 좌/우로의 분화와 집중의 과정에서 파생한 균
열과 갈등이 해소되는 과정이기도 했다. 뒤에 살펴보겠지만, 오히려 후자로
인해 형성된 문화적 중간파의 비대화가 전향을 둘러싼 주체들의 갈등을 증
폭시키는 역할을 했다.

따라서 단정수립 후의 전향문제를 전향에 대한 일반적 규정, 즉 국가권력
의 강제에 의한 공산주의사상의 포기로 접근해서는 이 시기 전향이 함의하
고 있는 문화사적 의미를 온전히 구명하기 어렵다. 물론 당시의 전향이 생성
중인, 그래서 여전히 취약했던 (반공)국가를 선험적·절대적인 것으로 승인하
고 적극적으로 내면화하기를 강요하는 국가권력의 강제적 행위였음은 분명
한 사실이지만, 위에서 살펴본 바와 같이 단정수립 후의 전향은 각 주체의 사
상개조 차원을 뛰어넘는 문제성을 지니고 있다는 점에 유의할 필요가 있다.
더욱이 전향이 해방 후 문화운동을 수렴하는 동시에 장기적인 효과 면에서
왜곡된 형태로나마 남한의 문화제도의 거푸집을 주조하는 기능을 했다는 점
에서 좀 더 세밀한 접근이 요청된다.

그럼에도 지금까지 단정수립 후 문화인의 전향에 대한 본격적인 연구는

없었다. 대체로 문화(인) 통제정책으로 단순화하거나 아니면 문인들의 월북과 관련해 소략하게 다루어졌을 뿐이다(권영민, 1989: 17~40; 조영복, 2002). 주목할 것은 단정수립 후 (3차) 월북과 전향의 관계에 대해 신중하게 접근할 필요가 있다는 점이다. 3차 월북문제를 전향의 결과로 간주해 냉전 체제하 문인들의 비극성을 강조하는 것은 전향의 일면성만을 드러내는 것에 불과하다. 물론 전향 후 고문의 위협에 시달리다가 월북했던 독은기(본명 김춘득. 조선영화동맹 중앙집행위원) 같은 경우도 있었지만 실상 그가 월북한 주된 원인은 전향이 강제한 체제 선택이었다기보다는 문화 활동의 제약과 이에 따른 극심한 생활난 때문이었다(김성칠, 1993: 230). 따라서 단정수립 후 월북문제는 전향문제를 포함해 국가권력의 문화정책 전반의 차원에서 종합적으로 검토될 필요가 있다. 이와 관련해 단정수립 후 남한문학의 변모과정에서 전향이 갖는 의미를 천착한 김재용의 연구는 유용한 참고가 된다(김재용, 1996). 그는 국가보안법 제정과 국민보도연맹의 조직으로 구체화된 냉전적 반공 체제의 강화와 억압의 제도화가 작가들에게 미친 영향을 살피는 가운데 문학가동맹에 소속된 좌파 문인들의 분화 양상을 통해 그들이 현실적으로 선택할 수 있었던 전향, 지하운동, 월북의 세 가지 행로가 갖는 의미를 정치하게 분석한 바 있다. 그리하여 이 시기 문학의 동향을 비교적 동태적으로 체계화하는 성과를 거두었음에도 전향의 문제를 문학가동맹 소속의 좌파 문인들로 한정해 고찰한 결과 냉전 체제하 문인들의 비극성과 문학의 황폐화를 검증하는 수준에 머무를 수밖에 없었다. 특히 전향공간에서의 좌익/우익의 대칭성을 두드러지게 강조함으로써 전향공간이 내포한 구조적 역학을 제대로 포착할 수 없었다.

단정수립 후 전향공간의 구조적 역학을 동태적으로 파악하려면 당시 전향제도의 특수성에 대한 이해가 전제되어야 한다. 이를 1930년대 전향과의 비교를 통해 살펴보자. 두 시기의 전향은 전향제도의 본질상 유사한 점이 많으나 미세한 지점에서는 여러 가지 면에서 차이가 있다. 첫째, 외부로부터의 협박을 통한 사상개조의 강제라는 동일성을 지니고 있지만 1930년대의 (사회주의자들의) 전향이 제국 - 식민지의 틀 속에서 사상과 신념을 바꾸는 적극적인 전향이라기보다는 동요와 모색의 형태가 주류를 형성했다면, 단정수립 후에는 포섭 - 배제의 논리구조에 입각한 위계화된 반공국민 만들기의 틀 속에서 적극적인 전향을 통해 체제에 동화되어야 했다. 이는 정치적 상황, 즉 제국 식민지지배의 상대적 안정화와 미완성국가로서의 위기 상황의 차이를 반영한 것이며 전향주체의 처지에서 보면 열린 가능성과 닫힌 가능성의 차이이기도 하다.2) 그 차이는 전향의 규모와도 밀접한 관련이 있다. 문학으로 한정해보면 1930년대의 전향은 카프맹원들로 한정되어 시행된 반면 단정수립 후에는 좌파는 물론이고 좌익 진영과 우익 진영에서 각각 이탈한 중간파 문인과3) 애초부터 계급/민족, 정치/순수의 대립의 발전적 지양을 강조하는

---

2) 1930년대 중반 사회주의자들의 전향의 배경과 양상에 대해서는 홍종욱(2006) 참조.

3) 1948년 12월 '중간파문학'을 처음으로 정식화한 백철은 중간파라는 용어가 저널리즘에서 편의상 명칭된 것으로 이들 그룹의 문학적 이념(지향)을 제대로 반영하지 못한다는 판단 아래 '신현실주의파'로 이를 재명명하고 신리얼리즘이 그들이 지향해야 할 문학적 방향임을 강조한다. 그가 중간파(신현실주의파)로 간주한 작가는 염상섭을 필두로 계용묵, 박영준, 최정희, 황순원, 손소희, 주요섭, 이무영 등이다. 백철의 전언에 따르면 단정수립 직후 중간파 문인들이 별도의 문학단체 결성을 위해 준비위원회를 구성해 활동했지만 문학계의 분열을 심화시킨다는 우려 때문에 자진 철회했다고 한다. 그의 진술을 통해 단정수립 후 중간파의 실체와 규모를 추정할 수 있다. 백철, "현상은 타개될 것인가: 주로 기성작가의 동향에 관한 전망 ⑤, ⑥", ≪경향신문≫(1949. 1. 11~1. 12).

가운데 좌우의 어떤 조직과도 직접적인 연계를 갖지 않았던 자유주의자들까지 전향을 할 수밖에 없었다. 아울러 전향공간에서 비교적 자유로웠던 반공주의 문인들 또한, 비록 전향을 강요받지 않았다 할지라도, 전향공간의 매카시즘적 분위기 속에서 전향자에 버금가는 감시와 동원의 대상이 되었으며 다른 한편으로는 그 주체가 되는 가운데 전향국면에의 능동적인 참여를 통해 존재 증명을 해야 했다는 점에서 전향의 폭풍을 비켜갈 수는 없었다. 오히려 '민족주의자와 애국적 문화인에까지' 전향이 무차별적으로 강제되면서 문화인 일부가 이북을 동경케 하는 역효과를 야기한다고 보수우익 진영이 우려할 정도였다(채동선. 1949: 173). 이와 같은 전폭성은 동시기 억압과 자율이라는 상호모순적인 조건 속에서 주체의 결단과 책임에 의해 전향이 이루어진 일본의 전후적 전향 형태와도 구별되는 점이다(후지타 쇼조, 2007: 165~168). 이렇듯 이념적인 성향과 직접 관계없이, 아니 그 어떤 이념을 견지하고 있더라도 단정수립 후 모든 문화인은 자신의 사회문화적 위치 바깥으로 추방당하는 극적인 환골탈태를 겪어야 했으며 그 해체와 생성의 와중에서 단정수립 후의 문화는 격렬한 지각변동을 거치게 되었다.

둘째, 전향의 방법과 절차에서도 단정수립 후에는 대외적인 전향선언을 발표하고 전향자 포섭단체인 '국민보도연맹'에의 의무적인 가입을 통해 공식적인 전향자로 인정되는 수순을 밟았다는 점에서 비공식적인 전향이 우세했던 1930년대 전향과 다르다. 1930년대에는 대부분 당사자가 공식적으로 전향을 표명하기보다는(박영희와 백철은 예외) 전향제도를 보완하는 방편으로 활용된 '집행유예'라는 법 제도를 통해 전향자로 제도적인 공인을 받았다(김동환, 1996: 176~177). 물론 단정수립 후에도 국가보안법 위반 혐의로 체포된 뒤 국민보도연맹에 강제 편입되어 전향자로 공인된 인정식, 김만형(조선미술가 동맹 서기장)의 경우처럼 일종의 법(국가보안법) 제도가 활용된 사례가 더러 있었지만4) 대체로 단정수립 후에는 '공산계열 개전자 포섭주간', '남로당원 자수 주간', '좌익 자수주간', '좌익 근멸주간' 등을 설정해 자발적인 전향을 유도 하는 형식을 취했으며 전향자들의 효율적인 통제 관리를 위해 그 창구도 국민 보도연맹으로 단일화했다. 더욱이 공식적으로 전향을 표명했더라도 여전히 '전향좌익분자'라는 규정 속에서 지속적인 감시와 통제를 받았다. 이 점은 전 향자에 대한 국민보도연맹의 지도방침에도 구체적으로 명시되어 있다.

  • 신념: 대한민국정신에 대한 의뢰성 ① 무산계급독재나 자본가독재도 아 닌 진정한 민주주의 국체 관념 ② 공산주의 이론의 모순과 대한민국의 위대 한 영도자 이 대통령의 건국이념에의 투철, • 자기반성, 즉 전비회개: 자기비 판을 솔직 용감하게 중의에 선포함으로써 마음에 희망과 자유를 획득케 할 것, • 투쟁: 전기 신념에 입각한 대한정신을 수립하고 이에 저촉되고 공산주 의와 맹렬하고 전진적인 투쟁을 전개하여 자기전향을 실천으로서 명시할 것, • 배상필벌: 실천을 통하여 완전히 전향하고, 대한민국에 공헌이 현저한

4) 국가보안법과 국민보도연맹의 관계에 대해서는 강성현, 「국민보도연맹, 전향 에서 감시·동원, 그리고 학살로」(김득중 외, 2007: 128~133) 참조. 이에 따르 면 경찰은 국가보안법을 과도하게 확대적용해 좌익사상과 무관한 사람들까지 도 빨갱이 혐의를 씌워 체포해 조사한 뒤 사안이 경미하거나 전향가능성이 존 재하면 형 선고를 유예하거나 비교적 가벼운 형량을 언도했으며, 이들이 석방 되면 모두 보도연맹에 가입시켜 조직을 확대했다고 한다. 따라서 국민보도연 맹은 명목상 전향자단체였지만 실질적으로는 좌익사상과 무관한 사람들이 광 범위하게 가입하도록 강제되었던 정체불명의 단체였다고 규정하고 있다. 실제 양민을 빨갱이라고 협박해 국민보도연맹에 가입시키려는 경찰의 압력 때문에 피의자가 자살한 사건을 신문에서 접할 수 있다(≪자유신문≫, 1950년 3월 26 일자).

자에게 대하여는 그의 배경, 정실에 구애되지 않고 그 공적을 즉시 신상하고 만약 그 실천이 모호하거나 반역하는 프락치행동이 발각되는 경우에는 즉시 경찰에 고발하여 최엄벌을 가하게 한다.5)

위의 4대 기본원칙을 통해 국민보도연맹이 단순히 전향자를 보도(保導)하는 단체가 아닌 전향자 통제단체이자 좌익 섬멸단체의 성격을 지니고 있음을 알 수 있다. 주목할 것은 전향문화인들에 대한 통제는 일반전향자의 통제 방식과 달리 검열제도를 활용해 이루어졌다는 점이다. 이를테면 중등교과서에 수록된 좌익 작품을 삭제 조치했으며(1949. 10),6) '좌익계열 문화인'을 3급으로 공식 분류해(1949. 11) 월북문화인(1급)의 저서는 판매금지하고 남한에 잔류한 좌파문화인(2급 29명, 3급 22명)의 경우는 전향을 표명하고 보도연맹에 가입하지 않으면 저서와 작품을 판금시키겠다고 언명함으로써7) 미전

<hr />

5) "전향한 보련원 지도방침 수립: 4대 기본원칙"(≪자유신문≫, 1949년 12월 1일자).

6) 문교부는 중등교과서에서 국가이념에 위배되는 좌익작품에 대해 삭제할 저작자와 저작물의 내용을 구체적으로 제시한 바 있다. 대상 저작자는 정지용, 김남천, 박태원, 안회남, 오기영, 현덕, 박아지, 박노갑, 김동석, 박팔양, 조운, 이용악, 이근영, 이선희, 엄흥섭, 오장환, 김태준, 신석정, 김용준, 조중흡, 박찬모, 인성희 등이었다(≪서울신문≫, 1949년 10월 5일자). 일부는 이미 월북한 상태였지만 상당수는 여전히 남한에 상주하는 작가였으므로 이들의 저작을 좌익작품으로 규정한 것 자체가 이들의 전향을 종용하는 강력한 회유책이었다고 볼 수 있다.

7) ≪조선일보≫, 1949년 11월 6일자. 한편, 국민보도연맹이 결성되기 이전에도 문련 소속 좌익 문화인의 탈당을 강제하는 검열이 시행된 바 있다. 가령 서울시경은 문련 산하 각 문화단체에 소속된 예술인들에게 탈당하지 않으면 금후부터 무대출연을 금지하겠다고 공표한 뒤 곧바로 가혹한 공연검열을 시행했다

향자의 전향을 종용하는 강력한 회유책으로 검열이 작용했다. 동시에 전향을 표명한 후에도 '전향문필가 집필금지조치'(1949. 11~1950. 2), '전향문필가 원고심사제'(1950. 2), '원고 사전검열조치'(1950. 4) 같은 집중적인 검열을 통해 전향문화인을 제도적으로 통제했다. 요컨대 전향문화인들은 위장전향의 의심을 받는 가운데[8] 네 가지 차원, 즉 서울시경, 공보처, 국민보도연맹, 동업자들로부터 검열을 받았을 만큼 활동에 강력한 구속을 받았다.[9] 전향정책이 검열제도와의 상호보완 속에 시행된 결과 문화인들은 전향 후 사상의 문제보다도 생활(생존)의 곤란에 봉착했고 따라서 국가적 동원에 적극적으로 협력할 수밖에 없는 처지에 놓이게 되었다. 1930년대처럼 전향 후 개인적 차원에서 전향을 은폐하거나 전향을 극복하고자 시도하기란 불가능했다고 볼 수 있다. 다른 한편으로 전향문화인들은 국민보도연맹 문화실에 편입되어 체제우월성을 합리화하는 이론 개발과 각종 문화행사, 이를테면 '민족정신 앙양 종합예술제'(1949. 12. 3~12. 4), '국민예술제전'(1950. 1. 8~1. 10), '학술 문예 종합강좌'(1950. 5. 1~5. 7), '문학강좌'(1950. 6. 21~6. 24) 등 보도연맹 주최의 문화행사에 동원되어 냉전 반공사상의 선전 작업을 강요받았다. 전

(≪조선일보≫, 1949년 4월 20일자).

8) "문화인의 전향에 대하여"(사설, ≪동아일보≫, 1949년 12월 7일자).

9) 문화인들의 전향이 진정성을 갖느냐에 대한 의혹은 국가권력보다 오히려 동업자들에 의해 강도 높게 제기되었다. 특히 조연현은 전향문인들이 민족문학 진영의 문학인들을 의식적으로 기피하면서 경찰이나 국민보도연맹을 통해서만 전향을 형식적으로 표명한 방식을 비판하는 가운데 그들의 전향이 사상적(세계관적) 전향이 아닌 신변의 안정과 보장만을 얻기 위한 형식적 전향이라는 의혹을 제기한 바 있다(조연현, 1950). 그는 이후에도 전향문인들에게 이념적 전향이었음을 확실하게 증명하라는 요구를 지속적으로 제기하면서 전향문제를 보수우익 문단 내부의 헤게모니 투쟁을 위한 전략으로 활용했다.

향문화인들에게는 일반전향자들에게 적용되던 탈맹(脫盟)의 기회조차 부여
되지 않았다.

이와 같은 단정수립 후 전향공간의 특수성을 고려할 때 당시 문화인의 전
향문제는 권력과 사상 그리고 주체의 구조적 상관성을 바탕으로 한 문화사
적·제도사적 관점이 요청된다 하겠다.[10] 이에 이 글에서는 전향의 조건과 과
정 그리고 귀결의 양상을 종합적으로 검토해서 단정수립 후 전향의 문화사
적 의미를 구명하는 데 초점을 두고자 한다. 효율적인 논의를 위해 문학 분야
를 중심으로 살필 것이다. 문학이 해방 후 문화운동의 중추적 역할을 담당했
으며 그 결과 문인들이 전향문화인의 대종을 이루는 가운데 제반 문학주체
들의 정체성이 부딪치고 고민하며 타협하는 면모를 잘 보여주고 있기 때문
이다.

2. 해방 후 문화운동의 분극화 현상과 전향

전향문화인의 전체적인 규모, 전향의 이유와 경로에 관해서는 아직 그 전
모가 구체적으로 밝혀진 바 없다. 전향문화인의 규모는 일차적으로 국민보

---

10) 전향에 관한 연구가 활발한 일본에서도 논자에 따라 전향에 대한 관점이 다양
하다. 이를테면 요시모토 다카아키는 전향에 대해 일본 근대사회의 구조를 총
체적인 비전으로 파악하려다 실패했기 때문에 지식인 사이에서 일어난 사고
의 변환이라 규정하며, 혼다 슈고는 전향문학 개념에 중점을 두고 공산주의자
가 공산주의를 포기하는 의미의 전향에 초점을 맞추어 전향작품을 다루고 있
다. 한편 구보카와 쓰루지로는 전향을 국가권력에 대한 굴복이라는 점과 계급
적 배반이라는 시각으로 바라보면서 문학작품을 분석하고 있다. 이에 대해서
는 노상래 편역(2000) 참조.

도연맹 측의 공식통계를 통해 확인해볼 수 있다. 즉, '공산계열 개전자 포섭
주간'(1949. 10. 25~11. 7)과 그 연장인 좌익 세력 자수전향기간(1949. 11월 말)
까지 자수한 전향문화인은 문련 산하의 문학가동맹 94명, 연극가동맹 24명,
음악가동맹 10명, 영화가동맹 8명, 과학자동맹 12명 등이다.[11] 하지만 이 통
계는 1차 전향포섭기간에만, 그것도 서울지역에만 해당하는 수치에 지나지
않는다. 이후로도 전향은 한국전쟁 때까지 계속해서 강제적으로 시행되었고
공식적인 전향의 대표적인 형식으로 간주된 각 중앙일간지에 공고된 탈당
(퇴)성명서에 문화인들의 성명서가 많이 포함되어 있다는 사실을 고려하면
그 수를 정확히 헤아리기 어렵다.[12] 더욱이 1949년 12월 이후로는 전향정책
의 기조가 이전의 '자수'를 권유하는 다소 유화적인 차원에서 '좌익 근멸'을
기치로 좌익계열에 가입한 경력이 있는 자들을 즉결처분시키겠다는 폭압적

---

11) 이 기간 동안 서울지역의 자수자 현황은 남로당 4,324명, 민애청 1,768명, 민
   학련 1,959명, 여성동맹 150명, 출판노조 296명, 전평 2,272명, 전농 578명,
   보건연맹 8명, 근민당 234명, 인민당 18명, 인민위원회 414명 등 총 1만
   2,196명으로 보도되었다. 흥미로운 사실은 문필가들의 전향을 대단히 이채로
   운 경우로 보도하는 가운데 정지용, 황순원, 정인택, 이원수, 박용구 등의 실
   명을 공개하고 있다는 점이다(《자유신문》, 1949년 12월 2일자).
12) 당시 각 중앙일간지에는 규격화된 탈당(퇴)성명서 형식으로 '해방 후 혼란기에
   좌익계열의 모략과 감언이설에 유도되어 … 탈당(퇴)을 성명함과 함께 차 대한
   민국에 충성을 다할 것을 맹서함'이라는 전향선언이 연일 게재되었다. 가장 많
   이 게재된 신문은 《자유신문》인데 이 신문에는 6·25전쟁 발발 다음날까지
   이러한 전향선언이 게재되기도 했다. 그런데 이와 같은 전향선언 방식은 전향
   공간 이전에 이미 등장한 바 있다. 필자가 조사한 바에 따르면 《대동신문》,
   1948년 12월 21일자에는 '일시의 과오를 청산하고 좌익계열을 탈출했음을 본
   의로써 성명한다'라는 성명서가 광고되었다. 이를 통해 미루어볼 때 개인적 차
   원에서의 (자발적) 전향은 단정수립 직후부터 시작되었다고 볼 수 있다.

인 방식으로 전개되면서 전향자 수가 급격하게 증가했던 현상을 고려하면 더욱 그러하다.[13] 게다가 국민보도연맹의 조직이 전국적으로 확대되는 가운데 김정한, 조운처럼 지방의 좌익 문화단체와 관련해 전향할 수밖에 없었던 전향문화인까지 포함하면 전향문화인의 규모는 훨씬 커진다. 필자가 조사한 바에 따르면 해방 후 문화의 각 분야에서 뚜렷한 활동을 했던 전향문화인의 규모는 최소한 200명 정도로 추산된다. 그 명단을 밝히면 대략 다음과 같다.

정지용, 김기림, 이병기, 박태원, 백철, 염상섭, 양주동, 홍효민, 인정식, 임학수, 설정식, 설의식, 김철수, 박노갑, 김상훈, 황순원, 박영준, 이무영, 김용호, 김병욱, 김영수, 정비석, 노천명, 김병규, 정인택, 이근영, 김광균, 신석정, 김정한, 조운, 이주홍, 이원수, 송완순, 최병화, 엄흥섭, 박노아, 윤태웅, 배정국, 이봉구, 이성표, 임서하, 현동염, 강형구, 박용구, 서항석, 오영진, 양미림, 여상현, 박계주, 손소희, 송지영, 박인환, 박거영, 최운봉, 정현웅, 송돈식, 김정화, 이쾌대, 임호권, 채정근, 김의환, 김용환, 최재덕, 정종여, 김만형, 신한, 신용, 김한, 허달, 김일해, 독은기, 신막, 박은용, 이재명, 유석준, 전원배, 임문빈, 김봉한, 김준, 황주원, 주재황, 이건호, 이형호, 주유순, 한인석, 이삼실, 정열모, 이석범, 서계원, 장추화, 정진석, 김정혁, 임병호, 허집, 장동명, 최칠복, 이명우, 유희, 김봉수, 황영일, 최병태, 김광현, 김수돈, 윤복진, 오지호, 엄문

---

13) 《경향신문》, 1949년 12월 5일자. 실제 신문에 게재되는 전향성명서의 양과 규모도 이때부터 크게 확대되었음을 확인할 수 있다. 이전까지는 주로 서울지역의 개인 또는 단체명으로 발표되었으나 이때부터 점차 지방의 행정단위에서 그것도 대규모의 형태로 발표되었다. 일례로 충남 금산군에서는 2,076명이 한꺼번에 실명으로 집단 전향성명서를 발표하기도 했다(《조선일보》, 1949년 12월 20일자).

현, 이웅수, 최재형, 김일해, 전홍준, 문철민, 김막인, 박용호, 김원복, 이순애, 황남, 백성민, 정민, 정인방, 한평숙, 노광욱, 김영주, 현지섭, 한동인 (기타 이름의 한 자 또는 두 자만 부분 해독이 가능한 50여 명)

위의 전향문화인들을 모두 사회주의자(공산주의자)로 보기는 어렵다. 좌/우의 이념 구도로 볼 때 그 어느 쪽에도 속할 수 없는 비판적 성향의 진보적 지식인 또는 문화적 중간파들이 대부분이다. 물론 조선문학가동맹, 조선연극가동맹 등 좌익 진영의 범문화조직인 문련에 가입해 요직을 역임하면서 구체적인 활동을 전개한 인사도 있지만 이들 또한 골수 좌익분자(남로당원)라고 규정하기는 어렵다. 핵심적인 좌파들은 이미 모두 월북한 상태였다. 주지하다시피 1946년 초반까지는 조직 내적인 헤게모니 투쟁문제 때문에 프롤레타리아 문학동맹의 핵심 멤버들이 월북했고(1차 월북), 1947년부터 단정수립까지의 기간에는 미군정기의 '8월 대공세'(남한에서의 공산주의 활동 불법화)로 인해 문학가동맹을 중심으로 문화통일전선 운동을 주도적으로 이끌었던 임화, 김남천, 이원조 등이 남로당 주체세력의 월북에 맞춰 이미 월북한 상태였던 것이다(2차 월북)(권영민, 1989: 17~40). 또 단정수립 후까지 잔류해 있던 좌파들도 김태준, 유진오, 이용악처럼 전향공간에서 전향을 거부하고 지하운동 투쟁방식을 택해 잠적하거나 김동석, 조벽암, 상민, 허준처럼 국민보도연맹 결성 직후 문학 활동의 자유를 찾아 소극적인 월북을 감행했다(3차 월북)(김재용, 1996). 따라서 위의 전향문화인들은 김기림, 박태원, 정지용, 송완순, 설정식, 김용호 등 몇몇을 제외하고는 해방 직후 좌파 문화조직에 잠시 몸담았던 전력 정도를 지닌 인사들이었다고 할 수 있다. 그러므로 단정수립 후 문화인 전향의 대상자들은 엄밀히 말해 좌파라기보다는 비판적 성향의 문화적 중간파였다고 봐야 한다. 바로 이 점이 단정수립 후 전향공간이 지닌 특수성이자 전향을 둘러싼 문화주체들의 헤게모니 투쟁을 복잡하게 만든 원인이 되었던 것이다.

그렇다면 비판적 성향의 진보적 지식인 또는 문화적 중간파들이 중심이던 단정수립 후 전향문제를 어떻게 볼 것인가의 문제가 대두된다. 필자의 판단으로는 이런 현상은 무엇보다 해방 후 민족문화(학)운동 전개 과정의 특성과 긴밀하게 연관된 산물이다. 해방 후 민족문학운동은 문학 관련 제반세력이 서로 대립하는 두 개의 극으로 분화·집중되는 분극화를 통해 전개되었다. 처음부터 분극화가 전개되었던 것은 아니다. 좌익 측의 통합문학단체인 조선문학가동맹의 결성(1945. 12. 6)과 범좌익 문화통합조직인 문련의 결성(1946. 2. 24)에 이어 우익 측의 범문학단체인 전조선문필가협회가 결성(1946. 3. 13)되면서부터 이러한 분극화가 본격화되었다. 적어도 1946년 초까지 문인들의 문학단체 참여는 명확한 이념적 분할에 의해서라기보다는 문의(文誼)가 작용한 바 크다. 이를테면 백철이 조선문학건설 본부에 참여해 기관지 ≪문화전선≫ 편집을 2호까지 맡아 간행한 것이 임화와의 친분 때문이었던 것처럼(백철, 1976: 322) 일련의 문학 활동, 즉 단체에의 참여, 저술 출판, 신문사 및 잡지사의 기자(편집자) 취직 등은 식민지 시대부터 조성된 문의에 의해 활발하게 이루어졌다고 볼 수 있다. 실제 조선문학가동맹의 조직 확대 및 기구 정비의 계기가 된 전국문학자대회(1946. 2. 8~2. 9)에 참여·서명한 120명의 문인들(중복 제외) 중 문학가동맹 조직에 직접 참여하지 않은 문인이 많은 것으로 볼 때 참가자들이 문학가동맹의 이념 노선에 적극적으로 동조한 것으로 단정키는 어렵다.14)

---

14) 최원식은 대회 참석자 명단에 곽하신, 서정주, 최태응, 김달진, 유치환, 이한직 등이 있다는 사실을 근거로 조선문학가동맹이 우리 문학사상 처음으로 문인들의 좌우합작조직으로 출발했다고 평가한 바 있는데, 이는 다소 과장된 평가다. 조선문학가동맹은 범문단조직에 불과하다고 볼 수 있다. 조선문학가동

그러던 것이 전조선문필가협회가 결성되는 시점에서부터 분극화 현상이
뚜렷하게 나타났다. 즉, 전조선문필가협회 결성을 둘러싸고 문련 서기국은
'문화 영역에 대두하는 분열주의자들에게 권고함: 이른바 '전조선문필가협
회' 발기에 대하여'라는 성명서를 통해 전조선문필가협회를 민족문화건설을
위한 통일전선을 파괴 착란하는 분열주의자로 규정하고 우익 진영을 향해 처
음으로 맹공을 가했다.[15] 이에 대응해 전조선문필가협회 결성준비위원회는
문련에 '문화단체 총연맹에 보내는 성명서'를 발표했다. 문련이 민주주의 민
족문화건설이라는 기만적인 강령을 내걸고 신탁통치를 지지하는 민족반역집
단이라는 것이다.[16] '분열주의집단'/'민족반역집단'이라는 상호 규정이 이념
적 분할과 경계를 명확하게 보여주는 것은 아니지만 양 단체 조직구성원의 성

맹, 1988: 6~7) 참조. 청년문학가협회 창립 멤버였던 김윤성의 구술 증언에
따르면 당시 전국문학자 대회에 여러 우익 문인이 참가한 것은 수적·조직적
열세에 놓여 있던 우익의 좌익 문학단체에 대한 탐색전 차원이었다고 한다.
이봉범(2007: 79) 참조.

15) 《서울신문》, 1946년 3월 12일자. 성명서의 주요 내용을 옮기면 다음과 같
다. "좌우편향을 경계하면서 유린되어왔던 민족문화를 재건하고 조국의 민주
주의적 건설을 위하여 노력 … 문화 영역만은 일관하여 통일을 유지하였음은
우리 문화종사자의 한 자랑이었다. … 조선문필가협회는 반개년에 긍한 우리
의 각고노력 성과인 문화 영역의 통일을 가장 불순한 방법으로 파괴착란하려
는 책동이다."

16) 《한성일보》, 1946년 3월 12일자. 성명서의 핵심 내용은 다음과 같다. "…
일부 정당의 책동적 요구로 전체의 이름을 빌어 … 속으로는 독립하려는 조국
을 소련의 일련연방하라고 꾀하면서 그 현실적 역사적 불합리를 감출랴고 민
주주의 민족문화건설의 기만강령을 붓치고서도 막사과삼상회의를 맹목지지
하며 신탁통치를 원조니 후견이니 하는 괴 해석을 하는 민족적 반역을 감행하
였음은…"

향을 비교해볼 때 적어도 그 구획은 비교적 뚜렷하게 드러난다.17) 이후 청년
문학가협회(1946. 4. 4)와 범우익 문화단체인 문총이 결성되고(1947. 2. 12) 정
치적·이데올로기적 지형의 급변, 즉 식민지 시기의 민족/반민족의 대립이 신
탁통치 파동을 계기로 좌우의 이념적 대립으로 치환되는 이데올로기적 전치
(轉置)가 점차 격화되는 과정에 상응해 문학운동의 분극화 현상은 확대 강화되
기에 이른다.

　본 연구는 좌우의 분극화 과정을 논리적으로 규명하는 데 주력하기보다는
좌우의 분극화가 야기한 결과에 주목하고 있다. 먼저 지적할 것은 좌우로의
분화와 통합의 과정이 각 진영 자체의 집중화를 동반하면서 진행되었다는 점
이다. 이는 두 세력 간의 이해(利害)와 문학관에 근본적인 모순이 존재한다는
것이 전제되어야 그 상호 안티테제가 성립된다는 뜻이다. 물론 이는 사회문
화적 제반세력의 역관계를 반영하면서 조정된다. 통합과 집중화가 가장 명확
하게 나타나는 지점은 조직의 결성과 그 확장이다. 이 맥락에서 눈에 띄는 것
은 좌익 문화단체의 지방조직 활성화다. 조선문학가동맹은 1946년 하반기부
터 지부 결성에 박차를 가하는데, 서울시지부의 결성(≪서울신문≫, 1946년 8
월 9일자)을 시작으로 부산지부(≪부산신문≫, 1947년 6월 17일자, 위원장: 김정
한), 대구지부(≪영남일보≫, 1947년 6월 18일자, 위원장: 윤복진) 등을 결성한다.

---

17) 전조선문필가협회도 조선문학가동맹과 마찬가지로 우익뿐만 아니라 좌익 문
　　인들을 포함한 범문단조직을 추진했다. 준비위원회에서 총 437명의 추천회
　　원 명단을 발표했는데, 여기에는 임화, 김남천, 이태준, 권환 등의 핵심 멤버
　　를 제외한 조선문학가동맹 소속 문인들이 대거 포함되어 있다. 눈에 띄는 것
　　은 조선문학가동맹에 소극적이었던 한설야, 홍명희, 이동규 등과 재북작가였
　　던 김조규, 유항림, 최명익까지 포함되어 있다는 점이다. 이들 중 정식 가입한
　　문인은 이봉구, 임서하, 송남헌 등 몇 명에 불과하다.

가장 체계적이고 실질적인 조직체계를 지닌 서울시지부는 물론이고[18] 지방
지부 또한 뚜렷한 조직체계를 갖추고 기관지를 발행하면서 정치투쟁을 벌였
으며, 특히 미소공위를 지지하는 선언을 공통적으로 발표했다. 문련 또한 경
남도연맹(≪자유신문≫, 1947년 3월 20일자, 위원장: 엄문현, 집행위원: 김정한 외
23명)을 시작으로 전남도연맹(≪경향신문≫, 1947년 3월 29일자, 위원장: 송홍,
부위원장: 조운 외 3명), 서울시연맹(≪경향신문≫, 1947년 6월 20일자), 경기도연
맹(≪경향신문≫, 1947년 7월 30일자) 등을 계속해서 결성한다.[19] 좌익 진영의
지방조직 확대는 문화건설의 기본노선을 반제, 반봉건, 반국수주의 민주주의
민족문화의 수립으로 설정하고 문화대중화 및 계몽화를 적극적으로 추진한
결과로 볼 수 있다(문련 전남도연맹 결성식에는 김남천, 이서향, 박영진이 임석한
바 있다). 지부가 결성된 지방도시에서는 좌익 진영이 중앙에 못지않게 문화
관련 조직, 매체를 장악한 가운데 활발한 문화운동을 전개했던 것으로 판단
된다. 예컨대 1949년 7월 문총 경남본부가 대한민국의 정통성을 재확인하고

---

18) 1946년 11월 개편된 서울시지부의 조직체계와 임원을 살펴보면 집행위원(염
   상섭, 홍효민, 강형구, 이병기, 조남령, 이주홍, 임선규), 서기국(강형구, 임원
   호, 이용악, 박영준, 이병철, 김용호, 김철수, 김상원, 오장환, 김광현, 지봉문,
   정원섭, 홍구), 문학대중화운동위원회(위원장: 김영석, 위원: 강형구, 김남천,
   김광균, 김동석, 김만선, 김용호, 김철수, 김광현, 김기림, 나선영, 노천명, 박
   노갑, 박찬모, 변두갑, 배호, 설정식, 안회남, 오장환, 윤태웅, 이명선, 이봉구,
   이용악, 이병철, 임원호, 조허림, 조벽암, 조남령, 함세덕, 현덕, 홍구, 홍효민)
   로 구성되어 있다(≪조선일보≫, 1946년 11월 29일자).
19) 전북문화인연맹(위원장: 채만식) 결성대회 소식이 신문에 게재된 바 있는데
   "막부삼상결정을 지지한다는 메시지를 브라운 소장에게 전달키로 결의"했다
   는 내용으로 보아 이 단체 역시 좌익계열의 문화단체였던 것으로 보인다(≪서
   울신문≫, 1947년 2월 23일자).

좌익 성향의 일간신문과 주간 ≪문예신문≫, 월간 ≪문화건설≫, ≪중성≫ 등을 반문화인들의 기관으로 규탄함으로써 이들을 무력화시키려 시도했던 사실은 이를 뒷받침해준다.[20] 이에 비해 우익 진영의 지방조직은 자연발생적인 차원에서는 존재했을지 몰라도 공식적으로는 결성된 바가 없다. 우익 진영은 중앙조직을 결성하고 운용하기에도 벅찬 상황이었다. 그런데 지방조직문제가 중요한 것은 이것이 전향의 폭과 밀접한 관계가 있기 때문이다. 즉, 좌익 진영의 지방조직에 참여했던 문화인들은 전향공간에서 전향을 선언할 수밖에 없었다. 이는 문련 경남도연맹 위원장 엄문현과 조선문학가동맹 부산지부 위원장 김정한이 전향했던 사실에서 확인 가능하다(김기진, 2002: 29). 일간신문에 게재된 탈퇴성명서 가운데 문련 및 산하 단체에 가담했던 지방 인사들의 성명서가 많다는 사실도 이를 뒷받침해준다. 요컨대 우익 진영과 극명하게 대비되는 좌익 진영의 지방조직 활성화는 전향공간에서 익명의 전향자를 양산하는 원인이 되었던 것이다.

둘째, 좌우로의 분극화 현상은 각 진영의 불가피한 내부적 균열을 야기했다. 각 진영의 통합과 집중이 강화될수록 진영 내부에서는 조직의 주도권을 놓고 가시적 또는 비가시적인 헤게모니 투쟁이 전개될 수밖에 없다. 이를 결정하는 변수는 세대, 계급, 성별, 지역 등 다양하다. 더욱이 해방 직후에는 좌우를 막론하고 친일의 문제가 중요한 변수로 작용하고 있었다. 이에 따른 갈등과 대립은 대타적 동일성을 유지하기 위해 또는 내적 결속력을 높이기 위해 은폐되기 십상이지만 조직이 상대적인 안정기에 접어들면 언제든지 표면화될 수 있다. 해방 후 문학계에서도 이런 갈등과 대립을 쉽게 발견할 수 있다. 좌익의 경우에는 분극화가 본격화되기 이전에 문건과 프로문맹의 대립

20) ≪자유신문≫, 1949년 7월 19일자.

이 조선문학가동맹으로 통합되면서 단일한 문화통일전선이 구축된 바 있다.[21] 문제는 우익 진영이었다. 중앙문화협회 → 전조선문필가협회와 조선청년문학가협회 → 문총으로 이어지는 우익 문화(학)단체의 변모과정은 문학(화)의 위상설정문제, 세대적 차이, 친일에 대한 관점, 민족문학에 대한 규정, 순수문학론의 본질, 문학의 정치적 참여 등을 둘러싼 내부적 갈등과 대립을 은폐하면서 이루어졌다고 할 수 있다. 전조선문필가협회와 청년문학가협회가 문단의 주도권을 두고 잠시 대립한 바 있지만 그 대립이 적극적으로 표출된 것은 아니었다. 우익의 경우는 엄밀한 의미에서 서로 다른 정체성을 지닌 문인집단의 변주과정이었다고 해도 과언이 아니다. 이는 좌익 진영과 비교해볼 때 드러나는 엄청난 비교 열위에 따른 불가피한 선택이었는지도 모른다. 그 내부적 균열이 미온적·잠재적 형태로 존재하는 가운데 민족주의와 반공주의라는 시멘트 고형물로 통합되었던 것이다. 그런데 전향공간에 접어들어 상당한 정도의 헤게모니적 지도력을 확보하게 되면서 그 균열이 본격적으로 표출되는 가운데 치열한 권력투쟁이 전개되기에 이른다. 물론 단정수립을 계기로 좌우의 세력관계가 거시적으로 교통 정리된 바 있지만 여전히 좌익 잔류와의 대립을 통해 내부적 동질성을 공고히 해야 하는 현실적 제약 탓에, 또 문단의 주도권을 확보했음에도 그 주도권이 정치적 환경의 부산물에 불과했던 관계로 말미암아 우익 진영에는 여전히 대립보다는 통합이 요구되었다. 요컨대 우익 내부의 복잡한 균열양상은 전향공간의 역동성을 증

---

21) 김남천은 문화운동이 당면한 기본임무를 프로계급문화의 수립 또는 사회주의문화의 수립이라고 주장한 프로문맹의 노선을 극좌적 공식주의적 편향이라고 규정했으며, 그 극좌적 이론의 토대는 조선혁명의 현 단계에 대한 기본적인 규정의 착오와 1925년에 시작된 프로예술운동을 어떻게 보느냐 하는 데서 오는 역사의 평가에 대한 혼란이라고 언급한 바 있다(김남천, 1946: 136).

폭시키는 중요한 원인이 되었다. 백철의 회고처럼 우익 문단의 균열은 전향 공간에서뿐만 아니라 피난지 부산문단, 1950년대 예술원 파동 및 문단의 분화에까지 관철되는 고질적인 것이었다(백철, 1976: 477~478).

셋째, 분극화 현상은 문화적 중간(도)파의 비대화를 초래했다. 사실 해방 직후에는 순수한 문화적 중간파가 존재했다고 보기 어렵다. 좌우의 문학 진영에 적극적으로 가담하지 않고 침묵을 지키거나 계급/민족, 정치/순수의 중간지대에서 제3의 노선을 지향한 문화인도 얼마간 있었지만 이들 또한 대체로 좌익 문화단체에 잠시 몸담았다가 이탈한 존재들이었다. 대표적인 중간파 문인으로 간주되는 백철, 홍효민, 김광균, 염상섭 등도 마찬가지다. 이처럼 순수한 중간파가 없었던 상황에서 1946년 중반부터 문학가동맹의 반제 반봉건 민주주의 민족문화운동 노선에 공명했던 상당수 부르주아 문화인들이 대거 이탈하는 가운데 비좌비우의 문화적 중간파들이 급격하게 대두되었다. 이러한 현상은 정치적 중간파가 형성되는 과정에 대응하는 것이었다. 파냐 이사악꼬브나 샤브쉬나에 따르면 1946년 여름, 좌우합작을 실현할 주체세력으로서 중도파가 형성되어 확장하는 흐름에 따라 우익과 좌익 모두에서 중도로 대거 유입되는 독특한 현상이 발생했다고 한다. 그녀는 우익 진영에서 중도파로 옮겨간 것이 민족문제 및 민족해방 과제의 해결과 관련되어 있었다면 좌익 진영에서 중도파로 옮겨간 것은 사회문제와 국가발전의 방법론과 관련이 있었다고 설명하는 가운데, 중도파는 정치세력의 분화와 경계구분이 일어나는 독특한 '연병장'으로서, 당시 중도파는 정치적 견해 및 지적 경향이 여러 가지 색으로 혼합된 '팔레트'에 불과했다고 평가한 바 있다(샤브쉬나, 1996: 274). 즉, 문화적 중간파 또한 문화세력이 이합집산된 '연병장'이었고 상호이질적인 문화적 입장이 뒤섞여 있는 '팔레트'였다는 것이다. 다만 그 팔레트는 좌우로부터 각각 '회색적 반동주의자', '기회주의적 친공주의자'로 매도당하면서도 문화의 자유와 문화의 정치적·사회적 실천을 거부하지 않았다는 공통점이 있다(신형기, 1988: 189 참조).

중요한 것은 문화운동의 분극화가 가속화되면서 문화적 중간파의 규모가 확대되었다는 점이다. 그 규모는 '108인 문화인성명'(1948. 4)과 '문화언론인 330명 선언문'(1948. 7)을 통해 측정해볼 수 있다. 전자는 남북협상(전조선정당 단체연석회의)을 지지하는 성원서로서 구체적으로 극좌/극우의 정치노선 배제, 단독정부 수립기도 반대, 통일자주독립 등을 주장했다. 여기에는 언론출판인, 학자(교수), 문학예술인 등이 망라되어 있다.[22] 후자는 그 발전적 형태로서 '조국의 위기를 천명함'이라는 장문의 성명서를 발표했는데,[23] 그 골자는 단정은 민족을 반역하는 결과를 초래할 것임을 강력하게 경고하고 조국의 자주적 민주재건을 위해서는 남북을 망라한 자주적 통일건설이 시급히 요청되며 이 과제는 좌우의 이념을 초월한 문제임을 거듭 천명한다는 것이

22) ≪우리신문≫, 1948년 4월 29일자. 중간파 문화인의 윤곽을 확인하는 차원에서 성명서에 참여한 명단을 모두 밝힌다. 이순탁, 이극로, 설의식, 이병기, 손진태, 유진오, 배성룡, 유재성, 이준열, 이홍종, 정구영, 윤석중, 박은성, 김일출, 박은용, 채정근, 송석하, 이돈희, 조동필, 홍기문, 정인승, 정희준, 문동오, 이관구, 임학수, 오기영, 신영철, 양윤식, 김시두, 김기림, 김성진, 김양하, 정순택, 박준영, 김용암, 정계성, 허하백, 홍성덕, 박동길, 최문환, 박계주, 이부현, 고승제, 이건우, 장기원, 허규, 최호진, 김성수(金成秀), 박용구, 김병제, 유열, 김무삼, 이달영, 고경흠, 염상섭, 백남교, 장추화, 이의하, 이의식, 김봉집, 허윤도, 이재완, 정래길, 김계숙, 최정우, 신중목, 안기영, 정진석, 성백선, 최재위, 나세진, 정지용, 강진국, 안석제, 정열모, 전태화, 백남진, 양재하, 장현칠, 손명현, 오건일, 홍승만, 조박, 윤태웅, 이준하, 황영모, 유두찬, 전영배, 김재을, 이겸영, 허준, 고병국, 김석환, 김분옥, 박태원, 김진억, 이갑섭, 송지영, 백석황, 이만용, 신남철, 곽경, 오진섭, 차미리사, 박용덕, 오승근, 유응호.
23) ≪조선중앙일보≫, 1948년 7월 27일자.

었다. 또한 통일자주독립을 위한 가장 현실적인 방법으로 미소 양군의 철수를 강력히 요구하는 가운데 특히 당시 많은 사람의 이목을 끌었던 전력문제, 독도사건, 제주도사건 등을 미국의 세계정책에 따른 결과로 간주했다. '문화언론인 330명 선언문'에는 월북한 일부를 제외하고 앞서 '108인 문화인성명'에 참여했던 인사들이 대부분 참여했다.[24] 두 성명서에 참여했던 문화인들을 모두 중간파로 규정하기는 어렵다. 그러나 남한만의 단정수립이 기정사실화되는 정치현실에서 극우/극좌의 편향성을 비판하고 남북협상을 통한 민족통일을 일관되게 요구했다는 사실을 고려할 때 비좌비우의 문화적 중간파로 간주해도 무리가 없을 듯하다. 성명서 및 참여한 문화인들이 전향공간과 관련해 중요한 의미가 있는 것은 이들 중 상당수가 잠재적 위협세력으로 규정당해 전향을 강요받았거나 그렇지 않더라도 의혹과 통제의 대상이 되었기 때문이다. 요컨대 해방 후 문화운동의 분극화가 내재한 제반 문화세력들의 중층적인 갈등과 대립이 전향공간의 특수성을 야기한 근원이었다는 사실을 다시 한 번 환기해두고자 한다.

이와 관련해 문화인들의 전향기준과 경로를 살펴볼 필요가 있다. 일반인들과 마찬가지로 문화인들에게 적용된 전향의 명시적인 기준은 없었다. 다만 국민보도연맹을 법적으로 뒷받침했던 국가보안법의 제1조, 즉 "국헌을

---

24) 두 성명서에 모두 참여한 문화인으로는 설의식, 이병기, 손진태, 유진오(兪鎭五), 박은용, 채정근, 송석하, 홍기문, 정인승, 이관구, 임학수, 오기영, 김기림, 박계주, 고승제, 허규, 최호진, 박용구, 고경흠, 염상섭, 장추화, 정지용, 윤태웅, 전원배, 허준, 박태원, 송지영, 유재성, 이홍종, 정열모, 김진억, 양융식, 장기원, 성백선 등이 있다. 그리고 '330명 선언문'에 새로 참여한 문화인 가운데 눈에 띄는 문인으로는 길진섭, 김병규, 김동환, 김동석, 박영준, 박화성, 설정식, 신석초, 이석훈, 이양하, 이용악, 안회남, 엄흥섭, 이무영, 이원수, 조운, 정종여, 조벽암, 채만식, 현덕, 신막, 배호, 이쾌대, 정현웅 등이 있다.

위배하여 정부를 참칭하거나 그에 부수하여 국가를 변란할 목적으로 결사 또는 집단을 구성한자는 左에 의하여 처벌한다"는 조항의 '결사 또는 집단' 에 조선문화단체총연맹이 포함되어 있다는 사실을 고려할 때 좌익 문화조직 에 참여했던 전력이 중요한 기준이 되었다고 볼 수 있다. 더욱이 1949년 10 월 18일 미군정법령 제55호에 근거해 16개의 정당과 117개의 사회문화단체 가 전격적으로 등록 취소된 뒤 문화인의 전향이 본격화되기 시작된 것으로 미루어 보아 당시까지 좌익 문화조직의 구성원이었거나 좌익 문화조직을 탈 퇴했어도 과거 이들 단체에 한 번이라도 이름을 올렸던 사람이라면 국민보 도연맹에 의무적으로 가입해야 했던 것으로 보인다. 이는 전향한 문화인들 의 면모를 통해 확인할 수 있는 바다.[25] 하지만 이 기준이 일관되게 적용되 지는 않았다. 한 예로 프로문맹에 가입했던 윤곤강·김해강과 문학가동맹에 가입했던 정태용·곽하신, 그리고 조선민주주의민족전선의 중앙위원이었던 채동선 등은 전향하지 않았다(심증은 있되 물증은 발견하지 못했다는 것이 더 정 확한 표현이다). 그러나 일련의 좌익 문화조직에 전혀 참여하지 않았던 박인 환은 전향한 바 있다. 박인환의 경우는 국제신문 필화사건(1949. 3)으로 인해 국가보안법 위반 혐의로 송지영과 더불어 불구속 송청되었던 사실을 참작할 때 그의 전향은 국가보안법의 과도한 확대적용의 한 예로 간주할 수 있다.[26]

---

25) 손소희가 대표적인 경우다. 그녀는 박영준과 시인 R씨(이병철로 추정)의 보증 으로 문학가동맹에 가입했는데 전국문학자대회에 참석한 것을 빼놓고는 문 학가동맹과 관련된 활동을 한 적이 없다. 그녀의 경우를 통해 좌익문화단체에 가담한 적이 있는 문화인들이 대부분 전향에서 자유로울 수 없었음을 추정해 볼 수 있다(손소희, 1980: 44).

26) 박인환의 사례를 통해 볼 때 전향공간에서 국가보안법 위반 혐의로 체포되었 던 좌익문화조직의 활동가들, 이를테면 문학가동맹 인천지부 소설부 송종호 (≪조선일보≫, 1949년 8월 13일자), '문련' 중앙조직부 책임자 오세춘(≪조

그렇다고 전향 주체들의 자기검열의 수준 차이에 따라 전향 여부가 결정되었다고 보기도 어렵다. 다만 "사회와 당국에 한번 좌익이란 지목을 받은 것이 좀처럼 청산을 인정치 않아 국민보도연맹에 자수할 수밖에 없었다"라는 한 전향자의 발언을 통해 보자면[27] 문화인들도 당국으로부터 좌익분자로 낙인을 받은 이상 국민보도연맹에 가입해 공식적인 전향자로 인정받는 가운데 최소한의 신변보장을 도모해야 하는 역설적인 상황이 전향을 촉진시켰을 가능성은 존재한다. 아무튼 광범위하고 자의적인 규정이 문화인들의 전향에 적용된 정황을 통해 전향의 폭압성을 유추해볼 수 있다.

경찰 및 국민보도연맹의 강제에 의한 전향이든 박영준처럼 자기검열에 의한 자발적 전향이든 간에 문화인들의 전향은 '자수'라는 형식을 띠고 국민보도연맹에 가입하는 방식을 통해 공식성을 얻었다. 정지용을 시작으로 대다수 문화인의 전향이 1949년 11월 자수전향기간에 이루어진 사실을 통해 이를 미루어 짐작할 수 있다. 흥미로운 것은 이 과정에서 문화인들 내부의 인적 네트워크가 작용했다는 점이다. 국민보도연맹의 본격적인 조직 확대작 업에 따라 당시 사무국장이던 박영희의 권유에 따라 정지용, 박태원, 김기림, 백철, 배정국 등이 국민보도연맹에 가입한 사실은 이를 뒷받침해준다(백철, 1976: 369). 즉, 색출 - 포섭 - 전향의 체계가 문화인들에게도 적용된 것으로

선일보≫, 1949년 9월 6일자), '문련' 서기장 김진항 외 40명(≪서울신문≫, 1949년 10월 11일자), 문학가동맹 서울시지부장 조익규 외 17명(≪조선일보≫, 1949년 10월 19일자), 남로당 서울시 문화부 예술과 책임자 김성택 외 13명과 '문련' 서울시지부 선전부 책임자 최운철 외 5명, 문화부 책임자 김성호 외 6명(≪서울신문≫, 1949년 10월 27일자) 등도 전향이 불가피했을 것으로 판단된다.
27) "애국의 길로 매진"(전향자좌담회), ≪태양신문≫, 1949년 11월 2일자.

보인다.[28] 한편 전향한 문화인들은 모두 국민보도연맹 중앙본부 문화실에 편입되었다. 문화실은 문학, 음악, 미술, 영화, 연극, 무용 등의 각 분과를 두고 기관지 주간 ≪애국자≫(1949년 10월 창간), 월간 ≪창조≫ 등을 발행했으며 이론연구를 위한 이론연구부를 별도로 두고 있었다. 문화실의 활동은 지도위원 오제도와 문화실장 양주동에 의해 운용되었는데 특히 양주동의 역할이 컸다(선우종원, 1993: 172). 문화실이 전개한 주된 활동은 반공사상의 선전·선무사업이었다. 국민보도연맹의 방침, 즉 "전문적 연구를 적극적으로 하여 과학성에 입각한 조리정연한 이론으로 전향 탈당자뿐만 아니라 일반국민들까지도 언론으로 기관지 등으로 일대 국민운동으로 일으켜 민족정신을 고도로 앙양시키"[29]겠다는 차원에서 전향한 각 분야의 권위자들의 전문적인 능력이 현실적으로 필요했기에 문화인들은 국민보도연맹에서 매우 활용가치가 큰 대상이었다. 실제 전향공간에서 문화인들은 반공이데올로그이자 그

---

28) 이는 자수전향 기간에 분야별로 전향을 독려하는 사업이 자체적으로 추진된 것과 관련이 있어 보인다. 가령 문교부에서는 좌익 자수 강조주간에 호응해 학원 내의 좌익 학생과 그에 부화뇌동하는 학생들을 순화시키고 애국애족의 정신계발을 위한다는 명목으로 '학원반성 강조주간'(1949. 11. 17~11. 30)을 설정해 전향을 유도했다(≪자유신문≫, 1949년 11월 8일자). 육군에서는 과거 불온사상을 가진 군인들을 대상으로 '전향주간'을 설정했으며(≪조선일보≫, 1949년 11월 18일자), 해군에서도 '자수주간'(1949. 12. 1~12. 31)을 설정해 (≪동아일보≫, 1949년 12월 8일자) 전향 사업을 적극적으로 추진한 바 있다.

29) ≪동아일보≫, 1949년 4월 23일자. 이는 국민보도연맹의 강령을 통해 확인할 수 있다. '1. 오등은 대한민국 정부를 절대지지 육성을 기함. 1. 오등은 북한 괴뢰정권을 절대반대 타도를 기함. 1. 오등은 인류의 자유와 민족성을 무시하는 공산주의사상을 배격·분쇄를 기함. 1. 오등은 이론무장을 강화하여 남북로당의 멸족파괴정책을 폭로분쇄를 기함. 1. 오등은 민족진영 각 정당·사회단체와는 보조를 일치하여 총력결집을 기함.'

선전자로서 다양하게 활용되었다. 여순사태 때 '문인조사반'(박종화, 김영
랑, 이헌구, 정비석, 최영수, 정홍거)을 조직해 반공민족 형성에 기여했던 우익
문인들은 전향공간에서도 공보처 선전대책중앙협의회의 지방계몽사업
(1949. 10. 23~11. 3)에 영화·연극반과 함께 문인강연단(박종화, 이헌구, 김영랑,
오종식, 유치진, 조연현 등)으로 파견되어 반공선전사업을 벌인 바 있다.[30] 강
제적 동원과 능동적 참여라는 형태만 달랐을 뿐이다.

　전향문화인들은 민족정신앙양 종합예술제(1949. 12. 3~12. 4), 국민예술제
전(1950. 1. 8~1. 10), 학술문예종합강좌(1950. 5. 1~1. 7), 문학강좌(1950. 6.
21~6. 24) 등의 행사에 동원되었다. 앞의 두 예술제는 전향문화인들의 전향
을 대외적으로 천명하고 반공정신을 고취시키려는 목적에 따라 프로그램도
비슷하게 구성했지만 주최 측의 성격과 프로그램 참여자가 크게 다르다. 즉,
전자는 한국문화연구소가 주최하고 문총이 후원한 가운데 전향문화인뿐만
아니라 당시 보수우익의 이른바 문화 권력자들이 공동으로 참여하는 형식이
었다면, 후자는 국민보도연맹 주최로 문화실 소속의 전향문화인들만 참여한
자체적인 행사였다. 이는 보수우익들이 민족정신앙양 종합예술제를 통해 전
향자수기간에 전향을 선언하지 않은 설정식 같은 좌익 문화인들에게 일종의
투항메시지를 보내는 동시에 전향공간에서 문화적 주도권을 장악하려는 목
적을 노골적으로 드러냈음을 말해준다. 이를테면 그때까지 국민보도연맹에
가입하지 않은 설정식에게는 임화에게 보내는 메시지를, 또 전향을 선언했

---

30) ≪문예≫, 4호(1949. 11), 123쪽. (반공)선전사업은 당시 공보부가 제일 중요
　　하게 간주한 사업이었는데 이 사업은 국가기관을 넘어 민간차원으로까지 확
　　대되는 양상을 보였다. 이승만이 선전문화사업의 추진 협력을 요망함에 따라
　　'대한문화선전사'(이사: 고희동, 김동성)라는 재단법인이 설립되어 활동을 벌
　　인 것이 한 예다(≪자유신문≫, 1950년 5월 5일자).

지만 적극적인 협조를 하지 않았던 박용구에게는 김순남에게 보내는 메시지
낭독을 각각 강요했다는 것은 적어도 보수우익들이 전향의 가이드라인을 제
시하고 비전향자의 전향을 독려하는 데 주도적으로 나섰음을 의미한다.[31]
이를 통해 보수우익의 문화인들이 문화인 전향에서 국가권력 이상으로 영향
력을 행사했음을 알 수 있다. 엄밀히 말해 문화인 전향은 국가권력(경찰)과
보수우익의 합작품이었던 것이다.[32] 일간신문에 광고된 바와 달리 실제 공
연에서는 프로그램 담당자의 변화가 많았는데, 이는 동업자들의 강제적 동
원에 따라 지명된 당사자들의 반발 때문이었던 것으로 추정된다. 특히 반발
이 심했던 '이북문화인에게 보내는 메시지 낭독'의 경우 담당자의 변화가 많
았던 것은 전향문화인들에게 있어 메시지 낭독이 엄청난 인간적 모멸로 작
용했기 때문인 것으로 보인다.[33] 메시지의 낭독의 성격은 단정수립 전과는

31) 실제 박용구는 보도연맹을 일제 말기 대화숙(大和塾)의 변형태로서 인간 양
심의 타락을 의미하는 것으로 간주하고 있었는데, 전향하지 않은 자신에게는
사전에 아무런 통보도 없이 종합예술제에서 김순남에게 메시지를 보내는 것
으로 결정한 신문광고를 보고 쇼크를 받아 이 땅에서 더 이상 아무 일도 할 수
없다고 판단해 일본으로 밀항을 감행했다고 증언한 바 있다(한국정신문화연
구원 한민족문화연구소 엮음, 2001: 518). 그런데 박용구는 자수전향기간에
분명히 전향을 선언한 바 있다.
32) 이병기에 따르면 그가 이극로에게 보내는 메시지를 낭독하게 된 경위는 서울
시경 조찰과 검열계의 요구에 의해서였다고 한다. 그리고 낭독의 대가로
3,000원을 받았다고 한다(이병기, 1969: 154).
33) 행사를 광고한 신문은 《자유신문》이 유일한데(12월 1일자), 그 광고내용을
행사의 내용 및 성과를 보도한 《동아일보》의 기사(12월 6일자)와 비교해보
면 많은 차이를 발견할 수 있다. 특히 이북문화인에게 보내는 메시지 낭독에
서 차이가 뚜렷하게 나타난다. 참고로 메시지 낭독을 한 사람은 정지용(이태
준에게), 정인택(북예총에게), 김만형(길진섭에게), 김기림(이원조에게), 박은
용(박ㅇ근에게), 장추화(최승희에게), 신막(강진일에게/북조선문화동맹에게),

현격하게 달랐다. 즉, 단정수립 전에 ≪신천지≫가 기획한 '38이북의 벗에게 보내는 편지'는 냉전 체제의 체제 내화에 의해 민족분단이 기정사실화되는 현실에서 남북(또는 이데올로기)을 초월한 지식인의 역사적 소명을 환기해보 자는 취지였음에 비해[34] 전향공간에서의 메시지 낭독은 지배 체제의 우월성 홍보와 그 공고화를 위한 선전 도구로 악용되었던 것이다.

국민예술제전(1950. 1. 8~1. 10)은 국민보도연맹 문화실 소속의 문화인을 총동원해 시공관에서 정지용의 사회로 1일 3회 총 9회로 진행된 대규모의 행사였다. 따라서 프로그램에 참여한 문화인들은 모두 전향한 인사들이었 다. 프로그램은 강연(정갑, 김기림, 송지영, 박태원, 설의식, 인정식, 홍효민, 전원 배, 염상섭, 최병태), 시 낭독(설정식, 양주동, 여상현, 박인환, 임학수, 정지용, 김상 훈, 김용호, 송돈식, 임호권, 김병욱, 박거영), 이북문화인에게 보내는 메시지 낭 독(정인택, 정현웅, 최운봉, 김정화, 이쾌대, 김한, 김용환, 손소희, 박계주, 엄흥섭, 박노갑, 김정혁), 연극 <도라온 사람들>(박노아 작/허집 연출), 무용 <영원한 조국>(김막인 작·연출/문철민 반주시), 음악(현악합주, 테너독창, 이중창 기타), 영화 <보련특보>(보련문화실영화부 제작, 김정혁 기획, 허달 제작) 등 다채로 웠다.[35] 신문의 전언으로는 정지용이 사회를 보았고 정갑의 강연이 큰 호응 을 얻었으며 대회장소인 시공관이 꽉 찰 정도로 연일 대성황을 이루었다고

이병기(이극로에게), 허집(북조선연극동맹에게), 황영일(이서향에게), 유동준 (북조선문학동맹에게), 김영주(북조선미술동맹에게) 등이다.
34) ≪신천지≫, 제2권 제3호(1947년 4월), 124~127쪽. 홍종인과 이헌구가 이북 에 있는 익명의 벗에게 보내는 편지형식으로 내용에는 다소 차이가 있으나 해 방의 의미가 퇴색하고 민족의 진로가 불투명한 상황에서 지식인의 고뇌를 피 력하고 있다는 공통점을 보여준다.
35) 더 구체적인 내용은 ≪자유신문≫ 광고(1950년 1월 7일자)와 ≪경향신문≫ 기사(1950년 1월 9일자)를 참조.

한다.36) 문학, 음악, 무용, 영화, 연극 등 예술의 각 분야에서 지명도가 높은 인사들이 대거 참여했다는 점에서 이 행사에 대한 반향의 정도를 충분히 짐작해볼 수 있다.

그리고 보도연맹 주최로 열린 학술문예종합강좌와 문학강좌는 모두 전문적·학술적인 행사로 당시 지식 엘리트들을 동원해 강사진을 구성했다. 학술문예종합강좌의 강사진은 김기림(「영시단의 신 동향」), 설정식(「현대시의 제문제」), 박태원(「대중소설론」), 이삼실(「서양민족국가에서 배움」), 전원배(「유물철학의 비판」), 김병규(「현대불문학의 주조」), 한인석(「UN평화의 건설과 파괴」), 이석범(「공산주의 이론의 비판」), 채정근(「쩌낼리즘론」), 서계원(「대한공업건설 제 」), 김정화(「현대영화론」), 정열모(「한국고대문화의 특질」), 박은용(「근대음악론 」) 등이었다. 흥미로운 사실은 청강료로 500원을 책정했고 예매를 통해 수강생들을 공개 모집했다는 점이다(예매처는 백양당, 탐구당, 동지사). 당시 보도연맹이 운영자금을 제대로 확보하지 못해 어려움을 겪었다는 사실을 고려할 때 강좌수강료를 받은 것은 이를 충당하기 위한 고육책이었던 것으로 보인다. 미국문화관에서 개최된 문학강좌는 학술문예종합강좌의 연장선에서 이루어졌는데, 확인 가능한 강사진은 정지용(「시작법」), 양주동(「고전문학」), 김기림(「문장론」) 정도다. 다만 시 낭독을 포함한 다채로운 행사가 곁들어졌다는 기사를 볼 때 단순한 강좌라기보다는 일종의 문화제 행사였던 것 같다.

이처럼 전향문화인이 동원되었던 행사를 장황하게 소개한 것은 전향문화인이 직면했던 전향문제에 대한 현실적 상황과 고뇌, 나아가 전향이 문화적 지형의 변환에 간여했던 저변을 탐색하는 데 있어 이런 행사에 대한 설명이 그 어떠한 보고보다도 유용한 정보를 제공해준다고 판단했기 때문이다.37)

---

36) ≪자유신문≫, 1950년 1월 10일자.

위 행사들의 목적은 제도적으로 비전향 또는 준(準)전향자에 대해서는 전향
을 촉진하고 완전전향자에 대해서는 전향을 확보하는 역할을 하는 것이었
다. 더욱이 그들은 한국전쟁 때까지 끊임없는 감시와 통제 속에 반공이데올
로그로서 또 그 선전자로서 자신을 존재 증명해야 하는 가운데 공공연한 이
념적 적대를 조장하는 데 기여하는 처지로 전락했다. 반공자작시를 낭송하
고 "남한에 남아 있으면 그만이지 뭘 더 증명을 하라고 이런 짓을 시키는지
어디 성가셔서 살 수가 있나"(백철, 1976: 372)라고 항변했던 정지용의 고뇌는
이를 잘 집약해준다 하겠다. 그러나 그 '성가심'이 전향문화인들에게는 남한
에서의 생존을 위한 필수적 조건의 하나에 불과했을 따름이다.

3. 전향공간의 문화적 역학

전향공간에 조성된 사회문화적 분위기는 단정수립 후에 발생한 몇 가지
사건을 살펴보는 것으로 충분하다. 반민족행위처벌법 국회통과(1948. 9. 7 →
1949. 8. 22. 국회에서 폐지안 통과), 여순사태 발생(1948. 10. 20), 국가보안법 공
포(1948. 12. 1), 정부 남북협상반대 성명(1949. 1. 19), 학도호국단 결성(1949.
3. 8), 국민보도연맹 창설(1949. 4. 21), 남로당 국회프락치사건(1949. 5. 20), 미
국무성 미군철수 발표(1949. 5. 20 → 6. 29 철수 완료), 농지개혁법 공포(1949.

---

37) 이는 국민보도연맹 중앙본부가 주최한 행사만을 제시한 것이다. 지방지부의
    행사도 이에 못지않게 다양하게 개최되었을 것으로 추정된다. 비근한 예로 서
    울지부가 주최한 국민사상선양대회를 들 수 있는데, 이 행사에도 다수의 전향
    문화인들이 동원되었으며 특히 인정식은 '북한괴뢰집단에 보내는 메시지'를
    낭독한 바 있다(≪자유신문≫, 1949년 12월 20일자).

6. 21), 김구 피살(1949. 6. 29)로 이어지는 흐름은 전반적으로 반공독재국가
건설로 수렴되는 과정으로 볼 수 있다. 친일잔재 청산과 통일문제를 둘러싼
사회 제반세력의 각축이 반공정국으로 반전되는 이 과정에는 전향제도가 존
재한다. 다시 말하면 정부가 수립되었음에도 여전히 국가의 능력(윤충로,
2005: 42), 즉 국가의 지배를 보증하는 지방통제능력, 국가를 정당화할 수 있
는 지배이데올로기의 확산 침투능력, 사회경제관계의 규제능력이 미약한 가
운데 지배 체제의 안정적인 재생산이 시급히 요청되는 상황에서 전향제도가
동의의 조직화를 통한 국가권력의 정당화를 위한 기제로 활용된 것이다. 물
론 이는 동의와 강제가 동시에 작동하는 모순적인 과정이었다.38) 국민보도
연맹이 대외적으로는 좌익 전향자에 대한 '보도(保導)'(교정과 교화)라는 성격
을 표방했지만 실질적으로는 전향자통제단체, 좌익 섬멸단체, 민중통제단체
로서 기능했다는 사실이 이를 뒷받침해준다.39) 실제 전향제도는 상당한 성
과를 거두었다. 남로당을 포함해 좌익 잔류들뿐만 아니라 근로대중당, 민족

38) 이는 중앙일간지에 탈당성명서와 반공정신의 고취를 선양하는 광고가 동시에
게재되는 것에서도 확인할 수 있다. 일간지, 특히 1950년대 초 ≪서울신문≫
과 ≪경향신문≫을 보면 대규모의 탈당성명서와 함께 '민족총단결로 실지회
복에', '나라를 위한 일편단심, 너도나도 국채(國債) 한 장씩', '반공도 국채, 통
일도 국채', '한 장의 국채 호국의 탄환' 같은 슬로건과 이에 참여한 단체 및 개
인 명단이 연일 보도되었다.
39) 국민보도연맹의 결성 배경, 성격, 조직체계, 민간인학살로서의 보도연맹사건
등에 대한 대표적인 연구 성과로는 다음을 들 수 있다. 한지희, 「국민보도연
맹의 조직과 학살」, ≪역사비평≫(1996, 가을호); 김기진, 『끝나지 않은 전쟁
국민보도연맹』(역사비평사, 2002); 김선호, 「국민보도연맹의 조직과 가입자」,
≪역사와 현실≫, 45호(2002); 강성현, 「국민보도연맹, 전향에서 감시 동원
그리고 학살」(2007).

대동회, 근민당 같은 중간파(정당),[40] 자주적 민주국가건설을 표방하고 남한
만의 단독선거를 반대했던 아나키스트들,[41] 나아가 통일을 주장하는 민족진
영 일부 등 반정부세력 일체가 국가권력의 통제 그물망 속에 포획되는 결과
를 낳았다. "현재 서울에 있는 좌익계열은 8·15 이전 공산운동으로 돌아갔
다"[42]는 진단은 과장된 것이 아니었다.

전향제도의 사회적 효과는 문화적인 영역에서도 뚜렷하게 나타났다. 첫
째, 매체 지형이 전반적으로 극우보수로 편재(偏在)되었다. 물론 미군정기에
극좌신문은 이미 대부분 정·폐간되었고(≪조선인민보≫, ≪현대일보≫, ≪중앙
신문≫ 등), 이승만 정권 출범 후에도 '언론정책 7개 항' 조치와 (광무)신문지
법·미군정법령 제88호에 의거해 신문정비가 대대적으로 시작됨으로써 좌익
계와 진보적 신문들의 정·폐간이 속출했는데,[43] 전향공간에 접어들어서는
정부발표 기사나 반공사건을 소극적으로 다루어도 정·폐간 조치가 남발되어
중립지조차 존재할 수 없는 경색된 상황이 초래되었다.[44] 잡지매체 쪽에서

---

40) ≪조선일보≫는 사설을 통해 대한민국 정부가 진정한 의미의 민족진영의 총
   본영이 되어 있는 이상 중간파란 존재할 수 없으며 따라서 민족주의자라면 대
   한민국을 지지하고 계급주의자라면 인공국을 지지할 수밖에 없다면서 중간
   파들에게 대한민국에 귀일할 것으로 재차 촉구한 바 있다. "중간파의 갈 길"
   (사설), ≪조선일보≫, 1949년 12월 21일자.
41) 아나키스트들이 사상적 독자성을 확보하지 못하고 좌우 대립 구도 속에서 우
   익 진영에 편입되는 과정에 대해서는 이호룡(2001: 345~353) 참조.
42) ≪자유신문≫, 1949년 11월 1일자.
43) 대표적인 예로 ≪제일신문≫ 정간(1948. 9. 13), ≪세계일보≫ 폐간(1949. 1. 13),
   ≪국제신문≫ 폐간(1949. 3. 5), ≪화성매일신문≫ 폐간(1949. 6. 6)을 들 수 있다.
44) 일례로 ≪서울신문≫ 정간사건(1949. 5. 15~6. 20), 즉 주식 중 과반 이상이
   정부주였던 ≪서울신문≫이 정부에 비협조적인 논조를 보이자 '반정부 이적
   행위'를 했다는 이유로 무기정간을 당한 사건을 들 수 있다. 이 사건의 전말에

는 그나마 대중적 영향력을 확보하고 있던 ≪신천지≫(1946. 1~1954. 10, 통권 68호)와 ≪민성≫(1946. 4~1950. 5, 통권 45호)이 전향공간에서 편집진이 교체되면서 중립논조에서 반공지로 급선회했다. 특히 ≪신천지≫는 여운형, 백남운 등 중도좌파의 노선을 지지하는 가운데 민족문화연구소 소속 지식인들(신남철, 이북만, 옥명찬, 유응호, 박시형, 김계숙, 조동필, 최문환, 박동철 등), 조선학술원 소속의 전문가그룹(안동혁, 김양한, 최호진, 이병도, 김상기, 최현배 등), 비판적 자유주의 저널리스트(오기영, 채정근, 고승제, 이갑섭 등) 등 중도성향의 지식인들이 대거 필진으로 참여함으로써 해방 후 사상사적·문화사적 동향에 대한 '오피니언 리더'로서의 역할을 수행했으나 전향공간을 계기로 (1949년 8월호부터) 분단정부의 정통성을 뒷받침하는 반공지로 변모해갔다. 동시에 편집장 정현웅을 비롯해 필진으로 참여했던 상당수가 전향을 선언하게 되었다. 요컨대 검열제도와 상보적 관계를 이루면서 진행된 전향공간에서의 매체 지형의 극우화 현상은 합리적인 사상·문화 담론의 생산과 소통 자체를 원천적으로 봉쇄하는 결과를 야기했다.

둘째, 문화주체의 변용을 제도적으로 추동했으며 그 과정에서 해방 후 민족문화건설의 중심 의제들이 결정적으로 왜곡 또는 와해되었다. 물론 이를 전향제도의 산물로만 단정할 수는 없다. 해방 후 진보적 문화기획은 1947년 하반기에 접어들어 좌절되었다고 봐야 한다. 미군정의 이른바 '8월 대공세', 즉 남한에서의 공산주의 활동의 불법화 선언으로 인해 좌우의 세력관계가 급격히 우익 우세로 전환되었고 모든 좌익 세력은 월북 또는 지하화하지 않을 수 없었다. 더욱이 미군정의 검열정책이 본격화되면서 합법적인 문화 활동이

대해서는 이건혁, 「넌 몰라도 나는 너를 안다」, 『언론비화50편』(한국신문연구소, 1978) 참조.

봉쇄된 상황은 좌익의 문화운동을 더욱 위축시켰다. 예컨대 1947년 1월 '흥
행취체에 관한 고시'로 문화의 정치선전 행위 일체가 공식 금지되고 12월 좌
익 서적 몰수사건으로 좌익의 합법적 출판물이 경찰에 의해 압수 또는 발매
금지됨으로써 좌익의 문화 활동은 합법적인 공간에서조차 더 이상 유지하기
어려운 상황에 봉착했다.[45] 실제 가장 강력한 문화운동을 전개했던 조선문
학가동맹도 특별한 투쟁을 전개하지 못한 채 『조선말큰사전』과 『표준조선
말사전』 발간 축하회를 주최한 뒤 사라졌다.[46] 이런 열악한 상황에서 대부분
의 지도적 문화주체들이 월북함으로써(일부는 지하투쟁을 전개) 문화 영역에
서의 주체변용이 1차적으로 이루어졌다고 볼 수 있다. 따라서 전향제도는 이
후 잔류한 일부의 좌익 세력과 해방 후 문화운동의 분극화에 의해 야기된 문
화적 중간파들의 전신을 강제한 2차 주체변용의 계기였다고 봐야 한다. 하지
만 그 변용의 방식과 폭은 1차 때와는 비교할 수 없을 정도로 강제적(제도적)
이고 전폭적이었다.[47]

그런데 전향공간에서 문화주체의 변용과정은 문화제도권을 둘러싼 주체
들의 복잡다단한 헤게모니 투쟁을 야기했다. 즉, 이는 좌파(및 중간파)의 소멸
과 우파의 주도권 확보라는 현상적 결과를 넘어 모든 문화주체의 욕망이 서

45) 이 시기 문화영역에서의 좌우갈등은 검열을 둘러싼 대립으로 표면화된다. 문
련에서는 좌익출판물 발금조치에 대한 항의를 지속적으로 전개했으며 문총
에서는 『1948년도판 조선연감』(조선통신사 발행)의 판금조치를 검열당국에
요구한 바 있다. ≪경향신문≫, 1948년 1월 8일자.
46) ≪서울신문≫, 1948년 4월 4일자.
47) 전향공간에서의 2차 주체변용을 가장 압축적으로 보여주는 것이 해방 후 이
른바 전위시인들의 분화다. 이들은 모두 조선문학가동맹 서울시지부 맹원이
었는데 유진오(兪鎭五)는 지하투쟁을 하다 투옥되고 김광현과 김상훈은 전향
선언을 하고 이병철과 박산운은 월북하는 등 서로 다른 행보를 보였다.

로 중첩되거나 교차하면서 한국문화의 새로운 제도화를 추동하는 요인으로 작용했다. 물론 이 과정을 관장한 것은 우익 문화주체들이었다. 그들에게 이는 "녹권(錄券)에 쓰여진 권리"(신형기, 1988: 191)였다. 하지만 그 녹권, 즉 대공전선의 투사였다는 것이 곧바로 자신들의 문화적 헤게모니를 보증해주는 것은 아니었다. 무엇보다 녹권의 문화적 정당성과 권위가 취약했으며 이를 제도화할 수 있는 물질적 기반, 즉 조직이나 매체가 미약했다. 비록 단정수립 후 여순사태를 계기로 '민족정신앙양전국문화인총궐기대회'를 개최해(1948. 12. 27~12. 28) 분단정부인 대한민국의 정통성을 재확인하는 가운데 민족정신의 앙양을 도모하고 자신들이 국가정당성의 선전계몽자임을 자임한 바 있지만 이는 우익 반공진영의 자구책에 불과했다. 게다가 민족주의·반공주의 시멘트로 봉합되어 있던 우익 문화단체의 내부적 균열이 좌익이라는 타자를 상실하면서 표면화되기 시작하자 문화주체들의 갈등은 한층 증폭되었다. 따라서 해방 후 한국문화는 전향공간에 접어든 뒤 우익 문화주체들에 의해 비로소 건설되었다고 볼 수 있다. 주목할 것은 그 녹권의 행사가 야누스적 양면성을 지니면서 행사되었다는 점이다. 즉, 그들은 문화제도권 내에서는 상당한 정도의 자율성을 향유하는 가운데 주도권을 행사했지만 외적으로는 국가권력에의 종속성을 면치 못했던 것이다. 그 길항관계, 즉 권력과 문화(또는 지식)의 결탁과 갈등, 그리고 문화주체들 내부의 균열과 마찰이 첨예화되면서 문화의 재편성이 추진되었다(이봉범, 2008: 12~13).

이와 같은 구조적 역학 관계를 가장 잘 보여주는 분야가 문학이다. 전향공간에서 보수우익 문인들에 의해 주도된 문학의 재편은 조직(문인단체), 매체, 이념의 차원이 상보적인 관계를 이루면서 진행된다. 좌익이라는 타자를 상실한 보수우익은 민족주의·반공주의 시멘트로 봉합되어 있던 내부적 균열이 현실화되면서 사분오열 상태에 처했다. 이념적(문학노선)·지역적·세대적 유

대에 기초했던 다양한 분파가 분립해 경쟁하기에 이르렀던 것이다. 이런 상
황에서 우익 진영을 통합하고 문학적 정당성을 확보하는 문제가 긴급한 과
제로 대두되었다. ≪문예≫의 창간(1949. 8)이 그 첫 번째 결실이다. ≪문예≫
는 미공보원의 후원으로 창간되었는데 이러한 독자적인 매체의 창출은 독자
적인 표현기관(매체)을 소유하지 못한 관계로 '청년문학가협회'대회 소집기
사 광고조차 ≪가정신문≫에만 광고해야 했던 우익 진영이 문학적 정당성과
권위를 획득해나가는 데 확실한 교두보를 마련하게 되었다는 의미를 지닌
다. 실제 ≪문예≫는 우익 진영의 문학이념인 순수문학(론)을 현대문학의 강
력한 주류로 제도화하고 우익 진영의 정통성을 확보하는 매체적 거점의 역
할을 했다.[48] 하지만 ≪문예≫가 처음부터 그런 역할을 수행한 것은 아니었
다. 오히려 초기에는 우익 문예진영 내부의 분열을 문학주의 원칙을 통해 봉
합하는 기능을 했다. 따라서 ≪문예≫는 청년문학가협회 멤버를 주축으로
한 반공주의세력, 전향문화인, 중간파 등을 아우르는 일종의 느슨한 '반공주
의연합'의 표현기관이었다고 보는 것이 적절하다.
　전향공간에서 문학 재편의 틀이 갖춰지는 것은 조직의 결성을 통해서였
다. ≪문예≫라는 독자적인 매체 확보를 바탕으로 범우익 문화단체인 문총
산하의 전조선문필가협회와 청년문학가협회로 공서하고 있던 문인단체가
한국문학가협회(1949. 12. 17)로 단일화되었던 것이다. 한국문학가협회의 결
성은 두 가지 의미를 내포하고 있다. 첫째, 우익 진영은 문단의 단일조직을

---

48) 이에 대해서는 이봉범(2006) 참조. 이는 ≪문예≫와 ≪신천지≫의 상호보완
을 통해 이루어졌다. 전향공간에서 ≪신천지≫는 정현웅 편집 체제에서 김동
리 편집 체제로 바뀌었는데, 이는 ≪문예≫를 김동리·조연현이 공동으로 편
집하다 우익 진영이 ≪신천지≫를 장악하면서 내부적 역할분담론에 의해 김
동리가 ≪신천지≫로 옮겨갔기 때문에 가능한 일이었다.

표방했지만 내부적으로는 전향문인들(좌파 및 중간파)을 포섭하면서도 타자화하는 가운데 문인 내부의 위계화를 조성했다. 총 179명의 추천회원 명단 가운데 전향문인은 김기림, 정지용, 박태원, 임학수 등 45명(약 25%)뿐이었다.[49] 전향문인들을 포용했지만 그들의 전향에 대한 진정성 문제를 강도 높게 제기하면서 실질적으로는 이들을 문단 활동에서 배제하는 이율배반적인 태도를 통해 이념적 구획을 확대 재생산했던 것이다. 둘째, 청년문학가협회의 핵심 멤버들이 조직 결성을 주도했는데 이는 이들이 문단의 헤게모니를 쟁취하는 계기가 되었다. 전조선문필가협회의 핵심 멤버들(김광섭, 김영랑, 이헌구, 함대훈, 오종식 등)이 주로 권력과의 연계를 통해 문화행정의 요직에 진출한 공백을 틈타 좌익과의 이론투쟁을 선도하고 문학적 전문성을 인정받고 있던 청년문학가협회 회원들이 작품 본위의 문학주의 원칙을 표방하면서 조직의 주도권을 장악했던 것이다. 이를 통해 이른바 문협정통파(김동리, 조연현, 서정주 등) 중심의 문단 재편이 완성되었다.

문협정통파의 문단헤게모니 장악은 곧 그들이 주창해온 순수문학 = 민족문학이 주류적 문학 담론으로 격상되는 과정이기도 했다. 문제는 순수문학론의 문학적 권위와 정당성이 취약했다는 점이다. 순수문학은 좌익 진영의 '정치' 및 '계급'과 경합하는 과정에서는 텅 빈 중심으로서 우익 진영의 구심점 역할을 했으나 그 구도가 와해되자 점차 이론적 결함이 드러났다. 1950년 초 순수문학론과 휴머니즘을 둘러싼 백철과 김동리·조연현의 논쟁이 이를 잘 보여준다. 김동리의 순수문학은 주관적 관념론이며 당대 문학의 주류인 휴머니즘은 회고적인 신비성·감상적인 인정에 불과하다는 백철의 평가는 적어도 그 이론적 결함의 핵심을 정확히 간파했다고 볼 수 있다.[50] 한편 문협

---

49) 전체 명단은 ≪동아일보≫, 1949년 12월 13일자에 실려 있다.

정통파의 이론적 자기갱신은 답보상태였다. 문협정통파는 작가론을 통해 순
수문학론을 세련화하고 조연현처럼 도스토옙스키 연구를 통해 문학관 및 세
계관의 근거를 마련하려고 시도했으나 뚜렷한 성과를 거두지는 못했다. 오
히려 그들이 주력한 것은 과거, 즉 해방 직후 문학운동을 이념대결로 재구성
해 자신들의 문학적·이념적 정당성과 문단권력의 토대를 강화하는 전략을
구사하는 것이었다(류경동, 2007: 22~23). 승자의 입장에서 녹권의 내용목록
을 확충해 이를 신성불가침한 것으로 규범화했던 것이다. 이와 같은 욕망을
전형적으로 보여주는 글이 바로 조연현의 「해방문단 5년의 회고」(≪신천지≫,
1949. 8~1950. 2)다.[51] 조연현은 해방문단을 '혼란기 → 정치주의문학의 전
성기 → 투쟁기 → 정돈기 → 문단재건기'의 계기적 흐름으로 개관하는데,
주목할 것은 여타의 사적 개관과 달리 그는 해방문단을 정치주의문학 진영
과 순수문학 진영의 대결로 구획하고 있다는 점이다. 좌우 이념대립을 전면
화시키지 않고 정치주의문학과 순수문학의 진영 대결로 해방문단의 구도를
설정한 것은 조연현의 의도된 전략으로 판단된다. 즉, 자신들이 독점해온 순
수문학(론)을 정치주의문학과의 극명한 대비를 통해 사후적으로 정당화했는
데 이는 순수문학의 위기국면에서 인정투쟁을 위한 포석으로 볼 수 있다. 순
수문학론의 갱신이 불가능한 상황에서 그 내포(본질)보다는 증언에 입각한
외연의 획정을 통해 역사적 정당성을 획득하려 했던 것이다. 아울러 여기에
는 '정치주의에서 문학을 독립시키는 가운데 문학의 자율성(순수성)과 그 존
엄을 확보하려' 했던 청년문학가협회의 일관된 독자성을 강조함으로써 민족

---

50) 백철, "소설의 길 1~6", ≪국도신문≫(1950. 2. 28~3. 5).

51) 그 외에도 김광섭의 「해방 후의 문화운동개관」(≪민성≫, 1949. 8), 이헌구의
『해방4년문화사: 문학」(≪민족문화≫, 1949. 9) 등이 있다.

주의문학을 지향한 전조선문필가협회와의 구별 짓기를 통해 우익 문단 내부의 세대 대결에서 우위를 차지하려는 전략까지 포함되어 있다. 이러한 전략은 중간파에 대한 평가에서도 나타난다. 즉, 중간파 문인이 '형성 — 분화 — 전향'되는 과정을 체계적으로 분석하는 가운데 이들이 순수문학 진영의 적이었음을 적시하고 있다.[52] 중간파는 청년문학가협회의 순수문학 행위를 제거하고 문학을 정치와 교환하려는 사업에 가담하면서 순수문학 진영에 이중의 고통을 안겨주었으므로 문학가동맹의 맹원들보다도 더 큰 순수문학의 적이라는 것이다. 특히 중간파 중에서도 문학가동맹에 적을 두었던 김광균 같은 경우를 '우익적 중간'으로, 문학가동맹에 가담하지 않았던 백철, 서항석 등을 '좌익적 중간'으로 구분한 뒤 후자의 거듭된 기회주의적 행보를 파렴치한 행동으로 치부함으로써 그들의 향후 문단 활동을 위축시키는 굴레까지 만들고 있다.[53] 그 연장에서 전향문인들의 전향의 진정성에 대한 의혹을 강력하게 제기하고 이를 통해 전향문제를 문단 내부의 헤게모니 투쟁을 위한 전략으로 적극 활용한다. 조연현이 구사한 전략은 문단의 주도권을 장악했음에도 이를 제도화할 수 있는 물적 토대가 미약한 상태에서 만들어낸 고육책이었다. 한편 조연현을 비롯해 보수우익 문인들의 해방 후 문학에 대한 사

---

52) 조연현이 중간파로 규정한 문인은 김광균, 이봉구, 장만영, 염상섭, 서항석, 박영준, 박계주, 김영수, 손소희, 계용묵 등이다. 그가 설정한 중간파의 근거는 문학가동맹에 가담했는지 여부보다는 문학가동맹의 문학적 이념에 대한 공명 또는 지지의 수준이었다.

53) 이 시기 조연현의 백철에 대한 비판은 대단히 집요했다. 백철을 '개념비평'의 대표적 인물로 규정한(1948년) 이후 특히 백철의 역작인『조선신문학사조사』를 '무용의 제본(製本)'으로 규정하고 그의 문학의식은 문학관의 빈곤으로 인해 마르크스주의에 언제나 압도당했으며 그것에의 비굴한 타협과 복종으로 일관했다고 혹평한 바 있다(조연현, 1949: 158).

적 개관이 전향공간에 집중적으로 작성되었다는 것은 문단재편의 헤게모니를 둘러싼 문학주체들의 갈등이 표면화된 것으로 볼 수 있다.

그런데 전향공간에서 우익 문화주체들이 주도했던 문화 재편과정은 앞서 언급했듯이 해방 후 민족문화건설의 핵심의제들이 왜곡·와해되는 과정이기도 했다. 친일 반민족주의자 처리문제가 대표적인 경우다. 대다수 문인이 친일의 문제에서 자유로울 수 없었으나 문단 내부에 명문화된 친일규정이 존재하지 않았고 따라서 대인적 처벌의 사례도 없었다.54) 그렇지만 좌익 진영에는 일정한 가이드라인이 존재했다. 예컨대 문학가동맹이 친일파 문인 배제 원칙을 세워 제4회 '조선예술상' 문학상을 수상한(1944) 이무영의 가입을 불허한 것과(손소희, 1980: 43), 이광수의 『꿈』과 박영희의 『문학의 이론과 실제』가 출간된 것에 대해 발매금지 및 출판사 엄벌을 요구하는 건의서를 민정장관에게 전달하고 이광수, 박영희 같은 친일파의 언론·출판·집필 활동을 금지하라는 성명을 발표한 사실을 통해 이러한 가이드라인을 확인할 수 있다.55) 반면 우익 진영은 친일문제에 대한 공식적인 입장을 피력한 바가 전혀 없다. 오히려 출판계에서 먼저 친일문제에 대한 입장을 정리했는데, 대한출판문화협회는 '반민족 및 친일파 저자 출판을 거부하는 결의문'(1948. 4)을 채택해 자율적으로 친일파의 저술을 제어한 바 있다. 박영희의 '신문학사'가

54) 다만 모윤숙의 경우에서 확인되는 것처럼 완전친일파에 대해 경원시했던 분위기는 문단 내에 존재했던 것 같다. 모윤숙의 "친한 탓으로 무흠했던 과거의 사사로운 단점도 모두 들추어내어 속칭 민족반역자 아니면 친일파 부류에다 걸치지 않으면 모리배나 혹은 악당 공산주의자라 서로 흘뜯는다" "이 괴상야릇한 언론자유규정 아래선 자신의 입에서 무슨 말이 나올가가 무서워서도 친구와 아는 이 만나기가 꺼려진다" "조선해방은 친구를 겁내게 하고 비겁하게 하였다"라는 발언에서 그런 분위기를 감지할 수 있다(모윤숙, 1947: 28).

55) ≪우리신문≫, 1947년 7월 8일자.

출판사를 구하지 못해 사장된 것도 이 때문이다.[56] 하지만 반민특위가 발족하면서 상황은 급변했다. 반민특위가 신문, 문화, 예술 각 방면의 친일 행위자 명부를 4등급으로 분류해 등록을 완료하면서 조사 및 검거대상 문인 명단이 공개되었으며,[57] 저널리즘에서는 문화예술계에서 행해진 친일 행위의 심각성과 그 척결의 중요성이 거론되면서 친일문제가 다시 한 번 문단의 화두로 대두되었다.[58] 실제로 이광수와 조연현의 친일행적에 대한 공개 비판이 저널리즘에 게재되기도 했다.[59] 특히 조연현의 친일문제에 대한 이상로의 비판 및 그 논조 — 조연현의 친일행적으로 볼 때 반민족행위자처벌법에 의해 반

---

56) 백철에 따르면 박영희의 '신문학사' 원고는 1948년 말경에 완성되었는데 모든 출판사가 친일파의 글이라 하여 출판을 거부하거나 다른 사람의 명의로 출판을 요구해 결국 매몰될 수밖에 없었다고 한다(백철, 1976: 348). 또 다른 예로 김동인의 경우를 들 수 있다. 그는 자신의 글을 게재해주는 매체가 없고 자신의 글이 실린다 하더라도 한참 뒤에나 그것도 기고한 신문이 아닌 전혀 엉뚱한 신문에 실리며 때로는 반환되기 십상이라며 '몰서(沒書)'와 '반환'의 수모에 대해 개탄한 바 있다. 김동인은 그런 현상이 비일비재하게 발생하는 원인이 출판업자들의 검열 때문이라고 보았다. 그 검열에는 친일파 저자 출판을 거부했던 당시 출판업계의 상황이 반영된 것으로 볼 수 있다. 김동인(1947: 133~134) 참조.

57) ≪평화일보≫, 1949년 1월 25일자.

58) "반민족 문화인 없나: 예술면에 일제잔재 상존", ≪서울신문≫, 1948년 9월 3일자. 이 신문은 간접적인 반민족행위(문예, 연극, 음악, 영화, 교육)가 직접적인 행위(경찰, 헌병)보다 오히려 중하다고 진단하면서 정신문화면에서의 일제잔재 척결의 필요성을 강조하고 있다.

59) ≪국제신문≫은 반민족행위처벌법이 국회를 통과하자 친일파 문인에 대한 공개비판을 시리즈로 연재한 바 있다. 이상로, "문단공개장: 부일문학청년이 말로 ①~③"(1948. 10. 12~10. 14); 김민철, "위선자의 문학: 이광수를 논함 ①~⑨"(1948. 10. 16~10. 26) 등 참조.

드시 처벌될 것임을 확신 – 는 당시 정황으로 볼 때 파격적이었다. 이상로는 조연현이 주도한 청년문학가협회의 창립 멤버로 조직의 운영에 적극적으로 참여한 바 있으며 조연현은 우익 진영의 대표적인 이론가였기 때문이다.

이를 통해 문화인들의 친일문제는 단정수립 후에도 문단에서 강력한 폭발력을 지닌 뇌관이었음을 추정해볼 수 있다. 그러나 전향공간에서 반민특위가 공산주의에 동조하는 것으로 왜곡되어 비난받는 분위기가 점차 고조되면서 친일파에 대한 비판적 담론도 공산주의에 동조하는 논의로 왜곡되어갔고 이로써 친일문제가 문단 내부에서 공론화될 수 있는 여지는 완전히 사라지고 말았다. 물론 이는 친일행적에서 자유로울 수 없었던 문인들의 한계에 기인한 바도 있겠으나 전향공간의 폐쇄성, 즉 냉전적 경계를 내부로 끌어들여 좌우 이념대립의 극단화 및 지리적 공간(남/북)에 대한 선택이 압도하는 분위기에서 비롯된 바가 크다. 그 절차는 또한 민족통일에의 집단적 열망이 좌절되는 과정이기도 했다. 특히 중간파 문화인들이 주도했던 남북협상을 통한 통일요구가 단정수립으로 인해 좌절되었으며 그 이후에도 이들에 의해 제기된 정치·문화적 의제들 – 잡지 ≪신천지≫의 경우로 한정해보면 '식민지잔재 청산문제', '냉전적 세계 체제에 대한 비판', '민족의 진로문제' 등에 대한 비판적 담론들 – 이 전향공간에 접어들면서 완전히 사라졌다. 그리고 그 빈자리에 '애국(주의)문학', '구국문학', '시국문학'이 새 주인으로 입성하게 되었다.

4. 나오는 말

전향에 대한 연구는 무엇보다 고증문제 때문에 쉽지 않다. 자료가 턱없이 부족할 뿐만 아니라 당대 자료를 통해 전향한 사실을 분명히 확인할 수 있지만 본인의 구술증언에서는 이를 은폐하고 있는 박용구의 경우처럼 당사자들이 회고록이나 자서전 등을 통해 전향사실을 고의적으로 은폐하려는 시도가 일반화되어 있기 때문이다. 자발적이든 강제적이든 전향을 선언하는 것 자체가 사회주의자라는 신원을 가시화시키는 표상체계였으며 따라서 전향은 역설적인 방식으로 이루어진 사회주의자 선언이었다(이혜령, 2008: 77). 특히 단정수립 후의 전향은 사회주의자는 물론이고 중간파, 아나키스트, 자유주의자 심지어 민족주의자들까지도 포괄할 만큼 전폭적이고도 강제적이었던 관계로 그 규모가 방대했다. 전향자로서의 신원이 역으로 반공독재국가의 잠재적 위협세력이라는 사회문화적 표식이 됨으로써 그들은(가족까지 포함) 당대뿐만 아니라 이후 남한사회에서 항상적인 생존의 위협을 느끼며 삶을 영위할 수밖에 없었다. 이들은 한국전쟁이 터지자 이른바 보도연맹사건에 휩쓸려 죽음을 당하기도 했고 정지용, 채정근처럼 북한 정치보위부에 자수해 재전향을 하고 북행을 하기도(백철, 1976: 405) 했다. 전후에도 여전히 자신이 '빨갱이'가 아니라는 존재 증명을 요구받는 가운데 감시와 관찰대상자로 살아가야 했다. 전후 북한에서도 전향은 반역의 동의어였다. 1953년 남로당 계열 숙청시 설정식이 반역자 또는 미국 스파이라는 증거로 전향 경력이 채택되어 사형당한 것이 비근한 예다. 이렇듯 단정수립 후 전향문제의 반향이 당사자 및 가족으로 연계되어 현재진행형으로 지속되는 한 전향연구의 객관성을 확보하는 방법은 실증적 대안밖에 없다. 이 점이 해방 후 전향에 대한 본격적인 접근을 가로막고 있는 것으로 보인다.

단정수립 후의 전향은 권력과 사상 및 문화와 관련한 복잡한 관계사를 집약하고 있다. 특히 단정수립 후의 전향은 포섭-배제의 이율배반적 논리구조에 입각한 반공국민 만들기의 틀 속에서 사상과 신념을 바꾸는 동시에 남한 체제에 동화하도록 강제하는 것이었기에 사회주의자는 물론이고 반공주의자까지도 전향에서 자유로울 수 없을 만큼 광대한 규모로 진행되었으며,

전향선언(문) 발표와 국민보도연맹 가입의 의무화를 통해 전향의 공식성을
부여한 뒤 조직적·체계적으로 이들을 감시·동원하는 시스템이 가동되었다
는 점에서 1930년대 전향과는 큰 차이가 있다. 문화적인 측면에서 보자면 전
향은 문화주체의 변용을 포함해 문화 장 전반의 구조변동을 규율하는 기제
로 작용했다. 이는 해방 후 각종 진보적 문화기획이 왜곡·좌절되는 과정이었
으며 동시에 문화제도권을 둘러싼 문화주체 간의 헤게모니 투쟁을 촉발하는
계기였다. 따라서 문화주체들에게 있어 전향은 권력(체제)에의 굴복이라는
현상적 의미를 넘어 서로 다른 욕망이 분출하고 경합하는 역동적인 장이 되
었던 것이다. 더욱이 해방 후 문화운동의 분극화 현상(좌/우로의 분화와 집중)
에서 야기된 문화적 중간파의 비대화는 전향을 둘러싼 주체들의 갈등을 더
욱 복잡하게 만들었다. 물론 그 과정은 국가권력의 통제, 예컨대 검열제도와
상보적 관계를 이루면서 진행되었다. 요컨대 권력과 문화의 결탁과 갈등 그
리고 문화주체들 내부의 균열과 마찰이 첨예화되면서 문화적 재편이 이루어
지는 중심에 전향이 존재했던 것이다.

　이 글에서는 단정수립 후 전향공간의 특수성을 바탕으로 전향의 조건과
과정 그리고 그 귀결의 양상을 종합적으로 검토함으로써 전향의 문화사적
의미를 구명해보았다. 전향자의 발굴과 전향을 둘러싼 역사적 맥락의 재구
성이 중심에 있었던 관계로 의도했던 문제의식을 분석하는 데까지는 이르지
못했다. 전향이라는 주제는 실증적·분석적 차원에서 여전히 밝혀야 할 과제
가 많은 주제다. 따라서 이 글은 전향을 포함한 단정수립 후 사상과 문화의
동향에 대한 본격적인 연구의 출발점에 해당할 뿐이다. 건국 60주년을 맞이
해 저널리즘과 학계에서는 '대한민국의 국운을 결정한 5년(1945~1950)' 같
은 기획을 통해 이 시기 역사에 대한 총체적인 재조명을 경쟁적으로 시도하
고 있다. 이러한 상황에서 이 시기를 가로지르는 전향에 관한 연구가 활성화
되기를 기대해본다.

참고문헌 ●

1. 기본자료

≪경향신문≫, ≪동아일보≫, ≪서울신문≫, ≪신천지≫, ≪우리신문≫, ≪자유신
문≫, ≪조선일보≫, ≪조선중앙일보≫, ≪현대일보≫

2. 논문·기타

권영민. 1989. 「월북문인을 어떻게 볼 것인가」. 『월북문인연구』. 문학사상사.

김남천. 1946. 「민족문화건설의 태도 정비」. ≪신천지≫, 8월호.

김동인. 1947. 「隨感」. ≪신천지≫, 제2권 제9호(1947. 1).

김재경. 1948. "문화인이 공로". ≪현대일보≫, 1948년 10월 19일자.

김재용. 1996. 「냉전적 반공주의와 남한문학인의 고뇌」. ≪역사비평≫, 가을호.

류경동. 2007. 「해방기 문단 형성과 반공주의 작동 양상 연구」. ≪상허학보≫, 21집.
      상허학회.

모윤숙. 1947. 「友人恐怖症」. ≪백민≫, 3권 3호(5월).

이봉범. 2006. 「잡지 ≪문예≫의 성격과 위상」. ≪상허학보≫, 17집. 상허학회.

_____. 2007. 『김윤성』, 한국근현대 예술사 구술채록 연구시리즈 93. 한국문화예술
      위원회.

_____. 2008. 「1950년대 문화 재편과 검열」. ≪한국문학연구≫, 34집. 동국대 한국
      문학연구소

이혜령. 2008. 「감옥 혹은 부재의 시간들」. ≪대동문화연구≫, 64집. 성균관대 대동문
      화연구원.

조선문학가동맹 엮음. 1988. 『건설기의 조선문학』. 최원식 해제. 온누리.

조연현. 1949. 「해방문단 5년의 회고」. ≪신천지≫(1949. 8~1950. 2).

_____. 1949. 「개념의 공허와 모호성」. ≪문예≫, 창간호(8월).

_____. 1950. 「해방문단 5년의 회고 ⑤」. ≪신천지≫(1950. 2).

채동선. 1948. 「문화정책 偶感」. ≪문예≫, 창간호(8월).

홍종욱. 2006. 「해방을 전후한 주체 형성의 기도」. 윤해동 외, 『근대를 다시 읽는다
    1』, 역사비평사.

3. 단행본

김기진. 2002. 『끝나지 않은 전쟁 국민보도연맹』. 역사비평사.

김동환. 1996. 『한국소설의 내적 형식』. 태학사.

김득중 외. 2007. 『죽엄으로써 나라를 지키자』. 선인.

김성칠. 1993. 『역사 앞에서』. 창작과비평사.

노상래 편역. 2000. 『전향이란 무엇인가』. 영한.

백철. 1976. 『문학적 자서전』. 박영사.

샤브쉬나, 파냐 이사악꼬브나(Shabshina, F. I.). 1996. 『1945년 남한에서』. 김명호
    옮김. 한울.

선우종원. 1993. 『사상검사』. 계명사.

손소희. 1980. 『한국문단인간사』. 행림출판.

신형기. 1988. 『해방직후의 문학운동론』. 제3문학사.

윤충로. 2005. 『베트남과 한국의 반공독재국가형성사』. 선인.

이병기. 1969. 『가람문선』. 신구문화사.

이중연. 2005. 『책. 사슬에서 풀리다』. 혜안.

이호룡. 2001. 『한국의 아나키즘: 사상편』. 지식산업사.

조영복. 2002. 『월북예술가 오래 잊혀진 그들』. 돌베개.

한국정신문화연구원 한민족문화연구소 엮음. 2001. 『내가 겪은 해방과 분단』. 선인.

후지타 쇼조(藤田省三). 2007. 『전향의 사상사적 연구』. 최종길 옮김. 논형.

제 **4** 장

1950년대 아동잡지에 나타난 반공주의

· ·

선안나 | 단국대학교 문예창작과 |

1. 들어가는 말

1950년대는 반공주의 규율이 법과 제도 및 일상의 차원에 자리 잡게 된 시기다. 일제강점기와 해방공간에도 반공주의는 있었지만 밖으로부터 수입되고 위로부터 주어진 것이었을 뿐 일반 국민의 삶과 무관했다. 그러나 한국전쟁을 계기로 반공주의는 국민에게 받아들여졌고 단숨에 남한사회의 지배적 이데올로기가 되었다.

반공주의(Anti-communism)는 원래 '공산주의에 대한 적대적이고 배타적인 논리와 정서'를 뜻하지만 동족상잔의 전쟁 이후 한국에서는 '북한 공산주의 체제 및 정권을 절대적인 악과 위협으로 규정하고 그것의 철저한 제거 또는 붕괴를 전제'하는 '반북'을 함의하게 되었다(강진호, 2005). 또 남한의 역대 정권이 '국가안보'를 빌미로 반공주의를 끊임없이 이용하면서 반공주의는 기존 질서에 도전하는 모든 대항적 움직임을 억압하는 '만능도구'가 되었다(윤재철, 1999: 89~90).[1]

권혁범은 우리 사회에서 오랜 세월 재생산된 반공주의 회로는 모든 불법
적이고 부패한 현실을 코앞에 보면서도 순응하고 사는 버릇과, 이를 통해 유
지되는 집단적 범죄 행위에 대한 동참과 인정의 정치사회적 문화를 더욱 강
화하는 데 이바지했다고 진단한다. 반공주의는 체제순응성을 강제하는 정치
사회화 과정을 통해 불균형 발전과 사회이익의 불균등 재분배로부터 오는
사회적 약자의 저항을 효과적으로 봉쇄하고 길들이는 역할을 수행한다는 것
이다(권혁범, 2000: 60~61).

분단 이후 현재까지도 필요하면 즉각 색깔론부터 등장하는 현실은 우리
사회 구성원 전체가 레드콤플렉스에 사로잡혀 있음을 말해주며, 이는 반공
의 규율이 법이나 제도 차원이 아니라 심성 속에서 작동함을 알려준다. 그런
점에서 세상과 처음 만나고 주체를 형성해가는 어린이를 각별히 주목하게
된다. 주체는 하나의 자명한 출발점이라기보다 사회적·역사적 과정 및 다양
한 환경적 요인에 의해 구성되고 만들어지는 존재다.

어린이의 '어린이성'을 표적으로 해서 어른들이 자신의 희망과 기대를 위
탁한 것은 20세기의 근대적 특징 가운데 하나이며(혼다 마스코, 2002: 87), 한
반도에서도 어린이는 이념상의 무구함과 신체적 미래성 때문에 '이데올로기
적 신념의 수용기(受容器)'로 적극 활용되어왔다.[2] 그렇다면 반공의 규율은
누가 언제 어떻게 어린이에게 부여했을까?

---

1) "푸른 수의에 왼쪽 가슴에 빨간 번호표를 단 사람도 그게 드물어야 저게 바로
   '국보'야 하며 쑤근대기도 했겠지만 너무 흔하고 보니 눈에 들어오지도 않았다."
2) 일제는 미래의 충실한 '황국신민'을 양성하기 위해 '국민학교'를 세우고 국가
   의 이념에 맞는 교과과정과 각종 규율을 통해 어린이의 정신, 마음, 신체를 길
   들였으며, 좌우익도 어린이의 삶, 꿈, 욕망을 대리표현하기보다 어른인 자신의
   입장에서 중요하게 여기는 이념, 가치들을 아동문학에 투사했다.

1950년대 어린이를 대상으로 한 각종 매체를 살펴본 결과, 한국전쟁 당시 중앙집권적 국가권력에 의해 교육 영역에서 '전시하특별교육조치'라는 비상 조치의 형태로 즉각적이고 총체적인 반공교육이 실시되었음을 확인할 수 있었다. 전시교재의 모든 교과 내용은 철저히 '반공'의 입장에서 북한과 공산주의에 대한 적개심과 증오감을 최대한 고취하도록 되어 있었다. 반공주의의 정형화된 '이론'적 도식은 이때 마련되고 제시되었으며, 학교와 교실 단위로 이루어진 반공교육 '실천' 환경은 피교육자들로 하여금 반공의 생활화, 내면화를 촉진시켰다(선안나, 2006).[3] 교육이 정치권력에 철저히 복속된 상황에서 제도권 교육을 통해 학령기 국민 전체를 대상으로 실시한 '반공교육' 이야말로 반공주의를 한국사회에서 지배이데올로기의 자리에 지속적으로 위치시킨 핵심 기능을 했다고 판단된다.

그런데 피지배자의 '자발적 동의'를 바탕으로 이루어지는 '상징 지배'는 '정당하다고 믿어지는' 오인의 구조 속에서 가능해진다. 물리적인 힘이나 외적 규율장치가 아닌 종교나 예술 등 상징 권력의 행사를 통해 상징문화를 생산함으로써 피지배 계급에 대한 상징 지배가 이루어지는 것이다. 그런데 상징권력, 즉 복종시키는 권력은 변형된, 즉 다른 형태의 권력이 오인되고 모양을 바꾸고 정당화된 것이라고 부르디외는 말한다(부르디외, 1997: 101~102).

제도권 '교육'과 다른 관점에서 아동 '문학'의 장에 나타난 반공주의의 양상을 살펴볼 필요성과 의의를 이 지점에서 찾을 수 있다. 문학 역시 역사적 시대적 상황에서 완전히 자유롭지 못하지만 개인의 자발적 의지가 분명 개입되

---

3) 이 논문에서 필자(선안나)는 한국전쟁 발발 이전 교과서와 전시교재 및 전쟁 발발 이후 교과서를 비교함으로써 반공교육 실태를 밝혔다. 교과서에는 반공(반북)과 함께 친미, 기독교 이데올로기, 국가주의, 전체주의 사고가 착종되어 나타나며 어린이의 현실 삶이나 욕망과는 무관한 타인의 담론이 발화되는 양상이다.

고 표현된다는 점에서 그러한 개인들의 성향과 논리를 분석함으로써 반공주의의 이데올로기적 성격을 좀 더 분명하게 밝힐 수 있을 것이기 때문이다.

이 글에서 분석대상으로 삼은 텍스트는 모든 면에서 1950년대의 대표적 아동잡지라 할 수 있는 ≪소년세계≫, 1952년 8월호부터 1956년 10월까지 발행본 40권 및 ≪새벗≫, 1957년 1월부터 1959년 12월까지 발행본 32권,[4] 그리고 피난지인 부산지역에서 발행된 ≪파랑새≫, 1952년 9월호부터 1953년 2월호까지 6권이며, 고학년 및 청소년이 함께 읽었던 ≪학원≫ 일부를 함께 검토했다.[5]

2. 1950년대 아동잡지와 반공의 규율

1) 잡지 현황과 성격

≪소년세계≫는 1952년 7월 피난지 대구에서 이원수, 김원룡 등에 의해 창간되어 1956년 10월 폐간되었다. 집필에 참여할 전문 아동문학인이 극소수에 불과한 형편이고 전시상황이었기에 종군작가들이 필진의 대부분을 이루고 있었다. 전쟁이 발발하자 한국 문단에서는 전시하 문학의 방향에 대한

---

4) ≪새벗≫의 1950년대 초중반 발행본은 창간호 등 몇 권밖에 남아 있지 않아 현재로서는 자료를 찾을 길이 없다.

5) 1950년대 중반 이후로 ≪학생계≫, ≪어린이동산≫, ≪새동화≫, ≪초등학교 어린이≫, ≪소년생활≫, ≪착한 어린이≫ 등의 잡지가 연이어 출판되고 얼마 못 가 폐간되는 일이 되풀이되었다. 이원수와 강소천이 각각 주간을 맡았던 ≪소년세계≫와 ≪새벗≫에 비하면 이 잡지들은 발행 기간도 짧았지만 성격 면에서도 문학잡지라기보다 오락 또는 학습을 위한 부교재적 성격이 강했다.

논의가 활발히 일어났는데 문인들의 애국심이 강조되었으며 전시하 문학은 전의를 고취시키는 '선전문학'이 되어야 한다는 주장이 되풀이해서 강조되었다. 작가들의 종군 활동은 이처럼 일종의 국책문학을 요구하는 사회적·문단적 분위기 속에서 이루어졌으며, 주된 임무는 집필 활동을 통해 국민들의 애국심을 고취하거나 전쟁 상황을 후방에 알려주는 일이었다. 따라서 ≪소년세계≫ 지면에도 국군의 활약상이 화보나 기사 형식으로 수시로 실렸다.

> 지난밤 열 시 40분경 적들이 크리스마쓰 고지를 향해 1개 소대의 병력으로 공격해 오는 것을 6915부대(1602부대 예하) 1대대 2중대 2소대의 박장용 하사와 이태성 일등병이 청음반(聽音班) 근무를 하다가 그 눈보라 속에서도 적들을 발견하여 대대본부로 빨리 전화 연락한 결과 우리 편에서는 적들보다 먼저 공격을 할 수가 있었다는 것이다. (중략) 어떻게 하면 우리 국군이 그렇게 침착하고 또 용감할 수 있는가도 물어보았다. 그랬더니 임준장은 웃으면서 조국을 사랑하는 마음으로 전우들이 마음만 합심하면 무서울 것이 아무것도 없다고 대답해주었다(박영준, 1953).

1950년대 초반에 이루어진 종군작가들의 아동소설 창작 역시 종군 활동의 일환으로 해석할 수 있다. 당시 아동소설은 상황적 특성상 반공의식을 적나라하게 표출하는 경향을 보이기도 했다. 필자에 따라 반공이념의 유무와 강약의 차이는 있지만 전체적으로 볼 때 ≪소년세계≫는 문학 중심, 어린이 독자 위주의 편집과 함께 일정한 질적 수준을 견지했다. 그러나 1955년 11월호를 마지막으로 이원수 주간이 떠난 뒤에는 수록 작품의 급격한 질적 저하와 함께 노골적 우경화 색채가 두드러졌다. '대감격 반공소설'이라는 제호 하에 반공 자체가 목적인 소설을 싣는가 하면 '꼬마시사교실'이라는 이름으

로 본격 반공교육을 시작했다. 정부 관련 인사의 글을 주로 실으며 이승만 개
인에 대한 우상화 현상마저 보이다가 1956년 9·10월 병합호를 마지막으로
폐간되었다.

≪새벗≫은 1952년 1월 피난지인 부산에서 강소천, 이종환, 최석주, 홍택
기 등에 의해 창간되었는데, 정간과 속간을 거듭하며 현재까지 그 명맥을 유
지하고 있다. ≪새벗≫은 기독교 잡지이기 때문에 '성경이야기', '이달의 말
씀', '성경 그림이야기(만화)'등을 정기적으로 연재했으며, 매해 12월에는 전
체 편집을 크리스마스 특집으로 꾸미는 등 종교적 성격이 뚜렷했다. 주요 필
진은 임인수, 박화목, 이주훈, 박경종, 유영희, 박홍근, 김요섭, 한낙원 등 월남
기독교인6) 출신의 아동문학인들이었고, 손창섭, 방기환, 김이석, 김송, 박영
준, 손소희, 박경리 등의 소설가들도 1950년대 후반까지 아동소설을 꾸준히
발표했다. 아동 읽기물의 흥미 위주 편집과 상업 지향성이 크게 우려되던 시
기였지만(한정동, 1955)7) ≪새벗≫ 수록 작품들은 일정한 질적 수준을 갖추었
으며 반공이데올로기를 직접적으로 표출한 작품도 별로 눈에 띄지 않는다.
≪소년세계≫가 전쟁기의 역동적 현실을 생생히 반영했다면 ≪새벗≫은 탈시
대적·현실 시공간 초월적 성격을 상대적으로 강하게 보여준다. 기독교와 함께
미국을 우호적으로 소개하고 있는 점도 두드러지게 눈에 띈다. 또한 1957년 4
월호부터는 '시사' 코너를 신설해 반공, 방일교육을 시행하기도 했다.

---

6) 임인수를 제외한 나머지 작가는 모두 북한출신이며 성공회 교회집안에서 성장
  해서 1970년대에 성공회 사제가 된 이주훈을 제외한 나머지 작가는 모두 독실
  한 기독교인이다.
7) "(漫畵책 같은 것은) 비속한 것을 그도 남의 것을 고대로 따다가 되는 대로 그
  려놓은 것들이 거리에 범람해 있고 진실성 있는 양심적 산물은 그야말로 쌀에
  뉘만치도 얻어 보기가 힘들다고 보여진다."

요즈음 북한 괴뢰 집단에서 무장간첩을 우리나라에 보낸 것이 자주 잡히는데 어째서 그런 간첩을 보내는지요?

여러분이 뼈저리게 겪은 6·25전쟁이 터지기 직전에도 북한 괴뢰는 요즈음같이 간첩을 많이 보냈단다. 그들은 먹고살기 힘든 백성들을 잡아 가두어 비밀교육과 훈련을 시켜 돈과 무기를 주어서 남쪽으로 보내는 것이며 이들 간첩은 여기저기 숨어서 우리의 비밀을 탐지하고 있는 것이다. 그러기에 우리는 이들 흉계를 조심하여 말조심을 하여야 하고 수상한 사람이 이상한 행동을 할 때는 여러분은 군경 아저씨들께 연락해야 하는 것이다.

우리가 만일 언제나 숨어서 넘어오는 간첩들을 잡지 못하면 우리는 편안히 살 수 없으며 또 언제 어느 때 공산괴뢰가 쳐들어올지 모르는 것이다(백운길, 1958).

문교부 관계자들의 글이 유난히 자주 실렸으며,[8] 1959년 4월호에는 '각 과목 공부 어떻게 할가?'라는 제목으로 각 과목 문교부 편수국 담당자들의 글이 특집으로 실리는 등 학습을 위한 지식 정보의 분량이 많이 늘어났다. 이는 1950년대 초반의 아동잡지와 비교해 확연히 달라진 성격으로, 사회적으로 과열된 입시 경쟁 분위기가 잡지 편집에 그대로 반영되었음을 알 수 있다.

마지막으로 ≪파랑새≫는 1952년 9월에 부산에서 창간되었으며, 편집인 겸 발행인은 김두일, 주간은 김용호인데 이들은 아동문학계에 잘 알려진 인물은 아니다. 내용을 보면 문예물에 별다른 비중을 두지 않고 '공작실', '실

---

8) ≪새벗≫ 주간인 강소천은 문교부 편수국의 최태호, 전쟁 이전 편수관이던 박창해(연세대 교수)와 각별히 돈독한 사이였기에 월남해서 문교부 편수국에서 교과서 편찬 일을 도왔다.

험실', '잡지는 어떻게 만들어지나?', '나의 어린 시절', '웃음보따리' 등 다양한 코너를 마련해 정보와 교양, 오락적 기능을 종합적으로 추구했다. 작가를 보면 부산지역 출신의 이주홍이 매호 아동소설을 연재하긴 했으나 ≪소년세계≫나 ≪새벗≫과 달리 전문 아동문학인의 주도나 참여없이 김말봉, 조연현, 손동인, 안수길, 장만영, 손소희, 김광주, 오영수, 김송 등 일반 문인들로만 필진이 구성되었으며, 당대 어린이의 생생한 삶을 드러낸 작품도 찾아보기 어렵다. 국가주의 경향이 한층 농후하며, 정부 수반의 움직임이나 정책에 대한 즉각적이고 호의적인 반응과 친미 성향 또한 동시기에 발행된 타잡지에 비해 두드러지게 눈에 띈다. 김흥주, 홍웅선, 최태호 등 문교부 편수관, 심수보 문교부 장학관, 사학자 이선근(1954년에 문교부 장관이 됨), 신익희 국회의장, 오경인 전국교육감회 회장, 박태진 해군 정훈감실보도과장 등 정부 관련 인사들의 글이 번갈아 수록되었는데, 한결같이 '나라의 미래를 위해' 어린이들이 잘 자라줄 것을 기대했다.

잡지의 성격은 수록된 글을 통해 알 수 있는데, 어린이의 글을 손대지 않고 그대로 싣는다는 편집실의 알림이 붙어 있는 다음 글을 보면 ≪파랑새≫의 성격을 짐작할 수 있다.

"창호야 내가 잘못했다. 내가 돈을 벌 테니 너는 염려 말고 학교에 가서 공부해라."

이 말을 듣는 순간 창호는 눈물이 핑 돌았다.

"형님 고마워요. 정말 고마워요. 그렇지만 형님은 더 큰 일이 있어… 형님."

"응? 더 큰 일이라니."

"저는 이제부터 혼자 고학할 테니 형님은 군대에 입대하셔서 어머니 아버지의 원수를 갚아주세요. 네?"

"오냐! 그러자 그러면 나는 일선 너는 배움으로."

두 형제는 다시 한 번 안고 울었다(정영길, 1952).

전쟁으로 부모를 여의고 형은 집안 살림을 팔아 술만 마시는 바람에 학교에도 못 다니던 어린아이가 자신은 고학할 테니 형은 입대해서 부모님의 원수를 갚으라고 한다는 내용은 지극히 비현실적이며 이치에도 맞지 않는다. 필자 어린이는 자신의 생각으로 쓴 글이라 여기겠지만 반공교육을 의문 없이 수용해 타인의 이데올로기를 자신의 것으로 오인하고 있음을 알 수 있다. '나라를 위해' 개인적 삶을 희생할 것을 권하는, 어린이의 개별 생명에 반하는 이런 글을 장려하는 편집진의 의식은 어린이와 아동문학에 대한 관심과 이해를 갖고 있다고 보기 어려우며, 국가로 대표되는 특정 계층의 이데올로기를 대변하는 문화적 매개체 역할에 충실했다는 평가를 내릴 수밖에 없다.

이상으로 잡지의 전반적인 성격을 살펴보았다. 이번에는 잡지에 실린 동화·아동소설 가운데 반공 모티프를 표출한 작품에 대해 집중적으로 분석해 보기로 한다.

2) 반공주의 작품의 실태

분석 대상 텍스트에 실린 전체 동화와 아동소설 가운데 강도(强度)와 관계없이 반공주의 입장을 표출한 작품 목록만 추출하면 <표 5-1>과 같다. <표 5-1>을 참고해 1950년대 아동잡지에 발표된 반공주의 작품의 특징과 의미를 정리하면 다음과 같다.

첫째, 한국전쟁 이전에는 아동문학에서 '반공'문학의 개념 자체가 없었다. 즉, 아동문학의 반공주의는 한국전쟁의 직접적인 영향으로 생성된 것으로,

<표 5-1> 반공 모티프를 표출한 작품

(★: 종군작가, ☆: 월남작가, ◎: 기타작가)

순서	이름	제목	발표지	시기	장르	비고
1	김광주	자라나는 새싹	소년세계	1952. 8.	소설	★
2	박화목	부엉이와 할아버지	〃	〃	동화	★☆
3	박영준	푸른 편지	〃	1952. 10.	〃	★
4	김광주	어머니와 아버지	파랑새	1952. 12.	소설	〃
5	김송	즐거운 날	〃	1953. 1.	〃	〃
6	박계주	소녀와 도깨비 부대	학원	1953. 1.	〃	〃
7	최인욱	싸우는 병정	소년세계	1953. 2.	〃	〃
8	최태응	창길이의 꿈	〃	〃	〃	★ ☆
9	장수철	우정의 꽃	〃	1953. 3.	〃	☆
10	박영준	밥이야기	파랑새	〃	〃	★
11	김영수	고아원의 남매	소년세계	〃	〃	〃
12	유주현	시계와 달밤	〃	1953. 5.	〃	〃
13	장수철	바다와 구름과 언덕과	〃	1953. 6.	〃	〃
14	김영일	꽃이 피면	〃	1953. 7.	〃	◎
15	박계주	38선상의 소	〃	1953. 8.	〃	★
16	강소천	준이와 백조	〃	1953. 9.	동화	☆
17	유주현	앵무새의 편지	〃	1954. 1.	소설	〃
18	최태응	옥색조개껍질	〃	1954. 2.	〃	〃
19	강소천	퉁수와 거울	〃	1954. 5.	동화	〃
20	장수철	먼 곳의 아버지	〃	1955. 4.	소설	〃
21	김영일	푸른언덕	〃	1955. 5.	〃	◎
22	마해송	앙그리께(2)	〃	1955. 6.	연작소설	★
23	박영만	코스모스와 귀뚜라미	〃	1955. 11.	소설	◎
24	박우보	녹색태극기의 비밀 (1)	〃	1956. 1.	연재소설	☆
25	〃	녹색태극기의 비밀 (2)	〃	1956(2 · 3)	〃	〃
26	김장수	봄이오면 슬퍼지는 소녀	〃	1956. 8.	소설	★
27	〃	별하나 나하나 나도 외롭다	〃	1956. 10.	연재소설	"
28	장수철	갈매기의 추억	새벗	1957. 4.	소설	☆
29	방기환	발소리	〃	1957. 7.	〃	★
30	장수철	언덕에서 맺은 우정	〃	1958. 8.	〃	☆
31	임인수	단풍잎 편지	〃	1958. 10.	〃	◎
32	박우보	달님이 본 것	〃	1959. 2.	〃	☆

세계 어느 나라의 문학과도 다른 한국 아동문학만의 특성을 형성하는 데 깊은 영향을 주었다.

아동잡지가 처음 발간되기 시작한 1952년 후반부터 1953년까지 1년 남짓한 기간에 무려 16편의 반공주의 작품이 발표되었고 1955년까지는 총 23편이 발표되어 1950년대 전체 반공주의 작품의 3분의 2 이상이 전쟁 중이나 전쟁 직후에 발표되었다는 사실은 반공문학의 목적적·임의적 성격을 분명하게 보여준다. 어린이를 대상으로 한 반공문학은 처음에는 종군작가단 소속의 일반문학인들에 의해 창작되었으며 이후에는 전문 아동문학인들에 의해 아동문학의 장에 반공 담론이 지속적으로 전파 확산되어갔다.[9]

둘째, ≪소년세계≫에서 가장 많은 반공주의 작품이 발견되는 까닭은 이 잡지가 시기적으로 전쟁기에 발행되었고, 검토 텍스트가 1952~1956년까지 5년간의 발간본으로 ≪새벗≫(1957~1959), ≪파랑새≫(1952~1953)보다 분량이 많았으며, 정통 문학잡지로서 매호 가장 많은 작가가 참여해 가장 많은 창작품을 발표했기 때문이다. 또한 필진의 성향과 분포가 폭넓다 보니 시대적 현실과 보편적 문단 정서가 사실적으로 반영된 이유도 있다.

셋째, 반공주의 작품은 거의 대부분 종군작가와 월남작가에 의해 창작되었다. 표에서 알 수 있는 바와 같이 종군작가단에 소속된 작가들의 반공작품 창작 비율이 높은 까닭은 애국심에서뿐 아니라 생활의 필요성(김우종, 1989:

---

9) 장수철의 경우 물리적 시간과 관계없이 일관되게 강한 반공주의를 표명했으며 1971년에는 무려 11권에 이르는 체계적인 반공전집을 정성환과 함께 송강출판사에서 펴내기도 했다. 반공전집 각 권의 내용은 이러하다. 1. 북한실정 I, 2. 북한실정 II, 3. 6·25실화집, 4. 반공작품집, 5. 반공포로이야기, 6. 반공투사이야기, 7. 북으로 끌려간 재일교포, 8. 간첩을 막읍시다, 9. 월남전쟁이야기, 10. 반공논문 웅변집, 11. 반공상식 문답집.

318~320),[10] 사상적 위험으로부터 안전[11] 등 다양한 이유로 당대 활발히 문
필 활동을 하던 소설가들이 종군 활동에 대거 참여했기 때문에 수적인 면에
있어 이들의 비율이 높을 수밖에 없었다(한국문인협회, 1966: 89~101).[12] 군
소속이거나 자발적 애국심, 공산주의에 대한 개인적 적개심[13] 등 개인적 동
기가 강할수록 적극적인 반공의식을 드러냈으나 여타의 동기로 참여한 작가
들도 정부 지원으로 집단적이고 조직적으로 활동을 했으므로 반공주의는 전
제조건이었다.[14]

---

10) 전쟁 당시 문인들이 대구, 부산 등지로 피난 와서 실직해 집도 없고 먹을 것도
    없이 가련한 신세가 되어 있었는데, 이런 작가들 중에서 몇 사람은 전선 종군
    을 했으며 대개는 후방에서 군 기관지의 편집과 강연 등으로 정훈 활동에 종
    사함으로써 침식을 어느 정도 해결할 수 있었다고 한다.

11) 최정희, 「피난대구문단」(한국문인협회, 1996: 104). "서울에 왔다 갔다 해야
    할 일이 있었는데 군복을 입지 않고선 기차를 탈 수도 없었으며, 도강은 더욱
    이 어려웠던 때다. … 피난지 대구나 부산에서들 그 어려운 고비를 겪으며 영
    등포까지 왔다가 한강을 넘지 못해서 영등포에 하차하는 사람들을 목격하곤
    군복의 힘이 대단하다는 것을 깨달았다." 최정희의 경우 친일과 부역혐의를
    모두 갖고 있었기에 사상적 안전과 지속적 작품 활동을 위해 종군작가단에
    가입할 필요가 있었다.

12) 종군작가단은 육군 30명, 해군 15명, 공군 16명으로 60명 정도였다.

13) 김팔봉, 「총을 메어보지 못한 대신」, ≪육군≫, 71호(신영덕, 2002: 33에서 재
    인용). "6·25 때 서울서 내빼지 못하고 빨갱이들한테 붙들려서 타살을 당했다
    가 이렇게 목숨이 살아나 가지고 내가 병원에 들어눠서 생각한 것은 이번 전
    쟁은 '소비에트 역사의 해체'까지 가서 끝을 내야겠는데 과연 유엔군이 거기
    까지 전쟁을 밀고 나가줄 것인가 아닌가 의심스러운 점이었다. 그러다가 1·4
    후퇴를 부득이 하고서 대구에 피란해 있을 때 육군종군작가단이 결성되었다.
    그때 내 나이가 30만 되고 몸을 제대로 쓰기만 했다면 그때 나는 총을 메었
    지 종군작가단에 들어가지 아니했을 것이다."

그런가 하면 월남인들의 공산주의와 북한에 대한 강한 적대감은 공통적으로 나타나는 '의식상의 특성'이었다. 이들은 전쟁과정을 통해 형성된 정부 지지세력 가운데 하나였다(강인철, 1999: 215). 월남작가의 반공작품 창작도 동일한 맥락에서 이해할 수 있다.

기독교에 대한 공산당의 탄압은 많은 기독교인 월남작가를 반공주의자로 만드는 데 결정적인 기여를 했다. 또 일제 강점기에 관리나 지주였다면 재산 형성과정의 정당성에 관계없이 인민군에게 토지와 재산을 몰수당하고 목숨마저 위태로운 지경에 처했을 수도 있다. 공산주의의 이상과 실제 전쟁 및 통치과정에는 간극이 있었고 개개인의 경직된 사고나 사적 욕망은 비이성적이고 잔혹한 사태를 초래하기도 했다. 그밖에 이유는 서로 다르더라도 삶의 기반을 송두리째 상실한 체험은 많은 월남인을 반공주의자로 만들기에 충분했다. 그런가 하면 남한사회에서 북한출신이 같은 국민으로 받아들여지기 위해서는 자신이 붉은색과 아무 관계가 없음을 상시적으로 증명해보일 필요가 있었다. 나아가 반공이 사회 지배이데올로기인 시대였기에 반공주의 입장을 더욱 선명하게 표명하는 것은 사회적 입지를 확보하는 데 도움이 되었다.

기타 작가의 경우 김영일은 일제 고등계 형사였기에[15] 인민군에게 우선

---

14) 종군작가들이 발표한 소설은 크게 두 가지 유형으로 나뉜다. 하나는 반공사상 및 애국심을 고취하는 전쟁독려 소설이고, 다른 하나는 전쟁기 현실을 사실적으로 묘사하는 데 치중하거나 전쟁의 비인간상을 비판하는 소설이다. 전술한 작가들 외에 아동소설에서는 대체로 후자의 입장을 취한다. 또한 일반소설에서는 전쟁독려소설을 쓴 종군작가들도 아동소설에서는 어린이에게 미치는 영향을 고려해서인지 이념과 무관한 작품을 창작한 경우가 많았다.

15) 조애실 수상집, 『차라리 통곡이기를』(전예원, 1977), 53~55쪽(이재철, 『아동문학평론』, 62호에서 재인용). "金村英一(가네무라 에이이치)가 다가서서 물었다. … "조애실! 내가 가끔 책을 차입해줄 테니 그 속에서 읽어요. 나도… 실

적 처단대상자였을 테고 이 때문에 자연스레 반공주의자의 진영에 서게 된 것으로 보이며, 박영만의 경우 작가에 대해 알려진 바가 없다.

어떤 그룹에 속했건 1950년대 전쟁 체험 작가들의 반공주의는 시대적 배경과 경험적 이유를 지니고 있기에 1960~1970년대의 반공작품과는 그 심급이 다르다. 따라서 반공이데올로기를 포함하고 있다는 이유만으로 뭉뚱그려 가치평가를 할 수는 없으며 각각의 내용에 따라 의미를 따져보아야 할 것이다.

3. 반공주의 작품의 분석

1) 특정 논리의 일반화

전시에 반공주의 작품을 적극적으로 창작한 작가로는 김광주, 박영준, 최인욱, 장수철, 유주현, 최태응, 박계주 등을 들 수 있다.

김광주의 「자라나는 새싹」은 아동문학잡지에서 최초로 발견되는 반공소설로, 종군 활동의 취지를 충실히 반영한 목적소설이다.

은 문학을 하는데…." 나는 깜짝 놀랐다. 문학가가 어찌 고등계 말단 형사 노릇을 하며 그래도 사색에 잠길 수 있는 요소, 사물에 대한 관찰력도 보통 사람하고는 좀 다를 텐데 어떻게 동족의 손에 고랑을 채우려 들었단 말인가."

이 증언에 대한 신빙성을 갖게 하는 글이 김영일 작품에서 여러 부분 발견되는데 그중 한 예를 들어본다. ""허, 마구 날뛰단 101번지 감이야." "101번지 감이 뭐야?" 삼돌이도 아는 게 많은데 이건 몰랐다. "서대문 형무소가 101번지란 말이다.""(김영일, 1963: 237).

이 글은 "왼 세상 사람들이 모다들 똑같이 말들을 합니다"라는 소년 화자의 말을 서두로 이어질 발언을 일반화시키며 시작된다. 화자는 "오랑캐들과 무지막지한 공산군들이 미쳐 날뛰는 슬픈 세상"임을 강조하며 이 모든 것이 "저 밉쌀스러운 공산당의 탓"이라 규정한다. "웃음의 꽃밭을 이루고 즐거웁고 근심 모르는 날을 보내던" 화자의 가족은 아버지가 실종되고 할아버지마저 "놈들에게 붙잡혀"가는 바람에 부산으로 피난을 가 하꼬방 한 칸을 짓고 근근이 살아간다. 그러다 일 년 뒤 부상병이 된 아버지를 육군병원에서 만난다. 화자는 양담배 장수를 하며 돈을 모아 일 년 뒤 학교에 갈 결심을 하면서 "어서 한 푼이라도 돈을 벌어서 아버지를 병신을 만든 원수, 우리 집안을 망쳐 논 원수, 우리 할머니 어머니를 고생시킨 놈들의 원수를 꼭 갚아야"겠다고 다짐한다.

전쟁과 그로 인한 모든 피해에 대한 책임을 북한에 전가하며 화자는 북한 침략으로 인한 '현재의 고통'을 강조하는 데 힘을 기울인다. 할아버지가 관청에 나가서 돌아오지 않았다고 했는데 해방된 지 불과 몇 해 지나지 않은 시대 상황과 할아버지의 연령으로 미루어볼 때 할아버지는 일제강점기 때 관리였을 가능성이 높다. 그리고 아버지 역시 전쟁발발 이전에 육군소령이라 했으니 해방 이전 식민지 시절에 이미 군인이었음을 짐작할 수 있다.

이승만 정권은 일제강점기 때의 군과 경찰조직을 거의 그대로 물려받아 같은 민족을 괴롭혔던 친일분자와 부패한 관료들을 거의 그대로 유임시킨 반면, 인민군은 친일관료와 군인경찰을 주적으로 분류해 일차적 처단대상자로 삼았다. 따라서 작중 화자의 집안이 단순히 북한과 정치적 적대관계에 있기 때문에 피해를 입었을 가능성도 있지만 당대의 기득권층일수록 떳떳치 못한 전력을 가진 경우가 많았기 때문에 그들이 민족 앞에 얼마나 결백한 입장인지 따져볼 필요도 있다. 그러나 이 작품은 전후좌우의 맥락은 생략한 채

가족의 '피해' 사실과 북한의 '악행'만 되풀이해서 강조하며 독자의 '체험'을 감상적으로 자극하는 방식을 통해 특정 계층의 전쟁 체험을 전체의 체험으로 일반화시킨다.

'모든 동무들의 행복되고 즐거운 가정이 너 나 할 것 없이 똑같이 단숨에 서리를 맞어 쓰러지듯이' 저의 집안도 그놈의 "육, 이오" 통에 하룻밤 사이에 시커먼 어둠과 무서운 공포 속으로 떨어져버렸던 것입니다(김광주, 1952).

유년기의 가족과 가정은 어린이의 생존과 직결되는 의미를 지닌다. 또한 어린이는 체험의 폭이 좁고 지식이 부족하므로 자신의 경험에 비추어 공감할 수 있는 가족주의를 전유하는 것만큼 어린이의 마음을 쉽고도 확고하게 사로잡을 수 있는 방법은 없다. 따라서 감상적 가족주의를 통해 독자의 감정을 뒤흔들어 북한에 대한 적개심을 무의식적으로 고취하는 양상은 이후 다른 반공소설에서도 일정한 패턴을 이룬다.

내 아버지를 죽이고 그리고 내 팔과 다리를 상하게 한 놈들! 그놈들만 아니었더라면 내가 왜 이런 병신이 되었겠습니까? 남 보기에는 아무렇지도 않지만 나는 한 손을 마음대로 쓰지 못합니다. 아마 총알에 힘줄이 다쳤나 봐요.
어머니! 나는 어떠한 일이 있어도 공부를 하겠읍니다. 그래서 아버지와 나의 원수를 갚고야 말겠습니다(박영준, 1952).

감상적 가족주의와 함께 나타나는 또 하나의 공통적인 패턴은 전쟁 이전에는 부유하고 행복한 가정이었으나 공산침략으로 모든 것을 잃고 비참해졌다는 도식이다.

해방이 되었지만 36년에 이르는 일제 침탈로 조선과 조선인의 삶은 참혹
하게 유린된 상태였고 1940년대 후반에는 좌우익 대립과 국가폭력으로 나라
가 혼란에 휩싸여 있었다. 이런 시기에 부유하고 안락하며 행복한 삶을 누리
며 지낼 수 있었던 어린이는 소수에 불과했을 터인데 반공주의 작품에서는
이러한 가정이 으레 일반적인 가정의 형태로 전제되고 있는 것이다. 특히 최
태응의 「옥색 조개껍질」은 당대 기득권층의 입장과 논리를 여실히 보여준다.

어째서 춘실이가 먹는 밥은 입김만 세게 불어도 푸실푸실 흩어질 것 같은
조밥뿐이냐고, 영복이는 어린 마음에도 견딜 수 없어서 자기의 밥그릇을 들
고 나가서 바꾸어 먹기를 얼마나 했으며 때로는 아주 춘실이만은 데려다가
함께 먹기도 했습니다.

다른 집들을 보면 춘실이네와 비슷한 작인들 서푼집 사람네가 앞장을 서
서 당장 주인집에다 대고 몇십 년이나 몇 대를 두고, 피땀을 흘리도록 일을
시키며 부려먹었다는 말과 그 값으로 이제는 경을 좀 쳐야 한다고 마악 두들
겨 패기도 하고 집을 내놓고 도망을 치는 집들도 있었습니다.

다행이 춘실이네는 워낙 착하고 욕심이 없고 인정이 많은 사람들이오, 의
리가 굳고 경우가 밝았던 까닭에 남들이 무어라고 하거나 세상이 갑자기 어
떻게 변했다거나 주인집 사람들에게 대해서 지난날의 감정이 있었다고 해서
마구 분풀이할 마음은 없었습니다.

더구나 어른들과 어른들 사이는 둘째로 쳐 놓고 언제나 한결같이 자기의
친동생과 다름이 없이 오히려 춘실이가 잘못해서 싸움도 하고 말썽을 부리
기도 하는 것을 조금도 나무래지 않고 마치 자기 책임이나 되는 것같이 웃으
며 달래주면서 도와준 영복이의 생각을 하면 그저 고맙기만 기쁘기만 했습
니다(최태응, 1954).

노비제도는 1984년 갑오개혁 때 폐지되었지만 달리 사유재산이나 생활방편이 없는 사람들은 해방 후에도 소작을 하며 지배자와 피지배자의 관습적 관계를 유지하는 경우가 흔했다. "몇십 년이나 몇 대를 두고" 노비를 부려온 지배자의 입장과 태어날 때부터 사회적 계급의 질곡에 얽매어 "피땀 흘리게 부려먹음을 당해온" 피지배자의 입장은 명백히 다를 수밖에 없다.

마르크스 사상을 떠나 전근대적인 봉건적 신분제도의 질곡은 타파되어야 마땅하며 특히 일제 강점기에 그토록 막대한 부를 누리기란 일본의 절대적인 비호와 협력이 없이는 불가능했으므로 해방공간에서의 지주와 소작인의 대립을 단순히 '악하고 욕심 많고 인정없고 의리 없고 경우 없는' 소작인의 '분풀이'로만 몰아갈 수는 없는 일이다.

개별 국민이 처한 입장에 따라 좌우익 투쟁과 공산주의에 대한 관점은 다르게 나타날 수밖에 없는데 최태웅의 글은 명백히 지주의 관점을 대변하고 있다. 소설의 초반부는 지주의 집이 얼마나 많은 '세간을 차지'하고 있는가를 세세하게 묘사하는 데 할애되며, 이어서 그런 집안에서 귀여움을 한몸에 받는 영복이가 행랑채 춘실이에게 얼마나 인정 있게 대해주었는가가 긴 분량으로 서술된다. 그러다 해방이 되어 세상이 바뀌었지만 "다행이" 춘실이네는 다른 소작인들처럼 주인집에 보복을 하지 않을 뿐 아니라 오히려 영복이가 잘해준 생각에 그저 "고맙기만 기쁘기만" 하다는 것이다.

이 소설은 지주집 아이의 '인정'을 크게 부풀려 미화한 반면 현실적 삶의 토대인 물질과 계급문제의 부조리 및 거기서 발생하는 끝없는 억압과 착취의 구조는 은폐하고 있다. 어릴 때부터 피지배자의 삶을 살며 노역에 시달리는 춘실이와 그 가족의 생활은 강자의 약자에 대한 억압과 착취를 여실히 보여주고 있지만 작가는 피지배자의 복종과 충성을 지극히 당연하고 자연스러운 일로 규정한다. 그리고 철저히 지배 계급에 동조하는 입장에서 "몇백 년 여러 십 대를 전해 나려오며 행복스럽게 살던 개인의 재산을 빼앗긴" 데 대한 분노와 적개심만 적나라하게 표출할 뿐이다.

> 뻐언히 건달로 떠돌아다니던 동네 싸움패 놈팽이 녀석네가 사돈의 팔촌까지 떼거리로 이사를 해서 안방 건넌방을 다 차지하고 뻔뻔스럽게도 한창 제철이 들어 무르익는 과일들을 자기네 물건이나 다름이 없이 척척 따먹고 나머지를 팔아먹기까지 했읍니다. 그뿐이 아닙니다. 점점 손길을 펴는 쏘련의 흉측스러운 거짓말쟁이 붉은 강도떼들의 사냥개와 같은 앞잡이 공산당들은 죄 없는 동네 사람들을 언제 어느 겨를에 남몰래 잡아다가 귀신도 모르게 죽이려는 속셈인지 알 수 없었읍니다(최태응, 1954).

한국전쟁과 공산당에 대한 체험은 성별, 연령별, 지역별, 계급별로 다르게 나타나는데, 반공주의 아동소설의 창작에 앞장선 작가들의 경우 이처럼 기득권층의 논리와 관점을 대변하는 양상을 보였다. 또한 이들은 당대 현실을 자의적으로 은폐축소하거나 왜곡하는 방식으로 개인적 작의를 전달하는 데만 충실했다.

이런 사실들을 통해 반공주의 작품의 최초 형태는 서민대중의 삶 속에서 자연스레 생성된 담론이 아니며 기득권층의 관점을 아래로 전파 확산시킨 것임을 알 수 있다. 이로써 어린이들은 직접 겪은 '전쟁 체험'의 의심할 바 없는 진실성에 미루어 지속적이고 반복적으로 주어진 반공 담론의 정형화된 패턴을 내면화하게 되었던 것으로 보인다.

2) 국가 탄생과 건국 신화의 창조

1950년대 아동잡지에서는 국가주의가 다양한 양상으로 발화되었는데 가장 일반적인 형태는 '나라를 위해' 희생한 인물의 이야기를 끊임없이 작품화해서 어린이에게 읽히는 것이었다. 안중근, 이순신 등 순국선열들의 삶은 물론이고 잔 다르크나 유관순, 화랑 관창 등 동서양의 10대 청소년 영웅들의 장렬한 애국심은 역사소설로, 전기로, 창작동화로, 만화로, 영화로까지 만들어져 어린이와 청소년들에게 권장되었다.

　　三月이 오면 이 땅에 三月이 오면 / 골짝이 산등세 불붙듯 번질 / 진달래 꽃
　　망울 부풀어 오르듯 / 우리들 가슴 속 용솟음치는 / 三一의 정신— 민족의 맥
　　박— / (중략) / 조국의 독립을 찾아 매운 싸움 있었나니 / 울안의 홍도화는 유
　　관순의 넋인가 / 三月은 장한 달 이 나라의 아름다운 달 / 거리거리 골목골목 /
　　독립정신이 출렁거리는 달 (노천명, 1954)

　　조국의 독립을 위해 목숨을 바친 유관순을 기린 노천명의 시는 조선인 출신 가미카제 특공대를 기리며 본인이 썼던 "이 아침에도 대일본특공대는 / 남방 거친 파도 위에 / 혜성 모양 장엄하게 떨어졌으리 // 어뢰를 안고 몸으로 / 적기(敵機)를 부순 용사들의 얼굴이 / 하늘가에 장미처럼 핀다 / 성좌처럼 솟는다"(노천명, 1944)[16]라는 친일 시와 국가주체만 달라졌을 뿐 동일한 세계관과 시작(詩作)태도를 견지하고 있다.

　　'추상적 공동체'인 국가를 내세우는 전체주의 사고를 지닌 문인들은 획일적인 공동 목표에 순응하는 '국민'을 길러내는 데 일조했다. 이러한 국가주

---

16) ≪매일신보≫가 대동아전쟁 3돌 특집 기념호로 낸 사진판에는 가미카제로 희생된 군인들의 사진들 아래 아름다운 희생을 찬미하는 노천명의 「군신송」이 실려 있다. 희생된 대원들은 '김본정신(金本定信) 일등병', '김성의휘(金城義輝) 병장', '김광창정(金廣昌貞) 상등병'처럼 창씨개명한 조선인들로 보인다.

의 사고는 일제의 군국적 전체 교육 및 체제 순응적 황국 신민을 만들기 위한 규율을 내면화한 '일본식 사고'의 잔재이자 차후 군사정권에서 일사불란한 '국민동원'을 통한 '압축성장'을 가능하게 만든 문화적 기반이 되었으며, 근대화의 기치 아래 수많은 개인적 권리와 가치를 무시하고 희생을 장려하는 전통이 되기도 했다.

1950년대의 많은 문인이 전쟁 발발로 인한 대응적 차원 이전에 이미 전체주의 사고에 젖어 있었기에 반공주의 역시 한 점 의문 없이 수용해 전쟁을 신성시하고 국가를 신화화하는 담론을 생성했다. 이들의 작품에서는 전쟁을 통해 새롭게 탄생된 '국가 신화' 창조의 과정을 확인할 수 있다. 아동문학에 '국군'이 처음으로 등장하고 '주요 인물'로 부각된 것도 같은 맥락에서 해석할 수 있다. 나라에 대해 권리를 주장할 수 없고 의무와 책임만 져야 하는 가장 대표적인 국민인 국군이 아동문학에서 주요 인물로 형상화되기 시작한 것은 전쟁 직후부터이며, 이들의 작품에서 국군은 한결같이 용감하고 친절한 긍정적 이미지로 그려지고 있다. 국군을 미화한 대표적인 사례로는 생명의 위협을 무릅쓰고 소녀를 구출한 장진호 소위의 용감무쌍한 활약을 그린 박계주의 「소녀와 도깨비 부대」(박계주, 1953a)를 들 수 있으며, 장수철의 「언덕에서 맺은 우정」(장수철, 1958)에 이르면 따돌림당하던 아이가 단지 오빠가 국군이라는 사실만으로 부러움의 대상이 되기도 한다.

이 마을 아이들에게는 국군 아저씨를 형이나 오빠로 가지고 있는 아이가 없었다.
"왜 그런지 그 애가 부러워지는 것 같구나."
희숙이가 비로소 말을 꺼냈다.

"정말이야! 그 애가 갑자기 훌륭한 애같이 보여."

"그럴 줄 알았더라면 진작 같이 놀아줄 걸 그랬지?"

"응 그토록 같이 놀아달라구 그러던걸! 어쩐지 안됐다 얘?"

아이들은 저마다 이렇게 말하면서 그 소녀 아이한테 새삼스럽게 우정을 느끼는 것이었다(장수철, 1958).

이 작가들은 특징은 자신의 의도를 독자에게 자의적으로 전달하는 데 골몰할 뿐 작품 자체의 내적 개연성이나 리얼리티에는 관심이 없다는 것이다.

"…정말 우리 식구는 그 소 없이는 못 살아요. 어서 돌려주세요. 인민군 아저씨!"

울며 울며 그냥 애걸하고 애걸했으나, "따라오면 죽인다." 한마디를 남기고는 비탈진 길을 돌아 수림 속으로 사라지려 한다. 거기에는 이북 농군들이 서서 구경하다가, "횡재했다. 대한민국 놈들 손해 봤구나!" 하고 좋아서 야단들이다. (중략)

"악을 악으로 갚아서야 쓰겠니. 너도 소를 잃었을 때 울었던 생각이 나겠구나. 나도 내 가슴이 몹시 아프던 것이 잊혀지지 않는다. 어서 가져다주어라." 하고 손자의 손에 소고삐를 다시 쥐어준다. 만수는 아무 말이 없이 소를 이끌고 삼팔선을 향해 걸어간다. (중략)

만수가 그들 앞에 나타나 소를 넘겨주고 돌아설 때 소고삐를 받아 쥐던 아들은, 두 팔을 치어 들며, "대한민국 소년 만세!" 하고 소리친다. 아버지도 그리고 마을 사람들도 따라 두 손을 치어 들며, "대한민국 소년 만세!" 소리를 합하여 외친다(박계주, 1953b).

이 소설에서는 남한의 소년이 개울에서 목욕하는 사이에 풀을 뜯던 소가 38선 이북으로 넘어가자 이를 발견한 인민군이 인정사정없이 몰고 가버리는 것으로 묘사된다. 얼마 뒤 38선 이남으로 우연히 북한의 소가 넘어오지만 소년은 소를 원래 주인에게 돌려주었고 이에 감동한 북한 주민들은 "대한민국 소년 만세"를 합창한다는 이야기다.

박계주의 이 작품은 남/북을 선/악으로 도식화했으며 인민군뿐 아니라 이북의 농군들마저 처음에는 악한 존재로 설정했다. 반면 남한 사람은 악행에 대해서도 선행으로 대하는 도덕적으로 우월한 존재로 상정한다. "악을 악으로 갚지 않고" 선행을 베풀어 감화를 시킨다는 주제는 보편적 원리로서 진리이지만 이 작품에서 구성한 시간과 공간의 장에서는 '진(眞)'이 아닌 '위(僞)'의 구성에 기여할 뿐이다. 38선 이남의 아이가 38선 이북에 사는 아이에게 소고삐를 쥐여주고 이에 감화한 이북 농민들이 만세를 부른다는 것은 현실적으로 황당한 내용이다. 책상에 금을 그어놓고 서로 '삼팔선'을 넘지 말라고 하는 어린이 놀이 수준의 의식에 활자의 권위를 부여함으로써 현실적 판단력이 부족한 독자로 하여금 마치 진실인양 믿게 만들었다. 이처럼 '반공'의 당위성과 작의의 중요성을 믿어 의심치 않았던 작가들은 독자대중의 마음을 사로잡는 탁월한 '기량'으로 수많은 어린이의 뇌리에 북한과 인민군, 국군에 대한 고정된 상(象)을 형성시키는 데 기여했다.

3) 통속화와 상업주의

1950년대 초반의 반공작품은 전쟁 상황에서의 대응양상이었기에 목적성이 앞설 수밖에 없었다. 반공의식을 강화하고 전의를 고취해 기왕 벌어진 전쟁에서 승리해야 한다는 다급한 외적 요청이 있었다.

그러나 별다른 필연성 없이 지배이데올로기인 '반공'의 정당성을 이용하는 경향은 오히려 전후에 강해져 반공 자체를 위한 반공을 주장하게 되었으며 심지어 상업화, 통속화 흐름에 영합하고 이를 선도하는 양태마저 보인다.

이미 다 아는 바와 같이 백탐정은 6·25사변 전까지도 군 수사 기관의 고급 장교로서 눈부신 활약을 거듭해온 분이다. '빨갱이 잡이 귀신'이란 별명으로 불리어왔을 만큼 악독한 괴뢰 간첩단을 속속드리 잡아치우는 데는 에누리가 없었다. (중략)

"가령 두 소년이 놈들에게 붙잡혀가지구 평양으로 끌려갔다고 합시다. 그 다음 날 저녁 괴뢰 방송에선 이런 소리가 흘러나올 게란 말예요. '친애하는 남한 학생동무 여러분 저희들은 북한에 와 있습니다.'라구. 아시겠어요?"

"뭐? 뭐라구요? 천만에 말씀 그게 무슨 될 말입니까?"

"될 말 안될 말이 어데 있답디까? 게다가 심리작전을 위한 만행이죠."

(박우보, 1956)

전쟁 직후 한국사회에는 어떤 수단과 방법을 동원해서라도 목적만 이루면 된다는 의식이 팽배했고 이에 아동도서 출판계에도 영리만을 목적으로 한 불량 만화, 엉터리 번역·번안 도서, 해적판 탐정물 등이 무분별하게 쏟아져 나왔다. 한편 김래성, 정비석, 박계주, 조흔파의 대중소설이 큰 인기를 얻는 등 독자들은 전반적으로 오락성에 탐닉하는 경향을 보였는데, 이러한 시대적 흐름과 반공주의가 자연스럽게 결합하는 양상이었다. 1950년대 후반에 창작되기 시작한 흥미 위주의 비현실적인 모험·탐정물은 1960~1970년대를 거쳐 1980년대까지도 발견되는데, 이때 악당은 흔히 '간첩'으로 설정되곤 했다.

한국전쟁 후 '반공'은 그 누구도 이의를 제기할 수 없는 정당성의 원천이었기 때문에 강한 반공주의자일수록 사회적으로 더욱 떳떳한 '반공적 선민의식'을 갖고 있었다. '대감격 반공소설'이라는 표제를 당당히 내건 아동소설이 등장하게 된 것은 이러한 사회적 분위기와 연관이 있었다.

> 땅땅땅 세 사람의 장총에서 일제히 불을 뿜었다. 아버지의 심장을 향하여—.
> "앗 헤⋯."
> 이런 비명을 남겨두시고 아버지는 고개를 푹 숙였다. 그리고 비실비실 모래사장 위에 주저앉고 말았다. 혜경의 이름도 불으지 못하고 아버지는 영영 죽고 마셨다.
> 그들은 아버지의 시체를 산에 묻고 아직도 혜경이와 어머니의 눈물도 말으지 않은 어떤 날 찾아와서 집을 내놔! 반역자의 재산은 몰수한다. 이렇게 말했다. 울고불고 손이 발이 되도록 빌어도 소용이 없음을 번연히 아시면서도 어머니는 그들을 부뜰고 늘어졌었다.
> 끝내 그들은 혜경이 모녀를 내쫓고 말았다. 입은 것뿐이었다. 개나 돼지를 내쫓는 그러한 악독한 짓을 이들은 눈 하나 까딱하지 않고 하는 것이었다
> (김장수, 1956).

인민군에게 주인공의 아버지가 총살당하는 선정적인 장면으로 시작해 고학하는 소녀를 동정해서 자기 집에서 지내도록 해준 장관 비서관의 인정에 감동한 소녀가 눈물을 흘린다는 것이 이 작품의 내용이다. 휴전을 한 지 3년이나 된 시점에서 문학으로서의 밀도를 전혀 갖추지 못한 선정적 반공소설을 발표한 것은 시대적 필연성이나 작가정신과 무관한 개인적 의도로 이해할 수밖에 없다.

이처럼 아동문학의 반공주의는 어린이의 실제 삶의 토대와 관계없이 위로

부터 주어진 목적문학으로 출발했으며 기득권층 관점을 대변하는 작가들에
의해 자신들의 이데올로기를 정당화하고 설득하는 도구로 활용되었다. 그러
다 통속 대중화의 길을 거쳐 차츰 '습관적, 만성적, 자연적' 이데올로기로 어
린이들에게 주입되었던 것이다.

4. 나오는 말

살펴본 바와 같이 아동문학의 장에 반공주의가 등장한 것은 6·25 발발이
직접적인 계기였다. 전쟁이 일어나자 문인들 사이에는 문학의 역할에 대한
논의가 일어났는데, 김동리는 전쟁문학의 개념을 정리하면서 "문인은 총검
을 대신하여 붓으로 자유와 조국을 위해서 싸워야 하므로 전쟁 수행을 위한
무기로서의 문학은 용인된다"(김동리, 1952: 50)라고 했으며, 김팔봉은 전쟁
문학의 방향으로 다섯 가지 지침을 제시하며 "전쟁의 목적은 승리함에 있으
며, 문학도 승리 없이는 존재하기 불가능한 것이었기에, 전시 문학의 불가결
한 요소는 철석같은 전우애, 동포애, 조국애의 발양과 열화 같은 적개심의 양
양"에 있다라고 했다(김팔봉. 1953). 이러한 인식하에 문인들은 종군작가단을
결성해 국책 사업의 일환으로 반공문학을 창작했으며 어린이 독자에 대한
일말의 배려 없이 목적성에 충실한 글을 썼다.

마침내 이쪽에서도 사격은 시작되었읍니다. 적에 대한 공격이 치열하면
할수록 적의 편에서도 한사코 기를 쓰며 덤벼들었읍니다. 피아간에는 거의
쉴 새 없이 무수한 총탄을 마주 보고 퍼부었읍니다. 봉수는 자기도 모를 황홀
한 마음이 가슴에서 파도치는 순간, 머리 위로 어깨 너머로 수없이 내닫는 적

의 탄환을 헤치며 헤치며, 두 팔에 힘을 모아 쉴 새 없이 방아쇠를 잡아 당겼
읍니다. 최후의 최후까지 조국의 운명을 붙들고 늘어질 사람은 그 누구도 아
닌 바로 자기 자신뿐이라는, 마치 자기가 세기(世紀)의 영웅이나 된 듯한 느
낌을 가슴 속에 지니며, 봉수는 성 낸 표범처럼 총탄의 소낙비 속을 번개같이
내달았읍니다.

적을 무찌르고 나라를 바로잡으려는 오직 한 생각, 그의 앞에는 죽음이 무
섭지 않았읍니다(최인욱, 1953).[17]

전쟁의 광기에 사로잡힌 비이성적인 감정 상태를 황홀경으로 묘사하고 있
는 이 작품은 전쟁을 미화하고 개인의 희생을 독려한다. 문학의 무기화는 궁
극적으로 독자의 무기화를 의도한다. 즉, 전쟁 승리를 위해 자신을 기꺼이 바
칠 인적 자원의 양성에 그 목적이 있는 것이다.

이처럼 평소 어린이에 대한 관심과 이해가 없었던 일반 소설가들이 전쟁
을 계기로 아동문학 장을 손쉽게 전유함으로써 어린이를 목적적으로 대상화
한 데 이어 전문 아동문학인 가운데 반공주의 입장에 선 작가들은 동일한 종
류의 담론이 더욱 세련된 양식으로 어린이의 내면에 스며들게 하였다. 어느
쪽이든 어린이의 자발적 생명과 욕망, 의지와 관계없이 특정 입장의 어른들
이 반공 '이데올로기'를 일방적으로 전파한 양상임은 분명하다.

이러한 반공 담론의 공통적인 특성은 추상적 '국가'를 내세워 개별 국민의
희생을 끊임없이 장려하는 한편 당대 기득권층과 일부 엘리트의 관점만 일
관되게 발화한다는 것이다. 전쟁에 관한 민중의 그 밖의 다양한 체험은 일절
소거된 데서 반공주의의 이데올로기적 성격을 알 수 있다.

17) 최인욱, 「싸우는 병정」, ≪소년세계≫, 1953년 2월호.

민족 어느 누구도 동족상잔의 전쟁을 원하지 않았지만 자신을 중심으로 한 국가를 세우고 싶었던 남과 북의 지도자는 끝까지 타협하는 대신 전쟁을 택했고[18] 그 전쟁에서 희생된 사람은 남·북한의 힘없는 민중이었다(리영희, 1984: 297).[19] 휴전이 되자 남과 북의 국가는 각각 전쟁의 기억을 독점했으며, 전쟁에 관한 국민들의 체험은 계층과 지역, 처한 입장에 따라 저마다 달랐지만 국가가 허용하는 전쟁 기억과 상이한 종류의 체험은 침묵 당하고 지워져야 했다(김동춘, 2000: 25~30).[20]

아동문학에서도 공식적인 전쟁 기억과 일치하는 체험을 가진 일군의 작가들은 '반공문학'을 창작하며 1950년대 내내 누구보다 떳떳하게 '언어권력'을 행사한 반면, 다른 종류의 체험을 가진 작가들은 침묵하거나 '과거', '전통', '환상'의 시공간으로 회피하는 등[21] 당대 현실과 일정한 거리를 두어야

---

18) 이승만도 김일성 못지않게 호전적 태도를 견지했으며 북진통일은 남한의 공식적인 통일정책이었다. 6·25 이전에 이미 남북 간 교전이 심심찮게 벌어지고 있었기에 적지 않은 사람들이 전면전을 예상하고 우려했다.

19) "학교깨나 다닌 젊은이들은 어디 가고 이 틀림없는 죽음의 계곡에는 못 배우고 가난하고 힘없는 이 나라의 불쌍한 자식들만이 보내지는가? 나라 사랑은 힘없는 이들이 하는 것인가? 전쟁과 군대를 알게 될수록 나는 점점 더 사색적이 되어갔다. 그럴수록 이 나라의 기본부터 무엇인가 잘못되어 있다는 생각이 들었다."

20) "국군과 경찰, 미군에 의해 희생당한 수많은 사람의 가족들은 당한 것도 서러운데 '빨갱이' 가족으로 낙인찍혀 연좌제가 있던 1980년대 초반까지 온갖 고통을 당하며 살아왔다. 국군으로 참전했다가 이유 없이 즉결 처형당한 사람들의 가족들, 전쟁통에 상처를 입었지만 제대로 보상도 받지 못한 채 평생 고생해온 이름 없는 국군병사들도 부지기수다. 이들은 입을 열지 않는다. 자신의 체험이 '공식 체험'과 배치되고 자신의 체험을 말하는 것이 박해와 불이익을 가져올 것이라는 점을 알고 있기 때문이다."

했다. 이러한 시대적 분위기로 인해 1950년대 아동문학은 양적으로는 엄청나게 팽창했음에도 전쟁기 어린이의 삶을 제대로 드러내지 못한 채 위축되고 왜곡된 양상으로 현실을 파편적으로 그리는 데 머물렀다.

---

21) 좌익 경력이 있는 이원수의 경우 문단에서 소외된 위치에 있었으며 이 시기에 환상 동화를 주로 창작했다. 카프 전력의 이주홍 역시 당대 현실과 시공간적으로 거리가 있는 작품을 썼다.

참고문헌 ··

1. 기본자료

≪소년세계≫, 1952년 8월호~1956년 10월호(총 40권)

≪새벗≫, 1957년 1월호~1959년 12월호(총 32권)

≪파랑새≫, 1952년 9월호~1953년 2월호(총 6권)

≪학원≫, 1953년 1월호~1956년 12월호 일부(총 7권)

김광주. 1952. 「자라나는 새싹」. ≪소년세계≫, 1952년 8월호.

김동리. 1952. 「전쟁과 문학의 근본문제」. ≪협동≫, 35호.

김장수. 1956. 「봄이 오면 슬퍼지는 소녀」, ≪소년세계≫, 1956년 8월호.

김팔봉. 1953. 「전쟁문학의 방향」. ≪전선문학≫, 3호(1953. 2).

노천명. 1944. 「군신송(軍神頌)」. ≪매일신보 사진판≫, 1944년 12월.

_____. 1954. 「3월의 노래」, ≪소년세계≫, 1954년 3월호.

박계주. 1953a. 「소녀와 도깨비 부대」. ≪학원≫, 2권 1호(1953년 1월).

_____. 1953b. 「38도선상의 소」. ≪소년세계≫, 1953년 8월호.

박영준. 1952. 「푸른편지」. ≪소년세계≫, 1952년 10월호.

_____. 1953. 「1220고지의 모습」. ≪소년세계≫, 4월호.

박우보. 1956. 「녹색태극기의 비밀」. ≪소년세계≫, 1956년 2·3월 합병호.

백운길. 1958. 「우리나라와 세계의 움직임」. ≪새벗≫, 1958년 8월호.

장수철. 1958. 「언덕에서 맺은 우정」. ≪새벗≫, 1958년 8월호.

정영길. 1952. 「나라의 기둥」. ≪파랑새≫, 1952년 10월호.

최인욱. 1953. 「싸우는 병정」. ≪소년세계≫, 1953년 2월호.

최태응. 1954. 「옥색조개껍질」. ≪소년세계≫, 1954년 2월호.

한정동. 1955. "아동문학의 현상". ≪동아일보≫, 1955년 1월 25일자.

2. 논문·기타

강인철, 1999. 「한국전쟁과 사회의식 및 문화의 변화」. 한국정신문화원. 『한국전쟁과 사회구조의 변화』. 백산서당.

강진호. 2005. ≪역사비평≫.

강혜경. 2002. 「한국경찰의 형성과 성격(1945~53)」. 숙명여대 박사학위 논문.

권혁범. 2000. 「내 몸 속의 반공주의 회로와 권력」. 『우리 안의 파시즘』. 삼인.

선안나. 2006. 「1950년대 동화·아동소설 연구: 반공주의를 중심으로」. 성신여대
  박사학위 논문.

윤재철. 1999. 「국가보안법을 폐지하라: 확실한 넌센스」. ≪실천문학≫, 1999년
  겨울호.

3. 단행본

강인철 외. 2002. 『한국전쟁과 사회구조의 변화』. 백산서당.

김영일. 1963. 『푸른동산』. 계진문화사.

강준만. 2004. 『희생양과 죄의식』. 개마고원.

강진호. 2001. 『탈분단 시대의 문학논리』. 새미.

_____. 2004. 『현대소설사와 근대성의 아포리아』. 소명.

김동춘. 2000. 『전쟁과 사회』. 돌베개.

김우종. 1989. 『한국현대소설사』. 성문각.

부르디외, 피에르(Pierre Bourdieu). 1997. 『상징폭력과 문화재생산』. 정일준 옮김.
  새물결.

서중석. 1998. 역사문제연구소 엮음. 『1950년대 남북한의 선택과 굴절』. 역사비평사.

신영덕. 2002. 『한국전쟁과 종군작가』. 국학자료원.

이재철. 1978. 『한국 현대 아동문학사』. 일지사.

조현연. 2000. 『한국현대정치의 악몽: 국가폭력』. 책세상.

푸코, 미셸(Michel Foucault). 1994. 『감시와 처벌』. 오생근 옮김. 나남출판사.

한국문인협회 엮음. 1996. 『해방문학20년』. 정음사.

혼다 마스코. 2002. 『20세기는 어린이를 어떻게 보았는가』. 구수진 옮김. 한림토이북.

Aries, Philippe. 1962. *Centuries of Childhood: A Social History of Family Life*. Trans.
  R. Baidick. Vatage Books.

제2부 문학과 반공주의의 맥락

제 **5** 장

반공의 내면화와 정체성의 구축

손창섭 소설을 중심으로

• •

김진기 ┃ 건국대학교 국문학과 ┃

1. 들어가는 말

1950년대는 전쟁의 여파로 모든 것이 황폐해진 전란의 시대였다. 아마도
이 시기는 해방 후 벌어진 잡다한 혼란보다도 더 치명적인 내면적 갈등이 발
생한 시기였다고 할 수 있다. 해방기에는 그래도 나름대로 나라 만들기라는
환희의 시대가 펼쳐지기도 했다. 남인수의 「감격 시대」라는 노래가 불리던
시대였던 만큼 새로운 나라 만들기에 박차를 가할 수 있었다. 쌀 배급을 받아
야 할 만큼 빈궁했고 전재민으로 인해 혼란스러웠음에도 그런대로 활기가
넘쳐났다(천정환, 2008: 1). 나라 만들기에 동참했던 사람들이 다수였든 소수
였든, 조직적이었든 그렇지 않았든, 또는 관심이 지대했든 무관심했든 간에
이는 진실에 해당했다. 그렇지만 전쟁이 지나간 한반도 전역에는 모든 것이
무너지고 복구의 가능성을 찾을 수 없는 황폐함만이 가득했다.

그런데 오히려 제도가 정비되는 기간은 해방기보다 짧았다. 이는 아마도
1948년 정부가 조직된 이후 제도가 어느 정도는 국민 속으로 파고들어갔기

때문일 것이다. 정부를 세워봤던 경험이 전무하고 국민 또한 정부를 겪어본 바가 전혀 없었기에, 이승만 정부는 '여순 반란' 사건을 진압하는 과정에서 국민들에게 정부를 각인시키기 위해 다양한 노력을 기울였다(임종명, 2005: 107). 즉, 여순 반란을 진압하는 과정에서 정부 스스로 자신들의 체계와 제도적 시스템을 빠르게 세워나갔으며, 이처럼 체계화되고 제도화된 정부의 실체를 언론을 통해 전달하는 데 전심을 다했다. 그 결과 국민들은 정부의 이데올로기적 호소에 손쉽게 동원되기 시작했다. 더구나 한국전쟁은 미국의 물적 지원에 힘입은 정부가 물리력과 이를 기반으로 한 이데올로기 선전성을 확보하도록 하는 데 최고의 계기를 만들어주었다. 이러한 물리력 확보와 적대적 대북 이데올로기를 통해 이승만 정부는 국민들을 폭력적으로 동원할 수 있었고 이에 따라 국민/비국민의 선명한 금 긋기에 성공할 수 있었다.

이처럼 위로부터의 통제력 확보에 성공한 권력은 이제 국민의 동의 없이 자신들에게 유리한 방식으로 다양한 제도를 구축해나가기 시작했다. 그 제도들의 핵심은 자유민주주의 원칙의 구체화라고 할 수 있다. 형식적일망정 삼권분립이 만들어졌고 정당정치가 마련되었으며 미국식 민주주의의 구체적인 실천들이 학교를 비롯한 다양한 장소에서 실현되었다(최원식·임규찬, 2002: 29). 이 덕분에 학교와 사회의 다양한 제도적 심급에서 자유민주주의의 원칙들이 어느 정도 자리를 잡아나가기 시작했다. 여기에 권력에 비판적이랄 수 있는 ≪사상계≫의 역할이 보태져 이제 위로부터의 반공주의, 국가주의, 민족주의 이데올로기에 대항할 수 있는 이념적 동학이 문화의 부면에서 서서히 작동하기 시작했다. 문학 장의 영역에서도 실존주의와 실증주의의 영향하에 자유의 개념이 다양한 방식으로 논의되기 시작해 자유주의 이데올로기의 역동성은 그 어느 때보다도 활기를 띠었다고 할 수 있다.[1]

그러나 이러한 자유의 이념은 '본질'에 있어서는 명확하게 이분되어 나타났다. 국가가 요구하는 자유와 개인이 요구하는 자유의 대립이 그것이다. 자유당은 국가의 존폐가 걸린 시대에 있어 개인의 자유는 철저하게 억압되어야 한다는 국가적 자유를 주장한 반면 민주당과 ≪사상계≫를 위시한 반대편에서는 국가적 자유를 위해서라도 개인의 자유가 더 많이 허용되어야 한다고 주장했던 것이다.[2] 이러한 본질적 대립은 그러나 그 선명한 이분법에 비해 실제 일상생활에서는 그렇게 선명한 형태로 나타나지 않았다. 왜냐하면 이러한 본질적인 이분법은 당시의 지식 엘리트에 의해 논의되었을 뿐 일반 서민의 입장에서는 이러한 자유의 개념이 세속화되어 혼란의 개념을 띠고 있었기 때문이다.

전쟁이 휩쓸고 지나간 폐허에는 이제 방종으로서의 자유, 지적 허세로서의 자유, 무질서의 합리화로서의 자유만이 일상을 가로지르고 있었다. 작가들에게 중요한 것은 이러한 일상의 문제였다. 소설이라는 장르 자체가 일상의 문제를 형상화하는 장르이기도 했지만 무엇보다도 일상의 부패와 부정, 부조리, 그리고 그로부터 빚어진 우울, 불안, 공포 등은 작가들이 자신의 작품을 통해 해결해야 할 자유의 가장 현실적인 과제였기 때문이다. 다른 한편 일상의 자유가 아닌 자유의 이념화는 선우휘나 오상원 같은 몇몇 작가들을 제외하고는 섣불리 다가갈 수 없는 영역이었다. 이 문제는 매우 중요하다고 할 수 있는데 작가들에게 이념이란 자신의 내적 정체성의 문제와 연관되어 있기에 작가들은 이를 섣불리 수용할 수 없었던 것이다. 이념이란 단순히 지배 계급에 의해 피지배 계급에게 그대로 주입되는 것이 아니라 주체가 이를 어떻게 받아들이는가(/거부하는가), 어떤 과정을 통해 자신의 부분적 정체성

1) 실존주의와 자유의 문제에 관해서는 김건우(2003: 93~94) 참조.
2) 이에 대해서는 김진기(2008: 73 주석) 참조.

의 어느 부분을 교정하면서 이를 받아들이는가(/거부하는가) 등에 따라 다양
한 경로를 보인다.

1950년대 문학에서는 작가들이 대부분 반공주의를 승인하는 태도를 보이
고 있다. 앞서 말한 선우휘나 오상원의 경우는 그 태도가 너무나 분명해서 재
론의 여지가 없지만 여타의 작가들 또한 그러한 자장에서 자유롭지 못했다
고 추정된다.3) 그런데 이 글은 전쟁 전후의 작품에 있어 작가들의 반공주의
승인이 그렇게 확고했다고는 볼 수 없다는 가설에 기초를 두고 논의를 전개
할 것이다. 만약 모든 작가들이 애초부터 반공주의를 확고하게 승인했다면
전쟁 전후의 작품에서 그러한 모습이 확연하게 드러나야 했는데 실제로는
그렇지 않은 경우가 비일비재했다. 예컨대 박경리나 이호철의 경우는 말할
것도 없고 하근찬이나 손창섭의 전쟁 직후의 작품에서도 한동안 그런 징후
가 전혀 나타나지 않는다는 사실은 작가들이 이 새로운 이데올로기를 어떻
게 받아들여야 할 것인가에 대해 심각하게 고심했음을 반증한다. 사실 하근
찬 같은 경우 부친이 초등학교 교장으로서 인민군에 의해 살해되었는데도
초기 작품에서는 그러한 이념적 증오가 전혀 나타나지 않고 있다. 이러한 이
념적 증오가 점차 확실한 비판의 형태로 나타난 것은 「위령제」(1960), 「산울
림」(1964)에 가서였다.4) 손창섭도 「생활적」 등 초기 작품에서 공산주의에 대

---

3) 선우휘와 관련해서는 김진기(2008)의 「50년대 소설과 파시즘」, 「국가적 자유
주의와 개인의 소멸」 참조. 오상원에 관해서는 김진기·조미숙(2002) 참조.

4) 「위령제」의 경우도 그 외적 형상화와 달리 형상화 과정의 측면에서 살펴보면
외면상으로는 반공주의를 표상함에도 그것이 남한사회를 비판하기 위한 의도
적인 전략일 것이라는 측면에서 다시 살펴봐야 할 것이라고 판단된다. 남한의
작가들이 언제부터 반공주의를 내면화하게 되었는가 하는 문제는 중요한 문제
라 생각된다.

한 삽화를 작품 속에 넣긴 하지만 이는 작품과 유기적인 관련을 갖는 것이 아니라 단지 인물에 필연성을 부여하는 차원에 국한되어 있을 뿐이다. 손창섭에게 이러한 반공주의는 「잉여인간」(1959), 「신의 희작」(1961)에 가서야 '징후적으로' 드러난다. 이호철은 위의 작가들과는 반대의 경우이긴 하지만 그가 인민군의 경력을 갖고 있었음에도 그의 1950년대 작품 속에서는 그러한 성격이 징후적 독법을 통해서만 확인될 수 있다. 그가 가시적으로 공산주의와 결별하고 남한의 자유민주주의 이데올로기를 전면에 내세우기 시작한 것은 『소시민』을 쓸 즈음에서였다.

이 모든 사실은 대부분의 작가가 우리들의 선입견과는 달리 당대의 이념을 액면 그대로 수용했던 것이 아니라 그 이념을 수용하기까지 상당한 시간이 걸렸다는 것을 말해준다. 그럴 수밖에 없는 것이 이념의 문제는 '주체의 중심화'와 관련된 총체적인 성격을 띠고 있었기 때문이다. 설사 그들이 국가주의, 호전적 민족주의, 반공주의 등에 동의했다손 치더라도 그러한 이념들이 그들의 삶에 또는 그들의 작품에 전면적으로 내면화되기 위해서는 그러한 이념들이 자신의 중심화적 내적 체계 또는 자신의 정체성 속에 유기적으로 자리를 잡아가야 했다는 말이다.[5]

이 글은 그러한 가설을 입증하기 위해 1950년대의 대표작가라 할 수 있는 손창섭의 작품들을 검토해보기로 한다. 손창섭의 작품들은 병적 인물의 형상화, 존재의 무의미 천착, 해결 없음의 끝없는 재확인, 배경의 어둠 같은 몇 가지 키워드로만 분석되어왔다.[6] 그리하여 그의 작품 공간은 일상의 무의미

---

5) 내면화에 대해서는 이수원(1990)을 주로 참조했다. 4절의 내면화 논리 또한 이 논문에 근거한 부분이 많다. 이 논문은 주로 심리학적인 면에 치중해 있지만 본 글에서는 이를 맥락에 따라 수정해서 적용했다.

함 또는 비루함으로만 해석되어왔다. 연구자들의 연구경향이 이러한 몇 가
지 키워드의 한계를 넘어서지 못했기 때문이다. 그렇지만 1950년대는 민족
과 국가의 형성 및 재형성의 시기로, 민족주의와 국가주의가 모든 개인을 주
체로 호출하고자 했던 시기였다고 할 수 있다. 일상성에 함몰되어 있던 작가
또한 이러한 시대 이념으로부터 결코 자유롭지 못했을 터인데 그럼에도 손
창섭의 작품세계를 그러한 시대이념과 관련시킨 연구가 전혀 없었다는 것은
기묘한 일이라고 할 수 있다. 외견상 시대의 지배이데올로기와 무관한 듯한
손창섭의 작품을 당대의 이데올로기와 관련시켜 그의 작품세계를 새로운 각
도에서 조명하는 것이 이 글의 주요 목적이라 할 수 있다.

2. 타자에 대한 살의와 소멸에 대한 공포

손창섭의 초기 소설들은 대체로 지배이데올로기에 포섭되지 않은 세계
속에 있는 인물들로 가득 채워져 있다. 말하자면 그들은 자신들이 접하는
누구와도 동일시를 이루지 못한다. 동일시를 이루지 못하는 그들의 내면은
찢기고 분열되어 '걸레처럼', '송장처럼' 방안 한구석에 방치되어 있다. 마
치 라캉의 거울상 단계 이전의 아이처럼 자신의 신체를 가로지르는 본능적
에너지의 흐름을 경험하면서 자신의 몸이 갈기갈기 찢겨 있다고 느끼는 것
이다.[7] 그들은 말하자면 누구와도 동일시를 이루지 못한 채 국외적 방관자

---

6) 필자도 과거 이러한 접근을 시도한 바 있다. 그러나 다르게 보는 것의 중요성은
   아무리 강조해도 지나치지 않다. 김진기(1999) 참조. 과거의 방식으로 연구한
   논문과 논저에 대해서는 이 책에서 정리해놓았으므로 생략하기로 한다.
7) 그렇지만 이 시기를 거울단계 이전이라고는 할 수 없다. 오히려 거울단계에서 상

또는 아웃사이더로 존재한다. 1950년대라는 실제 세계가 호출하는 다양한 자극에 그들은 결코 반응을 보이지 않는다. 이러한 현상은 넘치는 에너지로서의 리비도가 어느 장소에도 고착될 수 없었기 때문에 발생한 것이다. 아마도 이는 자신의 리비도를 외부로부터 차단당한 '강렬한 경험'에서 비롯되었을 것이다).

「신의 희작」에는 어머니와 낯선 사내의 동침이라는 충격적인 사건이 등장한다. 이 작품은 1961년에 나온 작품으로서 손창섭의 가장 내밀한 삶의 부분을 내보이고 있다는 점에서 그가 그러한 모순적 삶으로부터 어느 정도 벗어났다는 심증을 굳히게 한다. 그는 이 작품에서 이제 자신 있게 자신의 내면을 내보이고 있다. 물론 이조차 상당히 왜곡된 또는 어느 정도 검열된 형상화의 절차를 밟았겠지만 이러한 형식을 통해서라도 자신의 가장 은밀한 곳을 보여주고자 했던 이면에는 이제 자신을 공개할 수 있다는 자신감과 그러한 공개를 통해 자신의 한계로부터 초월하고자 하는 욕망이 동시에 내재해 있다고 할 수 있다. 그런 점에서 이 작품은 그의 작품세계에서 중요한 분수령에 해당한다 할 것이다. 따라서 이 작품에서 충격적으로 소개된 그의 유년기의 삽화는 그의 초기 소설을 이해하는 데 중요한 근거를 제공한다고 판단된다.[8]

「신의 희작」의 S는 열세 살 무렵 학교에서 돌아와 우연히 어머니와 낯선 남자의 동침을 목격한다. 그때 S는 "아무래도 이런 건 보통 일이 아니라고 생각되었"고 "중대하고 싶은 사건"이라고 생각한다. S의 등장에 어머니는 S를 향해 "갸, 뒈져라, 뒈져, 요 망종아"라며 '증오에 찬' 눈길을 보낸다. 이 사건

징계로 진입하는 과정에서 발생한 충격적인 시기라고 보는 게 타당할 것이다.
8) 그렇다고 이 작품에 나와 있는 유년 시절의 모든 삽화가 액면 그대로 작가의 체험내용이라고 전제하지는 않는다. 그러나 그 내적 구조는 진실에 해당한다고 할 수 있다.

으로 S는 그것이 왜 중대한지는 몰라도 "아무튼 칵 뒈지라고 하거나, 칵 뒈지고 싶도록 싫고 중대한 사건"임에는 틀림없다고 생각한다. 이 삽화와 관련해 또 하나의 중요한 사건은 어머니가 S의 성기를 애무한 사건이다. 어머니가 '다정하게 그것을 주물러주었'을 때 밤중에 어렴풋이 잠이 깬 것이다. 그러자 "그의 그 조그만 부분은 어이없게도 맹렬한 반응을 일으"켰고 "향락하듯이 고간에 힘을 주어 꼭 끼"게 했다. 어머니는 갑자기 손을 뺐고 그를 탁 밀어 붙이듯 하고는 돌아누워 버렸다. "그 일이 왜 그런지 S에게는 늘 부끄러"움으로 남게 되었다. 이 수치심은 어머니의 동침사건과 결부되어 "희미하게나마 일종의 까닭 모를 공모의식 같은 것으로 변하면서 그의 심중에 번지어갔다"라고 기술하고 있다.[9]

어머니의 칵 뒈지라는 말에 S는 "어머니는 그 남자와 동침하기 위해서는 정말 나를 죽일지도 모른다. 어째 꼭 그럴 것만 같았다. 그는 무서운 생각이 들었다"라고 말한다.

> S는 빈방에 들어가 쓰러지듯이 누워버렸다. 왜 그런지 기운이 쭉 빠져서 꼼짝도 할 수 없었다. 남자와 부둥켜안고 있는 어머니의 모양, 증오에 찬 어머니의 눈, 자기 오줌에 젖은 얼룩진 요, 어머니의 손맛을 향락하던 자기 고간의 돌출부, 목매달고 정사한 창부의 시체, 아들 없는 며느리에게 업혀 지내기가 괴로워 자주 일가 집으로 신세 한탄하러 다니는 할머니의 초라한 모습, 이러한 영상들이 또는 박쥐 모양을 하고 또는 도깨비나 귀신의 형상이 되어 눈앞을 와글거리며 떠나지 않았다. 그놈의 괴물들 중에서는 별안간 S의 목을

---

[9] S가 수치심을 느낀 이유는 이제 상상적 욕망이 불가능한 상징계의 현실 속으로 그가 이미 들어와 있기 때문이다.

물어뜯으며, 너는 칵 죽어야 한다고 소리를 지르는 통에, 그는 비명을 지르고 몇 번이나 상반신을 일으키기도 하였다.

그러한 환영과 공포와 초조에 시달리며 얼마나 시간이 흘렀을까. S는 죽어 늘어진 창부의 시체를 눈앞에 바라보며 갑자기 비틀비틀 일어나 밖으로 나갔다. 곧장 부엌에 들어가 나뭇단을 묶어둔 새끼 오라기를 끌렀다. 그리고 부뚜막에 올라서서 발돋움을 해가며 엉성한 서까래에 단단히 비끄러맸다. 마지막으로 S는 그 줄을 팽팽히 잡아당겨 목에다 감아 매고 인제는 정말 어머니 말대로 칵 뒈져버리는 것이라고, 기묘한 승리감에 도취하며 발끝을 부뚜막에서 떼어버린 것이다. 순간 그는 목이 끊어져 나가는 것 같은 충격을 느끼며, 숨이 탁 막히고 머리가 아찔해서 정신없이 팔다리를 허우적거리기 시작했다(손창섭, 1998: 205).

위 인용에는 손창섭 소설을 설명할 수 있는 대부분의 것이 서술되어 있다. 어머니를 여성으로 치환한다면 그의 소설에서는 여성들이 왜 그렇게 자신을 괴롭히는 존재(「피해자」) 또는 성적인 존재로 등장했는지(「생활적」의 춘자, 「잉여인간」의 봉우 처), 그리고 왜 그 여성들의 성적 추파에 비판적이면서도 다른 한편으로는 끌릴 수밖에 없었는지(「유실몽」의 누이), 나아가 그 반작용으로서 여성들이 정숙한 존재로 나오기는 하지만 자신은 왜 결코 그녀(들)에게 도달할 수 없었는지(「생활적」의 춘자, 「미해결의 장」의 광순)를 이해할 수 있게 되는 것이다(터클, 1995: 77~78). 그리고 자신은 정당한 행위를 했을지라도 언제나 주눅이 들어 있거나 공포에 질려 있는 경우도 많이 등장한다. 이러한 모습들은 각각의 텍스트에서 다른 맥락에 위치해 있더라도 동일한 구조를 띠고 있다고 할 수 있다.

앞의 인용에 근거해볼 때 손창섭이 거울단계에서 상징계로 진입할 당시의 과정이 주체에게는 매우 폭력적이었음을 알 수 있다. 거울단계란 생후 6~18개월 사이의 아이들이 거울을 통해 자신의 영상을 보고 이를 자신과 동일시하는 단계를 말한다. 거울 속의 영상이 실제의 자신의 모습이 아님에도 아이는 그 상(像)을 자기라고 파악한다. 라캉은 이를 '오인'이라는 말로 표현하는데 아이는 그렇게 함으로써 분열된 자신을 통합된 이미지로 받아들이게 된다는 것이다.10) 물론 이 통합된 이미지는 실제의 자신과는 다른 것으로서 '가상'이며 그렇기 때문에 자기 자신과는 분명한 거리가 있다. 알튀세는 이러한 가상을 이데올로기라는 말로 설명하는데 이러한 가상이 손창섭에게 있어서는 상징계에 진입하는 시점에서 붕괴되어버린 것이다. 그 이유는 어머니와 낯선 남자의 동침사건 때문이다. 그 남자가 진짜 아버지가 아니기 때문에 S는 그 남자를 자신의 아버지로 받아들일 수가 없었다. 오히려 그 남자는 자신과 동일한 욕망을 가진 자로서, 라이벌이 될 수밖에 없었던 것이다. 그로부터 S의 '공모의식'이 비롯되는데 여기서 어머니를 향한 목숨을 건 인정투쟁이 발생하게 된다.11) 만약 그 남자가 진짜 아버지였다면 S는 그 남자를 매개로 해서 아버지로 표상되는 상징적 질서를 수용할 수 있었을 것이다. 하지만 그 남자는 자신과 마찬가지로 어머니를 성적 욕망의 대상으로 삼는 또 다른 '남자'였을 뿐이다. 따라서 S의 상징계 진입은 '진짜'와 '가짜'라는 두 개의 거울상으로 인해 필연적으로 분열될 수밖에 없다.12)

이 사건의 의미는 상당히 복잡한 구조를 형성해내고 있다. 먼저 '낯선 남자'의 경우, S는 그 낯선 남자를 죽이고자 하는 살해 욕망을 갖지만, 만약 그

---

10) 이에 대해서는 터클(1995: 77~78) 참조.

11) 헤겔의 인정투쟁에 대한 라캉식 해석은 사립(1994: 59~64) 참조.

12) 실재계·상상계·상징계에 대해서는 권택영, 「라캉의 욕망이론」, 권택영 엮음 (1995: 15~16) 참조.

럴 경우 S는 상징계로부터 영원히 축출되어 실재계, 곧 의미화 불능의 세계
로 전락하고 만다는 딜레마에 빠진다.[13] 왜냐하면 낯선 남자가 갖고 있는 욕
망은 또한 S가 가지고 있는 욕망이기도 해서 그 남자에 대한 살해 욕망은 스
스로 근친상간의 억압이라는 상징계를 위반한다는 의미를 갖고 있기 때문이
다. 따라서 낯선 남자를 죽이고자 하는 욕망은 S의 상징계 진입을 지속적으
로 유보시키는 기능을 할 수밖에 없다.[14] 그런데 이는 어머니를 향한 목숨을
건 인정투쟁과 맞물려 있으므로 어머니의 선택이 S에게 갖는 의미는 지대하
다고 할 것이다. S의 기대와 달리 어머니가 했던 "칵 뒈져라"라는 말은 S에게
어머니 또는 여성에 대해 이중상을 갖게 만든다. 어머니 또는 여성이 욕망의
대상이면서 욕망을 배신하는 불신의 대상으로 분열되기 때문이다. 앞의 인
용에서 S가 자살을 감행하면서 '기묘한 승리감'에 도취되는 까닭은 분열된
거울상으로 인해 죽음에 대한 공포와 죽음을 통한 복수라는 이중구조가 그
의 내면에 자리 잡고 있었기 때문이다. 죽음에 대한 공포와 죽음을 통한 복수
라는 이중구조는 어머니가 강렬한 동일시의 대상이기도 하면서 동시에 증오
의 대상(자기를 밀어내는 "칵 뒈져라"라는 어머니의 말)이라는 것과도 같다. 어
머니에 대한 증오는 어머니를 창녀로 이미지화시키지만 그와 반대로 어머니
에 대한 강렬한 동일시 욕망은 그러한 이미지화에 대한 죄의식을 불러와 자
신을 죽이고(자살 충동) 어머니를 신성시하려는 욕망으로 전이된다. 이 신성
의 이미지는 그의 소설 도처에서, 예컨대 「유실몽」의 춘자, 「미해결의 장」의
광순, 「미소」의 소녀, 「잉여인간」의 아내와 홍인숙, 『낙서족』의 상희 등으로

---

13) 위 인용에서 환상적인 공포는 그러한 실재계를 반영하고 있다.
14) 가짜아버지와 살해욕망, 그리고 욕망의 지연에 대해서는 자크 라캉, 「욕망,
   그리고 햄릿에 나타난 욕망의 해석」, 권택영 엮음(1995) 참조.

끊임없이 변주되어 나타나고 있다. 어머니에 대한 양가감정은 창녀와 신성의 양극단 사이를 불안하게 교차하고 있는 것이다.[15)

유년기의 이러한 무의식적 구조, 말하자면 타자에 대한 살의와 소멸에 대한 공포는 그의 초기 소설을 결정짓는 중요한 구조다. 그의 소설은 대체로 이러한 무의식적 구조의 자장 속에서 움직이고 있기 때문이다. 이러한 구조로 말미암아 그의 상징계 진입은 파탄에 이르고 그의 소설 속 인물들은 상징계적 현실에 적극적으로 대처하지 못하고 "나는 부모도 형제도, 집도 돈도, 고향도 조국도 아무것도 없는 놈"이라고 외치거나 아니면 마치 '걸레처럼' 또는 '송장처럼' 방 한구석에 처박힌 채 극도의 우울을 견뎌야 한다. 이러한 구조가 작동하는 손창섭 소설에서 인물들이 파악하는 상징계적 현실이란 위선과 사기와 허세와 폭력일 수밖에 없으며 이를 달리 표현하면 '믿을 수 없는 타자들의 세계'라 할 수 있다.

「생활적」은 유년기의 삼각 구도가 그대로 드러나 있는 작품이다. 동주와 사실혼(?) 관계에 있는 춘자는 봉수의 '꾀임'에 '적극적으로' 빠져 동주를 버리고 봉수와 우동가게 개업에 나서게 된다. 동주와 춘자와 봉수는 「신의 희작」의 S와 어머니와 낯선 남자의 변주적 인물이라 할 수 있다. 따라서 봉수는 마약 밀매를 하면서도 이것을 사업 확대로 표현하고, 순이가 죽기를 바라면서도 귀가 때마다 "오늘두 무사히 넹겠군, 똑 죽었을 것만 같아서 꽤니 걱정했다"라고 말하며, 온갖 감언이설로 결국 춘자를 '나'에게서 빼앗아 자기의 것으로 삼으면서도 하등의 죄의식도 보이지 않는 위선적인 인물 또는 믿을 수 없는 인물로 등장하는 것이다. 손창섭 소설의 인물들은 도무지 타자들을

---

15) 오이디푸스 단계에서의 아버지, 어머니, 아이의 관계에 대해서는 터클(1995: 81) 참조.

믿지 못한다. 타자란 모두 응당 자신의 것이어야 할 것들을 송두리째 빼앗아 가는 '적'으로만 나타나고 있다. 춘자의 경우도 예외는 아니다. 그녀는 잠자리에서 세 명의 전 남편과의 사이에서 있었던 일들을 들려주며 밤마다 성을 향락하려고만 하는 창녀의 이미지로 나타나며 그럴듯한 말로 동주를 설득해 봉수와 새살림을 차리는 믿을 수 없는 인물로 나타나고 있다. 이 때문에 춘자는 우동 가게 개업 날 "가게일 때문에 오늘 밤부터는 돌아오지 못하겠노라 선언한 다음, 마치 오래 함께 살아온 부부처럼" 봉수와 팔을 끼다시피 하고 언덕길을 내려가는 인물로 형상화된 것이다.

그런데 더욱 심각한 문제는 이러한 부당한 타자에 대해 동주가 아무런 반응도 하지 못한다는 것이다. 물론 소설 전체가 자기풍자를 통해 봉수를 비난하고 있지만, 이는 서술의 층위에서 그렇다는 것일 뿐 텍스트의 층위에서 보면 동주의 반응은 전혀 나타나지 않고 있다. 그 이유는 타자에 대한 동주의 깊은 불신 때문이다. 쌍바위 샘에서 해골물이 나온다는 소문에 동네 사람 모두가 범바위 샘으로 몰릴 때 범바위 샘물을 이용하던 동주가 범바위 샘물을 포기하고 혼자 쌍바위 샘물을 떠먹었는데도 범바위 우물에 똥을 퍼다 넣은 범인으로 지목된 상황에서, 동주는 억센 사투리를 쓰는 여자들이 우물에 똥을 퍼다 넣은 사람이 틀림없이 동주라고 믿고 있을 것이기에 "그렇다면 동주가 아니라고 변명을 한대야 곧이들어주지 않을 것이 아니냐"라며 아예 포기하고 마는 것이 그 단적인 증거다. 이를 통해 우리는 유년기에 겪은 이중의 거울상과 상징계 진입 실패가 그로 하여금 타인을 불신하게 하였으며 그 불신에 대해 아무런 대처도 하지 못하는 무기력과 무대책으로 스스로 고통받고 있음을 확인할 수 있다.

그 무기력과 무대책은 한편으로는 손창섭의 무의식의 구조가 타자에 대한 살의와 소멸에 대한 공포라는 극단적 이원론을 보이고 있기 때문에 나타난 것이라 할 수 있다. 이는 순이의 죽음을 대하는 동주의 태도에도 잘 나타나 있다. 현실의 악에 의해 방치된, 그래서 서서히 죽어가는 순이의 죽음에 대해 "자기는 분명히 지금도 살아 있다고 동주는 의식했다. 살아 있으니까 죽을 수 있다고 생각했다. 그것만은 자기가 확신할 수 있는 단 하나의 '장래'라고 생각하"고 있는 것에서 확인할 수 있다. 이 문장은 마치 소멸하고자 하는 욕망처럼 보이지만 사실은 죽음에 대한 공포를 역설적으로 표현한 것이라 할 수 있다. 순이를 죽게 한 이 사회의 불모성에 대한 공포가 동주를 죽음에 대한 충동으로 몰아갔을 뿐이다. 손창섭의 소설 속 인물들은 이렇듯 양 극단에 서 있기 때문에 이를 완충할 수 있는 중간지대가 모색되지 않고 있다는 것은 어쩌면 필연적이라고 할 수 있다. 이로 말미암아 현실의 악에 대해 공포와 증오라는 두 가지 방식만 나타날 뿐 에고(ego)를 방어할 수 있는 현실적 수단은 전혀 나타나지 않는 것이다.

3. 모순의 봉합 또는 지배이데올로기 응답

손창섭 소설은 초기의 혼란에서 벗어나 조금씩 자신의 내적 분열을 봉합하려는 움직임을 보인다. 자신이 서 있을 적당한 장소를 찾지 못하면 삶의 지표나 좌표의 부재 때문에 그는 언제까지나 부유할 수밖에 없기 때문이다. 이는 아버지를 찾으려는 의지 또는 상징계에 진입하려는 의지와 다를 바 없다. 막연한 현실비판보다는 구체적인 좌표와 지표를 설정함으로써 폐쇄적 회로를 벗어나려는 손창섭 소설의 변화는 먼저 국가의 발견에서 찾을 수 있다. 사실 손창섭 초기 소설에서는 국가가 그다지 의식적으로 추구되지는 않았다. 초기작이라 할 수 있는 「비오는 날」에서 국가는 개인들을 강제적으로 전쟁

터로 끌고 가는 존재로 묘사된다. 이는 개인들의 사적 영역을 여지없이 파괴하는 폭력으로 개인들에게 다가간다. 개인들은 강제로 끌려갈 뿐 국가의 부름에 적극적으로 응답하지는 않는다. 오히려 동욱의 경우 동옥을 위해서라도 국가의 호출을 피해 다녀야 할 판이다. 따라서 다음 인용에서 동욱이 보이는 군대라도 가야겠다는 의지는 단지 푸념에 불과할 뿐 국가의 호출에 적극적으로 응답하는 자세는 아니다.

> 술이 몇 잔 들어가 얼근해지자 동욱은 초상화 '주문도리'를 폐업했노라고 했다. 요즘은 양키들도 아주 약아져서 까딱하면 돈을 잘리거나 농락당하기가 일쑤라는 것이다. 거기에다 패스 없는 사람의 출입을 각 부대가 엄중히 단속하기 때문에 전처럼 드나들 수가 없다는 것이었다. 며칠 전에는 돈 받으러 몰래 들어갔다가 순찰장교에게 걸려서 하룻밤 멍키 하우스의 신세를 지고 나왔다는 것이다. 더구나 요즈음은 국민병 수첩까지 분실했으므로 마음 놓고 거리에 나와 다닐 수도 없다는 것이다. 분실계를 내고 재교부 신청을 하라니까, 그 때문에 동회로 파출소로 사오 차나 쫓아다녀 봤지만 까다롭게만 굴고 잘 들어주지 않는다는 것이다. 까짓 거 나중에는 삼수갑산엘 갈망정 내버려둘 테라고 했다. 그래 차라리 군에라도 들어가 버릴까 싶어, 마침 통역장교를 모집하기에 그 원서를 타러 나왔던 길이노라고 했다. 어디 원서를 좀 구경하자니까 동욱은 닝글닝글 웃으며, 수속이 하두 복잡하고 번거로워 아예 단념하고 말았다는 것이다(손창섭, 1998: 19~20).

사실 동욱은 불구이자 혼자서는 도저히 살아갈 수 없는 동옥 때문에라도 함부로 군대에 갈 수 있는 처지가 아니다. 이 때문에 동욱은 전쟁기에 생명이나 다름없는 국민병 수첩을 분실하자 동회로 파출소로 "사오 차나 쫓아다닐" 수밖에 없었던 것이다. 따라서 비극의 시작은 동욱의 실종(강제 징집 또는 국가폭력)에 있는 것이지 동욱의 '돈' 실수에 있는 것은 아니다. 그럼에도 서술자가 동욱이 행방불명된 비극의 원인을 '뒷방에 살고 있는 노파'나 새로운 집주인에게서만 찾고 있다는 것은 아직 그가 국가에 대해 그리 심각하게 생각하고 있지 않음을 반증한다. 이 말은 달리 말하면 아직 국가의 문제가 그의 유년기를 결정한 무의식적 구조와 유기적으로 만나지 못했음을 의미한다. 이 삽화에서 국가는 단지 인물들 간 사적 생활의 한 부분으로만 제시되어 있다. 이런 '부분성'은 「생활적」에서도 나타난다.16) 「생활적」에서도 공산 치하의 공포가 잠시 스치듯 언급될 뿐 그 공포가 작품 전체의 유기적인 구조와 필연적인 관련성을 갖지는 않는다. 「생활적」은 봉수와 춘자, 순이와의 비극적인 또는 희극적인 운명에만 초점을 맞추어 구조화되어 있을 뿐이다.

그리고 돈만 있을 말이면 양귀비나, 삼천 궁녀라도 거느릴 수 있다는 것이다. 그러기에 자기는 어떠한 시대에나 돈 모으는 데는 자신이 있다는 것이었다. 왜정 시대에는 만주에서 북지로 넘나들며, 금지되어 있는 아편 장사를 대대적으로 하였고, 이북에 있을 때에는 그렇게 악착같이 들볶는 공산주의자들 틈에서 그래도 고래등 같은 기와집이 일 년에 한두 채씩은 꼭꼭 늘어갔노라고 했다(손창섭, 1998: 44).
훈기에 섞여 배어드는 지린내와 구린내를 어쩔 수 없듯이, 젖은 옷처럼 전신에 무겁게 감겨드는 우울을 동주는 참고 견디는 도리밖에 없다고 생각하는 것이었다. 오늘날까지 삼십여 년간 모든 것을 참고 견디오만 오지 않았느

---

16) 부분들이 중심화의 원리 속에서 내면화된다는 논의에 대해서는 이수원(1990: 63) 참조.

냐! 죽음까지도 참고 살아오지 않았느냐 말이다. 동주의 감은 눈에는 포로수
용소 내에서 적색 포로에게 맞아 죽은 동지의 얼굴이 환히 떠오르는 것이었
다. 따라서 올가미에 목이 걸린 개처럼 버둥거리며 인민재판장으로 끌려나
가던 자기의 환상을 본다. 동시에 벼락같이 떨어지는 몽둥이에 어깨가 절반
이나 으스러져 나가는 것 같던 기억. 세 번째의 몽둥이가 골통을 내려치자
<윽> 하고 쓰러지던 순간까지는 뚜렷하다. 동주는 그만 가위에 눌린 때처
럼 <어, 어> 하고 외마디 신음 소리를 지르고 몸을 꿈틀거리며 돌아눕는 것
이다(손창섭, 1998: 45~46).

위 두 인용에서 공산주의가 갖는 의미는 어딘가 모순에 차 있는 듯하다. 앞
의 인용에서는 봉수의 '악'과 그 '악'을 '악착같이 들볶는' 공산주의자들을 대
비시켜 공산주의를 의미화하고 있고 뒤의 인용에서는 자신의 결백과 견딤을
공산주의와 대비시켜 공산주의를 의미화하고 있는데 이 두 경우에서 공산주
의의 의미화가 상호모순을 일으키고 있다. 공산주의에 대한 손창섭의 태도는
이처럼 매우 모호하다. 「생활적」에서 공산주의의 의미는 전반적으로 매우 부
정적이다. 이는 「사연기」에서 이북에서 벌어진 동식·성규의 인민재판사건이
의미하는 시대적 내용이나 「잉여인간」에서 천봉우가 비정상적인 모습을 보
이게 된 연유 — 적 치하에서의 공포 — 와 유사하게 부정적이다. 그렇지만 『낙
서족』에서는 도현의 숙부가 일제와 싸우는 공산주의자로 등장하며, 「신의 희
작」에서는 S가 평양을 떠날 수밖에 없었던 이유가 자신의 불구성에 있지, 흔
한 이데올로기 공세처럼 악랄한 공산주의자들 때문은 아닌 것으로 묘사된다.

즉 이 시기의 손창섭은 아직 의식적으로 이데올로기와 만나고 있지 않은
것이다. 말하자면 이데올로기가 아직은 그의 사적 영역에 개입하고 있지 못
했다고 할 수 있다. 「사연기」에 나오는 이북에서의 동식/성규의 인민재판사

건은 그들의 애정과 관련된 심리 분석에서 보조적인 역할을 할 뿐이며 인민
재판사건은 이 애정의 삼각관계와 전혀 무관한 서사 바깥의 것이었다고 할
수 있다. 이는 앞의 인용에서 나오는 공산주의자들에 대한 공포를 떠올리는
장면에서도 마찬가지라고 할 수 있다. 이러한 삽화들은 서사에 전혀 관여하
지 못하고 하나의 장식으로서만 등장하고 있다. 그럼에도 손창섭이 공산주
의자들 또는 이북의 폭력성을 지속적으로 서사 속으로 끌어들이는 이유는
뭘까.

추정할 수 있는 바는 손창섭이 공산주의자 또는 이북의 정치에 대해 몇몇
체험을 겪은 것만은 틀림없다는 것이다. 그러나 그 체험이 자신의 에고를 보
존하는 정체성의 구조와 유기적으로 맞물릴 수 없었기에, 다시 말해 상징체
계를 형성하는 데까지는 나아가지 못했기에 이 체험들은 조각조각 흩어진
채 작품 속에 산재해 존재할 뿐이다.17) 따라서 이북 또는 공산주의자와 관련
한 삽화가 삽입되어 있다고 해서 이를 정체성이 구축되어가던 「잉여인간」과
「신의 희작」에 나타난 삽화와 동일시할 수는 없다. 후기의 소설에 나타난 이
삽화는 정체성의 구조 속에 스며들어 있다는 점에서 비로소 서사적 의미를
띠게 되었기 때문이다.

하지만 「혈서」에 이르면 사정은 달라진다. 이 작품은 그동안 서술자가 초
점화자의 내면을 번갈아가며 조명한다는 점에서 서술의 객관성을 보여준다
고 평가되어왔다. 그렇지만 작품의 주요 인물, 특히 준석과 달수는 타자에 대
한 살의와 소멸에 대한 공포라는, 손창섭 내면의 화해할 수 없는 두 가지 계
기를 대결시키고 있다는 점에서 이 작품이 이전 손창섭 소설의 기본 구조를

---

17) 동주가 반공포로수용소에서 풀려나온 지 얼마 되지 않았는데도 거기에 대한
자의식이나 그 사실이 서사에 개입하는 경우는 전혀 없다.

충실하게 따르고 있음을 확인할 수 있다. 그럼에도 이 소설은 사적 영역을 초월해 문제를 객관적으로 조망하려는 의지가 잠재되어 있다는 점에서 주목할 만하다. 다시 말해 달수와 준석의 대립이 단순히 이전의 대립구조를 반영하는 것이 아니라 국가라는 기표가 등장함으로써 이 인물들을 새로운 국면으로 진입하게 한다는 것이다. 이와 관련해 이 인물들도 세분화되어 이전의 분열상이던 두 가지 측면이 달수와 준석으로 분화되고 거기에 규홍이라는, 이들을 조망하는 제3의 인물이 등장한다는 사실은 손창섭의 현실분석이 본격적으로 진행되고 있다는 증좌라 해도 좋을 것이다. 규홍은 사실 이 작품에서 서사에 적극적으로 참여한다거나 준석과 달수를 중재하는 인물이라기보다 작품의 한구석에 상징적으로 존재하는 인물이다. 그럼에도 이 인물은 이전의 소설에서는 찾아볼 수 없었던 인물군에 속한다 할 수 있다. 굳이 분류하자면 「인간동물원초」의 통역관이나 「잉여인간」의 서만기의 맹아적 형태라 할 수 있다. 이는 이제 손창섭 소설에 단순히 서술의 층위에서가 아니라 텍스트의 층위에서 화해할 수 없는 갈등을 중재할 수 있는 초월적 존재가 나타나기 시작했다는 것을 의미한다.[18]

이러한 특성은 「비오는 날」의 원구나 「사연기」의 동식과 비교하면 금세 알 수 있다. 초월자는 텍스트의 층위가 아니라 이 두 인물을 서술하는 서술자의 층위에서만 존재하고 있다. 이 두 인물은 서사에 참여하고 있기는 하지만 결코 초월적이지는 못하다. 이들은 개인적 딜레마에서 벗어나지 못하는 「생활적」의 동주나 「유실몽」의 '나'와 유사하다. 한편 「혈서」와 유사한 시기에 발표된 「미해결의 장」에 등장하는 지상이라는 인물에는 이 두 가지 성격이 섞여 있다는 점에서 「미해결의 장」은 「혈서」의 구조와 유사하다 할 수 있다.

---

18) 손창섭 소설의 초월적 기표에 대해서는 김진기(1999: 97~105) 참조.

「미해결의 장」에서 지상은 해결(집을 떠나는 것)과 미해결(수모를 견디며 집에 있는 것) 사이에서 방황한다는 점에서 「혈서」의 준석과 달수의 대립을 유사하게 반영하고 있다. 그렇지만 그가 '대장'을 위시한 진성회 회원에 대해 분연히 떨쳐 일어나 가차없이 비판하는 것은 초월적 위치에 있을 때라야 가능한 것이다. 말하자면 손창섭 소설에서는 이때부터 초월적 존재가 서서히 나타나기 시작했다고 볼 수 있다.

이는 준석이라는 인물이 집착하고 있는 국가라는 기표와도 밀접한 관련을 맺고 있다. 창애를 둘러싸고 달수와 설전을 벌이던 준석은 달수와 다를 바 없는 충동의 두 가지 측면 ─ 타자에 대한 살의와 소멸에 대한 공포 ─ 가운데 하나를 표출하는 것에 불과하다. 그렇지만 준석은 창애의 임신과 관련한 달수와의 설전에서 스스로를 방어할 수 없게 되자 느닷없이 국적을 들먹이면서 악을 쓴다.

"이 자식아 창애의 배가 불렀건 꺼졌건, 그게 나하구 무슨 상관이 있단 말이냐? 창애의 배는 어디까지나 창애의 배지, 내 배는 아니다. 창애 배가 부른 게 어째서 내 죄란 말야?"

하고, 악을 쓰듯이 들이대는 것이었다.

"나두 잘 몰라. … 나는 왜 그런, 쓸데없는 말을 했을까?"

달수는 울음과 웃음이 반반씩 섞인 그 비극적인 표정으로, 영문 모를 소리를 간신히 그렇게 중얼거렸을 뿐이었다.

"이 육실할 자식아. 너는 국적(國賊)이다. 병역 기피자니까 너는 국적이나 같아. 이 자식 어디 견디어봐라. 내 당장 경찰서에 고발하구 만다. 너 같은 건, 너 같은 악질은 문제없이 사형이야, 사형. 내 당장 가서 고발하구 올 테다."

준석은 일어서 나가려고 하는 것이다. 그제야 규홍이가 따라 일어서며 준석의 소매를 붙잡았다.

"아냐 못 참어. 절대로 못 참어. 이건 내 개인 문제가 아냐. 국가적 문제야. 이런 가짜 대학생을, 이런 기피잘 그냥 둬?"

준석은 소매를 뿌리치고 한사코 나가려고 버둥거렸다. 그런 걸 규홍이가 겨우 붙들어 앉히었다. 할 수 없이 주저앉기는 했으나 준석은 그래도 성이 가시지 않는 모양이었다.

"어이 무턱, 넌 국적이야. 넌 기피자란 말이다. 그래 군대에 나갈 테냐, 안 나갈 테냐? 낼이라두 당장 입대할 테냐, 안 할 테냐?" (손창섭, 1998: 146~147)

이러한 변화는 이후 손창섭 소설의 지배적인 구조로 자리 잡게 된다는 점에서 중요한 결절점이라 할 수 있다. 달수, 준석, 규홍은 「잉여인간」의 천봉우, 채익준, 서만기 세 인물에 각각 대응된다는 점에서 「잉여인간」의 원형적 구조가 비로소 탄생하고 있다고 봐야 한다. 무엇보다도 눈여겨봐야 할 것은 준석이 '국적'을 부르짖으며 광기 어린 모습을 보이고 있다는 사실이다. 이는 국가라는 기표가 처음으로 인물의 정체성 구조에 기입되는 순간이다. 이는 죽음 충동으로 치닫던 이전의 내면에서 벗어나 적극적으로 현실의 주인인 기표를 만나 그 누빔점을 기반으로 해서 자신의 내면으로부터 구원받고자 하는 시도라는 점에서 또는 소멸에 대한 공포감으로 폐쇄적이던 주체가 적극적으로 현실의 한 위치에 고정되고자 하는 최초의 시도라는 점에서 중요한 변화라 할 수 있다. 이 주인 기표의 등장으로 말미암아 계열에 속한다고 할 수 있는 '경찰서', '고발', '사형', '악질' 같은 이데올로기적 국가기구의 함축적 표현들이 전면에 등장하고 있으며 거기에 적극적으로 편입되고자 하는 욕망이 강하게 드러나고 있다. 이제 국가는 사회의 악을 처벌할 수 있는 숭고한 존재로 부상하고 주체는 그 숭고함 속에서 이데올로기적 호출에 적극적으로 응답하는 주체로 거듭난다. 국가에 의탁함으로써 기존의 폐쇄성에서 벗어나 현실 속에서 순결한 존재로 재탄생하고자 하는 이러한 욕망의 배후에는 기왕의 해결 없는 폐쇄회로에서 벗어나려는 고통스러운 몸부림이 존재한다.

그렇지만 준석의 욕망은 그러한 기표를 확보했음에도 불구성을 면치 못한다. 준석이 한쪽 다리가 없는 불구로 등장하는 이유도 거기에 있다. 이러한 불구적 욕망은 방관자적 인물로 묘사되는 규홍의 내면에도 그대로 존재한다. 규홍의 내면은 거의 노출되지 않지만 그가 쓴 '혈서'라는 시의 내용을 보면 그의 내면이 얼마나 광기에 사로잡혀 있는가를 여실하게 알 수 있다. "혈서 쓰듯 / 혈서라도 쓰듯 / 순간을 살고 싶다"는 시구에서 '혈서'나 '순간'이 함축하는 죽음 충동은 준석의 내면과 하등 다를 게 없기 때문이다. 그럼에도 규홍이 침묵을 지키고 있다는 것은 그러한 욕망이 본질적으로 충동에 사로잡힌 광기임을 스스로 성찰하고 있다는 증좌다. 말하자면 이 세 명의 인물은 손창섭 내면의 세 층위로서 죽음 충동, 소멸공포, 현실원칙을 각각 반영한다고 할 수 있다.

죽음 충동의 방향으로서 준석의 리비도가 국가에 고착된 상황에서 작가는 이러한 충동을 현실화할 수 있는 방도를 찾을 수밖에 없다. 따라서 규홍이라는 인물형을 모색한 것은 작가가 현실적으로 그 방도를 어떻게 찾을 것인가에 대해 고심하고 있다는 것으로 해석할 수 있다.

4. 반공의 내면화와 민족적 정체성

내면화와 정체성은 유기적인 관계 속에서 형성된다. 내면화를 통해 정체
성이 변화하고 정체성을 통해 내면화가 비로소 가능해지기 때문이다. 그러
나 주체가 거울단계를 거쳐 오인의 형식으로 정체성을 형성하기 때문에 내
면화는 정체성의 영향을 지배적으로 받는다고 할 수 있다. 정체성이란 거울
상 앞의 아이가 자신과 거울의 자기 영상과의 동일시를 통해 자신에 대한 통
합된 이미지를 발견함으로써 형성될 수 있다. 그렇지만 거울상의 이미지는
'나'가 아닌 타자다. 따라서 이 정체성은 자신과 외부의 객체를 동일시하는
범주적 오해를 통해서만 자신의 에고를 얻을 수 있다는 점에서 소외된 동일
성이라 할 수 있다(임진수, 1996: 257). 알튀세는 이데올로기가 이러한 거울상
의 주체형성과 동일한 과정을 통해 주체화되는 것이라고 주장한다. 주체는
상징계에 진입하고 나서도 여전히 이자관계적 거울상(오브제 프티)의 영향하
에 존재하는데 이데올로기와 주체의 관계는 이러한 영상적 관계의 표상과
관련이 깊다는 것이다. 이는 이데올로기의 작용이 주체를 상징적 단계에서
거울단계로 퇴행시킴으로써 효과를 거둔다는 말과도 같다. 따라서 알튀세는
이데올로기가 반사적인 것, 즉 거울구조이며 모든 이데올로기는 생산관계를
표상하는 것이 아니라 생산관계와 그로부터 파생하는 관계들에 대한 개인들
의 관계를 표상한다고 주장한다.

이에 따라 개인은 자기 정체성의 기원이 바로 자신이라고 믿는다. 그 이유
는 개인이 이데올로기와 자신을 구별해내지 못하기 때문이다. 다시 말해 주
체는 자신이 이데올로기와 자신을 동일시하고 있음을 망각함으로써 이데올
로기적 정체성을 자유롭게 수용하고 또 사회적 실천을 자유롭게 수행한다.
따라서 주체의 사회적 실천들은 이데올로기에 의해 고무된 결과이지 자유로

운 성찰의 결과는 아니다.19) 「혈서」에 나타난 국가, 즉 주인 기표는 아직까지 그 실체를 찾지 못했다고 할 것이다. 왜냐하면 국가이데올로기를 수용할 경우 그것이 자신의 소외를 망각시키고 자신의 주체성을 마음껏 실천할 수 있는 '계기'를 제공해주긴 했지만, 그 계기를 통해 그 내용적 실체를 어떻게 확보해야 할 것인가는 다시금 모색해나가야 할 과제였기 때문이다. 그 모색은 지난한 과정을 통해 이루어진다. 예컨대 「미해결의 장」에서 지상은 '대장'을 위시한 세 사람이 국가 민족과 인류 사회를 위해 진실하고 성실한 일을 하다가 죽자고 외치고 있음에도 이에 대해 맹렬한 공격을 퍼붓는다. 진성회 회원들(대장, 문선생, 장선생)은 이 지구상에서 자기네 세 사람만이 가장 진실하고 성실한 인간이라고 생각하고 있고 따라서 민족과 인류를 위해 진실하고 성실한 일을 할 수 있는 인재도 역시 자기들뿐이라고 자신하고 있기 때문이다. 이에 대해 지상은 자신의 텍스트 내 성격(미해결의 우유부단함)도 망각한 채 "그렇다. 나는 진성회에 관해서 여기에 몇 마디 적어두어야 하겠다"라고 단호하게 반응한다. 그리고 그들이 '제1차 총회'에서 '나'에게 준회원의 자격을 부여하자 "진성회의 정회원이 될 바탕이 내게 있다면 사실 나는 마지막이라는 생각이 들었다"라고 할 정도로 거부반응을 보인다.

지상이 이렇게 반응하는 것은 그가 현실 질서에 대한 전면적인 거부감 또는 규격품적 인간에 대한 전면적인 경멸 또는 타자에 대한 가학 충동적 불신 ─「신의 회작」에 따르자면 '무모한 반항심과 복수심' ─ 을 갖고 있었기 때문이다. 다시 말해 지상은 국가라는 기표에 고착하기는 했지만 그 기표의 순수성을 훼손하는 어떠한 것과도 타협할 수 없었다는 것이다. 자기 혼자로는 어떠한 삶도 불가능한 기생적 존재들이 국가와 민족을 들먹인다는 것 자체가 허

─────────

19) 알튀세의 이데올로기 개념에 대해서는 알튀세(1991: 149~152) 참조.

위와 위선이기에 손창섭은 어머니와 낯선 남자의 동침사건으로 자극된 불신과 그로부터 형성된 극도의 결벽증을 지닌 사람으로서 그들의 부정적 삶의 태도를 순순히 받아들일 리 만무했다. 그렇지만 그렇게 그들을 비판한다고 해서 국가와 국가의 미래와 관련된 이데올로기를 통해 자신의 정체성을 형성해나가려는 주체의 의도가 쉽게 달성될 수 있는 것은 아니다. 지상은 여전히 집을 나갈 것인가 아니면 머물 것인가에 대해 해결을 보지 못하고 있기 때문이다. 이러한 해결은 「고독한 영웅」에 가서야 비교적 현실적인 형태를 보일 뿐이다. 교육의 원칙과 현실의 부조리한 관행 사이에서 내려진 인구의 결단은 상식적인 무리의 수준에서 이야기할 것이 아니다. 그렇지만 인구의 행위가 일종의 반동일성으로서 동일성과 언제든지 공모할 수 있는 불안한 성격을 내포하고 있다고 할 때 「잉여인간」, 「신의 희작」은 그 안티테제로서 필연적으로 모색되어야 할 세계였다고 하겠다.

이와 같은 문맥에서 보면 「잉여인간」은 손창섭 작품세계에서 필연적으로 모색될 수밖에 없는 불가피한 창작적 산물이었다고 할 수 있다. 이 작품에서는 그동안 손창섭 소설에서 지속적으로 등장했던 인물유형이 그대로 변주되고 있다. 「혈서」의 규홍, 준석, 달수는 이 작품에서 서만기, 채익준, 천봉우라는 이름으로 바뀌어 등장한다. 여기서 중요한 것은 손창섭이 서만기라는 인물을 그려낼 수 있었다는 데 있다. 이 인물은 「혈서」의 규홍이나 「인간동물원초」의 통역관과 같이 초월적 인물이긴 하지만 그들보다는 삶의 형식과 내용에 있어 상당히 구체적인 진전을 보이고 있다는 점에서 차별화된다. 「잉여인간」에 등장하는 세 명의 인물은 작가 손창섭의 내면적 성격을 고루 나누어 갖고 있다는 점에서 모두 작가의 분신에 해당한다고 할 수 있다. 그뿐만 아니라 이들은 이전의 인물군과 달리 상당히 현실적이고도 구체적으로 형상화되어 있다는 점에서 작가가 자신의 극단적 반동일성의 위험을 깊이 인식했다고 볼 수 있다. 말하자면 주체는 이제 착한 주체로, 동일성의 세계로, 지배이 데올로기의 응답으로 재생되고자 하는 행로를 밟기 위해 확고하게 나아가고 있는 것이다.

「잉여인간」에서 눈여겨봐야 할 인물은 채익준이다. 그는 손창섭 소설에 자주 등장하는 가학적인 죽음 충동형 인물의 변형으로서 이전에 이러한 성격을 지녔던 인물들과는 다소 다른 모습을 보여주고 있다. 그는 신문 사회면의 어느 제약회사와 관련한 기사를 읽고 분기탱천한다. 왜냐하면 그 회사가 외국제 포장갑을 대량으로 밀수입해다가 인체에 유해한 위조품을 넣어 고급 외국약으로 포장하여 기만적으로 매각해 수천만 환에 달하는 부당이득을 취했기 때문이다. 그는 이 사건 관계자를 '뜨뜻미지근한 의법 처단'만으로는 만족할 수 없다며 "대번에 모가질 비틀어버리구 말아야 돼. 아니 즉각 총살이다. 그저 빵 빵 하구 쏴 죽여버리구 말아야 돼. 그러구두 모가지를 베어서 옛날처럼 네거리에 효수를 해야 돼요. 극형에 처해야 마땅하단 말요"라고 악을 써댄다. 이런 표현을 보면 '무모한 반항심과 복수심'이라는 어린 시절 채익준의 극단적 가학성을 그대로 엿볼 수 있다. 그렇지만 채익준은 단지 그러한 반항심과 복수심만으로 일관하는 인물은 아니다. 그에게는 자신의 생활이 있기 때문이다. 가족을 구성하고 있고 가부장으로서 자신의 역할을 다하려고 최선의 노력을 경주한다. "남달리 정의감과 결벽성이 세기 때문에 사소한 부정이나 불의를 보고도 참지 못하는" 그의 성격이야 달라질 리 없지만 그렇다고 그런 성격 때문에 그가 가족에 대한 의무와 책임을 방기하고 혼자 공격적 분노로만 일관하는 것은 아니다. 말하자면 취업을 하고 싶어도 워낙 실업난이 극심해서 할 수 없는 것이고 어디를 들어간다 해도 사소한 부정이나 불의를 보면 참지 못해 직장을 때려치워서 그렇지 그러한 노력 자체도 하지 않는 인물은 아니라는 것이다. 최근 일 년 동안 양심적이고 동지적인 자본주를 얻어먹고 살기도 했고 국가 사회에도 이익이 될 수 있는 사업을 스스로 일으켜야겠다며 날마다 거리를 휘젓고 다니는 모습은 이전에 그와 유사한 유형이었지만 추상적이었던 인물들과는 확실히 차원이 다르다 하겠다.

　그 다른 모습이란 구체적으로 말하자면 거울상으로서의 국가의 요청과 국가의 강력한 개입에 의한 경제 질서의 회복이다. 그는 "소매치기나 날치기에서부터 간상 모리배도 총살, 협잡 사기한도 총살, 뇌물을 먹고 부정을 묵인해주는 관리도 총살, 밀수범도 총살, 군용 물자를 훔쳐 내다 팔아먹는 자도 총살, 국고금을 횡령해먹는 공무원도 총살, 아무튼 이런 식으로 부정 불법을 자각하면서도 사리사욕에 눈이 멀어서 국가 사회에 해독을 끼치는 행위를 자행하는 대부분의 형사범은 모조리 총살해버려야 한다"라고 주장한다. 사리사욕으로 때문에 경제 질서를 훼손한 그 어떤 형사범도 총살해버려야 한다는 이 진술의 핵심은 깨끗한 경제 질서를 토대로 한 새로운 국가 만들기나 다름없다 할 수 있다. 이는 현실의 모든 악을 청산한 새로운 국가의 창조, 곧 재생을 통한 부활의 의지나 다름없다.[20]

　　　"아니, 도둑놈에게 도대체 변명이 무슨 변명야? 그래 자넨 아직두 한국놈
　　　이 도둑놈이 아니라구 우길 수 있단 말야? 이 지구상에 우리나라처럼 도둑이
　　　들끓구 판을 치는 나라가 또 있단 말인가? 이거 봐, 만기. 덮어놓구 자기 나라
　　　를 두둔하구 추어올리는 게 애국자, 애국심은 아닌 거야. 말을 좀 똑바루 하
　　　란 말야. 그래 아무리 조심을 해두 전차나 버스를 한 번 탔다 내리기만 하면
　　　돈지갑이나 시계, 만년필 따위가 감쪽같이 사라져버리는데 이래두 한국이

────────────
20) 이 재생에의 의지란 유년기 체험에서 비롯된 타자에 대한 극단적 불신을 이데올로기적으로 변용한 하나의 표현이다. 이를 통해 보면 한 인간이 유년기에 겪은 트라우마가 그의 인생에 얼마나 큰 영향을 미치는가를 여실히 알 수 있다.

도둑의 나라가 아니란 말인가? 백주에 대로 상을 걸어가노라면 바람도 안 부
는데 모자가 행방불명이 되기 일쑤구, 또 어떤 놈이 불쑥 나타나 골목으로 끌
구 들어가서는 무조건 뚜들겨 팬 다음 양복을 벗겨가지구 달아나는 판이니,
아 이래두 한국은 도둑의 나라가 아니구 알량한 동방예의지국이군 그래. 시
장 바닥은 물론 심지어는 일국의 수도 한복판에 있는 이른바 일류 백화점이
란 델 들어가 물건을 사두 가격을 속이구 품질을 속이구 중량을 속여먹기가
여반장이니, 아 이래두 한국은 의젓한 신사국이란 말인가. 아무리 아전인수
라두 분수가 있지, 열 놈이면 아홉 놈까진 도둑놈이라 눈 뜬 채 코 베어 먹힐
세상인데, 그래두 자넨 한국이 도둑의 나라가 아니라구 뻔뻔스레 잡아뗄 셈
인가. 그야 물론 핑계 없는 무덤이 없다구 자네 말대루 도둑질 하는 놈에게두
이유야 있을 테지. 이를테면 사흘 굶어 도둑질 않는 사람 있느냐는 식으루 말
일세. 그렇지만 남은 사흘은 고사하구 닷새 엿새를 굶어두 도둑질 않구 배기
는데 한국놈은 어째서 단 한 끼만 굶어두 서슴지 않구 도둑질을 하느냐 말야.
아니, 한 끼를 굶기는커녕 하루에 네 끼 다섯 끼 배지가 터지도록 처먹구두
한국놈은 왜 도둑질을 하느냐 말야. 이러니 죽일 놈들 아냐. 복통을 할 노릇
이 아니냐 말야!" (손창섭, 1998: 303~304)

이러한 깨끗한 자본주의를 위한 전제 설파는 그가 국가라는 기표에 고착
되어 그것에 내용성을 채워 넣으려고 했기 때문에 나타난 것으로서 그의 초
기 소설의 개인적 딜레마의 세계와 비교하면 그 낙차가 얼마나 큰지 실감할
수 있을 것이다. 병적인 사적 영역에 고착되어 있던 그가 국가라는 광대한 영
역에 도달하기까지 걸린 기간은 불과 10여 년도 안 되었다는 사실을 염두에
둔다면 그의 내적 투쟁의 과정이 얼마나 지난했는가를 알 수 있다. 중요한 것
은 이러한 이데올로기적 주체로 자신의 정체성을 구축하는 시점에서 공산주

의는 확고하게 부정적으로 내면화될 수 있었다는 것이다. 「잉여인간」에서 천봉우의 공산 체험이 의미 있는 것은 그 공산 체험이 채익준이라는 국가 기표와의 관계에서 의미화되었기 때문이다. 채익준의 깨끗한 자본주의는 깨끗한 국가의 목표인데 천봉우의 적치 3개월의 공포가 이 국가적 맥락에서 언급됨으로써 비로소 반공주의가 채익준의 내면에서 진리로 받아들여지게 된 것이다.[21)]

그렇지만 반공주의가 아직 내면화된 것으로 보기는 어렵다. 진정한 내면화는 「신의 희작」에 가서야 비로소 완성된다고 할 수 있다. 무엇보다 「잉여인간」에서 천봉우의 체험은 아직 작품의 서사적 의미를 획득하고 있지 못하다. 물론 가장 큰 원인은 천봉우라는 인물 자체가 서사의 유기적 부분으로 존재하지 못했다는 데 있지만 어쨌든 이 체험은 파편적인 지식으로밖에 남아 있지 못했다. 이에 반해 「신의 희작」에서는 공산주의에 대한 체험이 서사를 이끌어가는 주 인물에 의해 수행됨으로써 비로소 공산주의라는 이념이 작품 속에 유기적 부분으로 존재할 수 있게 되었다. 이 작품에서 S는 통렬한 자기고발을 통해 상징계 진입을 적극적으로 시도하고 있다. 그의 상징계 진입은 타자들은 물론 자기 자신까지도 초월하는 초월적 방식으로 수행되고 있다. 다양한 풍자와 자기 배려로서의 회화화, 그리고 적재적소의 적개심 노출을 통해 S는 자신의 정신적·육체적 불구성을 벗어나고 있는 것이다. 이러한 적극성은 S가 이제 자신의 조각난 분열상을 봉합할 수 있는 초월적 기표 — 민족과 국가를 매개한 깨끗한 자본주의 — 를 확보했다는 증거라 할 수 있다. 규격품의 인간들, 더 큰 전망을 확보하지 못하고 우스꽝스럽게 일상에 사로잡혀 있는 속물들, 그리고 그 속물들에게 속절없이 과잉 반응하는 자기 자신까지도 넘어서서 이제 주체는

---

21) 내면화란 주어진 환경을 유기체의 기존체계에 맞게 받아들이는 동화의 과정을 거쳐야 한다(이수원, 1990: 57).

자신을 국가나 민족 또는 깨끗한 자본주의라는 초월적 기표로 정립할 수 있게 되었다.

이러한 초월성 확보로 공산주의에 대해서도 이전의 공포감을 씻어버린다. S는 남한에서 도저히 생존할 수 없어 자신의 고향인 평양으로 돌아간 뒤 친구들의 도움으로 간신히 어려운 고비를 넘긴다. 그렇지만 그는 정신적 불구성 때문에 이북 체제에 적응할 수 없었다. 그래서 그는 '반동분자'라는 낙인이 찍힌 채 남한으로 도주하게 되는데 이에 대한 자의식은 하나도 표현되지 않는다. 말하자면 자신이 반동분자여도 좋고 그 원인이 자신의 정신적 불구성 때문이어도 좋은 것이다. 그리고 경찰에 쫓겨 지방을 전전할 때 지방의 유력한 좌익계 인사를 방문해 "난 이미 목숨을 내건 지 오랜 사람입니다"라고 말함으로써 말할 수 없는 감동을 주어 "대개 한 주일 정도는 문제없이 식객 노릇을 할 수가 있게" 되기도 한다. 한편 여수·순천사건의 '폭발'로 지즈코를 범한 기택이 경찰이라는 이유로 좌익에게 피살되고 마는데 이때 S는 좌익에 대해 '빨갱이'라는 반공적 표현을 쓴다. 이 모든 삽화는 이제 그가 공산주의로부터 비로소 자유로워졌음을 말해주고 있다. 이전의 작품에서 보였던 좌익에 대한 공포는 어디에도 보이지 않는다. 달리 말하면 좌익에 대한 선을 분명히 그었다는 것이다. 이제 이후의 손창섭 소설에서는 좌익에 대한 자의식이 전혀 나타나지 않는다. 아니, 좌익 자체가 등장하지 않는다. 내면화는 중심화를 통한 부분들의 통합으로 가능하기 때문에 반공주의는 이제 초월적 기표(중심화 원리)에 수렴되어버린 것이다. 이후 손창섭은 민족주의적인 『낙서족』과 깨끗한 자본주의를 다룬 『길』, 그리고 일본 귀화 후 조총련에 경악하는 반공주의자를 등장시킨 『유맹』을 각각 발표하기에 이른다. 그렇지만 그는 그 초월적 기표(국가)가 오인에 의한 가상이었다는 사실을 끝끝내 반성하지 못했다.

5. 나오는 말

지금까지 이 글은 손창섭의 소설에 대해 기왕의 독법을 버리고 반공주의와 국가주의, 그리고 민족주의라는 키워드를 가지고 분석해보았다. 기왕의 연구경향은 주로 손창섭 소설에 등장하는 인물의 비정상성과 작품의 문체에 관심을 가졌다. 그러나 1950년대는 무엇보다 전쟁이 발발했고 그 어느 때보다도 이념에 경도된 시기였다. 손창섭이라고 해서 예외일 수는 없었다. 그럼에도 손창섭 소설을 연구하는 연구자들은 이러한 이념과 관련해서는 전혀 관심을 두지 않음으로써 그의 후기 소설을 다른 측면에서 이해할 수 있는 가능성을 차단해버렸다.

이 때문에 손창섭 소설의 연구자들은 그의 후기의 소설과 전기의 소설을 제대로 관련시키지 못했다. 「공포」나 「미소」를 쓴 작가와 『길』을 쓴 작가가 어떻게 같을 수 있었을까? 나아가 그 작가가 어떻게 『유맹』 같은 작품을 쓸 수 있었을까? 이에 많은 연구자는 손창섭의 후기 작품들을 배제하곤 했다. 그렇지만 『길』이나 『유맹』 역시 손창섭이 쓴 작품인 것만은 틀림없는 사실이므로, 후기의 작품과 전기의 작품을 연결시키기 위해서는 기존의 연구경향에서 과감하게 탈피해야 한다.

이 글은 이러한 손창섭의 전기 작품과 후기 작품을 연결시키기 위해 국가와 반공 등 지배이데올로기에 주목했다. 사실 손창섭이 공산주의에 대해 어떻게 판단했는지는 불분명하다. 분명한 것은 1960년을 기점으로 해서 반공주의라는 이념을 서서히 내면화했다는 사실이다. 이는 1960년 이전에는 그가 공산주의에 대해 의미화 또는 상징화할 방법을 찾지 못했다는 말도 된다. 공산주의뿐만 아니라 국가에 대해서도 마찬가지였다. 상징질서를 세우는 데 있어 상징계 진입에 실패한 자 특유의 불신이 혼란을 가중시켰기 때문이다.

「혈서」이후부터 국가를 발견한 그는 점차 국가를 발전시켜 마침내 채익준의 사상에까지 도달할 수 있었다. 그리고 그 누빔점이 형성됨으로써 분열된 자아상이 점차 통합되는 경향을 보이기도 했다. 「혈서」의 준석, 달수, 규홍의 관계와 「잉여인간」의 채익준, 천봉우, 서만기의 관계를 보면 등장인물들이 관계를 맺는 방식이 확연히 달라졌음을 확인할 수 있다. 무엇보다도 「잉여인간」의 세 인물은 서로 우정을 돈독히 하고 있다. 이러한 통합이 가능하고 나서야 비로소 공산주의에 대한 입장이 중심화 속에 기입된다는 점에서 반공주의도 내면화되었다고 할 수 있다. 하나의 완벽한 거울상이 등장하게 된 것이다.

그렇지만 그것이 거울상이라는 사실은 그 거울이 또 하나의 오인이라는 사실을 말해주는 것이기도 하다. 그 거울을 객관화하기 위해서는 또다시 그것을 비판적으로 부정하지 않으면 안 될 것이다. 손창섭의 소설은 거울상에 대해 비판하거나 부정하기 이전에 멈추어버렸다. 그렇지만 그의 소설은 우리 문학사에서 우리의 역사를 해독할 수 있는 중요한 텍스트로 여전히 남아 있다. 이와 관련해서는 아직도 많은 연구가 필요하다.

참고문헌 ···

1. 기본자료
손창섭. 1998. 『잉여인간』. 민음사.

2. 논문·기타
알튀세, 루이(Louis Althusser). 1991. 「이데올로기와 이데올로기적 국가 기구」. 『레닌과 철학』. 이진수 옮김. 백의.
이수원. 1990. 「내면화: 사회적 지식의 형성」. ≪한국심리학회지≫, Vol. 9.
임종명. 2005. 「여순 '사건'의 재현과 폭력」. ≪한국근현대사연구≫, Vol. 32.
임진수. 1996. 「라캉의 언어이론」. ≪문학과 사회≫, 봄호.
천정환. 2008. 「해방기 거리의 정치와 표상 공간」. 2008년 상허학회 가을 학술대회 자료집.
최원식·임규찬 엮음. 2002. 「좌담: 4월 혁명과 60년대를 다시 생각한다」. 『4월 혁명과 한국 문학』. 창작과비평사.

3. 단행본
권택영 엮음. 1995. 『욕망이론』. 민승기·이미선·권택영 옮김. 문예출판사.
김건우. 2003. 『사상계와 1950년대 문학』. 소명출판사.
김진기. 1999. 『손창섭의 무의미 미학』. 박이정.
_____. 2008. 『한국 문학의 이념적 역동성 연구』. 박이정.
김진기·조미숙. 2002. 『현대작가론』. 건국대 출판부.
사럽, 마단(Madan Sarup). 1994. 『알기 쉬운 자크 라캉』. 김해수 옮김. 백의.
터클, 셰리(Sherry Turkle). 1995. 『라캉과 정신분석 혁명』. 여인석 옮김. 민음사.

제 6 장

반공의 생산과 작가의 실천방식

1950년대 작가를 중심으로

이명희 | 숙명여자대학교 인문학부 |

1. 들어가는 말

이데올로기는 현실을 전도한 표상으로서, 이데올로기를 생산하는 쪽은 현실의 한 측면은 부각시키고 다른 측면은 억제하거나 배제하는 과정을(김동춘, 1992: 139) 거치기 마련이다.[1] 국가기구 또는 권력의 지배적이고 위압적인 이데올로기적 담화들이 여기에 속한다. 이처럼 위압적이고 지배적인 이데올로기는 문학의 장에서 표면적으로든 내면적으로든 반영된다. 따라서 이데올로기 생산이 문학작품에 어떤 방식으로 구성되었는지를 알아보는 것은 작가가 문학을 통해 이데올로기를 어떻게 구성해내고 이를 유포시켰는지를

---

[1] 이데올로기 형성은 지배 계급에 의한 정치적 조작의 산물만은 아니다. 여기에는 피지배 계급의 실천적 경험이 일정 정도 개입한다. 그러나 피지배 계급의 경험은 제한적이고 일면적이며 자기표현력과 표현수단에 한계를 갖고 있기 때문에 지배 계급이 특정한 방식대로 현실을 설명할 때 그 속에서 자신의 정신적 긴장과 경험의 의미를 수동적으로 접합시킨다(김동춘, 1992: 139).

확인하는 작업이라는 측면에서 의미가 있다.

한국의 반공주의는 "이성적 토론을 완전히 '압도하는 감각(the sense of overriding)', 따라서 모든 좌파사상에 대한 부정적 반응이나 객관적 비판을 적대적 감정으로 치환시키는 격렬한 정서의 이념적 표현이다"(조한혜정·이우영, 2000: 32). 한국전쟁이 "군대와 무기의 전쟁이었을 뿐만 아니라 하나의 거대한 심리 전장이자 이미지 싸움"(정용욱, 2004: 98)이었음을 상기한다면 한국전쟁 이후 심리전과 이미지 싸움은 더욱 견고해졌을 뿐 아니라 더욱 분명한 색깔을 형성했다고 볼 수 있다. 따라서 "정치권력의 구조적 통제를 받는 가운데 모든 매체는 정보의 다양성을 완전히 상실하고 모든 보도는 '반공', '승공', '총력안보', '국민총화', '안정과 성장 추구' 등의 공동목표에 맞추어 획일화되었다"(한지수, 1989: 119). 이런 가닥에서 보면 문학은 표현을 통해 적대적 감정이나 정서의 환기를 불러일으킬 수 있는 도구로서의 역할을 충실히 하면서 국가의 이념을 강화 또는 유포하는 데 유용하게 활용되었을 것이다.

특히 한국전쟁은 국가 강권력을 비대화시키고 권위체계를 구축했을 뿐 아니라 미국과 소련을 핵으로 한 전후 세계 냉전 체제 내에서는 남한을 극동지역의 강력한 반공국가로(김석준, 1990: 97~100) 자리 잡도록 만들었다.[2] 그럼으로써 한국전쟁은 정치적으로 강력한 반공 독재 체제를 완성시켰다. 이런 과정을 거치면서 반공주의는 민 에게 내화되었고 동시에 군, 경찰, 정보기구 등의 국가권력을 통해 시민 회에 강요되었다. 또한 남한은 경제적인 측

---

[2] 전쟁 이후 반공이데올로기 정치적 도구나 슬로건으로서뿐만 아니라 정치사회화 및 국민 교육에서 기본 가치로 정립되었다. 분단국가가 고착됨에 따라 국가 엘리트만 통일문제를 논의할 수 있도록 통일문제 자체의 논의를 금기시한 적이 많으며 '통일 좌익'이라는 식의 용공조작과 공작정치가 크게 문제되었다(김석준, 199 113).

면에서는 미국의 원조에 의해 유지되는 종속 경제 체제가 되었으며 군사적
차원에서는 강력해진 군사력으로 인해 이후 군사독재가 가능할 수 있는 단
초가 마련되었다(박명림 외, 2006: 209). 따라서 이승만 정권의 반공 체제는 한
국전쟁을 거치면서 급격히 확장되고 팽창한 군대조직에 이미 존재하던 안정
된 경찰국가의 성격이 합해져 독재병영국가의 틀을 갖추었다. 또한 대외적
으로는 '헌법에 의한 통일'을 주장하면서도 대내적으로는 '무력통일' 또는
'북진통일'을 주장했다. 여기서 통일은 '공산당을 몰아내는 것'과 동일한 의
미를 지닌다. 북한의 주권을 부인하는 이러한 국가이념은 문학작품의 표현
이나 담화 속에서 북한이란 우리를 은밀하게 파괴하는 적으로 의미화되었다
(조한혜정·이우영 엮음, 2000: 72).[3] 1950년대 반공교육의 변화를 보면 이 같은
사실을 단적으로 알 수 있다. "54년부터 반공교육을 핵심으로 하는 '도의(道
義)교육'이 강화되어 초등학교는 물론이고 중학교, 고등학교에서 반공교육
시간이 연 35시간 이상으로 의무화되었다"(김헌식, 2003: 258)는 사실은 시사
하는 바가 크다. 전쟁 이후 반공주의는 정치적 도구로서뿐만 아니라 국민교
육의 기본가치로 정립되었다는 점에서 그러하다. 따라서 반공교육의 동원에

---

3) 박정희 정권에 이르면 '통일 = 반공'의 도식에 '통일 = 발전'이라는 틀이 추가
된다. 통일이란 승공을 의미하고 그 전제는 국력을 배양하는 것이라는 논리가
주조를 이루는 것이다. 이것이 1990년대 이후 담론에서는 거지 떼를 통제하고
다루는 문제를 의미하기 시작한다. 동일화될 수 없는 인간관이 사회주의 붕괴
라는 현실을 설명하는 데 동원되는 것이다. 그뿐만 아니라 이 담론은 사회주의
체제를 인간 본성과 '대립적으로' 의미화하고 자본주의 체제를 인간 본성과
'친족적으로' 의미화하는 단순논리를 기반으로 한다. 동일한 인간 본성과 작위
적 체제와 자연적 체제라는 구분이 사회주의의 붕괴와 자본주의의 승리를 설
명하는 논리의 전부인 것이다. 따라서 통일은 우리의 논리에 의한 상대의 변화
라는 틀을 갖는다. 이 틀은 통일을 위해서는 남한 체제의 안정과 북한의 변화가
요구된다는 결론을 이끌어낸다(조한혜정·이우영 엮음, 2000: 72~89).

국가기구뿐만 아니라 사적 영역에 속한 교육기관, 종교단체, 각종 조합, 언론, 예술인, 지식인까지도 포함(유재일, 1992: 147)되었다는 지적은 과장된 것이 아니다. 이는 전쟁 상황을 통해 독재 체제를 구축하고 강화하고자 한 이승만 정권의 의도와 무관하지 않다.

따라서 1950년대에 남한이 펼친 문화정책의 이념적 지향은 표면적으로는 자유민주주의와 민족주의라고 할 수 있지만 반공회로판에 고착된 사회 구성원들은 반공 담론이 만들어낸 회로판을 통해 학교에서, 가정에서, 회사에서, 길거리에서 동질적 세계관을 가동시켰다. 이로써 반공주의는 사회의 억압을 정당화하고 그 억압을 재생산하는 언술적 도구로 쓰였다(조한혜정·이우영 엮음, 2000: 61).

이 글에서는 문학에 나타난 반공의 생산과 작가의 실천방식을 살펴봄으로써 국가이데올로기가 시행된 과정을 추적할 것이다. 이를 위해 1950년대 작가들이[4] 반공주의를 어떻게 구성했는지 살펴볼 것이다. 따라서 이 글은 작가들이 문학을 통해 반공주의를 형성하고 강화시켜나간 방식을 추적함으로써 작가들이 이데올로기를 생산한 경로를 밝힐 것이다.

---

4) 1950년 전후로 등단해 대표작을 낸, 1950년대 작가군으로 거론되는 작가는 선우휘, 오상원, 장용학, 곽학송, 송병수, 이범선, 최상규, 김성한, 손창섭, 하근찬, 서기원, 오영수, 김광식, 전광용을 들 수 있다(김우종, 『한국현대소설사』; 김윤식·정호웅, 『한국소설사』; 이재선, 『현대한국소설사』 참조). 이 중 반공주의적 작품을 쓰고 반공주의로 일컬어지는 작가는 선우휘, 오상원, 장용학, 곽학송, 서기원, 이범선, 하근찬 정도다. 따라서 1950년대 작품을 중심으로 반공의 생산방식을 엿볼 수 있는 작품으로는 오상원의 「유예」, 「모반」, 선우휘의 「불꽃」, 「오리와 계급장」, 「테러리스트」, 장용학의 「현대의 야」, 곽학송의 「김과 리」, 송병수의 「인간신뢰」, 이범선의 「학마을 사람들」, 하근찬의 「산울림」을 추릴 수 있어 이 글에서는 이를 중심으로 반공의 생산과 작가의 실천방식을 살핀다.

2. 국군과 반공주의자들의 우위성

우선 반공은 공산주의자들과 비교해 반공주의자들을 긍정하거나 그들의
인격을 높이는 방식으로 생산된다. 이는 반공주의가 공산주의에 대해 적대
적이고 배타적인 논리와 정서로 반응하는 것과 구별된다. 왜냐하면 반공주
의가 북한 공산주의 체제 및 정권을 절대적인 '악'과 위협으로 규정하고 그
것의 철저한 제거 또는 붕괴를 목표로 하는 것5)과는 달리 본 장에서 다루는
'국군과 반공주의자들의 우위성'은 배타적인 논리라기보다는 나와 우군을
포용하고 긍정하면서 적과 비교해 우월성을 드러내는 방식으로 반공을 생산
하기 때문이다. 따라서 여기서는 긍정적 인물의 행동을 어떻게 표현하면서
반공을 형성하고 있는지, 이를 통해 국군과 반공주의자들은 어떤 우위의 지
점을 점령해갔는지 살펴볼 것이다.

사실 국군과 반공주의(자)의 도덕적 우위성 확보는 반공을 구성해나가는
데 있어 중요한 구성 논리다. 때때로 이 우위성은 자연성 또는 순수성과도 상
통한다. 1950년대 문학작품에서는 반공주의(자)를 이념의 순수성 또는 때가
묻지 않은 자연성으로 이념화하면서 반공을 권위의 상징으로 구성해나간다.
따라서 반공을 순수성과 연결시킴으로써 자연스럽게 또는 부차적으로 상대

---

5) 여기에 대한 분석은 다음 절 '악의 축 구성과 반공의 표상'에서 다룬다. 물론 반
공 형성에서 배타적인 논리와 우위성의 점령 논리가 한 작품에서 자로 잰 듯이
확연하게 구분되는 것은 아니다. 오히려 겹쳐 있다고 하는 편이 옳다. 하지만
작품의 주된 논조나 분위기가 공산주의를 배제하고 적대적으로 몰면서 반공을
형성해나가는 작품이 있는 반면 국군이나 반공주의(자)를 긍정하거나 높이는
방식으로 반공을 생산해나가는 작품도 있다. 이러한 구별은 가능하다.

를 비순수 또는 부정의 표상으로 남겨둔다. 오상원의 「유예」와 「모반」은 이런 반공의 논리를 잘 보여주는 작품이다. 이들 작품에서는 반공과 연결된 인물이나 행동에 화자가 긍정(유돈주, 1993: 18),[6] 순수성, 지고한 정신, 자연성 그리고 권위라는 이미지를 형성하면서 반공주의(자)에 도덕성과 우위성을 입힌다. 이렇듯 도덕성 확보와 우위성 점거를 통해 반공을 생산해내는 것이다.

오상원의 「유예」는 국군이 총이라는 대상과 죽어가는 육체를 뛰어넘는 정신의 순수성 또는 이념성으로 인민군과 맞서도록 설정함으로써 국군의 우위성을 생산해내는 작품이다. 이때 인민군과 그들의 행동은 국군에 대해 적대적이고 배타적인 논리로 작용되지 않는다. 단지 국군이 지니는 정신의 우위성을 극명하게 드러내는 수단이나 도구로 쓰일 뿐이다.

수색대로 적의 배후에 깊숙이 들어갔다가 후퇴하는 과정에서 부하를 차례로 잃은 소대장은 인민군과의 대결에서 의연하게 죽음을 맞이한다. 그런데 의연함은 소대장에게만 해당되는 것이 아니다. 작품에 등장하는 국군은 모두 죽음 앞에 의연하다. 그들은 죽음을 앞두고 한 치의 흔들림도 없다. 이때 의연함은 지고한 정신과 통한다. 후퇴하는 과정에서 죽든 포로로 잡히든, 국군이면 모두 의연한 정신으로 죽음을 초월한다. 다음 인용에서 보듯 선임하사의 죽음을 바라보는 소대장은 죽음을 마땅히 맞이해야 할 것처럼 의식을 치르는 것 같이 대하며 죽음을 맞이하는 선임하사는 예식을 치르듯 경건하다.

조용히 눈을 뜬다. 그리고 소대장을 보자 쓸쓸히 입가에 웃음을 지었다.

---

6) 이는 "북한은 파괴, 부정, 비천함 등의 어두운 힘으로, 남한은 건전, 명예, 신뢰 등의 긍정적 힘으로 대별된다"(유돈주, 1993: 18)라고 말한 것과 무관하지 않다.

그 순간 그는 선임 하사를 꽉 움켜 안고 뺨을 비비대었다. 단둘뿐! 인제는 단 둘이 남았을 뿐이다.

"소대장님, 인제는 제 차례가 된 모양입니다."

그는 조용히 선임하사의 얼굴을 지켰다. 슬픈 빛이라고는 조금도 없다. 오 랜 군대생활에 이겨온 굳은 의지가 엿보일 뿐이다. (중략)

"사람은 서로 죽이게끔 마련이오. 역사란 인간이 인간을 학살해온 기록이 니까요. 그렇게 생각지 않으시오? 난 전투가 제일 재미있소. 전투가 일어나 면 호흡이 벅차고 내가 겨눈 총구에 적의 심장이 아른거릴 때마다 나는 희열 을 느낍니다. 그 순간 역사가 조각되고 있는 것 같이 느껴지거든요. 사람이란 별게 아니라 곧 싸우다 쓰러지는 것을 의미할 겝니다."

이것이 지금껏 살아온 태도였다. 이것뿐이다. 인제 그는 총에 맞았다. 자 기 차례가 된 것을 알 뿐이다. (중략) 햇볕을 받아가며 조용히 내려감은 눈, 비애도, 슬픔도, 고독도, 그 어느 하나도 없다(오상원, 1995: 413~414).

"역사가 조각되는 그 순간은 바로 전투에서 확인된다"라고 말하는 선임하 사의 인식 속에는 인간으로서 지니는 번민이나 고통이 존재하지 않는다. 다 만 반공을 역사라는 대명제와 연결시킴으로써 반공을 권위의 상징으로 만든 다. 이들에게 죽음은 '역사가 조각'되는 순간이다. 그러니 적의 심장에 총을 겨눌 때 '희열'을 느끼며 그 어떤 '슬픈' 빛도 얼굴에 어리지 않는다. 오로지 '굳은 의지'만이 결연할 뿐이다. 그들은 적과 맞서 싸우다 죽은 것이고 이는 역사에 남을 뜻있는 일이므로 당당하고 의연할 수밖에 없다. 이때 의연은 '이념의 순수성'을 표상한다. 왜냐하면 그들은 죽음을 초월한 경지의 세계에 있으며 이를 통해 반공은 정신의 고결함 또는 순수성을 획득하고 있기 때문 이다. 이때 작가는 의도되고 계획된 반공의 긍정적 이미지를 창출한다. 국군

모두 죽음에 의연하도록 작가는 의도된 등장인물들을 창조한다. 의연한 죽음은 고결한 정신세계를 이루고 이는 반공에의 고결함 또는 이념의 순수성을 덧씌운다.

또한 인간을 취급하는 원리로서 공산주의를 '도구'로 반공주의를 '생명'으로 구분 지음으로써 공산주의와 반공주의를 비인간성 대 인간성으로 대치시킨다. 이때 반공에 '인간성'이라는 긍정의 이미지를 부여하면서 반공을 생산한다. 이는 포로로 잡혀 죽음을 맞이하는 소대장을 통해 확인할 수 있다. 홀로 남은 소대장은 후퇴 중 어느 마을에 들어서려는 순간 국군 포로를 향해 총을 쏘려는 인민군을 목격한다. 소대장은 인민군을 향해 총을 쏘지만 오히려 자신이 포로가 되어 죽음을 맞이한다. 그런데 소대장은 자신이 죽어간다는 사실을 한없이 기뻐한다. 그 이유는 단지 자신이 '도구' 아닌 '생명체'로 죽어간다고 생각하기 때문이다. 이때 총을 쏘는 적, 즉 인민군은 자연스럽게 신성한 생명체라 할 수 없는 비인간으로 전락한다.

> "생명체와 도구와는 다른 것이오. 내 이상 더 무엇을 말하고 싶겠소? 나는 포로가 되었을 때 비로소 내가 확실히 호흡하고 있는 인간이라는 것을 알았을 뿐이오. 나는 기쁘오. 내가 한 개 기계나, 도구가 아니었다는 것, 하나의 생명체인 인간으로서 살아 있었다는 것, 그리고 인간으로서 죽어간다는 것, 이것이 한없이 기쁠 뿐입니다"(오상원, 1995: 417).

위 인용은 공산주의와 반공주의의 가름이 어디에 있는지를 명확하게 보여준다. '생명체'와 '도구'가 바로 그것이다. 소대장은 포로가 되어서 인간이 '한 개 기계나 도구'가 되지 않고 '생명체'로 살아 있음을 확인한다. 이때 '생명체'는 '한 개 기계나 도구'와 대척점을 이룬다. 이는 공산주의란 하나의 인간을 존재 가치로 인정하는 것이 아니라 이념의 도구로서 전락시킨다는 사실을 주지시켜준다. 소대장에게 있어 인간으로서 죽어가는 것이 '한없이 기쁜' 이유가 여기에 있다. 이때 생명체는 인간의 존엄성과 등가를 이룬다.

죽는 그 순간에 "나를, 자기를 잊어서는 안 된다"고 다짐하는 그의 정신은 생명체로서의 인간, 살아 있는 개체로서의 인간됨이 도구로서 이용되는 인간상과 맞서고 있다. 도구로 수단화되는 것이 아니라 인간으로서 죽어간다는 명분을 내세우는 것으로, 이때 우위성은 국군을 인간의 존엄성을 지켜나가는 우월한 존재로 만들고 이를 통해 반공의 권위를 형성한다. 작가는 공산주의자들과 비교해 반공주의자의 인격과 정신을 높이는 방식으로 반공을 생산하는 것이다.

한편 반공은 공산주의(자)보다 높은 도덕적 우월성을 획득하기 위해 인간애와 만나기도 한다. 이와 같은 사실을 확인할 수 있는 작품이 선우휘의 「불꽃」이다. 이 작품은 후반부로 넘어가면서 반공주의로 수렴되는 과정을 보여주는데, 이 작품에는 작가가 공산주의와 대척하고 있는 지점에서 인간애가 확고한 신념으로 자리 잡고 있다(이명희, 2007: 221~223). 「불꽃」에서의 인간애는 인간의 존엄성을 지키는 일과 통한다. 혁명의 목적에 의구심을 갖는 현에게 공산주의자 연호는 "착취 없고 계급 없는 사회의 건설"이라고 강변한다. 그런 연호에게 현은 생명보다 귀한 것이 없다고 절규한다. 현이 공산주의자를 '인민의 해방자로 나선 청부업자'로 비아냥거리는 근거가 여기에 있다. 현에게는 인간의 생명을 귀하게 여기고 지켜내는 것이야말로 살아가야 하는 이유이고 목적이다. 따라서 현에게 있어 공산주의자 연호를 비롯해 공산주의를 비판할 수 있는 근거로 작용하는 것은 바로 '생명의 존귀성'이다. 이는 혁명보다 우위에 있으며 계급보다 앞선 가치로 나타난다. 이때 현이 확보하는 것은 인간으로서의 우월성이다. 이와 같은 우월성 확보는 반공주의의 정당성을 획득하는 방식이기도 하지만 동시에 반공의 도덕적 우월성을 드러냄으로써 반공을 생산하는 방식이기도 하다.

오상원의 「모반」에서도 이 같은 해답을 얻을 수 있다. 민은 테러집단이 조국에 대한 청년들의 정열을 훼손할 뿐만 아니라 인간성을 상실하게끔 하기 때문에 몸담고 있던 집단을 떠난다. 그런데 이와 같은 사실을 깨닫게 된 계기는 테러집단에서의 일이 어머니의 임종조차도 지키지 못하는 비인간적인 행동을 요구한다는 데 있었다.

> "잘 들어둬. 나는 평범한 인간들을 한 사람이라도 더 사랑해보고 싶어졌단 말이다. 위대한 하나의 일의 성공보다는 나는 오히려 소박하게 살아가는 인간의 모습들이 하나라도 더 소중스러워졌단 말이다."
> "너는 아직 역사라는 것을 모르고 있군."
> "나는 너희들이 말하는 그러한 희생을 강요하는 역사를 요구치 않아"
> (오상원, 1995: 485~486).

희생을 강요하는 역사 대신 인간성 회복을 선택하겠다는 서술자의 의지를 통해 작가의 반공 생산의 경로가 확인된다. 민이 보이고 있는 여성에 대한 연민과 따뜻한 시선은 인간성 회복을 의미하며 민은 이를 통해 공산주의에 대한 도덕적 우위성을 확보한다. 이때 민의 어머니, 희생된 청년의 어머니와 누이동생은 따뜻한 인간애를 불러일으키는 모성을 상징하며 이를 지키고자 하는 민은 인간의 존엄성을 지키는 고매한 정신의 소유자로 탄생된다.

따라서 작가는 의도된 반공의 긍정적인 이미지를 창출하기 위해 반공주의자와 국군에게 고결한 정신세계를 입혀 반공의 우위성을 생산한다. 고결한 정신세계는 때때로 인간의 존엄성을 지키는 것으로 나타나 인민군과 비교해 국군의 인격을 높인다. 또한 생명을 존중하는 인간애를 지닌 사람이라는 인간다움을 입힘으로써 이념의 우위성을 획득한다. 이와 같은 우위성 확보는 반공주의의 정당성을 확보하는 방식이다.

3. 악의 축 구성과 반공의 표상

한국의 반공주의는 "공산주의에 대한 적대적이고 배타적인 논리와 정서를 의미한다. 그중에서도 북한 공산주의 체제 및 정권을 절대적인 '악'과 위협으로 규정, 그것의 철저한 제거 또는 붕괴를 전제하며, 아울러 한국(남한) 내부의 좌파적 경향에 대한 적대적 억압을 내포하고 있는 개념이다"(조한혜정·이우영 엮음, 2000: 32). 따라서 문학 역시 배타적인 논리와 정서를 통해 반공의 표상을 상대적으로 만들어나간다. 반공의 표상을 만드는 가장 대표적인 사례는 공산주의자를 사람으로 인식하지 않고 괴물 또는 살인 기계로 본다는 것이다. 즉, 공산주의자를 기본적으로 대한민국이라는 자기정체성의 사회적 반영체를 위협하는 존재로 만드는 것이다. 이들을 총칭 '빨갱이'로 만들고 이를 사물화시켜, 그 결과로 편 가르기를 하는 것이다. 그럼으로써 공격의 준거점과 대상을 명확히 하고 그런 다음 즉각적이고 가공할 만한 공격을 감행한다(김헌식, 2003: 175). 작품에 나타난 '빨갱이'라는 표현은 "반공주의가 의미 확장과 다른 배타적인 세계관과의 접합을 통해서 비판적 의견을 용공·반공의 이분법으로 포획하는 전형적인 예다"(조한혜정·이우영 엮음, 2000: 32).

우위성의 논리보다는 배제의 논리로 반공을 형성해나간 경우 좌익은 불순, 폭력, 북한, 공산 그리고 악이라는 연속적인 등식이 성립된다.[7] 이러한 등식은 구체적으로 작중화자가 공산주의자를 바라보는 시선에 내재해 있는 부정적 시각이 노출되거나 작중 인물들의 대화에서 보여주는 표현이 악의 분위기를 형성하면서 조성된다. 송병수의 「인간신뢰」, 하근찬의 「산울림」, 이범선 「학마을 사람들」, 장용학 「현대의 야」, 곽학송 「김과 리」에서는 이같은 배제의 논리를 통해 반공의 표상이 형성된다.

송병수의 「인간신뢰」는 중공군과 미군이 다르다는 사실을 알게 됨으로써 미군을 신뢰하게 되는 중공군 포로의 이야기다. 중공군 췌유는 전투 중 미군의 포로가 된다. 포로가 되자마자 그는 죽음을 각오한다. 왜냐하면 중공군이 포로를 서슴없이 죽이는 것을 익히 보아왔기 때문이다. 그리고 군관들로부터 중국인민의용군과 싸우는 적군 중에서도 가장 못된 놈이 양키이며 미제국주의 침략자들은 포악하고 흉측하기 이를 데 없는 놈들이라는 말을 들어왔기 때문이다. 그런데 중공군 췌유는 미군들이 그렇지 않다는 것을 몸소 확인해나간다.

① 은딱지와 작대기는 잠시 저희끼리 지껄여댔다. 필시 이놈(췌유)을 어떻게 처치하느냐의 의논인 성싶었다. 췌유는 저절로 몸이 오싹 떨리었다. 자기 중대에서 생포한 적병들을 때에 따라선 쏴 죽이는 것을 췌유는 여러 번 보아왔다. 언젠가는 급하게 후퇴할 때 여남은 적병을 한 참호에 몰아넣고 대충 쏴

7) 유돈주는 공산당의 정체를 계급적 복수와 피에 굶주린 폭력집단으로 보고 공산주의 사회를 거대한 감옥 또는 수인군(囚人軍)의 병영과 흡사한 것으로 봄으로써 북한이나 북한 공산당을 '죄수', '폭력집단', '감옥', '한패' 등의 자극적인 언어로 규정했으며 전쟁의 객관적인 상황과 전개, 그리고 전쟁의 원인과 성격 등에 대한 총체적인 해석과 판단을 차단해온 경향이 있다고 말하고 있다(유돈주, 1993: 43).

버린 둥 만 둥 생으로 쓸어 묻어버린 일도 있었다. 아무런 저항도 없는 상대를 마구 쏘는 일처럼 싱겁고 또 그 노릇처럼 끔찍한 것은 없었다(송병수, 1995: 35).

②췌유는 몹시 배고프긴 했다. 그러나 허기보다도 술 깬 다음에 오는 갈증은 더 견딜 수 없었다. 진작부터 바삭바삭 타는 목에 침만 넘겼을 뿐이었다. 감히 누구에게 물을 얻어 마시잘 염도 못 냈다. 험산 골짜기에 흔히 쪼롤거리는 바위틈의 샘물도 여기따라 없었다.

물, 그들의 수통에만 눈 준 채 저절로 군침만 넘어갔다. 검둥이는 한참 췌유를 마주 보았다. 그러다가 뭐라 한마디 하며 수통을 내주었다. 물… 밥상 아래 강아지에게 덤 주듯 얻어 처먹는 꼴이나 보자는 수작이라도 좋았다. 그렇지 않다 해도 고마움은 나중이었다(송병수, 1995: 40).

①은 중공군이 포로를 학살하는 것을 췌유의 회상을 통해 설명하고 있는 부분이고 ②는 포로인 췌유에게 물을 건네면서 그의 목마름을 헤아리는 미군에 대한 설명이다. 이렇듯 포로를 잔인하게 죽이는 중공군과는 달리 미군은 췌유를 말 그대로 포로로 인정하는 대조를 통해 작가는 공산주의를 '포악'과 '잔인함'으로 규정지으면서 배제의 논리로 반공을 구성해낸다. '저항도 없는 상대를 마구 쏘는 일'은 '살인마'라는 표상을 만드는데 이러한 살인기계라는 도식은 반공에 명분을 주고 편 가르기를 정당화한다. '살인마'라는 표상은 공산군의 무자비함을 보여주면서 공산군에 대해 상대할 수 없는 무엇, 인간이라고 할 수 없는 무엇으로 심리적인 방어막을 형성토록 한다. 그 결과 중공군이던 췌유에게 심적 변화가 일어난다. 미군이 흉측하다고 생각했던 그가 미군이 인간적임을 인정하게 되는 것이다. 이를 통해 흉측한 것은 중공군이라는 사실을 명백하게 드러냄으로써 적대적인 관계를 형성한다. 그

런데 이런 관계가 다른 사람이 아닌 바로 중공군인 췌유의 인식이라는 점에서 그 적대성은 증폭된다. 공산주의 체제 및 정권을 절대적인 '악'과 위협으로 규정하는 적대적인 논리와 정서를 형성함으로써 반공을 생산하는 것이다. 이제 공산주의는 '악귀, 적색비적, 흡혈귀, 악질' 등의 용어가 보여주는 것처럼 악을 상징하는 모든 것이 집약된 최고의 악으로 승격된다(김동춘, 1992: 150).[8]

하근찬의 「산울림」에서도 한 마을에 차례로 국군과 인민군이 지나가면서 벌어지는 일에 대해 등장인물들이 다르게 받아들이고 다른 표현을 함으로써 국군과 인민군의 표상을 다르게 형성해나간다. 마을로 들어오면서 "이 마을에 빨갱이 없소?"라고 묻는 국군은 '빨갱이'가 지니고 있는 표상을 구체적으로 만들어가는 역할을 담당한다. 국군과 인민군을 대조시키면서 똑같은 행동에 대해 인민군에게 더 잔인한 표현을 구성함으로써 부정적 분위기를 만드는 것이 이 작품에서 반공을 생산하는 방식이다. 인민군의 언행에 대한 참혹한 표현을 통해 '빨갱이'를 '잔인한' 대상으로 형성해나가는 것이다.

이는 "전쟁터에서 상대편이 사람이라고 생각되면 총을 못 쏘는 것과 같다. 상대방은 인간이 아니라 못된 존재, 괴물이라는 인식이 있어야 공격이 가능해진다. 상대방은 따뜻한 피를 가지고 눈물을 흘리는 존재가 아니다. 오로지 무기물이고 사물일 뿐이다. 이것을 잘 나타내는 단어가 빨갱이"[9]다(김헌식,

---

8) "부르주아나 '민족반역자'가 아님에도 불구하고 좌익으로부터 공격을 받고 또 죽고 죽이는 극심한 적대적 관계가 지속되는 전쟁이라는 상황 속에서 사람들의 의식과 행위는 합리적인 동기보다는 이러한 심리적인 동기에 크게 좌우"되었다고 설명하고 있다(김동춘, 1992: 141).

9) "빨갱이는 사물이다. 사람이 아니고 악성(惡性)의 괴물, 살인기계, 북한의 지령을 받거나 북한과 내통하는 자라는 도식을 주입한다. 기본적으로 대한민국이

2003: 175). 국군이든 인민군이든 마을로 들어와 개를 죽이는 것은 똑같지만
그들의 행태를 다르게 묘사하는 것에서 작가가 반공을 어떻게 구성해나갔는
지를 확인할 수 있다. 똑같이 개를 죽이지만 작가는 이 광경을 아주 다르게
설명한다. 등장인물 손 노인을 통해 적에게 '잔인함과 폭력성'의 표상을 씌
움으로써 반공을 형성해나간다.

① 도망치던 세 마리의 개 가운데 한 마리가 콩 튀듯이 홀떡 뛰어오르더
니, 그만 보기 좋게 나가떨어지고 말았던 것이다. 검둥이였다. 누렁이도 약간
비실거렸으나, 복실이와 함께 이내 산비탈을 돌아 사라지고 말았다(하근찬,
1988: 85).

② 「가는 길에 아무쪼록 살생(殺生)은 삼가도록 하게. 비록 하찮은 개라도
함부로 죽여서야 어디 쓰겠는가.」 했다(하근찬, 1988: 87).

③ 잠시 후, 마당으로 들어오는 사람의 발자국 소리가 우두두두 들렸다.
그러자 복실이는 비슬비슬 마루 밑으로 기어들어와서는 악을 써댄다. 혹시
나 제 새끼를 어쩔까 봐 복실이의 목구멍은 찢어져 나가는 것 같다. 그러자,

"에이 썅!"

소리와 함께,

타쿵!

벼락 떨어지는 것 같은 소리가 일어났다. 그리고 잇달아,

따따따따… 따따따따… 따쿵! 따쿵!

온 천지가 발칵 뒤집히는 것 같았다. 집 기둥뿌리가 우지끈 부러지는 듯,

라는 자기 정체성의 사회적 반영체를 위협하는 존재로 만든다"(김헌식, 2003:
175)라는 색깔 공격의 과정을 설명하고 있다.

혹은 방구들이 와르르 무너져 내려앉는 것 같기도 했다. (중략)

마루 밑에는 참으로 끔찍한 광경이 벌어져 있었다. 벼락이 마루 밑에 떨어진 듯 온통 쑥대밭이 되어 있는 것이었다. 복실이는 배가 터져서 창자가 마구 비져나왔고, 혀를 문 이빠디가 스며드는 달빛을 받아 무섭도록 허옇게 번뜩거렸다. 그리고 강아지들은 밟아 문질러놓은 것처럼 죄다 으깨어져 나뒹굴고 있었다(하근찬, 1988: 91~93).

④ "천벌을 받을 놈들 같으니라고…. 개가 무신 죄가 있노 말이다." (중략)

"죽일 놈들."

노여움에 찬 한마디를 내뱉었다(하근찬, 1988: 93).

위 인용에서 ①은 국군이 마을로 들어와 개를 죽이는 장면이고 ②는 국군을 보내면서 손 노인이 그들에게 살생을 함부로 하지 말라고 권유하는 부분이다. 반면 ③과 ④는 인민군이 개를 죽이는 장면과 그들이 마을을 빠져나가고 난 후 그들의 잔인함을 부각시킨 부분이다. "찢어져 나가는" "온 천지가 발칵 뒤집히는 것" "쑥대밭" "끔찍한 광경"이라는 표현은 인민군들의 잔인함을 부각시킨다. 그리고 이렇게 잔인한 그들은 "천벌을 받을 놈" 또는 "죽일 놈들"로 규정지어진다. 이는 마을을 빠져나갈 때 마을 사람들이 인민군들을 대하는 태도에서도 확연히 드러난다. 국군은 요기를 시킨 다음 양식을 주어서 마을을 떠나보내지만 인민군은 "한 사람은 양식을 몽땅 털어가지고 나갔고, 한 사람은 겨울에 입을 만한 옷가지를 죄다 보자기에 싸 들고 나갔다"(하근찬, 1988: 92)라고 서술함으로써 인민군을 '약탈자'로 규정한다. '약탈'을 하는 폭력자로 적을 규정지으면서 그들에게 "천벌을 받을 놈"이라는 악의 축을 형성해낸다. '빨갱이'라는 언술이 갖는 전율할 공포감을 조성하는 언어와 그에 따르는 분위기가 형성되는 것이다.

곽학송의 「김과 리」10)에서도 소련군은 "강간이나 강탈"(곽학송, 1995: 475), "공산당이 얼마나 잔인스러운가"(곽학송, 1995: 479)로 표현된다. 이로써 소련군을 약탈자로 만들며 그들을 공산학정의 대표자로 의미화한다. 이런 표현은 결국 "악자(惡子)"(곽학송, 1995: 493)로 대변되며 공산군에 대해 무자비함, 학살이라는 이미지를 형성하도록 만든다. 결국 북한 공산군에 "침략성, 잔인성, 만행, 흉계, 험상궂고 위협적인 모습, 비참한 생활상에 대한 묘사"(강준만·김환표, 2004: 150)를 덧씌우면서 이들을 '악'으로 규정짓고 이를 통해 반공을 형성하는 것이다.

이범선의 「학마을 사람들」에서도 인민군은 "북한 괴뢰군"(이범선, 1995: 320)으로 표현되면서 '김일성은 소련의 괴뢰라는 점'을 상기시킨다. 이 작품에서 마을 청년이던 박바우는 '박 동무'로 나타나 인민위원장을 맡는 등 북한 괴뢰군의 앞잡이가 되어 평화롭던 학마을을 파괴하는 파괴자로 그려진다. 이때 공산군은 침략자 또는 파괴자라는 등식11)이 성립된다. 반동은 사정없이 숙청해야 한다고 말하기도 하는 바우는 "이마의 흉터가 험상스레 움직

---

10) 1950년대 작가의 1950년대 작품을 대상으로 했으나 「김과 리」는 예외적으로 1964년 작품이다.

11) 이런 등식은 자연스럽게 형성된 것이 아니라 정치권력의 의도적인 학습과정에 의한 유지와 재생산으로 이루어졌다. 다음 글은 이 사실을 아주 명확하게 보여주고 있다. "반공교육에 가장 유용한 소재는 물론 6·25였다. 6·25에 대한 '지도요령 및 내용'을 보면 평화스러운 일요일 → 무서운 침략군의 야욕 → 피난민의 비참함 → 공산군의 무자비함, 학살, 약탈, 방화 → 휴전 → 공산당의 흉계 극복, 새 터전 건설, 정치적 혼란 극복 → 반공, 경제건설 등으로 연결시켜 공산괴뢰에 대한 적개심을 고취하고 호시탐탐 재침을 노리는 공산주의가 우리 민족 최대의 적임을 강조하여 지도하도록 제시되고 있다"(한지수, 1989: 119).

이는 자"로 묘사됨으로써 작가에 의해 평화로운 마을의 파괴자로 만들어진다. 작품을 읽어가면서 이즈음에 독자는 그가 마을을 파괴할지도 모른다는 예감을 강하게 갖는다. 급기야 그는 마을의 번영과 정신적 지주 역할을 하는 학을 죽임으로써 예상대로 마을의 파괴자가 된다. 부산으로 피난 갔다 온 마을 사람들은 학나무와 이장네 집이 불탄 것을 발견하고 집터를 고르다 무너진 벽 밑에서 박 훈장의 타다 남은 시체를 발견함으로써 공산당의 무자비함이 절정에 달한 것에 분노한다. 따라서 반공은 공산당을 잔인하고 무자비한 대상으로 묘사하면서 파괴자라는 표상을 만드는 방식으로 재생산된다. 따라서 이 작품은 6·25에 대해 "평화스러운 일요일 → 무서운 침략군의 야욕 → 피난민의 비참함 → 공산군의 무자비함, 학살, 약탈, 방화"로 이어지는 인식을 갖게 만드는 반공효과를 발휘한다(강준만·김환표, 2004: 149~150).

작가의 의도된 인물묘사를 통해 '잔인함'이라는 표상이 만들어지듯 언어 역시 대립의 각을 세워가기 마련이다. "인민, 동무, 조선, 동맹 같은 말들은 몇십 년 전까지만 해도 국민, 친구, 한국, 연맹보다는 훨씬 더 귀에 익고 친근한 말이었으나 분단과 함께 남한에서는 영원히 사라지고 말았다"(김철, 1988: 50). 그 이유는 단지 북한에서 쓰고 있다는 것 때문인데, 여기서 '동무'는 반공과 대립된 악의 축을 대표하는 바로미터로 쓰인다. 따라서 한국의 반공주의는 "북한 공산주의를 '악'으로 규정하고 그것을 붕괴시켜야 한다는 것을 최우선의 과제로 삼는다. 북한 공산주의를 반대하고 그것의 도발을 억제·방지하는 한 남한의 존재(그것이 어떤 부정적인 성격을 띠건)는 정당화된다는 의미를 수반하게 된다. 반공이 최우선의 목표이고 과제라면 그것을 위한 모든 시도와 수단은 긍정적으로 평가되지 않을 수"(조한혜정·이우영 엮음, 2000: 33) 없는 것이다.

장용학의 「현대의 야」에서 '빨갱이놈'이 되었다는 것은 어머니가 "한(恨)

하다가 세상을 떠나야 하는 일"이고 좋지 못한 일은 모두 '빨갱이놈들' 때문에 일어난다. '빨갱이'가 되는 것은 "원한이 골수에 맺"히는 것과 다름없는 일이다(장용학, 1995: 469).「현대의 야」라는 작품 안에 들어 있는, 현우를 주인공으로 내세운 '묘비(墓碑)'라는 소설에서 작가는 한 젊은이가 "조국의 시간을 늦출 수가 없어" 희생되는 이야기를 통해 빨갱이들의 비정함을 노출시킨다. 이 작품에서 현우는 9·28 이후 박만동으로 살지만 간첩 혐의를 받고 빨갱이로 몰린다. 결혼하기로 한 미숙과 미숙의 어머니는 박만동을 빨갱이로 몰면서 그를 절대 알아서는 안 되는 족속으로 만든다.

> 그러나 그 결혼식도 아마 영원히 올리지 못하고 말게 되었으니, 하숙집 모녀가 펄펄 뛰면서 그런 분자인 줄 몰랐다고 모(母)가 사기당했다고 하면, 여(女)는 이용당했다고 동네 사람들 앞에서 서로 손을 잡고 대성통곡한 끝에는 약혼식을 생략한 것만 천만다행이었다고 좋아하게끔 된 것이고, 그들이 그럴 수도 있겠다 할 수 있는 것이 길일이란 그날 현우는 유치장 한구석에 끼여 두꺼비눈을 멀겋게 떠 들고 앉아 있어야 하는 신세가 되었으니 말이다.
> (중략)
> "그럼 할매두 같은 빨갱이란 그 말이지?"
> 하고 형사에게,
> "이 늙은 빨갱이를 유치장에 집어넣어 버려!"
> "아니 다시 생각해보니 그런 일 절대루 없습니다. 남산이 세 쪼박이 나두 내가 미쳤다구 이런 빨갱이놈에게…"(장용학, 1995: 501~506).

남에게 "사기 치는 자" 상대방을 "이용하는 자" 미치는 한이 있어도 절대로 "되어서는 안 되는 자"라는 단어가 주는 이미지는 빨갱이에게 거부감을 갖도록 함으로써 이들을 '악자'로 배제시킨다. 이것이 배제의 논리에 기초를 두고 행해진 반공의 생산방식이다. 이처럼 '빨갱이'라는 용어가 반공의 표상을 만들어간다는 사실은 선우휘의 「테러리스트」에서도 확인할 수 있다. 여기서는 "없애야 할 대상" "주먹을 내둘러야 할 대상"(선우휘, 1987: 30)이 바로 빨갱이다. 그리고 '빨갱이'라는 용어는 나를 반대하는 대상에 붙이는 것으로 함의의 폭이 넓어진다(선우휘, 1987: 37). 빨갱이를 없애야 할 대상으로 배제시킴으로써 반공을 생산하는 것이다.

따라서 작가는 공산주의에 대해 적대적이고 배타적인 정서를 만들면서 반공을 형성한다. 그중에서도 북한 공산주의 체제 및 정권을 절대적인 '악'과 위협으로 규정하며 그것의 붕괴를 전제한다. 배제의 논리로 반공을 형성해 나간 경우 좌익은 파괴자, 폭력자, 잔인함, 무자비함이라는 악의 연속적인 등식이 성립된다. 이런 표현은 결국 '악자'로 대변되면서 공산군을 무자비한 존재로 이미지화한다. 특히 이범선의 「학마을 사람들」에서 바우가 "이마의 흉터가 험상스레 움직이는 자"로 묘사됨으로써 평화로운 마을의 파괴자로 변해가는 것은 인물 묘사가 악의 축 구성을 형성하는 단적인 예라 하겠다.

4. 민족 담론으로서의 영웅과 우상화

"반공주의의 일상적 실체는 공산주의 반대가 아니라 '질서', '기강', '안정', '안보', '단결', '번영', '힘'에 대한 동의이며, 이것들은 '혼란', '위기', '무질서', '분열'에 대해 자동적으로 대항 정서를 만들어낸다"(조한혜정·이우영 엮음, 2000: 58). 이때 반공은 '위기'에 대해 막강하고 굳건한 '기강'과 '힘'을 얻음으로써 민족의 정당성을 획득한다(정용욱, 2004: 103).[12] 이런 정당성

은 작품에서 주로 등장인물들의 영웅화로 나타나며 주변 사람들이 보내는
존경의 시선이 더해지면서 그들에게 거부할 수 없는 막강한 힘을 얹혀주는
방식으로 획득된다. 이때 힘을 얻는 당사자는 '문제의 해결사'로 등장하며
점차 일이 해결되면서 정의의 실현이라는 목표에 도달한다. 이는 등장인물
들의 발화 사이의 권력의 전도와 그에 따른 변화의 과정을 통해 우상으로 발
현된다.

대화와 토론, 논쟁과 설득의 과정을 통해 긴장과 갈등의 표의들을 존경과
신뢰의 표의로 바꾸고 이러한 역동성을 통해 영웅을 만들며 그를 통해 반공
이라는 공유된 인식을 만들어나간다. 설득의 논리를 통해 독자를 영웅과 만
나게 하고 영웅을 우상화함으로써 반공을 생산하는 방식을 취하는 것이다.
따라서 여기서는 등장인물들의 발화 사이의 권력의 전도와 그에 따른 변화
의 과정이 언표를 통해 어떻게 구성되고 있는가를 살펴볼 필요가 있다.

선우휘의 「오리와 계급장」은 이 같은 반공 생산을 잘 보여준다. 이 작품에
서 춘봉은 초등학교 선생님과 성 대령의 만남을 주선한다. 겉으로 보기에는
초등학교 선생님을 뵙고자 하는 자리를 마련한 것 같지만 사실 춘봉은 이번
기회로 성 대령이 달고 있는 계급장의 위력을 십분 이용한다. 춘봉은 지서에

---

12) 한국전쟁에서 삐라는 심리전의 가장 대표적 형태였다. 한국군이 살포한 삐라
    의 내용구성과 주제를 간략하게 소개하면 다음과 같다(정용욱, 2004: 103).
    정치, 이데올로기, 군사 관련내용을 보면 ① 대한민국의 민족적·국제적 정통
    성 옹호, ② 김일성은 소련의 괴뢰라는 점을 선전, ③ 소련의 착취와 약탈, 공
    산 학정 비난, ④ 공산독재 및 김일성 타도와 반공구국전선으로 궐기 호소, ⑤
    소련 공산당의 비정과 내부 암투 비난, ⑥ 국군의 군사적, 도덕적 우월성 선전
    으로 정리할 수 있다. 여섯 가지로 정리된 내용은 문학과 유사한 점이 많다.
    따라서 삐라의 내용구성과 주제는 문학에서 활용된 반공의 정서적 또는 집단
    적 심리의 결집과 결코 무관하지 않다.

잠깐 들러 경사와 순경에게 성 대령을 인사시킨다. 나중에 밝혀지지만 춘봉은 지서 사람들을 몰랐으며 역으로 성 대령을 인사시킴으로써 춘봉 자신을 소개한다. 또한 성 대령은 마을로 조용히 들어가고 싶어하지만 춘봉은 가만 있지 않는다. 운전병에게 경적을 울리라고 여러 번 재촉한다. 춘봉은 동리 사람들에게 후배인 대령의 존재를 알리고 싶은 것이다. 그뿐 아니라 동민이라는 동네 사람을 데리고 와 의도적으로 성 대령의 계급장을 보게 함으로써 힘과 권력을 과시한다. 성 대령의 계급은 한국전쟁에서 목숨 걸고 국가를 지켜낸 영웅을 상징하며 전쟁 후에는 반공주의를 통해 국가를 건재케 하는 표상인 셈이다.

춘봉의 경우 한때 빨갱이를 쳤던 투쟁자였지만 지금은 먹고사는 문제에 매달릴 수밖에 없는 초라한 생활인이다. 오리를 쳐서 생활 기반을 마련해야 하는데 여의치가 않다. 그 이유는 땅 주인이 이를 허락하지 않고 방해하고 있기 때문이다. 이 시점에서 육군대령의 계급장은 그에게 꼭 필요한 무엇이다. 이에 걸맞게 대령은 춘봉을 '빨갱이 치는 데' 큰 역할을 했던 투쟁자임을 언표함으로써 그를 '대한민국에서 먹여 살려야 할 사람'으로 격상시킨다. 이때 육군대령이라는 계급장은 춘봉의 생활 터전을 마련하기 위해 주변 사람들을 설득하고 회유하는 역할을 담당한다. 그리고 결정적으로 지금의 계급장은 암묵적인 설득의 힘을 발휘한다. 이런 일련의 과정은 다음 인용에서 확인된다.

대령은 놀랐다. 아까 지서에서 춘봉형님은 자기를 소개하고 인사를 시켰던 것이 아닌가. 대령은 춘봉형님이 이미 그들과 인사가 있는 것으로 믿고 있었다. 그런데 지금에 와서 인사를 나누는 것을 보니 춘봉형님은 덮어놓고 지서로 대령을 끌고 들어갔던 것이다. (중략)

춘봉형님이 동민 김씨를 보고 버럭 소리를 질렀다.

"여보 김씨, 김씨만은 날 허투루 안 보갔디요. 내레 이른 꼴이 다구 모르는 사람들은 날 어드케 볼디 모르디만 이 김춘봉은 그래두 한땐 날릴 때루 날렸수다. 남 하는 짓은 다 했디요."

대령은 거기 장단을 맞추었다.

"이 형님은 사실 대한민국에서 멕여 살려야 할 사람이디요. 굉장히 투쟁을 한 분입니다. 빨…."

대령은 언뜻 김선생 얼굴을 치어다보고 마음속으로 아차 하며 입속에서 나머지 말을 굴려 버렸다. '빨갱이 치는 데' 하려다가 그만 얘기를 거두고 만 것이다(선우휘, 1995: 120~121).

춘봉을 "대한민국에서 멕여 살려야 할 사람"으로 말한 대령의 언표는 마을 사람들을 평정하는 막강한 힘을 부여받는다. 경찰도 동네 김 씨도 춘봉을 "허투루" 볼 수가 없다. 이런 배경이 필요한 것은 해결해야 할 마지막 일이 남아 있기 때문이다. 마지막 일이란 오리를 쳐서 먹고 살아야 하는데 땅 주인이 이를 반대해 김 선생과 춘봉이 생활고를 겪고 있는 일을 말한다. 반공이 권력을 만나 생활고를 해결하는 것이다.

이때 빨갱이였던 김 선생은 또 다른 춘봉이다. 춘봉과 김 선생은 반공주의자와 공산주의자로 신념을 달리한 사람들이지만 이제 그들은 오리를 쳐서 생활을 이어가야 할 사람들이라는 점에서 똑같다. 땅 주인을 설득하는 데 성 대령의 계급장은 유효하다. 땅 주인은 처음에는 안 된다고 완강하게 거부하지만 성 대령이 한국전쟁 때 같이 전투하며 피로써 싸운 동지임을 확인하면서 첨예한 갈등이 와해된다. 갈등이 해소되는 분기점은 땅 주인이 "저두, 저두 사실은 제대 군인입니다"(선우휘, 1995: 129)라고 성 대령에게 고백하는 부

분에서 이루어진다. 상하 계급과는 무관하게 "피의 능선 싸움 때"(선우휘,
1995: 129) 서로 군인으로 목숨 걸고 싸웠던 민족적 동지임이 확인되면서 주
인은 오리 울타리를 허락한다. 그런 후 열 평도 못 되는 개천을 낀 돌밭에는
오리를 몰아넣을 울타리가 처진다. 대령은 떠나오기 전 다음과 같이 말함으
로써 설득과 회유의 결정적인 역할이 그들의 동지애에 있음을 확인시킨다.
그리고 거기서 파생되는 힘의 역동성을 확인하게 만든다. 계급장이 정의를
실현하도록 한다는 것을 보여줌으로써 우상을 만들고 이를 통해 반공이라는
공유된 인식을 형성해나간다.

> 대령은 한참 오리장을 쳐다보았다.
> 십 평도 못 되는 땅 — 대령의 눈에 그것은 오리장이 아니라 어떤 영토(領
> 土)같이 보였다. 이 영토를 위해서 대령이 필요했는지도 몰랐다.
> 대령은 슬그머니 손으로 바른편 옷깃에 달린 계급장을 만져보았다.
> 조국이여! 민족이여! 동포여!
> 문득 대령은 이렇게 입에서 뇌어보았다(선우휘, 1995: 130).

위 인용에서 오리장이 어떤 영토같이 보였다는 대령의 말은 국토를 지켜
낸 군인으로서의 삶과 겹쳐진다. 한국전쟁은 조국의 영토를 공산당으로부터
지키기 위한 싸움이었기에 그러하다. 계급장이 제대군인을 만나 조국애를
확인하는 과정과 이것이 설득의 근거가 됨을 보여줌으로써 조국과 민족의
힘이 반공에 있음을 암묵적으로 제시한다. 이때 공산주의는 반민족주의의
등식을 성립시킴으로써 '공산주의 = 야만 = 반민족'이라는 의미의 접합을
이룬다(김정훈, 2000: 155). 반공을 생산하는 과정은 조국애가 민족적 담론으
로서 정당성을 확보하고 그에 상응하는 가치를 부여받는 순서로 진행된다.

이때 작가가 활용한 방식은 대화와 설득의 과정을 통해 긴장과 갈등의 표의
들을 존경과 신뢰의 표의로 바꿈으로써 서로 간의 동일시를 확인하고 반공
이라는 공유된 인식을 만드는 것이다.

선우휘의 「테러리스트」에서도 우상화의 고리는 이승만 박사에서 성기 형
님으로 이어지며, 이 고리가 걸이라는 인물로 전해지다가 다시 길주와 학구
로 연결된다. 이들은 "나는 빨갱이 아니면 안 싸우는 주의다"(선우휘, 1987:
40)를 신념으로 하고 있는 반공주의자들이다. 빨갱이를 치는 것이 그들의 삶
의 목적이자 존재 이유다. 그들은 패기 넘치고 각자 다 영웅들이다. 그들이
타도할 대상은 빨갱이이건만 정세는 그렇게 돌아가지 않는다. 정당이 형성
되고 무력통일 대신 평화적 통일을 내세운다. 그들은 "공산당이 없어진 지금
에 와서 누구를 보고 주먹을 내둘러야 할는지"(선우휘, 1987: 23) 고민한다. 주
먹질의 대상을 잃어버렸기 때문이다. 공산당과 싸우는 것을 업으로 삼고 살
다가 주먹의 대상을 잃자 그들은 잠시 방황한다. 공장이나 공당에서 일하면
서 정적으로부터 자신들이 몸담은 곳을 지켜내기도 한다. 심지어 걸은 성기
형님에게 빨갱이를 치도록 해달라고 조르기까지 한다. 이들이 이렇게 하는
배경에는 공산당을 쳤던 그 시절에 대한 영웅심이 자리 잡고 있기 때문이다.

걸은 이미 성기 형님을 의식하지 않고 술의 힘을 얻어 지껄이고 있는 것이
었다.

"학구두 취직했다구 합두다만 나는 시원하게 네기디 않습무다. 길주 니야
기는 공당에서 시시한 놈덜 까부신다구 합두다. 근데 주먹을 내두를 데야 따
루 있디 않갔소. 빨갱이 아닌 사람 티능 건 난 찬성 안합무다." (중략)

"형님, 성기 형님, 빨갱이 티두룩 해주우. 그때터럼 해봅수다."

"…니 박사한테 형님이 가서 니야기하문 되디 않소? 우린 아직두 주먹이
든든하우다."

걸은 주먹을 들어 탕 탁자를 두들겼다(선우휘, 1987: 30).

"빨갱이 아닌 사람 치는 것을 찬성하지 않겠다"는 입장의 근거에는 과거 빨갱이를 친 무용담이 자리 잡고 있다. 그들은 평북 시골서 공산당 본부를 습격하고 그 길로 이남으로 와 각지에서 공산당과 싸운 공적을 지니고 있다. 또한 해주 습격을 가다가 인민군과 만나 싸운 것, 용산 기관구를 치고 영등포 공장 적색노조를 습격한 것, 5·10선거 전에 지방에 파견되어 공산당과 싸운 것은 그들에게 무용담인 동시에 영웅심의 근거가 된다. 그들 모두 정세에 의해 방황을 하지만 이런 영웅심은 그들을 묶어주는 결집력으로 작용한다. 이는 걸이 위험에 처하자 동지들이 싫어하는 국회의원 밑으로 들어간 길주가 그들을 배반하고 걸을 위험으로부터 구하는 데서도 확인된다. 여기에는 공산당을 같이 친 동지애가 작용하고 있다. 그들의 동지애는 '빨갱이를 치는' 주의로 수렴된다. 끈끈한 동지애를 통해 어두운 정세에서도 영웅은 영웅으로 남는다. 반공주의자가 정쟁의 갈등 속에서 의리를 지켜내는 과정을 통해 영웅을 만들어내며 걸이라는 영웅에 대한 신뢰를 통해 반공을 확보한다. 서로 간의 동지애를 확인하고 이를 통해 소속감을 갖는 것은 공유된 인식을 통해 가능한 일인데, 그 공유된 인식이란 바로 반공만이 그들의 삶을 지탱할 수 있다는 데 기반을 두고 있다.

5. 나오는 말

반공주의는 집단적 심리의 결집을 불러일으키면서 실천적 힘으로 전화한다는 전제 아래 이 글에서는 문학에서 이 같은 사실을 확인하고자 반공의 생산과 작가의 실천방식을 살펴보았다.

우선 국군과 반공주의(자)의 도덕적 우위성 확보는 반공을 구성해나가는 데 중요한 구성 논리로 작용한다. 때때로 이때의 우위성은 자연성 또는 순수성과도 상통한다. 이처럼 화자는 반공과 연결된 인물이나 행동에 순수성, 지고한 정신, 긍정 그리고 권위라는 이미지를 형성하면서 반공주의(자)에 도덕성과 우위성을 입힌다.

오상원의 「유예」는 국군이 총이라는 대상과 죽어가는 육체를 뛰어넘는 정신의 순수성 또는 이념성으로 인민군과 맞서도록 설정함으로써 국군의 우위성을 생산해내는 작품이다. 특히 반공을 역사라는 대명제와 연결시킴으로써 반공을 권위의 상징으로 만든다. 오상원의 「모반」에서도 희생을 강요하는 역사 대신 인간성 회복을 선택하겠다는 서술자의 의지를 통해 작가의 반공 생산의 경로가 확인된다. 선우휘의 「불꽃」의 경우 반공은 공산주의(자)보다 높은 도덕적 우월성을 획득하기 위해 인간애와 만나기도 한다. 결국 작가는 공산주의자들과 비교해 반공주의자의 인격과 정신을 높이는 방식으로 반공을 생산하는 것이다.

다음으로 우위성의 논리보다는 배제의 논리로 반공을 형성해나간 경우가 있다. 이때 좌익은 불순, 폭력 그리고 악이라는 연속적인 등식이 성립된다. 이는 구체적으로 작중화자가 공산주의자를 바라보는 시선에 내재해 있는 부정적 시각이 노출되거나 작중 인물들의 대화에서 보여주는 표현이 악의 분위기를 형성하면서 조성된다. 송병수의 「인간신뢰」, 하근찬의 「산울림」, 이범선의 「학마을 사람들」, 장용학의 「현대의 야」, 곽학송의 「김과 리」, 선우휘의 「테러리스트」에서는 이 같은 배제의 논리를 통해서 반공의 표상을 형성한다.

배제의 논리로 반공을 형성해나간 경우 좌익은 파괴자, 폭력자, 잔인함, 무자비함이라는 악의 연속적인 등식이 성립된다. 이런 표현은 결국 '악자'로 대변되면서 공산군을 무자비한 존재로 이미지화한다. 특히 '빨갱이'라는 언술이 갖고 있는 전율할 공포감을 조성하는 언어를 통해 공산군에게 무자비함, 학살이라는 이미지를 조성한다. 공산주의 체제 및 정권을 절대적인 '악'과 위협으로 규정하는 적대적인 논리와 정서를 형성함으로써 반공을 생산하는 것이다.

마지막으로 반공은 '위기'에 대해 막강하고 굳건한 '기강'과 '힘'을 얻음으로써 민족의 정당성을 획득한다. 이런 정당성은 작품에서 주로 등장인물들의 영웅화로 나타나며 주변 사람들이 보내는 존경의 시선이 더해지면서 그들에게 거부할 수 없는 막강한 힘을 얹혀주는 방식으로 획득된다.

선우휘의 「오리와 계급장」은 계급장이 제대군인을 만나 조국애를 확인하는 과정과 이것이 설득의 근거가 됨을 보여줌으로써 조국과 민족의 힘이 반공에 있음을 제시한다. 대령이라는 계급장은 먹고사는 문제를 해결하는 데 긴요하게 쓰이고 그 과정에서 이웃 간의 갈등은 와해된다. 그 결과 반감이 호감으로 변화하고 동조와 감동, 믿음을 주거나 우정을 표현하는 방식으로 반공을 생산한다.

선우휘의 「테러리스트」에서도 반공주의자가 정쟁의 갈등 속에서 의리를 지켜내는 과정을 통해 영웅을 만들어내며 그에 대한 신뢰를 기반으로 반공을 확보한다.

따라서 반공을 긍정과 권위의 상징으로 이미지 형성을 한다든지 배제의 논리로 공산당을 악의 축으로 구성한다든지, 등장인물의 설득과 사과를 받아내는 담화를 통해 영웅을 만드는 방식은 반공을 생산하는 방식이다. 이는 반공이 민족적 담론으로서 정당성을 확보하는 과정이며 이에 상응하는 가치를 부여받는 것이라고 할 수 있다.

참고문헌 ●●●●●●●●●●●●●●●●●●●●●●●●●●●●●

1. 기본자료

곽학송. 1995. 「김과 리」. 『한국소설문학대계 38』. 동아출판사.

선우휘. 1995. 「오리와 계급장」. 『한국소설문학대계 34』. 동아출판사.

_____. 1987. 『선우휘문학선집 1』. 조선일보사.

송병수. 1995. 「인간신뢰」. 『한국소설문학대계 38』. 동아출판사.

오상원. 1995. 「유예」. 『한국소설문학대계 36』. 동아출판사.

이범선. 1995. 「학마을 사람들」. 『한국소설문학대계 35』. 동아출판사.

장용학. 1995. 「현대의 야」. 『한국소설문학대계 29』. 동아출판사.

하근찬. 1988. 「산울림」. 『흔겨레 소설문학 7』. 흔겨레.

2. 논문·기타

강인철. 1992. 「한국전쟁기 반공이데올로기 강화, 발전에 대한 종교인의 기여」. 『한국
　　　전쟁과 한국사회변동』. 풀빛.

김동춘. 1992. 「한국전쟁과 지배이데올로기의 변화」. 『한국전쟁과 한국사회변동』.
　　　풀빛.

김석준. 1990. 「한국전쟁과 국가재형성: 전쟁에 의한 분단 권위주의국가의 확대
　　　재생산」. ≪현대사회≫, 통권 36호(봄·여름호).

김정훈. 2000. 「한국전쟁과 담론정치」. ≪경제와 사회≫, 통권 제46권(6월호).

김철. 1988. 「분단의 언어·통일의 언어」. ≪실천문학≫, 통권 9호(봄호).

유돈주. 1993. 「한국전쟁과 반공이데올로기의 변화에 관한 연구」. 전북대 박사학위
　　　논문.

유재일. 1992. 「한국전쟁과 반공이데올로기의 정착」. ≪역사비평≫, 통권 18호(봄호).

이명희. 2007. 「반공주의 형성과 성차별주의: 1950년대 남성작가 소설을 중심으로」. ≪아시아여성연구≫, 통권 제46권(1호).

정용욱. 2004. 「6·25전쟁기 미군의 삐라 심리전과 냉전 이데올로기」. ≪역사와 현실≫, 통권 51호(봄).

한지수. 1989. 「반공이데올로기와 정치폭력」. ≪실천문학≫, 통권 15호(가을호).

3. 단행본

강준만·김환표. 2004. 『희생양과 죄의식』. 개마고원.

김헌식. 2003. 『색깔 논쟁』. 새로운사람들.

박명림 외. 2006. 『해방전후사의 인식 6』. 한길사.

조한혜정·이우영 엮음. 2000. 『탈분단 시대를 열며』. 삼인.

제 7 장

남정현 소설의 성·여성과 윤리, 그리고 반공주의

임경순 | 성공회대학교 교양학부 |

1. 성·여성, 문학 장, 반공주의

문학사에서 남정현 또는 남정현의 문학은 무엇보다 「분지」 필화로 서술된다. 「분지」는 반공법 위반으로 걸린 최초의 문학작품으로 이 사건은 작가의 창작 활동에 하나의 분기점으로 작용했다. 남정현은 1958년 「경고구역」으로 등단했고 1965년에 필화를 겪었다.[1] 필화를 겪기까지 발표한 작품은

---

1) 남정현은 1965년 3월 ≪현대문학≫에 「분지」를 발표했다. 이 작품으로 인해 그는 그해 7월 7일 구속된다. 발표 당시 아무 말이 없다가 뒤늦게 문제가 된 것은 「분지」가 북한 노동당 기관지 ≪조국통일≫, 5월 8일자에 실렸기 때문이다. 때문에 그가 구속된 날짜는 7월 7일이지만 훨씬 이전인 5월 초부터 이미 당국의 조사를 받고 있었다. 남정현은 서울지검 공안부에 송치되었다가 보름 만에 석방되었다. 그러나 이후에도 반공법 위반 혐의자로 계속 조사를 받았고 1966년 7월 23일 반공법 위반으로 정식 기소되었다. 1966년 9월 6일 첫 공판이 있었고 한승헌, 이항녕, 김두현 변호사가 변호단을 구성했으며 안수길이 특별변호인으로 참석했다. 판결 선고 때까지 8회에 걸쳐 공판이 계속되었는데 3회 공판 때에

모두 18편으로 1960년대 전반기 남정현의 창작 활동은 왕성했다. 그러나 필화 이후 그의 창작 활동은 위축되며 간헐적으로만 지속된다. 1969년 작품발표를 재개하지만 1974년 민청학련사건과 연관되어 긴급조치 1호 위반으로 구속되면서 그의 창작 활동은 다시 한 번 허리가 꺾인다.[2] 석방된 후 1975년에 「허허선생 2」를, 박정희 정권이 무너지고 신군부가 집권하기 전의 극히 짧았던 틈인 1980년 3월에 「허허선생 3」을 발표했다. 이 두 편을 발표한 이후 1980년대에 그가 다시 작품을 창작한 것은 1988년에 이르러서다. 즉, 남정현의 작가적 이력은 1958년 등단 이후 18편의 작품 창작, 1965년의 필화, 4년의 공백, 1969년 작품 활동 재개, 1974년 다시 구속, 1988년까지 두 편의 작품 발표로 정리할 수 있다. 이처럼 정치권력의 압력과 정세의 변화는 그의 창작 활동을 근본적으로 규정한 요인이었다.

는 검찰 측 증인으로 한재덕(공산권문제연구소장), 이영명(함흥공산대학출신, 군속), 최남섭(대남간첩, 구속 중), 오경무(대남간첩, 구속 중) 등 5명이 출석했고 피고인 측 증인으로는 이어령이 나왔다. 1967년 5월 24일 반공법 4조 1항을 적용해 징역 7년 자격정지 7년이 구형되었으며, 6월 28일 초범이며 정상을 참작한다는 취지로 선고유예가 선고되었다(한승헌, 1987: 375~394 참조).

2) 1974년 당시 한국문화인쇄주식회사의 편집주간으로 있던 남정현은 퇴근길에 잡혀 들어갔다. 그해 4월 전국민주청년 학생총연맹을 중심으로 180명이 구속·기소된 민청학련사건의 배후 세력의 한 축으로 몰아가려는 것이었다. 남정현은 기소도 되지 않은 상태에서 옥살이하다가 긴급조치가 해제된 이후 석방되었다. 이 사건 탓에 그는 직장을 잃었으며 어문각에서 발행한 『한국문학전집』에서도 제외되었다. 구속되기 전 어문각 측의 청탁으로 10여 편의 단편을 넘겨주었는데 석방되어 나와보니 전집은 이미 나와 있고 남정현의 작품은 제외되어 있었던 것이다. 이는 비평가 중의 누군가가 문학전집에 빨갱이의 작품을 실어서는 안 된다고 항의하는 바람에 그렇게 되었다고 한다(남정현·강진호 대담, 2001: 29~33 참조).

이는 작가 자신에게 가장 불행한 일일 것이나 문학사나 작가론의 입장에
서도 불행한 일이다. 남정현이라는 작가와 그의 문학이 현대사의 정치적인
굴절과 밀접하게 맞닿아 있는 만큼 그의 문학에 대한 조명 역시 저항문학으
로서의 선도성이라는 관점에 집중되어 있기 때문이다.[3] 이 때문에 남정현 문
학에 대한 연구는 비슷한 내용이 반복되는 경향을 보여왔다. 주제의 선도성
과 현실 인식의 투철함, 이를 담아내기 위한 기법으로서의 풍자, 이러한 특징
의 반대급부적인 요인인 주제의 생경한 노출과 단조로운 작품세계 등이 그것
이다. 물론 이러한 연구경향은 남정현의 작품이 내재하는 특징에서 기인하는
것이기도 하다. 그가 가장 활발하게 활동한 1960년대 전반기의 작품들에는
당시의 정치권력이나 반공주의에 대한 비판이 당대의 다른 작가들에게서는
유례를 찾을 수 없을 만큼 단호하게 서술되어 있으며, 이러한 특징이 시종일
관한다는 점에서 그의 작품에 동일한 주제의 변주곡이라는 평가를 내릴 수
있다. 그러나 남정현의 문학이 저항문학의 관점에 치중되어 조명된 것은 단
지 그의 작품이 갖는 특징 때문만은 아니다. 주제의식은 선명하고 날카롭지
만 문학성이라는 측면에서는 어딘가 경직된 작가라는 이미지는 「분지」와 필
화를 중심에 둔 후대의 서술에서 생성된 것이다. 말하자면 저항문학으로서의
남정현 문학의 이미지는 작품의 내재적 특징에서 기인한 것이기도 하지만 절
반은 현재의 시각을 덮어씌운 단선적인 파악에서 기인한 것이기도 하다.

---

3) 그간 남정현 문학에 대한 연구는 주로 저항성을 부각시켰다고 할 수 있다. 「분
지」를 중심에 놓은 가운데 작품의 내용을 분석하거나 기법적인 측면을 분석하
는 경우에도 풍자의 저항성에 초점을 맞추었다. 이러한 관점의 대표적인 연구
로는 임중빈(1967), 김병욱(1987), 김병걸(1987), 류양선(1989), 이봉범(1997)
강진호(1999), 김양선(2001), 임헌영(2001), 장영우(2001), 황도경(2001) 등을
참조할 수 있다.

이는 연구대상으로 선정된 텍스트가 대부분 개작된 판본이라는 점에서도 드러난다. 남정현은 1960년대에 두 권의 작품집을 간행했는데『너는 뭐냐』(1965)와『굴뚝 밑의 유산』(1967)이 그것이다.4) 이들 작품집에는 잡지에 발표된 작품이 문장이나 어휘가 조금씩 손질되어 실려 있다. 그러나 1987년에 발행된『분지: 남정현 대표작품선』이나 2002년에 간행된 전집의 경우는 그렇지 않다. 이들 작품집에는 발표 당시의 작품들이 상당 부분 개작되어 있는데 그 개작의 대체적인 방향은 작품의 전체 내용이 사회과학적인 인식으로 정향되는 것이다. 「광태」(1963)의 첫 부분 서술을 개작한 과정은 이를 상징적으로 보여준다.

① 내가 자신을 가지고 기껏 얘기할 수 있는 것은 다만 내 성미가 이렇게 고약하여진 그 시기에 관해서 뿐인 것이다. 기아 선상에서 허덕이는 민중을 위하여 총칼을 들었다는 5·16 군사혁명. 그렇다. 나의 그 선하던 성미는 그날의 무질서한 총성을 계기로 해서 무참하게 변모하여버린 것이다. 별 이유도 없이 이렇게 갑자기 사나워졌다는 이야기인 것이다.

② 내가 자신을 가지고 겨우 얘기할 수 있는 문제는 다만 내 성미가 이렇게 고약하여진 그 시기에 관해서일 뿐인 것이다. 기아 선상에서 허덕이는 민중을 위하여 총칼을 들었다는 5·16 군사쿠데타. 그렇다. '4·19' 이후 삼천리 방방곡곡에 갖가지 형태의 아름다운 꽃으로서 가슴 설레이게 피어오르던 자유와 민주와 통일에 대한 민중의 열망을 짓부수면서 무질서하게 울려퍼지던 그날의 총성을 계기로 해서 나의 그 선하던 성미는 무참하게 변모하여버린 것이다. 별 이유도 없이 이렇게 사나워졌다는 이야기인 것이다.

---

4) 필화로 인해 「분지」는 두 권의 작품집 모두에서 제외되었다. 『너는 뭐냐』의 경우 애초에는 「분지」가 포함되어 있다가 빠진 흔적이 있다. 목차 부분에 「분지」가 먹칠되어 있으며 본문에는 「분지」가 실렸던 부분의 페이지가 누락되어 있다.

③내가 자신을 가지고 겨우 얘기할 수 있는 문제는 다만 내 성미가 그렇게 고약하여진 그 시기에 관해서일 뿐인 것이다. 기아 선상에서 허덕이던 민중을 위하여 총칼을 들었다는 5·16 군사쿠데타. 그렇다. '4·19' 이후 자주, 민주, 통일에 대한 전 민족적인 희원이 송이송이 현란한 꽃으로 피어오르던 그날. 그만 그 꽃송이들을 시샘해선가, 청천벽력같이 갑자기 울려퍼지던 그날의, 그 무질서한 총성을 계기로 해서 나의 그 선하던 성미는 무참하게 변모하여 버린 것이다. 별 이유도 없이 이렇게 갑자기 사나워졌다는 이야기인 것이다.

①은 1967년에 간행된 작품집 『굴뚝 밑의 유산』에, ②는 1987년의 『분지』에, ③은 2002년의 『남정현 문학전집』에 각각 실린 것으로 1987년에 간행된 작품집에는 '5·16 군사혁명'이 '5·16 군사쿠데타'로 변화했으며, 원본에는 없던 4·19에 대한 서술이 삽입되어 있다. 또한 다시 2002년에 간행된 전집에는 4·19의 의미가 민중의 열망에서 전 민족적인 희원으로 새롭게 규정되어 있으며, 자유가 자주로 변화했다. 이 글의 목적이 남정현 소설의 개작 과정을 서술하려는 것이 아닌 만큼 변화의 의미를 세세히 따질 수는 없다.[5]

---

5) 이러한 종류의 개작은 상당히 광범위하게 행해진 것으로 보인다. 남정현 소설의 개작과정을 면밀하게 검토하고 그 의미를 따져보는 것은 따로 연구할 만한 주제라고 생각된다. 이는 단지 억압적인 창작환경의 문제가 아니라 변화하는 정치정세에 대한 작가의 대응을 따져볼 수 있는 복합적인 문제인 듯하다. 가령 『너는 뭐냐』의 결말 부분 서술을 보면 발표 당시인 1961년에는 '인민'이라는 말이 쓰였으나 1965년의 작품집에서는 이 단어가 '국민'으로 바뀌었다. 또한 『굴뚝 밑의 유산』과 『분지』에 실린 「사회봉」에는 '김일성'이라는 어휘가 쓰였으나 전집에서는 이 단어가 사라졌다. 이 밖에도 성 모티프가 축소 변화되는 등 여러 변화요인을 검토해본다면 남정현이라는 작가의 내면풍경과 그가 처했던 문단적·사회적 상황에 더욱 심층적으로 다가갈 수 있을 것이라 판단된다.

중요한 것은 후대에 이르러 개작된 작품을 아무런 전제 없이 1960년대라는 시기와 연결시켜 남정현 소설의 저항성을 현재의 시각으로 덮어씌워서는 안 된다는 사실이다. 개작된 작품들은 사회과학적 인식으로 정향되어 메시지나 주제의식은 한층 명료하게 전달되지만 그 반면에 창작될 당시 지녔던 시대와의 생생한 호흡은 감소되어 있기 때문이다. 그렇다고 남정현 문학의 저항성이 후대에 가미된 것이라는 의미는 아니다. 저항성은 그의 문학의 본질적인 특성이지만 그 특성은 당대와의 연관하에 분석되어야 한다는 것이다.

정리하자면 남정현의 문학을 새롭게 조명하기 위해서는[6] 김승옥이나 최인훈이 1960년대 또는 1960년대적인 작가로 분석되는 것처럼, 그의 문학을 무엇보다 1960년대라는 시기와 연관해 분석할 필요가 있다. 그의 문학에 서술된 현실 인식과 당시의 금기였던 반공주의에 대한 비판이 아무리 선도적이고 예사롭지 않다 해도 이는 그가 귀속한 시대에서 산출된 것으로 남정현은 어떤 의미에서는 1960년대 전반의 풍경을 가장 명확하게 드러내고 있는 작가다. 남정현의 문학이 새롭게 조명되기 위해서는 필화와 결합된 저항 작가로서의 이미지에 가려진 1960년대 작가로서의 면모를 드러낼 필요가 있다. 그는 김승옥이나 최인훈과는 다른 방식으로 자신의 시대를 전유한 것이므로 그의 문학의 본질에 다가서기 위해서는 남정현 문학의 전유방식과 그 의미에 초점을 맞추어야 한다. 따라서 이 글에서는 1958년부터 1965년까지의 작품을 대상으로 그가 당대 사회를 어떤 방식으로 전유했는지를 해명하

---

6) 근래에 들어 그의 문학을 새로운 방법론으로 조명하려는 시도가 있어왔다. 정신분석학적 방법을 적용하거나(김형중, 2005), 기법적인 측면을 좀 더 세밀하게 분석하거나(김상주, 2002), 남정현 소설에 나타나는 민족 담론의 이중성에 주목하는 것(김종욱, 2003), 풍자 구도의 특성에 주목하는 것(오양진, 2006) 등이 그것이다.

고 이 전유방식에 담긴 의미를 분석해보고자 한다. 텍스트로는 1960년대에
간행된 두 권의 작품집과 잡지에 발표된 작품들을 사용할 것이다.

여기서는 세 가지 내용에 초점을 맞출 것이다. 첫째는 이 시기 남정현의 작
품에 지속적으로 등장하는 성 모티프 또는 여성의 문제다. 그의 소설에서 현
실에 대한 비판은 성 또는 여성을 매개로 한다. 이는 이 시기 그의 모든 작품
에서 거의 일관되게 나타나는 특성이다. 문학작품에서 훼손된 민족의 정체성
이나 현실의 모순이 여성의 몸을 매개로 형상화되는 것은 매우 일반적인 현상
중의 하나이며, 이는 흔히 작가의 가부장적 인식을 전제하는 경우가 많다.[7)]
그러나 남정현의 작품에서 성 또는 여성은 이 범주를 넘어서는 데가 있다. 가
부장적인 인식이 아예 없다는 것이 아니라 그것으로 국한되지 않는다는 것이
다. 남정현에게 있어 성이나 여성의 육체는 단순한 상징이나 남성 주체의 욕
망을 타자에게 전치시키는 행위로 국한되는 것이 아니라 일종의 세계를 인식
하고 서술하는 방법론적인 통로로 작용하고 있는 듯하다. 때문에 남정현의 문
학을 분석하는 데 있어 성·여성의 의미를 파악하는 것은 필수적이다.

둘째는 당대 문학 장과의 연관하에 남정현의 소설을 조명하는 것이다. 남
정현의 작품은 얼핏 보아 평지돌출이라는 수사를 가능하게 할 만큼 발언의
수위가 높다. 이는 비단 필화를 겪은 「분지」에 한정된 것이 아니다. 5·16으

---

7) 남정현 소설에 나타나는 여성의 이미지는 몇몇 논자에 의해 주목되어왔다. 김
   종욱(2003)은 남성과 여성의 이미지를 전통성/현대성, 정신성/육체성, 식민지
   민족주의/제국주의를 표현하는 소설적 구성 원리로 보면서, 남정현 소설에서
   여성은 민족 담론을 통해 식민지를 대표하는 능동적 주체로 구성된 남성들에
   의해 점유되고 예속되는 수동적인 대상으로 재구성된다고 분석했다. 또한 이
   상갑(2002)은 남정현의 1960년대 소설에서는 여성이 시대 악의 상징적 기호로
   쓰인다고 보면서, 이것이 이후 '허허선생' 연작에서는 허허에게로 고스란히 전
   이된다는 점에 주목하고 있다.

로 인한 작가의 상심과 분노가 절절하게 느껴지는 「기상도」·「자수민」·「광
태」에 서술된 반공주의에 대한 비판은 지금의 시각으로 보아도 결코 범상하
지 않다. 또한 반공주의와 매우 예민한 관계에 놓여 있는 통일이나 북한에 대
한 발언도 마찬가지다. 흥미로운 사실은 이러한 문학적 발언들이 제도권 문
학 내에 아무런 충돌 없이 수용되었다는 것이다. 이는 필화의 주인공인 「분
지」도 마찬가지다. 주지하다시피 「분지」는 ≪현대문학≫, 1965년 3월호에
실렸으며 발표 당시에는 아무런 문제가 없다가 북한의 노동당 기관지 ≪조
국통일≫에 실림으로써 문제가 되었다. 문학작품 때문에 작가가 반공법 위
반으로 기소된 최초의 사례였으며, 그 명목은 반미와 계급의식 고취였다. 그
런데 1964년에 문제가 되었던 정공채의 시 「미 8군의 차」역시 같은 잡지에
실렸었다는 사실을 기억할 필요가 있다. 이 작품은 ≪현대문학≫, 1963년 12
월호에 실렸다가 일본의 신문잡지들이 번역·소개해 큰 반향을 불러일으키자
뒤늦게 문제가 되었다. 작가가 기소되지는 않았지만 반공법 위반 혐의로 조
사를 받았으며 이 과정에서 반미 여부에 대해 문인들이 평가를 내렸다.[8] 얼
마 전에 실린 시가 반미 여부로 문제가 되던 차에 「분지」가 ≪현대문학≫에
실렸다는 것은 앞뒤를 가려볼 만한 문제다.

　셋째는 남정현의 작품을 반공주의와의 연관 하에 살펴보는 것이다. 1960
년대는 반공주의가 전일적으로 내면화되는 시기였다. 4·19를 계기로 제기된
다양한 통일논의는 1950년대의 반공주의가 막강한 위력을 지닌 이데올로기
였지만 그렇다고 반공주의가 전사회적으로 내면화된 것은 아니었음을 보여

---

8) 정공채는 1964년 3월 중정으로 불려가 심문을 당했으며, 조지훈, 조연현, 김현
　승, 김용호가 그의 작품을 평석했다. 그의 작품에 대해 한 명은 '철저한 반미주
　의자의 작품'이라고 평가했으며, 세 명은 '민족주체성을 엮은 서사적 장시'라
　고 평가했다(황토편집위원회, 1989: 149~153).

준다(정창현, 2004: 227~259). 그러나 이들 통일논의를 주도해간 혁신세력이
5·16으로 제거되면서 반공주의는 다시 강화되기 시작했다. 이는 단지 정치
적인 탄압의 문제만은 아니었다. 쿠데타 세력은 4·19의 영향에서 벗어날 수
없었으며 정통성 부재를 메워야 했기 때문에 민족적 민주주의를 비롯한 다
양한 담론을 개발하고 적극적으로 지식인들을 포섭했다. 이로 말미암아
1960년대 초반에 쿠데타 정권에 대해 가졌던 인식은 일정한 기대를 동반하
는 혼란스러운 형태였다(정용욱, 2004: 159~185). 1960년대는 여러 가지 요인
이 복합적으로 작용하는 가운데 반공주의가 헤게모니를 장악해가는 시기로
이 시기의 반공주의는 저항에 직면한 이데올로기는 아니었다고 보인다. 이
러한 시기에 남정현의 문학이 어떻게 반공주의를 비판할 수 있었으며 정권
의 실체를 폭로할 수 있었는지 해명할 필요가 있다.

따라서 이 글에서는 1958~1965년의 남정현의 문학작품에 나타난 성·여
성의 의미를 해명하고 그의 작품을 당대 문학 장과 반공주의와의 연관 하에
조명해보도록 하겠다.

2. 욕망의 부재로서의 남성 지식인

남정현 소설에 등장하는 남성은 대부분 무기력하거나 무능력하며 적극적
인 소망이나 생활의 계획, 희망을 품고 살아가지 않는다. 이들은 대학 중퇴나
대학 졸업의 학력 소지자로 지식인이라 할 수 있는데 우선 경제적으로 무능
하다. 직업이 있거나 없거나 상관없이 무능해서 부양을 받는 처지에 놓여 있
다. 남정현 소설의 공간이 대부분 가정인 까닭에 이들 남성을 부양하는 인물
은 보통 부인 또는 부부와 다를 바 없는 위치의 여성이다. 그런데 이들 남성

은 경제적으로 무능할 뿐만 아니라 성적으로도 무능하다. 남정현 소설의 남성들은 성적으로 무지하거나 무능력해서 조화로운 성적 결합을 이루는 예가 매우 드물다. 그렇다고 지식인의 이름에 걸맞게 사회적인 식견이 탁월하거나 비판적인 인식이 날카로운 것도 아니다. 세상사의 이치를 몰라 주위의 사물이나 사건이 온통 의문투성이다. 이 때문에 그들은 작품에서 멸시와 경멸의 시선에 포위되어 있으며 그 시선은 대부분 가족, 그중에서도 부인 또는 여성의 몫이다. 가장 긴밀한 관계에 있는 사람에게 멸시와 경멸을 받는 것인데 그렇다고 해서 자신의 처지를 특별히 비관하거나 이를 부당하다고 항거하거나 괴로워하지도 않는다. 마치 생래적으로 서로 다른 인간들이 우연히 한 공간에 거처하고 있는 것처럼 주위의 시선은 이 남성 인물에게 영향을 미치지 않는다. 남정현 소설의 남성은 매우 독특한 성격과 상황의 소유자라고 할 수 있는데 이를 전형적으로 보여주는 작품이 「너는 뭐냐」다.

　「너는 뭐냐」는 관수와 신옥의 가정풍경을 그린 작품으로, 관수는 번역을 업으로 삼고 있지만 집안경제를 책임지고 있는 사람은 신옥이다. 경제적으로 무능한 관수는 성적으로도 무능하다. 이에 신옥은 관수에게 싫증이 나 있다. 결혼 후 2~3년이 지나도록 제 먹는 쌀값도 벌지 못하며 성욕의 해결이 좀 순조롭다 할 수 있겠으나 그것도 이제는 이쪽에서 서둘러야 하니 신옥은 헤어져야겠다는 생각을 하고 있다. 그런데 관수를 경멸하는 사람은 비단 신옥만이 아니다. 식모 인숙과 주인집 아이들도 마찬가지다. 인숙은 배우모집에 응시했다가 떨어지고 임시로 식모살이를 하고 있는 인물인데 그녀에게 가장 중요한 것은 '예술'이다. 인숙이 신옥의 온갖 횡포에도 아랑곳하지 않고 오히려 신옥을 존경하는 이유는 그녀가 샹송 가수 복거래를 닮았기 때문이다. 이는 그녀가 관수를 멸시하는 이유이기도 하다. 예술이 뭔지도 모르면서 번역을 한답시고 방구석에서 쓸데없이 책이나 주무르고 있는 관수에 대해 그녀는 구토증을 느낀다. 주인집 아이들 역시 관수를 사람 취급하지 않는다. 이들은 라디오 드라마라면 사족을 못 쓰는데 관수는 그런 데 전혀 관심이 없으니 무슨 재미로 살까 하며 그를 동정하는 것이다.

이처럼 관수는 멸시와 경멸의 시선에 포위된 채 쓸모없고 둔감한 물체처럼 고립되어 있다. 그러나 관수는 이러한 주위의 시선에 대해 괴로워하지 않으며 영향을 받지도 않는다. 관수는 관수대로 의문투성이인 세상사를 바라보며 궁리를 하느라 바쁘기 때문이다. 아내 신옥은 그토록 위생학을 들먹이고 그에 따라 인숙의 입을 마스크로 틀어막아 헐게 하면서도 정작 자신은 방에서 똥을 싼다. 관수는 이 이해할 수 없는 행위를 이해하기 위해 아내의 똥이 새로운 형태의 오줌은 아닌가 하는 기묘한 생각을 해보곤 한다. 또한 신옥은 주변의 사내들이 모두 자기 하나만을 좋아한다고 굳게 믿고 있지만 이 탓에 매양 실연을 당하니 딱한 노릇이다. 더구나 아내가 자신의 행위들을 합리화시키는 도구인 '현대'라는 것의 정체가 불가사의해서 관수는 골머리를 앓는다. 또한 관수가 보기에 인숙은 ≪야화≫나 ≪양산도≫, 그리고 ≪도라지≫ 등속을 읽으며 예술에 살고 예술에 죽자며 다짐을 하지만 이들 잡지에 낭비되어 있는 '예'자를 생각하면 무척 걱정이 되고, 라디오 드라마를 들으며 우는 아이들을 보면 자신의 혈액이라도 빼앗기는 것 같다. 말하자면 관수는 고립되어 있고 주변 인물들은 다수이며, 현상적으로 시선의 감옥에 갇혀 있는 자는 관수이지만 실상은 서로 다른 두 세계가 유리창을 사이에 둔 풍경처럼 견고하게 병렬해 있는 것이다.

이는 두 세계 사이에 본질적인 차이가 존재하기 때문인데 그 차이는 바로 욕망의 문제다. 작품에서 관수를 제외한 인물들은 모두 일상적인 욕망에 충실하게 생활하고 있다. 신옥은 '광활한 후리월드'에서 연애와 실연의 되풀이에 열심이고, 인숙은 배우가 되기 위해 열심이며, 아이들은 라디오 드라마에

열중해 있다. 그러나 관수는 그들이 드러내는 일상적인 욕망은 전혀 가지고
있지 않다. 이들의 차이점은 관수와 신옥의 정사장면에서 상징적으로 드러
난다. 관수는 신옥과 처음으로 성교섭을 하면서 여성과의 교접절차를 제대
로 몰라 아내에게 톡톡히 망신을 당한다. 신옥은 고등학교 때 성교육을 마스
터한 데 반해 여인의 살이 처음이었던 관수는 "이 내 몫으로 차례 온 찬란한
잔치를 어떠한 순서로 소화시키면 좋을지를" 몰라 성교육을 받아야 했다. 주
변 인물이 일상적인 욕망에 침잠되어 있다면 관수는 일상적인 욕망은 물론
성적인 욕망도 통상적인 형태로 담지하지 않은 자로, 이들의 차이는 여기에
존재한다. 성이 인간의 가장 강력한 형태의 욕망 가운데 하나임을 고려할 때
관수는 일상적인 욕망이 남들보다 적거나 그 형태가 다른 인물이 아니라 남
들과 질적으로 구분되는 인물인 것이다. 즉, 신옥과 인숙, 아이들이 욕망의
차원에서 세상을 파악하고 관계를 맺는다면 관수는 여기에서 비켜서 있는
존재라 할 수 있다.

　이러한 관수의 캐릭터, 경제적·사회적으로 무능하고 일상적인 욕망이 부
재하며 성적으로 무능력하다는 설정은 그가 지식인이라는 항목과 결합함으
로써 작품 내에 독특한 하나의 거점을 만들어낸다. 그것은 욕망이 부재한 자
로서의 지식인이라는 거점이다. 「너는 뭐냐」에서 가정의 풍경을 서술하는
자는 관수다. 관수가 신옥과 인숙, 아이들을 인지하고 묘사하는 것이지 그 반
대는 아니다. 욕망의 그물에 비켜서 있는 자가 욕망에 침잠해 그 바깥이나 근
원에 무지한 인물들을 응시하는 것으로 이는 관수가 지식인이라는 설정과
맞물려 있다. 「너는 뭐냐」에는 욕망으로 들끓는 일상과 근본적으로 분리되
어 있는 지식인이 바라본 세상 풍경이 그려져 있는 것이다. 아내의 실연을 염
려해 남자의 심리를 설명하는 관수에게 당신 혼자만 먹자판의 사나이들 계
열에서 홀가분하게 빠져나가겠단 말이냐며 비난하는 신옥의 말처럼 관수는

먹자판에서 빠져나와 있는 인물이라 할 수 있다.

이 같은 남성 인물의 특성은 이 시기 남정현 소설에서 일관되게 드러난다. 「경고구역」의 종수는 대학을 중퇴한 인물인데 여동생 순이가 아프지 않으면 할 일이 없는 인간으로 부인 숙이와 성적으로 결합하지 못한다. 「굴뚝 밑의 유산」의 석주 역시 대학 중퇴의 학력 소지자로 굴뚝에서 보초를 서는 일이 고작이며 영옥과 부부와 다를 바 없지만 성관계는 맺지 않는다. 또한 「기상도」의 철은 식이와 란이의 교접을 비참한 운동으로만 인식하며, 「자수민」의 아무개는 해바라기 양의 현란한 육체가 도무지 곤혹스럽기만 하다. 이들은 모두 지식인으로 경제적·사회적으로 무능하며 일상적인 욕망은 물론 성적 욕망도 거세된, 욕망 자체가 부재한 자들이다. 남정현 소설 속의 남성이 무능력한 나머지 도무지 세상사의 갈피를 잡지 못하는 것도 이 때문으로 욕망 자체가 부재한 인물들로서는 도리가 없는 일이다. 세상사와 실질적으로 연계를 맺을 거점이 없는 것이나 마찬가지이니 이들의 무능력은 욕망 부재의 현상 형태라 할 만하다.

결국 남정현의 소설에서 욕망이 없다는 것, 무능력하다는 것은 지식인이라는 설정과 결합하면서 그 자체가 하나의 계기로 현상한다고 할 수 있다. 남정현 소설의 남성 인물들은 욕망의 부재와 무능력 때문에 멸시와 경멸의 시선에 포위된 채 고립되어 있지만 이로 말미암아 욕망이라는 거울에 왜곡된 세계를 본질적으로 인식할 수 있는 계기를 포착한다. 욕망의 부재는 이들 인물이 세계를 통찰할 수 있는 유일한 무기로 이들의 지식인적 속성은 무능력과 욕망의 부재를 통해서만 발휘된다. 이들 인물과 주변 인물들의 소통 불가능과 몰이해는 피차 간에 이유가 있는 것으로 선과 악으로 구분되거나 어느 한 편에만 책임이 있지는 않다. 물론 관수는 혼자이고 주변 인물은 다수이며 경멸과 멸시의 시선에 포획되어 있는 것은 남성 쪽이지만 그로서도 자신의 정당성을 주장할 만한 어떤 행동을 하거나 언어를 구사하지는 않는다. 그는 다만 치열하고 끈질기게 응시할 뿐이다. 남정현의 소설에 서술된 풍경은 욕망이 부재한 남성 지식인이 바라본 세계의 모습으로 이는 성·여성을 매개로 드러난다.

3. 현실 결합 통로로서의 성 · 여성

남정현 소설에서 남성과 여성은 보통 서로 대립적인 이미지로 형상화된다. 앞서 살펴보았듯이 남성이 무능력하고 무기력한 인물인 데 비해 여성은 활발하게 자신의 삶을 영위한다. 여기서 이들 여성의 활동성을 뒷받침하는 핵심적인 근거는 성적인 측면이다. 이들은 대부분 성적으로 자유롭거나 그 이력이 복잡하거나 매매춘으로 경제적인 능력을 획득하는 여성이다. 또한 매매춘에 종사하는 경우 그 상황을 적극적으로 영위하고 즐긴다는 점에서 통상적인 생존의 모습과는 결을 달리한다. 이는 남성 인물들에게 욕망이 제거되어 있다는 측면과 정확히 대척적인 지점에 있는 것으로 남정현 소설에서 성·여성은 부조리한 현실에 대한 상징인 동시에 그 현실에 결합해가는 통로인 개인의 욕망을 상징한다고 보인다. 그의 소설에서 성·여성이 대부분 부정적인 측면으로만 다루어지는 것은 이 때문이다. 이를 잘 보여주는 작품이 「누락인종」이다.

「누락인종」의 성주는 10만 환을 주고 영약주식회사의 외무원 자리에 취직해 있다. 이 회사는 노멀한 시각과 후각의 소유자로는 집무가 힘든 곳으로 여기서 만든 소 여물 같은 엉터리 영약을 파는 것이 성주의 업무다. '반공'과 '반일'을 위협 삼아 휘두르지만 약은 잘 팔리지 않고 성주는 이러한 일상에 휘둘려 맥이 빠져 있다. 그의 친구인 동수와 용두의 처지도 대동소이하다. 동수는 결혼을 했지만 하는 일이 없어 근근이 모아뒀던 책을 팔며, 생활에 티끌만 한 역할도 못하는 자신을 마누라를 비롯한 사람들이 왜 때려주지 못하는 것일까 하는 자학에 시달린다. 용두는 한 달에 두어 번 나오다 말다 하는 주간신문사에서 교정을 담당하고 있으며 그나마 형편이 나은 편이다. 그러나 성주나 동수와 만난 자리에서 찻값과 술값을 감당하다 보면 그들의 목숨이 자신의 손에 달린 것 같은 책임감이 가슴을 짓누른다. 이들은 도무지 희망을 찾을 길이 없다.

이러한 상황에서 성주는 명희의 결혼 요구에 시달리고 있다. 명희는 결혼만 하면 아버지에게 돈을 우려낼 수 있다며 성주를 악착같이 따라다닌다. 그녀는 도의연구소의 일원으로, 돈을 받아내 이 연구소를 부흥시키려는 속셈을 지니고 있다. 그러나 성주로서는 도무지 명희와 결혼할 마음을 먹을 수가 없다. 명희가 정신도 육체도 인간 이하인 엄청난 추물인 까닭이다. 명희의 집요한 요구에 성주가 친구들에게 도움을 청하면 친구들은 갈팡질팡한다. 용두는 자신이 성주의 용돈만 부담하다 죽으란 말이냐며 결혼을 권하지만 막상 명희의 얼굴을 바라보면 그만 난감해진다. 동수도 동일한 심정이다. 그러나 명희와 주변의 압력은 점점 죄어오고 급기야 청첩장까지 나온다. 이에 성주는 자신을 택시에 태우려는 친구들을 뿌리치고 도망가지만 개찰구를 통과하지 못하자 절망감에 울음을 터뜨리고 만다.

이 기묘한 이야기에서 핵심은 결혼을 해야만 성주와 친구들의 상황이 나아질 것이라는 설정과 명희의 추악한 외모다. 명희는 무조건 넓기만 한 이마, 눈곱인지 눈인지 모르게 시늉만 낸 눈, 하품하는 아가리처럼 벌어진 코, 곧바로 맞붙은 턱과 가슴의 소유자로 마치 베이징 원인과 같다. 하지만 정작 명희는 자신의 외모에 대한 자각이 전혀 없이 성주에게 결혼을 강요한다. 작품에서 명희의 외모에 대한 과장된 묘사와 현실성 없는 결혼 강요는 일종의 상징으로, 이는 개인이 사회에 진입되어가는 과정에 대한 서술이라고 볼 수 있다. 결혼해서 가정을 이루는 것은 개인이 한 사회의 구성원으로 편입하는 가장 기본적이고 일반적인 통로다. 개인이 결혼에 접근하는 계기는 욕망의 차원이며 그 자체로는 선도 악도 아니다. 그러나 이를 제도의 측면에서 보자면 결혼은 사회에 포획되고 순치되는 강력한 계기다. 즉, 결혼은 일상의 욕망을 매개로 해서 개인을 체제 내로 포획하는 제도로서 성주는 그 경계에서 진입을 강요당하고 있다. 이때 명희의 추악한 외모는 일차적으로 성주가 결혼을 통해 진입하게 될 현실의 모습을 상징한다. 성주가 명희와 결혼한다는 것은 곧 명희의 배경을 이루는 도의연구소의 일원이 된다는 것을 의미하는데 이 연구소는 말할 수 없이 추악한 곳이다. 도의연구소로 가는 길은 수챗구멍처럼 더럽고, 연구소는 무슨 폐물을 넣어두었나 싶게 침울하며, 소장이라는 자는 시골면장부터 제헌의원까지 지낸 괴물 같은 늙은이로 헌법을 제정한 자신과 같은 선량이 끼니 때문에 허우적거리는 것은 도의가 땅에 떨어진 탓이라 여기는 적반하장의 인물이다. 명희나 소장이나 연구소나 모두 추악하기 그지 없는 존재로 이는 성주가 명희와 결혼하겠다고 생각하는 한, 즉 사회에 편입된 인물로 살아가겠다고 결심하는 한 감수해야 할 현실의 모습이다.

문제는 작품에서 성주가 명희와의 결혼을 거부하고 다른 길을 택할 수 있는 가능성이 어디에도 열려 있지 않다는 데 있다. 성주는 명희에게 자신은 당당히 여자와 결혼하고 싶고 결혼만은 자신의 뜻대로 하고 싶다고 절규하며 그녀와의 결혼을 피하기 위해 필사적으로 노력한다. 그러나 그는 개찰구를 빠져나가지 못해 절망하고 만다. 또한 성주 친구들은 결국 까만 양복을 차려입고 그에게 결혼을 강제하는 모습으로 변모한다. 개인의 욕망은 그 자체로는 중립적이다. 그러나 그것이 실현되는 구체적인 상황에 놓이게 되면 문제

는 달라진다. 욕망이 실현되는 시스템, 즉 사회의 전반적인 시스템이 부조리
하다면 개인의 욕망이나 그것이 실현되는 방식 역시 여기서 자유로울 수는
없다. 개인이 정당한 욕망을 실현할 가능성이 어디에도 열려 있지 않고 실현
가능한 욕망은 사회가 요구하는 형태의 욕망뿐이라면 욕망을 가진다는 사실
자체가 곧 비틀리고 추악한 현실에 발목을 잡히는 일이 되고 만다. 이는 성주
친구들의 부화뇌동에서 단적으로 드러난다. 그들은 현실의 추악함을 인식하
고 있기는 하지만 그나마 일신의 고단함을 타개하려면 그 현실과 타협하는
것 이외에 다른 방도가 없다. 그 때문에 명희의 외모는 끔찍하지만 그녀와 결
혼해야 한다고 성주를 몰아붙일 수밖에 없다. 이로 말미암아 명희의 외모는
현실에 대한 상징에서 한발 더 나아가 현실에 대한 상징인 동시에 그곳으로
의 진입통로인 개인의 욕망에 대한 상징이라는 복합적인 의미를 띠게 된다.
개인의 욕망은 부조리한 현실과 결합하는 통로로 인식되어 부조리한 현실뿐
만 아니라 욕망 자체가 경계와 부정의 대상으로 화하는 것이다.

　여기에는 작가 남정현의 현실 인식이 개재되어 있다. 즉, 성주가 정당하게
결혼할 가능성이 열려 있지 않다는 작품의 설정에는 현실에서 어떠한 긍정
적인 계기도 찾을 수 없다는 작가의 현실 인식이 가로놓여 있는 것이다. 이는
이 작품이 4·19 직전의 선거 광풍으로 얼룩진 1960년 3월에 발표되었다는
사정을 고려하면 수긍이 될 만한 설정이기도 하다. 그러나 이 인식은 이 시기
남정현의 작품에서 일관되게 드러난다. 다음의 서술은 이를 잘 보여준다.

　　행렬을 따라 얼마나 왔는지 앞을 콱 막는 장벽에 이르렀다. 이게 종점인
　가. 「극장이다」 결국 여기에 닿기 위한 행렬이었나 보다. 종수는 희망도 절
　망도 아닌 감개에 잠겼다. 문짝에다가 빨갛게 「만원」이라고 써 붙여 있었다.
　한 사람만 더 보태도 배가 터진다는 경고다. 종수는 가슴이 뿌듯했다. 이 장

쾌한 건축이 코방아를 찧는 절경을 예상해서다. 미끈하게 벗어진 대머리 아
저씨가 겁 없이 입장한 것을 봤기 때문이다. 허지만 암만 기다려도 여간해서
무너지게 생긴 건축은 아니다. 그래도 종수는 실망하지 않았다. 또 한 놈의
전동된 「올빽」 청년이 문지기와 실갱이를 하고 있지 않으냐. (중략) 아직도
청년은 머리를 굽실대며 사정하는 품이 선생한테 벌을 받는 중학생이다. 저
문 안에 들어가기만 하면 아마 죽어도 한이 없다고 문지기에게 누누이 설명
하는 모양이라고 종수는 대중했다. 귀찮다는 듯이 문지기는 상을 약간 찌푸
리더니 문을 아주 꽉 닫아버렸다. 그래도 「올빽」 머리는 단념하지 않고 꼭 통
곡하는 시늉으로 그 긴 문짝을 탕탕 후려쳤다. 저 안에서 목을 매는 혈육이라
도 발견했는가. 덩달아 종수도 문짝 대신 앞가슴을 탕탕 치며 고개를 돌린 쪽
이 그야말로 장관이다. 입장료 천 몇백 환이라는 안내의 말씀이 겁나서가 아
니고 그 밑으로 빠끔하게 열린 구멍 주변에 한량없는 화폐들이 홍수 났기 때
문이다. 각자가 먼저 화폐를 지불하겠다는 피나는 대결이다(남정현, 1958:
240~241).

사흘이나 외박한 아내 숙이를 찾기 위해 외출한 종수는 어디론가 가고 있
는 사람들의 행렬을 만나고 도대체 그들이 어디로 가는지 따라가다 극장에
도착한다. 극장은 개인의 욕망을 매개로 환상을 창출하고 유포하는 대표적
인 곳이다. 사람들은 극장에 들어가려 안달이다. 청년은 벌을 받는 중학생 모
양으로 굽실거리며 들어가기를 애원하고 닫힌 문을 통곡하듯 두드린다. 종
수는 '만원'이라는 팻말에 극장이 무너지기를 바라지만 극장은 건재하며 자
진해서 갖다 바친 돈으로 홍수가 나 있다. 사람들은 자신이 처한 현실에는 아
랑곳없이 자신의 욕망이 부르는 곳으로 끌려가며, 그 욕망을 실현하기 위해
굽실거리고 돈을 지불하는 것이다. 또한 「사회봉」의 원규는 방이 없어 부인

과 잠자리를 할 수 없는데 이 억압된 욕망은 결국 누이인 성자와의 정사로 이어진다. 이는 어떠한 욕망도 정당한 형태로 실현될 수 없으며 실현된 욕망은 이미 왜곡되어 있는 작가의 현실진단이라 할 수 있다.

결국 남정현 소설에서 성·여성은 현실 자체에 대한 상징인 동시에 개인이 부조리하고 추악한 현실에 결합해가는 통로인 개인의 욕망에 대한 상징이라고 할 수 있다. 현실에서 긍정적인 계기를 찾지 못하는, 현실에 대한 철저한 부정은 곧 일상의 욕망 자체를 부정하게 만든다. 그의 소설에서 성·여성이 온통 비틀려 있으며 현실에 대한 비판이 성·여성과 끊임없이 유비되어 서술되는 까닭이 여기에 있다. 칼모찡(Calmotin) 중독으로 흐느적거리는 갑자(「굴뚝 밑의 유산」)나 현대병에 걸린 신옥과 예술에 심취한 인숙(「너는 뭐냐」)은 미국 문화에 골수가 파먹힌 일그러진 문화의 상징이며, 기저귀를 버리지 못하고 루프로 자궁을 가로막은 청자(「부주전상서」)는 현실의 부조리는 외면한 채 일신의 안락만을 추구하는 풍조에 대한 상징으로 이러한 현상의 이면에는 개인의 욕망이 잠재되어 있다. 이와 같은 현실과 욕망, 양자 모두에 대한 부정 탓에 남정현의 소설에서는 현실비판의 메시지가 서사나 인물을 중심으로 모이는 것이 아니라 요설적인 문체를 따라 도처에 넘쳐흐른다. 욕망 자체를 부정함에 따라 인물들이 긍정적이거나 생산적인 활동을 할 도리가 없기 때문이다. 그리고 여기에는 현실 또는 정치를 윤리의 차원으로 치환한 작가의 인식이 가로놓여 있다.

4. 윤리적 인식과 두 겹의 비판

　욕망이 거세된 고립된 남성 지식인이 욕망으로 들끓는 세상 풍경을 묘사한다는 남정현 문학의 구도는 세계의 모습을 드러내는 데 있어 양날을 가진 칼과 같다. 욕망이라는 일그러진 창에 가려진 세상의 본질을 선명하게 포착할 가능성을 한편에 두고 있다면, 다른 한편에는 세계의 풍부한 가능태와 현실태들이 단 하나의 거점으로만 환원되고 축소될 가능성을 두고 있다. 선명한 만큼 단선적일 수 있는데 이는 실상 욕망을 본질 파악의 장애나 부조리한 시스템과의 결합 통로로만 파악하는 관점에 이미 내재되어 있던 것이다. 욕망은 남정현이 파악하는 것처럼 부정적일 수도 있지만 긍정적일 수도 있으며 무엇보다 인간의 생존조건이다. 이를 그 부정태를 이유로 전면적으로 거부한다는 것은 세상사의 복잡한 이면들이 당위, 즉 윤리의 측면으로 환원된다는 의미이기도 하다. 5·16과 5·16이 일어난 이후의 세태에 대한 작가의 절망과 상심이 직접적으로 서술되어 있어 5·16 3부작이라 할 만한 「기상도」·「자수민」·「광태」에는 이러한 세계에 대한 윤리적인 파악이 잘 드러나 있다.

　「기상도」는 1961년 8월에 발표된 작품으로 이 작품에는 5·16 이후의 남한사회를 파악하는 작가의 시각이 선명하게 드러나 있다. 작품의 서두는 주인공 철의 환상으로 시작된다. 철은 열리지 않는 문 앞에 서 있다. 이 문은 두드려도 흔들어도 불원 열릴 것이라든가 영원히 열리지 않을 것이라든가 도무지 아무런 소식이 없다. 열리지 않는 문 앞에 선 사람들은 문은 닫아건 사람들이 누구인지, 어찌해야 문이 열릴 것인지, 왜 자신들이 문밖에서 굶거나 떨고 있는지 생각하지 않는다. 백의의 민족답게 날이 새기만 기다리고 있으며 문밖의 비참한 처지를 면하고 싶다는 생각뿐이다. 이 때문에 이들의 모가지는 점점 길어져 도로를 가로질러 건너편 쇼윈도에 가서 척 걸리고 진열장의 틈새에 끼어 비명을 지르기 시작한다. 이에 철은 그만 자신은 하늘에서 내려온 사람이며 어디에나 갈 수 있는 여권이 있다고 소리를 지르고 만다. 열광적인 환호성이 들리자 철은 무서워져 거짓말임을 실토하지만 군중은 분노하지 않으며 표정도 없다. 그 정도의 거짓말에는 이미 익숙해져 버린 것이다. 철은 그들이 송장 같다는 생각에 징그러워 그곳을 탈출하려는 생각으로 발길질하다가 환상에서 깨어난다.

철의 환상은 「기상도」의 전체 내용을 압축한 우화다. 문을 닫아건 채 문안에서 호령하고 호의호식하는 자들이 쿠데타를 주도한 세력 및 지배자들이라면 문밖에서 떨고 있는 자들은 대중이다. 철 자신은 한 번은 이 문을 열고들어가 보고 죽어야 할 것이 아니냐고 바득바득 대드는 사람이지만 이러한 철의 생각은 아무리 소리를 쳐도 상대에게 전달되지 않는다. 철의 성량이 작기 때문이기도 하고 그들이 체념에 익숙해져 있는데다 문밖이라는 위치를 면하고 싶다는 생각에 골몰해 있기 때문이기도 하다. 여기에는 4·19가 일어난 지 불과 1년 남짓 후에 군사쿠데타가 일어났음에도 아무런 저항도 조직적인 움직임도 없었던 당시 상황에 대한 작가의 진단이 내재되어 있다. 아주 단순하게 말하면 쿠데타를 주도한 세력에 대한 비판과 더불어 이를 용인한 당대 사회의 대중에 대한 비판을 함께 가하고 있는 것이다. 이들은 근본적인 성찰이나 행동에는 관심이 없고 다만 개인의 일신, 자신이 문밖에서 떨고 있다는 목전의 처지만을 중요하게 생각한다. 그러하니 문 안에 들어가 보아야 한다는 철의 소리가 전달되지 않았던 것과는 달리 여권이 있다는 소리에는 열광적으로 반응한다. 이러한 작가의 인식은 환상 이후에 서술되어 있는 빠 플라자의 내부 풍경이나 그곳에서 벌어지는 일에서도 동일하게 보인다.

빠 플라자는 지난날에는 융성했지만 지금은 바닥에서 고름 같은 액체가흘러나오는 쓰레기통처럼 폐물화된 곳이다. 이곳에는 철과 함께 식이와 선이, 란이가 살고 있다. 식이와 선이는 통일문제로 사이가 좋지 않다. 식이는 통일만 되면 원산에 있는 자신의 집에 갈 수 있다 하고 선이는 식이의 입에서 통일 소리만 나오면 비위가 상해 제 몸을 스스로 가누지 못하는 생리의 소유자이기 때문이다. 선이는 식이에게 정부에서는 선 건설 후 통일이라는데 왜 밤낮 통일 소리냐며 새끼 공산당에 간첩이라고 몰아붙이며 싸움을 한다. 결국 이 싸움은 배고픔에 지쳐 중단되고 둘은 어쨌거나 지금의 처지가 공산당보다는 낫다는 데 합의를 보고는 한다. 플라자가 5·16 이후의 남한사회라면 식이와 선이는 그 속에서 각자의 욕망대로 살아가는 인물이다. 다만 식이는 플라자의 내부 환경에 신경 쓰지 않고 안주하는 인물이고 선이는 4·19로 몰락한 자신의 내력 때문에 떠나고 싶어하는 인물일 따름이다. 이러한 상황에서 통일이니 간첩이니 공산당이니 하는 말들은 그 실제의 의미와는 아무런 상관없이 자신의 입장을 합리화하기 위해 편의대로 쓰일 뿐이다. 이들은 플라자를 황폐화시킨 권력에 의해 그곳에서 비참한 생활을 영위할 수밖에 없으면서도 이를 자각하지 못하거나 떠나고 싶다는 생각에만 골몰하고 있으며, 통일이나 간첩, 공산당 등 권력의 언어를 자신의 것으로 내재화한 인물이다. 다음의 서술은 플라자라는 남한의 현실과 그 속에서 생활하는 사람들에 대한 작가의 인식을 압축적으로 보여준다.

그것은 정말 이상한 소리라고 밖엔 다른 말이 없었다. 송장이 아닌 담에야 그 소리를 듣고도 잠이 안 깰 사람은 없을 게라고 철은 생각하는 것이다. 목마른 자들이 일제히 물을 들이키는 듯한 아니 병실에서 들려오는 신음 소리 같은 또는 병신들이 육갑하는 소리일지도 모르는 좌우간 그런 여러 가지 음향이 배합된 이상한 소리가 깊어가는 「플라자」의 음산한 공기를 더욱 참혹하게 적시는 것이었다. 철은 아닌 밤중에 이게 무슨 소린가 해서 목을 길게

빼고 소리 나는 쪽에 눈을 줄라치면 아 거기에는 불도 끄지 않은 채 식이와 란이가 형성해놓은 목불인견의 참상이 전개되어 있는 것이었다. 대단한 형벌이라도 받는 것처럼 식이와 란이는 알몸이 되어 서로 부둥켜안고 엎쳤다 뒤쳤다 사지를 비비 꼬면서 끽끽 사뭇 숨넘어가는 발성을 하지 않는가. 밑바닥에서 흘러나오는 그 고리퀴퀴한 액체가 바야흐로 발밑까지 차오르는데 그들은 오불관언인 것이다(남정현, 1961b: 322).

발밑까지 고름 같은 액체가 차오르는데 식이와 란이는 정사에 열중해 있다. 그들의 정사는 갈증 난 자의 물켜는 소리, 병자의 신음 소리, 병신의 육갑하는 소리로 비유된다. 전술했듯이 남정현 소설에서 남녀 간의 정사는 언제나 부정의 대상이었지만 5·16 이전의 작품에서는 이만한 강도로 서술되거나 묘사되지는 않았다. 이 장면의 묘사에는 5·16으로 인한 절망, 권력에 대한 비판은 물론 무기력한 대중에 대한 절망이 함께 담겨 있다. 자신의 욕망에 침잠해 있는 그들에게는 발밑의 균열을 돌아볼 틈이 없는 것이다.

이러한 인식은 「자수민」, 「광태」에서 한층 심화되어 드러난다. 「자수민」의 해바라기 양은 남한사회가 침윤된 미국문화의 상징이며 이는 당대 사회에서 유일하게 발휘될 수 있는 자유의 종목이다. 영단을 대낮처럼 밝히고 있는 전등에 대해서는 얼간이처럼 끌려갈 각오를 하기 전에는 시비를 걸 수 없지만 해바라기 양의 거울은 자유와 민주주의 명목으로 보호받는다. 이곳에 사는 아무개의 이름은 상징적이다. 그는 반공주택영단의 절망적인 상황에서 자아를 상실해버린 것이다. 따라서 그는 '간첩자수기간'에 무언가 기대에 찬 옅은 흥분을 느끼며 걸어나간다. 「자수민」의 아무개가 자아를 상실한 자라면 「광태」의 '나'는 세태 변화 때문에 자아가 폭력적으로 변화해버린 자다. 기아 선상에서 허덕이는 민중을 위해 총칼을 들었다던 5·16 군사혁명 이후

'나'의 곱고 착하던 성격은 고약해졌다. '나'는 아내 지아를 비롯해 주변의 모든 기물을 파괴한다. 지아의 육체는 '나'의 폭력에 원형을 상실했을 만큼 망가졌다. 나는 지아에게 떠나라고 하지만 지아는 원수를 갚지 않고 어찌 떠나겠느냐 한다. 이 둘의 절망적 관계는 도무지 해결될 가망이 없다. '나'는 지아를 때리다 몽롱해지고 어디선가 들려오는 군가 소리가 이 둘을 감싸 안는 것으로 작품은 끝이 난다. 이 역시 5·16 이후의 현실에 대한 비유로 '나'나 지아는 연유도 모른 채 서로 싸우고 증오하고 물어뜯는다. 아무개, 나, 지아는 모두 상황을 어렴풋이는 인식하지만 어떻게 타개해야 할지 갈피를 잡지 못하며, 이 혼란은 내부를 향해 자아상실 또는 자신의 의지로는 제어할 수 없는 폭력으로 드러나는 것이다.

이처럼 이들 3부작에는 당시 사회에 대한 비판과 함께 그 사회를 살아가는 사람들에 대한 비판, 절망이 공통적으로 드러나 있다. 이는 5·16에 대한 당시 사회의 반응을 살펴볼 때 수긍이 갈 만한 측면이 있다. 5·16에 대한 당대 사회의 반응이 반드시 부정적인 것은 아니었다. 당시에는 제2공화국의 보수성과 무능, 민주당의 분열 등으로 정국이 안정되지 않았다. 또한 쿠데타 주체 세력은 4·19의 정신을 아예 외면할 수는 없었기에 집권 초기에는 쿠데타 세력에 대한 기대와 지지가 존재했으며 지식인층의 반응 역시 호의적이었다. 물론 반대의견도 존재했지만 그러한 의견들이 조직화되고, 구악보다 더 무서운 신악으로서 박정희 정권의 실체가 드러나는 데에는 시간이 더 필요했다. 그러나 이러한 정세를 고려한다 해도 남정현의 작품에서는 비판의 칼날이 권력과 대중 양 측면에 모두 겨누어진 두 겹의 것이었으며 특히 5·16 3부작의 경우 대중에 대한 절망이 나타나 있다는 점은 유의할 필요가 있다.

이는 남정현이 세계를 윤리적인 지식인의 관점에서 파악했기 때문으로 보인다. 미국문화를 무분별하게 수입하고 반공과 반일의 구호로 대중을 현혹

하고 간첩사건을 양산해 정국을 주도하고 통일논의를 권력의 유지만을 위해
전유하는 현실은 미국문화에 무비판적으로 침윤되고 반공과 반일의 구호에
휘둘리고 간첩사건과 통일논의에 대한 정치권력의 논리를 자신의 것으로 내
재화하는 대중의 존재와 맞물린다. 남정현의 철저한 현실부정의 정신은 부
패한 현실은 물론 욕망에 휘둘리며 권력에 포섭되어가는 장삼이사도 부정하
는 것으로 여기에는 지식인과 대중의 간극이 가로놓여 있다. 욕망으로 넘실
대는 일상을 살아가는 개인이 정치현실의 본질을 꿰뚫어본다는 것은 혁명적
인 전환기가 아닌 한 그 개인의 지식인적 속성을 전제하지 않으면 그리 가능
한 일이 아니다. 그러나 남정현의 작품에서 이 차이는 무화되며, 현실에 대한
철저한 부정으로 인해 방점이 찍히는 쪽은 지식인의 관점 쪽이다. 이는 「너
는 뭐냐」의 결말에서 상징적으로 드러난다.

> 그때 누군가가 벼락같이 달려들어 여인의 어깨를 움켜쥐고, 「너는 뭐냐!」
> 호통을 치며 차에서 끌어내리는 것이었다. 질질 땅바닥에 끌려나온 여인은
> 분명 아내였다. 아내의 어깨를 잡은 작업복의 사나이를 쳐다보며 관수는 암
> 만해도 저 친구가 지금 사람을 잘못 건드렸다고 자기 일처럼 후회해주고 있
> 었다. (중략) 그런데 어찌된 셈인지 아내는 얼굴이 파랗게 질리며 끽소리 못
> 하고 손을 싹싹 부비며 용서를 구하는 판이 아닌가. 관수는 무슨 위대한 철리
> 라도 파악한 기분으로 사뭇 감격하여 무릎을 쳤다. 「너는 뭐냐!」 이 한 마디
> 가 아내의 손을 부비게 할 만큼 그렇게 효과적인 언어인 줄은 정말 몰랐던 사
> 실이었다. 관수도 한번 실험해보고 싶었다. 볼 것도 없이 관수는 아내의 어깨
> 를 잡은 그 친구의 손을 뿌리치며 미안하지만 이 여인은 내가 맡겠다고 장담
> 하며 나섰다. 「너는 뭐냐!」 관수는 흡사 노래라도 부르듯 명랑하게 소리를
> 뽑으며 핑크색 「넥크레스」가 달랑거리는 아내의 멱살을 작업복의 사나이보
> 다 더욱 꽉 움켜잡았다(남정현, 1961a: 57).

아내의 정체를 폭로한 것은 작업복의 사나이이지만 관수는 그 사나이보다 아내의 목을 더욱 꽉 움켜잡는다. '너는 뭐냐'라는 주문을 몰랐기에 망정이지 그것을 터득한 이상 아내로 상징되는 지배권력을 징치하고 변화시킬 사람은 관수, 즉 지식인인 것이다. 이 작품 외의 남정현의 다른 작품에서 민중의 모습이 거의 보이지 않는 것은 이 때문으로 보인다. 실상 이 작품에 단편적이나마 민중의 모습이 보인 것은 발표 시기를 고려해야 한다. 「너는 뭐냐」는 1961년 3월이 발표시기로 4·19 이후와 5·16 이전이라는 1년 남짓의 짧은 기간에 발표된 유일한 작품이다. 말하자면 이 작품의 결말에는 5·16으로 압살되기 이전, 4·19의 전망이 나타나 있는 것이다. 이처럼 민중의 모습이 시기적 특성에 국한되어 있고 그나마 지식인 쪽에 방점이 찍혀 있는 것은 그의 비판 정신이 현실에 대한 전면적인 부정이라는 윤리적인 지점에 서 있기 때문이다. 윤리의 관점에서 보자면 세상은 변화하지 않는다. 이승만 정권이나 박정희 정권 모두 부도덕성이나 반민중성의 면에서는 동일하며 여기에 부화뇌동하고 포섭되는 대중 역시 동일하다. 이 때문에 남정현의 작품들은 단조롭게 반복된다. 세부적인 항목들은 달라지지만 기본적인 구도는 놀랍도록 유사하다. 욕망하지 않는 자로서 남성 지식인이 윤리적인 거점에서 바라본 세계의 풍경이라는 구도가 시종일관 관철되는 것이다. 이러한 관점에서 「분지」는 독특한 작품이다. 이 구도가 다소 이질적으로 드러나기 때문이다.

5. 문학 장과 반공주의

「분지」가 남정현의 다른 작품들과 구분되는 지점은 작품의 톤이 단일한 결로 정돈되어 있다는 점이다. 이 작품에서 성·여성은 민족주의적 색채로 강하게 견인되어 있으며 작품의 서사는 미국에 대한 비판에 집중되어 있다. 물론 「분지」 이전의 작품에서도 성·여성의 민족주의적 색채나 미국에 대한 비판은 곳곳에 드러나 있었다. 질병의 접대부이자 제임스가 함부로 밟고 지나간 자리로 서술되는 순이는 미국에 종속되어 있는 남한 현실을, 칼모찡에 중독된 갑자, 현대병에 걸린 신옥, 재즈의 선율에 취한 경아 등은 미국문화에 침윤된 당대 문화에 대한 상징이라고 볼 수 있다. 또한 이들 작품의 서사는 각기 고유의 의미를 지니고 있다. 그러나 이들 작품에서 성·여성과 서사는 하나의 의미로 단일하게 드러나지 않는다. 남정현의 작품은 일반적으로 서사나 인물 중심이 아닌 문체 중심인데다 성·여성과 현실비판이 비유적으로 서술되기 때문에 어떤 인물이나 사건이 복합적으로 해석될 여지를 남겨두고 있는 것이다. 가령 「너는 뭐냐」의 신옥은 장면에 따라 남한에 침입한 미국문화, 부패한 정치권력, 천박한 대중문화 등으로 서로 다르게 해석될 수 있으며 이 서로 다른 측면들이 작품 안에서 상호작용하면서 복합적인 목소리를 낸다. 인물이 그러한 만큼 서사의 결도 복합적이다. 「현장」에서 동수와 희주의 반복되는 다툼이나 「부주전상서」에서 용달이 청자를 살해한 사건 등 남정현 소설의 서사는 하나의 의미로 단일화되지 않는다.

이에 비해 「분지」의 인물과 서사는 단일하게 정리되어 있다. 먼저 작품의 주인공인 홍만수 일가의 내력을 보면 아버지는 독립투사였으나 해방이 되어도 돌아오지 못하며 어머니와 여동생 분이는 모두 미군에게 희생당한 여인이다. 어머니는 아버지를 기다리며 해방의 기쁨에 태극기와 성조기를 들고 환영대회에 나갔다가 미군에게 강간을 당했고 분이는 스피드 상사의 첩이 되어 갖은 구박을 당하는 처지다. 말하자면 아버지나 어머니, 여동생이 모두 외세에 희생된 인물인 셈이다. 이와 달리 홍만수는 군 제대 후 양키 물건 장사를 하면서, 즉 외세에 빌붙어서 살고 있다. 그는 어머니처럼 미쳐서 죽을 수 없다고 마음을 다잡고 분이의 부탁대로 양키 물건 장사를 하는 것이다. 그런데 분이가 밤마다 스피드 상사에게 육체적인 특성을 탈 잡혀 괴롭힘을 당하는 게 홍만수에게는 고통거리다. 스피드 상사의 부인 비취 여사의 몸과 다르다는 이유로 분이는 욕설과 폭언, 폭력에 시달리고 있었다. 분이의 몸이 무엇이 문제인지 알 수 없던 차에 비취 여사가 한국에 오게 되고 이에 홍만수는 향미산으로 여사를 데리고 가 음부를 확인하려 한다. 분이와의 차이점이 무엇인지 파악하려는 것이다. 이 사건 때문에 홍만수는 펜타곤 당국의 핵무기와 최정예 사단에 포위된 채 죽음을 기다리게 된다.

이 작품에서 인물과 서사가 의미하는 바는 선명하다. 해방 후 아버지를 기다리다 미군에게 강간당한 어머니는 유린당한 민족 주체성을 상징하며, 전쟁통에 양공주가 된 분이 역시 어머니와 처지가 크게 다르지 않다. 다만 어머니와 달리 분이는 미군에게 빌붙어 사는데, 이는 양키 물건 장사를 하는 홍만수도 마찬가지다. 분이와 홍만수의 이러한 생활은 대외의존적인 당시 남한 사회의 축도라 할 것이다. 또한 홍만수가 향미산에서 미군과 대치하는 동안 어머니에게 사건의 전말을 읍소하는 형식으로 되어 있는 작품의 전체 구도는 암시적이다. 홍만수는 어머니에 대한 고통스러운 기억으로 인해 어머니의 산소도 찾지 않고 의도적인 기억상실증에 걸려 있었다. 그러던 홍만수가 향미산에서 어머니에게 진술을 한다는 것은 비취 여사의 육체를 점검하면서 어머니, 즉 민족의 주체성을 되찾았다는 것을 의미한다. 이와 동일한 맥락에서 미국 여인들의 배꼽에 태극기를 꼽겠다는 진술 역시 민족주체성 천명으로 생각할 수 있다.

물론 그렇다고 해서 「분지」가 완전히 단일한 의미로 모아지는 것은 아니다. 어떤 문학작품도 그렇게는 되지 않을 것이다. 이 작품에도 남정현 특유의 요설과 성·여성의 복합적인 의미가 드러나 있다. 어머니가 강간을 당한 후

아들에게 음부를 내보인다는 설정도 독특하거니와 어머니의 음부를 본 아들의 반응 역시 독특하다. 홍만수는 어머니의 음부를 보고 악취와 두려움, 더럽고 무섭고 황홀한 무엇, 놀라움과 쾌감 등을 함께 느끼는 것이다. 이러한 독특한 설정과 반응으로 인해 「분지」의 인물과 서사는 민족주의적 색채에 강하게 견인되면서도 여기에 견인되지 않는 이질적인 요소들도 함께 지니고 있다. 그러나 이러한 복합성이 남정현의 다른 작품들에 비해 훨씬 약화되어 있고, 전체적인 톤도 정돈되어 있다.

여기서 「분지」를 당대 문학 장과 연관해 살펴볼 필요가 있다. 1963년 12월 ≪현대문학≫에 실렸던 정공채의 「미 8군의 차」가 반미 여부로 문제가 되었고 1960년대 초반 신문을 길들이기 위한 조치로 반공법 등에 의거한 필화사건이 있었음을 고려하면, 「분지」가 ≪현대문학≫에 실린 것은 이 작품의 내용이 당시 문학계의 반공주의 스펙트럼과 충돌하지 않았기 때문이라는 가정을 해볼 수 있다. 실상 「분지」 필화는 작품이 북한의 기관지에 실렸기 때문에 일어난 것으로, 이 작품의 선명한 현실비판이나 미국에 대한 비판적인 인식의 정도가 필화의 직접적인 원인은 아니다. 이를 고려하지 않고 필화만을 중시하거나 지금의 시각을 여과 없이 투사해 「분지」 필화를 해석하는 것은 위험하다. 이는 1970~1980년대의 더욱 공고화된 반공주의의 세례와 1990년대의 탈반공의 세례를 함께 거쳐온 이후의 시각을 덮어씌우는 것일 수 있기 때문이다. 즉, 지금의 시각으로 「분지」만을 따로 떼어놓고 본다면 작품의 구도가 평지돌출적으로 충격적일 수 있지만 당시에는 그렇지 않았을 것이라고 가정할 수 있다.

「분지」가 당시의 문학 장과 문제없이 결합할 수 있었던 매개는 성·여성을 민족주의적 시각으로 바라보는 「분지」의 구도에서 찾을 수 있을 듯하다. 실상 여성을 미국과 관련해 민족주의적 관점에서 바라보는 것은 1950~1960

년대 소설에서 익숙하게 볼 수 있는 설정으로 대표적으로 양공주가 등장하는 소설을 들 수 있다. 송병수의 「쇼리 킴」은 그 전형적인 경우라 할 수 있는데 이 작품에서 여성을 매개로 한 민족주의적 시각은 소박하나마 외세로서의 미국에 대한 인식과 결합되어 있다. 그러나 선우휘의 「깃발 없는 기수」의 경우 여성을 매개로 한 민족주의적 정서는 반공주의를 강화하는 역할을 한다. 이 작품에서는 미군에게 동족의 여성을 빼앗기는 상황에 대한 통분을 토로하면서 이 상황을 초래한 주체로 공산주의자를 설정해 반공주의를 강화하는 것이다. 또한 하근찬의 「왕릉과 주둔군」에서는 이 정서가 복고적인 혈통주의로 드러나며, 1960년대의 작품은 아니지만 천승세의 「황구의 비명」에서는 이 정서가 민중적인 휴머니즘으로 드러난다. 즉, 여성을 매개로 한 민족주의적 정서는 외세로서의 미국에 대한 인식과 그 대척점에 존재하는 반공주의를 모두 아우를 수 있을 만큼 그 스펙트럼이 광범위하다. 「분지」와 문학 장의 접점은 여기서 찾아야 한다. 「분지」의 서사는 당대의 문학 장에 민족주의적 정서를 매개로 결합할 가능성을 지니고 있었으며 이 덕분에 문학 장에 받아들여질 수 있었다고 보인다.[9]

그러나 이것으로 문제가 다 해명되는 것은 아니다. 「분지」의 경우 민족주의적 정서를 매개로 당대 문학 장에 무리 없이 결합될 수 있었다 치더라도 그의 다른 작품들에 서술된 군사정부나 반공주의에 대한 비판 역시 예사로운 수준이 아니다. 일례를 들면 「자수민」은 5·16 이후 남한사회를 직설적으로

---

9) 「분지」는 이러한 특성으로 인해 박정희 식의 국가민족주의의 자장에서 자유롭지 않은 작품으로 평가되기도 한다. 민족주체성을 다만 주체와 타자와의 선명한 대립 구도 속에서만 봄으로써 민족이 또 다른 의미에서 식민지 모국과 동일한 구조를 띠게 된다는 것이다. 홍만수가 비취 여사의 뒷모습에서 어머니의 모습을 연상하는 것은 이 때문이라고 한다(이상갑, 2002: 29~55).

풍자하고 있어 남한사회는 미군이 사용하던 허술한 창고로 비유되며 쿠데타 세력은 반공주택영단으로 서술된다. 창고는 창도 없고 어처구니없이 커다란 전구만 있는 감옥과 같은 곳이며 반공주택영단의 간부들은 반공만을 모토로 한 자들이다. 또한 "자유, 헌법은 우리 아기 잡기장, 생각날 때마다 지우고 또 쓰고 하면 되는 것"(「광태」) "일국의 헌법을 멋대로 뜯었다 고쳤다 할 수 있는 그렇게 위대한 혁명군 아저씨들이 내려준 판단"이니 외출금지를 이해해야 한다, "도대체 군인들이 정치한다는 걸 어떻게 생각하니"(「현장」) "김일성이가 인간이란 이름으로 행세하는 동안 이 땅 위에서는 공연히 용기를 내서 세상일에 무슨 간섭을 한다든가 혹은 집권자의 비위에 거슬리는 언동을 취해서는 안 된다"(「사회봉」) "요새 애들은 북한엔 공산당만 산다고만 알지, 사람이 산다는 사실은 좀처럼 인정하려 들지 않는다. … 이것이 반공교육이냐. 몸서리가 처진다. 이러고도 무슨 통일을 하느냐, 무엇 때문에 공산당과 동포에 대한 깊은 애정과를 구별하여 가르치지 못하는가"(「부주전상서」) 등등의 서술을 보면 그 수위를 짐작할 수 있다.

쿠데타 이후 혁신계가 모두 잡혀 들어가고 신문이 정비되고 정권의 대내외적 안정을 위해 반공주의가 강화되어가던 당시 상황을 염두에 둘 때 남정현의 문학은 어떻게 이런 인식에 도달할 수 있었고 또한 어떻게 발표될 수 있었던 것일까. 여기에는 두 가지 층위의 상황과 작가 남정현의 현실 인식의 거점이 작용하고 있는 듯하다.

먼저 상황을 살펴보자면 첫째로 당시 남정현이 재능 있는 작가로 부각되는 중이었다는 사실에 주목할 필요가 있다. 남정현은 특유의 독설과 흡인력 강한 문체로 독자들의 지지를 받았다.[10] 남정현의 작품이 실린 매체를 살펴

10) 백낙청은 현역작가 중 남정현이 비교적 많은 독자를 가졌다고 하면서 그 이유

보면 1958년 9월~1961년 3월 사이에는 등단지인 ≪자유문학≫에만 작품이 실린다. 그러던 것이 1961년 3월 ≪자유문학≫에 실린 「너는 뭐냐」가 제6회 동인문학상을 수상하면서 매체 영역이 ≪사상계≫, ≪신세계≫, ≪한양≫, ≪문학춘추≫, ≪청맥≫ 등으로 넓어진다. ≪자유문학≫이 4·19 이후 김광섭의 개인잡지 성격을 띠게 된 사정도 있겠지만 기본적으로 남정현은 여러 매체의 청탁을 받는 인기 작가였다고 볼 수 있다. 이를 기반으로 남정현은 자신의 작품을 자유롭게 발표할 수 있는 공간을 획득할 수 있었다.[11]

다른 하나는 남정현이 창작 활동을 한 시기다. 남정현이 필화를 겪기까지의 기간인 1958년에서 1965년까지는, 우리의 현대사 어느 부분을 잘라내어도 그렇기는 하지만, 특히나 굴곡이 많았다. 정권이 바뀌었고, 혁명과 쿠데타가 1년을 사이에 두고 일어났으며, 헌정이 중단되었고, 공화당과 박정희 정권이 탄생했다. 혁명과 쿠데타로 정권이 세 번 교체되었던 이 복잡한 시기에 문학은 검열망의 후미에 위치했던 것으로 보인다. 정권의 입장에서는 신경

━━━━━━

를 대중의 저항을 대변하고 있기 때문이라고 분석하고 있다(백낙청, "저항문학의 전망", ≪조선일보≫, 1965년 7월 13일자). 그러나 백낙청이 남정현의 문학에 대해 긍정적인 평가를 하는 것은 아니다. 기발한 착상이 간간이 번뜩이고 거리낌 없는 독설이 매력적이긴 하지만 작품다운 작품으로 읽기에는 너무 장황하고 정리 안 된 사설에 차 있다는 것이 그의 평가다.

11) 남정현은 「부주전상서」가 ≪사상계≫(1964. 6)에 발표되자 이를 읽은 장준하가 아주 좋아하면서 전화를 했었다고 회고하고 있다. 이후 1964년 11월 무렵 ≪현대문학≫과 ≪사상계≫ 양쪽으로부터 작품을 청탁받는데 「분지」를 쓰고 나서 정치색이 짙다는 생각에 순수문학지이면서 사상적으로 검증된 조연현, 김동리가 포진한 ≪현대문학≫ 측에 원고를 넘겼다. 당시 남정현은 동인문학상 수상자로 한창 각광받고 있었기 때문에 ≪현대문학≫ 측은 기뻐하며 이 원고를 바삐 실었다. 한편 ≪사상계≫ 측에 넘겨준 원고는 「천지현황」이었다〔구술로 만나는 한국예술사(oralhistory.arko.or.kr); 임헌영, 2002: 175 참조〕.

쓸 일이 너무 많았던 것이다. 이승만 정권은 다가오는 선거에 대비해 정적인 조봉암을 죽여야 했고, 4·19로 정권을 잡은 민주당은 그 보수적 성격에 걸맞지 않게 표현의 자유를 천명하지 않을 수 없었다. 또한 박정희 정권은 이전의 정권들이 길들이기에 실패했다고 판단한 언론을 제압해야 했고, 미국의 지지를 얻어야 했으며, 쿠데타로 인한 정통성 부재를 메우고자 각종 담론과 정치적 상징을 만들어내야 했다. 이러한 사정 때문에 문학에 대한 검열은 다른 분야에 비해 상대적으로 후미에 위치할 수밖에 없었을 것이다.

이는 이 시기 필화의 성격을 볼 때 확연히 드러난다. 남정현이 활동한 시기에 발생한 문학 필화를 살펴보면 앞서 언급한 반미 여부로 문제가 된 정공채의 「미 8군의 차」(1964. 3), 외설을 이유로 입건되었던 박용구의 「계룡산」(1964. 6), 용공성이 문제된 구상의 「수치」(1965. 3, 희곡), 계급의식 고취로 문제가 된 김정욱의 「송아지」(1965. 3, 라디오 드라마), 남정현의 「분지」(1965. 7) 등이 있다.12) 이들 필화의 특성은 박용구의 「계룡산」을 제외하고는 모두 작품이 외부 반출되었거나 공연물이었다는 점에 있다. 앞서 서술했듯이 정공채나 남정현의 작품은 발표 당시에는 아무런 문제가 없다가 일본과 북한에 알려짐으로써 뒤늦게 문제가 된 작품들이다. 또한 5건의 필화 중 3건이 1965년에 몰려 있다. 「수치」, 「송아지」, 「분지」가 그것인데 「수치」의 경우 1963년에 발표되고 이듬해인 1964년에는 드라마로 각색되어 KBS를 통해 방영되었는데 1965년에 새삼 문제로 삼은 것이다. 이는 1965년이 한일회담 반대로 들끓었던 해였고 「수치」와 「송아지」가 모두 공연물임을 고려할 때 일종의 공안 분위기 조성용이었다는 추측을 해볼 수 있다. 즉, 이 시기 문학에 대한

---

12) 괄호 안의 숫자는 문제가 된 시점이다. 「계룡산」은 ≪경향신문≫에 연재된 소설이며, 「수치」는 ≪자유문학≫, 1963년 2월호에 실렸다.

검열은 조직적이고 치밀하게 행해진 것이 아니었고 우연적인 성격이 강했던 것으로 보인다. 정국의 필요에 따라 사건을 만들거나 외부 반출이 문제가 된 것으로, 정국의 필요에 의해 만들어진 사건의 경우도 대상이 모두 공연물이었기 때문이다.

결국 남정현의 작품은 자신의 문학적 재능과 느슨한 검열망이라는 조건 속에서 형성과 발표의 공간을 창출할 수 있었다고 보인다. 물론 이러한 공간이 있다고 해서 누구나 남정현과 같은 비판의 수위에 도달할 수 있는 것은 아니다. 여기에는 남정현의 독특한 현실 인식의 거점이 개재되어 있다. 앞서 남정현의 현실에 대한 윤리적 인식을 서술했던바, 그 비판의 칼날은 부패한 정권은 물론 거기에 부화뇌동하는 대중을 겨냥할 만큼 투철한 것이었다. 선과 악이 분명한 이러한 시각은 현실을 변증법적으로 풍부하게 사유할 수는 없지만 원론적이고 날카롭게 잘라낼 수는 있다. 따라서 그는 1960년대 초반 많은 지식인이 빠져든 함정이던 박정희 정권에 대한 기대에서 자유로울 수 있었다. 쿠데타로 집권한 이상 어떤 전망을 제시하건, 또는 어떤 담론을 살포하건 그 정권은 악이었던 것이다. 남정현은 세계를 욕망의 관점에서 파악하고 윤리의 지점에서 판단하는 독특한 현실 인식을 지니고 있었기에 복잡하고 혼란스러운 1960년대 초반의 현실을 면도날처럼 선명하게 그어낼 수 있었다. 이는 당시의 반공주의에 대한 비판이 정치사상의 문제라기보다는 윤리의 문제에 가깝다는 사실과도 맞물리는 사항이다.

1950~1960년대 당시에는 반공주의 자체에 이의를 제기할 수 있는 사람은 아무도 없었다. 언제나 비판의 지점이 되는 것은 반공을 빌미로 정부에 대한 비판을 봉쇄하고 권력유지를 위해 반공을 내세웠다는 것이었다. 이 시기에 반공주의에 반대했다고 해서 그 반대자가 반공주의의 축자적 의미, 공산주의에 반대한다는 의미를 벗어나는 일은 없었다. 이는 남정현의 경우도 마

찬가지였다. 반공주의의 축자적 의미에 대해 반대한다는 것은 당시의 상황에서 대중적 지지를 받을 수도 없었으며, 공적인 공간에서 움직일 수 있는 여지 자체를 제거하는 일이었다. 어떤 의미에서는 정치권력의 반공주의를 비판하기 위해서는 내면이 무엇이건 적어도 외부적으로는 반공주의라는 깃발의 보호 아래 있을 필요가 있었다. 이 시기에 반공주의에 대해 비판한다는 것은 그것이 '주의'라는 이름에 대한 비판이기는 하지만 이념이나 정치사상의 문제가 본질적이지는 않았다. 해방 이후 반공주의는 정권 창출과 유지를 위해 봉사해왔기에 이를 거부할 수 있는 사상적 자유는 없었다. 따라서 반공주의에 대한 비판의 결은 반공주의 자체가 아니라 정치권력의 반공주의 행사가 잘못되었으니 제대로 하라는 식이 될 수밖에 없었다. 축자적 의미의 반공주의에 동의하는 자가 정치권력의 관제 반공주의를 비판한다는 모양이 되는 것인데, 이때의 반공주의는 본질적으로 정파적 이익을 위해 휘두르는 칼이거나 보호색으로 기능 하는 것으로, 정치사상으로서의 내포를 제대로 갖출 수 없었다. 1960년대에 반공주의에 대해 비판한다는 것은 정치사상의 문제가 아닌 정치권력의 폭압적 행태에 저항한다는 윤리의 문제에 더 가까웠다.

이러한 점에서 1960년대라는 시대적 상황은 성·여성을 매개로 한 반공주의 비판이라는 남정현 문학의 특성을 주조한 근본적인 원인이라고 할 수 있다. 1960년대 소설에서 성·여성의 위상은 독특하다. 특히 이념을 다루는 1960년대 소설에서는 성·여성이 남성 지식인의 환상이 전폭적으로 투사되거나 현실에서 아예 초월되어 있는 공간으로 설정되고는 한다. 물론 성·여성의 이러한 역할은 시기를 막론하고 많은 문학작품에서 발견되는 일반적인 현상이다. 그러나 1960년대 소설에서 성·여성은 이념의 문제와 긴밀하게 얽혀 작용하는 특징적인 양상을 보인다. 최인훈의 「광장」, 이호철의 「소시민」, 박경리의 「시장과 전장」 등이 대표적인 경우로 이들 소설에서 성·여성은 소설의 인물들이 속악한 현실과 구분되고 초월될 수 있는 유일한 공간으로 설정된다(임경순, 2005 참조). 이는 대항이데올로기가 미처 정립되지 못한 1960년대라는 시대적 조건과 이념을 타락한 현실과의 분리를 지향하는 초월적인 정신성으로 바라보는 작가적 경향이 결합되었기 때문이라고 할 수 있다. 즉, 1960년대는 이전까지 근근이 맥을 이어오던 진보적 담론이 5·16으로 뿌리 뽑힌 후 새롭게 담론을 창출해야 하는 시기였으며 1960년대 사회는 대항이데올로기를 생산해낼 수 있을 정도로 분화된 사회가 아니었던 까닭에 이 시기 소설은 이념을 정치성과 분리된, 몽상적인 정신성으로 기화된 형태로만 다룰 수 있었던 것이다. 이때 성·여성은 몽상적인 정신성으로 기화된 이념이 소설 내에서 육화되고 살아 숨 쉴 수 있는 유일한 공간이었다. 「광장」의 은혜, 「소시민」의 정옥, 「시장과 전장」의 가화는 이념의 문제로 고뇌하는, 그러나 정신성으로 기화되었기에 아무런 힘도 갖지 못한 채 현실에 패배하거나 섞여 들어가는 작품의 인물들을 속악한 현실과 구분 짓고 이 구분을 보증해주는 공간으로 작용하는 것이다.

이들 작가의 작품에서 성·여성이 소설의 인물들이 도피해 들어가는 안식처이자 근거지로 작용했다면 남정현의 작품에서는 성·여성이 철저하게 파괴된 공간으로 작동한다. 대항이데올로기가 정립되지 못한 1960년대적 상황에서 반공주의라는 지배이데올로기를 문제 삼을 때 이는 이념 간의 투쟁이 아닌 선과 악, 윤리의 문제로 치환되며, 개인의 욕망은 당위의 시선으로 재단된다. 성·여성은 당위의 시선으로 재단된 욕망의 세계를 효과적으로 드러낼 수 있는 기제로서, 남정현은 동시대의 다른 작가들이 도피와 초월의 근거로 삼았던 공간을 파괴함으로써 작중의 인물이 현실과 타협하거나 위안받을 수 있는 여지를 뿌리부터 파괴해버린다. 단순하게 말하자면 구체적인 정치현실이 변화되지 않는 한 남정현 작품의 인물은 현실에 발붙일 공간이 없는 셈이다.

성·여성을 이념의 문제와 밀접하게 관련지어 소설화시킨다는 점에서 남 정현은 전형적인 1960년대 작가이지만 그 공간을 초월이 아닌 파괴의 장소로 설정하고 있다는 점에서 그는 동시대의 작가들과는 구분되는 독특한 위치를 점하고 있다고 할 수 있다. 그러나 현상적인 이질성을 걷어내고 나면 남정현 역시 대항이데올로기의 부재라는 1960년대적 상황에 충실했던 작가다. 그리고 동시대의 다른 작가들이 성·여성을 초월적인 공간으로 설정해 소설의 풍부한 육체는 획득한 반면 현실성 결여를 대가로 지불했던 것처럼 남정현은 자신의 작품에서 선명성을 획득하는 대신 결여도 초래했다. 그 결여로는 그의 작품이 선명한 대신 단선적이라는 점과 당대의 작품 중 최고 수준의 반공주의 비판에 도달했으나 그 비판이 좀 더 넓은 영역으로 확장되지 못했다는 점을 들 수 있다.

물론 이는 남정현 개인의 한계만은 아니다. 「분지」 필화는 남정현이 처했던 시대적·사회적 상황을 잘 보여주는 것으로 이 사건은 두 가지 측면을 왜곡시켰다고 할 수 있다. 즉, 1960년대라는 시대 내에 갇혀 있던 남정현의 윤리의식이 좀 더 확대된 지평으로 넓어지고 깊어질 수 있는 기회를 박탈했으며, 재기 발랄한 감각의 작가인 남정현을 사회적이고 정치적인 이미지 안에 가둬버렸다는 것이다. 개작과정으로 보아 작가 자신도 여기에 감금된 것인지도 모른다. 반공주의의 억압이 작가의 내면을 포함해 문학사의 한 장면을 축소 왜곡시켰다고 할 것이다.

참고문헌

1. 기본자료

구술로 만나는 한국예술사(oralhistory.arko.or.kr)

남정현. 1958. 「경고구역」. ≪자유문학≫, 1958년 9월호.

_____. 1961a. 「너는 뭐냐」. ≪자유문학≫, 1961년 3월호.

_____. 1961b. 「기상도」. ≪사상계≫, 1961년 8월호.

백낙청. 1965. "저항문학의 전망". ≪조선일보≫, 1965년 7월 13일자.

백철. 1965. 「서문」. 『너는 뭐냐』. 문학춘추사.

2. 논문·기타

강진호. 1999. 「외세의 질곡과 민족의 주체성」. ≪돈암어문학≫, 12집.

김병걸. 1987. 「상황악에 대한 끈질긴 도전」. 『분지』. 한겨레.

김병욱. 1987. 「천부적 이야기꾼」. 『분지』. 한겨레.

김상주. 2002. 「남정현 소설의 기법 고찰」. 『남정현문학전집 3』. 국학자료원.

김양선. 2001. 「허허한 세상을 향한 날이 선 풍자」. ≪작가연구≫, 12호. 새미.

김종욱. 2003. 「민족 담론과 여성의 이미지」. ≪한국현대문학연구≫, 13호.

김형중. 2005. 「남정현 소설의 정신분석학적 연구 시론」. ≪한국문학이론과 비평≫, 26호.

남정현·강진호 대담. 2001. 「험로를 가로지른 문학의 도정」. ≪작가연구≫, 12호. 새미.

류양선. 1989. 「풍자소설의 민족문학적 성과」. 『한국현대작가연구』. 민음사.

오양진. 2006. 「캐리커처의 인류학」. ≪한국근대문학연구≫, 7권 1호.

이봉범. 1997. 「남정현 문학의 알레고리와 풍자」. ≪반교어문연구≫, 8호.

이상갑. 2002. 「비인간의 형상, 그 역설의 의미」. 『남정현문학전집 3』. 국학자료원.

임경순. 2005. 「유토피아에 대한 몽상으로서의 이념」. ≪한국어문학연구≫, 45집.
    한국어문학연구학회.

임중빈. 1967. 「상황악과의 대결」. 『현대한국문학전집 15』. 신구문화사.

임헌영. 2001. 「반외세의식과 민족의식」. ≪작가연구≫, 12호. 새미.

_____. 2002. 「반외세 의식과 민족의식」. 『남정현 문학전집 3』. 국학자료원.

장영우. 2001. 「통곡의 현실, 고소의 미학」. ≪작가연구≫, 12호. 새미.

정용욱. 2004. 「5·16쿠데타 이후 지식인의 분화와 재편」. 『1960년대 한국의 근대화
    와 지식인』. 선인.

정창현. 2004. 「1960년대 반공이데올로기의 정착과 지식인층의 대북 인식 변화」.
    『1960년대 한국의 근대화와 지식인』. 선인.

한승헌. 1987. 「남정현의 필화. '분지'사건」. 『분지』. 한겨레.

황도경. 2001. 「역설의 미학. 풍자의 언어」. ≪작가연구≫, 12호. 새미.

3. 단행본

황토편집위원회. 1989. 『한국문학필화작품집』. 황토.

제 **8** 장

세태의 재현과 불온한 유령들의 소환

이호철의『소시민』연구

· ·

류경동 | 고려대학교 국문학과 |

1. 1960년대 한국 문학과 이데올로기의 지형

1950년대의 과도한 정치적 억압과 경제적 궁핍은 반공주의 규율체계에 대한 민중의 저항을 초래한다. 4·19혁명은 일방적인 반공주의 폐쇄회로에 대한 저항으로서 민주주의를 모색하고 새로운 통일논의를 전개하는 계기가 된다. 비록 5·16에 의해 봉쇄되긴 했지만, 이 열린 세계의 경험은 이후 한국 사회의 변화를 추동하는 동력으로 작동한다. 이런 4·19 경험에 대응해 지배 이데올로기의 작동양상 역시 변화를 겪을 수밖에 없었다. 1950년대 규율체계의 핵심이던 반공주의는 분단과 전쟁으로 인해 절대적 정당성을 부여받았지만 4·19 이후 더 이상 초월적 지위를 유지할 수 없게 된다. 정치적 무능력과 비합리적 억압구조에 대한 민중의 반발을 경험한 이후 반공주의는 발전주의 또는 민족주의와 결합하는 형태로 변화한다(조희연, 2003: 149). 군사정권에 의한 경제개발과 산업화는 광범위한 사회변동으로 가시화되고 사회 전 영역에서 자본주의적 구조와 가치가 보편화되기 시작한다. 1960년대 한국

문학은 4·19의 기억과 5·16 이후의 현실적 조건 사이에서 형성된다. 분단과 전쟁에 압도되던 1950년대 문학과 달리 1960년대 문학은 부조리한 현실과 억압적 권력에 대한 비판을 통해 규율체계의 핵심인 반공주의와 긴장관계를 형성하기 시작한다. 이는 4·19라는 극적인 사건에 의해 촉발된 규율체계의 균열을 경험한 때문이기도 하지만 이런 과정을 통해 한국 문학의 의식과 응전력이 한층 성숙해졌기 때문이기도 하다.

이호철은 1955년 「탈향」으로 작품 활동을 시작했지만 통상 1960년대 작가로 분류되곤 한다(오현주, 1998: 274). 1950년대 이호철의 소설에는 실향이라는 실존적 조건과 경험이 짙게 투영되어 있는바, 이 시기 그의 문학은 월남 작가의 실향민 문학이라는 범주를 크게 벗어나지 못한 것으로 보인다. 이호철 소설의 인물들이 경계인 또는 이방인이라는 정체성을 지니는 것도 낯선 곳에 던져진 체험의 소산이라 할 수 있다. 이런 실존적 경험과 의식이 보편성으로 포섭되기 시작한 것은 1960년대에 이르러서다. 1960년대 이호철 소설은 현실과의 긴장관계를 형성하면서 1950년대의 감상주의를 극복하기 시작한다. 『소시민』은 실향의 체험을 토대로 하면서도 사실주의적 방법과 현실 비판적 태도를 통해 체험의 특수성을 극복한다. 이런 점에서 『소시민』은 「탈향」-「나상」의 계보와 「판문점」-「부시장 부임지로 안 가다」의 계보를 종합하는 작품이라 할 수 있다.

이 글은 『소시민』을 중심으로 이호철의 1960년대 작품세계를 분석해보고 그의 소설이 당대의 규율체계와 어떻게 긴장관계를 형성하는지 살펴보고자 한다. 먼저 전쟁기 부산의 세태를 재현하고 이를 통해 1960년대 한국사회를 비판적으로 성찰하고 있음을 분석하고자 한다. 특히 화자의 내부에 혼재하는 욕망의 갈등구조를 분석하고 화자의 시선과 태도의 중층구조를 분석함으로써 『소시민』의 의미가 단순한 풍속의 묘사에 있지 않음을 입증할 것이다.

또한『소시민』에 드러나는 좌익의 표상을 이데올로기와의 역학 관계에서 살
펴보고 이 소설이 당대의 규율체계와 어떻게 대립하는지를 살펴볼 것이다.

2. 인간 군상의 부침과 풍속의 재현

『소시민』은 ≪세대≫(1964. 7~1965. 8)에 연재된 장편소설이다.[1] 이 소설
은 월남한 청년의 생존과 정착과정을 따라가면서 전쟁기 부산의 세태와 속
악한 현실상을 포착하고 있다. 이는 작가의 개인적 경험을 반영한 것이기도
한데, 실제로 이호철은 1950년 인민군으로 참전했다가 국군의 포로가 되고
다시 풀려나 월남한다. 이런 일련의 경험은 「부군(浮群)」, 「나상(裸像)」, 「탈향
(脫鄕)」 등을 통해 소설화되기도 한다.『소시민』은 월남으로 인한 실향경험
을 토대로 하면서도 전쟁기 부산의 세태와 그 속에서 상승·소멸하는 인간 군
상을 그려내고 있다는 점에서 실향을 다룬 이전의 소설들과 변별된다. 특히
이 소설은 현실에 떠밀려 쇠락하는 이념적 인물들을 통해 우리 사회의 이데
올로기 문제와 현실 변혁의 논리를 성찰함으로써 1960년대 한국 문학의 좌
표와 방향을 제시하고 있다.

『소시민』이 포착한 전쟁기 부산의 풍경은 그 자체로 한국사회의 축도라
할 수 있다. 전선이 점차 북상하고 위기의식이 완화되자 전쟁은 일상 저편의
일이 되어버린다. 이제 전쟁은 사망통지서나 징집영장 또는 소문의 형식으

---

1) 이 글은 ≪세대≫에 발표된 원문을 그대로 수록하고 있다는 점에서 '현대한국
   문학전집'(신구문화사)의『소시민』을 텍스트로 한다.『소시민』의 판본과 개작
   문제는 강진호(1997)를 참조할 것.

로 전해질 뿐이다. 이렇게 전쟁의 긴박감이 해소되면서 부산은 생활과 생존의 드라마가 펼쳐지는 일상성의 무대가 된다. 피난민, 월남민, 부산의 토착민들이 뒤섞인 부산은 농사군이 장사군이 되고 "어디서 무엇을 해먹던 사람이건 이곳으로만 밀려들면 어느새 소시민으로 타락해져 있게 마련인 곳"으로 변한다. "미국의 잉여 물자는 한국의 전쟁판에 그대로 쏟아 부어지고"(이호철, 1981: 42), 부산은 "소모(消耗) 속에 열을" 뿜는 욕망의 도가니가 되는 것이다. 전쟁물자와 원조물자로 '자유시장'은 터무니없이 비대해지고, 일상의 공간에서는 여전히 굿판과 도박판이 벌어지며, 거리는 영화관과 술집, 빠와 댄스홀로 흥청거린다.

이런 곳에서 살아가기 위해서는 지식과 신념이 아니라 눈치와 배짱, "두꺼운 낯가죽"이 더 요긴하다. 비정상적으로 부풀어 오른 부산에 걸맞은 비합리적인 가치와 기준이 득세하는 것이다. 생존의 논리가 전통적인 가치와 윤리를 압도하고 소비를 중심으로 삶의 형식이 재편되면서 욕망은 제어할 수 없는 과잉의 상태가 되어버린다. 김씨의 "단단하고" "번들번들"한 모습과 강영감 마누라의 "끔찍한 건강함"은 그런 점에서 그로테스크한 성격을 갖는다. 나와 매리의 연애나 나와 주인 마누라의 비정상적인 애정행각은 기형적인 소비문화가 부추긴 욕망의 과잉에서 비롯된다. 천안색시의 타락은 그 자체로 이 바닥의 논리적 귀결을 드러내는 것이기도 하다. 의식과 행동이 욕망에 의해 결정되면서 혼돈이 질서를 대체하고 기존 질서의 붕괴는 격렬한 계층이동[2]과 가치관의 변화로 경험된다.

---

2) 한국전쟁이 벌어지는 동안 소수의 자본가를 제외하면 모든 국민이 계층의 하강이동을 경험했다(김동춘, 1998: 62).

미국 물자는 부산 바닥에도 고르게 퍼지는 것이 아니라, 그 본래의 논리를 좇아서 지그자그를 이루고 있었다. 그 물자를 둘러싸고 새로운 피나는 경쟁이 벌어지고 새로운 뜨내기 부유층이 형성되어갔다. 결국 부산은 일선과는 다른 양상으로 밤마다 타오르고, 여기서부터 한국사회의 새로운 차원이 열려지게 마련이었다. 살아갈 기력이 없는 퇴물들은 쓸려가고 기력이 있는 자만이 남아나게 마련이었다(이호철, 1981: 42).

이처럼 격렬한 변화는 기존 정치나 경제의 근본 구조를 흔들기 시작한다. 전통적인 농촌의 해체는 더욱 근원적인 변화를 촉발한다. '날나리'의 입을 통해 전해지는 정국의 혼란은 정치적 역학 관계의 변화가 근본적인 사회구조의 변화에서 비롯됨을 암시한다. '옛부자'로 지칭되는 의회세력을 제거하고 이승만의 권력을 강화하는 과정은 전통적 권력층이던 지주 계급이 붕괴하고 신흥 상업 자본이 득세하는 과정이나 다름없다. '부산정치파동'이 벌어지고 김씨나 고향 사람이 이승만 지지 데모대에 참가하는 모습은 그 자체로 새로운 계층의 부상을 드러내는 풍경이다. 격렬한 해체는 급격한 구조화를 수반하기 마련인데, 이즈음의 부산은 거대한 계층 분류기의 역할을 했던 것이다. 이런 흐름 속에서 욕망과 이념의 향방을 표상하는 인물들의 부침은 소설의 의미 분석뿐만 아니라 이 시기 사회상의 재구성에서 중요한 의미소가 된다.

『소시민』에서 정씨와 김씨는 상반된 가치를 표상하는 대립 항이다. 그 둘은 '조직노동자'라는 심상치 않은 과거를 공유하는 인물들이다. 정씨는 과거에 김씨의 윗사람이었지만 그런 관계는 소설의 어느 시점부터 역전되고 소멸한다. 제면소에 처음 들어왔을 때 정씨가 보인 강기 있고 정력적인 모습은 수렁 속에서 자신을 지켜가려는 완강한 신념의 표현이다. 그러나 그는 차츰 쇠락하기 시작하고 그 변화는 정옥의 죽음 이후로 더욱 급속히 진행된다. 생

활에 찌들고 자신의 신념을 지켜갈 터전을 상실한 정씨는 터무니없이 늙어
갈 도리밖에 없는 것이다. "난 원래 약한 자라. 퇴조기에 접어들어서 패배주
의의 손길에 휘어잡히게 태어났능기라"(209쪽)라는 넋두리처럼 정씨는 김씨
처럼 변신할 엄두를 내지 못하며 신씨처럼 과거 속에서 살아가는 방법을 터
득하지도 못한다. 결국 그는 일교대학을 나오고도 사람대접을 받지 못한 채
자살한 강 영감처럼 "타념과 패배주의"에 젖어 자살인지 자연사인지 분명치
않은 죽음을 맞는다.

김씨는 혼돈의 부산 바닥에서 새롭게 상승하는 계층을 대표한다. "팔도강
산 애길 다 할 줄" 아는 그는 정씨에게서 찾아볼 수 없는 강한 생활력과 빠른
적응력을 지닌 인물이다. 험한 세상에 단련된 단단함을 지닌 김씨는 자신이
몸담았던 조직의 이념이 무력해지자 과감하게 변신을 시도한다. 기존의 질
서가 와해되고 새로운 상승의 가능성이 열리자 그는 서슴없이 과거와 단절
한다.

별의별 쌍놈의 짓 다 해서 돈만 벌면 그날부터 양반도 될 수 있능기라. 그
래서, 그래서 그게 어찌 됐다는 거고? (이호철, 1981: 108)

시류를 정확히 파악하고 있다는 점에서 김씨는 탁월한 현실 감각의 소유
자다. 김씨는 돈이 가장 중요한 가치라는 속악한 자본주의의 섭리를 체득하
고 이를 위해 정치에 투신한다. 그는 "장사 겸, 돈벌이 겸, 살 방법"으로 청년
단을 조직해 정치에 가담함으로써 과거의 경력과 결별한다. "극좌 모험주의
는 극우 파시스트와 종이 한 장 차이"(이호철, 1981: 102)라는 말로 자신의 변
화를 희화화하는 김씨는 신분 상승에 성공하는 집단의 전형이라 할 수 있다.

김씨가 사회적 지위를 획득하는 과정은 기형적인 자본주의가 고착되는 과

정을 고스란히 드러내 보인다. "별의별 쌍놈의 짓"이 돈에 의해 양반으로 승화된다는 명쾌한 논리는 한국사회의 배금주의를 그대로 노출시킨다. 김씨와 유사하게 상승 곡선을 그리는 강 영감의 마누라나 고향 사람 역시 부산 바닥에서 새롭게 득세하기 시작하는 집단의 속성을 보여준다. 군수물자를 빼돌려 치부를 하고 그를 통해 "자유주의를 액면보다 비싸게 사들이는" 강 영감의 마누라나 작은 성공에 고무되어 "알구보니 개팡이다"라던 그 바닥이 그런 대로 살만하다고 말하는 고향 사람의 태도는 부박하기만 하다.

짧은 시기에 폭발적으로 진행되는 해체의 과정은 전쟁 체험과 함께 당대의 보편심성을 형성하는 주요한 기제가 된다. 급격한 전통의 붕괴는 합리적인 사회구조보다는 부조리하고 기형적인 질서를 산출하는 것으로 귀결된다. 그러므로 『소시민』에 펼쳐지는 인간군상의 부침은 천민자본주의의 형성이라는 사회상을 반영한다(강진호, 1997: 157). 작가는 전쟁 중의 급격한 사회 변화, 농촌의 해체와 상업 자본의 득세, 자본주의의 기형적 정착과정을 비판적으로 바라본다. 공장은 없고 거대한 시장만 있는 부산은 그 자체로 전쟁기 한국사회의 축소판이다. 부두를 통해 쏟아져 들어오는 원조물자는 왜곡된 형태의 유통과 끊임없는 소비의 기형적인 사회구조를 파생시킨다. 그리고 이런 과정은 전후 한국사회의 고질적인 병폐로 자리 잡는다. 술수와 부정을 통한 축재, 돈과 권력의 결탁은 1950년대 부산의 풍경이면서 동시에 1960년대 한국사회 전반의 문제이기도 하다. 원조물자가 차관으로 바뀌었을 뿐 권력에 의한 배급이라는 기형적 구조는 지속되기 때문이다. 『소시민』의 역사성은 이 소설이 단순한 과거의 회상이 아니라 1960년대의 사회현실에 적용할 수 있는 문제의식을 담고 있다는 점에서 발생한다.

3. '나'의 중층성과 『소시민』의 현재성

정명환은 '나'의 삼중성, 즉 관찰자, 감상적인 실향민 소년, 논리를 겸한 철학자라는 '나'의 세 가지 측면을 『소시민』의 화자가 지니는 특징으로 지적한다(정명환, 1967). 화자의 비동일성은 소설의 약점일 수도 있지만 화자의 중층적인 역할과 성격은 『소시민』의 서사구조를 역동적인 것으로 만든다는 점에서 주목을 요한다. 특히 '나'라는 기호에 내재하는 욕망의 모순된 지향과 이질적인 목소리의 혼재는 소설의 의미를 형성하는 중요한 매개체가 된다.

이 소설에서 보이는 서사적 갈등의 본질은 화자의 내면에 자리하는 상이한 가치의 충돌에서 비롯된다. 화자의 상반된 욕망과 가치관은 정씨와 김씨를 대상으로 표출된다. 정씨와 김씨라는 문제적 인물들을 대할 때 화자가 갖는 태도는 일관성을 결여한 채 유동적인 양상을 보인다. 이는 낯선 환경에 홀로 남은 실향민이라는 존재 조건에서 기인하기도 하지만 현실적 삶의 환경을 관찰하고 평가하는 화자의 가치기준이 아직 불완전하기 때문이기도 하다. 이는 차츰 현실상황에 대한 판단과 대응의 문제로 연결되는데, 이 지점에서 화자는 심각한 내적 갈등에 직면한다. 이 갈등은 살아가야 한다는 현실논리와 원칙을 지켜야 한다는 윤리적 신념의 충돌이다. 김씨가 특유의 생활력으로 세상을 헤쳐나가는 힘을 보이는 반면 정씨는 자신의 신념을 지키려고 안간힘을 쓴다. '나'는 두 인물이 표상하는 상이한 가치 사이에서 고민한다.

> 다만 모든 사람이 미치기 시작하고 무너지기 시작하는 마당에서, 어느 모
> 서리 냉엄하고 건실한 것을 견지하고 있는 정씨의 그 어느 면인가에 반해 있
> 고 의지하고 싶었던 것이다(이호철, 1981: 51).

의연한 정씨의 모습은 이념적인 가치와 상관없이 듬직한 육친을 연상케 한다. 홀로 월남한 화자가 그런 정씨에게 의지하고 싶은 마음을 갖게 되는 것은 자연스러운 일이기도 하다. 그러나 생존을 위해 분투해야 하는 시절의 삶은 이런 선택을 차츰 어렵게 만든다. '나'는 이런 삶 속에 젖어들수록 정씨보다는 김씨를 더 좋아하게 된다.

차라리 정씨가 아니라 이 자가 내 처남이 된다면 어떨까? 어딘가 알이 찬 그의 허리를 휘감으면서 일순 이런 가정을 해보았다. 정씨에게 결여되어 있는 점이 이 자에게 있기는 했지만 역시 정씨 편이 이 자보다는 낫겠다는 생각을 하였다(이호철, 1981: 77).

화자는 김씨보다는 정씨 쪽에 가까운 사람이다. 그러나 천안 색시가 김씨에게 이끌리듯이 화자 역시 현실적으로 실속이 있는 김씨에게 끌리게 된다. 그럼에도 화자는 정씨가 더 낫다는 판단을 내린다. 그것은 자신이 김씨보다는 본질적으로 정씨 쪽에 가까운 인물이라 스스로 판단하기 때문이다.

결국 정씨도 별 수 없이 무너지기 시작하고 이제 무너지는 이 마당 한가운데서 육중하게 버티고 걸어가는 것은 차라리 이 김씨라는 생각이었다.
"니 내가 좋나?"
"야, 마주 있으면 좋은데, 나 혼자가 되면 다시 싫어져요."
"와?"
"나 혼자의 생각으로 다시 돌아오는 거지요"(이호철, 1981: 109).

점점 쇠락해가는 정씨를 측은하게 생각하는 반면 하루하루를 알차게 살아가는 김씨가 시원스럽고 듬직하게 느껴지는 것 역시 자연스러운 일이다. 그리고 그런 생각은 김씨를 직접 대할 때마다 실감으로 구체화된다. 이는 미숙한 청년이 현실의 논리를 체득해가는 자연스러운 과정이기도 하다. 화자는 김씨를 대할 때는 어린 청년의 정체성을 갖지만 정씨를 대할 때는 논리적인 이론가의 면모를 보인다. 화자는 김씨를 대할 때마다 겉으로는 위축되지만 속으로는 거부감을 갖는다. 이는 정씨에 대한 태도와 대비된다. 화자는 정씨를 대할 때마다 겉으로는 논리적 거부감과 논쟁의 자세를 보이면서도 심정적으로는 동의하고 의지하고 싶은 마음을 갖는 것이다. 대상에 대한 엇갈리는 태도는 화자의 내적 혼란을 반영해준다.

이런 갈등의 상황에서 정옥은 화자의 내적 갈등을 성찰하는 계기가 된다. 정옥은 순수한 중성의 존재이며 그만큼 비현실적인 인물이다. 그녀는 무서운 '혼란' 속에서 태어났지만 소설의 어떤 인물보다 정갈하다. 그녀의 외눈은 신체적인 결함이라기보다 순수한 힘을 발산하는 정신을 상징한다. "그 병신된 눈이 전혀 병신으로 느껴지지 않고 도리어 역겨운 세상과 살아가기 힘든 역겨운 하루하루를 빨아들여 정화(淨化)시킬 듯한 신선한 것으로 느껴짐은 웬일일까"(이호철, 1981: 90)라는 말에서처럼 화자는 정옥을 만나 자신의 속된 욕망이 정화됨을 느낀다. 그래서 '나'는 아픈 와중에도 정옥의 이름을 떠올리려 한다.

> 그날 밤 돌아오자 나도 열이 올라 자리에 누웠다. 자리에 눕자, 그녀의 이름을 아직 모르고 있다는 사실이 안타깝게 엄습해왔다. (중략) 그녀 이름이 뭐였더라, 뭐였더라? 언제 이름을 알기나 했던 것처럼 이렇게 조바심 섞어 마음속으로 되풀이하다가, 문득 그녀 방 아랫목에 걸려 있던 예수 어머니 그림이 뚜렷이 떠올랐다(이호철, 1981: 114).

느닷없이 찾아온 병은 '나'의 내부로 거침없이 들어오던 부산 바다의 혼란과 타락을 더 이상 몸이 견디지 못하는 데서 발생한다. 아직 이 세계에 내성을 지니지 않았다는 점에서 앓는다는 것은 정신의 건강함을 의미한다. 그러므로 병은 혼돈의 세상에 미처 적응하지 못한 화자가 겪는 입사(入社)의 신역이라고 할 수 있다. 이렇게 의식이 혼미한 가운데 화자는 정옥의 이름을 기억해내려 한다. 이름은 그것이 지칭하는 사물과 연결되는 기호다. 정신이 혼미한 가운데 정옥의 이름을 떠올리려 하는 화자의 행위는 순수한 대상에 대한 근원적인 갈망일 것이다. 정옥이 죽은 뒤 정씨가 '나'에게 건네는, '貞玉'이라는 이름이 파인 도장 역시 화자가 버리지 못하는 순수한 생의 본질을 표상한다고 할 수 있다. 그러나 정옥은 관념적인 만큼 비현실적인 인물이다. 부산이라는 혼돈의 도가니 속에서 그녀만이 진공상태에 존재하는 것처럼 보인다. 그러므로 정옥은 쉽게 소멸할 수밖에 없는 기호다. 정옥이 죽은 뒤 낙백한 정씨처럼 화자 역시 현실의 비속한 소용돌이에 휩싸이고 마는 것이다.

이런 화자 욕망의 문제는 시선과 태도의 문제로 연결된다. 정씨와 김씨라는 기호는 현상을 구조적으로 분석함으로써 현실과 거리를 유지하는 태도와 체험 또는 구체적 실감으로 현상을 파악하고 현실에 밀착하려는 태도로 추상화된다. 이는 '나'의 시선과 태도가 이중적으로 구조화되어 있음을 의미한다. 그리고 이는 서술 층위에서 현재의 화자와 과거의 화자가 혼재하는 현상으로 나타난다.

과연 이 지점에서 각자는 어느 곳으로 향하고 있는 것인가. 나는 나 나름의 감수성과 비평안으로 이 완월동 제면소를 둘러싼 한 사람 한 사람을 적지 않은 호기심으로 바라보기 시작했다(이호철, 1981: 42).

인용문은 화자가 이 소설에서 취하는 역할과 태도를 드러낸다. 이 소설이 다양한 인물과 사건들을 구체적이고 생생하게 그려내는 데 성공하고 있는 것은 화자가 행동하는 인물로서의 역할보다 관찰자로서의 역할을 충실히 수행하기 때문이기도 하다. 그러나 이 "감수성과 비평안"에는 작품 외적 자아의 입김이 수시로 작용한다. 작가의 이런 개입은 스무 살 초반의 '나'와 15년 후의 '나'가 겹쳐진 이중적 구조의 '나'를 구성한다.

이렇게 구성된 '나'에 의해 소설의 서술 층위는 이중적 양상을 지니게 된다. "옹근 한 사람 대접을 받지 못하고 반값으로 취급당하여 잔심부름이나 하는" 화자와 나름의 식견과 논리를 지닌 화자가 분리됨에 따라 서술 역시 이중적인 양상을 지니게 되는 것이다. 「탈향」과 「나상」의 연장 선상에 자리하는 '나'는 비록 몇 달의 부두 노동으로 세상을 살아가는 배포를 터득했다고는 하지만 세상사의 전반을 이해한다거나 세상사에 대한 냉철한 의식을 지녔다고 보기는 힘들다. 반면 후자의 '나'는 오랫동안 조직운동에 가담한 정씨와 토론이 가능할 만큼의 지식과 자기논리를 지니고 있다. 전자의 화자는 인물묘사와 세태의 현상을 주로 포착하며 '서러움'과 '울음' 등의 감상적인 태도를 드러낸다.

> 여덟 식구의 가장인 터에 마음이 약해져가는 것 같고 사무친 회의파(懷疑派) 가락이 느껴지는 정씨가 어쩐지 나는 가슴이 아팠다. 그러나 아직 별반 세상을 살아보지 못한 나는 그의 이런 소리가 막연한 설움으로만 들리는 것이었다(이호철, 1981: 49).

'막연한 설움'은 분석이 아닌 직관의 소산이다. 화자의 이런 반응은 대상과 거리를 두기보다는 대상을 공감하는 데에서 일어난다. 그러나 후자의 화자는 현재의 관점에서 이 시기 부산의 정치상황이나 사회구조의 변화, 이념의 문제를 주로 거론하며 인물들의 향방을 거시적 측면에서 조망하고 분석하려 한다.

정씨는 잠시 우울한 낯빛을 지었다. 맏아들인 소년의 그런 투가, 일상적으로 아버지로서보다, 그보다도 깊은 의미에서의 정씨의 차가운 거울이 되고 있는 것이 확실하였다. 그리고 정씨는 그것을 너털웃음으로 얼버무릴 수 있을 만큼 이제 한창 시절은 가고, 중년으로 접어들고 썩어드는 세속의 맨 밑바닥에서 하루하루의 끼니를 구걸해야 하는 것이다. 정씨는 지금 불과 몇 년 전의 핏기 짙은 일들을 생각하고 있음이 분명하였다(이호철, 1981: 89).

화자는 정씨의 현실적 조건과 상황을 조망함으로써 그의 심정과 처지를 간파한다. 정씨의 쇠락에 대한 냉정한 서술태도는 앞의 인용에서 보이는 공감과 연민의 태도와 상반된다. 이처럼 청년 화자가 등장하는 경우에는 묘사적인 태도와 구어적인 문체가 지배적이지만 중년의 화자가 개입하는 경우에는 분석적인 태도와 관념적인 사변이 지배적인 서술양상을 보인다.

현재적 화자의 적극적인 개입은 『소시민』을 1960년대의 사회·역사적 지평으로 이끌어가는 고리가 된다. 서사의 바깥에서 소설의 인물과 사건을 조망하고 분석하는 현재적 화자는 소설의 사건에 끊임없이 현재의 시각을 개입시킨다. 이런 화자의 잦은 출현은 서사의 문법이나 미학적 차원에서 결함이 될 수도 있지만 소설을 현재의 문제의식으로 재인식하게 하는 효과를 발생시킨다. 작품 외적 자아, 즉 현재적 자아는 『소시민』을 1960년대라는 사회·역사적 맥락으로 이끌어간다. 정씨 아들이 정씨의 거울이자 타념과 패배주의에 젖은 현재의 '나'를 발견하게 만드는 것처럼 『소시민』이 묘파한

1950년대 부산의 세태는 그대로 1960년대 한국사회를 비추는 거울이 되고 있는 것이다.

4. '불온한 유령'의 소환과 이데올로기 비판

1961년 발표된 「판문점」은 이호철 소설의 전환점이자 분단문학의 새로운 좌표를 제시하는 작품이라 할 수 있다. 휴전선이라는 단절의 경계선에서 판문점은 남과 북이 소통하는 유일한 통로다. 비록 각자 왼쪽 문과 오른쪽 문으로 내리긴 했지만 남북의 남녀가 비를 피해 잠시 차 안에 머물며 대화를 나누는 상황은 판문점이라는 장소가 갖는 소통의 의미를 새롭게 부각시킨다. 작가는 대결과 경쟁 또는 무의미한 관료주의적 입씨름이 아닌, 인간과 인간의 진솔한 소통을 상상하기도 한다. 총을 맞대지 않고 공산주의자와 접촉할 수 있다는 생각은 당대의 지배이데올로기가 설정한 금기의 한계선을 넘는 일이다. 「판문점」은 북한의 경직된 도식을 비판적으로 바라보면서도 공산주의를 괴물로 보거나 소멸시켜야 하는 대상으로 보는 기존의 관념을 위반하는 것이다.

『소시민』에 등장하는 전직 좌파들 역시 이런 연장선에서 조망된다. 작가는 직접적인 언급을 피하면서도 정씨와 김씨 등이 전직 좌파들이라는 점을 명확히 드러낸다. 정씨는 남로당 사정에 꽤 밝고 이북에서 나온 '나'에게 "무엇인가를 차곡차곡 듣고 싶은 눈치"(이호철, 1981: 21)를 보인다. 또 '룸펜 프롤레타리아'나 '소인텔리' 또는 '동지'처럼 그들을 둘러싼 은밀한 언어는 "떼글떼글한 서적 냄새"를 풍기거나 '조직' 생활의 흔적들을 담고 있다. 부상을 당하고 하산한 빨치산 출신의 언국은 정씨와 김씨가 연관된 좌익 경력을 더욱 확연하게 드러낸다.

『소시민』의 문제적 국면은 이런 좌익들의 발견에 있다. '나'는 소지주 계급이라는 출신성분 탓에 북한사회에 적응할 수 없었으며 결국 고향을 떠나온다. 그럼에도 '서북청년회' 식의 증오감이나 적개심을 드러내지는 않는다. "빨갱이에 대해서는 아직 치를 떨고 적개심이 이만저만이 아닌"(이호철, 1981: 62) '대한청년단' 단장 출신인 고향 사람의 증오심과 비교하면 화자의 태도는 상당히 온건한 것이다. '나'는 그들의 심상치 않은 전력을 알면서도 정씨와 김씨 그리고 언국과 어울려 지낸다. 특히 정씨에 대해서는 "솔직한 이야기가 나는 딱히 까닭은 없었지만 내가 그의 편이라는 것을 강조하고 싶었다"(이호철, 1981: 50)라는 내용에서 알 수 있듯 다소 감상적이긴 하지만 동질감을 지니기도 한다. 정씨의 "육중한 체계를 지닌 철학"과는 상관없는 일이라고 선을 긋고 있지만 신념을 지켜가려는 그의 모습을 화자는 관심을 갖고 지켜보고자 한다.

화자는 정씨의 내면에 자리하는 "완강한 도식"과 "증오의 철학"에 거부감을 느끼는 자유주의자이면서도 부정적인 현실에 대해서는 정씨의 사상과 이념에 동의하고 공감한다. 그리고 이런 점에서 그는 김씨보다 정씨에게 내면적 친연성을 느낀다. 이는 강 영감의 재발견에서 여실히 드러난다. 강 영감은 제면소 주인과의 친분으로 제면소에 기식하는 무기력한 인물이다. 그러나 그가 죽은 후 그가 일본의 일교대학 출신이며 출세길을 버리고 좌익 활동을 했던 인물임이 밝혀진다. 보도연맹 가입 이후 몇 차례의 자살시도 끝에 무기력증에 빠져들게 되었다는 것이다. "가장 불쌍한 인간"으로만 생각했던 강 영감의 내력을 알고 나서 화자는 그를 다시 생각하게 된다. "도망 다닐 때 서슬이 등등하고 눈빛이 늘 무서울 때"(이호철, 1981: 44)의 강 영감의 행적을 전해 들은 '나'는 살았을 적 그를 하찮게 대한 것에 "뭉클한 회한"을 느낀다. 무기력의 원인이 좌익 활동의 좌절에서 비롯되었음이 밝혀지자 낙백한 강 영감의 처지를 연민의 감정으로 되새기는 것이다. 비록 무기력했지만 천박하지는 않았다는 점에서 강 영감은 재평가된다.

"지나치게 알이 차 있던" 강 영감은 엉뚱한 성공에 부풀어 있는 제면소 주인과 극명하게 대비된다. 자신의 성공을 과시하기 위해 강 영감을 곁에 두는 제면소 주인의 소시민적 근성은 알량한 성공을 '나'에게 과시하려는 소작인 출신의 고향 사람의 그것과 다르지 않다. 작은 성공을 과시하는 소시민적 근성보다 차라리 무기력한 채로 현실을 견디다 자살한 강 영감이 더 우월해 보이는 것이다. 그리고 이러한 생각은 결국 김씨와 정씨를 판단하는 데에도 그대로 투영된다. 김씨가 '목숨을 건 정치'에서 '돈벌이를 위한 정치'로 갈아타는 동안 정씨는 현실적 삶에 패배했지만 신념은 지켜가고자 한다. 화자는 이런 정씨를 안타까운 연민의 시선으로 바라본다.

『소시민』은 괴물이었던 공산주의자를 내면을 가진 사람으로 재발견한다는 점에서 이채로운 작품이다. 1950년대에는 공산주의자가 '악귀', '적색비적', '흡혈귀', '악질'(김동춘, 1998: 52)로 표상되거나 공산주의는 '절대 악', 반공주의는 '절대 선'이라는 완강한 이분법이 여전히 작동했다는 현실상황을 고려할 때『소시민』의 발견은 커다란 진전이 아닐 수 없다. 이 소설은 이념적 갈등이 소거된 상태에서 좌파들의 모습을 관찰하는 형식을 취함으로써 이념 자체를 대상으로 한다거나 그 이념의 정당성을 옹호하지는 않는다. 오히려 현실에 휩쓸려 들어간 좌익들의 모습을 관찰하면서 이념이 생활에 녹슬어가는 양상과 그 이론의 무기력함을 드러내고 있다. 그러나 쇠락하는 좌익들을 바라보는 화자의 시선에는 비판과 연민이 묻어 있다. 월남한 실향민이 이방인으로 떠돌듯이 남한에 살아남은 전직 좌익들 역시 이 사회의 영원한 타자들이다. 김씨처럼 과감하게 변신하지 않는 한 좌익은 벗을 수 없는 굴레가 된다. 좌익에 대한 연민의 시선은 실향이라는 존재 조건의 동질감에서 발생하는 것일 수도 있다.

　신념과 원칙에 따라 움직이며 이해심과 내면적 갈등을 지닌 공산주의자는 기존의 반공주의 표상체계에서 포섭될 수 없는 인물형이다. 비판과 연민이라는 중층적인 시선은 1950년대의 강력한 반공주의의 영향력을 고려한다면 이채로운 것일 수밖에 없다. 『소시민』의 좌익들은 단정과 전쟁을 거치며 우리 사회가 파묻어버린 익명의 과거다. 이런 '불온한 유령들'이 온전한 인간으로 다시 소환되기까지는 무엇보다도 정씨 아들의 목소리가 중요하게 작용한다. 정씨 아들은 "해방 직후 오십 년까지 이 바닥을 휩쓴 사건은 터무니없는 열병"(이호철, 1981: 226)이었다고 진단하면서 그들의 실패는 "진테제"가 명백히 서 있지 않은 "안티테제"로만 일관했기 때문이라고 본다. 결국 적극적인 목표의식을 상실하고 사회적 연대를 결여함으로써 불안과 절망, 고립감에 빠졌고 이것이 "정념의 덩어리"가 되어 폭발했다는 것이다. 그리고 이로부터 "도식의 경화"와 "섣부른 비관주의"가 발생했다고 보면서 자신은 아버지의 "안티테제"가 아닌 "진테제"라고 규정한다.

　정씨 아들의 말은 모호하거나 관념적이어서 실천 규범으로 어떤 위상을 지녔는지 판단하기 어렵다. 그러나 그의 이런 말은 반공주의의 금기를 위반하고 그 자체로 반공주의 규율체계의 균열을 드러낸다. 과거의 공산주의자가 테제로 소환되고 현재적 삶의 지평에서 변혁의 논리로 논의된다는 것 자체가 심각한 위반인 것이다. 『소시민』은 공산주의자를 인간으로 회복시키고 공산주의를 하나의 의제로 복원한다. 그 결론이 안티테제이든 진테제이든 공산주의가 토론과 논의의 대상이 되는 순간 반공주의 규율체계에 대한 비판의 공간이 열리게 된다. 반공주의 규율체계에서 억압의 대상이 공산주의자냐 아니냐가 중요하지 않듯이 반공주의의 비판에서 반공주의의 옳고 그름은 중요하지 않다. 반공주의의 정당성을 묻는 행위 자체가 반공주의의 균열을 가져오는 것이다.

1960년대 이호철의 현실비판적 소설은 이러한 물음에서 생성된다. 『소시민』이 열어 보인 이데올로기적 균열은 1960년대의 다른 작품들에서 현실비판의 형태로 나타난다. 반공주의 규율체계에 대한 통렬한 풍자를 담고 있는 「부시장 부임지로 안 가다」(1965)는 1960년대 이호철 소설의 성격을 집약적으로 보여준다. 5·16 이후 연일 방송에서 흘러나오는 "반공을 국시의 제일의로 삼고"에 대해 "옳지 옳아"라고 적극적인 동의를 표하면서 쫓겨 다녀야 하는 주인공의 모습은 규율체계가 만들어놓은 강박증의 표출이기에 씁쓸한 웃음을 자아낸다. 빨갱이라면 치를 떠는 지리 선생이 연행되고 상이군인 출신의 반공주의자인 주인공마저 도망 다니는 풍경을 통해 '혁명'의 방향이 잘못 설정되었음을 신랄하게 비꼬고 있다. 「부시장 부임지로 안 가다」의 전반에 걸쳐 반복 재생되는 "반공을 국시의 제일의로 삼고"라는 목소리의 정당성과 진정성은 결국 훼손되는 것이다.

'모시러 온 것'과 '잡으러 온 것'의 오해에서 비롯된 이 소설은 이데올로기의 본질을 적나라하게 드러내 보인다. 이데올로기가 규율체계로 작용할 수 있는 원인은 그것의 오작동에 있다. 반공에 동의하는 규호가 쫓겨 다니는 것은 어긋남의 경험이 누적되었기 때문이다. 자신이 결백함에도 처벌의 대상이 될 수 있다는 가능성은 억압적 구조의 내면화와 항구적 고착의 토대가 된다. 이것이 이데올로기의 비합리적 작동방식의 본질이다. 이호철은 이런 권력과 이데올로기의 작동방식의 본질을 정확하게 포착하고 이를 통렬한 풍자의 무대 위에 올려놓았던 것이다.

5. 1960년대 이호철 소설과 반공주의의 역동적인 관계

규율체계의 비합리성 또는 지배이데올로기의 기형적 작동방식에 대한 문제 제기는 그 자체로 반공주의를 기반으로 한 규율체계의 균열을 초래한다. 5·16은 4·19로 촉발된 규율사회의 위기를 정면으로 돌파하려는 반공주의의 반격이라 할 수 있다. 5·16 이후 억압적인 국가기구의 설치, 반공법(1961. 7. 3)과 국가보안법의 강화 개정(1962. 9. 12) 등의 법적 재정비, 성장주의와의 결합을 통한 이데올로기의 정당성 강화, 사회의 병영화 등 규율장치가 강화됨으로써 반공주의는 더욱 항구적인 지배력의 토대를 구축한다. 이 시기 반공주의는 산업화의 기본 동력이었으며 개인을 국민으로 균질화하거나 규범과 가치관을 구성하기도 했다.

그러나 4·19를 통해 체험한 자유의 경험은 5·16 이후 재구조화되는 규율사회에 대한 거부와 저항의 토대가 된다. 반공주의의 권위는 그것의 정당성을 의심하지 않는 것에서 발생한다. 반공주의는 의제가 아니라 금기일 때 그 힘을 발휘하는 것이다. 그러므로 반공주의와 그 작동방식에 대한 비판은 반공주의의 초월적 지위를 탈신비화함으로써 가능해진다. 이런 점에서 1960년대 이호철의 소설은 주목해야 할 대상이다. 그의 소설은 불온한 이념을 논의의 대상으로 끌어냄으로써 반공주의의 일방적인 작동방식에 의문을 제기한다. 그의 소설은 공산주의의 경직된 도식과 비현실성을 비판하면서도 남한의 이데올로기적 일방성을 비판적으로 바라본다. 반공주의가 재편·강화되는 시대상황에서 이호철이 지닌 자유주의에 대한 신념은 지배이데올로기와 긴장관계를 유지할 수밖에 없었다. 이런 긴장관계는 이후 1970년대 유신체제와의 심각한 갈등을 예비하는 것이기도 했다.

참고문헌 ·····················

1. 기본자료

이호철. 1981. 『현대한국문학전집 8』. 신구문화사.

_____. 2001. 『이호철 문학전집』. 국학자료원.

2. 논문·기타

강진호. 1997. 「이호철의 '소시민' 연구」. ≪민족문학사연구≫, 11호.

구모룡. 2000. 「비대한 풍속, 왜소한 이념」. ≪작가연구≫, 9호. 새미.

김미숙. 1997. 「이호철론」. 고려대 석사학위 논문.

정명환. 1967. 「실향민의 문학」. ≪창작과 비평≫, 2권 2호.

3. 단행본

김동춘. 1998. 『분단과 한국사회』. 역사비평사.

김진기 외. 2008. 『반공주의와 한국 문학의 근대적 동학 I』. 한울.

문학사와 비평연구회 엮음. 1993. 『1960년대 문학연구』. 예하.

민족문학사연구소 현대문학분과. 1998. 『1960년대 문학연구』. 깊은샘.

이병천 엮음. 2004. 『개발독재와 박정희 시대』. 창비.

조희연 엮음. 2003. 『한국의 정치사회적 지배 담론과 민주주의 동학』. 함께읽는책.

한국예술연구소 엮음. 2001. 『한국현대예술사대계 III: 1960년대』. 시공사.

한국정신문화연구원 엮음. 1999. 『1960년대 사회 변화 연구: 1963~1970』. 백산서당.

현택수 엮음. 2002. 『문화와 권력』. 나남출판.

제 **9**장

민족문제의 재현과 냉전 반공주의의 역학

조정래 초기소설을 중심으로

∙∙

양진오 | 대구대학교 국문학과 |

1. 들어가는 말

한국 근대문학의 역사가 결코 녹록하지 않은 상황에서 근대문학 주역들의 문제적 작품을 다시 읽고 그 작품들의 문학적 기원과 성격을 면밀하게 규명하는 연구가 긴요하게 요청되고 있다. 특히 근대문학 주역들의 등단 및 초기 작품을 대상으로 한국 근대문학이 의미를 형성하게 된 내적 경로, 즉 의미 형성의 계기와 요인을 밝히는 연구가 필요한 실정이다. 이러한 연구가 지속될 때 한국 근대문학은 자신의 계통과 의미를 새롭게 이해하는 텍스트로 읽히게 되며, 그 이해는 한국 근대문학의 성격을 새롭게 조명하는 바탕이 될 수 있다.[1]

---

1) 이 글에서 말하는 근대문학은 단지 시기적 개념으로 정의되는 용어가 아니다. 필자는 근대문학을 '영구혁명 안의 사회의 주체성'의 문학으로 이해하는 가라타니 고진의 정의에 동의한다. 필자는 근대문학이 종언되었다는 가라타니 고진의 의견에 동의하지는 않지만 근대문학을 사회의 주체성을 발견하는 개념으

이런 전제하에서 필자는 문학의 역할과 존재 의의가 사회적으로 확대된 1970년대의 근대문학[2])을 이 글에서 집중적으로 독해할 계획이다. 더 구체적으로 말하자면 산업화와 근대화, 유신 등의 사회적 격동기로 기억되는 1970년대에 등단한 작가들의 작품을 집중적으로 독해할 생각이다. 이들의 문학은 1960년대 문학과는 달리 민족과 민중의 발견이라는 시대정신을 적극적으로 수용하며 때로는 민족문학의 이름 또는 제3세계문학의 이름으로 자신의 정체성을 정의하며 문학 장에 출현했다. 이들의 작품은 개별적인 차이가 있긴 하지만 한국 문학을 진정한 의미의 근대문학으로 조형하는 데 크게 이바지했다고 필자는 판단하고 있다. 필자는 바로 이 점을 주목하며 논의를 전개하고 있다.

이 기획에 부합하는 작가가 한둘이 아니지만 필자는 이 글에서 1970년대의 시대정신을 각별하게 수용하며 한국 근대문학의 가능성을 구현한 조정래의 초기 문학을 독해할 계획이다.[3]) 흔히 조정래는『태백산맥』,『아리랑』,『한강』등의 대하소설 3부작을 완성함으로써 한국 역사소설의 수준을 일신한 작가로 평가받고 있다. 그는 이 3부작을 통해 민족문제가 한국 문학의 일급 의제가 되어야 하며 또 일급 의제가 될 수 있다는 사실을 확고히 했다. 조정래의 이 3부작을 통해 민족문제는 추상적인 관념의 문제가 아니라 한국 근

로 정의하는 그의 방식에는 동의한다. 고진에 따르면 근대문학은 오락으로서의 문학이 아니라 "무력하고 무위하고 반정치적으로도 보이지만 (제도화된) 혁명정치보다 더 혁명적인 문학"을 가리킨다(가라타니 고진, 2005: 43~53).
2) 1970년대 한국 근대문학의 성격에 대해서는 하정일(2000) 참조.
3) 조정래 이외에도 이청준, 박완서, 오정희, 전상국, 김원일, 윤흥길, 김주영 등 한국 근대문학의 새로운 가능성을 열어간 작가들의 초기 작품을 독해할 필요가 있다고 본다.

대문학의 주요 주제로 부각된 것이다.

그런데 『태백산맥』이나 『아리랑』, 『한강』 등을 놓고 진행되는 조정래 문학에 대한 논의는 상대적으로 조정래 문학의 기원을 이해하는 데 일정한 제약을 주는 것이 사실이다. 조정래가 『태백산맥』, 『아리랑』, 『한강』 등으로 자신의 문학적 입지를 확고히 한 것은 사실이지만 조정래의 문학적 출발은 『태백산맥』을 썼던 1980년대가 아니라 「누명」, 「20년을 비가 내리는 땅」, 「빙판」, 「어떤 전설」, 「청산댁」, 「황토」 등을 썼던 1970년대인 까닭이다. 즉, 조정래 문학에 대한 논의는 이 역사 3부작에 한정되기보다는 1970년대 작품을 면밀하게 독해할 때 더욱 풍부한 결과를 얻을 수 있다.[4] 조정래 문학 연구에서 『태백산맥』, 『아리랑』, 『한강』 등의 문학적 비중이 높은 것은 사실이지만 그렇다고 1970년대의 조정래 문학 — 더 구체적으로는 1970년대 조정래의 초기 문학 — 을 논의 영역에서 제외하거나 간과하는 것은 적절하지 않다는 말이다. 오히려 조정래 문학의 문제적 성격을 해명하기 위해서는 그의 문학의 기원으로 간주되는 1970년대 문학을 다시 읽어야 하며 그래야만 이 3부작들의 의미도 더 확장된 시야에서 해명될 수 있다.[5] 요컨대 조정래 문학

---

4) 조정래는 1970년 ≪현대문학≫, 6월호에 「누명」이 첫 회 추천되었고 12월호에 「선생님 기행」이 추천 완료되며 작가로 등단했다. 1972년에는 작품집 『어떤 전설』을 범우사에서 출간했다. 필자는 이 글에서 『어떤 전설』에 수록된 작품, 그리고 그 이후 1973년, 1974년에 발표된 그의 작품을 독해할 계획이다. 필자는 첫 작품집 『어떤 전설』을 출간한 전후 1~2년을 조정래 초기 문학의 범주로 잡고 논의를 진행하고자 한다.

5) 1970년대 조정래 문학을 집중 독해한 연구자로 고명철을 들 수 있다. 그는 논문에서 "조정래의 문학은 대하소설을 위해 존재하며 대하소설만을 높이 평가하는 게 조정래 문학 전부인 것처럼 쉽게 인식"된다고 비판하면서 조정래 문학의 문학적 성격을 다시 확인한다는 취지로 "조정래의 1970년대의 중단편을"

의 문제적 성격은 1980년대에 갑작스럽게 돌출한 게 아니라 1970년대부터 누적되어왔으며 우리는 이 문제적 성격의 기원을 구체적으로 살필 필요가 있다는 의미다. 이 글은 바로 1970년대의 조정래 초기 문학을 연구대상으로 설정해 그의 문학이 어떻게 자기 의미를 설계하며 근대문학의 출중한 사례가 되었는가를 논의하고자 한다.[6]

조정래의 초기 문학을 다시 읽을 때 우리는 그의 문학이 "정치사회적 상황의 위기, 사회계층의 대립과 갈등, 문화의 정신적 위축 등에 대한 대타적인 인식"[7]이 고조된 1970년대의 문학이라는 사실에 주목해야 한다. 또한 그의 문학은 분단 현실에 대한 문학인들의 관심이 고조된 1970년대의 문학이라는 사실에 주목해야 한다.[8] 즉, 1970년대 조정래 문학은 1960년대의 성찰의 서사와는 구분되는 서사로 한국사회의 당대 모순에 응전하는 사회 탐구적 서사의 성격을 보여준다. 이 시기의 조정래 문학 역시 예외가 아니어서 조정래 문학은 일제강점, 해방, 한국전쟁, 유신독재 등 20세기 한국 근대사의 주

독해하고 있다(고명철, 2007).

6) 서경석은 자신의 논문에서 1970년대 문학이 연구 영역에서 논외로 되어가는 현상에 대해 비판적으로 고찰한 바 있다. 서경석에 따르면 "1970년대 문학은 1980년대 문학의 출발이자 산실이며 가장 노골적인 현실에서도 강력하게 문화적 소임을 수행했던 시기"의 문학이다(서경석, 2000). 필자는 1970년대 한국 문학을 근대문학의 가능성을 본격적으로 구현한 문학으로 간주하며 한국 근대 문학의 전체적인 성격을 새롭게 해석, 평가하는 연구가 진행되어야 한다고 생각한다.

7) 이에 대해서는 권영민(1993: 218) 참조.

8) 강진호에 따르면 "1970년대 분단문학은 1960년대 분단문학의 성과를 이어받으면서 한층 일신된 모습을 보여주었다. 이 시기에는 분단 현실에 대한 관심이 문단 전체로 확산되면서 앞 시기에 비해 훨씬 풍성한 양의 작품을 생산"한다(강진호, 2004: 347).

요 사건을 배경으로 민족문제를 의제화하며 자신의 문학적 정체성을 형성해 나간다.[9]

그런데 조정래는 민족문제를 의제화면서 이 문제 자체를 은폐하는 냉전 반공주의의 규율 논리를 동시적으로 고찰한다. 즉, 조정래가 의제화하는 민족문제는 전체 사회의 장과 개인의 정신구조를 강력하게 규율하는 냉전 반공주의와의 역학 관계 아래에서 파악된다. 이는 1970년대의 시대적 성격에 기인하는 현상으로, 1970년대는 민족문제가 본격적으로 제기된 시대이자 그와 동시에 반공주의 규율이 사회 전 영역에 강제된 냉전정치의 시대이기도 했다. 그렇기에 조정래 문학의 민족문제는 냉전 반공주의에 대한 비판과 길항 관계 끝에 탄생한 치열한 주제이자 응전의 결과로 해석될 수 있다. 이런 까닭에 1970년대 조정래 문학에서 민족문제가 갖는 문학적 의미를 파악하는 일은 민족문제와 냉전 반공주의와의 역학 관계를 고찰하는 일이 되기도 한다. 그렇기에 이 글은 조정래 문학이 민족문제를 의제화하는 과정에서 냉전 반공주의를 어떻게 접맥시키는가를 주되게 살필 계획이다. 이 글이 궁극적으로 밝히려는 조정래 문학의 문제적 성격은 이렇게 민족문제와 냉전 반공주의의 길항 관계에 근거해 형상화되고 있다.[10]

---

9) 조정래 문학은 민족문제를 의제화한 문학으로만 독해되지 않는다. 하위주체로서의 도시빈민 민중의 목소리를 반영한 문학도 존재하기 때문이다. 필자는 이 두 계열 중에서 민족문제를 의제화한 계열이 전쟁·분단·반공주의와 같은 당대의 핵심사건이나 문제에 호응하며 자신의 문제적 성격을 심화시키는 것으로 보고 이를 연구대상으로 선정했다.

10) 이 글의 연구 텍스트는 1999년 해냄에서 출간된 '조정래문학전집'으로 한다. 그중에서도 특히 3집 『상실의 풍경』과 4집 『비탈진 음지』에 수록된 작품을 대상으로 한다(조정래, 1999a; 1999b). 이하 인용 쪽수는 괄호로 처리한다.

2. 좌익 아버지의 호출과 민족의 내전

조정래 문학이 민족문제를 의제화하는 방식으로 우선 주목되는 건 민족 내전의 역사를 환기하는 좌익 아버지들의 설정이다. 대한민국의 정치질서를 위반하는 기호인 이 좌익 아버지들은 궁극적으로 분단 갈등을 환기시키는 표상으로서 그 문학적 의미가 간단치 않다. 조정래는 이러한 좌익 아버지를 망각의 대상으로 받아들이기보다는 그 진실을 재현해야 하는 기억의 대상으로 받아들이는바, 이는 조정래 문학의 특기할 현상이다. 그런데 이 계열의 소설은 냉전 반공주의의 억압적 규율을 텍스트 전면에 배치하며 서술된다. 이 좌익 아버지들이 냉전 반공주의 규율의 전면적 배치와 조응 아래에서 발견되는 문제적 인물로 등장하기 때문이다. 그러면 이 내용을 자세히 논의해보기로 하자.

1970년대 한국 문학은 4·19 이후 한국사회 저변에 확산된 분단 극복의 열망을 수렴하며 분단 현실의 민족문제를 의제화하면서도 냉전 반공주의 국가권력의 규율에서 절대 벗어나지 않은 양상을 보여주었다. 그렇기에 이 시기의 작가들은 민족문제를 일종의 문학적 특권으로 받아들이거나 자신의 작품에 자유롭게 표현할 상황이 아니었다. 냉전 반공주의의 제약을 완전히 탈피하기 어려웠던 당시 작가들은 그 제약과 타협하는 문학적 방식을 창출할 수밖에 없었는데 그 방식이 일인칭 소년 화자의 설정이다.[11]

11) 김윤식·정호웅의 『한국소설사』는 이 방식의 의미를 이렇게 정리하고 있다. "70년대에 그 역량을 인정받은 이 유년기 세대들은 자신들이 전념한 분단소설에서 공통된 자기형식을 창출함으로써 분단소설을 새로운 높이로 끌어올렸을 뿐만 아니라 계속하여 성장, 대작들을 써냄으로써 분단소설을 한국소설의 중심부에 자리 잡게 하였다." 그런데 "이 형식은 시점을 어린 소년의 '순진한 눈'에 고정

주지의 사실이지만 김승옥, 이청준, 김원일, 이동하, 전상국, 한승원 등 일련의 작가들은 1970년대 초중반에 어린 소년의 시선으로 분단의 비극과 전쟁의 아노미를 재현하는 소설을 발표한다. 이러한 소년 화자의 설정은 그 자체로 1970년대 한국 문학의 성취로 인정되기도 하지만 동시에 이는 민족문제를 은폐하는 냉전 반공주의의 압력에 기인한 결과이기도 하다.12) 그러나 흥미롭게도 조정래는 소년 화자가 아니라 성인 화자를 설정하는 방식, 즉 성인의 시선으로 분단의 상처를 조망하며 자신의 문학을 시작하는 차별성을 보여준다. 조정래는 처음부터 민족문제를 소년의 시선이 아니라 비판적인 성인의 시선으로 조망함으로써 이 문제를 주시하는 문학적 시야를 더욱 깊게 한다.

그렇다면 이 방식의 구체적인 양상을 살펴보기로 하자. 이와 관련해 독해해야 하는 텍스트는 「20년을 비가 내리는 땅」이다. 1971년 ≪현대문학≫에 발표된 「20년을 비가 내리는 땅」은 좌익의 후예들을 지속적으로 처벌하는 냉전 반공주의의 규율을 배경으로 취한 소설로, 이 소설에는 여순사태13)가 서사의 의미를 전환시키는 사건으로 삽입된다. 조정래에게 여순사태는 자신

시킴으로써 비극적 현실의 표면만을 제시할 수 있을 뿐, 더 나아가 그 아래 숨겨진 본질을 드러내기에는 부적절하다"(김윤식·정호웅, 1993: 432~433).
12) 1970년대 한국사회는 반공병영사회로 정의될 정도로 반공주의 규율이 한국사회 전체를 통제하는 원리였다. 반공주의 규율이 "정치, 경제, 사회, 문화의 전 영역에 걸쳐 확고한 통제력을 확보한" 상황에서 작가들은 그 규율에서 벗어나지 못했다. 반공병영사회의 개념은 조희연 엮음(2003: 130)을 참조.
13) 이 사건을 계기로 "대한민국은 자신의 생존을 최우선시하고 그에 따라 경제를 포함한 국가의 제반 활동을 사고하고 조직하는 '국방국가'로 급속히 전환"되어간다. 이런 과정에서 "국가보안법, 학도호국단, 일민주의와 같은 여러 형태의 법적, 제도적 기구와 국가이데올로기가 마련되었다"(임종명, 2006: 278).

의 문학을 형성하는 기원적 사건으로,[14) 그는 훗날 『태백산맥』에서 여순사
태의 은폐된 진실을 추적한다. 그런데 여순사태에 대한 문학적 관심은 이미
초기 작품 「20년을 비가 내리는 땅」에서 시작되었거니와 이 사건에 대한 그
의 관심은 동시대의 작가들에 비해 대단히 각별하다.

이 소설에 등장하는 좌익의 후예는 이중현이다. 이중현의 아버지는 여순
사태가 발발하자 반란군에 가담한 좌익 인사인데 정부군의 진압이 시작되자
지리산 일대로 잠적한 문제적 인물이기도 하다. 즉, 이 소설은 여순사태의 발
발과 함께 아버지의 정치적 정체성을 확연히 드러내며 그와 동시에 아버지
를 부재하는 인물로 처리한다. 이 소설은 아버지의 돌연한 반란 가담 이후 가
족이 겪은 고통과 수난을 상세하게 이야기한다. 어머니의 자살, 재산 강탈,
중현 형제의 전전 등 이 소설은 좌익의 후예인 중현 형제가 감당해야 했던 고
통의 실체들을 하나하나 이야기한다. 여기서 주목해야 하는 것은 중현의 레
드 콤플렉스다.

> 빨갱이라는 것이 이렇게 무서운 것인가. 중현은 새롭게 끼쳐오는 무섬증
> 으로 몸이 움츠러들고 기가 꺾였다. 아버지 때문에 끌려가 반죽음을 당하고
> 치료도 받을 수 없게 된 어머니가 너무도 딱하고 안스러웠다. 그리고 아버지
> 는 모든 사람들이 그리도 무서워하고 꺼리는 짓을 왜 하는 것인지 원망스럽
> 고 이해할 수가 없었다(조정래, 1999a: 66).

14) 조정래에게 여순사건은 '총구의 공포', '싸늘한 총소리', '시뻘건 피의 홍수',
'시체의 더미' 등으로 기억되는 사건으로, 여순사건은 조정래 문학의 기원을
형성하는 배경적 요인이다. "나는 그 사건을 계기로 정도를 헤아리기 어려운
마음의 상처를 입음과 동시에 나이에 걸맞지 않게 철이 들어버렸다"(조정래,
1987: 413).

아버지의 실종과 어머니의 고문 등 중현은 "빨갱이" 가족에게 강요되는 반공주의 규율의 공포를 구체적으로 체감한다. 아버지가 "원망스럽고 이해할 수가" 없는 중현은 의식적으로 아버지를 망각하고자 하며 어떻든 좌익이 처벌되는 반공국가에서 생존할 수 있기를 바란다. 그런데 소설은 중현의 기대를 철저하게 배반한다. 서울로 탈주한 중현 형제는 자신들의 의지와 노력에도 극단적인 실패와 좌절을 경험한다. 중현의 동생은 사고로 비명횡사하며 중현은 간첩 혐의로 투옥되었던 것이다.

이처럼 중현의 삶은 기본적으로 자기소외를 반복한다. 중현은 대한민국 국민의 의무를 수행하며 좌익 아버지의 세계와 의식적으로 분리되려고 했지만 결국 그는 간첩 혐의로 구속된다. 반공주의 규율로 무장된 국가권력은 중현을 간첩, 즉 비국민으로 분류한다. 좌익의 후예인 중현 역시 '빨갱이'로 만들어지는 형국이다. 반공국가 대한민국에서 중현이 설 자리는 감옥 외에는 없었다. 그런데 이 소설은 중현의 수난만을 중점적으로 이야기하지는 않는다. 중현은 감옥에서 아버지를 진지하게 회상한다. 역설적인 장면이지만 중현은 국가권력에 의해 감금된 후 자신의 아버지를 진지하게 회상한다.

수사를 받다 보니까 지난 세월 동안 자신이 너무 치사하고 비겁할 정도로 아버지를 두려워하고 회피하려 했다는 것을 새삼스럽게 느꼈던 것이다. 그러나 수사 기관에서는 자신의 말을 전혀 믿지 않았을 뿐만 아니라 오히려 그 반대였다고 생각했다. 아버지를 영웅시하여 동경하고 흠모하다가 마침내 지하 고정간첩들과 합세해 공산혁명 실현을 이어받으려 했다는 것이다. 그 누명 앞에서 비로소 자신의 의식 속에는 아버지가 왜 공산혁명을 꿈꾸었을까 하는 의문 아닌 진지한 관심이 생겨나게 되었다(조정래, 1999a: 95).

바로 이 장면을 주목해야 한다. 감금된 중현은 아버지를 "진지한 관심"의 대상으로 받아들이고 있다. 그는 더는 아버지를 의도적으로 망각하지 않는 바 중현은 반공주의 규율이 은폐하고 그 자신이 거리를 둔 좌익 아버지의 존재를 의식한다. 이 장면은 단지 이 소설에 한정된 장면이 아니라 조정래 문학에서 반복, 심화되는 문제적 성격을 지닌다. 중현은 냉전 반공주의 규율에 따라 비국민으로 처벌받지만 그는 역사적 원리로서의 아버지를 자신의 화두로 수용하고 있다. 물론 이 수용은 전면적인 수용이 아니라 부분적인 수용이다. 그렇지만 궁극적으로 좌익 아버지를 회상하는 결말은 향후 조정래 문학의 방향을 예고해준다는 점에서 그 의미가 각별하다.

「어떤 전설」은 민족 내전의 역사를 환기시키는 좌익 아버지를 회상하면서 냉전 반공주의의 규율을 비판하는 방식으로 서술된 또 하나의 소설이다. 「20년을 비가 내리는 땅」에서와 마찬가지로 「어떤 전설」도 한국사회를 반공주의의 규율이 강제하는 사회로 재현한다. 그런데 이 소설도 「20년을 비가 내리는 땅」처럼 좌익 아버지를 긍정적으로 회상하며 마무리된다. 조정래는 처벌의 냉전정치가 지속되는 사회 여건에서도 좌익 아버지에게서 민족문제를 의제화하는 근거를 구한다.

「어떤 전설」의 준표는 이른바 임관을 눈앞에 둔 대학생이다. "마흔여덟의 나이가 쉰여덟이 넘어 보이도록 늙어버린 어머니의 고생"과 "영양실조에 허덕이며 책가방을 끼고 신문 배달을 하는 동생 상준"에게 준표의 이른바 계급장은 가난 탈출과 신분 상승의 상징이었다. 그러나 「어떤 전설」은 준표와 가족의 기대를 무참하게 배반한다. 준표는 신원조회 결과 임관을 거절당한다. 그의 아버지가 월북 인사라는 혐의를 받은 까닭이다. 냉전 반공주의 국가권력은 좌익의 후예인 준표에게 임관 기회를 제공하지 않는다. 이와 같은 국가권력의 조치는 일방적이며 폭력적인 것으로, 이는 '괴뢰집단'과 '공산폭도'

를 철저하게 처벌하는 반공주의 국가권력의 냉전정치의 결과다. 반공주의 국가권력은 봉인된 기억으로서의 좌익 아버지들을 지속적으로 은폐하며 민족의 대립을 방조한다.

조금 전과는 완전히 달라진 단장의 안색, 그 굳어진 얼굴이 아니어도 자신의 신변에 무슨 일이 일어나고 있다는 것을 직감했다.

단장은 쩝쩝 입맛을 다시며 자리를 고쳐 앉고 나서 입을 열었다.

"모르고 있는 모양인데 부친은 납치를 당한 게"

단장은 담배에 불을 붙였다. 그리고 소리가 나게 푸푸 연기를 내뿜었다. 그런 그의 미간은 잔뜩 찌푸려져 있었다. 단장은 다시 자리를 고쳐 앉았다 (조정래, 1999a: 130).

냉전 반공주의의 대리자인 단장의 호출을 받은 준표는 임관 거부의 이유가 아버지의 월북임을 인지한다. 반공국가에서 아버지의 월북은 그 자체로 불온한 사건으로 받아들여지는 까닭에 준표의 임관은 무위로 돌아간다. 좌익 아버지의 아들 준표는 한국사회의 공적 영역으로 진입할 수 있는 기회를 원천적으로 차단당한다. 좌익의 후예는 반공국가에서 철저하게 비국민으로 분류되고 있다. 그렇지만 준표는 비관하는 작중 인물로 존재하지는 않는다. 준표는 임관 거부를 계기로 "아버지에 대해 생각하고 또 생각"하게 된다. 그리고 준표는 "망각 저편에 있던 아버지의 환생이면서 막연하기만 했던 분단 비극"의 현실을 인지한다. 공적 영역으로의 진입이 차단된 준표는 그 진입이 차단된 상황에서 월북한 아버지를 회상한다. 조정래는 다시 한 번 이 좌익 아버지를 통해 은폐된 민족의 균열, 즉 민족 내전을 표상하며 민족문제를 의제화하는 것이다. 조정래는 「어떤 전설」에서도 궁극적으로 좌익 아버지를 매개로 자기 문학의 문제적 성격을 예각화한다.

　논의한 바와 같이 조정래는 봉인된 기억으로서의 좌익 아버지를 설정함으로써 민족 내전의 역사와 그 역사 자체를 은폐하는 냉전 반공주의의 규율을 동시적으로 고찰한다. 「20년을 비가 내리는 땅」과 「어떤 전설」은 '국민'국가와 '인민'국가의 대립, 즉 냉전정치의 대립으로 말미암아 민족이 지속적으로 분열되고 분할된다고 이야기한다. 이 소설에서 재현되는 민족은 초월 및 전통 논리와 이미지로 통합되는 민족이 아니라 근대 냉전정치의 개입에 따라 지속적으로 대립하는 민족이다.

3. 외부와 내부의 범주화와 민족의 예속

　앞에서 거론한 바와 같이 조정래는 「20년을 비가 내리는 땅」과 「어떤 전설」에서 봉인된 기억으로서의 좌익 아버지를 호출하며 민족문제를 의제화한다. 이 좌익 아버지들은 반공주의 국가권력이 은폐한 민족의 불편한 진실, 즉 민족 내전의 역사를 환기하는 역할을 수행한다. 이와 함께 주목되는 계열의 작품이 미국 비판 소설이다. 미국 비판 소설들 역시 민족문제를 의제화한 사례로 독해될 만한 작품으로, 이 소설들은 제국권력에 포획된 민족의 예속 현상을 이야기한다. 조정래는 일련의 미국 비판을 소설을 통해 민족의 현실적 지위를 다시 한 번 탐구하고 있다.

　좌익 아버지도 그렇지만 미국은 냉전 반공주의 국가권력이 그 비판과 새로운 해석을 용인하지 않는 금기의 대상이다. 한국전쟁을 계기로 미국은 해방자, 인도주의자, 우방, 혈맹의 이미지를 통해 대한민국을 구원한 아름다운 나라로 인식되는바, 이 인식은 대한민국의 공식적인 인식으로 승화된다. 그리고 이러한 인식에 대한 반론과 비판은 반공국가인 대한민국에서 허용되지 않는다. 반공국가 대한민국에서 미국은 제국주의 국가가 아니라 자유 수호의 국가로 공식적으로 정의되고 있다. 그런데 이미 이 방면에서는 남정현의 「분지」가 미국의 신화를 폭로한 바 있다. 거기에 더해 조정래는 일련의 소설에서 미국을 자유 수호의 국가로 정의하는 반공주의적 수사학을 뒤집는다. 조정래는 자신의 소설에서 미국을 점령과 주둔의 제국주의적 욕망을 투사하는 패권 국가로 정의하는 것이다. 이런 까닭에 이 계열의 소설들은 기본적으로 냉전 반공주의의 규율에 순응하기보다는 이 규율에 저항하며 서술된다는 평가를 받을 수 있다.15) 미국 비판 소설 자체가 냉전 반공주의에 대한 문학적 응전으로 독해될 수 있다는 말이다. 그러면 논의를 좀 더 진전시키기로 하자.

조정래의 미국 비판은 제국을 표상하는 주한미군과 민족을 표상하는 한국군의 관계를 드러내는 범주화적 서술에 의해 진행된다. 이 범주화적 서술에서 주한미군은 중심의 이미지로, 한국군은 주변의 이미지로 형상화되는데, 이 범주화를 통해 외부로서의 제국과 내부로서의 민족은 서로 구별되는 지위를 지닌다. 즉, 조정래는 외부와 내부를 구별 짓는 수사적 장치로 주한미군과 한국군을 동시에 등장시키며 이 양자의 관계를 위계화한다. 요컨대 조정래는 외부와 내부의 관계를 드러내는 범주화적 서술을 통해 민족문제의 또 다른 층위, 즉 예속의 문제를 의제화한다.16) 이런 점을 고려할 때 다시 독해

---

15) 반공주의 규율에 대한 저항은 텍스트 전면에 노출되기보다는 알레고리 방식으로 표출된다. 요컨대 이 계열의 소설들은 국제적 차원에서 냉전 반공주의와 협력하는 미군들을 비판하는 방식으로 냉전 반공주의가 기획한 억압적 질서와 제도를 환기시킨다. 미군비판이 곧 냉전 반공주의의 비판과 등가의 의미를 지니도록 이 소설들은 미군을 반공주의 비판의 알레고리로 활용한다.

16) 민족을 구성하는 근거는 혈연, 언어, 지역이 아니라 차이를 만들어내는 운동

해야 하는 작품이 등단작인 「누명」, 「빙판」, 「타이거 메이저」 등이다. 이미 말한 바와 같이 이 소설들은 미국과 한국을 표상하는 미군과 한국군의 범주화적 서술로 텍스트의 의미를 형성한다. 이에 대한 단적인 예를 보면 다음과 같다.

> 그러나 그뿐이 아니었다. 장교들만 이용할 수 있는 드넓은 골프장이 펼쳐져 있는가 하면 할리우드와 동시 상영을 하는 대형 극장, 농구시합이며 역도 같은 것을 할 수 있는 천정 드높은 체육관, 여러 개의 테니스 코트장, 우리나라 대학병원 시설을 비웃는다는 병원, 수만 권의 장서를 갖춘 도서관, 술값이 싼 사병 클럽, 쇼도 공연한다는 장교 클럽, 거기다가 공군 사령부의 수많은 콘세트, 셀 수 없이 많은 2층짜리 사병들의 막사, 시설 좋은 장교 숙소들, 서너 군데로 분산되어 있는 대형 식당들(조정래, 1999: 3권, 108).

「빙판」에서 묘사되는 주한미군의 이미지는 대단히 팽창적이며 확장적이다. 골프장과 대형극장, 체육관, 코트장, 병원, 도서관, 클럽 등을 대한민국 내부에 건설한 미군은 마치 그 자체로 거대 제국처럼 보인다. '드넓은', '대형', '드높은', '셀 수 없이' 등의 팽창적이며 확장적 언어로 묘사된 주한미군은 민족 내부에 구축된 외부의 제국권력으로, 이 주한미군은 민족의 자율성을 훼손한다. 그런데 이러한 '드넓은', '대형' 이미지를 가진 제국공간이 한국인들에게는 닫힌 영역이다. 이 제국의 영역은 한국인들의 출입을 불허하

이다. 대립적으로 구별되는 운동에 의해 경계가 생겨나며 경계 내부의 사람들은 국민 또는 민족이라는 표상을 획득한다. 이에 대해서는 고자카이 도시아키(2003: 35~36) 참조.

며 경계를 구획한다. 민족의 내부에 구축된 이 제국의 영역은 지속적으로 한
국인들을 배제하고 분리한다. 또한 외부의 대리자인 미군은 마치 오만한 탕
아처럼 한국군을 학대하거나 희롱한다. 한 예로 「누명」의 미군은 대개 인간
적 윤리가 결여된 탕아들로 이들은 "벙크에 오줌을 깔기고 침대마저 엎어버
리"거나 "샤워를 하고는 그걸 버젓이 내놓고 복도를 걸어 다니기가 예사"인
"녀석"들이다. 이처럼 「누명」의 미군은 윤리와 예의, 인간적 도리와는 거리
가 먼 문제아들이다.

　단적으로 말해 「누명」의 미군은 민족의 내부를 자유롭게 활보하는 제국
의 탕아들이다. 이는 「타이거 메이저」의 미군도 마찬가지다. 「타이거 메이
저」의 미군 '대위'는 한국군 '소령'을 자신의 부하로 여기는 제국의 오만한
인물 중 하나다. 조정래 문학의 미군은 이렇게 외부에서 파견되어 내부를 지
배하는 제국권력으로 존재한다. 그렇다면 민족을 표상하는 한국군은 어떻게
재현되고 있을까? 「타이거 메이저」에서 한국군 소령은 특유의 자존심으로
자신의 역할을 수행하지만 대개의 한국군은 누명을 받는 억울한 약자로 재
현된다.

　　징계위원회.
　　세 명의 장교가 입회한 징계위원회는 간단하고 명료했다. 피고인 태준의
　진술은 아예 필요하지가 않았다. 원고인 중대장의 상신서 내용을 절대적으
　로 믿는 징계 위원들은 일등병인 태준의 진술을 한낱 변명으로 간주해버리
　는지도 모를 일이었다. 징계위원인 한국군 장교는 미군 장교의 상신서의 내
　용에 적합한 벌을 한국군 졸병에게 내리는 절차를 아무 거리낌 없이 해냈다
　(조정래, 1999a: 29).

이처럼 제국권력에 포박된 민족을 표상하는 「누명」의 한국군은 미군 징계위원회에 호출되어 처벌받는 약자로 재현된다. 이 작품에서 한국군은 자주적인 근대 국민국가의 군대가 아니라 미국의 제국권력에 통제되는 군대로 형상화된다. "뭘 잃어버리기만 하면" 미군은 "카투사를 도둑놈 취급"을 하거나 "부당한 일을 시켜놓고" 저항하는 한국군에게 미군은 "보리밥 먹고 훈련 고된 한국군으로 쫓겠다고 공갈"하기도 한다. 이처럼 조정래 문학은 민족의 표상들을 징계위원회에 호출되어 누명 받는 존재로 그리고 있다.

그런데 조정래는 이 민족의 표상들을 누명의 존재로만 재현하지는 않는다. 조정래 소설에서 민족의 표상들은 탕아와 다름없는 주한미군과는 달리 인간적 윤리감각이 출중하다. 그 단적인 예가 「누명」의 서점동 일병이다. 서점동 일병은 스물아홉 나이의 처자가 있는 농촌 출신의 한국군으로서 오만한 미군과 대비되는 윤리적인 한국인이다. 그렇지만 이런 윤리가 제국의 군인들에게는 긍정적인 의미로 이해되지 않는다. 제국의 군인들이 보기에 서점동 일병은 제국의 언어와 매너에 무지한 제3세계의 인종에 불과하다. 이처럼 조정래는 외부와 내부의 차이를 드러내는 범주화를 통해 민족문제의 본질이 외부와 내부의 신식민지적 예속 관계에 있음을 이야기한다.

문제는 이 식민화된 민족현실을 강제하는 제국권력에 대한 자발적인 복종이다. 이 식민화된 현실을 기획한 미국은 당대 한국인들에게 맹목적인 동경의 대상으로 수용된다. 아니, 냉전 반공주의의 규율을 내면화한 국민 스스로 미국 비판을 용공으로 간주한다. 이 계열의 소설들은 이처럼 외부로서의 미국이 냉전 반공주의 논리에 따라 신화화되고 있음을 말해주고 있다.

> 이 사람 이거 아주 곤란한 사람이네. 미국 덕으로 미군 부대에서 아주 잘 먹고 편히 지내면서 감사하기는커녕 반미주의자가 됐잖아. 자네, 사상이 의심스러워. 꼭 김일성 괴뢰 도당 같은 소릴 지껄이구 말아(조정래, 1999a: 114).

북에서 월남한 병욱의 매형은 미국 비판을 용공으로 간주하는 맹목적인
반공주의자다. 미국 이민을 간절히 바라는 병욱의 매형은 미군을 비판하는
처남을 "꼭 김일성 괴뢰 도당" 같다고 비난한다. 그의 이러한 비난은 합리적
인 논쟁과 판단을 중지시키는 이데올로기적 효과를 지니는바, 병욱의 매형
은 미국을 절대적으로 추종하는 자생적인 반공주의자의 전형으로 해석된
다.17) 병욱의 사례에서 볼 수 있듯 「빙판」에는 미국을 추종하는 한국인들의
동경이 예사롭지 않게 나온다. 병욱에게 미국은 비판이 용인되지 않는 국가
로, 병욱은 미국을 자신의 새로운 미래를 보장해주는 희망의 국가로 간주한
다. 그런데 그 희망의 국가 미국은 한국인들에게는 실제적으로 차별과 제한
을 강요하는 차별적 권력을 행사한다. 그 단적인 예가 「빙판」의 박 상병이다.
박 상병은 거대 제국의 이미지로 형상화된 미군 부대에 파견된 한국군이다.
박 상병은 한국과 미국의 불균등 관계를 예증하는 징표로 미군들은 "사령부
근무 한 달이 조금 넘은 박 상병이 급성 맹장"에 걸려도 부대 밖의 한국 병원
에서 수술을 받도록 하거나 치료비를 박 상병 부모가 지불하도록 한다. 그러
니까 미군에게 한국군은 언제든지 인간적 권리가 존중되지 않을 수 있는 인
종이다. 요컨대 「빙판」은 혈맹의 수사학으로 비유되는 한국과 미국의 관계
가 사실은 자의적이라고 폭로한다.

이 소설들은 외부와 내부의 관계를 불균등하게 드러내는 방식, 즉 위계적
인 범주화의 방식으로 민족문제를 의제화한다. 이 범주화를 통해 외부와 내
부의 예속 관계가 밝혀지고 있는바, 이 관계의 해명이 민족문제의 의제화에

17) 반공주의는 "이성적 토론을 완전히 압도하는 감각" "일체의 사회적 가치들을
초월하는 것"으로서 "일체의 사실 판단을 종속시키는 상태"를 초래한다. 이
에 대해서는 권혁범(1999: 49) 참조.

서 중요한 과제라고 조정래 문학은 말하고 있다. 그런데 「빙판」에서 확인된 장면이지만 외부와 내부의 예속 관계는 냉전 반공주의 규율에 따라 은폐되는데 그 은폐는 단지 권력의 강요가 아니라 국민들의 자발적인 동의에 따라 이루어지기도 한다. 이처럼 조정래 문학은 미국을 혈맹과 우방이 아닌 자국의 이익을 강요하는 패권 제국주의 국가로 재현한다. 이와 같은 재현은 미국을 신성화하는 반공주의 수사학을 전복하는 것으로 미국 비판 계열의 소설들은 반공주의 규율을 위반, 부정하며 형성되고 있다.

4. 역사의 젠더화와 민족의 배제

조정래는 민족의 내부적 충돌과 예속 현상 등 당대의 민족문제를 의제화하며 자기 문학의 문제적 성격을 새롭게 한다. 더 구체적으로 말하자면 조정래는 좌익 아버지를 호출해 민족의 내부적 갈등을 회상하거나 외부와 내부의 범주화 설정으로 민족의 예속 현상을 재현함으로써 민족문제의 세부를 진술한다. 그런데 조정래는 이와는 전적으로 구분되는 방식으로 민족문제를 의제화하기도 하는데, 그 방식은 바로 역사의 젠더화다. 즉, 조정래는 민족사와 여성의 개인사를 동시적으로 병렬·중첩하는 방식, 즉 공적역사로서의 민족사와 사적역사로서의 여성 개인사를 접속시킴으로써 민족문제를 의제화하는 또 다른 계열의 소설을 창조한다.

그렇다면 이 계열의 소설들은 냉전 반공주의 규율을 어느 수준에서 접맥시키며 민족문제를 의제화하는가? 이 계열의 소설에서 냉전 반공주의는 서사적 의미를 전환하는 일종의 분기적 사건으로 구체화된다. 즉, 이 소설들에서 냉전 반공주의는 여성의 희생이라는 서사적 의미를 집약하는 사건들을

제공하는 환경을 제공한다. 이 소설의 여성들은 냉전 반공주의와 직간접적
으로 연관되는 근대 역사의 사건을 배경으로 자기희생을 반복하고 있는 것
이다. 그 희생의 의미를 이 글에서는 역사의 젠더화라는 관점으로 해명하고
자 하는데 「청산댁」과 「황토」가 여기에 부합하는 작품들이다.

그런데 역사의 젠더화를 통해 재구성되는 역사는 여성의 시선으로 다시
쓰인 여성의 근대 역사임을 주목해야 한다. 이처럼 여성의 시선으로 재구성
되는 근대 역사는 여성의 희생을 강요하는 역사, 즉 여성의 몸을 식민화하는
근대적 폭력의 역사로 해석된다. 여기서 먼저 「청산댁」을 보기로 하자. "조
정래 문학이 지니고 있는 거대한 울림의 진원지"로 평가받는 「청산댁」은 "역
사의 흐름이라는 거대한 시대적 격변이 어떻게 한 인간의 개인적 삶을 처절
하게 파괴시킬 수" 있는가를 극적으로 서술하는 소설이다.[18] 이 소설에서 청
산댁은 일제강점과 한국전쟁, 베트남전쟁을 배경으로 가족을 형성하고 동시
에 가족을 잃은 비운의 여성이다. 이 소설에서 청산댁의 삶의 과제는 가족 만
들기로, 이 과제는 두 차례의 전쟁으로 말미암아 궁극적으로는 실패하고 만
다. 청산댁의 개인사에는 근대 역사의 격변과 상흔이 각인되어 있는 것이다.

이 격변의 20세기 근대 역사와 만나며 가족 만들기에 실패한 청산댁은 그
자체로 훼손된 민족을 표상한다. 청산댁은 단지 개인적인 여성이 아니라 극
심한 결여를 반복하는 민족의 표상으로 존재한다. 작품 내에서 반복, 지속되
는 청산댁의 훼손은 민족의 훼손으로, 성적으로 유린되는 청산댁은 유린되
는 민족으로 해석될 수 있다는 말이다. 조정래는 「청산댁」에서 여성을 근대
역사의 기호로 젠더화함으로써 궁극적으로 고난과 압제의 민족의 근대 역사
를 압축, 서술하고 있다.[19] 그러면 이 내용을 자세히 살펴보기로 하자.

---

18) 이에 대해서는 권영민(1995) 참조.

이 소설에서 청산댁은 신분적으로 열등한 식민지 하위 민중으로 등장한다. 식민지 민중으로서 청산댁은 파행의 근대 역사와 만나며 충격적인 상실을 거듭하는 여성으로 그려진다. 청산댁의 충격적인 상실은 남편과 아들의 사망사건으로, 이들은 각각 한국전쟁과 베트남전쟁에 참전해 생명을 잃는다. 그러니까 청산댁의 삶에는 냉전 반공주의가 기획한 전쟁, 즉 한국전쟁과 베트남전쟁의 근대적 폭력이 개입하고 있는 것이다. 주지의 사실이지만 이 두 전쟁은 20세기의 대표적인 냉전 전쟁으로 청산댁의 남편과 아들은 이 두 전쟁으로 희생된다.

우리는 바로 한국전쟁과 베트남전쟁이라는 두 사건의 서사적 계기에 다시 한 번 주목해야 한다. 「청산댁」에서 두 사건은 구체적으로 묘사되거나 진술되는 사건은 아니다. 두 사건은 일종의 문학적 배경의 수준으로 설정된 까닭에 작품에서 세부적으로 재현되지는 않는다. 그렇지만 냉전 반공주의의 두 전쟁이 청산댁의 삶을 극적으로 전환시키며 청산댁을 훼손된 민족의 표상으로 재현하는바 그 의미가 예사롭지 않다. 냉전 반공주의는 민족의 내부적 충돌을 야기할 뿐만 아니라 민족범주에서 여성의 지위를 국가의 어머니로 희생하게 만든다. 요컨대 냉전 반공주의는 여성을 민족 범주에서 끊임없이 결여의 자리로 추방시킨다.

「청산댁」과 함께 독해할 작품은 「황토」다. 중편 「황토」 역시 역사를 젠더화하는 방식으로 서술된 작품이다. 「황토」의 주인공 점례는 청산댁처럼 식

19) 최근 한국 여성학계는 여성을 민족 수난의 상징이나 표상으로 설정하는 방식에 대해 대단히 비판적이다. 여성의 고유성이 부정되는 남성 중심의 방식이라는 게 비판의 초점이다. 필자는 이런 비판을 한편으로는 인정하면서도 여성의 경험과 민족현실과 계급현실의 연관을 사유하는 역사주의적 여성주의 시각은 유효하다고 생각한다. 이런 문제의식에 대해서는 이상경(2002) 참조.

민지와 해방, 한국전쟁으로 요약되는 20세기 근대 역사를 체험하는 수난의
여성이다. 그런데 「황토」는 「청산댁」에 비해 더 극적으로 민족의 훼손을 이
야기한다. 그 확연한 예가 점례의 비정상적인 가족 만들기다. 점례는 자신의
의지로 가족을 형성한 여성이 아니다. 점례는 자신의 의지와는 무관하게 상
황적 요인에 의해 동거하거나 결혼하게 되면서 성이 다른 자식을 얻게 된다.
점례는 그 자체로 지배와 피지배의 식민 관계가 적용되는 민족의 표상으로
재현되고 있다. 먼저 점례의 몸의 변천에 주목해야 한다. 점례의 몸은 일본
인, 한국인, 미국인 남성의 몸으로 변천되어간다. 요컨대 점례의 몸은 일제강
점과 해방, 미군정 등 역사의 국면이 변화함에 따라 일본인에서 한국인으로,
한국인에서 미국인 남성의 몸으로 변천된다. 점례의 몸은 식민의 욕망이 압
박하는 비주체의 몸이자 냉전 반공주의의 규율에 통제되는 몸으로 변질하고
마는 것이다.

　　야마다는 매일 밤 괴상망측한 짓을 시켜 괴롭혔다. 며칠이 걸려서라도 한
　　가지 몸짓을 제 마음에 맞게 만들어놓고야 말았다. 점례가 둔한 몸짓을 하면
　　고함을 지르거나 욕을 퍼부었다. 그래도 제 뜻대로 안 되면 손찌검까지 해댔
　　다(조정래, 1999b: 205).

　　달포가 되어가는 어느 날이었다. 그날도 프랜더스는 점심때 무렵에 들렀
　　다. 그는 앉기가 바쁘게 단추부터 끌렀다. 점례는 두 겹으로 만든 커튼을 쳤
　　다. 벌건 대낮에…. 아무리 문을 잠갔지만 벌컥 열어버릴 것 같은 불안은 매
　　번 마찬가지였다. 두 겹으로 만든 커튼도 낮을 가릴 수는 없었다. 대낮의 프
　　랜더스는 너무 싫은 사람이었다(조정래, 1999b: 288).

야마다와 프랜더스는 점례의 몸을 끊임없이 요구한다. 그들에게 점례는 고유한 인격을 지닌 인간이기보다는 그들의 성적 욕망을 충족시킬 수 있는 식민지 여성에 불과하다. 점례는 생존의 위기로 말미암아 야마다와 프랜더스의 요구를 받아들이는데, 두 남성은 점례라는 한 식민지 여성을 예속하는 제국권력의 은유로 이해된다. 두 남성의 끊이지 않는 성적 욕망은 제국의 식민화 욕망으로도 보이며 실제 "기댈 만한 바람벽 하나 없는 허허벌판" 처지의 점례는 이들의 욕망을 제어할 수 없었다.

그런데 점례의 몸은 냉전 반공주의의 규율에 구속되는 몸이기도 하다. 여기서 한국인 남편 박항구의 존재를 주목해야 한다. 박항구는 야마다와 프랜더스와는 달리 민족 지성의 이미지로 재현된다. 박항구는 점례의 몸보다는 해방기의 정치적 진로에 관심이 지대한 지식인으로 한국전쟁이 발발하자 "ㅂ시의 인민위원회 부위원장"직을 수행하는 문제적 인물이다. 「20년을 비가 내리는 땅」이나 「어떤 전설」의 좌익 아버지에 해당하는 인물인 박항구는 이 소설에서 냉전 반공주의의 긴장을 고조시킨다. 그렇다면 그 냉전 반공주의는 어느 장면에서 처벌의 전략을 구사하게 될까?

바로 사회주의자 박항구가 잠적하는 시점부터 점례는 냉전 반공주의의 호출을 받게 된다. 전황이 불리해져 박항구가 자신의 동료들과 함께 종적을 감춤에 따라 점례는 냉전 반공주의의 처벌 대상으로 분류된다. 박항구는 제국권력의 대리인인 야마다와 프랜더스와는 현격하게 다른 인물이지만 그는 점례가 냉전 반공주의의 구속을 받는 환경을 제공한다.

밤중이 되어 비로소 지령이니 접선이니 공작 임무 등의 말이 무슨 뜻인지 알게 된 점례는 몸을 바싹 움츠렸다. 결국 자신은 남편과 똑같은 일을 한 것으로 의심을 받고 있는 것이었다. 너무 당연한 의심인지도 모를 일이었다. 다만 그 의심을 풀어줄 수 없는 것이 점례로선 안타까울 뿐이었다(조정래, 1999b: 267).

　인민위원회 부위원장 박항구의 아내 점례는 사회주의를 용인하지 않는 국가권력에 의해 지령, 접선, 공작 임무의 대리자로 판정된다. 그런데 반공주의 국가권력의 호출을 받게 된 점례는 용서받을 수 없는 죄인으로 단죄된다. 억압적인 국가권력을 대행하는 취조관들은 점례를 심문하며 처벌하고자 한다. 점례는 사회주의자 박항구의 아내로서 냉전 반공주의에 포획된 희생양으로 형상화되고 있다. 이 대목에서의 점례는 '자유대한'의 국민이 아니다. 이 대목에서의 점례는 자유대한의 비국민이다.

　이 대한민국이 배제한 비국민을 구원한 인물은 미군 프랜더스다. 그러나 그 구원은 완전한 구원이 아니다. 그녀가 한국전쟁 와중에서 지령, 접선, 공작임무의 혐의를 받는 좌익 부역자로 분류된 까닭이다. 한국전쟁을 계기로 냉전 반공주의의 규율에 포박된 점례는 언제든지 제거될 수 있는 비국민으로 분류되고 있다. 자신의 처지를 깨달은 점례는 프랜더스의 여자로 살아가게 된다. 신원이상자로 분류된 상황에서 점례는 프랜더스에게 의존할 수밖에 없다.

　이와 같은 점례의 몸의 변천은 그 자체로 제국권력과 전쟁의 광기가 개입된 근대 역사를 환기한다. 점례의 몸에는 제국 남성들의 욕망이 침투하고 있으며 냉전정치의 규율이 강제되고 있다. 물론「황토」는 점례를 일방적으로 희생되는 전쟁미망인으로 그리지는 않는다. 이는「청산댁」의 청산댁도 마찬가지다. 그녀들은 결여의 민족 근대 역사를 환기하는 표상이면서 동시에 그 결여의 근대 역사를 포용하는 치유의 모성을 표상한다. 그런데 근대 역사를 여성의 시선으로 재구성하는 역사서술자의 역할을 수행하는 그녀들은 한국

의 근대 역사가 사회 약자로서의 여성을 지속적으로 배제하고 희생시키는
역사라고 증언한다. 그러니까 이 두 편의 소설에서 확인되는 민족문제는 여
성을 자율적 주체로 인정하지 않는 제국 중심, 남성 중심의 민족 논리다. 이
제국 중심, 남성 중심의 민족 논리는 냉전 반공주의와 결합해 여성들의 희생
을 정당화시키고 그녀들의 수난을 극대화한다고 이 소설들은 비판한다.

5. 나오는 말

필자는 1970년대 조정래 문학을 한국 근대문학의 주요 사례 중 하나로 이
해하고 있다. 즉, 필자는 조정래 문학을 제도화된 혁명정치보다 더 혁명적인
문학으로서의 근대문학의 가능성을 보여준 사례로 독해하고 있다. 조정래
문학의 의미를 이렇게 규정할 때 우리는 민족문제를 의제화하는 조정래 문
학의 특징을 새롭게 살펴볼 수 있다. 즉, 민족문제의 의제화를 의미 형성의
내적 요인과 계기의 문제로 전제하고 조정래의 1970년대 문학을 다시 독해
해야 한다. 그런데 이 민족문제의 의제화는 당대의 냉전 반공주의의 규율을
동시적으로 고찰함으로써 파악되는 문제인바, 이 글은 민족문제와 반공주의
의 길항 관계에 주목하며 논의를 진행했다. 논의의 내용을 정리하면 다음과
같다.

조정래는 「20년을 비가 내리는 땅」, 「어떤 전설」 등에서 봉인된 기억으로
서의 좌익 아버지와 냉전 반공주의 규율에 따라 비국민으로 분류, 처벌되는
좌익의 후예들을 호출하며 민족문제를 의제화한다. 이 좌익 아버지는 냉전
반공주의 국가권력이 은폐하는 민족 내전의 역사를 환기시킨다. 이 분열과
대립의 역사는 한국전쟁으로 상징되는 민족의 내부적 충돌의 역사로서 냉전

반공주의 국가권력은 이 역사의 진실을 철저하게 은폐, 왜곡한다. 이를 은폐하고 왜곡하는 방식은 좌익의 후예들을 비국민으로 분류, 처벌하는 냉전정치를 작동하는 것이다. 그런데 이 계열의 작품들은 궁극적으로 그 좌익 아버지를 진지한 관심의 대상으로 받아들이며 마무리된다. 이 계열의 소설들은 좌익 아버지가 표상하는 민족의 내부적 충돌의 역사를 부인하지 않고자 한다. 바로 이 좌익 아버지들을 받아들이며 조정래 문학은 시작되고 있는 것이다.

또한 조정래 문학은 전 세계적 차원에서 냉전 반공주의를 기획한 미국의 제국권력을 비판하며 민족문제를 의제화한다. 「누명」, 「빙판」, 「타이거 메이저」 등은 외부로서의 미군과 내부로서의 한국군의 차이를 드러내는 범주적 수사학으로 외부와 내부의 예속 관계를 형상화한다. 즉, 제국의 표상인 미군과 민족의 표상인 한국군은 대등한 협력의 관계로 재현되기보다는 차별과 배제의 관계로 재현된다. 또한 이 외부는 냉전 반공주의 규율이 보호하는 신성한 외부로 묘사되기도 한다. 이 외부에 대한 비판은 용공으로 간주될 수 있다고 「빙판」은 지적한다. 이 계열의 소설들은 민족문제의 본질이 미국과 한국의 예속 관계의 구조화에 있다고 비판한다.

또 하나의 계열은 역사를 젠더화하는 소설로 「청산댁」, 「황토」가 그 예에 해당한다. 이 계열의 작품들은 민족사와 한 여성의 개인사를 병렬, 중첩하며 민족사의 결여를 극대화한다. 그런데 이 소설들에서 청산댁과 점례는 남성 중심의 가부장제 민족사를 여성의 시선으로 재구성하는 비판적인 역사서술자의 역할을 수행한다. 이들의 시선으로 본 근대 역사는 여성의 희생을 끊임없이 요구하는 제국 중심, 남성 중심의 역사다. 그런데 이 여성들의 시선으로 재구성되는 근대 민족사는 냉전 반공주의가 기획한 한국전쟁, 베트남전쟁 등이 여성의 삶을 파괴하는 역사로 이야기된다. 이 두 여성의 개인사는 운명의 개인사가 아니라 당대 냉전정치의 압제 아래에서 강요된 사건사라는 의

미다. 좌익 아버지들이 민족의 내부적 충돌의 역사를 표상한다면 이 여성들
은 자신들의 삶을 희생시키는 결여의 민족사를 표상한다.

　필자는 한국 문학이 근대문학의 가능성을 본격적으로 구현한 시기를
1970년대라고 간주한다. 1970년대의 한국 문학은 민족과 민중의 발견 등 시
대정신을 수용하며 좀 더 객관현실에 응전하는 문학적 지평을 보여준다. 특
히 조정래는 냉전 반공주의가 은폐한 민족문제를 자신의 문학적 과제로 수
용하며 민족문제를 한국 근대문학의 주요 현안으로 격상시킨다. 필자는 앞
으로 조정래 이외에 또 다른 작가의 작품을 대상으로 의미 형성의 내적 계기
와 요인을 논의할 생각이다. 이 연구는 한국 근대문학의 문제적 성격의 기원
을 해명하는 데 긍정적으로 이바지할 수 있을 것이다.

참고문헌

1. 기본자료

조정래. 1987. 『우리 시대, 우리 작가 16』. 동아출판사.

_____. 1999a. 『조정래문학전집 3』, 해냄.

_____. 1999b. 『조정래문학전집 4』, 해냄.

2. 논문·기타

강진호. 2004. 「1970년대 분단소설의 성과와 의미」. 『현대소설사와 근대성의 아포리아』. 소명출판.

고명철. 2007. 「1970년대의 조정래 문학, 그 세 꼭지점」. ≪문예연구≫, 봄호 문예연구사.

권영민. 1995. 「역사적 상상력의 집중과 확산」. ≪작가세계≫, 가을호.

권혁범. 1999. 「한국 반공주의의 의미 체계와 정치 사회적 기능」. ≪당대비평≫, 8호.

서경석. 2000. 「유신 시대와 기억으로서의 1970년대 문학」. 민족문학사연구소 현대문학분과. 『1970년대 문학연구』. 소명출판.

이상경. 2002. 「한국 문학에서 제국주의와 여성: 김정한의 작품을 중심으로」, ≪여성문학연구≫, 7권.

임종명. 2006. 「여순 '반란'의 재현을 통한 대한민국의 형상화」. 윤해동·천정환 엮음. 『근대를 다시 읽는다 1』. 역사비평사.

하정일. 2000. 「저항의 서사와 대안적 근대의 모색」. 민족문학사연구소 현대문학분과. 『1970년대 문학연구』. 소명출판.

3. 단행본

고자카이 도시아키(小坂井敏晶). 2003. 『민족은 없다』. 방광석 옮김. 뿌리와이파리.

가라타니 고진(柄谷行人). 2005. 『근대문학의 종언』. 조영일 옮김. 도서출판b.

권영민. 1993. 『한국현대문학사』. 민음사.

김윤식·정호웅. 1993. 『한국소설사』. 예하.

조희연 엮음. 2003. 『한국의 정치사회적 지배 담론과 민주주의 동학』. 함께읽는책.

제 10 장

사실의 의지와 이념의 불만

김원일의『불의 제전』연구

· ·

김한식 | 상명대학교 한국어문학과 |

1. 들어가는 말

어떤 이념적 입장을 취하든 한국전쟁이 현대사에 미친 막대한 영향에 대해서는 이견이 존재하기 어렵다. 한국전쟁은 인명과 재산에 큰 피해를 주었을 뿐 아니라 남북의 이념적 골이 깊어지는 결정적 계기가 되었기 때문이다. 전쟁으로 강화된 이념의 대립은 각각의 체제를 왜곡시켰으며 국가적 차원의 공포와 두려움, 불신과 경계심을 키우는 역할을 했다. 이는 반미와 반자본주의를 내세웠던 북의 체제나 반공을 국시로 삼았던 남의 체제나 크게 다르지 않았다.

최근 전 지구적 자본주의가 승리를 구가함에 따라 남북 체제의 균형은 급속히 무너져가고 있다. 두 체제의 경제력도 비교가 어려울 만큼 크게 벌어져 있다. 이에 따라 북에 대한 남의 경계 심리도 예전에 비해 매우 느슨해진 것이 사실이다. 이러한 시대 환경의 변화는 문학에도 영향을 미치고 있다. 남북의 민감한 문제를 언급하는 것조차 금기시되던 과거에 비해 최근에는 최소한 소재와 관련된 제한은 사라진 듯 보인다.[1] 소재와 함께 그 소재를 다루는 관점도 어느 정도 자유로워졌다.[2]

그렇지만 이념을 다루는 데에서만큼은 우리 문학이 균형 잡힌 시각을 갖게 되었다고 말하기 어렵다. 이념의 논리적 정당성과 의미를 짚어보기보다는 이념에 대한 접근 자체를 터부시하는 관점이 널리 퍼져 있기 때문이다. 여전히 이념의 구체적 내용을 살피기보다 그 이념이 우리 삶에 미치는 부정적인 영향을 전면에 내세우는 경우가 많다. 이념이 전통적인 가치나 윤리를 훼손한다고 보는 시각이 그 대표적인 예다. 현실을 어떻게 보든 간에 이념에 대해서는 '말하지 않는 것'이 최선이라는 생각이 상식처럼 퍼져 있기도 하다. 이것이 우리 현실이 이념까지도 역사적 실체로 볼 만큼 그렇게 자유로워졌다고 보기 어려운 이유다.

역사를 가로질렀던 이념을 자유롭게 다루지 못한다는 사실은 우리 사회에 내면화된 반공주의가 완전히 해소되지 못했다는 것을 증명한다. 반공의 시대를 거치면서 이념은 곧 북측의 그것을 의미했기 때문에 이념에 가까이 가는 일은 북측의 사상에 가까이 가는 것으로 오해되었다. 시간이 지나면서 이는 우리 문학의 특성처럼 굳어진 듯도 하다. 이념을 노골적으로 드러내지 않

---

1) 검열이 심하던 때에도 문학은 사실의 복원을 위해 노력해왔다. 역사에서 전면적으로 다루기 어려웠던 현대사를 문학적 재현을 통해 발굴하고 되살려낸 점은 가장 눈에 띄는 성과다. 4·3사건이나 여순사태, 거창 양민학살사건 등을 일반인들에게 알린 데는 역사 못지않게 문학의 역할이 컸다.

2) 조정래의 장편소설 『태백산맥』을 명예훼손 혐의로 고소·고발한 사건이 2005년 3월 무혐의로 결론이 내려졌다. 1994년부터 10년 이상을 끌어온 소송이 마무리된 것이다. 이 판결이 매우 상징적인 의미를 갖는 것은 사실이지만 지금 다시 재판을 한다면 과연 어떤 판결이 내려질까? 개인적으로는 어떤 판결이 내려질지 확신할 수 없다고 본다.

아 오히려 뛰어난 문학적 성과를 거둔 작품이 없지는 않았지만 이념에 대한 거리 두기는 역사를 온전히 재현하는 데 방해가 될 수밖에 없었다.

이 글에서는 역사를 기억해내는 방식과 이념에 거리를 두는 방식이라는 주제로 김원일의 『불의 제전』을 살펴볼 것이다. 현대사를 복원하려는 욕망과 이념에 대한 불만을 동시에 보여주는 전형적인 작품이 『불의 제전』이라고 생각하기 때문이다. 이를 위해서는 유사한 배경과 사건을 다루고 있는 작가의 전작(前作)을 살펴보는 일이 필요하다. 「어둠의 혼」과 『노을』이 여기에 해당한다. 주지하다시피 『불의 제전』은 작가가 기왕에 발표했던 「어둠의 혼」과 『노을』로 이어지는 좌익 '아버지'를 다룬 소설의 연장선에 놓인다. 거기에 단행본으로 처음 출간된 『불의 제전』 두 권[3])과 이후 완간된 소설을 비교해보는 일도 필요하다고 생각한다. 『불의 제전』은 일곱 권으로 완간되기까지 연재와 중단을 반복했으며 전체가 완간되는 데는 약 15년의 세월이 걸렸다. 따라서 1983년판과 1997년판의 차이도 간과할 수는 없다.

본론은 세 개의 장으로 구성된다. 첫째 장에서는 「어둠의 혼」, 『노을』과 『인간의 마을』, 『불의 제전』의 차이에 주목할 것이다. 오랜 시간에 걸쳐 유사한 주제를 다루면서 그 주제가 어떻게 달라졌는지를 살피고 변화의 방향이 갖는 의미를 짚어보려 한다. 다음 장에서는 『인간의 마을』을 살펴볼 것이다. 주로 경남 진영을 배경으로 하고 있는 이 작품을 통해 좌우 대립을 보는 작가의 관점을 확인해보려 한다. 마지막 장에서는 한국전쟁을 다루고 있는 『인간의 마을』 이후의 『불의 제전』을 다룰 것이다. 1950년이라는 시기 설정

---

3) 이 글에서는 구분의 편의를 위해 1983년 먼저 간행된 『불의 제전』 두 권을 『인간의 마을』로 표기한다. 『인간의 마을』은 1997년 완간될 당시에는 부제가 없어지고 대신 1월부터 4월까지 시간이 표기되었다.

에서 알 수 있듯『불의 제전』의 주제는 전쟁이라 할 수 있다. 여기서는 전쟁
과 이념을 다루는 관점을 검토해볼 것이다.

2. 기억 : 멀수록 선명해지는 과거

『불의 제전』의 주요 배경이 되는 공간은 경남 진영과 서울이다. 이 소설에
서 눈에 띄는 형식상의 특징은 시간의 전개에 따라 날짜로 장을 구분한 점이
다. 사건이 전개되는 1월에서 8월까지의 기간 중 5~6월은 서울을 중심으로
이야기가 전개되고 그 기간을 제외하고는 진영을 중심으로 이야기가 전개된
다.4) 작품의 서사를 이끌어가는 주인공은 심찬수이지만 한국전쟁을 전후한
시기의 서사는 주로 조민세의 행적을 따라간다.

위와 같은 시간과 공간의 설정은 이 소설의 성과와 한계를 밝히는 데 중요
한 열쇠가 된다. 1950년의 진영과 서울은 분단과 한국전쟁, 남북의 이념대립
을 본격적으로 다루기에는 만족스럽지 못한 시공간이다. 이때는 첨예화된
갈등이 분출되는 시기이지 갈등이 시작되거나 곪아가던 때는 아니다. 그래
서인지『불의 제전』은 전쟁을 입체적으로 조명하거나 분단의 기원을 섬세하
게 다루고 있지는 못하다. 비극적 현실을 드러내는 데 그칠 뿐이다.5)

---

4) 경남 진영은 작가 김원일에게 문학의 원천이자 뿌리에 해당하는 곳이다. 작가
   의 대표작들이 이곳을 배경으로 하고 있을 뿐 아니라 이곳에서의 체험이 작가
   에게는 문학적 이념과 내용을 결정하는 데 중요한 역할을 했기 때문이다. 이에
   대해서는 류보선(1991)을 참조할 수 있다.
5) 정병준(2006)은 한국전쟁이 단순히 한 번의 강력한 무력도발이 아닌 복잡한 국
   지전과 38선 충돌의 결과였다는 점을 상세히 밝히고 있다.

그렇다면 작가는 이런 한계가 있는데도 왜 1950년이라는 시간과 진영과 서울이라는 제한된 공간을 설정한 것일까? 작가는 소설에서 현대사의 온전한 재현을 일차적 목적으로 하지 않았을 수도 있다. 그의 이전 소설들과 연관 지어 생각해볼 때 이 소설 역시 작가의 어린 시절을 복원하려는 노력의 일환이라고 파악할 수 있다. 작가는 조민세로 형상화된 아버지를 복원하기 위해 필요한 시간과 공간을 선택한 것이다. 또 1950년의 진영과 서울이라는 공간은 김원일의 이전 작품 「어둠의 혼」과 『노을』에서 미처 다루지 못하고 남겨둔 시공간이기도 하다.

단편 「어둠의 혼」과 장편 『노을』은 작가 김원일의 이름을 대중에게 각인시켜준 성공작이다. 이 작품들은 『불의 제전』과 함께 김원일이 가진 체험의 원형을 그대로 보여준다. 그러나 체험의 내용과 체험을 다루는 방식에서는 작품들 사이에 많은 차이가 있다. 형식 면에서는 서술자와 서술의 방법이 다르고 내용 면에서는 사건과 인물의 성격이 다르다. 좌익 활동을 하던 아버지의 기억을 어떻게 작품으로 구체화하고 있는지, 또 한국전쟁 직전의 시대상황을 어떻게 그려내고 있는지도 비교가 된다. 따라서 이 작품들의 같고 다름을 따라가는 일은 역사를 기억하는 내용이 어떻게 달라지는지, 그러면서도 여전히 유지되고 있는 것은 무엇인지를 확인하는 일이 된다.

네 작품의 차이를 가져온 가장 중요한 요소는 서술방법의 변화다. 위 작품들은 「어둠의 혼」에서 『불의 제전』으로 올수록 사건을 전달하는 서술자의 역할은 줄고 사건의 현장성이 강조되는 방향으로 변화하고 있다. 사건이 발생한 시기와 창작 시기가 후대로 갈수록 사건의 내용은 분명해지고 서술자는 객관적인 시선으로 사건을 재구성한다. 초기 작품에서는 사건보다 사건과 관련된 인물들의 심리나 내면묘사를 강조했다면 이후 작품에서는 사건 자체를 부각시키고 있는 것이다. 이러한 변화는 소설이 역사적 현실을 복원하는 쪽으로 조금 더 가까워지고 있음을 의미한다. 이로써 서술자는 역사적 사건과 객관적 거리를 두게 되고 풍부하고 구체적인 묘사에 주력하게 된다.

그러면 이러한 변화를 가능하게 한 서술방법의 차이를 작품별로 자세히 살펴보자. 「어둠의 혼」의 서술자는 어린이다. 가족에 대한 아버지의 무관심으로 서술자의 가족은 늘 굶주려 있다. 아버지가 죽게 된다는 소문을 듣게 된 '나'는 그 굶주림 속에서 아버지의 죽음을 확인하러 경찰서로 간다. 일반적인 어린이 서술자가 그렇듯이 이 소설의 서술자 역시 아버지의 죽음, 나아가 시대의 혼란에 대해 논리적으로 풀어낼 수 있는 능력을 가지고 있지 못한다. 분위기를 막연하게나마 느낄 수 있을 뿐 어른들의 세계에 대해 자세히 알지 못한다. 아버지의 죽음이 충격적이고 갑작스러운 사건으로 다가올 뿐 서술자는 그 이상의 의미를 느끼거나 이해하지 못하는 것이다.

『노을』의 경우는 소설적 현재와 서술자의 과거가 교차해 서술되는 소설이다.[6] 우민출판사 편집부장인 현재의 '나'는 삼촌의 죽음을 맞아 아들과 함께 고향을 방문하게 되고 꺼내고 싶지 않던 어린 시절의 기억을 되살리게 된다. 현재의 '나'가 겪는 시간과 1950년 진영의 시간이 교차해서 흘러가는 것이 이 소설의 서술방식이다. 문제가 되는 어린 시절의 기억은 회상이라는 일반적 형식이 아니라 어린 시절의 '나'를 새로운 서술자로 불러내는 방식이다. 다시 말해 과거의 사건을 서술하는 인물은 어른이 된 '나'가 아니라 어린이인 '나'인 것이다. 역시 과거사건에 대한 서술자는 어린이로 고정되어 있어 당시 현실을 입체적으로 깊이 있게 표현하지는 못한다. 현재의 '나'는 그 전후 맥락을 추상적으로나마 이해할 수 있는 능력이 있지만 전면적으로 사

6) 『노을』은 모두 7개의 장으로 구성되어 있다. 그중 1, 3, 5, 7장은 어른이 된 갑수가 서술자로, 2, 4, 6장은 어린이 갑수가 서술자로 등장한다.

건을 서술해주지는 않는다.

이에 비해『인간의 마을』은 전지적 작가가 다양한 인물의 모습을 사실적으로 보여주고 있는 소설이다. 특히 한두 사람의 심리를 묘사하는 것이 아니라 여러 인물의 사고와 행동을 보여준다는 점은 앞의 두 소설과 구분되는 가장 큰 차이점이다. 완간된『불의 제전』도 이런 면에서는 같다.『불의 제전』에는『인간의 마을』에 등장하지 않는 인물들(주로 사회주의자나 심찬수가 귀향길에 만난 사람들)이 새롭게 등장하기도 한다. 그러나 두 작품 사이의 차이도 간과할 수는 없다. 새롭게 출간된『불의 제전』에서 두드러지게 달라진 점은 앞서 지적한 날짜 표기와 현재 시제의 사용이다. 날짜 표기와 현재 시제의 사용은 현장성을 높이기 위한 선택으로 보이는데, 이는 시간으로 서사를 단단하게 묶어 사건의 전후 맥락을 더 강하게 엮어주는 역할도 한다.

서술방식의 차이는 작품의 주제와도 긴밀하게 연관되어 있다. 인물 주인공 서술자나 회상하는 서술자가 개인적인 이야기를 들려준다는 인상을 준다면 전지적 서술자는 시대 현실을 객관적으로 전달해준다는 인상을 준다. 어린 화자의 관찰 폭과 전지적 작가의 관찰 폭이 다른 것도 중요한 차이를 낳는다. 네 작품의 경우 최근작으로 올수록 개인의 문제에서 시대 현실의 비중을 높이는 쪽으로 변화가 이루어진다.

"아버지가 잡혔다는 소문이 온 장터 마을에 좍 깔렸다"(김원일, 1995a: 327)로 시작하는「어둠의 혼」은 아버지의 죽음과 굶주림의 경험이 주제인 작품이다. 소설에서 이 굶주림의 책임은 온전히 아버지에게 있다. 그러나 좌익 아버지의 죽음이 무엇 때문인지는 자세히 설명되지 않는다. 이 소설은 마치 성장소설처럼 어린이의 체험을 중심 서사로 하고 있으며 거기에 아버지의 죽음과 굶주림이 중요한 계기로 작용한다.

『노을』은 지우고 싶은 과거와 그렇지만 결코 그 과거에서 벗어날 수 없는

현재에 대한 이야기다. 과거와 현재를 교차로 서술하고 있어서인지 이 소설
은 과거문제를 직접 다루고 있다는 인상을 주지 않는다. 이념의 대립문제가
소설 전체를 지배하기는 하지만 무식한 백정 출신 아버지의 복수심 가득 찬
좌익 활동과 좌익 지식인의 전향은 당시의 사건을 온전히 복원해내지는 못
한다. 특히 전향자의 안정된 말년 생활 묘사는 과거를 되살리기보다는 과거
의 생동감을 무화시키는 역할을 한다. 지식인의 전향은 아버지의 좌익 활동
을 주관 없는 부화뇌동으로 만들어버린다. 이런 이유로 과거는 잊어야 할 지
난 일에 그치며 현재가 작품의 주제가 된다.

이에 비해『인간의 마을』은 진영이라는 지역의 1950년 상황을 비교적 입
체적으로 조명하고 있다. 진영읍 장터를 중심으로 설창리 등 주변 마을에서
살아가고 있는 가난한 사람들의 삶이 그려지기도 한다. 이에 비해『인간의
마을』이후 부분에 해당하는『불의 제전』에서는 이런 장점이 많이 희석된
다. 공간이 서울과 북으로 확대되면서 구체적인 사람들의 생활보다는 종파
싸움이나 조직문제, 전쟁의 문제로 관심이 넓어지기 때문이다.[7] 그렇다고
주제 면에서『불의 제전』이『인간의 마을』에 비해 후퇴했다는 의미는 아니
다. 동시대의 중심문제를 다루고자 하는 의욕과 그것을 적나라하게 표현하
고자 하는 작가의 의지가 드러난다는 점에서 긍정적으로 볼만한 측면도 있
다. 지방 소읍의 국지적인 사건이 현대사와의 관계 속에서 의미를 갖는 것은
『불의 제전』에 와서다.

---

7) 서경석은 "이 작품은 이념과 비합법의 세계보다 현실적 삶과 체제 내에서의 고
   통을 작품의 중심부에 두고 있다. 따라서 읍내 사람들의 애잔하고도 처절한 슬
   픔과 고통이 이 작품만큼 읽는 이의 가슴을 저며 오게 하는 것은 없다"라고 말
   한다(서경석, 1997: 163). 이것이『인간의 마을』에 해당하는 평가라면 충분히
   동의할 수 있다. 그러나 이러한 평가가 김원일의 전 작품에 고르게 적용될 수
   있는지는 의문이다.

제목에서 느껴지듯 『인간의 마을』은 '공간'을 내세우고 있다. 이에 비해 『불의 제전』은 1950년 1월에서 10월이라는 '시간'을 내세운다. 이는 소설이 다루고자 하는 대상이 한 지역, 즉 작가의 뿌리에서 공통 경험으로서의 시간으로 옮겨가고 있음을 의미한다. 『노을』의 경우도 공간과 시간을 중요하게 다룬 소설이다. 현재와 과거의 교차 서술은, 작품의 성패 문제를 접어두더라도, '나'가 살고 있는 현재와 어린 시절을 아우르려는 시도로 볼 수 있다. 이에 비해 「어둠의 혼」은, 단편이라는 점 때문이기도 하지만, 소년의 성장과 관계된 서사에 그치고 있다.

서술방법의 변화는 묘사에도 영향을 미쳤다. 좌익 주인공의 모습이 기억이나 인상으로 현재에서 멀어져 있다가 점차 현실의 사건으로 드러나는 변화가 대표적이다. 「어둠의 혼」에서는 좌익 인물이 현실사건에 등장하지 않는다. 『노을』의 경우는 수십 년 전의 사건 속에서 좌익 인물이 등장한다. 이에 비해 『불의 제전』에서는 좌익이 활동하고 있는 시기가 소설적 현재다. 이들 작품에서는 단순히 인물의 모습이 구체화되는 데 그치지 않고 좌익 인물의 행위가 노골적인 언어로 바뀌어간다. 좌익 활동의 경우 「어둠의 혼」에서는 '그놈의 짓'으로 표현되다가 『노을』에서는 '빨갱이 짓'으로 바뀌고 다음 작품에서는 '빨치산'이나 '공산주의'로 변화한다.

작가 자신의 아버지를 모델로 한 듯한 '좌익 인물'의 작품 내 비중과 성격이 달라지는 점도 주목할 만하다.[8] 이는 알게 모르게 작가에게 남아 있었을

8) 『불의 제전』의 조민세는 김원일의 실제 아버지 김종표를 형상화한 인물이다. 김종표는 식민지 시대에 야학운동 등을 했으며, 해방 당시에는 형무소에 수감 중이었다. 해방으로 출감한 이후로는 모종의 정치운동을 했는데 좌익이 지하화된 후로는 집에 있는 일이 드물었다고 한다. 김원일은 1948년부터 한국전쟁 발발까지는 아버지와 함께 서울생활을 했지만 9·28 수복으로 다시 아버지와

<표 10-1> 네 작품의 특징 비교

	어둠의 혼	노을	인간의 마을	불의 제전
서술자	어린이 서술자	어른이 된 '나'와 어린이인 '나'	전지적 서술자의 과거형 서술	전지적 서술자의 현재형 서술
시간	아버지가 잡힌 후 하루	어린 시절과 어른이 된 현재	1950년 1~4월	1950년 1~10월
공간	진영	서울과 진영	진영과 마산	진영, 마산, 서울, 평양, 해주, 낙동강
주제	이념+굶주림	이념+화해+전향	진영읍 주변 인물들의 삶	한국전쟁 전후의 남북 현실
아버지	등장하지 않음 시체만 확인됨	평판이 나쁘고 가정폭력을 행사하는 백정	빨치산으로, 작품의 중심인물은 아님	남북을 오가면서 작품의 중심인물이 됨

반공주의의 '자기검열'이 완화되어가는 모습을 보여준다. 작가는 아들(로 짐작되는 인물)의 역할을 점차 축소하고 아버지(로 짐작되는 인물)의 역할을 강화하면서 그들 사이의 거리를 점점 가깝게 만든다. 좌익 아버지는 시체만으로 만나는 아버지(「어둠의 혼」)에서 어머니를 구타해서 쫓아낸 백정 아버지(『노을』)로, 빨치산으로 얼굴도 볼 수 없는 아버지(『인간의 마을』)에서 남로당 서울 조직의 재건을 책임지고 자식들을 서울로 불러올린 아버지(『불의 제전』)로 변화한다. '좌익 인물'의 무게가 달라지는 것과 함께 그에 대한 거부감 또는 그를 표현하는 데서 오는 거부감이 상당히 줄어들고 있음을 확인할 수 있다. 이는 기억 속의 '좌익 인물'과 창작 당시 '나'의 거리를 보여준다고도 할 수 있다.9) 이상 살펴본 내용을 정리해보면 <표 10-1>과 같다.

헤어지게 된다. 아버지에 대한 기억은 류보선(1991)과 강진호(2001)를 참조.

9) 「어둠의 혼」의 서술자는 『불의 제전』에서 조민세의 큰아들 이름이기도 한 갑해다. 두 소설에서 이모는 술장사를 한다. 「어둠의 혼」에서는 이모부가 아버지의 시체를 확인하는데 어느 정도 마을에서 유지로 인정받고 있는 사람처럼 보인다. 마을의 청년들도 『불의 제전』을 연상하게 한다. 「어둠의 혼」의 찬길은

3. 이념: 철 지난 좌익들의 마을

지금까지 「어둠의 혼」에서 시작한 '진영'과 '좌익'에 대한 묘사가 어떤 변화를 겪으며 『불의 제전』에 이르렀는지 살펴보았다. 서술방법의 변화가 가장 눈에 띄는데 이를 통해 역사적 현장과 소설의 현실이 가까워지는 효과를 거두고 있음을 확인했다. 서술자의 기억과 회상을 통해 구성되던 역사적 사건이 인물들의 구체적인 행동을 통해 재현되는 방향으로 달라졌고, 주제도 가족의 불행이라는 한정된 문제에서 전쟁이라는 현대사로 확대되었다. 시간이 지나면서 그 나름대로 역사의 객관화 또는 역사적 거리 두기가 이루어지고 있다고 평가할 수 있겠다.

그렇다고 『불의 제전』과 이전 작품들이 공통점이 없는 것은 아니다. 특히 이념을 다루는 데 있어서는 이전 작품들과 『불의 제전』의 차이를 발견하기 어렵다. 검열의 벽이 약해지면서 자연스럽게 복원된 역사를 소설로 재현하는 데는 성공했지만 이념을 대하는 태도 자체가 달라지지는 않은 것이다. 이념에 대한 경계 또는 회의는 『불의 제전』 전체를 규율할 만큼 강한 일관성을 유지하고 있다. 여기서 말하는 이념은 철저하게 좌익의 이념에 한정된다.

이 소설에서 좌익 이념을 다루는 관점을 살펴보려면 인물들을 살펴보는 것이 좋다.[10] 『불의 제전』의 주인공 심찬수는 일제강점기 때 좌익 이념에 빠졌다가 징용을 다녀온 후 심경의 변화를 겪어 이념과는 거리를 두고 사는 인

일본에서 유학하다 학병이 되어 외팔이로 돌아온 청년으로, 심찬수를 떠올리게 한다. 돌림자가 같은 찬수의 집은 읍내에서 제일 부자라고 한다.

10) 앞서 말한 대로 『불의 제전』의 앞부분과 뒷부분은 시차를 두고 출간되었으며 이들은 배경과 중심 내용도 다르다. 여기에서는 주로 조민세 가족이 서울로 올라가기 전인 『인간의 마을』을 대상으로 분석한다.

물이다. 예전에 함께 좌익 활동을 하던 조민세나 배종두가 여전히 좌익 활동을 하고 있는 것과는 구별된다. 지주의 아들인 그는 좌익들의 혁명사상이나 모험주의를 질타하는 언설을 서슴지 않는다. 기본적으로 그는 이념을 회의하는 인물, 이념에 대한 환멸을 가지고 있는 인물이다. 심찬수의 변화는 그의 태평양 전쟁 체험과 무관하지 않다. 죽음을 앞두고 그는 인간이 체험할 수 있는 마지막 상황을 경험했고 이 경험은 그에게서 인간에 대한 신뢰를 빼앗아가 버렸다.11)

또 작품에서 가장 긍정적인 인물이라 할 수 있는 박도선 역시 전향한 좌익에 해당한다. 중학교 교사로 있는 그는 가난하고 불행한 아이들을 위해 '한얼농장'이라는 공동체를 세우고 야학 활동도 하는 부지런한 인물이다. 농촌 사회 경제를 분석한 글을 쓸 정도로 경제학이나 사회학 이론에도 조예가 깊다. 활동 내용으로 보면 거의 초인에 가깝다고 할 수 있는 박도선 역시 예전에는 좌익에 흥미를 가지고 있었지만 지금은 이념과 거리를 두고 있다. 비록 전향한 좌익은 아니지만 작품에서 중요한 축을 형성하고 있는 안천총 역시 좌익을 경계하는 인물이다. 유학교육을 받은 한문 교사 안천총은 불행한 사람들을 돕고 예에 어긋나는 일을 하지 않는 지역 유지인데, 전통적 가치와 인간애를 강조하는 한편 급진 이념이 가진 문제점을 자주 지적한다.

무엇보다 심찬수가 주인공이라는 점은 이념에 대한 이 소설의 태도를 결정한다.

---

11) 심찬수의 경험이 이념에 대한 회의로 이어지는 과정이 작품에서는 논리적으로 설명되어 있지 않다. 극한 상황을 겪고 나서 인간의 이론이나 관념이 현실에서 무용지물이 될 수 있다고 생각한 것인데, 사실 그것이 굳이 좌익 이념에 대한 경계로 향할 필연성은 없다.

"형님 해방 직전입니다만, 형님이 출정하기 전에 이런 말씀하셨지예." 배종두는 잠시 뜸을 들이며 주위를 둘러본다. 아무도 그들의 이야기에 신경 쓰는 사람이 없다. "역사 발전은 계급투쟁을 통해 이루어졌고, 역사란 투쟁하여 쟁취하는 자의 편에서 진행된다. 이 말 기억나십니까?"

"기억하고 있지. 나만 그런 말 주절대고 다녔나. 한 시절 유행하던 소리 아닌가."

"『공산당 선언』에서 인용한 그 말을 저는 아직도 못 잊고 있습니다. 그 진실을 되풀이 새기는 게 병인지 모르지만서도."

"자네, 지금 나를 놀리고 있군"(김원일, 1997: 185).12)

위 예문에 쓰인 '계급투쟁'이나 '공산당 선언'이라는 단어는 1983년 처음 출간된 『인간의 마을』에는 보이지 않는다. 이런 식의 표현 변화는 반공주의의 벽에 틈이 생기기 시작한 시대의 변화와 무관하지 않을 것이다. 그러나 "여럿에게 그런 유의 말을 자주 했더랬"다는 회상과 그것을 "한 시절 유행하던 소리"로 보는 심찬수의 태도는 이전 작품과 크게 달라진 것이 없다. 심찬수는 이념에 대해 현재가 아닌 과거의 이야기로 치부한다. 다른 곳에서도 배종두와 조민세의 목소리는 심찬수나 안천총의 목소리에 묻힌다. 이념을 강

---

12) 같은 글이 1983년판 『인간의 마을』에서는 어떻게 쓰였는지 살펴보면 다음과 같다. ""형님, 해방 직전입니다만, 형님이 저한테 이런 말씀을 하셨지요." 배종두는 잠시 뜸을 들이며 주위를 둘러보았다. 아무도 그들의 이야기에 신경을 쓰는 사람이 없었다. "역사란 싸워서 쟁취하는 자의 편에서 진행된다. 이 말 기억나십니까?" 배종두는 여전히 부드러운 미소를 띠고 있었고 목소리는 은근했다. "기억을 하고 있지. 그러나 내 말이 아니고 누군가의 말을 인용해서 한 말이었어. 자네에게만 한 말도 아니고 여럿에게 그런 유의 말을 자주 했더랬지." 심찬수는 참담한 기분에 빠져들었다"(1983: 161).

조하는 사람들의 목소리는 지난 시절의 유행이거나 떠도는 소문 정도로 취급되는 것이다.

전향한 좌익이 작품의 중심인물이라는 점에서 『불의 제전』은 『노을』과 유사하다. 『노을』에서 서술자인 '나'의 현재에 개입하게 되는 배도수는 전향한 좌익이다. 비록 주인공은 아니지만 『노을』의 작품 분위기는 배도수가 지배하고 있다고 해도 과언이 아니다. 좌익에서 우익으로 전향한 후 그가 보여주는 품위 있는 행동은 전향이 주는 편안함 또는 당위성을 설득력 있게 보여준다. 과거에 대한 회한과 반성 그리고 현재의 조용한 삶은 좌익 활동을 젊은 시절 한때 철없이 빠졌던 충동적인 사건으로 만들기에 충분하다. 거기에 무식한 (서술자의) 아버지의 행동 역시 배도수의 전향으로 인해 모두 무모하고 어리석은 것으로 취급된다. 이런 분위기 때문에 서술자가 기억하는 과거 역시 이념과는 거리가 먼 광기의 시절이 되고 만다. 과거에 대한 반성적 회상이 주는 이러한 성과는 『노을』에 반공문학상을 안겨주기도 했다.[13]

중심인물은 아니지만 심찬수의 아버지 심동호를 다루는 부분은 특별히 주목할 만하다. 그는 수완 좋은 사업가로 자본가가 되어가는 인물이다.

"아버님은 소자가 산술에 밝음을 두고 군자답지 못하다고 자주 말씀하셨지요. 작인과 하인을 대할 때 성정이 오만해 너그럽지 못함이 시정 소인배와 같다고 꾸짖으셨지요. 그러나 아버님, 보십시오. 아버님이 타계하실 때 남겨준 유산이란 게 찬규 몫으로 떼어놓은 논 천이백 평 빼고, 지금 이 집과 흙벽에 함석 올린 공민학교, 용정 못답과 설창리 논 열다섯 마지기밖에 더 있었습

---

13) 『노을』은 《현대문학》에 1977년 9월부터 1978년 9월까지 연재된 장편소설이다. 이 소설을 통해 작가는 1978년 한국소설문학상과 반공문학상 대통령상을 받았다. 『노을』의 반공문학적 성격에 대해서는 김태현(1988) 참조.

니껴. 십 년 사이 소자가 피땀 흘려 고생한 덕분에 학교 부지가 배로 늘어났
고, 목조 건물로 개조한 교사가 삼 동이요, 방앗간을 인수했고, 물통걸 수리
답, 설창리에 뽕밭, 그 외에서 가산이 얼마나 불어났습니껴. …" (김원일,
1995b: 1권, 221)

　"내가 마산으로 나났는다고 누가 이 집을 개축하거나 헛간 하나라도 허락
없이 허물진 몬 해. 이 집에서 조부모님이며 부모님 임종을 지키지 않았느
냐. 저 소우리만 봐도 그렇제. 형님이 군자금 조달하라고 만주서 나왔을 때,
그 냄새를 용케 맡은 왜놈 형사가 밤중에 들이닥쳐, 형님이 엉겁결에 소우리
에 숨어 화를 면했거든"(김원일, 1995b: 3권, 13).

　보기 드물게 작가는 심동호의 내면까지 세심하게 다루려 노력한다. 위 예
문은 자신의 생일을 맞아 조상의 위패 앞에서 독백하는 장면과 이사를 떠나
면서 관리인에게 고향 집을 잘 지켜 달라고 당부하는 장면이다. 농지개혁 위
원장이며 중학교 이사장이기도 한 심동호는 지주에서 자본가로 변화하는 인
물이다. 그는 지주로 안주하기보다는 사업가가 되기를 희망한다. 그러면서
도 전통의 가치를 잊지 않고 있다. 그는 새로운 시대의 변화에 대처하면서도
이념적으로는 과거의 전통을 자신의 것으로 삼으려는 '건강한' 보수주의자
의 모습을 보여준다. 변화에 반대하는 것이 아니라 변화보다 중요하다고 보
는 과거의 가치를 지키려는 것이 보수의 진정한 의미라면 그 이름에 어울리
는 인물이라 할 수 있다. 작가 역시 그를 보는 시선이 부정적이지 않다. 비록
농지조합문제나 농지매매문제로 농민들과 첨예한 대립을 겪게 되지만 왠지
그 이야기는 소설의 중심으로 들어오지 못한다는 인상을 준다.

　악인으로 등장하는 지주는 '죽은' 서유하뿐이다. 이미 죽은 인물이기에 소
설 속에서는 '소문'으로만 등장한다. 이에 비해 '살아 있는' 양심적인 지주에

대해서는 자세하게 다루고 있다. 빨치산 배종두의 아버지 배구장은 양심적이고 점잖은 지주로 그려진다. 그는 전통적 가치를 중요하게 여기지만 시대의 요구도 수용할 줄 아는 인물이다. 그런 지주의 땅을 농민들에게 나누어주어야 하는가 하는 안타까움이 들 정도다.

『불의 제전』에는 많은 수의 농민·빈민이 등장한다. 하지만 그들의 계급적 특질이나 이념이 분명히 드러나지는 않는다. 아내를 겁탈한 지주를 살해하고 산으로 들어가는 차구열은 다분히 감정적인 인물이다.[14] 가난한 농민으로 소설 속에서 주목받는 인물은 차구열의 아내 아치골 댁이다. 그녀는 경찰에 끌려가 곤욕을 치르면서도 아이들을 키우려고 온갖 궂은일을 마다하지 않는 여인이다. 그러나 빨치산 활동을 하던 남편 차구열이 죽고 나서 그녀는 배 주사 집에서 일하던 김바우와 결혼을 하게 된다. 김바우는 차구열에 비해 성격도 부드럽고 생활도 안정된 사람으로 그와의 결합이 아치골 댁에게는 전화위복이 된다. 이 때문에 차구열의 죽음과 살인을 낳게 한 사건은 하나의 에피소드로 전락하고 만다. 작품이 마무리될 때쯤 해서는 전 남편의 죽음에 대해 작품 속 인물 누구도 진지하게 생각하지 않는다.

이념과 관련해 이 소설의 가장 중요한 특징은 공격의 대상이 되는 이념이 좌익의 이념뿐이라는 점이다. 좌익사상을 가진 사람들이 등장하고 그들이 많은 사건을 일으키지만 우익의 이념을 대표할 만한 사람은 등장하지 않는다. 이는 좌익에 대한 일방적 비판을 예고한다. 소설에 등장하는 이념은 긍정적 요소를 부각시키기 위해서가 아니라 부정적 요소를 부각시키기 위해 동원되기 때문이다. 반대로 우익 측의 이념이 드러나지 않는 만큼 그 이념에 대

---

14) 차구열은 인성 면에서 『노을』의 김삼조와 가깝다. 특별히 의식이 있다고 보기는 어려운 인물이다. 그의 죽음 역시 너무나 평범하다.

한 비판이 등장할 이유도 없다. 심지어 우익에 대한 좌익 인물들의 공격 역시
구체적으로 드러나지 않는다. 배종두의 의견은 서툰 마르크시스트의 관념적
비판에 그치고, 조민세의 비판은 좌익 내 종파 간 의견 대립이 되고 만다. 결
국 『불의 제전』은 좌익 측 이념에 대한 비판만 가득한 소설이 되는 것이
다.15) 이 역시 『노을』의 비판 방법을 따르고 있다고 할 수 있다.16)

　이상에서 살펴본 『불의 제전』(특히 『인간의 마을』 부분)의 문제는 다음과
같이 정리할 수 있다. 이 소설이 다룬 1950년은 이념의 대립이 첨예하던 시
기라기보다 전쟁이 준비되던 시기라고 할 수 있다. 남한에서는 자본주의 정
권이 나름대로 힘을 축적해가고 북에서는 사회주의 체제하에 전쟁을 위한
준비가 진행되던 시기다. 진영이라는 한 지역을 다루면서 이미 힘의 균형이
무너졌던 좌익 이념을 다루기는 쉽지 않은 일이다. 이런 이유로 이념과 관계
된 소설 속 이야기는 모두 현장성이 떨어지는 과거가 되기도 한다. 현장성이
두드러지는 사건은 빨치산의 기차습격사건 정도다. 이 사건 역시 좌익의 현

---

15) 이동재는 이에 대해 다음과 같이 적절히 지적했다. "양쪽의 논리를 체계적으
　　로 대변할 만한 인물이 등장하지 않고 있을 뿐 아니라 그러한 역량을 갖춘 인
　　물이라 하더라도 자신들의 이데올로기에 대해 요란하게 떠들어대지 않는다.
　　특히 조민세나 배종두와 같은 좌파의 지식층에 대응할 만한 비중의 우파 인
　　물이 없다. 이들을 상대하는 우파의 인물은 주어진 직분에 그저 충실한 말단
　　경찰이나 군인들뿐이다. 즉, 섣부른 이데올로기의 설전을 벌일 수 없게 되어
　　있다는 점이 이 소설의 특징이다"(이동재, 1998: 188).
16) "잠정적으로 반공문학을 이데올로기에 대한 편견이 심하고, 그것과 연계된
　　것이긴 하지만 사람에 대한 관념적이고 일방적인 규정이 노골적으로 드러나
　　있고, 사회변혁의 추진을 공산화에 무차별 대입시키며, 남북 간의 화해보다
　　는 갈등을 사랑보다는 증오를 조장하는, 그리하여 분단의 고착을 적극 조장
　　하는 문학이라고 정의할 수 있다"(김태현, 1988: 23).

실적 힘이 좌절되는 계기가 될 뿐이다. 그래서인지 좌익을 등장시키면서도 좌익의 논리는 잘 설명되지 않는다. 앞서 지적한 대로 우익의 논리를 다루고 있지 않은 것도 문제다. 이는 공정한 게임이라 볼 수 없는데, 이로 말미암아 이 소설은 결국 제시된 하나의 이념이 갖는 문제를 지적하고 무용성을 알리는 데 그치고 만다.

4. 분단: 갈등 없는 전쟁

이념에 대한 부정적 시각이 본격적으로 드러나는 것은 『인간의 마을』이후다. 조민세가 빨치산 활동을 정리하고 서울로 올라가 남로당 활동을 하게 되면서 소설은 본격적으로 좌익들의 활동을 다룬다. 여기에는 남로당과 북로당의 갈등, 이상과 현실 사이에서 조민세가 겪는 갈등이 중요하게 다루어진다. 서울로 무대가 옮겨가면서 조민세를 제외한 진영 사람들의 역할은 매우 줄어든다. 엄격히 말해 『인간의 마을』과 이후의 『불의 제전』은 같은 소설이라 보기에 무리가 있을 정도로 차이가 크다. 전쟁이 발발하기 전의 상황은 진영읍을 통해 보여주고 있고 전쟁이 발발한 시점 이후는 서울을 중심으로 사건을 전개하고 있어 둘은 선편과 후편이라는 인상을 준다.

조민세를 중심으로 펼쳐지는 『불의 제전』중반부는 월북한 아버지를 다룬 김원일 소설의 완결편이라 할 수 있다. 좌익 인물 조민세는 『노을』의 김삼조처럼 무식한 백정이 아니다. 좌익 이론가이며 빨치산 대장이다. 중학교 교사를 한 그는 가족을 돌보지 않아 자식들을 가난 속에 던져놓기도 한 인물이다. 이러한 아버지의 모습은 시대적 분위기에 억눌려 표현하지 못한 작가의 실제 아버지의 모습에 가깝다.[17] 작가의 회고처럼 『노을』을 쓸 때만 해도 "이데올로기에 대한 경계심, 좌파에 대한 사회적인 억압과 공포, 이로 말미암은 불안 때문에 인물을 그릴 때에도 그렇게 폭력적이고 무식한 사람 정도로 그려야 반공 논리에서 조금 비켜갈 수 있지 않을까 하는 고려가 크게 작용했"[18]던 것이다.

그러나 이는 엄격히 말해 작가의 개인사와 관계되는 문제다. 이념과의 관련성으로만 보면 조민세 역시 앞서 다룬 전향한 좌익들과 크게 다르지 않다. 조민세는 '인간의 마을'을 떠나 서울과 해주, 평양을 오가면서 점점 회의적인 인물이 된다. 그가 꿈꾸던 혁명의 꿈은 늘 현실 속에서 좌절과 절망으로 되돌아온다. 조민세는 남로당의 이념과 북로당의 이념을 모두 접하지만 어디서도 희망을 발견하지는 못한다.

조민세의 위치를 중심으로 전개되어서인지 이 소설에서 한국전쟁을 둘러싸고 벌어지는 가장 큰 갈등은 남과 북 사이에 있지 않다. 실제로 분단을 만들어낸 것은 해방 이후 오랫동안 축적되어온 모순이다. 이는 남만의 책임도 북만의 책임도 아닌 복잡하고 복합적인 문제였다고 할 수 있다. 그러나 『불의 제전』은 이에 대해 본격적으로 다루지 않는다. 전쟁은 오랜 모순의 폭발이 아니라 북의 선택에 달린 문제였고 남로당의 부추김이 결정적 역할을 한 사건으로 다루어진다. 전쟁은 민족사가 낳은 필연적 사건이 아니라 판단 착오에 의해 발생한 어리석은 사건처럼 다루어진다. 이 역시 반대편에 대한 진술이 없기에 발생한 문제로 보인다.

조민세는 좌익 내 갈등을 보여주는 역할을 충실히 수행하는 인물이다. 그

---

17) 이에 대해서는 강진호의 글(2001)과 류보선의 글(1991) 참조.
18) 김원일·권오룡(2002) 참조.

는 무너져가는 당을 추스르기 위해 많은 노력을 한다. 전쟁 직전 그는 서울 당의 재건을 책임지고 있었다. 하지만 그가 실제로 겪은 공산주의 사회는 이념도 원칙도 없는 욕망의 세계에 불과했다. 남한 현실에 대해 냉정하고 정확한 판단을 내린 글이 문제가 되어 그는 북으로 소환당한다. 남로당과 북로당의 경쟁과 싸움 사이에 그의 글이 문제를 일으킨 것이다. 북에서 그는 자신의 글을 이적물로 보는 세력과 긍정적으로 이해하는 세력 모두를 만난다. 이 소설에서 특히 공격 대상이 되는 것은 남로당 쪽이다. 서울에서 조민세가 서울당을 재건하려고 했을 때 부딪치는 여러 문제도 부당하다는 느낌이 든다.

이 갈등의 뒤에 찾아오는 것은 역시 좌익이 처한 현실에 대한 회의이고 실망이다. 그가 빨치산 활동을 할 때가 가장 좋았다고 말하는 이유가 여기에 있다. 배종두가 끝내 중앙에서의 활동을 포기하고 다시 빨치산으로 나서는 것역시 조민세의 이러한 생각과 무관하다고 볼 수 없다.

> "차라리 산에서 지낼 때가 나았어. 거기엔 혁명의 길이 내다보였어. 동트는 새벽이면 서광처럼 새로운 열정이 솟곤 했지. 서울 지도부? 계보에 얽혀 술수나 부리는 쓰레기들만 남아, 이용하고 이용당하고… 결국 자멸을 자초한 꼴 몰라서 하는 소린가. 결과가 뭐야?" 조민세의 말본새가 거칠다(김원일, 1995b: 3권, 224).

조민세는 지하에서 활동하는 좌익들에 대해 "계보에 얽혀 술수나 부리는 쓰레기"라고 혹독하게 평가한다. 조민세는 빨치산의 건강한 열정을 끝까지 긍정하지만 빨치산 활동은 과거의 것이고 현재 그가 놓여 있는 자리는 서울 당지도부다. 현재보다 과거를 긍정적으로 보는 그의 입장은 결국 현재에 대한 부정으로 이어지기 쉽다. 진영이 철 지난 좌익의 마을이었던 것처럼 서울

역시 이미 열정적인 좌익들은 떠나고 혁명의 열기조차 찾아볼 수 없는 1950년의 도시였던 것이다.

배종두와 안진부[19]는 조민세 생각의 양끝을 보여주는 인물이라고 할 수 있다. 지하에서 오랫동안 활동한 도시 기반의 공산당원이 안진부라면 산에서 활동하는 것이 적성에 맞고 여전히 혁명에 대한 열정을 품은 인물이 배종두라 할 수 있다. 전쟁이 장기전으로 돌입할 때쯤 해서 배종두는 자신의 이념을 실현할 곳을 찾아 산으로 가고 안진부는 종파 싸움에 회의를 느껴 전향을 준비한다. 중앙의 정책에 실망하고 혁명의 성공에 대해 회의하게 되었을 때 주어진 두 갈래 길은 배종두와 같이 순수한 빨치산으로 돌아가는 것과 안진부와 같이 철저한 부정을 통해 자신의 살길을 찾는 것이었다고 할 수 있다. 소설에서는 조민세가 최종적으로 어떤 선택을 하는지 보여주지는 않는다.

이 과정에서 조민세가 안주하는 곳은 이념이 아니라 여인이다. 소련 공산당과 연을 맺은 인민군 고급 장교 한정화는 조민세를 이해해주는 유일한 당원이다. 사상적으로 둘의 공통점 같은 것을 발견할 수는 없지만 연민과 유사한 감정으로 둘은 사랑을 하게 된다. 한정화는 조민세의 아내와 대조를 이룬다. 갑해의 어머니인 봉추댁은 애초에 조민세와 어울리지 않는 무식하고 교양 없는 여인이다. 누가 생각해도 잘 어울리지 않는 아내에 비해 한정화는 젊고 교양 있으며 아름답다. 그가 조민세를 정치적으로 돌봐주는 것도 둘의 애정과 무관하지 않다.

서울에서의 전쟁을 다시 진영으로 이어주는 인물은 심찬수다. 서울에서 전쟁을 맞이한 심찬수는 서울에 머물던 고향 사람들을 이끌고 전선을 넘어

19) 안진부의 경우는 노골적인 전향을 선언하는 인물이다. 그의 성격은 처음부터 애매했다. 소설 초반부터 정체를 알 수 없는 인물로 그려지는 안진부는 남로당의 자금을 책임지는 중요한 세포였다.

진영으로 돌아온다. 심찬수의 귀향은 이념에 대한 회의가 행동으로 옮겨지
는 것으로 이해할 수 있다. 사실 심찬수가 서울에 올라간 이유와 굳이 진영으
로 돌아와야 하는 이유는 특별히 눈에 띄지 않는다. 그럼에도 그가 전선을 뚫
고 진영으로 돌아오는 과정은 매우 상세하게 그려지고 있다. 심찬수를 비롯
한 인물들이 고향으로 돌아오는 이유는, 공산주의에 협력했던 사람들은 살
아남기 위해서이고 생활 기반을 잃은 사람들은 생활 기반을 찾기 위해서다.

고향으로 돌아오는 과정이 치열했던 것과 비교해 돌아온 진영의 생활은
매우 평화롭다. 소설은 고향에 돌아와 겪은 수많은 고초에 대해서는 자세하
게 다루고 있지 않다. 이 시점이 묘하게 조민세가 이념에 대한 회의에 빠지는
시기와 겹치고 있다는 점은 주목할 만하다. 결국 조민세의 회의와 심찬수의
남행은 분리될 수 없는 것이다. 월남 중에 겪는 심찬수의 고생과 보람은 고향
으로 돌아오는 일이 무척 가치 있다는 인상을 주며 이는 자연스럽게 좌익에
서의 탈출을 떠올리게 한다. 또 심찬수가 남하 과정에서 가장 가치 있다고 판
단하는 일도 눈길을 끈다. 그는 죽음의 위험을 무릅쓰고 배종두와 박귀란 사
이에서 태어난 아들을 배종두의 조부에게 데려다 준다. 결국 이념에서 벗어
나 가족 이데올로기로 돌아오는 듯한 인상이다.

이처럼 『불의 제전』은 역사에 접근하는 적극적 관점을 유지하고 있지만
이념을 다룸에 있어서는 예전 소설의 관점을 그대로 유지하고 있다. 이념에
대한 여전히 조심스러운 태도, 좌익 이념에 대한 일방적인 비판은 『노을』의
그것에서 멀리 나아가지 못했다. 이는 작가 개인의 문제가 아니라 이념을 다
루는 당시 우리 문학의 수준일 수도 있다. 당시 문학이 역사적 사실은 객관화
해서 다룰 수 있게 되었다 해도 이념 자체를 자유롭게 논할 수 있을 만큼 자
유로워지지는 못했다고 볼 수도 있다. 특히 그것이 '공산주의'라는 이름과
관계된 것이라면 더욱 그러하다.

5. 나오는 말

한국전쟁은 현대사에서 가장 비극적인 사건이었다. 전쟁의 상처는 단순히 이산과 이념 갈등에 한정되지 않는다. 전쟁은 분단과 한반도 위기 상황을 가져온 직접적인 원인이 되기 때문에 여전히 현재성을 가진 사건이라 할 수 있다. 한국전쟁을 다룬 소설이 많이 창작되었고 여전히 창작될 수 있는 이유는 그것이 역사이면서 동시에 현재이기 때문이다.

김원일의『불의 제전』은 작가의 개인사와 관련해 문단에서 화제가 된 소설이다. 이 소설은 작가의 잘 알려진 소설「어둠의 혼」과『노을』의 주제를 이어받아 전쟁과 이념에 대해 다룬 작품이기도 하다. 진영을 배경으로 펼쳐지는 좌익 아버지를 다룬 이 소설들은 주제를 다루는 방법이 많이 달랐다. 그 변화의 중심에는 서술방법의 변화가 있었는데, 이는 단순히 기술적인 변화에 그치는 것이 아니라 역사를 대하는 태도의 문제와도 연관되어 있었다. 즉, 기억과 회상을 통해 간접적으로 표현하던 역사를 구체적이고 직접적인 사건으로 다루는 방향으로 변화했음을 확인했다. 시간적 거리가 멀어지면서 사건을 객관적으로 다루게 되는 이유를 한두 가지로 설명할 수는 없다. 이 글에서는 그 이유를 시간이 확보해주는 자연스러운 거리감과 제재를 제약했던 반공의 벽이 약해진 때문이라고 보았다.

시대적 변화에 따른 작품의 변화가 모든 영역에서 고르게 이루어진 것은 아니었다. 특히 이념을 다루는 데에『불의 제전』은 이전 소설들과 유사한 면이 많았다. 물론 이는 옳고 그름의 문제가 아니라 단순히 현상에 대한 파악에 그쳐야 할 문제일지도 모른다. 그렇다고 해도 이념을 다루는 균형이라는 점에서 논란의 여지는 남는다. 특히 일방적으로 좌익 이념만을 문제 삼았다는 점은 작품의 완성도에도 좋지 않은 영향을 주었다. 분단이라는 문제를 총체적으로 파악하는 데 한계를 갖게 되었기 때문이다.

이처럼 『불의 제전』은 1950년의 남측을 재현해내려는 여러 노력이 있었음에도 여전히 남과 북이 대치하는 우리 현실이 문학에 미치는 영향이 적지 않음을 확인시켜주었다. 역사적 사실을 복원해 기억을 제자리로 돌려놓는데는 일정한 성과를 거두고 있지만 분단의 제약을 넘어설 만큼 충분히 이념에서 자유로워졌다고 말하기는 어렵다.

참고문헌 ·····

1. 기본자료

김원일. 1995a. 「어둠의 혼」. 『한국소설문학대계 57』. 동아출판사.

_____. 1995b. 『노을』. 『한국소설문학대계 57』. 동아출판사.

_____. 1983. 『불의 제전』 1~2. 문학과지성사.

_____. 1997. 『불의 제전』 1~7. 문학과지성사.

2. 논문·기타

강진호. 2001. 「민족사로 승화된 가족사의 비극」. ≪현대소설연구≫, 14호. 현대소설
　　　학회.

김태현. 1988. 「반공문학의 양상」. ≪실천문학≫, 봄호.

류보선. 1991. 「어둠에서 제전으로. 비극에서 비극성으로」. ≪작가세계≫, 6월호.

박혜경. 1997. 「실존과 역사. 그 소설적 넘나듦의 세계」. ≪작가세계≫, 11월호.

서경석. 1997. 「우리 시대의 불의 제전」. ≪실천문학≫, 겨울호.

오생근. 2000. 「분단 문학의 확장과 현실 인식의 심화」. 『그리움으로 짓는 문학의
　　　집』. 문학과지성사.

유임하. 2005. 「마음의 검열관. 반공주의와 작가의 자기검열」. ≪상허학보≫, 15집(8월).

_____. 2001. 「아버지 찾기와 성장체험의 역사화: 김원일의 분단서사」. ≪실천문학≫,
　　　여름호.

이동재. 1998. 「대하역사소설의 역사성과 일상성」. ≪현대소설이론연구≫, 9호.

이동하. 1997. 「성숙한 균형감각으로 포착한 인간의 역사」. ≪작가세계≫, 11월호.

정재림. 2006. 「기억의 회복과 분단극복의 의지」. ≪현대소설연구≫, 30호. 현대소설
　　　학회.

3. 단행본

박원순. 2004. 『국가보안법연구 2』. 역사비평사.

서중석. 2005. 『이승만의 정치이데올로기』. 역사비평사.

정병준. 2006. 『한국전쟁, 38선 충돌과 전쟁의 형성』. 돌베개.

조국. 2001. 『양심과 사상의 자유를 위하여』. 책세상.

제 11 장

한 작가의 전쟁 진술방식 변화 연구

박완서의 오빠 관련 서술을 중심으로

조미숙 | 대구대학교 교양교직학부 |

1. 여성 작가 박완서와 전쟁, 날것으로의 전쟁 체험

글을 쓰지 않고도 살 수 있는 사람은 행복하다는 한 작가의 말은 글을 쓰지 않고는 견딜 수 없는 어떠한 요인이 작가의 글쓰기 추동력이 된다는 사실을 웅변으로 말해준다. 박완서처럼 줄곧 특정한 문제를 집요하게 글로 만들어온 작가가 그러한 사실을 입증한다. 박완서의 글은 대체로 가벼운 문체를 통해 중산층의 허위의식이나 물신주의 등 세태를 그리는 세태소설적 경향과 함께 과거 우리 역사적 사실을 다루는 기록으로서의 경향이 두드러진다. 이 중 다양한 세태의 포착을 도모하는 전자와 달리 후자는 특정 주제, 특정 사건에 집중적으로 천착함으로써 박완서가 가지는 특정한 기록에 대한 남다른 책임감과 사명감을 추측하게 한다.

박완서가 반복적으로 소설화하고 채워나간 내용 중 가장 중요한 것은 한국전쟁에 관한 내용이다.[1] 작가에게 한국전쟁이라는 역사적 사실은 치료되어야 할 상처였으며, 스스로 고백한 바와 같이 그 치료의 과정으로서 문학이

절실했다. 박완서의 전쟁소설은 개인사에 치우칠 뿐 전쟁에 대한 전체적 조
망이나 만인의 상처를 어루만지는 수준이 못 되므로 전쟁소설로서는 한계를
갖는다는 지적이 있다(대표적인 것으로 정호웅, 1991: 63~64). 그러나 전쟁소
설의 경우 그것이 한 개인과 가족 차원의 파괴를 고발하는 데 그친다 하더라
도 그를 통한 전쟁 폭력성의 고발, 반전에의 강조가 이루어진다면 그것으로
나름의 의미가 있다고 볼 수 있다. 게다가 박완서가 지속적으로 그려내려 한
개인과 가정의 파괴상은 사실 민족 전부의 문제나 다름없다. 그녀의 세태소
설들에서는 현대 한국인, 중산층의 허위와 모순이 대부분 전쟁의 상처와 그
로 말미암은 한국 현대사의 왜곡에서 비롯된다고 설정되는 것에서도 이를
확인할 수 있다. 이는 작가가 전쟁의 상처를 개인적 수준을 넘어 지각하고 있
다는 증거다. 그가 여러 작품에서 강조하고 싶은 것은 결국 한국전쟁으로 말
미암은 조국의 굴절상이었다.2) 굴절된 조국과 민족 전체가 왜곡에서 벗어나
고 치유되려면 개인 차원에서부터 치료가 시작되어야 한다는 것이 작가의
문제의식이었다고 할 수 있다.

　　전쟁은 작가 개인의 운명을 송두리째 바꾸어버린 것이었다. 「엄마의 말뚝

---

1) 『나목』을 비롯하여 『목마른 계절』, 「엄마의 말뚝」, 「세상에서 제일 무거운 틀
니」, 「부처님 근처」, 「부끄러움을 가르칩니다」, 「아저씨의 훈장」, 「겨울 나들
이」, 「세모」, 『그해 겨울은 따뜻했네』 등은 모두 작가가 체험한 전쟁의 기억을
내용으로 다루고 있으며, 「카메라와 워커」, 「그 가을의 사흘 동안」 등 많은 소
설에서도 전쟁으로 말미암은 분단문제를 다루고 있다.
2) 그는 자신의 여러 작품에 등장하는 6·25 망령을 천도하고 스스로 "자유로워지
기 위해 지노귀굿으로서" 글쓰기를 선택했으며 그것이 작가 자신을 구제하는
방편이라고 했다(박완서, 1978: 105~116 참조). 전쟁이란 그 현재성뿐 아니라
인간학의 측면에서 계속 성찰되어야 하므로 문학은 그에 관해 더욱 치열하게
사유하고 상상해야 할 것이다(동국대 한국문학연구소 엮음, 2005b: 234 참조).

1」에서처럼 어린 소녀가 엄마 손에 이끌려 서울에 와서 말뚝을 박고 살아가는 과정, 곧 근대 체험은 그 자체로 충격이라 할 수 있다. 서울에 '말뚝'을 박으려는 '엄마'뿐 아니라 엄마의 근대화 추종 행위를 수동적이고도 시니컬하게 바라보던 '나'조차 공부 잘하면 성공하게 된다는 신화를 믿고 그러한 격변을 견디어간다. 그러나 전쟁은 그러한 근대화의 과정과 어머니가 바라는 '신여성'으로 상징되는 개인적 성공의 신화를 파괴하고 엄마의 '말뚝'조차 뿌리째 뽑아버리고 말았다. 전쟁은 한 인간의 인생을 "자기 마음대로 직조하지 못하게" 했고 그 과정에서 박완서는 상처를 입게 된다.

전쟁소설과 관련해 박완서에게는 몇 가지 의문거리가 생긴다. 「엄마의 말뚝 1」을 쓰고 난 작가는 "쓰고 나서 곧 참지 못하고 쓴 것을 후회"했다면서 "참았어야 했을 것을 정 못 참겠으면 통곡, 울안에서의 통곡으로 끝냈어야 하는 것을"이라고 한탄하고 있다(박완서, 1981: 160). 치료를 위해 상처 부위 ─ 전쟁 ─ 에 관한 글을 썼으면 작가는 후련해야 마땅함에도 글을 쓰고 난 후 후회하는 작가의 태도는 무엇을 의미하는가. 한편 계속적으로 전쟁에 관해 집요하게 글을 써왔던 작가는 1990년대에 들어 단편적 기록들을 모아 동어 반복하는 듯한 자전소설을 다시 발표한다. 전체적인 인물이나 배경 등이 이미 발표된 소설들과 크게 다르지 않음에도 그 기록들을 2부작의 장편으로 모아낸 작가의 행위는 어떻게 해석해야 하는가.

이 문제를 풀기 위해 그녀의 전쟁 관련 작품들을 주목하기로 하자. 박완서의 전쟁 관련 장편 소설들은 『나목』, 『목마른 계절』, 『그해 겨울은 따뜻했네』, 『그 많던 싱아는 누가 다 먹었을까』, 『그 산이 정말 거기 있었을까』 등이다.[3] 이 작품들 중 전쟁 때 고의로 잃었던 여동생을 만나지만 그녀의 힘겨

---

3) 박완서의 대표작인 「엄마의 말뚝 2」는 장편은 아니지만 중요하게 다룰 만하므로 논의에 포함시키기로 한다.

운 삶에 대한 자책감으로 번민하면서도 결국 모른 척하고 마는 내용의 『그해
겨울은 따뜻했네』를 제외하면 대부분 자전적인 내용을 모티프로 하고 있다.
이 글은 박완서의 자전적 전쟁소설들이 전쟁을 진술함에서 1990년대 이후
어떠한 변화를 갖게 되는지 분석하고 그 원인을 규명하려 한다. 특히 이 글은
그것이 반공의 자장 안에서 우리나라 작가가 할 수밖에 없었던 이야기의 변
용방식이라는 사실에 주목한다. 이러한 작업은 박완서로 대표되는 이 땅의
수많은 작가가 반공주의와 전혀 무관할 수 없었다는 문제의식에서 비롯된
다.4) 전쟁 이후에 본격적으로 우리 문학을 규율하게 된 반공주의는 수많은
담론의 가능성 자체를 봉쇄하면서 한국 문학을 협소화해온 장본인이다.5) 반
공주의의 억압과 공포하에서 작가들은 수없이 자기검열을 하지 않으면 안
되었다.6)

---

4) 우리 근대문학의 출발점이 이민족 치하였다는 사실은 우리 작가들이 눈치를
   보며 글쓰기 작업을 시작할 수밖에 없었음을 의미한다. 일제 치하에서는 일본
   제국주의에 의해 억압받았으며, 광복 후에는 일제를 계승한 친일 잔재들에 의
   해 또다시 반공주의라는 이데올로기로 억압을 받았다. 이러한 사실은 우리 작
   가들로 하여금 주눅이 들지 않고 말하기라는 전통의 형성을 저해했다는 점에
   서 문제적이다.
5) 전쟁 이전의 국가이데올로기는 민족주의가 중심이 되고 여기에 반공주의가 결
   합한 형태였다면 전쟁 이후에는 그 역전현상이 나타났다. 적으로 규정한 공산
   주의를 반대한다는 반공주의가 국가이데올로기의 중심을 차지했으며 민족주
   의, 자유민주주의 등은 부차적인 수준이 되었다(강인철, 2000: 350 참조). 이러
   한 상황에서 국가는 다양한 담론의 장을 봉쇄했는데, 이는 전쟁의 책임이 국제
   적 냉전과 분단추구 세력 — 친일파나 미국 등 — 에 있다는 논리를 제거하고
   남북 협상이나 좌우 합작 같은 움직임을 배제하기 위해서였다(홍석률, 2006:
   41~42 참조).
6) '자기검열'이란 자전적 소재나 현실을 소재로 허구화하는 과정에서 '마음의 검

2. 박완서와 반공주의: 중압감과 이국 지향

한국의 현대사에서 '한국전쟁'이 아닌 '6·25전쟁'은 전쟁에 관한 공식적이고 집단적인 기억을 재생산하면서 반공주의를 확대 강화했다.[7]『적화 삼삭 구인집』같은 한국 인사들의 '적 치하 체험'은 휴전 이후 대한민국 국민모두에게 신화화되었으며[8] 한국전쟁 후 남쪽에서 공식적으로 발화될 수 있는 것들은 전쟁 일반적 피해와 고통, 그리고 공산주의자들의 만행 등으로 한정되었다. 남한 정부는 그 밖의 기억을 배제하고 지워나갔다. '공식체험'과 배치되는 담론의 발화는 곧 신체형을 의미하는 상황에서 많은 사람이 침묵했다.[9]

열관'을 거치기 위해 표현 약화, 내용 변형, 맥락 변경 등을 일으키는 작가의 창작심리학적 과정을 이르는 말이다(유임하, 2005: 148 참조).

7) '6·25전쟁'이라는 명명은 1948년부터 간헐적으로 이루어진 미국 주도의 크고 작은 전쟁들을 부정하고 북한을 침략자로 고착화하는 남한정부의 이데올로기가 담긴 표현이나 다름없다. 한국전쟁은 5단계의 과정을 거쳐 이루어진 것이라는 한국전쟁 5단계설을 참고할 때 우리는 전쟁 발발 책임론과 전쟁 피해 책임론을 극복함으로써 통일논의로 나아가야 마땅하다(강정구, 「한국전쟁과 민족통일」, 동국대 한국문화연구소 엮음, 2005a: 227~262 참조).

8) 대표적으로 모윤숙은『고난의 90일』에서 인민군 치하의 서울과 남한을 암흑천지 또는 지옥으로 묘사했으며 공산주의와 공산당은 불구대천지수로 규정했다(유진오 외, 1950: 71 참조). 이승만의 최측근이며 대표적인 친일 부역 지식인이었기에 북 정권이 '적'으로 분류해놓은 모윤숙의 특수한 적 치하 체험이 휴전 이후 대한민국 국민 모두의 기억으로 공식화했다는 사실은 매우 놀랍다(김동춘, 2006: 25 참조). 전후의 사상 단일화는 종군문학에서도 발견된다. 전쟁과 동시에 수많은 작가가 문총구국대에 가입하는 등 정부를 따라다니는 종군문학에 종사했던 것이다(신영덕, 1998: 9~253 참조).

박완서 역시 1980년대까지 자신의 기억을 제대로 이야기하지 못하고 자
기검열을 통해 작품을 써야 했다. 이 글에서 박완서를 먼저 주목한 이유는 그
녀가 자신의 과거 글쓰기를 전복하는 작품들을 후에 다시 발표함으로써 반
공주의하에서는 작가가 직설적으로 표현하기가 어려웠음을 구체적으로 보
여주는 예가 되었기 때문이다.

박완서는 초기부터 여러 작품을 통해 줄곧 반공주의의 억압적 분위기를
드러내고 있다. 우선 「세상에서 제일 무거운 틀니」에서는 반공주의 사회에
대한 공포가 묘사된다. 이 작품에서 오빠는 6·25 때 의용군으로 나갔으며
"이북에서 밀봉교육을 받고 곧 남파되"리라고 전해진다. 박완서의 오빠는
전쟁 무렵 죽었고 북에 있는 오빠라곤 있지 않아서 연좌제와는 무관했지만
그만큼 그녀는 오빠의 부재에 대한 노이로제가 심했던 것이다. 이 작품 말미
의 다음과 같은 부분은 반공국가가 국민에게 미친 억압성을 더욱 구체적으
로 드러낸다.

> 나는 그런 아픔이 부끄러운 나머지 틀니의 아픔으로 삼으려 들었고, 나를
> 내리누르는 온갖 한국적인 제약의 중압감, 마침내 이 나라를 뜨는 설희 엄마
> 와 견주어 한층 못 견디게 느껴지는 중압감조차 틀니의 중압감으로 착각하려
> 들었던 것이다. 비로소 나는 내 아픔을 정직하게 받아들였다. 그러나 나는 결

---

9) 한국전쟁 시 한국정부에 의해 이루어진 민간인 학살 진상을 조사하려는 움직
임이 있었지만 5·16 쿠데타로 정권을 잡은 군부는 군의 치부를 드러내는 학살
피해자 명예회복운동을 좌경 운동으로 간주하고 탄압했다. 이후 1990년대까
지 아무도 이 문제를 제기할 수 없었다. 4·3사태, 4·19학살, 광주항쟁 등은 한
국전쟁 기간의 민간인 학살이 재발된 것이나 다름없다. 그만큼 지배이데올로
기는 완벽하고 철저하게 국민들을 망각시켰다(김동춘, 2006: 285~381 참조).

코 내 아픔을 정직하게 신음하지는 않을 것이다. 정교하고 가벼운 틀니는 지금 손바닥에 있건만 아직도 나는 이 세상에서 제일 무거운 또 하나의 틀니의 중압감 밑에 옴짝달싹 못 하고 놓여진 채다(「세상에서 제일 무거운 틀니」, 박완서 외, 1986: 409. 밑줄은 인용자).

반공의 억압성을 피부로 느꼈던 그녀에게 반공의 공포는 극심한 치통처럼 신체화되어 있다. 그녀에게 '가장 무거운 틀니'는 바로 반공의 중압감이었던 것이다. 그럼에도 작가는 "내 아픔을 정직하게 신음하지 않을 것"이라며 '자기기만'적인 글쓰기를 결심한다. 전쟁 이후 한국사회를 규율한 지배이데올로기가 구체적으로 작가 박완서를 호출한 사건은 공권력 문제를 다룬 「조그만 체험기」의 에피소드를 통해 볼 수 있다. 이 작품에서 '나'는 어느 날 재생전구를 신품인 줄 알고 사서 판 남편이 검찰청 K지청에 잡혀갔다는 소식을 듣는다. '법 없이도 살 사람'이라는 평소의 평판을 믿으며 남편의 혐의를 풀어보려고 애쓰는 과정에서 '나'에게 발견되는 것은 권위주의에 사로잡힌 검찰청과 공권력 앞에 무기력한 개인의 위상이다. 백방으로 뛰어다녀 마침내 무고함이 밝혀지던 날 남편과 집으로 돌아오면서 '나'는 생각한다.

어느 날이고 자유를 유보하고 있는 상황이 좋아져서 우리 앞에 자유의 성찬(聖餐)이 차려진다면 어떻게 할 것인가. 그전 같으면 아마 가장 화려하고 볼품 있는 자유의 순서로 탐을 냈을 것이다. 그러나 그런 일이 있은 후로는 허구많은 자유가 아무리 번쩍거려도 우선 간장종지처럼 작고 소박한 자유, 억울하지 않을 자유부터 골라잡고 볼 것 같다(「조그만 체험기」, 박완서, 1976: 714).

닫힌 사회에서 작가들은 현재 "자유를 유보"하고 있으며 상황이 좋아진다면 "억울하지 않을 자유"가 가장 필요하다는 정도의 이야기를 하는 것조차 불가능했다. 앞에 인용된 글에서 현 사회제도의 부조리를 단편적이나마 다루었다 하여 박완서는 "가정은 상처입고 남편은 단지 작가의 남편이라는 이유만으로 남의 손가락질을 받"게 된다. 작가는 이를 통해 "작가라는 게 사회적으로 그렇게 허약한 신분이라는 걸" 뼈저리게 깨달았다고 하는데, 사실 이는 작가라는 신분의 허약성이 문제가 아니라 반공주의 사회에서 금지된 진술 ― 지배이데올로기에 반하는 진술 ― 행위에 대한 결과였다(박완서, 1996: 24).

반공주의의 특징은 '공산주의에 대한 반대'의 의미역을 국가의 이름으로 무한히 확장하는 데 있다. 국가가 주도하지 않는 어떠한 담론도 봉인하고 그에 반하는 모든 세력을 공산주의로 몰아붙이는 것이다. 이러한 문제점은 「어느 이야기꾼의 수렁」에서 잘 나타난다. 세계 각국을 모험하며 여러 나라 아이들과 대화하는 주인공의 모험이야기를 쓰던 '나'는 북한 방문의 경험을 허구화하자는 기획에 가로막혀 글 자체를 못 쓰게 된다. '나'는 북쪽 아이와 남쪽 아이가 대화하게 할 수 없음을 느꼈기 때문이다.10) "남들의 상상력은 그 징그럽고 흉하게 생긴 괴물과도 우정을 맺게 하는데, 우린 한 핏줄끼리 친교를 맺게 하는 것도 이렇게 어려울 수"(박완서, 2006b: 73)밖에 없다. 반공주의 사회인 우리나라에서 공산당인 북한에 관한 이야기나 상상력은 오랫동안 원천적으로 금지되어왔다. 같은 분단국 독일과 달리 남한은 북한을 극도로 부정하도록 반공교육을 받아왔기 때문이다. '뿔 달린' 공산주의자들을 상상해

---

10) "나의 또마가 자유롭게 지구의 구석구석을 돌며 많은 나라 아이들과 사귀고 친해질 수 있었던 건, 내가 그 여러 나라 말들을 다 할 수 있어서가 아니라 그 여러 나라에 대한 그리움과 이해 때문이었다"라면서 작가는 북한에 대한 그리움과 이해가 없음을 강조한다(「어느 이야기꾼의 수렁」, 박완서, 2006b: 149).

야만 했던 당시 상황에서 인간으로서의 북한 아이들을 상상하고 남한 아이와 대화하게 한다는 것은 금지된 일이기도 했고 자칫하면 반공주의의 폐쇄성을 건드릴 우려가 있었다. 이런 상황에서 주인공은 절필하거나 그 문제를 외면하는 수밖에 없었던 것이다.

이렇듯 위험천만한 억압적 반공주의 사회에 염증을 느낀 작가는 여러 작품 속에서 이국 지향의 심정을 보인다. 「세상에서 제일 무거운 틀니」에서는 한국이라는 나라가 노이로제의 원인으로 묘사되는가 하면[11] 「이별의 김포공항」에서는 한 가족에게 만연한 이국 지향의 감정이 나타난다.

끝내 일이 뜻대로 안 돼 결국 미국행은 단념하게 되었지만, 그렇다고 외국행을 단념한 것은 아니었다. 미국행이 목적이 아니라 우선 이곳을 떠나는 게 목적이었다. 일단 떠나기로 작정하고 몸보다 마음이 먼저 떠 버리고 만 제집, 제 나라랑 좀처럼 다시 정이 들게 되지를 않는 모양이었다(「이별의 김포공항」, 박완서·서영은·송숙영, 1986: 20~21).

작가 박완서는 왜 유독 반공의 중압감을 느끼고 나라에 대해 극심한 공포심, 이른바 "공해병"을 가지게 되었을까. 그녀는 왜 그렇게 줄곧 전쟁에 관한 소설을 써야 했을까. 이를 밝히기 위해서는 작가 박완서에게 있어 전쟁소설이 갖는 의미와 전쟁소설에 나타나는 반공주의에 대한 의식을 살펴보지 않으면 안 될 것이다.

---

11) 이 작품에서는 노이로제에 걸려 정상적인 생활을 못하다가 미국에 가서야 불안감을 잊고 정상적으로 살게 된 친구 동생의 일화를 거론하면서 한국은 "약하고 가난한 사람들에게 숙명처럼 보장된 진짜 억울함"이 사회에 만연해 "심정을 해치는 공해"병이 있는 나라로 그려진다. 이 외에 「복원되지 못한 것들을 위하여」, 「연인들」, 「돌아온 땅」, 「집보기는 그렇게 끝났다」, 「꿈과 같이」 등에서는 한국사회에 일상적으로 만연한 파시즘이 반영되고 있다.

3. 박완서의 기억에 대한 자신감, 숙명으로서의 글쓰기

강인철은 '기억의 정치학'을 "기억들의 투쟁 → 기억의 정형화 → 망각 및 무기억과의 투쟁 → 지배적 기억의 균열과 위기"의 과정으로 보면서 기억의 맥락을 재구성하는 데는 이데올로기 투쟁이 필요한데 그 과정에서 특정한 기억은 선택적으로 강조되는 반면 그에 모순되거나 대립되는 기억의 맥락은 체계적인 은폐, 억압의 과정을 거치게 된다고 했다(강인철, 2000: 342~344). 박완서의 '상처'였던 기억은 공적 기억과 대립되는 것들이었고 따라서 "기억들의 투쟁"에서 은폐되고 억압되어야 했던 기억들이었다. 그 기억들은 지배적인 기억들이 성화 또는 신화화를 통해 정형화되는 동안 잊혀야 했던 것이다. 이러한 차원에서 박완서의 소설 속 전쟁의 기억은 은폐되고 억압된 것들의 복원 과정이라 할 수 있다. 이는 "망각 및 무기억과의 투쟁"이자 "지배적 기억의 균열과 위기"의 과정인 셈이다. 따라서 지배적이고 공식적인 기억들과의 투쟁이자 도전에 다름 아니었던 박완서의 기억 복원 과정은 순탄할 수 없었다.

이 지점에서 기억에 기반을 둔 박완서의 전쟁소설이 특별히 의미를 갖는 이유를 생각해보아야 한다. 한국 문학사에는 박완서 외에도 한국전쟁을 다룬 작가들이 많다. 1950~1960년대의 많은 작가가 한국전쟁 자장 안에서 작품 활동을 했으며 이후로도 많은 작가가 전쟁 모티프를 사용해왔다. 그렇다면 박완서의 작품들이 기존의 전쟁소설들과 어떠한 변별점 또는 특별함이 없다면 박완서의 전쟁소설들이 특별한 의미를 갖기는 어려울 터다. 기존의 전쟁소설들처럼 박완서의 소설 역시 전쟁 이후 한국의 전반적 황폐화, 특히 비인간화를 다루고 있으며 반전사상이나 휴머니즘을 강조한다는 점에서는 별반 다를 것이 없기 때문이다. 문제는 그 집요함이다. 이것이 박완서 전쟁소설의 특별한 점이라 할 수 있다. 박완서는 전쟁에 관한 한 체험의 허구화를 두려워하고 진실한 기억을 토대로 글을 쓰고자 한다. 박완서가 이처럼 체험을 기반으로 한 날것으로서의 전쟁을 그리려는 배경은 무엇일까?

박완서는 고아는 아니지만 어린 시절 부모의 부재를 겪어야 했다. 아버지를 일찍 여읜 상황에서 어머니마저 그녀를 떠났다. 아들의 서울 유학을 위해 어머니는 딸을 두고 서울로 떠났기 때문이다. 어머니의 손에 이끌려 서울로 올라온 이후에도 그녀에게 엄밀한 의미에서 부모는 없었다. 아버지가 없는 가정에서 생계를 꾸리며 아들 뒷바라지하느라 어머니는 늘 분주했다. 늘 혼자였던 그녀에게 정신적 지주로서의 부모는 부재했던 것이다. 한편 그녀의 어머니는 아들을 위해서라면 어린 딸과 생이별도 할 수 있었다. 아들과 딸에게 먹는 것도 교육도 층하를 두지 않아 당대로서는 세련된 남녀평등의식을 지닌 여인인 듯 보이지만 남편을 대신해 의지했던 아들에 대한 관념은 딸과는 분명히 다를 수밖에 없었다. 아들이 죽은 뒤 보인 어머니의 행동은 어머니의 아들 편향성을 단적으로 보여준다. 어머니는 딸의 생존을 불행 중 다행으로 여기는 것이 아니라 딸만 남은 것을 안타까워하고 삶의 의욕을 모두 버린다. 『나목』에서 딸 이경은 쉬지 않고 자신의 생존에 대해 구차히 변명을 하지 않으면 안 되었다. "아직 난리가 끝난 게 아니거든요. 쉽사리 끝장이 안 난대요. 저들도 아마 살아남지는 못할걸요"(박완서, 2002: 232). 그녀는 "전쟁에 의해 구제받을 수밖에 없"다고 느낀다. 이에 자신마저 어서 죽어 "어머니를 남들이 불쌍하게 여기도록 해줘야지. 자식이라고는 없는, 딸도 없는 불쌍한 여인으로 만들어주어야지"(박완서, 2002: 231)라고 결심하기에 이른다. 부모에게 존재를 인정받지 못한다는 점에서 그녀는 정신적으로 철저한 고아가 된다.

이러한 고아의식 때문에 작가 박완서는 자유의식과 소외의식을 갖게 되었다. 작가는 어떤 전통이나 관습에 얽매이지 않고 자유로울 수 있었다. 보통의 가정에서는 금기시되어온 장난을 하며 자라는 어린 시절의 놀이 역시 그 소산이다. 따라서 그녀의 관찰과 상상의 세계는 고정관념에서 많이 벗어나 있다. 객관적이고 냉철한 시각을 견지할 여지가 많다는 것이다. 그런가 하면 그녀는 소외의식의 소유자다. 어린 시절, 자라던 박적골에서 느닷없이 이식된 공동체 상실의 체험은 그녀로 하여금 일찍부터 소외의 감정을 알게 했다. 서울로 온 뒤에도 박완서는 멀리 다른 학군의 학교에 다녀야 했고 따라서 그녀의 학교생활 역시 소외의 연속이었다. 이 때문에 그녀는 동병상련의 심정으로 외로운 아이들과 주로 친하게 된다. 어린 시절 땜장이 딸이 그랬으며 학창시절 단짝 친구 역시 다른 친구들과 잘 어울리지 못하던 인물이었다. 그런가 하면 전쟁 때에는 같이 묻어 피난가지 못하고 잔류되면서 극도의 외로움을 경험하기도 했으며 수복 후에는 부역자로 몰리면서 또다시 소외되었다. 이렇듯 지난한 소외의 경험은 박완서로 하여금 타인에 대한 세심한 관찰의 기회를 갖게 하고 다른 주변인들과의 원활한 소통을 가능하게 하며 그들에 대한 감정이입도 순조롭게 했을 것으로 추론된다. 인간은 자신이 소외되었다고 느낄 때 어느 쪽에도 속하지 않고 객관적인 자세를 견지하려 하기도 하지만 반면 서둘러 대중이 있는 곳으로 편입하려는 욕망을 갖기도 한다. 박완서가 사회에 편입하기 위해 선택한 방법은 자기변호였다. 그녀는 『나목』 등 여러 작품에서 줄곧 "나만 이렇게 당하다니" 하며 분통해하는 한편 죄 없이 시대의 희생양이 되어야만 했던 자신에 대해 줄곧 변호하고 있다. 자기변호의 다음 단계는 변호의 과정을 거쳐 얻게 된 자신감이다. 결국 날카로운 통찰력과 소외감, 자기변호는 박완서에게 일종의 방어기제로서 자신에 대한 자존감을 강화하게끔 만들었던 것이다. 박완서가 스스로 역사의 기록자라고 자

처하는 것은 바로 이 자신감에서 비롯된다. 그녀가 다른 사람의 기억에만 의
지할 수 없다는, 나 아니면 안 된다는 자신감을 가지게 된 배경에는 자신이
가지고 있는 기억에 대한 확고한 자신만만함이 자리하는 것이다.[12] 한편으
로 그토록 소중한 자신에게 상처 입힌 과거에 대한 보상심리를 들 수 있다.
전쟁이 아니었으면 아무렇지도 않게 살았을 자신의 삶은 전쟁으로 인해 황
폐화되었다. 그 억울함을 보상받기 위해서라도 전쟁은 세세히 기억되지 않
으면 안 되었다.

> 나는 밤마다 벌레가 됐던 시간들을 내 기억 속에서 지우려고 고개를 미친
> 듯이 흔들며 몸부림쳤다. 그러다가도 문득 그들이 나를 벌레로 기억하는데
> 나만 기억상실증에 걸린다면 그야말로 정말 벌레가 되는 일이 아닐까 하는
> 공포감 때문에 어떡하든지 망각을 물리쳐야 한다는 정신이 들곤 했다.
> 그럼에도 불구하고 잊어버린 부분이 더 많다고 생각한다. 여러 군데서 개
> 별적으로 당한 일들이 한 묶음으로 단순화돼 남아 있고, 구체적인 사건들을
> 추상적으로밖에 생각해낼 수가 없다(『그 많던 싱아는 누가 다 먹었을까』, 박
> 완서, 1992: 273).

한국전쟁 당시 인민군에게 부역했던 이들이 얼마나 엄청난 고통의 시간을
살았는가 하는 것은 여러 정황을 통해 알려진 바와 같다. "반동이라는 고발
로 산 채로 파묻힌 죽음, 재판 없는 즉결처분, 혈육 간의 총질, 친족 간의 고

---

12) 박완서 인터뷰를 인용한 글에서도 박완서가 험한 세월을 지나면서 이데올로
　　기적 균형을 보이게 된 배경으로 냉소적 우월감을 지적하고 있다(김영현, 「그
　　이와 함께 걸어온 짧지만 긴 길」, 박완서 외, 2002: 49~60 참조).

발, 친우 간의 배신이 만들어낸 무더기의 죽음들"(박완서, 1992:325)처럼 남쪽 내의 살상과 같은 공적 기억에 배반하는 내용에 관해 작가는 오랫동안 이야 기할 수가 없었다.[13] 잊히기 전에 이야기해야 했음에도 이야기하지 못한 그 기억들 중에는 이미 "잊어버린 부분"들이 더 많아서 이미 "밤마다 벌레가 되 었던 시간"처럼 추상화되는 것이 많다. 작가는 망각을 가장 두려워하며 자신 이 기억을 잊는 순간 사실이 영원히 은폐되어버릴 수도 있음을 공포로 느낀 다. 자신의 기억을 되새겨 공식 기억에 저항하는 박완서의 글쓰기는 강인철 의 표현대로 "망각 및 무기억과의" 처절한 투쟁인 동시에 "지배적 기억의 균 열과 위기"를 가져오는 진술일 수밖에 없다.

> 그래, 나 홀로 보았다면 반드시 그걸 증언할 책무가 있을 것이다. 그거야
> 말로 고약한 우연에 대한 정당한 복수다. 증언할 게 어찌 이 거대한 공허뿐이
> 랴. 벌레의 시간도 증언해야지. 그래야 난 벌레를 벗어날 수가 있다.
> 그건 앞으로 언젠가 글을 쓸 것 같은 예감이었다. 그 예감이 공포를 몰아
> 냈다(『그 많던 싱아는 누가 다 먹었을까』, 박완서, 1992: 287).

이상을 통해 박완서에게 글쓰기란 '개인사 기록'에 그치는 것이 아니라 시 대적 책무, '시대의 증언'이었음을 알 수 있다. 그런 그녀가 『그 많던 싱아는

---

13) 한국에서 반공주의는 '빨갱이'를 "죽여도 된다 아니 죽여야 한다는 의식이 우
리 몸에 내재"되도록 학습시켰다(김현아, 2002: 95). 이러한 상황에서 박완서
는 한국전쟁과 관련한 죽음의 문제 — 오빠의 죽음을 비롯해 — 를 '빨갱이'
에 의해 자행된 것으로만 일률적으로 그려야 했다. 그녀는 훗날 과거 자신의
문학을 반성하면서 이러한 경향이 남한의 다른 작가들에게도 공통되는 이데
올로기적 선택이었음을 자인한 바 있다(박완서, 1992: 123).

누가 다 먹었을까』와 『그 산이 정말 거기 있었을까』를 쓰기 이전에는 본격적인 시대적 이데올로기 표현을 삼갔다. 이제 반공주의의 억압에 의한 작가 박완서의 우회적·회피적 글쓰기의 변용 양상을 구체적으로 따져보는 일이 남았다.

4. 반공주의하 자기검열과 글쓰기

여기서는 박완서 작품들 가운데 오빠와 관련된 전쟁 진술 부분을 중심으로 살펴보기로 한다. 작가는 전쟁과 관련한 서술, 특히 사회주의 이념을 가지고 있던 오빠에 관한 서술을 작품마다 반복 등장시키되, 시대에 따라 다른 방식으로 서술하고 있다. 이를 확인하기 위해 오빠의 사상, 오빠와 '나'의 거리 및 동질성 여부, 오빠의 죽음 등의 문제를 중심으로 살펴보겠다.

1) 허구적 성격을 가진 고백소설에서의 말하기: '망각 및 무기억과의 투쟁'으로서 글쓰기

박완서의 처녀작 『나목』은 전쟁을 배경으로 하고는 있지만 전쟁의 이야기는 후경화되어 있다. 이들 작품에서 한국전쟁의 의미나 경과는 철저히 무시된다. 주인공이 겪는 첫사랑의 감정을 다루는 『나목』은 사실보다는 허구적인 성격을 더욱 강하게 견지한 작품이다. 『목마른 계절』은 1950년 6월에서 그다음 해 5월에 이르는 전쟁 1년간을 배경으로 하면서『나목』보다는 전쟁 시절 고백이 사실적으로 이루어지지만 인물들의 애정문제를 첨가했기에 마찬가지로 허구적 성격이 짙다.[14] 주인공 - 작가의 어린 날부터 성장한 후까지를 다루는 「엄마의 말뚝」은 자서전에 가까운 내용을 담아 전쟁을 다룰 수밖에 없음에도 작가는 고의적으로 그 부분을 생략하고 있다.

(1) 『나목』: 배경으로서의 전쟁, 전쟁 담론에 대한 고의적 회피

『나목』에서는 전쟁 이야기의 비중이 비교적 작다. 오빠의 죽음조차 주인 공 이경과 어머니가 가진 트라우마의 원인 정도로 그려진다. 삭막한 전쟁기 에 낭만적 사랑을 꿈꾸는 이경과 옥희도의 이야기가 중심에 놓이고 전쟁은 배경이나 분위기 정도로만 장치되어 있다.

오빠에 관한 허구성은 이 작품에서 가장 두드러진다. 사실과 구별해야 한 다는 강박관념에서 작가는 오빠를 두 명으로 설정한다. 그것도 모자라 작가는 오빠의 사상성을 소거한다. 오빠들은 사회주의 이념과는 무관하며 전쟁이 일 어나기 전 세상을 즐기는, 매우 전형적인 자유민주주의자들로 그려진다. 그들 은 "국군만 다시 돌아와 봐라, 단박에 입대해서 분풀이를 실컷 해줘야지"(박완 서, 2002: 218) 하는 식의 지배이데올로기하의 인물로 설정되어 있다.

그렇다면 '나'는 어떠한가. 이 작품에서 '오빠들'과 '나'는 동질적이다. "난 오빠들을 통해서만 모든 사물들을 받아들였고 이해하려 들었다"(박완서, 2002: 19). 오빠를 사상과는 무관하게 그린 이상 '나'와 오빠는 구별될 필요가 없었기 때문이다.

이 작품에서 오빠의 죽음은 '우연스런 폭격에 의한 죽음'으로 설정된다.

---

14) 이왕 허구화하기로 한 이상 박완서의 작품들에는 보호막에 대한 작가의 바람 이 장치되어 있다. 『나목』에는 군인 가족인 큰집이 있고, 『목마른 계절』에는 군인 간부인 외삼촌이 있다. 1990년대 자전소설들을 보면 박완서에게는 사실 아무런 보호막이 없고 외려 친일파라고 지탄받고 부역죄로 또다시 고생하게 되는 친척들이 있을 뿐이다.

이후 여러 작품에서 박완서는 피난 과정에서 한강을 건너는 문제에 매우 민
감한 반응을 보인다. 건너려는 시도를 하지 않았기 때문에 사회주의자로 몰
리는 경험을 하게 되기 때문이다. 흥미로운 것은 이 작품에서는 전쟁기 작가
의 바람이 구현되어 있다는 점이다. 주인공 가족은 강을 건너려다가 못 건너
고 돌아오는 것으로 그려지며, 오빠들은 잠을 자다가 도심에 떨어진 비행 폭
격에 의해 그것도 아주 우연스런 잠자리 변화에 의해 죽게 되는 것으로 그려
진다. 이는 어머니의 '나'에 대한 싸늘함의 원인으로 작용하기도 한다. 평소
건넌방에 자던 오빠들을 행랑채에서 자도록 하자는 것은 '나'의 의견이었고
그 행랑채가 폭격을 맞았기 때문에 오빠들이 죽었으니 결국 오빠 죽음의 원인
은 '나'에게 있다는 것이다. 원인이 분명히 '나'에게 있었고 그 때문에 어머니
가 나를 냉대하고 삶의 의욕을 잃었다는 설정을 통해 살아 있는 자신이 딸이
기 때문에 뚜렷한 이유도 없이 어머니로부터 외면당하게 되는 현실로부터 위
안을 구한다.

　이 작품에서 서사를 이끄는 주요 모티프는 화자의 양심이다. 어머니와 조
국에 대한 양심이 화자의 정신 밑바닥을 형성하고 있다. '나'는 "전쟁의 재난
을 나만 받을 리 없다"(박완서, 2002: 38), "전쟁은 아직 끝나지 않았다고, 전쟁
이 몇 번이고 되풀이될 테고 그사이에 전쟁은 사람들에게 재난을 골고루 나
누리라고. 나는 다만 재난의 분배를 먼저 받았을 뿐이라고"(박완서, 2002: 49),
"전쟁의 노도가 어서 밀려왔으면, 그래서 오늘로부터 내일을 끊어놓고 불쌍
한 사람을 잔뜩 만들고 무분별한 유린이 골고루 횡행"(박완서, 2002: 94)하라
며 작품 여기저기에서 양심을 표현한다. 물론 그녀 역시 전쟁을 좋아할 리가
없다.[15] 그러한 그녀가 전쟁이 계속되기를 바라는 듯 보이게 된 이유는 딸만

---

15) 화자는 이 작품의 많은 부분에서 전쟁을 부정한다. "광폭한 쾌감으로 나는 마

남은 것에 대한 안타까움을 표현하는 어머니에 대한 앙심과 국민을 저버린 정부에 대한 분노 때문이다. 그러나 당시 정부에 대한 분노는 작품상에 쉽게 표출시킬 수 없었다. 다만 군인으로 설정된 사촌오빠 진에게 "저도 6·25 땐 도망을 쳤겠지. 우리를 그 몸서리치는 살벌과 잔혹의 지배하에 동댕이쳐놓고 비실비실 도망친 주제에 남아서 온갖 것을 인내하고 감수한 끝에 아직도 그 후유증을 앓는 우리를 아주 불쌍한 듯이 보다니"(박완서, 2002: 138)라고 말하는 부분을 통해 그 분노를 어렴풋이 발산할 뿐이다.

한국 정부에 대한 앙심과 반감은 마침내 다른 나라를 동경하는 심리로 나아가게 된다.

숱한 얼굴, 얼굴들. 이국의 아가씨들은 한 번도 전쟁이 머리 위를 왔다 갔다 하는 일을 겪어보지 않았기 때문일까. 그늘진 데가 조금도 없어서 오히려 인간적이 아닌, 동물이라기보다는 화사한 식물에 가까운, 만개한 꽃 같은 표정들이었다(『나목』, 박완서, 2002: 25).

『나목』에서 비롯된 이러한 이국 동경이 이후 여러 작품에서 반복해서 나타나며 박완서 소설의 주요 모티프를 형성한다는 사실은 앞 장에서 살펴본 바와 같다.

녀처럼 웃으면서도 그 미친 전쟁이 당장 덜미를 잡아올 듯한 공포로 몸을 떨었다. 다시는 다시는 그 눈먼 악마를 안 만날 수만 있다면"(박완서, 2002: 94). "아아, 전쟁은 분명 미친 것들이 창안해낸 미친 짓 중에서도 으뜸가는 미친 짓이다"(박완서, 2002: 150). "전쟁이 머지않아 우리들을 차례차례 죽일 테니까요. 아무도 그 미친 손으로부터 놓여날 수는 없을 걸요"(박완서, 2002: 164).

(2) 『목마른 계절』: 원체험으로서의 전쟁, 애정라인으로 에둘러 말하기

박완서가 비교적 직접적으로 전쟁을 묘사한 작품은 1972년 『한발기』로 연재했다가 1978년에 단행본으로 발표한 『목마른 계절』이다. 1950년 6월부터 그다음 해 5월까지를 수기형식으로 정리한 이 작품에서는 오빠와 '나'의 좌익적 성향에 부역 행위까지도 고백하고 있다. 그러나 애정라인을 삽입하고 허구적 성격을 강조함으로써 사실성을 은폐한다.

이 작품에서 오빠는 좌익의 중추적 역할을 한 인물이지만 이는 진술 이전의 일일 뿐으로 이야기된다.[16) 작품 내 현시점에서 오빠는 계기는 생략된 채 전향한 인물로 등장하는데 그런 상황에서 전쟁이 나고 인민군 치하가 되자 엉거주춤하는 모호한 인물로 묘사된다. 현재 시점의 오빠는 동지들이 축제 분위기를 즐기는 상황에서 우울해하며 이념과 상관없는 삶을 추구하는 인물이다.[17) 이를 통해 작가는 오빠의 사상이 방관자의 수준이었음을, 골수가 아니었음을 강조한다.[18)

----

16) "실상 얼마 전까지만 해도 좌익의 조직 생활에 몸담았던 진이로서, 같은 좌익의, 그것도 진이에게는 까마득한 상부 조직의 지하 운동자였던 오빠의 전향(轉向)인지 도피인지 모를 애매한 처세가 고분고분 받아들여질 리 만무했다"(28쪽). "남편의 도깨비처럼 종잡을 수 없는 행동, 늘 핏발 선 시선, 검거 선풍이 불 때마다 전전긍긍한 나날 ─ 이제 모두 지난 일인 것이다"(박완서, 1994: 29).

17) "아주 방관자야 아니지. 선의(善意)를 가지고 주목하는 거야. 마지막으로 한 번 더 기대를 걸어보는 거야. 그것뿐이지, 아직 뛰어들 순 없어"(박완서, 1994: 59).

18) 그런가 하면 당시 사회주의자들이 골수가 아니었음도 아울러 강조된다. "그 무렵의 내 독설은 묘하게도 좌익 학생들의 구호와 비슷해서 그런 오해까지 받았더랬죠. … 이 상태'더 미칠 것 같아요. 감정의 기복이 용납 안 되는 팽팽한 투쟁, 적의(敵意)의 연속 말예요"(박완서 1994: 79). 사회주의와 반정부주

이 작품에서 화자는 사회주의 사상을 가진 오빠를 따라 진보적 성향을 갖게 된다. 전향하고 나서 회의적 성향을 가지게 된 오빠를 비판하는 '나'는 적극적인 사회주의자로 설정된다. 그러나 그런 고백의 자리에서 작가는 주석 보태기를 잊지 않는다.

> 그녀는 두려워하고 있었다. 관념적이었던 것이 드디어 그 실재(實在)를, 참모습을 드러내려 하고 있음을. 아마 그녀는 이십 년 후의 자기의 진짜 모습을 들여다볼 수 있는 요술 창구(窓口)가 있다면 그 앞에 서기를 진정 두려워하며 뒷걸음쳤으리라(『목마른 계절』, 박완서, 1994: 40. 밑줄은 인용자).

자전적 작가는 주인공의 이력 공개에 대한 부담을 느껴 당시 행동은 잘못된 선택이었다는 논평을 곁들이기도 하고 오빠가 동생으로 하여금 "스스로 겪어보"(박완서, 1994: 53)고 깨달아 전향하기를 바란다는 내면묘사 부분을 첨가하기도 한다. 이 작품의 구조를 따라 오빠의 바람처럼 착실하게 전향의 과정을 밟고 있는 주인공 진의 모습은 반공주의적 이데올로기를 내면화할 수밖에 없었던 작가 자기검열의 결과라 할 수 있다.

오빠는 직장인 시골학교에 갔다가 국군의 오발로 상처를 입는다. 공적 기억만 강요되는 상황에서 국군이 민간인의 죽음과 관계되어 있다고 밝히는 것은 이례적인 일이라 할 수 있다.[19] 하지만 그 직접적 사인을 인민군 소좌

의가 혼재해 있던 해방정국에서는 우연스럽게 사회주의자가 되던 것이 당시의 상황이었음을 작가는 힘주어 이야기한다. 이처럼 화자는 오빠가 사회주의 사상을 가지게 된 경로가 당시 진보적 젊은이들의 경우처럼 일종의 유행 같은 것이었음을 반복해서 강조한다.

19) 이는 국군의 만행에 관한 다음과 같은 서술도 찾을 수 있다. "국방군 놈의 새

의 총질로 미루면서 이 작품은 반공주의적 요소로 무장되고 만다. 이 작품에
서 여러 인물을 통해 공산주의에 대한 비판적 회의의 과정을 자세히 그리는
것 역시 공산주의자였던 과거의 고백과 작품 내 사상에 대한 작가의 언술에
부담을 느꼈기 때문인 것으로 볼 수 있다. 우선 작가는 사람을 지치게 하는
이데올로기("너무도 끈질긴 투쟁과 숙청의 반복으로 그녀를 멀미나고 지치도록
했다", 박완서, 1994: 71), 인간을 '완제품'으로 만드는 공산주의를 계속하여
비판한다. 그뿐만 아니라 공산주의는 자신들이 떠받드는 무산계급마저 외면
하는 사상이었다고 강조한다.[20] 이와 아울러 부역 행위에 대한 부연설명도
잊지 않는다. 작중 인물들은 피난 간 집에서 밥을 해먹다가 인민군 잔병들에
게 발각된 뒤 살기 위해 어쩔 수 없이 그들의 비위를 맞추어야 했고 그러다
보니 인민군대 위문 공연을 보고 견장을 만들어주는 상황에 이른다. 자신이
거부했음에도 여성동맹 간판이 집에 걸리면서 화자는 이른바 부역자가 되어
버렸던 것이다. 부역 행위를 고백하고 난 뒤 화자는 다음과 같이 구체적인 자
기비판을 곁들이지 않으면 안 되었다. 자신의 사회주의 사상 선택이 잘못된

끼들이 군관 가족을 살려놨단 말이오? 온 동네를 잿더미로 만들고 살아 있는
거라곤 눈먼 개새끼 한 마리 안 남겨 놓은 잔인무도한 놈들이. 온 동네 사람들
을 무차별 학살해 한 구덩이에 묻었다는 피비린내나는 현장이 지금까지 보존
되고 있소"(박완서, 1994: 266).

20) "많은 사람, 특히 당이 자기들 편이라고 믿고 있는 무산계급도 결코 공화국의
하늘 아래서 행복하지 않다는 확증을 될 수 있는 대로 많이 봐두고 싶었다"
(박완서, 1994: 120). "이른바 무산계급까지도 우리에게 등을 돌렸다는 건 참
을 수 없는 배신이다. … 가난뱅이들만은 우리 편이어야만 이번 전쟁의 명분
이 서고 고달픈 혁명사업이 고무적일 수 있지 않은가?"(박완서, 1994: 319).
이 때문에 이 작품은 반공주의 소설로 읽히는 경향을 보이고 있다. 화자는 인
민군 소년의 몰인정한 모습과 당이 우선인 인민군들의 만행을 보면서 공산주
의에 대해 부정적인 성향으로 변해간다(강진호, 2004: 328~329).

것임을 몸으로 확인하고자 하는 민준식에게 주인공은 "바보같이… 빨갱이가 나쁘다는 건 온 세상이 다 아는 건데 뭣 때문에 준식 씨가 그것을 다시 중언해야 하는 거죠?"(박완서, 1994: 257)라고 이야기한다. 오빠보다 적극적인 사회주의자였던 화자 나진으로 하여금 "빨갱이가 나쁘다는 건 온 세상이 다 아는" 것이라고 진술하게 하는 부분은 다분히 반공주의의 검열을 의식한 작위적인 진술이다.

누군가가 한마디 "저년이 빨갱이다" 하기만 하면 지금 이렇게 어깨를 나란히 걸고 있는 군중이 일제히 자기에게 "죽여라, 죽여라, 죽여라" 할 수 있는 것이다(『목마른 계절』, 박완서, 1994: 157).
이래서 동족상잔의 이념의 싸움은 무기로 살상되는 수효보다는 혓바닥으로 살상되는 희생자의 수효가 더 많게 마련이었고, 무사히 이 난리통을 넘기자니 총탄을 피하기보다는 남의 눈치를 살피고 재빨리 영합하기에 한층 신경을 쓰게 마련이었다(『목마른 계절』, 박완서, 1994: 287).

이는 '빨갱이' 되기의 우연성을 보여주는 부분이다. 당시 정권은 국민을 이분해 흑백논리의 방법으로 국민을 통합했다. 북한 노래를 아는 것만으로 빨갱이가 되는 등 임의적인 방식에 의해 무고한 국민이 좌익으로, 빨갱이로 호출되기도 했다. 그래서 당시 많은 사람은 "자기의 의사와는 아무런 상관 없이 함부로 어떤 거대하고 무자비한 힘에 의해 틀〔鑄型〕에 부어지고 마는 끔찍스러운 일"(박완서, 1994: 370)을 당할 수밖에 없었던 것이다. 우연적·인위적인 고발과 심판은 사업시행자인 노천명과 이인수의 경우만 봐도 알 수 있다.[21]

___

21) 시인 노천명은 부역죄로 사형선고를 받았다가 문인들의 탄원으로 얼마 안 되

(3) 「엄마의 말뚝 2」: 트라우마로서의 전쟁, 전쟁의 상처, '병'으로 표현하기

「엄마의 말뚝」에서는 전쟁에 대한 직접적 표현이 줄어들 뿐만 아니라 심지어 전쟁기의 경험담마저 생략된다. 엄마가 서울에 말뚝을 박는 과정과 주인공의 어린 시절을 다루는 「엄마의 말뚝 1」 다음에 나온 「엄마의 말뚝 2」는 1980년대를 배경으로 하면서 늙은 어머니가 다리를 다치는 사건을 서술한다. 연작 1과 2 사이의 생략과 비약은 전쟁을 직접적으로 묘사하지 않으려는 작가의 의도 때문이다. 이 작품에서는 다리를 다친 어머니가 마취의 후유증으로 환상을 보면서 그 무렵을 회상하게 하는 정도로만 전쟁이 회고된다.

이 작품에서는 오빠와 관련한 어머니의 트라우마가 그려지면서 오빠의 삶이 평탄하지 않았음이 암시된다. 이처럼 과거를 '상처'로 전제하고 난 후 작가는 오빠와 관련한 진술에 있어 『나목』에서보다 솔직할 수 있었다. 여기에서는 오빠가 "의용군에 지원한" 것으로 되어 있다. 간단히 다루어져 있지만 오빠는 "해방 후 한때 좌익운동에 가담했다가 전향"했는데 그 때문에 가족은 오빠가 의용군에 끌려간 것으로 알고 있지만 사실은 지원한 것이었다고 서술한다. 오빠 입대 과정에서부터 오빠와 화자의 거리는 매우 멀었던 것으로 그려지는 것이다.

오빠의 사상과 죽음을 솔직히 그린 이 작품에서 그런 오빠와 '나'는 무관하지 않으면 안 되었다.

어 석방되었으나, 이인수 교수는 정상이 참작되지 않았다. 그가 북한 당국의 협박에 의해 대남 영어방송을 했던 것인데도 국방장관의 미움을 받아 재판도 없이 즉결 처형되었다는 것은 널리 알려진 바다. 이처럼 부역죄의 잣대는 모호하고 임의적이었다.

만약 그의 최초의 선택이 웬만큼만 잘못된 것이었더라도 그는 전향을 해서 잘못을 시정하느니 차라리 최초의 신념에 일관함으로써 자신과의 신의를 지키고자 했을 것이다. (중략) 동란 전의 한때 좌익사상이 청소년들을 선동하는 마력이 대단했을 적에도 내가 그 방면에 무관할 수 있었던 것은 오직 오빠 같은 사람이 여북해야 전향을 했을까 하는 오빠의 고통스러운 경험에 대한 믿음 때문이었다. (중략) 이런 그가 이웃의 고발로 기습을 당해서 끌려가는 걸 가족들은 발을 동동 구르며 지켜볼 수밖에 없었는데 그 후 들려온 소식은 전혀 예상을 빗나간 것이었다(「엄마의 말뚝 2」, 박완서, 1981: 100).

일단 오빠와 거리 두기를 설정하고 문제의 핵심에서 빠져나온 뒤 작가가 한 일은 오빠에 대한 변호였다. 오빠의 젊은 날에는 좌익사상이 청소년들에게 선동적인 흐름이었다는 것, 그런 오빠는 좌익사상에 비판적인 생각을 하게 되고 마침내 전향을 했다는 것 등이 그것이다. 화자는 오빠의 전향과정을 보면서 '나'는 공산주의 사상에 부정적이었음을 한사코 강조한다.[22]

---

22) 이처럼 오빠의 사상을 이해할 수 없는 정신적 편력 과정으로 여기면서 화자와 거리 두기를 하고 있는 또 다른 작품으로는 1975년의 「카메라와 워커」가 있다. 여기에서도 박완서는 '오빠'와 '나'의 사상을 완전히 구별한다. 일제 말기 전문학교를 마친 오빠가 사회에 적응하지 못하는 것을 보고 '나'는 "막연히" 오빠가 "빨갱이라고 생각"하고 있다. "막연히" 짐작하고 있다는 부분은 그것조차 사실이 아닐 가능성을 남겨두고 있는 것이다. '나'나 어머니는 "오빠가 빨갱이였는지 흰둥이였는지, 아예 그런 사상문제엔 집안일에 관심이 없었던 것처럼 관심도 없었는지, 그것조차 분명히 알고 있지를 못"한 것으로 그려진다. 그러나 사실상 '나'는 오빠가 국가의 정책에 맞지 않았다는 사실을 잘 알고 있다. 그래서 그 오빠의 자식 훈이가 "이 땅에 뿌리내리기 쉬운 가장 무난한 품종"이 되어 "그때 받은 깊숙한 상처의 치유"를 해주길 바라게 된다. '나'

오빠의 죽음과정은 어떠한가. '나'가 알고 있는 것과는 달리 의용군에 자진
해서 나간 오빠는 몸과 정신이 모두 피폐한 상태로 돌아온다. 공포증에 시달리
는 오빠에게는 당시 강을 건널 수 있는 증명서인 시민증이 없었다. 그 때문에
'나'의 가족 모두 후퇴가 어려운 상황에 처한다. 이럴 때 어머니가 '엄마의 말
뚝'이었던 현저동으로 가자고 했고 그곳에서 만난 인민군들이 시키는 대로
'나'와 올케는 북쪽으로 피난을 가야 했는데, 그 사이 오빠는 인민군 군관에 의
해 총에 맞아 죽어 있었다. 전쟁과 관련한 진술은 오랫동안 발현될 수 없는 이
야기였다. 잊었던 이 기억이 떠오르게 된 것은 어머니의 환각 때문이었다.[23]

작가가 정부와 행정부에 대해 적개심을 품은 원인이 이 작품에서는 비교
적 구체적으로 나타난다.

> 「여보슈 백성들을 불구덩이에 버리고 도망간 사람은 누구유? 거기서 살
> 아남은 죄로 죽여줘도 난 원망 안 할 테니 그 사람 얼굴 좀 보고 그 죄나 한번
> 묻고 죽읍시다」
> 가끔 어머니가 통곡하며 이렇게 푸념을 해봤댔자였다. 독종이니, 빨갱이
> 족속치고 말 못하는 빨갱이 없더라느니 하는 욕이나 먹는 게 고작이었다
> (「엄마의 말뚝 2」, 박완서, 1981: 101).

가 바라는 "무난한 품종"의 의미는 국가이데올로기, 곧 반공의 잣대를 무난
히 피해갈 수 있는 인물이 되는 것이다(「카메라와 워커」, 박완서·서영은·송
숙영, 1985: 32~50 참조).
23) 이 작품에서는 """그놈이 또 왔다. 뭘 하고 있냐? 느이 오래빌 숨겨야지, 어서"
… "군관동무, 군관선생님, 우리 집엔 여자들만 산다니까요""(박완서, 1981:
95)라는 파편적인 서술에 의해 전쟁 상황이 그려질 뿐이다.

대한민국의 공식적인 역사는 "북괴가 개시한 6·25 불법남침이 갑작스레 닥쳤으며 침략을 맞이하여 서울의 정부와 충성스런 대한민국 국민들은 모두 피난을 간 것"으로 되어 있다(김동춘, 2006: 63). 국민들은 아무 걱정하지 말고 생업에 종사하라고 했던 그들의 대국민 담화문과는 명백히 모순되는 일이다. 이 공식적 기록의 '모두'에 밑줄을 쳐야 하는 이유는 이러한 진술이 피난 가지 않은 이들을 국민에서 제외하기 위한 장치였기 때문이다. 서울이 갑자기 점령되어 불가피하게 피난을 못 갔다 하더라도 국민이라면 수단과 방법을 가리지 말고 갔어야 하는 모순, 그렇지 않으면 그들은 대한민국의 '충성스런' 국민이 될 수 없었다. 미국의 도움으로 환도한 정부는 서울로 오자마자 '피난 여부'를 가지고 국민을 둘로 나누었고 한쪽을 배제함으로써 공포심을 주는 방식으로 국민을 규율했다. 이승만 정권은 강을 건너지 않았거나 못 건넜다는 이유만으로 국민을 부역자로 낙인찍었고 '애국 = 반공'이라는 급조된 공식을 만들면서 국민을 규율하기에 급급했다. 국가지도자로서 책임이나 죄책감을 가진 정부라면 도저히 할 수 없는 만행이었다. 정부는 전쟁의 발발과 그 침략으로부터 국민을 지키지 못한 사실에 대해 인정하거나 사과를 하기는커녕 분풀이라도 하듯 부역자들을 가려내고 처단하는 일에 열을 올렸던 것이다. 이러한 정부에 대한 분노가 박완서 소설의 중요한 축을 형성하고 있음은 앞서 밝힌 바와 같다.

2) 비허구적 자전소설에서의 말하기: '지배적 기억의 균열과 위기'에 대응한 글쓰기

작가는 망각과의 투쟁으로서 계속해서 전쟁의 문제를 다루었지만 지배적 담론 이상의 논의를 본격적으로 펼치지는 못했다. 공식 기억을 벗어나는 기억은 부정될 수밖에 없었던 사회적 환경 때문이었다. 그러나 탈반공의 시기가 되고 지배 - 피지배의 정치 구도에 변화가 생기면서 지배적 기억은 균열되고 위기를 맞게 된다. 이 지점에서 작가는 기억을 복원할 새로운 지평을 찾는다. 반복해서 전쟁을 다루면서도 반공주의하에서 자기검열을 끝없이 하지 않으면 안 되었던 작가는 마침내『그 많던 싱아는 누가 다 먹었을까』나『그 산이 정말 거기 있었을까』라는 1990년대 자전소설들을 통해 이전에 미처 하지 못한 이야기들을 시도한다. 이 작품이 작가의 사상 진술방식상 이전 소설들과 차이점이 있다면 그 부분은 반공주의하에서 자기검열에 의해 유예되었던 담론일 것이다.

오빠는 문예지도 좌익계 문학단체인 문학가동맹에서 나오는『문학』만 보았고 사들이는 딴 책도 선호하는 기준이 이념편향적이었다(『그 많던 싱아는 누가 다 먹었을까』, 박완서, 1992: 219).

오빠가 사회주의자였으나 나중에 전향을 하게 된다는 점은「엄마의 말뚝 2」와『목마른 계절』에서 이미 밝혀진 바와 같다. 이 작품에서 오빠는 첫 번째 아내를 잃은 뒤 더욱 사상에 경도되는 듯했지만 재혼을 하고 생활인이 되어가는 과정에서 전향을 하게 된다. 아내의 충고와 위안을 따라 조직으로부터 떠나 보도연맹에 가입하고 중학교 국어선생이 된 오빠는 작가의 말에 의하면 "이상주의적인 얼치기 빨갱이"(박완서, 1992: 232)에 불과했다. 그렇지만 전쟁이 나고 사상범들이 찾아오면서 거물급으로 주변에 인식이 되고 그 후 가족은 이웃들로부터 소외된 삶을 살게 된다.

오빠가 나에게 의식화 교육을 시킨 건 아니다. 오빠는 어려서부터 머리가

좋은 걸로 소문이 나 있었고 용모가 준수하고 말수가 적고 우애가 깊었다. 게
다가 장손이었으니까 집안 내에서 떠받들어졌다. 이런 오빠는 나에게 큰 백
이었을 뿐 아니라 무조건 추종하고 싶은 우상이었다. 여북해야 오빠의 첫사
랑이 결핵을 앓았으므로 나도 결핵환자와 사랑을 하여야겠다고 생각했겠는
가. (중략) 오빠의 높은 생각을 나만 이해할 수 있을 것 같은 마음과 어떤 것
이든 이해하고 흉내 내고 싶은 마음이 감지한 게 오빠의 사상의 빛깔이었다
(『그 많던 싱아는 누가 다 먹었을까』, 박완서, 1992: 213).

이 작품에서 '나'는 오빠와 사상적으로 동질적이다. 『목마른 계절』에서와
마찬가지로 '나'는 오빠의 영향을 받으며 사상적 감화를 받는다. '나'는 오빠
가 사 모으는 책들을 통해 사상을 형성하는데 그중 부두노동자가 자본가에게
치를 떨며 유능한 공산혁명가가 된다는 이야기가 실린 팸플릿을 보고는 세계
의 "단순하고도 명쾌한 진리"(박완서, 1992: 214)를 찾았다고 생각하게 된다.
또한 학교의 독서회에 가입하면서 오빠와 같은 길을 걷게 되었다고 기뻐하기
도 한다.[24]

결국 '나'가 사회주의 사상을 가지게 된 데에는 오빠와 동일한 사상을 가
지고자 하는 '나'의 욕망이 가장 컸음을 알 수 있다. 입지전적인 인물로서의
오빠는 '나'의 역할모델이 되었고 그런 오빠를 모방하고자 하는 마음에서 나
는 그의 사상까지 배웠던 것이다.

1990년대 자전소설에서 등장하는 오빠는 『목마른 계절』에서의 오빠와 비

---

24) "별로 친하지 않은 아이로부터 독서회에 나와 보지 않겠느냐는 권유를 받고 나
는 즉각 그 뜻을 알아차렸고 약간 떨리는 마음이었지만 주저하지 않고 응낙했
다"(박완서, 1992: 217). "(사상에 관해) 나는 실망이 컸지만 나도 드디어 오빠
의 동지가 되었다는 만족감은 뿌듯했다"(박완서, 1992: 218. 괄호는 인용자).

슷하다. 직장인 시골 중학교에 출근했다가 교사 동원 시책에 의해 의용군으로 끌려가는데 피난을 가기 전 도주해오지만 사지를 넘어서 집으로 온 오빠는 이미 심한 노이로제에 걸려 있다. 피난을 고집하고 피난을 위한 도민증을 받기 위해 학교에 출근했던 오빠는 청년방위군의 실수로 총상을 입는다. 이 일로 오빠의 간절한 바람(피난)은 이루어지지 못하고 가족 모두 인민군 치하에서 지내게 된다. 서울에 잔류해 고생을 겪어야 했던 오빠는 1·4후퇴 때 다리가 조금 나아졌다며 전처의 처가로까지 무리하게 피난을 간다. 오빠는 피난만이 자신의 사회주의 이념을 소거해줄 것이라 판단했던 것이다. 그러나 오빠는 결국 전처의 본가에 다녀온 지 닷새 만에 죽음으로써 "죽은 게 아니라 팔 개월 동안 서서히 사라져간 것"임을 증명한다.

이 부분이 『목마른 계절』과의 차이점이며 작가가 이야기하고 싶은 부분이라 할 수 있다. 피난 와중에 어떤 고생을 했는지는 작품상에 나타나지 않지만 오빠가 죽자 "숨 끊어진 지 하루도 되기 전에 단지 썩을 것을 염려하여 내다 버린" 어머니의 행위는 총상 입은 오빠로 인한 피난길의 고초가 매우 심했음을 짐작하게 한다. 오빠는 특정 인물이 죽인 것이 아니라 이념전쟁의 희생양이었던 것이다.

> 애국은 곧 반공이었다. 애국과 반공은 손바닥의 앞뒤처럼 따로 성립될 수 없는 것으로 되어 있었다. (중략) 부역에 있어서 한 점 부끄러움도 없이 결백하다고 주장하기 위해서는 한강다리를 건너 피난을 갔다 왔다는 게 제일이었다. 그래서 자랑스런 반공주의자 내에서도 도강파(渡江派)라는 특권 계급이 생겨났다. 시민들은 안심하고 생업에 종사하라고 꾀어 놓고 떠난 사람들 같지 않게 안 하무인이었다. (중략) 그렇지 않고서야 친일파의 정상은 그렇게도 잘 참작해주던, 그야말로 성은이 하해와 같던 정부가 부역에는 그다지도 지엄할 수가 없는 노릇이었다(『그 많던 싱아는 누가 다 먹었을까』, 박완서, 1992: 270~271).

박완서가 오랫동안 할 수 없었지만 하고 싶어했던 이야기는 이 지점에서
포착된다. 박완서는 소설 속에서 '도강파'와 '잔류파'의 이분법적 논리에 의
해 배제된 국민들의 삶의 질에 관한 논의를 적나라하게 묘사하기 위해 자전
소설을 썼다고도 할 수 있다. 이 작품에서 '나'의 가족이 한 부역 행위라곤 전
쟁이 일어난 직후에 풀려난 사상범들에 의해 거물 취급을 받고 그들에 의해
대접되고 사상에 어느 정도의 신념을 가진 젊은이로서 위원장이 작성한 상
부에 올릴 보고서를 골필로 긁어 등사판으로 미는 일에 지나지 않았다. 그러
나 역사는 이들이 젊은 인력을 북으로 데리고 가려는 인민군들을 속이고 임
진강을 건너지 않은 행위에 대해서는 정상 참작하지 않은 채 살기 위해 했던
최소한의 현실 타협만 문제 삼았다. 그로 말미암아 국군이 들어왔을 때 이 가
족은 부역자로 낙인 찍혀 고생을 하게 된다. 그로 말미암은 고생이 너무 컸기
에 '나'와 가족은 2차 피난 시기에는 반드시 강을 건너야 한다는 생각으로 서
둘러 피난을 갔던 것이다.

3) 1980년대와 1990년대, 반공의 글쓰기와 탈반공의 글쓰기

같은 전쟁 소재 소설인데 『나목』과 『목마른 계절』, 「엄마의 말뚝 2」에서
는 전쟁에 관한 진술이 1990년대 자전소설에 비해 현저히 적다. 『나목』은 젊
은 여인이 취직해서 살아가는 과정과 그 속에서 겪는 화가와의 로맨스가 전
경에 나섰기에 전쟁의 비중이 작아졌으며, 『목마른 계절』은 전쟁 1년간의
이야기를 수기 형식으로 다루고 있음에도 나진의 이념적 전향 부분과 민준
식과의 관계에 주된 초점이 놓이고 있다. 심지어 「엄마의 말뚝 2」에서는 시
간상으로 현재인 엄마의 수술문제를 다루면서 아픈 엄마가 마취의 후유증으
로 보게 되는 환각의 형식으로 전쟁 무렵을 지나치듯 그리고 있다. 전쟁을 직

접적으로 다룰 경우 작가는 마땅히 이데올로기나 부역의 문제에 관한 자신의 생각, 자신의 과거에 대한 이야기를 하게 될 것인데 그때 일어날 수 있는 지배이데올로기의 위반을 두려워했기 때문에 이 같은 선택을 한 것으로 보인다. 이는 이후 작가가 동어반복의 오해를 무릅쓰면서도 『그 많던 싱아는 누가 다 먹었을까』나 『그 산이 정말 거기 있었을까』를 발표한 이유와 맞닿는 문제다.

이들 작품의 특징적 차이는 오빠에 관한 서사에서 나타난다는 것에 주목해 오빠의 사상과 오빠와 '나'와의 동질성 여부, 오빠의 죽음에 관한 문제에 나타난 각 작품의 차이를 살펴볼 필요가 있다. 『나목』에서는 『그 많던 싱아는 누가 다 먹었을까』나 『그 산이 정말 거기 있었을까』와는 달리 오빠의 사상을 전혀 노출시키지 않고 있다. 『목마른 계절』에서는 오빠가 사회주의 사상을 가지고 있는 것으로 설정하지만 이내 자신의 선택이 잘못되었음에 대한 반성과 오빠의 전향에 관한 나열로 이를 상쇄하려 한다. 「엄마의 말뚝 2」에서 오빠의 사상이 잘못된 것임을 비판하는 '나'는 아예 오빠의 전철을 밟지 않으려 하는 인물로 그려진다.

오빠의 죽음문제에 있어서는 『나목』은 오빠가 우연히 폭격을 맞은 것으로 그리고 있으며, 『목마른 계절』과 「엄마의 말뚝 2」는 오빠가 이웃의 고발로 의용군에 끌려갔다 왔고 국군의 오발사고로 다리를 다쳤으며 인민군관에 의해 죽는 것으로 처리하고 있다. 『그 많던 싱아는 누가 다 먹었을까』와 『그 산이 정말 거기 있었을까』에 의하면 화자의 오빠는 의용군에 자원했으나 도망쳐 나왔고 부역 여부, 사상의 색깔 여부로 시달린 끝에 죽은 것으로 되어 있다. 그럼에도 『나목』, 『목마른 계절』, 「엄마의 말뚝 2」에서는 오빠가 인민군관의 총에 의해 죽는 것으로 설정함으로써 작가는 사상적 의심을 받지 않고 자신에게 미칠 반공주의의 영향을 최소화하려 했던 것이다.

『나목』,『목마른 계절』,「엄마의 말뚝 2」와 1990년대 자전소설들이 차이를 보이는 것은 무엇 때문인가? 박완서 글의 변화에 대해 강인숙은 1980년대 박완서의 글에서는 1970년대 비정성에 대한 따뜻함, 불모성에 대한 생산성이 보인다고 하면서 박완서가 「엄마의 말뚝 2」를 쓰는 과정에서 전쟁 이전을 볼 수 있는 여유가 생겼기 때문이라 했다(강인숙, 1998: 150~152 참고). 하지만 시대적 분위기와 작가가 무관할 수 없다는 점을 고려하면 강진호의 지적처럼 작가가 비로소 자신이 하고 싶은 말을 할 수 있게끔 시대적 여건이 성숙했다는 사실을 간과할 수 없으리라고 판단된다(강진호, 2003: 331). 1980년대 후반 들어 한국은 데탕트 분위기 속에서 공산권과도 관계를 맺게 되었고 이런 추세에 맞춰 한국사회에서는 반공주의에 대한 비판적 시각이 표면화되었다. 이러한 상황에서 박완서의 자전소설 쓰기 작업은 작가 나름의 탈냉전 시대의 대책이었다고 할 수 있다. 탈냉전은 말할 수 있게 하는 시대이기도 하지만 "망각을 강요하는 정치"의 시기이기도 하다. 박완서는 그에 저항하기 위해 기억을 총동원하는 방식으로 쓰기를 선택했던 것이다(이선미, 2004: 403~432 참고).

5. 탈이데올로기와 글쓰기

한국에서 반공주의는 단순히 공산주의를 반대한다는 개념을 넘어서 원초적인 공포심을 심어주는 기제였다. 한국의 반공주의는 "'나'를 기억하라고 명령"하는 대표적인 지배이데올로기가 되었고, 우리는 그 기억을 위해 전쟁의 장소와 기억마저 성역화해야 했으며, 이에 우리 역사에서 반공주의는 일종의 "시민종교"가 되기에 이르렀다(강인철, 2000: 348). 알튀세의 지적처럼 이데올로기가 개인을 호출하는 순간 개인 주체는 이데올로기에 종속되며 이는 주체의 주인됨 자체에 대한 중요한 부정이 아닐 수 없다(윤효녕 외, 2003: 142~148 참고).

반공이 무한히 영역을 확대해나간 우리나라에서 작가들은 쓸 수 있는 것과 쓰고 싶은 것 사이를 위험스럽게 오가는 글쓰기를 할 수밖에 없었다. 특히 전쟁을 소재로 분단문제를 다룰 경우 그러한 위험성은 더욱 컸다. 제국주의의 눈치를 보며 글쓰기를 시작했던 식민지 시대 작가들의 안타까운 현실이 광복 이후에도 변함없이 되풀이되었던 것이다. 글을 쓰고 난 뒤 한탄하는 박완서의 행위는 억압적인 사회적 분위기 때문에 할 말을 다하지 못하고 솔직하지 못한 데 대한 한스러움의 표현이었다.

박수근을 모델로 한 『나목』을 써나가는 과정에서 작가는 사실만으로는 쓰는 작업이 불가능해 허구화를 선택했다고 말한 바 있다. 이를 의미심장하게 생각해볼 필요가 있다. 그녀는 비단 박수근에 관해서뿐 아니라 전쟁과 관련해 모든 것을 사실대로 이야기할 수 없었기 때문에 허구의 형식을 빌릴 수밖에 없었다. 『목마른 계절』에서처럼 허구화를 덜했을 때 작가는 화자로 하여금 철저한 반공주의자가 되게끔 하면서 인물들의 사상이나 행위를 비판하는 방법을 사용했다. 그리고 다시 「엄마의 말뚝 2」에서처럼 오빠 이야기를 허구화하고 담론을 약화시켰다. 이로써 진실은 다시 아리송한 수준으로 은폐되었다. 하고 싶은 이야기는 다 하지 못한 채로 말이다.

작가 박완서가 오빠에 관해 서술하는 과정에서 하고 싶었으나 뒤로 미뤄둘 수밖에 없었던 이야기는 무엇일까. 오빠 이야기 사이사이에 전쟁과 이데올로기 논의가 빠지지 않았던 것을 보면 그녀가 절실하게 하고자 했던 이야기는 오빠 죽음의 문제에만 국한되는 것이 아님을 알 수 있다. 그것은 민족을 가르고 서로 죽이게 했던 이데올로기에 대한 비판, 둘 중 하나는 반드시 선택하지 않으면 안 되게 만든 경직된 사회에 대한 처절한 비판이었다.

한국 문학에서 반공주의에 의한 작가의 자기검열과 그로 인한 작품의 왜곡문제는 앞으로 더욱 고민되어야 할 문제라고 생각한다. 박완서나 손소희처럼 비교적 뚜렷하게 드러난 작가 외에 수많은 한국의 작가를 대상으로 범위를 넓혀가며 고찰하지 않으면 안 될 것이다. 반공주의에 의한 작가의 자기검열은 현재진행형의 작업이며 때로 이는 너무나 당연하게 내면화되어 우리가 인식할 수 없는 수준에 있는 것이 사실이다. 그렇기 때문에 앞으로 좀 더 세밀한 의미망 속에서 계속적으로 논의할 필요가 있다.

참고문헌 ·····················

1. 기본자료

박완서. 1976. 「조그만 체험기」. ≪창작과 비평≫, 통권 42호. 창비.

_____. 1978. 『여자와 남자가 있는 풍경』. 한길사.

_____. 1986. 『그 가을의 사흘 동안』. 도서출판 나남.

_____. 1992. 『그 많던 싱아는 누가 다 먹었을까』. 웅진출판.

_____. 1994. 『목마른 계절』. 세계사.

_____. 1995. 『그 산이 정말 거기 있었을까』. 웅진출판.

_____. 2002. 『나목』. 세계사.

_____. 2003. 『엄마의 말뚝』. 세계사.

_____. 2006a. 『부끄러움을 가르칩니다』. 문학동네.

_____. 2006b. 『저녁의 해후』. 문학동네.

박완서·서영은·송숙영. 1986. 『한국문학전집 34』. 삼성출판사.

2. 논문·기타

강인철. 2000. 「전쟁의 기억. 기억의 전쟁」. ≪창작과비평≫, 2000년 여름호(통권 108호). 창비.

강진호. 2003. 「반공주의와 자전소설의 형식: 박완서를 중심으로」. ≪국어국문학≫, 제133권. 국어국문학회.

_____. 2004. 「한국 반공주의의 소설·사회학적 기능」. ≪한국언어문학≫, 제52집. 한국언어문학회.

_____. 2005. 「반공의 규율과 작가의 자기검열」. ≪상허학보≫, 15집. 상허학회.

권명아. 1994. 「박완서문학 연구: 억척 모성의 이중성과 딸의 세계의 의미를 중심으로」. ≪작가세계≫, 통권 제23호. 세계사.

_____. 1998. 「박완서」. ≪역사비평≫, 1998년 겨울호, 역사문제연구소(역사비평사).

김경연. 1991. 「문학적 연대기: 개성 1931~서울 1991」. 박완서 특집: 「나목」에서 「미망」까지. ≪작가세계≫, 통권 제8호. 세계사.

김양선. 2002. 「증언의 양식, 생존·성장의 서사: 박완서의 전쟁 재현 소설『그 산이 정말 거기 있었을까』를 중심으로」. ≪한국문학이론과 비평≫, 제15집. 한국 문학이론과 비평학회.

김은하. 2001. 「완료된 전쟁과 끝나지 않은 이야기 박완서론」, ≪실천문학≫, 2001년 여름호(통권 62호). 실천문학사.

박완서. 1981. 「미처 참아내지 못한 통곡」. ≪문학사상≫, 1981년 11월호.

_____. 1996. 「창비와 나와 우리 시대」. ≪창작과비평≫, 1996년 봄호(통권 91호).

송명희·박영혜. 2003. 「박완서의 자전적 근대 체험과 토포필리아:『그 많던 싱아는 누가 다 먹었을까』를 중심으로」. ≪한국문학이론과 비평≫ 제20집. 한국문학 이론과 비평학회.

송지영 외. 1972. 「적화삼삭구인집」. ≪북한≫, 1972년 7월호(통권 제7호). 북한연구소

유임하. 2005. 「마음의 검열관. 반공주의와 작가의 자기검열」. ≪상허학보≫, 15집. 상허학회.

이미예. 2002. 「소설 속에 투영된 소설가의 자화상: 박완서 선생의 인터뷰 기사를 보고」. ≪인물과사상≫, 2002년 1월호(통권 45호). 인물과사상사.

이봉범. 2005. 「반공주의와 검열 그리고 문학」. ≪상허학보≫, 15집. 상허학회.

이선미. 2000. 「작가연구자료: 박완서」. ≪작가세계≫, 2000년 겨울호(통권 제47호). 세계사.

_____. 2004. 「세계화와 탈냉전에 대응하는 소설의 형식; 기억으로 발언하기: 1990 년대 박완서 자전소설의 의미 연구」. ≪상허학보≫, 12집. 상허학회.

이태동. 1997. 「여성작가 소설에 나타난 여성성 탐구: 박경리. 박완서 그리고 오정희 의 경우」. ≪한국문학연구≫, 제19권. 동국대 한국문학연구소.

임규찬. 2000. 「박완서와 6·25체험: 『목마른 계절』을 중심으로」. ≪작가세계≫, 2000년 겨울호(통권 제47호). 세계사.

임옥희. 1996. 「망각에 저항하는 불꽃놀이: 오정희『불꽃놀이』 박완서『그 산이 정말 거기 있었을까』」. ≪실천문학≫, 1996년 봄호(통권 41호). 실천문학사.

정호웅. 1991. 「박완서 특집: 「나목」에서 「미망」까지 작품론 I: 상처의 두 가지 치유방식」. ≪작가세계≫, 통권 제8호. 세계사.

정홍수. 1996. 「지난 연대를 향한 문학의 증언」. ≪창작과비평≫, 1996년 봄호(통권 91호). 창비.

홍석률. 2006. 「민족분단과 6·25전쟁에 대한 역사 인식」. ≪내일을 여는 역사≫, 2006년 여름호(제24호). 내일을 여는 역사.

3. 단행본

김동춘. 2006. 『전쟁과 사회: 우리에게 한국전쟁은 무엇이었나』. 돌베개. 2006.

김현아. 2002. 『전쟁의 기억, 기억의 전쟁』. 도서출판 책갈피.

동국대 한국문화연구소 엮음. 2005a. 『전쟁의 기억. 역사와 문학』(상). 도서출판 월인.

_____. 2005b. 『전쟁의 기억. 역사와 문학』(하). 도서출판 월인.

박완서 외. 1992. 『박완서 문학앨범』. 웅진출판.

_____. 2002. 『우리 시대의 소설가 박완서를 찾아서』. 웅진닷컴.

신영덕. 1998. 『한국전쟁기 종군작가 연구』. 국학자료원.

앤더슨, 베네딕트(Benedict Anderson). 2002. 『상상의 공동체』. 윤형숙 옮김. 나남출판.

유임하. 2006. 『한국소설의 분단 이야기』. 책세상.

유진오 외. 1950. 『고난의 90일』. 수도문화사.

윤효녕 외. 2003. 『주체 개념의 비판』. 서울대 출판부.

이경호 외 엮음. 2001. 『박완서 문학 길찾기』. 세계사.

이태동. 1998. 『박완서』. 서강대 출판부.

제 12 장

변경의 삶과 자기 정당화의 논리

이문열의 『변경』론

강진호 ┃ 성신여자대학교 국문학과 ┃

1. 『변경』의 문제성

해방 이후 최근까지 우리 모두의 삶을 구속한 근본 요인 가운데 하나는 냉전이었다. 냉전은 정치를 지배했고 경제를 변형시켰으며 또 무수한 방식으로 사람들의 삶에 영향을 미쳤다. 물론 우리 사회에서 반공주의가 맹위를 떨쳤던 1990년대 이전과 지금은 혹한의 겨울과 따스한 봄날처럼 아득한 심리적 거리감이 존재하는 듯하지만 아직도 사회 일각에서는 북한을 궤멸시켜야 한다는 주장이 횡행하고 있으며 선거철이면 냉전적 구호와 주장들이 적지 않은 사람들의 지지를 얻고 있다. 세계는 이념을 폐기하고 자본을 쟁탈하는 무한경쟁 시대가 되었지만 '분단'과 '반공'은 여전히 우리를 규율하는 무의식적 기제가 되어 있다. 문학도 여기서 제외되지 않는다. 1980년대까지도 우리 문학은 반공주의에서 벗어나지 못한 채 공산주의 하면 외면하거나 사갈시하는 편견을 곳곳에서 드러내었다. 박완서가 한때 좌익에 가담했다가 전향한 뒤 돌연 죽음에 이른 오빠의 행적을 모두 '빨갱이'의 소행으로 몰아붙

였던 것이나, 홍성원이 6·25를 총체적으로 다루고자 했으면서도 북쪽의 이
야기를 뺀 채 반쪽만의 이야기를 쓸 수밖에 없었던 것, 이호철과 남정현 등이
작품을 발표한 뒤 관계 기관에서 강압적인 취조를 받아 한때 정신병적 징후
를 드러냈던 일 등은 모두 전후 현대문학사에 드리워진 반공주의의 어두운
그림자들이다.[1] 그런 상처들이 깊은 외상(trauma)으로 간직되어 있기 때문에
전후문학사를 제대로 이해하기 위해서는 그 실체를 진지하게 탐색하지 않을
수 없다.

이 글에서 주목하는『변경』은 그런 점에서 의미 있는 작품이다. 작가가 스
스로 "나는 지금까지 내 삶에 축적된 모든 직접·간접의 경험, 모든 기억과 사
유 중에서 문학적 소재 또는 장치로 유효하다고 또 적절하다고 판단되는 것
을 아낌없이 썼다"(『변경 1』, 이문열, 1998: 7)라고 고백한 바 있듯이 이 작품에
는 작가의 개인사가 압축적으로 제시되어 있다. 실제로『변경』은 "이걸 위해
나는 쓰기 시작했다"라고 했던『영웅 시대』의 속편에 해당하는 작품으로, 거
기서 미처 못다 한 가족의 신산스러운 삶을 작품의 중심 소재로 삼고 있다.
부친의 월북으로 남한에 남은 어머니와 4남매가 당면한 현실은 반공주의와
연좌제의 굴레에서 한 치도 벗어날 수 없었던 전후 사회의 실상을 상징하고
있다. 부친이 사회주의 운동에 투신하지 않고 평범한 아버지의 길을 걸었던
들 이들 일가의 삶은 보통사람들과 크게 다르지 않았을 터이지만 부친은 사
회주의 운동을 하다가 북으로 넘어갔고 그로 말미암아 남한의 가족은 반공
주의에 순응하거나 맞서면서 자신의 삶을 개척해야만 하는 처지에 놓인다.
작가 이문열의 실제 삶이 고스란히 투사된 이런 내용을 통해『변경』은 암울
했던 과거에 대한 문학적 증언을 수행한다. 이데올로기에 따른 억압심리와

---

1) 자세한 내용은 강진호(2004) 참조.

그로 말미암은 불구적 삶은 그동안 전후문학에서 자주 다루어졌던 내용이지
만『변경』에서는 그것이 인물들의 사고와 행위를 근본에서 제약한다는 점에
서 한층 전면적이고 문제적이다. 이문열 일가가 겪는 반공주의와 연좌제는
단지 그들만의 것이 아니라 전후 우리 사회 전체를 지배한 억압적 규율의 구
체적 사례였다는 점에서 강한 상징성을 갖는다.

　이 작품이 갖는 또 다른 의미는 보수 이념의 대변자로까지 말해지는 작가
의 정신적 가치와 이념적 특성을 엿볼 수 있다는 데 있다. 작가는 회상과 고
백의 형식을 빌어서 자신의 과거사에서 작품의 소재를 찾고 이를 허구적으
로 서사화하면서 그 속박에서 벗어나 자유로워지고자 한다. 작가는 유년기
초기까지 가능한 한 멀리 시간을 되돌리고 동시에 미래까지도 포괄하고자
하는데 이는 과거를 성찰하고 나아가 현재의 시점에서 과거의 삶과 기억을
바로잡으려는 열망으로 볼 수 있다. 일반적으로 자기성찰이란 자신에게 진
실해지는 동시에 능동적으로 자기를 구축하는 과정으로, 허위적 자아에서
벗어나 진실한 자아를 추구하는 치유와 교정의 과정을 의미한다(기든스,
1997: 138~140). 그런데 작가는 가슴 깊이 내재되어 있는 가문에 대한 자부심
과 미(美)에 대한 집착, 그리고 부친과 이념에 대한 적의와 무관심을 토로하
면서 외상처럼 내재된 이념과 변혁운동에 대한 부정적 태도를 드러내고 궁
극적으로 자신의 보수적 시각을 정당화하고자 한다. 이런 사실은 이 작품이
연재된 시점이 '독재 타도'를 기치로 민주화 운동이 정점을 향해 치닫던
1986년이고 당시 이문열은 그러한 움직임에 대해 비판적인 입장을 취했던
사실과 일정하게 관련되어 있다.『변경』에서 알 수 있듯이 아버지로부터 물
려받은 원죄와도 같은 피해의식, 두 제국의 변경에 있었기에 결코 그 한계를
벗어날 수 없다는 결정론적(또는 운명론적) 사고방식 등은 변혁운동에 대한
이문열의 시각을 부정적으로 주조한 결정적 요소라 하겠는데,『변경』에는

그러한 이문열의 신념과 자세가 집약되어 있다.

그런데 이런 특성을 지니고 있음에도 『변경』의 의미는 작가의 관심이 시종일관 개인의 해한(解恨)과 입신에만 초점이 맞춰져 사회·역사적 차원으로 확장되지 못하고 있다. 작품 전반을 관통하는 이른바 '변경론'은 미·소라는 두 거대 제국에 의해 우리의 운명이 결정된다는 운명론적 입장에 바탕을 두고 있다. '변경'에서의 삶은 두 제국의 적대적 속성 때문에 본질적으로 적대적이며 그런 관계 탓에 남한에서 반공주의가 횡행하게 되었다고 암시하지만 그에 대한 근본적인 문제제기는 하지 않고 있다. 말하자면 이 작품은 반공주의로 신음하는 인물들의 삶에 초점을 맞추고 있음에도 그 억압적 현실에 대해서는 사후적으로 추인하고 정당화할 뿐이라는 점에서 반공문학적 특성을 강하게 드러낸다. 좌우 이념에 대한 차별적 인식을 전제로 사회 변혁운동을 공산화라고 무차별적으로 바로 등식화하며, 남·북한 간의 화해보다는 갈등을 사랑보다는 증오를 조장해서 분단의 고착에 적극적으로 동조하는 문학을 반공문학이라고 한다면(김태현, 1988: 23) 『변경』 전반에서 목격되는 공산주의에 대한 적의와 부정의 심리는 그와 큰 차이가 없다고 하겠다. 그런 관계로 『변경』을 통해 우리는 작가의 이념적 특성과 함께 반공주의를 기반으로 한 보수 이념의 특성을 구체적으로 확인하게 된다.

2. 반공의 규율과 주변부의 삶

『영웅 시대』가 전쟁을 전후한 시기의 아버지 이야기라면 『변경』은 그 아버지가 월북한 뒤 남한에 남은 가족의 고통스러운 생존과 성장의 이야기다. 명훈, 영희, 인철, 옥경이라는 4남매가 1960년대의 격랑을 헤치면서 사회·정신적으로 성장해가는 일련의 과정이 서사의 중심을 이루며 이를 통해 격변기를 통과한 한 가족의 로망(roman)이 펼쳐진다.[2] 그런 점에서 두 작품은 아버지에서 자식 세대로 이어지는 일종의 가족사소설이다. 이 글의 대상이 되는 『변경』의 의미 역시 핍진한 형상으로 제시된 이 가족의 일상사에 놓여 있다. 3부로 펼쳐지는 이 일가의 이야기는 각 개인의 성장과 입신에 초점이 맞춰지지만 작가가 특히 주목하는 것은 연좌제와 경제적 궁핍으로 말미암은 방황과 좌절의 행적이며 작가는 이를 통해 궁극적으로 자신의 삶을 회고하고 이를 해한(解恨)의 계기로 삼고자 한다. 따라서 작중 인물들이 보여주는 신산스러운 삶의 행적은 과거 우리를 병들게 했던 반공주의의 야만성에 대한 문학적 증언으로 이해할 수 있다.

그런 사실은 우선 작중 인물들이 발 딛은 현실이 반공주의가 억압적으로 행사되던 전후 1950~1960년대이며 특히 연좌제 때문에 '빨갱이 자식'이라는 낙인을 목에 걸고 살아야 했던 냉전하의 현실이라는 데서 드러난다. 연좌제란 범죄인과 특정한 관계에 있는 사람에게 연대책임을 지게 해서 처벌하는 규정으로, 형사책임 개별화의 원칙에 위배되는 전근대적인 법제도를 말한다. 여기서 말하는 연좌제는 가족 중에 6·25 때 월북했거나 부역에 가담한

---

2) 『변경』은 3부로 구성되어 있는데, 1부(1~4권)인 '불임의 세월'에서는 명훈이 중심인물로 등장하고, 2부(5~8권)인 '시드는 대지'에서는 '영희'가, 3부(9~12권)인 '떠도는 자들의 노래'에서는 '인철'이 서사의 중심을 차지한다. 물론 각 부(部)를 구성하는 하위 장(章)에서는 명훈, 영희, 인철 등이 번갈아 서술되면서 가족사의 굴곡이 그려지지만 명훈과 영희와 인철이 각 부의 중심을 차지함으로써 『변경』은 마치 이들의 성장과 입신에 초점이 모아진 인물소설의 형태를 취한다. 작품이 복합적이고 중층적인 서사로 되어 있음에도 독자들에게 선명한 인상을 주는 것은 이 세 인물의 삶이 작품 전체에서 박진감 있게 서술되기 때문이다.

사람이 있을 때 그 가족의 행위를 제한한 것으로, 작중 명훈 일가를 괴롭힌
원죄의 근원은 바로 이 연좌제였다. 물론 『변경』의 인물들이 곤궁한 처지에
서 벗어나지 못하는 것은 무엇보다도 가장의 부재에 따른 경제적 궁핍에 원
인이 있다. 가정의 기둥이라 할 수 있는 아버지가 사라지고 편모슬하에서 생
활을 유지해야 했던 관계로 이들의 삶은 빈한하고 고통스러울 수밖에 없었
던 것이다. 그런데 작가가 깊숙이 시선을 투사한 부분은 이들의 현실적 궁핍
보다는 일상의 삶을 근본에서 옥죄는 정신적 상처, 곧 월북한 아버지를 둔
'빨갱이 가족'으로서의 외상(外傷)이다.[3]

　　부친의 월북으로 이문열 일가가 겪었던 정신적 고통은 그의 여러 글에서
확인할 수 있는 것처럼 중세의 마녀사냥을 연상케 한다. 연좌제가 공식적으
로 폐지된 1982년까지도 전담 형사가 그림자처럼 붙어서 동향을 감시했다
는 작가의 회고처럼, 명훈은 경찰의 끊임없는 감시 속에서 아버지와 접선했
다는 터무니없는 혐의로 경찰에 강제로 연행되는 등 심각한 정신적 고통에
시달린다. 이승만 정권 이래로 반공정책이 본격화되고 또 반공정책이 국시
로까지 숭상되는 현실에서 '빨갱이 가족'이란 '빨갱이'와 마찬가지로 공동체
에 균열을 가하는 불순한 존재였고 당시는 그들을 제거해야만 공동체의 안
위와 평화가 유지될 수 있다고 믿는 상황이었다. 그런 현실에서 명훈이 겪는
공포와 불안은 이루 말할 수 없었다. 인철의 경우도 예외가 아니어서 인철에
게 형사의 출현은 곧 '다른 곳으로 떠난다'는 등식을 심어줄 정도였다. 어린
시절 고향에서 안광으로 옮겨갈 때나 안광에서 서울로 올라갈 때, 그리고 다
시 서울에서 밀양으로 옮겨갈 때도 가족의 주위에는 항상 '형사'가 맴돌았
고, 그 형사가 나타나면 가족은 그곳을 떠나 몰래 타지로 숨어드는 야반도주

---

3) 아버지 부재에 따른 인물들의 의식에 대해서는 권유리야(2006) 참조.

를 반복해야 했다. 그런 공포와 억압의 상황에서 이들은 자연스럽게 정신적 외상을 갖게 된다. 외상이란 어떤 하나의 사건으로 만들어지는 것이 아니라 부모나 자식 등 그를 둘러싼 전체적인 환경에 의해 형성되는 것으로, 사람의 신경체계가 견딜 수 있는 한계를 넘어버린 혼란의 상태를 의미한다(프롬, 2000: 59).

> 경찰력, 특히 사복형사로 상징되는 보이지 않는 경찰력은 내 알지 못할 원
> 죄 추적자로서 내 젊은 날 거의 전부를 끈덕지게 괴롭혀 온 공포 그 자체였
> 다. 어렸을 적, 다른 아이들은 한결같이 세상에서 가장 무서운 것으로 사자나
> 호랑이 또는 드라큘라나 유령 따위를 칠 때에도 나는 그들 윗자리에 형사를
> 놓아두었다. 나중 철이 들어 그 공포가 아무런 근거 없고, 오히려 소아병적
> 인 피해망상에 불과한 것이라는 걸 이성(理性)이 깨닫기 시작한 뒤에도, 본능
> 은 여전히 거기에 떨고 있었다(『변경 1』, 이문열, 1998: 30).

끊임없이 추적당하고 감시를 당한다는 느낌과 본능적인 불안 심리, 명훈과 인철을 사로잡은 '경찰'에 대한 공포는 그런 점에서 일종의 반복강박증 (repetition compulsion)과도 흡사했다. 그런 병적인 심리로 인해 이 일가는 한곳에 뿌리내리지 못하고 여기저기를 부평초처럼 떠돌게 되며 "경찰이 왔으니 우린 떠난다"(『변경 7』, 이문열, 1998: 60)라는 식의 공식을 내면화하게 된다. 또 인철이 고시공부를 포기하고 소설을 쓰겠다고 결심하게 된 이면에도 아버지의 부재에 따른 연좌제의 그림자가 짙게 드리워져 있다.

인철이 글을 가까이하게 된 것은 아버지의 부재와 그 때문에 야기된 불안, 피해망상으로까지 발전해간 연좌제, 파산에서 파산으로 이어진 가계, 한곳에서 3년 이상을 머무른 적이 없을 만큼 떠돌이에 가까웠던 생활에 근본 원

인이 있었다. 게다가 불규칙한 데다 중단되기 일쑤였던 학업, 그 과정에서 자연스럽게 갖게 된 상대적으로 많은 시간의 여유 등이 자신으로 하여금 '말과 글'에 대한 관심을 갖게 했다는 것이다.

그런 의미에서 반공주의와 연좌제란 이들에게 판옵티콘(panopticon)과도 같은 감시와 규율의 장치였다. 감옥의 중앙에 높은 감시탑을 세우고 감시탑 바깥의 원 둘레를 따라 죄수들의 방을 만들도록 설계된 판옵티콘은 죄수들에게 자신이 늘 감시받고 있다는 느낌이 들게 하고 결국에는 규율과 감시를 내면화하도록 하는 장치였다. 푸코의 말대로 그것은 규범사회의 기본 원리를 상징하는데(푸코, 2003: 303~347), 명훈 일가를 근원적으로 괴롭힌 연좌제가 바로 거기에 해당한다. 그런 상시적 감시와 규율 속에서 형성된 의식이 이른바 '문밖 의식'으로 정리할 수 있는 자조와 체념의 심리다. 중심으로 진입하지 못하고 주변에 있다는, 그렇지만 결코 중심으로 진입할 수 없다는 생각은 스스로 삶을 체념하거나 자조하게 하는데, 가령 어머니를 포함한 4남매는 시종일관 현실(또는 정치와 이데올로기)에 대해 무관심한 모습을 보여준다. 어머니는 자유당과 민주당의 경합과정을 지켜보면서 어느 쪽이 옳든 그르든 또는 이기든 지든 별 관심이 없고 오직 중요한 것은 사태를 가만히 지켜보다가 이긴 쪽을 편드는 일이라고 말한다. 천석 만석 하던 친가와 외가가 순식간에 결딴난 것은 아버지와 외아저씨가 그런 태도를 취하지 못하고 경솔하게 정치에 뛰어들었기 때문이라고 생각하는 것이다. 그런 어머니의 영향으로 인철 또한 정치에 대해 강한 적의와 함께 무관심을 보여준다. 이런 사실을 회상하면서 작가는 젊은 날을 대부분 군사정부 아래서 보냈지만 저항심을 느껴보지 못했던 것은 그에 대한 본능적 무관심 때문이고, 이는 후일 진보진영에 대해 흔쾌히 동조하지 못한 이유였다고 말한다. 그래서 이 일가에게 공통적으로 보이는 것은 다음과 같은 '문밖 의식'이다.

門들은 항시 닫혀 있고

너는 다만 그 밖에서 환하구나

길,

한 십년 좋이 돌아

꿈결인 듯 이른 고향 동구(洞口).

이우는 세월의 바람 소리를 들으며

코스모스, 창백한

네 고독을 노래한다(『변경 2』, 이문열, 1998: 67).

　작품 전반에 걸쳐 반복적으로 드러나는 명훈의 절망과 희망의 양가감정은 이런 '문밖 의식'의 표현으로 이해할 수 있다. 문 안으로 들어가고자 하지만 결코 들어갈 수 없다는 박탈감과 공포감을 지닌 상태에서 명훈은 스스로 '파괴와 범법의 어둠의 열정'으로 몰아가는 것이다.

　이들 남매에게 큰 유혹으로 작용했던 이 파괴의 열정은 밝고 떳떳한 삶으로 편입할 수 없다고 스스로 단정 짓자마자 이들을 거세게 몰아치는데, 작품 전반에서 목격되는 명훈 남매의 삶이란 연좌제로 야기된 이 파괴적 열정과의 싸움이라 해도 지나치지 않을 정도다. 3부에서 '광주 대단지사건'이 발생하자 명훈은 그 선두에서 생존권 투쟁을 전개하는데 그때까지도 명훈을 사로잡았던 것은 바로 이 '파괴의 열정'이었다. 그가 그쪽으로 내몰린 것은 언급한 대로 '경찰의 취조'로 상징되는 권력의 감시 때문이었다. 아버지 친구인 경찰서장의 도움으로 불량학생에서 벗어나 미군부대 보일러공으로 일하던 명훈이 다시 뒷골목으로 돌아온 것은 경찰의 느닷없는 취조에 원인이 있었다. 아버지를 만났다는 혐의로 당국에 강제 연행되어 받게 된 이 취조는 곧 근거 없는 것으로 밝혀지지만 명훈이 월북자의 자식이라는 사실을 세상에 알림으로써 명훈이 일자리를 잃게 하는 비극의 단초가 되었다. 미군부대라는 중요한 기관에 '빨갱이 자식'이 근무할 수 없다는 이유였다. 그 후 명훈은 본격적으로 뒷골목을 배회하는데, 가령 정치 깡패와 어울려 극장의 기도를 맡아보다가 4·19혁명 때는 반공청년단의 일원으로 시위를 진압하는 등의 전락을 거듭하는 것이다.

명훈의 삶에서 가장 의욕적이고 평화로웠던 시기로 서술된 돌내골 생활이 실패한 것 역시 명훈을 어둠의 세계에서 벗어나지 못하게 한 요인이었다. '상록수의 꿈'을 안고 귀향해서 벌인 개간사업이 3년간의 힘겨운 노력에도 물거품이 되면서 명훈은 다시 한 번 깊은 수렁으로 빠져든다. 불철주야 온 가족이 매달려 거친 산을 개간했고 그 보답으로 군에서 주는 '상록수상'을 받는 등 계획이 곧 실현될 것으로 믿었지만 이는 시대의 흐름을 제대로 파악하지 못한 속단이었다. 산업화가 본격화된 시대에서 중농정책이란 기껏 '감상적 백일몽'에 지나지 않았고 명훈의 개간사업 역시 제대로 되지 않았기 때문이다. 이후 명훈은 잠시 '여론 조사소'라는 관변 단체에 몸담고 깡패와 같은 생활을 하다가 상경해서 모니카와 함께 요정을 운영하는 등 전락의 생활을 반복한다. 정상적인 시민으로서의 생활을 하기보다는 피해의식과 열패감에 사로잡힌 채 유랑의 나날을 보냈다 해도 지나친 말이 아닌데, 그의 삶을 그렇게 내몬 것은 바로 반공주의와 연좌제, 그로 말미암은 파괴의 열정이었다.

영희의 경우도 크게 다르지 않다. 그녀가 돈에 대해 광기와도 같은 집착을 보이면서 천민자본주의적 행태를 일삼은 것은 아버지의 부재에 따른 정신적 유랑의식에 원인이 있었다. 아버지가 없는 가난한 가정에서 스스로 살아남기 위해 치과병원의 간호사로 취직을 하지만 아내와 불화에 빠져 있던 원장에게 성폭행을 당하면서 그녀의 전락은 본격화된다. 오빠에 의해 강제 귀향했다가 곧바로 가출을 하고 이후 경리, 다방 종업원 등을 전전하다 거리의 악사인 창현을 만나 동거 생활을 시작하지만 오래가지 못하고 헤어진다. 이후 박 원장이 준 돈으로 미장원을 차리지만 그 또한 지속하지 못하고 종국에는 매춘부와 같은 생활을 전전한다. 그러다가 강남의 땅 부잣집 아들 강억만과 계획적으로 결혼해 땅 투기에 본격적으로 뛰어드는 것이다.

명훈이 고향에서 개간사업을 할 때 잠시 등장하는 경동아재의 삶 역시 연좌제로 인해 고통과 부랑의 일생을 보내야 했던 비극의 또 다른 사례에 해당한다. 경동아재는 화자 고모할머니의 남편으로, 가족이 대부분 좌파 일색이어서 모두 열렬한 공산당 일꾼이 되었고 급기야 모두 월북을 했다. 그런 상황에서 남한에 홀로 남게 된 경동아재는 경찰의 항시적인 감시를 피할 수 없었고 그 등살로 평생 이곳저곳을 유랑하는 장돌뱅이의 삶을 살게 된다. 그 또한 명훈처럼 가족이 월북했다는 이유만으로 경찰의 감시 속에 있었고 그것이 그의 인생행로를 근본적으로 바꾸어 놓았던 것이다.

이 인물들이 이렇듯 부평초처럼 떠돌이 생활을 한 것은 반공주의로 인한 공포심 때문이었다. 정권은 공산주의에 대한 공포심을 이용해서 인물들의 정상적인 삶을 억압하고 구성원들 내부의 동질성을 확보하고자 했으며, 그 과정에서 이단적 존재로 낙인찍힌 이들은 감시와 통제 속에서 고통의 나날을 보내야 했다. 그런 점에서 이들은 반공주의와 연좌제로 신음했던 지난 시대 우리들의 자화상이라 해도 지나치지 않을 것이다.

3. 탈변경의 욕망과 정치적 무의식

이 작품의 또 다른 특징은 명훈을 비롯한 『변경』의 인물들이 변두리의 삶을 살고 있음에도 사회의 중심에 진입하고자 하는 강한 상승 욕망을 보인다는 데 있다. 명훈과 영희 등 4남매는 계속되는 실패와 좌절에도 결코 현실에 안주하거나 체념하지 않는다. 명훈은 정치 깡패가 되어 데모를 진압하다가 총상을 입고 또 3년간의 개간사업에서 참담하게 실패하지만 현실에 뿌리내리고자 하는 욕망은 버리지 않는다. 인철 또한 고아원 생활과 검정고시, 하역장 인부, 한약상 점원 등을 두루 겪으면서도 결코 입신의 꿈을 잊은 적이 없다. 이들은 하나같이 화려했던 옛날에 대한 기억을 반추하면서 고통의 나날을 견디고 있다. 지금은 부친의 월북으로 퇴락한 가문이 되었지만 그 이전까지만 하더라도 문중의 종가로서 영예와 권세를 누리던 집안이라는 것, 작중의 인물들은 그런 가문의 후예라는 자부심으로 곤궁한 현실을 뛰어넘고자 한다. 그래서 인물들은 대체로 화려한 과거와 퇴락한 현재라는 대립된 세계를 오가는 낭만적 특성을 보여준다.

이들에게 있어 과거는 크게 두 가지의 모습으로 나타난다. 하나는 가문의식으로 정리되는 문중(門中)의 맏이라는 자부심이고, 다른 하나는 그것과 동전의 양면처럼 결합되어 드러나는 영락의식(零落意識)이다. 전자가 그리움과 동경의 대상으로 인물들의 의식 속에 각인되어 있다면 후자는 몰락한 가문의 후예라는 체념으로 현실을 관망하고 부유하는 모습으로 나타난다. 과거로 향하기도 하고 때론 현재를 향하기도 하는 이 상반된 의식에 의해 인물들의 가치와 행위가 결정되기 때문에 인물은 내면의 욕망을 중시하는 낭만적 모습을 보이거나 때로는 유폐의식에 사로잡힌 모습을 드러내는데, 그런 특성을 전형적으로 보여주는 인물이 바로 인철이다.

참봉댁을 나와 돌담길 한 모퉁이를 돌아서면 철이네의 옛집이 있었다. 형 명훈이 그 장손이 되는 사파조(私波祖) 정제(靜齊) 할아버지가 지으신 뒤 위로 11대가 이어 살았다는 육십 칸 고가였다. 아련한 유년의 추억이 떠도는 집.

철이 그 집을 떠난 것은 만 다섯 살을 채우기도 전이었지만 철은 그 집 안 구
석구석에 대해 이상하리만치 다양한 기억을 가지고 있었다. 마루 난간 앞에
오래 묵은 향나무 때문에 항시 어둡고 습기 차게 느껴지던 서실, 물이 고여
있을 때보다는 말라 있을 때가 더 많던 연못과 그 한끝에 무리져 그늘을 드리
우고 있던 해당화 덤불, 고가와 비슷하게 나이를 먹은 마당 북쪽 끄트머리의
두 그루 은행나무 ― 그런 것들은 퇴락한 ㅁ자 본채와 함께 잃어버린 낙원의
한 원형을 이루었다. 돌내골로 돌아와서야 그게 그리 웅장하지도 화려하지
도 못한 옛 거처였을 뿐이라는 걸 알게 되었지만, 뿌리 없이 떠돌던 유년 시
절 철의 인격 형성은 실제 이상으로 과장된 그 기억에 의지한 바 많았다. 아
무리 비천하고 고단한 처지에 떨어져도 자신은 잠시 거기에 와 있을 뿐이며,
이윽고 돌아가게 될 곳은 따로 있다는 믿음은 특히 그 기억 때문이었다 할 수
있었다(『변경 5』, 이문열, 1998: 110).

인철을 포함한 4남매의 머릿속에 각인된 과거는 이렇듯 화려한 낙원의 이
미지로 채색되어 있다. 작가에 의해 '영락의식 또는 유적감(流謫感)'으로 표현
된 이 낙원을 향한 열망은 지금은 비록 비천하고 고단하지만 언젠가는 다시
그 시절로 돌아가리라는 회귀의식으로 볼 수 있다. 인철의 고백에서 드러나
듯이 이런 의식은 옛날에는 부자였고 또 아버지는 동경 유학을 다녀오고 어
머니는 전문학교를 중퇴했다는 등의 사실에 근거한 것으로, 한편으로는 현
실적인 결핍과 불안에서 스스로 위로하기 위해 억지로 만들어낸 미신과도
같은 것이었다. 하지만 이런 의식이 인물들의 가치와 행위를 근본에서 규율
한다는 점에서 단순한 미신이 아니라 강력하고 집요한 자존(自尊)의 근거임
을 알 수 있다. 인철이 농사나 막노동 같은 육체노동에 대해 호감을 갖지 못
하는 것이나 옥경이 노동자가 되겠다고 했을 때 격한 거부감을 표현한 것은

모두 그런 과거에 대한 기억에서 비롯된 것이었다.

인철은 그런 의식에다가 또한 미(美)에 대한 생래적인 열망을 갖고 있었다. 미에 대한 인철의 열망은 작품 초반에서 구체적으로 암시되는데, 가령 인철이 서울에서 시골로 내려왔을 때 그를 처음으로 사로잡은 것은 '분홍'의 이미지였다. 멀리서 찬연하게 내비치는 분홍을 보면서 그는 자신의 영혼이 거기에 강력하게 이끌리고 있음을 간파하고 빛의 실체에 주목하는데, 알고 보니 그 실체란 다름 아닌 명혜가 입고 있던 원피스였다. 그럼에도 그것이 인철을 평생 지배하는 영상으로 각인된 것은 명혜라는 인물이 촉발시킨 운명에 대한 강렬한 암시 때문이었다.

> 뒷날 그 위치에서는 전혀 보이지 않던 그 집의 이 층 창문에서 철은 무슨 분홍의 꽃다발 같은 것을 보았다. 그때는 키가 낮았던 이웃집 정원수가 차츰 자라 앞을 가린 탓이거나, 새로운 건물이 들어서서 뒷날 그 위치에서는 보이지 않게 되었다고 해석할 수도 있지만, 설령 그랬다 해도 이백 미터 거리가 넘는 집의 조그만 창문으로 내비치는 분홍빛이 그토록 철의 눈길을 끌 수 있었던 것까지는 설명되지가 않았다. 그로부터 이십 년에 걸쳐 이어갈 길고 쓸쓸한 사랑이 어떤 섬뜩한 예감으로 철의 어린 영혼에 와 닿은 것이라고 볼 수밖에 없는 일이었다(『변경 1』, 이문열, 1998: 42).

작품 전반에서 표현되고 있듯이 인철에게 있어서 명혜는 지순지고의 베아트리체와 같은 존재였다. 명혜의 고른 치아며 자신을 바라보며 웃고 있는 맑고 평온한 눈길까지, 그것을 본 순간 인철은 "그대로 동화 속의 소금 기둥처럼 굳어버렸다"라고 말한다. 스스로 회고하고 있듯이 명혜의 얼굴에서 보았던 것은 "감탄을 넘어 신비감까지 자아내던 아름다움"이자 "도저히 땅 위의

것이라고 볼 수 없는 아름다움의 이데아"였다. 그런 강렬한 체험을 서술하면
서 인철은 자신이 점점 그 아름다움에 빠져들 것이라는 "어렴풋한 운명의 예
감"에 사로잡혔던 것이다. 인철이 명문대학과 고시공부를 포기하고 문학으
로 삶의 방향을 정하게 된 계기는 의식 속에 내재된 가문의식과 함께 이 미
(美)에 대한 동경심 때문이라고 볼 수 있다. 실제로 이문열 소설에서 두루 목
격되는 낭만성은 이 두 가지를 기본 축으로 해서 다양하게 변주되는 양상이
라 해도 과언이 아닌데, 여기서 작가는 인철을 통해 그런 사실을 직접 고백하
고 있는 셈이다.

그런데 이런 의식은 일찍이 "내게 있어서 고향의 개념은 바로 문중이다"
(『그대 다시는 고향에 가지 못하리』의 '후기')라고 못 박아 말했던 것처럼 몰락
한 집안을 다시 일으켜 세워야 한다는 복권의지와 결합된 것이라는 점에서
한편으로는 정치적 욕망을 내재하고 있다. 이문열 소설 곳곳에서 목격되는
이 욕망은 옛것에 대한 동경이 실제 현실에서 충족되어야 한다는 복권의지
로 드러나는데, 이는 영락의식으로 표현된 결핍감을 현실에서 보상받고자
하는 심리와 동질의 것이라고 할 수 있다.

작중의 명훈이 과거의 기억을 간직한 채 시인을 꿈꾸면서도 한편으로는
현실에 뿌리내리고자 하는 강한 열망을 보였던 이유는 그런 욕망 때문이었
다. "나도 한때는 그렇게 자작나무를 타던 소년이었고 / 그 때문에 그 시절로
돌아가는 꿈을 꾸곤 합니다"라는 프루스트의 시를 명훈이 즐겨 암송했던 것
은 그런 심리와 연관된다. 비록 뒷골목을 유랑하는 어두운 열정에 사로잡혀
있었지만 그 역시 과거를 향한 열망을 깊이 간직하고 있었던 것이다. 그가 간
간이 써놓곤 했던 '시(詩)'는 양반가의 장자로서 갖고 있는 문인기질의 단적
인 표현이고, 그런 의식이 '현실에 뿌리내리려는 욕망'으로 드러나 한동안
개간사업에 몰두했던 것이다.

또 영희가 남의 손가락질을 받더라도 '돈'을 벌어서 '세상에 복수하겠다'
라는 생각을 갖게 된 것도 그와 동일한 심리에 근거를 두고 있다. 영희가 누
구보다도 강렬하게 대학 진학을 희망했던 것은 대학 진학에 대해 신분 상승
또는 과거 회복의 마지막 단계나 그 이상의 의미를 부여하고 있었기 때문이
다. 박 원장으로부터 받은 상처를 치료할 영약과도 같은 것이 대학 진학이었
으며, 집을 떠나 상경할 때 인철에게 말한 성공도 사실은 대학 진학이라는 말
을 추상화한 것에 지나지 않았다. 그런 생각에서 그녀는 대흥기계에서 3만
원을 훔쳐 대학 등록금을 만들고자 했던 것이다. 이후 그녀는 매춘부와 다름
없는 생활을 하는 등 전락을 거듭하지만 그럼에도 끝끝내 몰락한 선비 집안
의 후예라는 자존을 잃지 않는다. "나는 지금 비록 삶의 참담한 고비 길을 넘
고 있지만 너희와는 달라"라는 생각으로 '인생의 막장'에 주저앉지 않고 '돈'
을 향한 비상(飛上)을 계속하는 것이다.

서사가 진행되면서 작품의 중심이 '인철'에게 맞춰지는 것은 그런 맥락에
서 자연스럽다고 할 수 있다. 작가의 분신과도 같은 인철은 명훈과 영희에게
발견되는 복권의지를 구체적인 형태로 대변하는 존재로, 작가가 『변경』을
통해 말하고자 하는 바를 상징적으로 보여주는 인물이다. 『변경』을 인철을
중심으로 읽자면 한 명의 소설가가 탄생하는 일련의 과정을 그린 작품이라
할 수 있을 정도로 인철의 의식과 경험의 축적과정에 작품의 많은 분량이 할
애되어 있다. 실제로 인철이 겪은 다양한 경험은 이문열의 다른 소설에서 구
체적인 형상으로 부활하여 나타난다. 인철이 고아원에서 만났던 선교사는 장
편 『사람의 아들』의 중심인물로 탈바꿈해 등장하며, 종가에 대한 기억은 『그
대 다시는 고향에 돌아가지 못하리』에서, 젊은 날의 번뇌와 방황은 『젊은 날
의 초상』에서 구체화되는 등 『변경』의 체험들은 이문열 문학의 원형이 실로
어디에 있는가를 보여준다. 그런 다양한 체험을 담담하게 받아들이면서 인철

은 화려했던 과거를 회복하기 위한 도구로 '소설'에 주목하는 것이다. 말하자면 인철에게 있어 소설이란 과거를 향한 회복 의지이자 동시에 변경에서 살아남고 입신하기 위한 탈출과 출세의 도구였다.

그런 관계로 그의 행위는 현실적 지향성과 아울러 강한 정치성을 갖는다. 명훈이 개간사업을 통해 집안을 일으키고자 했던 것처럼 인철은 소설가가 되어 입신을 도모하고자 한 것인데, 이는 한 평론가가 지적한 것처럼 낭만적이지만 결코 낭만적이지 않은 모습이다. 즉, 이문열은 불완전하고 순간적인 세계 속에서 완전하고 근원적인 것을 추구하지만 그것을 늘 현실에서 찾고자 했지 현실 밖에서 찾고자 하지는 않았다. 따라서 그의 추구는 낭만적이지만 그 획득은 확실한 현실적 검증을 요구하는 것이므로 비낭만적으로 드러난다.[4] 인철이 희망하는 '소설가'가 되고자 하는 욕망 역시 그런 맥락에서 이해될 수 있다. 고시공부를 중단하면서 죽은 형에게 띄우는 편지에서는 그런 사실이 구체적으로 드러난다. 여기서 인철은 자신이 문학에 주목하게 된 이유가 '문학을 통한 사회적 갈등의 조정'이라고 말한다.

> 그렇지만 진작부터 저는 주변 계급의 역할에 주목해왔습니다. 주변 계급은 흔히 오해되는 것처럼 국외자나 일탈자가 아닙니다. 오히려 자칫 극단으로 치닫기 쉬운 두 계급의 가운데서 그들을 비판하고 조정하는 기능을 할 수 있는 것은 그 주변 계급밖에 없습니다. 얼마나 많은 역사적 비극이 그 두 기본 계급의 극단화(極端化)에서 비롯된 것입니까. (중략)
> 하지만 이제는 문학이 계급적으로 분류되는 것을 승인합니다. 나는 그 문학으로 주변 계급에 머물러 있겠습니다. 저 쉽게 미치고 절망하고 잔인해지는, 그래서 일쑤 리바이어던을 만들어내는 두 기본 계급 사이에 위엄 있게 머

---

4) 이문열 소설의 낭만성에 대해서는 이남호(1993) 참조.

물러 그 욕망을 조정하고 이해를 조화시켜보겠습니다. 제게 그럴 힘이 있는지 모르지만 문학이 그런 것이라면 한 남자로서도 꿈꾸어볼 만한 일이 아니겠습니까(『변경 12』, 이문열, 1998: 227).

인철은 이 편지에서 '문학으로 주변 계급에 머물겠다'고, 그래서 두 계급 사이에서 '욕망을 조정하고 이해를 조화시켜 보겠다'고 한다. 말하자면 사회의 기본 계급은 부르주아와 프롤레타리아이지만 두 계급 사이를 조정하는 주변 계급이 필요하다는 것이며 자신은 문학을 통해 그런 주변 계급적 역할을 하겠다는 것이다. 노동자가 된 형이 프롤레타리아로, 복부인이 된 영희가 부르주아로 자신의 존재를 결정했다면 자신은 그 두 계급의 변경에서 조정자가 되어 양자를 아우르겠다는 생각인 것이다.

일면 그럴듯하고 또 인철로 대변되는 작가의 뼈아픈 체험이 투영된 진술로 볼 수도 있지만 한편으로 여기에는 몰락한 지주 계급으로서 인철의 정치적 욕망이 깊게 작용하고 있음을 알 수 있다. '조정하겠다'는 것은 중재를 통해 자신의 정치적 의도를 관철시키겠다는 말이며 동시에 이를 통해 자신이 중심적인 역할을 수행하겠다는 말이다. 인철은 그동안 삶을 헤쳐오면서 "지금 문학으로 돌아가지 못한다면 영원히 그 향수를 모진 병처럼 앓게 되리라는 불안한 예감"에 시달렸다고 하는데, 그렇게 보자면 문학이란 인철에게 있어 '고향'과 동질의 것임을 알 수 있다. 문학을 하겠다는 것은 그 고향을 복원하겠다는 것이다. 그러므로 인철과 명훈, 영희 등을 지배하는 낭만적 지향은 속악한 현실을 견디는 단순한 힘이 아니라 현실에 대응하고 맞서는 정치적 욕망의 표현이었던 것이다.

이문열은 과거를 단순히 그리워하기보다는 현실에서 과거를 다시 부활시키고자 했으며 그 구체적 매개물로 '소설'을 생각했다. 스스로 보수의 대변

자로 자처하고 문학 행위와 정치 행위를 동일시하는 실제 이문열의 모습은
이런 사실로 설명할 수 있을 것이다.

4. 제국의 의지와 변경인의 운명

『변경』에서는 반공 치하를 살아가는 월북자 가족의 삶이 핍진하게 그려
져 있지만 아쉽게도 그런 현실에 맞서 저항하는 모습은 찾기 힘들다. 물론 거
대한 국가권력에 대한 개인의 저항은 당랑거철(螳螂拒轍)과도 같은 무력한 행
위인 까닭에 서술을 회피한 것으로 볼 수도 있지만 과거를 회고적으로 성찰
하고 개인사를 재구성하면서까지 이를 배제했다는 점에서 의문을 가져볼 수
있다. 과거사를 고백한다는 것은 개인사를 구성하는 사회와 역사 환경을 돌
이켜 성찰하고 이를 통해 궁극적으로 역사 현실을 문제 삼는 것을 말한다. 하
지만 작품에서 보이는 인물들의 행동은 반공주의를 인정하는 상태에서 경찰
의 감시에서 벗어나려고 야반도주를 하거나 명훈처럼 자신의 알리바이를 준
비해서 경찰의 조사에 대비하는 정도에 그치고 있다. 그런 이유로 이 작품은
현실을 인정하고 수용하는 보수적 성격을 완강하게 드러내는데, 이런 보수
적 성격을 더욱 분명하게 보여주는 것이 작품의 제목이자 강렬한 상징으로
기능하는 '변경(또는 변경론)'이라 할 수 있다.

서로 다른 두 제국의 접경지대에 놓인 분단국가를 의미하는 '변경'은 작품
에서 한반도의 국제적 성격과 운명을 암시할 뿐만 아니라 인물들의 사고와
행위 전반을 지배하는 거시적 규율의 논리이자 이념으로 제시된다. 『영웅 시
대』에서도 언급된 바 있는 변경론은 『변경』에서는 명훈의 친구인 김시형에

의해 설파되는데, 그 내용은 대략 다음과 같다. 즉, 남·북한의 운명은 이 세계를 양분하고 있는 두 개의 거대 제국에 의해 부여되고, 따라서 그들이 남북에 강요하는 체제 이외의 또 다른 선택이란 있을 수 없으며, 그 선택은 우리의 의지보다는 그들의 실세에 따라 결정이 된다. 이 과정에서 민중의 혁명의식이 국민적 합의로 성숙된다면 제3의 길도 가능하겠지만 거기까지는 꽤 많은 세월이 필요하며, 더구나 이 땅의 진보적 의식들은 10년 전의 그 무자비한 전쟁으로 인해 거의 사라졌다. 간혹 땅속 깊이 뿌리가 남아 있을지도 모르지만 그 역시 지난 전쟁의 참혹한 기억으로 인해 다시 부활하기는 요원하며, 설사 가능하더라도 그것은 눈앞의 절실한 이익과 자극적인 선동에 들뜬 의사(疑似)의식과 의사혁명일 뿐이다. 말하자면 두 거대 제국의 변경에 위치한 관계로 우리의 운명은 이 두 제국에 의해 결정되며, 설사 거기서 벗어나기 위한 움직임이 있더라도 그것은 기껏 '의사혁명'일 뿐이라는 것이다.

이런 변경론에 대해 작가는 작중 인물 황석현의 입을 빌어 이는 단지 '결정론과 역사적 허무주의'일 뿐이며, 더구나 이 변경론은 그 비관적 전망으로 인해 부조리한 기존 체제를 유지하려는 세력의 논리적 기반이나 체제 옹호의 수단으로까지 악용된다는 사실을 스스로 지적한다. 즉, 이문열은 '변경론'의 문제점을 이미 스스로 잘 알고 있다. 그래서 "나 같은 사람들의 견해가 불의한 권력의 유지·옹호에 악용되는 게 괴롭고 쓸쓸하다. 또 나의 그런 견해가 내 개인의 가족사에 불필요하게 얽매인 결과"라고 자인하기도 한다. 하지만 그렇듯 문제의 본질을 깨닫고 있음에도 작가는 작품 전반에서 시종일관 '변경론'을 견지하는 완고한 태도를 보여준다.

우리는 분열된 세계 제국의 변경인이다. 이 두 세계 제국의 뿌리를 동서 로마 제국의 분열에서 찾든, 너무 익은 서유럽 문명의 자기 분열로 보든 우리는 오랫동안 그 제국의 판도 밖에 있었다. 그러다가 이 세기에 와서 겨우 그 제국에 편입되었으나 이번에는 단순한 주변이 아니라 변경이었다. 주변과 변경은 본질적으로 다르다. 하나는 그저 핵심에서 멀리 떨어져 있을 뿐이지만 다른 하나는 그 경계선 너머에 또 다른 적대 세력 또는 세계 제국이 존재해 있다는 뜻이다.

그런 변경에 제국이 가져올 것은 뻔하다. 그것이 변경의 확대를 위한 것이건, 유지를 위한 것이건, 제국이 가장 힘주어 그 원주민에게 주입시키려는 것은 적대의 논리다. 결국 당신들이 요란하게 떠드는 것도 따지고 보면 오늘날 아메리카와 소비에트로 표상되는 두 제국의 적대 논리 내지 그 변형에 지나지 않으며, 또한 그것이 당신들이 이념이라고 부르는 것의 정체다(『변경 3』, 이문열, 1998: 89~90).

우리는 변경에 살고 있고 제국은 그런 변경인에게 적대의 논리를 주입한다는 것, 이런 생각에서 작가는 이념이란 "아메리카와 소비에트로 표상되는 두 제국의 적대 논리 내지 그 변형"이며 따라서 서로 다른 제국의 관할하에 놓여 있는 남과 북은 서로 적대할 수밖에 없다고 주장한다.

남한의 체제와 이념을 두 개의 거대 제국과 결합해서 설명하는 이런 시각은 민족의 갈등과 분열이 야기된 원인을 외부로 돌리는 이른바 외인론(外因論)에 해당한다. 두 개의 거대 제국에 의해 민족의 운명이 결정되는 관계로 민족 내부의 갈등과 모순은 별다른 고려의 대상이 되지 않으며 오직 두 제국의 입장과 태도가 중요할 뿐이라는 견해다. 『영웅 시대』를 비롯한 이문열 소설 전반에서 목격되는 이런 견해는 이전의 조정래나 김원일이 『태백산맥』과 『불의 제전』에서 주목한 이른바 내인론(內因論)과는 문제를 보는 시각이 근본적으로 다르다. 조정래나 김원일이 분단과 이념의 문제를 민족 내부의 오랜 갈등에서 비롯된 것으로 본다면 이문열은 두 개의 제국에 의해 민족의 운명이 결정된다는 식이다. 미국 유학을 다녀온 김시형이 토로했듯이 "두 제국의 변경이 이 땅에서 맞닿아 있다는 것은 경제 구조건 정치 행태건 남과 북모두에게 어떤 기본 틀"을 제공하는 까닭에 변경인의 삶은 자신의 의지와는 무관하게 주어지는 경우가 많다는 것이다. 명훈 일가를 어둠의 열정으로 내몰았던 반공주의 역시 그런 맥락에서 보자면 당연한 것이다. 제국이 힘주어그 원주민에게 주입시키려는 것은 '적대의 논리'이고 반공주의는 그것의 구체적 형태이기 때문이다.

역사 현실에 대한 이문열의 통찰력이 개입된 이런 견해는 민족의 분단과이념의 문제를 이해할 수 있는 유효한 방법으로 볼 수도 있다. 한국전쟁을 연구하는 최근의 논문들에서 확인되듯이 6·25전쟁에는 내인론의 측면보다 스탈린의 제국주의적 의도가 결정적으로 작용했다(김영호, 2006: 177~214). 최근 소련의 비밀문서를 통해 확인된 이런 사실은 남과 북의 운명을 결정짓는주된 요인이 제국주의였음을 새삼 확인시켜주거니와, 이문열의 견해가 전혀터무니없는 것이 아니라 오히려 분단의 원인과 현실적 특성들을 이해할 수있는 중요한 시각이라는 사실을 부인할 수 없게 만든다. 그렇지만 문제는 이런 태도가 근본적으로 공산주의에 대한 적의와 부정이라는 냉전적 진영 논리와 연결되어 있다는 데 있다. 냉전논리는 세계를 사회주의 대 자본주의라는 양대 체제의 적대적 대립으로 이해하고 또 정치의 문제를 선악을 기준으로 한 윤리나 도덕의 문제로 본다는 특징을 갖고 있다. 따라서 '자유민주주의 = 반공 = 선', '공산주의 = 용공 = 악'이라는 지극히 단순하고 이분법적인 도식으로 현실을 설파하는데, 가령 이문열이 변경론을 설파하면서 남과북을 적대적 관계로 파악하는 것이나 공산주의 운동을 하던 아버지를 죄악의 원천으로 보는 것 등은 모두 그런 사고와 연결되어 있다.

그런 시각을 갖고 있기 때문에 작가는 정치적 사건을 지극히 퇴영적이고 허무주의적인 시각으로 바라본다. 우리의 운명이 거대 제국에 의해 결정되기 때문에 민족 내부의 어떠한 행위도 궁극적으로는 그 제국의 의도에서 벗어날 수 없다는 식이다. 4·19를 서술하는 과정에서 드러나듯이 작가의 눈에 비친 4·19는 흔히 말하듯 정치적 부패와 폭압에 대한 민중적 저항과는 거리가 멀었다. 그러한 시각은 시위대를 진압하기 위해 동원된 반공청년단의 일원이던 명훈이 돌연 4·19의거 부상자로 둔갑한 일화를 통해 암시된다. 시위를 진압하기 위해 이기붕의 집으로 향하던 명훈은 도중에 학생들 틈에 끼어 우왕좌왕하다가 군인이 쏜 총알을 맞게 되고 얼마 후 뜻하지 않게 '의거 부상자'로 둔갑한다. 정치 깡패가 돌연 4·19의 주역으로 전도되는 아이러니가 일어나는데 작가는 그것이 바로 4·19의 실상이라고 암시하는 것이다. 외견상 거대한 변혁의 물결을 이루었지만 그 실상이란 정치 깡패 명훈이 그 주역으로 칭송되는 예에서 볼 수 있듯이 시류에 편승한 행위이거나 본의와는 다르게 왜곡되고 과장되었다는 것이다. 그런 관계로 명훈의 시선을 통해 작가가 보고자 한 것은 민중들의 변혁의지가 아니라 '유사의식'이다. 명훈의 시선을 사로잡은 것은 시위 현장에서 일어나는 무질서와 분노 그리고 군중심리에 휩쓸리는 사람들의 허위의식이었는데 작가는 4·19의 본질 또한 그런 사실과 크게 다르지 않다고 보는 것이다.[5)]

---

5) 4·19를 바라보는 영희의 시선 역시 동일하다. 어머니와의 갈등으로 무작정 가출한 뒤 서울에서 소일하던 영희의 눈에 비친 서울 시가의 모습, 특히 자신을 사랑했던 형배의 돌연한 죽음으로 겪게 된 4·19는 그 진상이 수상쩍게만 보였다. 밀양에서 신문의 보도를 통해 접한 4·19혁명이란 엄청나기 짝이 없는 것이었지만 실제 서울에 와서 보니 달라진 것은 다만 사흘이 멀다 하고 이런저런 데 모대로 미어지는 거리와 득세한 정당 및 정치인의 이름뿐이었다. 형배의 죽음

4·19에 대한 시선이 이러했던 관계로 작가는 4·19의 긍정성보다는 부정성에 더욱 주목하게 된다. 2부에서 제시된 이른바 '공명선거 계몽대' 활동은 그 단적인 사례에 해당한다. 4·19는 미완의 혁명이므로 이를 완성하기 위해 만든 단체가 '공명선거 계몽대'였다. 이 단체가 하는 일은 자유당 일파가 다시 정권을 잡으면 4·19의 정신은 일순간 물거품이 되기 때문에 반드시 새로운 인물을 뽑아야 한다고 주장하면서 대학생들을 각 지방에 보내 선거운동에 적극 참여시키는 것이었다.

그렇지만 얼마 후 이런 활동을 주도한 윤광렬의 주장은 허구이고 이들은 기껏 "민주당 후보 선거 운동원의 한 별동대"에 지나지 않았다는 사실이 밝혀진다.[6] 이런 일화를 통해 작가가 궁극적으로 말하고자 하는 것은 한 외국인의 시선을 빌어서 표현된 다음과 같은 진술이다.

"버터워스는 우리의 4·19를 변경을 불어가는 한 줄기 바람일 뿐이랬어.

도 우발적인 사고의 터무니없는 미화일지 모른다는 생각과 함께 자신도 실은 스스로를 위해 억지스런 감정놀음을 하고 있는 것은 아닌가 하는 의문에 빠져 들었던 것이다(『변경 4』, 이문열, 1998: 96 참조).

6) 그런 사실을 좀 더 구체적으로 보여주기 위해 작가가 제시한 인물이 한때 명훈 일가를 괴롭힌 통장 영감이다. 통장 영감은 명훈 일가가 혜화동에 살 때 통장을 했던 사람으로, 한때는 민청에 참가해서 인공기를 앞세우고 동네 사람들을 선동했던, 그렇지만 국군이 서울을 수복하자 돌연 치안대장으로 돌변해서 명훈 일가를 잡아들인 인물이다. 인공기가 필요하면 인공기를 들고 태극기가 필요하면 태극기를 흔드는 인물이 바로 통장이었다. 작가는 그런 기억을 삽입해서 4·19가 끝난 뒤 대학과 사회 전반을 휩쓸었던 혁명의 열기 역시 그와 다르지 않다는 것을 암시한다. 외견상으로는 열기가 넘치지만 그 실상이란 이 통장 영감의 심리와 같은 이기심과 기회주의와 다르지 않다고 보는 것이다. 그래서 작가는 한 외국인의 시선을 빌어 4·19의거를 '변경을 부는 한 줄기 바람'으로 서술한 것이다(『변경 4』, 이문열, 1998: 108~175).

그것도 아메리카가 멀리서 은근히 부채질해 준 바람…. 그런데 이 바람의 끝

은 좀 묘한 형태일 거라고 했어.”

　“어떻게?”

　“꼭 혁명처럼 불지만 기껏해야 개량으로 주저앉거나 반동의 역풍으로 뒤

바뀔… 그때는 무슨 말인지 잘 몰랐는데 — 그 사람 정보 출신이란 거 알아?

그 출신답게 조금이라도 캐묻는 눈치가 보이면 아내가 될 나까지도 경계하

지 — 이제 네 얘기를 들으니 알 듯도 해”(『변경 4』, 이문열, 1998: 214).

　혁명이란 ‘변경을 불어가는 한 줄기 바람’이라는 진술은 어떠한 변혁의 움

직임도 종국에는 변경에 부는 바람일 뿐이며 이는 곧 우리의 주변적 운명이

라는 생각을 담고 있다. 즉, ‘변경’은 핵심에서 그저 멀리 떨어진 단순한 주변

이 아니라 경계선 너머에 또 다른 적대세력이 있는 곳이고 그래서 이탈을 허

용하지 않기 때문에 어떤 제국으로부터도 자유로울 수 없다는 자조와 체념

의 심리를 담고 있는 것이다.

　명훈이 사회주의 운동에 관여했던 부친의 행위를 실패로 규정한 것은 이

런 시각에서 보자면 당연한 일이라 할 수 있다. 가족마저 팽개치고 사회주의

운동에 투신해서 일생을 바쳤음에도 아버지는 혁명의 지분을 전혀 갖지 못

한 채 추방되는 비운을 겪었는데, 4·19에 앞장선 학생들의 처지와도 같은

이런 모습 역시 명훈에게는 변경인의 필연적 운명으로 비쳤던 것이다. 물론

『변경』에는 왜 아버지가 사회주의 운동을 했는지, 그리고 과연 일정한 지분

을 요구했는지, 또 그것이 무엇이었는지에 대해서는 언급되어 있지 않다. 사

회주의 운동을 하던 아버지가 월북했으며 이후 남한에 남은 가족은 연좌제

의 속박에서 벗어나지 못한 삶을 살았다는 것을 보여줄 뿐이지, 아버지의 이

념 선택이 갖는 의미라든가 반공주의의 허구성 등에 대해서는 전혀 관심을

보이지 않는다. 그런데 여러 연구자가 지적하듯이 지난 역사에서 반공주의가 맹위를 떨쳤던 것은 무엇보다 역대 정권들이 반공주의를 의도적으로 이용했기 때문이다. 반공주의가 전후 냉전의 산물인 것은 분명하지만 과거 정권들은 자신의 취약한 정통성을 만회하기 위해 반공주의를 정략적으로 이용했던 것이다.[7] 그렇지만 작가는 반공주의를 분단 현실의 필연적 조건으로 인정할 뿐 반공주의를 악의적으로 이용한 집단에 대해서는 전혀 관심을 보이지 않는다. 그런 맥락에서 두 계급을 중재하겠다는 작가의 주장은 실체에 대한 이해가 배제된 한갓 구두선에 머물 가능성이 크다.

작품의 말미에서 명훈이 '광주 대단지사건'을 겪으면서 새롭게 변신해 노동자 투쟁에 가담한 것은 한편으론 그런 결정론적 사고에서 벗어나기 위한 노력으로 볼 수도 있다. 하지만 그의 급작스러운 죽음은 그런 노력이 결국에는 참담하게 실패할 수밖에 없다는 변경인의 비극적 운명을 무의식적으로 확인시켜준 것으로 이해된다. 아버지가 그랬던 것처럼 그 역시 변경인의 운명을 타고났고 따라서 필연적으로 실패할 수밖에 없었던 것이다. 그렇다면 변경을 사는 인물들의 운명이란 체념과 자조밖에는 달리 없는 것으로 보인다. 계급의 갈등을 문학을 통해 조정하겠다는 주장 역시 인철의 생각과는 달리 그 한계가 명확한데 그도 '변경인'의 운명에서 벗어날 수 없기 때문이다.

5. 자기고백과 변명의 서사

『변경』은 작가가 머리말에서 밝힌 대로 1950년대 후반에서 1970년대 초

---

7) 반공주의에 대해서는 김진기 외(2008) 참조.

반을 배경으로 월북자 부친을 둔 일가의 삶을 핍진하게 서술한 작품이다. '한 시대의 벽화'를 그리겠다는 작가의 공언처럼 작품에는 당대의 다양한 사건들이 실감 나게 제시되어 있다. 작품의 1부에서 집중적으로 소개된 정치적 사건, 가령 재일교포 북송 사건, ≪경향신문≫ 폐간, 자유당 정권의 국가보안법 개정과 시행, 3·15 부정선거와 4·19의거, 월남 파병 등에 대한 진술은 이전 소설에서는 볼 수 없었던 역사 현실에 대한 작가의 확장된 관심을 담고 있다. 작가는 신문과 라디오 등의 다양한 매체를 통해 그런 사건들을 재구하는 수완을 발휘하면서 '시대의 벽화'를 그려나간다. 영희는 복부인이 되어 땅 투기를 일삼고, 명훈은 노동운동에 투신해서 삶의 마지막 불꽃을 소진하며, 옥경은 한평생 노동자로 살겠다는 결의를 내보이고, 인철은 소설가로 자신의 미래를 설계한다.

격동의 1960년대를 살아가는 이들의 다양한 삶의 궤적은 당대를 조망하고 이해하는 소중한 풍속적 사료라 할 수 있다. 영희의 꿈과 욕망을 통해서는 우리 사회를 요동치게 했던 투기 열풍을 엿볼 수 있고, 명훈의 돌연한 변신을 통해서는 전태일 분신 등으로 상징되는 열악한 노동환경과 이를 타개하려는 격렬한 움직임을 읽을 수 있으며, 젊은 선교사의 양심적 선교 활동을 통해서는 도시산업선교회 등으로 구체화한 종교계의 진보적 움직임을 암시받을 수 있다. 그런 점에서 지난 과거의 '벽화'를 그리겠다는 작가의 주장이 전혀 터무니없는 것은 아니었다.[8]

그런데 작품의 중심이 인철에게 있다는 사실을 염두에 두면 『변경』에서

---

8) 그런데 아쉽게도 이런 당대 현실에 대한 서술은 2부와 3부로 갈수록 점차 줄어들고 대신 인물들의 입신과 방황에 초점이 맞춰져 작품은 소설가가 된 한 개인(작가)의 입지전적 과정을 서술하는 식이 되었다.

작가가 궁극적으로 의도한 것은 다름 아닌 작가 자신의 이념과 가치에 대한 정당화라는 것을 알 수 있다. 사회현실을 보는 시각이 작가 특유의 '변경론'으로 고정되어 있고 또 현실을 변혁하려는 일체의 행위를 패배적으로 본다는 점에서 작가는 반공주의가 지배하는 현실에 대해 근본적인 문제제기를 하지 않고 있다. 비록 변경에 위치하고 있지만 남과 북이 힘을 합한다면 미래에 대한 선택의 여지는 한층 넓어졌을지도 모른다. 그렇지만 이문열은 분단된 현실을 그대로 용인하는 상태에서 변경에서의 삶을 운명처럼 받아들이고 있을 뿐이다. 그는 또한 정치 현실을 허무적이고 패배적으로 바라보며, 심지어 4·19를 포함한 과거 사회운동에 대해서도 시종일관 부정적인 시선을 견지한다. 이 작품이 『영웅 시대』에서 목격된 역사 현실에 대한 주관적 왜곡과 퇴영적 태도라는 문제점을 동일하게 드러내는 것은 그런 사실과 무관하지 않을 것이다. 이 작품이 반공문학에서 벗어나지 못했다고 말하는 것도 그와 관계된다. '변경론'을 통해 작가가 말하고자 한 것은 두 개의 거대 제국에 의해 조성된 분단 현실과 그에 따른 적대의 논리다. 작가는 변경론을 설파하면서 이를 불가피한 현실로 받아들이고 있으며 심지어 인물들을 삶의 나락으로 몰고 간 반공주의에 대해서도 면죄부를 주고 있다. 지난 시절에 반공주의가 맹위를 떨쳤던 것은 언급했듯이 정치집단이 반공주의를 의도적으로 악용한 데 원인이 있지만 작품에서는 그에 대한 문제의식이 발견되지 않으며 대신 '변경'이라는 상황의 특수성으로 인해 반공주의가 불가피했다는 사실만이 환기될 뿐이다.

그런 점에서 『변경』은 작가 이문열이 갖고 있는 보수적 가치와 이념을 설명하고 정당화한 고백의 서사라 할 수 있다. 작가는 자신이 살아온 길을 돌아보면서 월북자 가족으로서 겪었던 상처를 들추어내고 그렇게 될 수밖에 없었던 경위를 장황하게 진술하고 있다. 즉, 『변경』은 반공 치하를 살아가는

인물들의 삶을 증언하고 시대를 고발하기보다는 가족사의 불행을 정리하고
이를 통해 자신의 보수적 입장을 정당화하는 데 방점을 찍고 있는 것이다.

참고문헌 ···

1. 기본자료

이문열. 1998. 『변경 1~12』. 문학과지성사(1998년 재판).

2. 논문·기타

권유리야. 2006. 「현실 아버지의 탐색과정에 나타난 식민의식」. ≪한국문학논총≫,
　　44집(2006년 12월).

김영호. 2006. 「한국전쟁 원인의 국제 정치적 재해석」. 『해방전후사의 재인식 2』.
　　책세상.

김태현. 1988. 「반공문학의 양상」. ≪실천문학≫, 1988년 봄호, 실천문학사.

이남호. 1993. 「낭만이 거부된 세계의 원형적 모습」. 『이문열』. 살림출판사.

3. 단행본

강진호. 2004. 『현대소설사와 근대성의 아포리아』. 소명출판.

기든스, 앤서니(Anthony Giddens). 1997. 『현대성과 자아정체성』. 권기돈 옮김. 새물결.

김진기 외. 2008. 『반공주의와 한국 문학의 근대적 동학 I』. 한울.

푸코, 미셸(Michel Foucault). 2003. 『감시와 처벌』. 오생근 옮김. 나남.

프롬, 에리히(Erich Fromm). 2000. 『정신분석과 듣기예술』. 호암심리센터 옮김. 범우사.

전국문화인단체총연합회 엮음, 『반란과 민족의 각오』(문진문화사, 1949)

1948년 10월에 발생한 여순사태는 대한민국 건국 수립 직후 군대 내부에서 발생한 반란사건이었다. 이 사건의 현지사정을 취재하기 위해 당시 문교부에서는 문인조사반을 파견했다. 조사반은 제1대로 박종화, 김영랑, 김규택, 정비석, 최도연 등이 파견되었고, 제2대로 이헌구, 최영수, 김송, 정홍리, 이소녕 등이 파견되었다("문교부, 반란 실정 문인조사반 파견", ≪서울신문≫, 1948년 11월 3일자 2면). 이 책자는 이들의 현지 파견 경험을 수기로 담아내는 한편, 대통령 담화, 부통령, 국무총리의 성명, 문화인들의 현지실정 보고, 반란과 언론계의 여론, 부록으로 반란경위와 그 진상 등의 순서로 편성되어 있다. 이로 미루어 보면 이 책자는 국가의 재현을 통해 반란군과 양민의 구별을 시도하는 미디어 정치의 선전물에 가깝다. 책자에 관한 상세한 논의는 임종명, 「여순 '반란'의 재현을 통한 대한민국의 형상화」, ≪역사비평≫, 2003년 가을호; 임종명, 「여순 '사건'의 재현과 공간」, ≪한국사학보≫, 19호(고려사학회, 2005)를 참조할 것.

조석제, 「해방문단 5년의 회고」, ≪신천지≫, 4권 8호(1949. 9~1950. 2)

조연현이 '조석제(趙石濟)'라는 필명으로 ≪신천지≫에 5회에 걸쳐 연재한 해방기 문단에 대한 회고다. 해방 직후부터 단정수립 이후 ≪문예≫의 발간 까지를 좌우 대립을 토대로 기록한 이 글은 해방기를 조망하는 관점의 원형이 되고 있다. 이 글은 해방부터 단정수립 이후까지의 문단사를 '혼란기 – 투쟁기 – 정돈기 – 문단재건기'로 구성함으로써 해방 직후의 이념적 혼란과 좌우 대립 그리고 우익의 승리를 강조한다. 이런 역사 기술은 결국 문학사에서 좌익 문인은 물론 중간파 문인과 전향 문인을 배제하며 청년문학가협회를 중심으로 하는 문단주체의 재구성에 정당성을 부여하는 결과를 낳는다.

유진오·모윤숙·이건호·구철회, 『고난의 90일』(수도문화사, 1950)

서울 수복 직후인 1950년 11월에 간행된 반공도서다. 편집자의 발간사에서는 텍스트의 발간 목적을 "적화(赤禍)를 당한 동포들"과 "미침(未侵)지구에서 적비(赤匪)의 광태를 보지 못한 동포들" 중에 "무모한 공산사상에 사로잡힌 자가 남아 있으리라는 염려" 때문에 "민족 문화의 향상과 대중의 정치적 계몽"을 위해 "멸공 성전에 이바지하고자" 간행했다고 수록하고 있다.

안호상, 『일민주의의 본바탕』(일민주의연구원, 1950)

초대 문교부 장관 안호상이 1950년 2월에 쓴 저서다. 이승만의 이데올로그로 유명한 안호상의 이 저서는 이승만의 이데올로기를 대변해서 철학적으로 체계화했다고 평가된다. 이승만은 "뭉치면 살고 흩어지면 죽습네다"를 입버릇처럼 외쳤고 이에 대해 안호상은 "뭉쳐지면 살고 흩어지면 죽는다는 이 진리가 여기서 또 한 번 타당하다. 이것은 누구보다 우리가 제일 잘 알고 있다"(안호상·김종욱, 『국민윤리학』, 1975)라고 화답했다. 1948년 12월 20일부

터 시작된 제2회 국회에서는 여당 성향의 의원들이 소장파 의원들에 맞서 일
민구락부를 구성했는데 이승만에게 충성을 맹세한 대부분의 주요단체가 일
민주의를 표방했으며 자유당 창당 시 일민주의는 당의 기본 이념 또는 정강
이 되었다. 이에 따라 일민주의에 대한 저작들이 쏟아져 나왔는데 이 책은 그
러한 시대 경향을 대변하고 있다. 아울러 문교장관으로서 안호상의 문교정
책의 골간이 되었다고도 할 수 있다. 이 책과 양우정의 『이대통령건국정치이
념: 일민주의의 이론적 전개』(1949)는 이승만의 『일민주의개술』(일민주의보
급회, 1949)을 보완한 것으로서, 양우정의 책이 이승만의 책을 단순히 정리한
것에 불과했다면 이 책은 거기에 철학적 의미를 부여해서 이를 더욱 체계화
했다고 평가할 수 있다.

국제보도연맹 엮음, 『적화삼삭구인집』(1951)

이 책은 부산 피난 당시 간행된 반공도서로, 필자로는 오제도, 양주동, 송
지영, 손소희, 백철, 장덕조, 김용호, 최정희, 박계주 등 모두 9명이다. 서문과
발문은 사상검사로 명성을 날린 오제도가 썼으며, 문인들의 글은 모두 인공
치하 서울에서의 경험, 납북 후 대열에서 탈출해 귀환하면서 북한에서 보고
들은 일화, 인민군 강제 징집당했다가 탈출한 경험담 등으로 구성되어 있다.
이 책은 "반공서적의 효시"(≪북한≫, 1972. 8)로서 1970년대 초반 데탕트의
흐름 속에서 다시 호명된다.

육군종군작가단, ≪전선문학≫(1952. 4~1953. 12, 통권 7호)

전쟁기간에 나온 종군기관지로서 모두 7호가 발간되었다. ≪전선문학≫
은 매호 3,000부 정도 발간했다고 전해진다. 그 이상을 발간하는 것은 발간
비 때문에 불가능했다고 한나. 이 기관지는 대체로 장교들에게 전달되었다.

이 시기 사병들은 대다수가 글을 읽을 수 없는 문맹이었기 때문이다. 그렇다면 국가의 이데올로기는 이 기관지를 통해 장교들에게 주입되고 장교들은 군의 명령체계에 의해 장병 계몽 또는 위문이라는 명분으로 이를 사병들에게 강제로 주입했다고 보인다. 이처럼 강제적으로 주입된 이데올로기는 전쟁의 외상을 치유할 수 있는 해석체계로 작용하면서 적극적으로 이를 내면화하게 만드는 핵심 계기로 작용했다. 그런데 문제는 출판 부수에 있는 것이 아니다. 중요한 것은 문단주체세력이라는 사람들이 앞장서서 이데올로기적 기능의 첨병 역할을 했다는 사실이다. 이들의 이러한 기능적 역할이 단지 비자발적 시늉에 불과한 것은 아니었다. 한편으로는 생활의 압박 때문에, 다른 한편으로는 살생의 현장에서 유일한 피난처라는 의미 때문에 그들은 이러한 역할을 자발적으로 수행했다. 이 자발성은 진리의 진위 문제를 떠나 이데올로기를 전면 수락하게 되는 내면화의 근본 계기였다고 할 것이다.

현수(박남수), 『적치 6년의 북한문단』(국민사상지도원, 1952)

이 저작은 1·4후퇴 때 월남한 시인 박남수가 쓴 해방 후 북한문단의 동향에 대한 체험보고서로, 월남 후 전시하 부산에서 1951년 11월 ≪경향신문≫에 연재했던 '북한문단광태'를 확장해 상재한 단행본이다. 최명익, 오영진, 황순원, 유항림, 김동진 등 재(在)평양 문학예술인들이 1945년 9월에 결성한 좌우합작의 예술단체인 평양예술문화협회의 활동과, 이 단체가 곧바로 공산주의계열의 평남지구프롤레타리아예술동맹(위원장 한재덕)과의 합동명령을 받았으나 이에 불응해 자진 해산하는 과정에서 북한문단이 북예총으로 집결되는 경로 및 이를 둘러싼 다양한 갈등과 대립을 연대기적으로 기술하고 있다. 이 책은 오영진의 『소군정하의 북한』(국민사상지도원, 1952)과 더불어 해방 후 평양을 중심으로 벌어진 북한의 정치와 문화상황을 파악하는 데 유력한 참고가 된다. 다만 월남작가가 철저한 반공적 시각에서 기술했다는 점을 고려해 비판적인 독서가 필요하다.

반공통일연맹선전부 발행, 『농민독본』(일신사, 1953)

1953년 휴전기에 나온 이 책은 당시 압도적인 다수를 차지하고 있는 농민들에 대한 반공계몽의 일환으로 씌었다. 서문은 반공통일연맹 부위원장 지청천이 썼으며, 격려 형식의 글은 반공통일연맹 선전책임위원 안호상, 반공통일연맹 위원장 이윤영이 썼다. 안호상은 특유의 일민주의 논리로서 이 책에 대한 격려사를 했다. 즉, 그는 다음과 같이 말했다. "참된 조국 충성은 조국을 지키며 발전시키는 데 또 참된 민족사랑은 민족을 향상시키며 잘살게 하는 데 있는 것이다. 우리 국토의 7, 8할은 우리 농촌이요 또 우리 민족의 7, 8할은 우리 농민이다. 그러면 우리의 농촌을 잘 지키며 발전시킨다면 우리의 조국은 잘될 것이며 또 우리의 농민을 잘 살린다면 우리 민족은 잘살 것이다." 그렇지만 실제로는 위원장 이윤영의 말처럼 휴전을 틈타 농민층에 침투하는 좌익 세력을 경계하고 그들에게 대응하기 위한 농민교육의 성격을 띠고 있었다고 할 수 있다. 이 책의 목차는 논설편, 문예편, 영농편으로 나뉘는데 문예편에서 소설은 황순원이, 수필은 이동주가, 시는 김춘수가 썼다는 사실이 인상적이다.

국방부 정훈국, 『구월산』(1955)

이 책은 국방부 정훈국에서 1955년 펴낸 반공실기로서 이른바 구월산 전투라고 부르는 한국전쟁 당시의 사건을 실화의 형식으로 복원해낸 것이다. 국방부 정훈국장 김종문은 발간사에서 '공산도배'들에 저항했던 이들을 유격대(빨치산)로 호명하면서 이들의 영웅적인 투쟁을 찬양하고 있다. 이 책의 목차를 보면 1. 유격부대의 탄생, 2. 연풍부대, 3. 구월부대의 성장, 4. 시련 시대, 5. 웅도의 참극, 6. 구월부대의 분산, 7. 포로수용소내의 구월부대, 8. 도서에 잔류된 구월부대로 되어 있으며, 부록은 주로 전과록, 구월부대전사 자 명부 등 전과기록이나 전사자 명부로 채워져 있다.

조동환, 『항공의 불꽃』(보문각, 1957)

황해도 신천, 재령 일대에서 벌어진 반공 지하운동의 전말을 기록한 책이다. 황해 10·13봉기로 표현되는 신천사태에 대한 첫 기록인 이 책은 9·28 서울 수복 후 황해도 지역을 넘어 진격하던 중 10월 13일을 기해 신천, 재령, 안악과 황해도 전역에 걸쳐 반공 학생과 청년들이 호응해 "공산적구소탕구축에 일대반격"을 전개했다고 기록함으로써 북한에서 말하는 '신천학살사건'과는 달리 이 사건이 반공의거로 명명되고 있어 전형적인 반공주의의 시각을 드러낸 저작이다. 북한에서는 이 사건을 미군의 폭격과 만행으로 선전해 온 바 있다. 황석영의 『손님』(창비, 2001)에 이르러서야 해방 직후부터 시작된 좌·우의 격렬한 대립 갈등이 6·25전쟁과 함께 상호학살로 이어진 이 사건의 전모가 드러난다.

육군본부, 『전쟁문학집』(육군본부 정훈감실, 1962)

5·16 직후에 육군본부가 펴낸 이 문학집(소설집)에는 총 21편의 전쟁 관련 소설이 수록되어 있다. 작가에는 염상섭, 최정희, 김동리, 황순원 같은 기성 작가뿐만 아니라 강신재, 오상원, 서기원 같은 신진작가까지 포함되어 있다. "조국의 수호를 위해 쓰러져간 젊은 영령들 앞에 오늘의 혁명과업 완수와 내일의 승공(勝共)을 다짐하면서 삼가 이 책자를 바친다"라는 헌사를 통해 알 수 있는 바와 같이 이 소설집의 간행은 5·16을 구국혁명 또는 국민혁명으로

규정하는 한편 혁명과업을 위한 기반으로서 반공이념을 강화하고 승공에의 의욕을 불러일으키려는 의도를 분명하게 지니고 있다. 대중접근성이 큰 분야였던 문학작품을 활용해 반공의식을 고취하려는 권력과 이에 순응해야만 했던 문학의 불편한 공서(共棲)를 확인할 수 있는 소설집이다.

내외문제연구소 엮음, 『반공보도자료집』(1962)

주로 반공주의의 일선에 섰던 내외문제연구소가 만든 자료집이다. 이 자료집은 내외문제연구소가 5개월여에 걸쳐 '북한괴뢰집단 및 공산당'의 동향을 조사 분석한 뒤 국내외 언론기관 및 방송국에 제공한 반공보도자료를 모아 '국민의 반공사상앙양과 대공선전 강화'에 '참고자료'로 제공하고자 집성 발간한 것이다. 제1부는 국내 언론기관, 방송국 및 12개 재일교포 언론기관에 제공된 일반 보도자료이며, 제2부에는 국내 중요 정기간행물에 특별 제공된 기사자료가 수록되어 있다. 이를 보면 정부와 연구소, 언론기관이 상호 긴밀한 협조 아래 반공주의를 강화, 유포했음을 확인할 수 있다.

한재덕 책임편집, 『공산주의 이론과 현실 비판총서』, 전 6권, 공산권문제연구소(내외문화사, 1965)〕

관변단체에서 출간한 공산주의 이론서 가운데 가장 규모가 큰 이 총서는 "거짓과 과장을 배제하고 사실과 진실을 추구한 양심적·과학적 반공전서"임을 자처했다. 특히 한재덕이 집필한 제5권 『한국의 공산주의와 북한의 역사』와 제6권 『북한의 역사와 현실』, 그리고 별권으로 발행된 『김일성을 고발한다』는 북한경제 20년사, 북한사회 교육문화사, 대남공산책략사, 북한 20년 일지 등 북한 공산주의의 역사와 현실을 다방면으로 분석함으로써 북한 공산주의 체제를 분석하고 고발하는 데 주력하는 특징을 보여준다. 공산주의

서적을 마물시하고 금서해온 것의 문제를 지적하며 공산주의라는 마물(魔物)을 퇴치하려면 먼저 그 정체를 알아야 한다는 관점에서 기획된 이 총서의 성격을 한마디로 규정하면 '체계화된 승공에의 지침서'라고 할 수 있다. 이 총서를 통해 1960년대 초부터 본격화된 공산주의 연구의 주체와 수준 그리고 목적을 비교적 뚜렷하게 파악할 수 있다.

교육대학교직과교재편찬위원회 엮음, 『교육과정』(교육출판사, 1965)

2차에서 '교육과정 구성의 일반목표'를 보면 반공교육이 더욱 강조된다. "민주적 신념이 확고하고 반공정신이 투철하며, 민주적인 생활을 발전시킬 수 있는 인간을 양성하는 데 가장 적합한 학습 경험을 포함"해야 한다고 하면서 "형식적 추상적 지식에 치우쳤던 반공·도덕교육을 쇄신하여 일관성 있게 지도할 수 있는 계획을 수립하고 학생들이 능동적으로 참여하는 실질적 교육에 주력하여야 한다"라고 강조하고 있다. 또한 반공·도덕교육에 대해서는 "학교교육의 어떤 특정한 교과에만 의존할 수 없는 것이므로 학교교육의 모든 영역에 걸쳐서 계획성 있게 실시하여 그 성과를 거둘 수 있도록 하여야 한다" "반공·도덕교육을 교육의 전체 계획에서 실시하기 위해서는 사회과를 위시한 모든 교과 학습과 교과 외의 모든 활동이 아동의 도덕적 성장 발달에 어떠한 역할을 수행할 것인가에 대하여 명확한 이해를 가지고 모든 학습 경험 상호 간에 긴밀한 관련을 유지하도록 한다" "각 학교에서는 반공·도덕 생활 지도 내용에 의거하여 아동의 정도에 맞도록 바람직한 생활 습관과 예절을 습득하게 하는 데 필요한 종합적 학습 지도 계획을 수립하여 운영하도록 한다"라며 이를 강조하고 있다.

문교부, 『반공·도덕 생활 지도 지침』(국정교과서주식회사, 1966)

이 책은 반공·도덕교육용 지침서로서 반공·도덕 생활 지도를 위해 교육의 전체 계획을 어떻게 수립할 것이냐에 관한 지침과 시사를 주고 있다. 이 책은 반공·도덕교육의 성과를 높이는 데 참고가 되도록 하자는 의도에서 편찬된 책으로, 1963년에 공포된 개정 교육과정에서 확정된 사항인 초·중학교에서 교과 시간 이외에 따로 반공·도덕 생활 지도를 위한 시간을 과하도록 하는 규정에 발맞추기 위한 일환으로 쓰인 것이기도 하다. 나아가 이 책에서는 반공·도덕교육이 단지 정해진 교과 시간 이외의 시간뿐만 아니라 교과 시간 전체에 스며들어야 한다고 강조하기도 한다. 다시 말해 반공·도덕교육은 반드시 특설된 시간에만 이루어지는 것이 아니라 학교교육의 전체계획에서 이루어지는 것이 원칙이며 이 특설된 시간에는 위에서 얻은 성과를 종합하고 보충해 실천력을 기르도록 활용해야 한다는 것이다. 교육이 이데올로기를 전파하고 심화하는 가장 중요한 통로였음을 다시금 확인하게 해준다.

심현, 『북한 실화집』, 전 3권, (삼일각, 1967)

이 책은 반공 방첩에 관한 서적으로 종래에 나온 반공책자들이 지나치게 이론에 치우쳤거나 어려운 문장으로 꾸며졌기 때문에 일반서민층에 널리 읽힐 수 없었다는 자성을 기반으로 하고 있다. 한편으로는 반공서적 하면 대부분 타공 일변도여서 흔히 북한에 대한 무슨 욕설이나 담은 것 같은 인식을 심어주기 때문에 좀처럼 읽으려 들지 않는 경향을 고려한 것이다. 내무부 장관 엄민영이 추천사를 썼다. 이러한 의도의 배후에는 "북괴가 노리는 대남공작 방향이 이른바 기본 군중(우매하고 빈곤한 층)에 중점을 두고 있기 때문에 우리는 지식층에 앞서 서민층에 대한 반공 계몽운동을 강력히 추진하여야 할 것"이라는 지적처럼 현실적 필요성이 작용하고 있음을 확인할 수 있다. 따라서 실제 현실에서 볼 수 있는 에피소드 중심으로 엮은 것이 특징이다. 예를 들면 '북괴는 학교에서 무엇을 가르치는가' '김일성 우상화의 갖가지 수단' '달구지를 끄는 소설가' '서자 취급을 당한 재만 교포들' '나는 몇 번째의 시체인가' '수령님도 지주시겠네' ' 환영받은 산나물트럭 운전수들' '반역자의 유적이 되고만 선죽교' '논문 내고 목이 달아난 의사' 등과 같은 내용으로 구성되어 있다.

『반공계몽독본』(1967)

1967년에 나온 이 책은 담화문과 서문이 함께 실려 있다. 담화문은 내무부 장관 엄민영, 법무부 장관 권오병, 국방부 장관 김성은, 문교부 장관 문홍주, 공보부 장관 홍종철 명의로 실려 있고 서문은 아세아자유문제연구소 소장 박재이가 썼다. 1967년 시점에서 이북의 대남 공세에 맞서 남한의 반공주의 교육을 철저히 하고자 반공계몽편, 방첩계몽편으로 나누어 서술되어 있다. 목차를 보면 반공계몽편은 1. 우리는 왜 공산주의를 반대하는가, 2. 북한 동포들은 왜 못 사는가, 3. 북한 농어촌 주민의 실정, 4. 노동자와 도시 생활, 5. 부녀자와 북한의 실정, 6. 문화인의 생활과 공산주의, 7. 북한의 교육과 인간의 변질노동자와 도시 생활 남한 국민들에 대한 주의로 내용이 짜여 있다. 방첩계몽편은 8. 방첩의 필요성과 간첩 색출 방법, 9. 간첩의 꾐에 넘어가서는 안 된다, 10. 간첩의 활동방법을 알아두자 등으로 되어 있다.

한국반공연맹, 『공산주의 이론과 실제』(한국반공연맹, 1968)

이 책은 해방 후 가장 강력한 영향력을 발휘한 반공단체였던 한국반공연맹이 펴낸 대표적인 반공서다. '반공지도자들의 사상적 지도역량 배양'과 '국민들에 대한 효과적인 계몽 선도'를 목적으로 공산주의문제연구소와 아세아문제연구소, 그리고 학계 및 언론계 저명인사들이 집필한 반공교육용 교재라고 할 수 있다. 집필자로는 공산권문제연구소 소속의 조성식, 김인홍, 이종구, 김진승, 박승렬과 아세아문제연구소 소속의 김창순, 김남식, 기타 김두헌, 백상건, 김윤환, 홍이섭, 최광석, 박동운, 신상초 등이 참여했다. 북한 분석에 중점을 둔 이 책은 정치, 경제, 외교, 사회, 교육, 문예 등을 망라한 북한 체제 전반을 분석 규명하고 있는데, 대체로 '일말의 자유조차 찾아볼 수 없는 인민착취와 억압의 광장' '동족에게 인간 증오와 민족말살사상을 강요하는 집단'으로 북한을 규정하고 있다. 1972년에는 내용을 보완한 증보판이 출간된 바 있다.

공보부, 『현대사와 공산주의 총서』, 전 2권(공보부, 1968~1969)

이 총서는 공산주의가 현대사에 미친 영향과 그것이 차지하고 있는 위치 및 본질 등을 이론보다는 실제 양상에 초점을 맞춰 기획한 이론서다. 제1권은 『한국에 있어서의 공산주의』로, 한재덕, 오제도, 문희석, 유완식, 김남식, 김영수, 강인덕의 글을 수록하고 있다. 제2권 『소련에 있어서의 공산주의』에는 이동준, 강인덕, 이명영, 유완식, 황재선, 강병규, 신상초의 논문이 수록되어 있다. 집필자들은 대부분 관변단체 또는 대학에 소속된 대표적인 반공 이데올로그로서 반공이론의 개발을 선도했던 이론가들이다. 공산주의의 이념과 그 모순에 대한 비판이 단편적이고 부분적이었다는 반성을 바탕으로 공산주의의 잔인성에 초점을 맞춰 반공태세 확립에 실질적으로 기여하도록 기획했다는 공보부 장관의 간행사에 이 전집의 기획의도가 고스란히 나타나 있다. 그 결과 공산주의 및 북한의 부정적 행태를 보여주는 사진들이 곳곳에 배치되어 있다. 한국편, 소련편에 이어 아시아편, 구주편, 아프리카편, 미주편 순으로 총 6집의 간행 계획을 세웠으나 2집까지만 발간된 것으로 보인다.

『반공지식총서』, 전 5권(희망출판사, 1969)

이 총서는 1968년 1·21사태와 울진·삼척지구 무장공비사건을 계기로 남·
북한의 적대적 의존관계가 위기상황을 맞으면서 내부적인 체제모순과 긴장
을 역으로 통제하고 규율하기 위해 급격하게 펴낸 반공국민독본으로, 기존
에 다양하게 생산 유통되던 체험담 중심의 반공수기를 집대성했다. 이 총서
는 제1권『추격자의 증언』, 제2권『내가 체험한 지옥의 적치』, 제3권『침입
자와의 대결』, 제4권『자유를 공출당한 사람들』, 제5권『반공국민독본』등
으로 구성되어 있다. 제1권은 해방부터 5·16 이전까지 공안사건을 담당 취급
한 사상검사 오제도의 수기이며, 제2권은 각계 저명한 인사들이 전시 적치
(敵治)하에서 겪은 고난의 기록이다. 제3권은 5·16 이후 당시 중앙정보부가
취급한 국내외 대간첩사건과 무장공비 소탕 작전 실기(實記)이며, 제4권은 귀
순자와 무장게릴라 등이 폭로한 북한 내막기다. 제5권은 반공에 대한 철저한
인식과 행동화를 위해 전 국민 필독의 교양강좌를 표방한 반공교육서다. 특
징적인 것은 각 권 판권지에 '중앙정보부검열필'이 명기되어 있다는 점이다.

『국민정신무장독본』, 전 3권(현대교육총서출판사, 1969)

전 3권으로 구성된 이 총서는 냉전 시대의 사상적 구도를 공산주의와 민
주주의 대결로 구획하고 공산주의사상, 민주주의사상을 알기 쉽게 설명한
대중교육용 독본이다. 제1권『이것이 공산주의다』(오천석)는 공산주의의 발
생과 양면성, 북한의 적화공작 등을 상세히 설명하는 가운데 공산주의를 반
대하는 이유 및 승공의 필요성과 방안을 제시한다. 제2권『민주주의의 참된
모습』(오천석)은 민주주의가 걸어온 길을 제시하면서 민주주의의 적을 공산
주의로 규정한 뒤 민주주의가 승리할 때까지 전 국민이 강인한 반공정신으
로 무장해야 한다고 강조하고 있다. 제3권『아름다운 조국』(오천석 엮음)에서

는 이은상, 박종홍, 이태극, 김원룡. 오천석 등 당대 저명한 학자들의 조국 예찬을 수록했다. 이 총서를 통해 1960년대 후반 지식인들이 반공이데올로그로서 어떤 역할을 했는지 충분히 가늠해볼 수 있다.

한국문인협회, 『한국전쟁문학전집』, 전 5권(휘문출판사, 1969)

전 5권으로 구성된 이 전집은 해방 후 간행된 전쟁문학 관련 작품집 가운데 가장 규모가 크다. 이 전집에는 단편 48편, 중편 3편, 장편 1편 등 총 52편의 전쟁소설이 수록되어 있다. 필진도 김동리, 황순원, 안수길에서부터 천승세, 이동하, 방영웅에 이르기까지 당시 기성작가와 신인작가를 두루 포괄하고 있으며, 이에 상응해 수록된 작품도 전시에 창작한 것에서부터 당시에 창작한 것까지 망라되어 있다. 특히 한국문인협회는 이 전집을 기획하면서 ≪월간문학≫을 통해 '6·25동란을 소재로 하고 민족정신의 앙양을 주제로 한' 단편소설 현상을 공모해 5편의 당선작을 뽑아 3권에 수록했으며, 이청준, 박태순 등 당시 역량 있는 신예작가 10명에게 전쟁소설을 신규 집필케 해 그들의 작품까지 포함시켰다. 전집 간행의 취지는 김동리가 작성한 발간사에 잘 나타나 있는데, 한마디로 냉전적 시각에서 전쟁 및 전쟁문학을 재구성하겠다는 것이다. 이 전집을 통해 한국문인협회 중심의 보수우익 문학이 자신들의 가장 강력한 안전판인 '전쟁'을 호명해 선/악 이분법에 기초한 냉전 반공논리를 확대 강화하는 데 기여함으로써 궁극적으로 지배 체제에 자발적으로 순응했던 면모를 확인할 수 있다.

한국통일촉진회, 『북한반공투쟁사』(1970)

1970년에 한국통일촉진회가 발간한 책이다. 1968년 9월 12일 창립된 북한반공투사위령탑건립위원회가 건립기금 모집, 탑 건립기지 선정, 설계도

작성 등을 거쳐 1969년 10월 19일 효창공원에 북한반공투사위령탑을 세운
이후 이와 관련한 일련의 사업으로서 이 책을 편찬했다. 이 책을 편찬하기 위
해 이북 5도 지사 동도민 회장에게 의뢰해 북한 곳곳에서 발생했던 반공투쟁
자료를 근 1년간 수집했으며 그 자료를 기초로 이 책을 펴냈다. 화보에는 당
시 국무총리 정일권이 붓글씨로 '북한해방 국토통일'이라고 썼으며, 발간사
는 사단법인 한국통일촉진회 회장인 김홍일이, 축사는 문화공보부 장관인
신범식이 맡았다. 목차를 보면 종합편, 황해도편, 평안남도편, 평안북도편,
함경남도편, 함경북도편으로 나뉘어 있다.

교육대학반공도덕연구회 엮음, 『반공도덕교육』(학문사, 1970)

이 책은 학교의 반공도덕을 원리와 실천의 양면에서 시도하기 위해 쓰였
다. 그러한 의도를 통해 교육을 반공도덕으로 재편하려 했던 지배 권력의 의
지를 확실히 알 수 있다. 이 책의 시대적 배경은 국민교육헌장이 나온 때로서
이 책은 국민교육헌장의 구체적 발현을 위한 지침서라고 해도 과언이 아니
다. 무엇보다도 경제적 측면에서 근대화가 어느 정도 이루어졌고 미국의 대
아시아 정책의 변화가 감지되는 시점에서 새로운 정신혁명이 요구되었기 때
문에 출간된 것이라 보인다. 이 책의 목차를 보면 제1장 성격, 제2장 교육과
정, 제3장 교재, 제4장 반공·도덕 지도방법, 제5장 반공·도덕교육의 평가로
이루어져 있는데, 그 각 장을 구체적으로 살펴보면 아주 세세한 것까지 규정
하고 있음을 알 수 있다. 예컨대 예절생활과 개인생활 등은 어떻게 해야 하며
삶의 교훈이나 방법은 어떠해야 하는지 등 개인적 내밀한 지점까지 침투해
서 일거수일투족의 규범을 지시하는 것이다. 서론에서 저자들이 실천도 중
요하지만 도덕원리 면을 증대시키는 방향으로 앞으로 더욱더 깊이 연구하겠
다고 한 부분은 한국철학의 한 특성을 연상시킨다는 측면에서 주목된다고
하겠다.

국토통일원, 『승공교양강좌』(현대교육총서출판사, 1971)

머리말에 의하면 이 책은 "공산주의 실제가 무엇이며 북한의 공산주의는 어떤 것인가를 실감 있게 설명하기 위하여 실화편을 두었고 북괴 내부에 조작된 사실들에 대하여 질문을 받을 때와 북괴가 주장한 대남 악선전이 어떤 점에서 허위적이고 기만적인가를 대답할 수 있도록 각각 질문편과 해답편을 두"고 있다. 그 외에도 '비판편'을 두어 공산주의의 철학, 경제학, 전략전술, 정치이론 등을 조목조목 비판하고 있다.

김종하, 『반공실록전집』, 전 5권(한국문화출판사, 1971)

이 책은 일종의 실록물로서 실제 북한의 실정 또는 전쟁 전후 좌익 활동을 했던 사람들의 후회, 자책, 귀순, 자유대한에의 투항 등의 과정을 기술하고 있다. 지금까지 발간된 서적이 대부분 공산주의의 제도 및 행동을 '외부에서' 상세하게 폭로해 이에 대한 대책을 강구했다면 이 책은 가급적 "공산분자들의 깊은 속마음을 그리려고 노력"했다는 점에서 밖으로부터의 비판이 아닌 안으로부터의 비판의 형식을 취하고 있다. 특기할 사항은 이 저서를 집필하는 데 필요한 자료가 대부분 문화공보부 대공과장과 한국일보사 기자에 의해 제공되었다는 점이다. 문학과 관련해서는 상당히 많은 지도를 해준 "김동리 선생님과 한국일보논설위원 신석초 선생님께 큰절을 드리는바"라는 구절에서 이 사실을 간접적으로 확인할 수 있다.

경기도교육연구원, 『국민교육헌장이념구현 및 반공교육실천사례집』(1971)

경기도교육연구원 원장인 김천홍이 머리말을 썼다. 목차는 국민교육헌장편과 반공교육편으로 나뉘어 구성되었다. 국민교육헌장편은 중등학교 교사들이 국민교육헌장에 구현된 정신을 실제 교육현장에서 어떻게 실천할 수 있는가 하는 실천 사례를 중심으로 기술했다. 반공교육편 역시 중등학교 교사가 중심이 되어 반공교육의 실태 및 실천 사례를 중심으로 서술했다. 국민교육헌장편의 세부목차는 1. 학급경영을 통한 국민교육헌장 이념 구현, 2. 준거집단을 통한 성실성 지도에 대한 연구, 3. 일기 쓰기를 통한 헌장 이념의 생활화, 4. 협동정신 함양을 위한 국민교육헌장 이념의 구현 실천, 5. 도덕과의 생활지도의 일원화를 통한 국민교육헌장 이념의 구현 실천, 6. 자율적 실천 활동을 통한 국민교육헌장 이념의 구현 실천, 7. 학교교육목표에 입각한 국민교육헌장 이념의 구현 실천, 8. 선의의 경쟁의지를 통한 협동심의 함양과 집단질서 확립을 위한 지도, 9. 성실성 결여에서 온 문제아에 대한 임상학적 치료의 연구, 10. 협동정신 함양을 위한 헌장 이념의 구현 실천, 11. 인간교육을 위한 사랑의 학교 가꾸기 5년이며, 반공교육 편의 세부목차는 12. 반공 생활화의 습관화, 13. 행사를 통한 반공지도 사례, 14. 승공교육을 통한 반공정신의 함양, 15. 시사교육이 반공교육에 미친 영향, 16. 우리 학교 반공교육의 실태, 17. 승공교육의 실천, 18. 우리 학교의 반공교육의 실태, 19. 계시 활동을 통한 반공교육, 20. 반공도서 읽기를 통한 승공교육의 실태다.

국민방첩연구소 엮음, 『지공교육독본』(흑백문화사, 1972)

이 책은 1972년 7·4 공동성명 이후 펴낸 것으로 보인다. 특이한 것은 「방첩의 노래」라는 노래의 악보가 실려 있다는 것이다. 7·4 남북공동성명에 즈음한 정경들이 화보로 실려 있어 당시의 분위기를 약간은 엿볼 수 있다. 그렇지만 공동성명을 환영하면서도 한편으로는 이에 대한 비판적인 글을 싣고 있어 이 성명의 이중성을 엿볼 수 있다. 말하자면 다음과 같다. "바로 7·4 남북공동성명과 남북에 흩어져 있는 1천만 이산가족 찾아주기 남북적십자 본회담의 개최 등이 그것이다. 박정희 대통령의 8·15선언, 평화통일 5개 원칙

등에 바탕을 둔 최근의 남북대화는 실로 민족의 번영과 행복을 전쟁의 참화로부터 막아내고 그리하여 이 나라 이 겨레의 숙원인 통일을 평화적으로 성취하자는 우리 대한민국의 줄기찬 노력의 결실이었다. 그러나 7·4 남북공동성명이 있기 전까지도 북한 공산집단은 '무력적화통일'을 외치며 남침의 기회만을 엿보고 있었던 엄연한 사실을 우리는 잊을 수가 없다." 이 책은 북한의 당 조직, 적화정책과 통치수단, 학교, 재판 등 풍부한 항목을 담고 있으며 방대한 분량으로 구성되어 있다.

국제통신사, 『반공투쟁사』(1959)

'부흥·발전하는 대한민국'이라는 부제를 달고 있는 이 책은 사진 화보집이다. 책 초반부에 '이 대통령, 맥아더 원수, 하지 중장'이라는 제목의 사진이 실린 데 이어 '환영의 화환을 받는 맥아더' '환국하시어 처음으로 광복절 축하식에 참석하신 이 대통령' 등 한미 지도자들을 클로즈업한 사진들이 주로 실려 있다. 그 뒤로는 한국전쟁의 참상을 고발하거나 국군과 유엔군의 늠름한 위용을 과시하는 사진들이 실려 있으며, 한국전쟁으로 포로가 된 미군의 비참한 대우와 괴뢰포로들의 인간적인 대우를 비교하는 사진들도 실려 있다. 이처럼 이 화보집은 당시 이데올로기의 언론적 표상을 매우 풍부하게 과시하고 있다.

동해시교육청, 『향토반공실화집』(1981)

지방교육청이 발간한 일선 장학자료집이다. 이 자료를 보면 반공교육이 교육지도층에 의해 일사불란하게 이루어졌음을 알 수 있다. 특히 동해시는 간첩침투 루트라고 알려진 곳이어서 이러한 교육의 효과가 매우 컸음을 알 수 있다. 따라서 이 자료의 발간 동기가 다음과 같다는 사실은 너무나 당연한

일이다. "우리 동해시 관내에도 수많은 공산당의 만행이 있었건만 이미 오래
되고 조사가 미흡하여 좋은 반공교육 자료가 못된 것을 못내 아쉬워합니다.
단편적이나마 생생한 향토 중심의 자료라는 점과 6·25세대들인 증인들이 직
접 또는 간접으로 기술했다는 점에서 큰 뜻이 있다고 봅니다. 아무쪼록 학교
현장에서 선생님들이 본 자료를 토대로 보다 실감 있고 피부에 닿는 교육으
로 후세들의 가슴마다 투철한 반공안보의식을 고취해주실 것을 기원합니
다." 동해시교육장 홍창식의 발간사 중 일부분이다.

선우진 외, 『轉換期의 內幕』(조선일보사, 1982)

　이 책은 《조선일보》에 1981년 1월 5일부터 12월 29일까지 총 244회 연
재된 각계각층 30인의 한국 현대사 변혁기에 대한 기록과 증언을 엮은 일종
의 증언집이다. 해방 후 35년간 전환기의 내막을 잘 보여주는 30개 사건에
대해 30인의 주역과 증인이 몸소 체험했던 현실을 기록한 생생한 현장의 증
언이라는 점에서 중요한 사료적 가치를 지닌다. 이 책은 해방과 민족의 분단,
한국전쟁, 4·19혁명, 5·16쿠데타, 10·26사태 등으로 이어지는 격동과 충격
의 역사를 임시정부 귀국부터 반탁운동, 국대안 반대 맹휴, 여순사태, 반민특
위, 국회프락치사건, 국민방위군사건, 반공포로석방, 한일회담, 월남파병 등
과 같은 주요 사건을 통해 재구성함으로써 한국현대사에 대한 이해의 범위
를 넓히는 계기를 제공했다고 볼 수 있다. 특히 '적치하 90일'(이범선), '반공
포로 석방'(강용준) 등은 반공주의와 문학의 상관성을 밝히는 데 널리 참조된
바 있다. 다만 체험당사자의 증언이라는 점에 유념할 필요가 있다. 증언자 기
억의 부정확성·주관성·선택적 증언의 가능성을 배제할 수 없기 때문이다.

한국정신문화원 한민족문화연구소 엮음, 『내가 겪은 해방과 분단』(선인, 2001)

이 책은 한국정신문화원 한민족문화연구소와 중앙일보 통일문화연구소가 공동 기획해 시행한 구술채록사업의 성과를 묶은 '구술자료총서' 시리즈의 제1권이다. 구술사 방법론은 실증주의적 문헌자료의 한계를 수정 보완해 역사상을 더욱 풍부하게 재구성할 수 있다는 장점 때문에 사회학·심리학·예술학·인류학 분야에서 활용되는 비중이 점증하고 있다. 최근 문학 분야에서도 문학사들이 의도적으로 은폐했거나 왜곡했던 사실을 교정하고 객관적 자료를 확보하기 위한 방법적 대안으로 구술사가 주목받고 있다. 이 자료집에는 식민지 시대부터 현재까지의 우리 역사를 각기 다른 위치에서 겪어온 8명(조문기, 송남헌, 김선, 백남권, 박경원, 최하종, 허영철, 박용구)의 개인사에 반영된 해방과 분단의 의미가 풍부하게 구술되어 있다. 구술자료도 문헌기록과 마찬가지로 자료적 신뢰도 문제를 내포하고 있다는 사실을 고려해 엄격한 자료 비판을 거친 뒤 활용할 필요가 있다. 이 책을 포함해 『내가 겪은 민주와 독재』, 『내가 겪은 건국과 갈등』, 『내가 겪은 한국전쟁과 박정희 정부』 등 총 4권에서 21명이 구술한 한국현대사에 관한 증언을 망라해서 검토한다면 반공주의의 역사적 전개와 문학예술과의 상관성을 규명하는 데 많은 도움이 될 것이다.

지은이(가나다순)

강웅식
고려대학교 대학원 국문학과 졸업
현재 고려대학교 국문학과 강사
저서:『텍스트에서 경험으로』,『김수영 신화의 이면』,『시, 위대한 거절: 현대시의
　　부정성』

강진호
고려대학교 국문학과 및 동 대학원 졸업
현재 성신여자대학교 국문학과 교수
저서:『한국 근대문학 작가연구』,『현대소설사와 근대성의 아포리아』

김진기
건국대학교 국문학과 및 동 대학원 졸업
현재 건국대학교 국문학과 교수
저서:『선우휘』,『손창섭의 무의미 시학』,『한국근현대 소설연구』,『현대소설을 찾아서』

김한식
고려대학교 국문학과 및 동 대학원 졸업
현재 상명대학교 한국어문학과 교수
저서:『현대소설의 이론』,『현대소설과 일상성』,『현대문학사와 민족이라는 이념』

남원진

건국대학교 대학원 국문학과 졸업

현재 건국대학교 국문학과 강사

저서: 『한국현대 작가연구』, 『1950년대 비평의 이해 1~2』(편저), 『남북한의 비평연구』

류경동

고려대학교 대학원 국문학과 졸업

현재 고려대학교 국문학과 강사

주요 논문: 「1930년대 한국 현대시의 감각지향성 연구」, 「해방기 문단형성과 반공주의」

선안나

성신여자대학교 대학원 국문학과 졸업

현재 단국대학교 문예창작학과 초빙교수

저서: 『천의 얼굴을 가진 아동문학』, 『동화창작법』

양진오

서강대학교 국문학과 및 동 대학원 졸업

현재 대구대학교 국문학과 교수

저서: 『전망의 발견』, 『임철우의 봄날을 읽는다』

유임하

동국대학교 국문학과 및 동 대학원 졸업

현재 한국체육대학교 교양과정부 교수

저서: 『한국소설의 분단이야기』, 『한국 문학과 불교문화』, 『전쟁의 기억, 역사와 문학』
(공저), 『기억의 심연』

이명희

숙명여자대학교 국문학과 및 동 대학원 졸업

현재 숙명여자대학교 인문학부 강사

저서: 『상허 이태준 문학 세계』, 『현대문학과 여성』, 『문학, 환멸 속에서 글쓰기』

이봉범

성균관대학교 국문학과 및 동 대학원 졸업

현재 동국대학교 문화학술원 연구교수

주요 논문: 「해방공간의 문화사」, 「1950년대 등단제도 연구」, 「잡지 <문예>의 성격과
위상」

임경순

성균관대학교 대학원 국문학과 졸업

현재 성공회대학교 교양학부 강사

주요 논문: <검열 논리의 내면화와 문학의 정치성>, <내면화된 폭력과 서사의 분열-이
문구의 장한몽>

조미숙

건국대학교 국문학과 및 동 대학원 졸업

현재 대구대학교 교양교직학부 초빙교수

저서: 『한국 현대소설의 인물묘사 방법론』, 『사이버소설의 미적 구조와 세계관』(공저),
『문학으로 사회읽기』(공저)

한울아카데미 1169

반공주의와 한국 문학의 근대적 동학 II

ⓒ 2009, 건국대학교 인문과학연구소 기초학문연구단

지은이 | 강웅식·강진호·김진기·김한식·남원진·류경동·선안나·양진오·유임하
　　　　이명희·이봉범·임경순·조미숙
펴낸이 | 김종수
펴낸곳 | 도서출판 한울

편집책임 | 김경아
편집 | 박근홍
표지 | 김현철

초판 1쇄 인쇄 | 2009년 8월 18일
초판 1쇄 발행 | 2009년 8월 31일

주소 | 413-832 파주시 교하읍 문발리 507-2(본사)
　　　 121-801 서울시 마포구 공덕동 105-90 서울빌딩 3층(서울 사무소)
전화 | 영업 02-326-0095, 편집 02-336-6183
팩스 | 02-333-7543
홈페이지 | www.hanulbooks.co.kr
등록 | 1980년 3월 13일, 제406-2003-051호

Printed in Korea.
ISBN 978-89-460-5169-0 93810(양장)
ISBN 978-89-460-4139-4 93810(학생판)

* 책값은 겉표지에 있습니다.

이 책은 학술진흥재단의 기초학문 육성지원에 의해 발간되었음
(2005-079-AM0037)